文學研究叢書・古典詩學叢刊

唐宋題畫詩及其流韻

張高評　著

代序
源流正變，因革損益

　　文學史，是文學作品的歷史；文學研究，講求源流正變、因革損益，就是呼應這種屬性。前後或同時之作家作品間，有新創、典範，亦有繼踵、開拓，於是作與述、創造與模擬之辯證，成為研究文學優劣高下，得失成敗之必然課題。文學之價值，作家之定位，亦從此評騭，由此確立。

　　唐劉知幾《史通》，有〈模擬〉一文，討論史書編纂之原創與繼述。南京大學程千帆教授《文論八箋》，為作〈模擬與創造〉一篇，引申發揮：就今作與古著，我者與他者間進行比較，因離合之比重論定優劣：「離多合少，就是創造；離少合多，即是模擬。」以此判準文學作品之優劣得失，評價作家之高下成就，具體而可行，客觀而足徵。舉凡文學作品之擬、仿、和、續、演、同詠、同賦、應制、酬答之倫，苟涉同題共作，欲較論其優劣、得失、高下，持或離或合之比重，以判別模擬與創造，思過半矣。宋代文學，無不學古，學古通變，乃其手段；自成一家，則其目標。於是源流正變之分野，因革損益之考究，成為宋代文學研究重要工作之一。

　　詠畫、題畫，其源頭為詠物賦、詠物詩。題詠繪畫之作家既多，作品質量又佳，於是附庸蔚為大國。詠畫題畫至宋代，雖獨立成一體類，然其詠物之原始屬性並未疏離。詠畫始於六朝，至李唐而漸盛，其中杜甫所作，量多質優，遂蔚為詠畫之典範。創發之功，沾溉後世無窮。北宋蘇軾、黃庭堅學杜宗杜，善述又善作，詠畫題畫詩亦因量

豐質佳，而蔚為蘇門及江西詩派典範。蘇、黃與杜甫之間，蘇軾與黃庭堅，乃至蘇門與蘇軾、江西詩派與黃庭堅之間，唱和酬答既多，同題共作不少，其中之優劣、高下、得失如何考察？程千帆教授所提模擬與創造之離合分際，值得參考借鏡。

破體為文與詩思出位之廣泛運用，是宋詩學唐、變唐、新唐、拓唐之策略與方法。詩分唐宋之命題，唐音宋調之消長，此亦一大面向。就詩思出位而言，詠畫題畫詩最見特色。蘇軾評王維山水詩，稱「詩中有畫」；評王維山水畫，稱「畫中有詩」，此一命題，亦影響深遠。蘇軾、黃庭堅題詠花、竹、鳥、蟲繪畫，固體現「詩中有畫」之經營；而離形得似、興寄畫外，亦傳承詠物之流韻。蘇、黃墨竹、墨梅之題詠，其出位之思，亦多用心於遊戲三昧、繞路說禪，佛影禪趣躍然紙上。推而廣之，若蘇門、若江西詩人，乃至於其他詩畫兼擅之作家，其作品之出位於繪畫禪學，當不在少。豐富了宋詩之內涵，充實了宋詩之風格，堪與唐詩爭鋒匹敵者，以此。

唐宋詩自有優劣，唐宋詩亦自有其得失，此攸關學古通變，新異創發之議題。如何考察唐宋詩之異同新變？甚至較論其優劣得失？選擇「同題共作」之詩篇，比較其因革損益，容易有功。檢驗之焦點有三：其一，是否開發了新意？其二，是否以變化爭勝？其三，是否精刻過前人？筆者執行國科會計畫，出版《王昭君形象之轉化與創新》，即梳理《全宋詩》與《全唐詩》中，有關題詠王昭君之詩篇，針對「同題共作」，進行研究，不難看出彼此間之「源流正變，因革損益」。書中又持唐宋昭君詩「同題共作」之研究成果，對勘元雜劇《漢宮秋》之情節場景，而知悉其因革損益，創意發想。唐、宋、元三代之昭君題詠，其源流損益既可得而知，於是進而考察清人題畫王昭君之詩篇，就其「同題共作」而論之，乃知清詩善因能創。章學誠所云：「辨章學術，考竟源流」，此中有之。

　　杜甫詠畫技法，不止影響蘇軾、黃庭堅；蘇、黃題畫之藝術，不止沾溉蘇門、江西詩派，亦影響元、明、清，甚至近現代之題畫詠畫手法，如二十世紀下半葉中國花鳥畫家潘天壽，繼承傳統外，又自有其創發。源流正變，因革損益之際，自可考見題畫詠畫之源流。潘天壽精擅花鳥畫，其大寫意畫風，自是「畫中有詩」之體現。又工詩，往往於畫之空白處題詠，聚焦於梅、蘭、竹、菊、蓮、柏、海鷹、雛雞、翠鳥，其墨趣寫意，多與宋人之審美韻味相當。題詠花鳥詩之散文化、理趣化，創新、通俗與興寄象外，多近宋詩宋調，而疏離唐詩唐音。錢鍾書《談藝錄》特提「詩分唐宋」，於此益添一見證。

　　另有舊文三篇，為有關詩畫相資，以及蘇軾、黃庭堅題畫詩之研究者，類聚為一編，方便讀者參閱。畫院以詩句試畫工，畫家以詩思秀句為畫題，畫學、畫論、題跋闡發詩畫相資為用，多堪作斯學之學理依據。蘇軾、黃庭堅為宋詩宋調之代表，題詠山水、人物、駿馬，拓展意境、詩中有畫，為其題畫之能事。新奇之組合、創造之思維，最為蘇、黃題畫足資借鏡處，故作為附錄，與前幅論著可以相得益彰。

　　本書彙集九篇論文，皆與題畫有關。曾以書稿樣式，作為明道大學國學院書法博士班系列講演教材，勉勵學員能以墨寶題詠名畫，新添詩書畫三絕佳話，陳維德教授深以為然。另外，題畫詩之以形寫神、以果代因、虛實相生、化美為媚、得其意思、烘雲托月諸手法，不難轉換為「動畫」製作，臺灣藝術大學視覺藝術系有此領悟，值得嘗試。當然，題畫詩所言畫師、畫作、畫法、畫論，多可補美學史、美術史、藝術史、繪畫史之空白與不足，不妨規劃另類研究課題。書出有日，爰誌感言如上，是為序。

張高評

序于香港樹仁大學中文系

二〇一五年十一月

目次

第一章
緒論：詩情畫意與會通適變

　　詠畫題畫之作，大抵濫觴於詠物賦，以巧構形似，再現物象為主要訴求。然屈原〈橘頌〉，運以比興，託物詠志，不純然寫物圖貌而已，[1]已開六朝抒情小賦先河。[2]詠畫既為詠物之流裔，故往往多興寄之作。如六朝畫贊或圖詩，以不黏不脫詠物，形成以詩寫畫，為畫賦詩之風氣，促成唐代詩畫之近一步交融。[3]據《全唐詩》、《全唐詩外編》所載，唐代題畫詩凡二二○題，二三二首。[4]其中，以杜甫（712-770）詠畫詩最具代表意義。清仇兆鰲（1638-1713？）《杜詩詳注》載錄二十三首，質量均優，堪作歷代詠畫、題畫詩之宗法典範。

　　日本京都學派內藤湖南、宮崎市定，研究中國古代歷史分期，提出「唐宋變革」論，「宋代近世」說之觀點，[5]影響史學界有關唐型文化、

1　楊金鼎主編：《楚辭評論資料選》（武漢市：湖北人民出版社，1985年），〈九章·橘頌〉，引〔梁〕劉勰《文心雕龍》〈頌贊〉、〔宋〕史繩祖《學齋佔筆》卷2、〔清〕林雲銘《楚辭燈》、蔣驥《山帶閣注楚辭》，頁474。

2　郭維森、許結：《中國辭賦發展史》（南京市：江蘇教育出版社，1996年），第四章〈拓境凝情期〉，頁285-328。

3　張高評：《宋詩之傳承與開拓》（臺北市：文史哲出版社，1990年），下篇〈宋代「詩中有畫」之傳統與創格〉，頁305-312。

4　孔壽山編著：《唐朝題畫詩注》（成都市：四川美術出版社，1988年），〈前言〉，頁1-29。

5　〔日〕內藤湖南：〈概括的唐宋時代觀〉，《歷史與地理》第9卷第5號（1922年5月），頁1-11；〈近代支那的文化生活〉，《支那》第19卷（1928年10月）。宮崎市定：〈內藤湖南與支那學〉，原載《中央公論》第936期，收入氏著《亞洲史研究》

宋型文化之論述。[6]文學界有關唐宋詩異同、詩分唐宋、唐宋文學轉型論諸學說，亦受其沾溉啟發。[7]就詩歌之流變而言，古典詩歌發展至中唐，繁榮昌盛，已達登峰造極。依據《易傳》「窮則變，變則通，通則久」之原則，斯時當有所轉型或變革，方能持續發展，而可大可久。後人稱貞元、元和之際為中唐，清葉燮（1627-1703）論詩稱：「不知此『中』也者，乃古今百代之『中』，而非有唐之所獨得而稱『中』者也。」[8]杜甫身處盛唐中唐之際，既為唐詩繁榮之指標代表，更為開啟宋調風格之關鍵人物，[9]故討論唐宋詩之流變，自以杜甫為開端肇始。

第5卷，譯文見黃約瑟譯：〈概括的唐宋時代觀〉，載劉俊文主編：《日本學者研究中國史論著選譯》第1卷（北京市：中華書局，1992年），頁10-18。高明士：〈唐宋間歷史變革之時代性質的論戰〉，《戰後日本的中國史研究》（臺北市：東昇出版事業公司，1982年），頁104-116。參考張廣達：〈內藤湖南的唐宋變革說及其影響〉，《唐研究》第11卷（北京市：北京大學出版社，2005年），頁5-71；柳立言：〈何謂「唐宋變革」？〉，《中華文史論叢》（總81輯，2006年3月），頁125-171。王水照：〈重提「內藤命題」〉，輯入氏著《鱗爪文輯》（西安市：陝西人民出版社，2008年），卷3「文史斷想」，頁173-178。

6　傅樂成：〈唐型文化與宋型文化〉，《漢唐史論集》（臺北市：聯經出版事業公司，1980年），頁339-382。

7　繆鉞：〈論宋詩〉，撰於一九四〇年，後收入《詩詞散論》（臺北市：開明書店，1977年；上海市：上海古籍出版社，1982年），頁36-37。錢鍾書：《談藝錄》，初版於一九四八年六月（臺北市：書林出版公司，1988年），一、「詩分唐宋」，頁1-5。論文研究唐宋轉型與變革者，如劉寧：《唐宋之際詩歌演變研究》（北京市：北京師範大學出版社，2002年）；萬景春：《李杜之變與唐代文化轉型》（鄭州市：大象出版社，2009年）；劉方：《宋型變革與宋代審美文化轉型》（上海市：學術出版社，2009年）；田耕宇：《中唐至北宋文學轉型研究》（北京市：中國社會科學出版社，2009年）；田恩銘：《唐宋變革視域下的中唐文學家傳記研究》（北京市：中國社會科學出版社，2012年）。

8　林繼中：《文化建構文學史綱：魏晉──北宋》（北京市：北京大學出版社，2005年），第五章第一節〈兩種文化轉型的交接處〉，頁151，引葉燮《己畦集》卷8，〈百家唐詩序〉。

9　錢鍾書：《談藝錄》，一、〈詩分唐宋〉：「唐之少陵、昌黎、香山、東野、實唐人

　　和合化成，為中國人文精神之精髓；而會通兼容，正是宋型文化可大可久之策略。[10]就經學而言，宋儒援引佛禪心性說、本體論，形成經學之理學化，蔚為宋學之一大特色。[11]司馬光（1019-1089）《迂書》，強調「兼容」；鄭樵（1104-1162）《通志》，凸顯「會通」。[12]理學、史學之體現會通兼容，由此可見一斑。錢鍾書《管錐編》談文論藝，於文體學提出「破體為文」，於學科整合揭示「出位之思」，對宋代文藝學之研究，頗多啟益。[13]宋代文學藝術之「破體」、「出位」、「兼容」、「會通」，最富典型代表者，莫過於詠畫題畫之體現宋型文化，表現會通適變，創造開拓之精神，於是蔚為空前之流行與昌盛。宋代繪畫題畫之特色，在「丹青吟詠，妙處相資」；具體表現為「詩中有畫」、「畫中有詩」。[14]新奇而創意之組合，由於詠畫題畫詩，量多質佳，隱然成為宋詩宋調之一大特徵。

之開宋調者」，頁2。

10　張立文：〈和合是中國人文精神的精髓〉，《人文中國學報》第1期（1995年），頁83-92；張立文：《和合學概論——21世紀文化戰略的構想》（北京市：首都師範大學出版社，1996年），第二章〈和合與和合學〉，頁71-120。

11　朱維錚：〈「漢學」與「宋學」〉，《周予同經學史論著選集》（上海市：上海人民出版社，1983、1996年），頁322-328。

12　〔宋〕司馬光：《兼容》《迂書》，曾棗莊、劉琳主編：《全宋文》，卷1222，頁5；〔宋〕鄭樵：《通志》（臺北市：臺灣商務印書館，1987年），卷首，頁1。

13　錢鍾書：《管錐編》（臺北市：書林出版公司，1990年），第三冊，《全漢文》，卷16：「名家名篇，往往破體」，頁890；參考張高評：〈破體與創造思維——宋代文體學之新詮釋〉，《中山大學學報》2009年第3期，頁20-31。錢鍾書：〈中國詩與中國畫〉，《開明書店二十週年紀念文集》（上海市：開明書店，1947年），轉引自《文學研究叢編》（臺北市：木鐸出版社，1981年），第一輯，錢鍾書：〈中國詩與中國畫〉，頁86-87。參考葉維廉：〈出位之思——媒體及超媒體的美學〉，氏著《比較文學》（臺北市：東大圖書公司，1983年），頁195-234。

14　張高評：《宋詩之傳承與開拓》，下篇〈宋代「詩中有畫」之傳統與創格〉，第二、三、四章，頁302-507；張高評：《創意造語與宋詩特色》（臺北市：新文豐出版公司，2008年），第六章，〈詩畫相資與宋詩之創造思維〉，頁231-285。

　　《文心雕龍》〈通變〉論文學發展之規律，所謂「設文之體有常，變文之數無方」；又云：「名理有常，體必資於故實；通變無方，數必酌於新聲」；又曰：「譬諸草木，根幹麗土而同性，臭味晞陽而異品」，[15]持以檢視詠物詠畫之轉化，考察詠畫題畫之流韻，誠所謂「望今制奇，參古定法」。清人論學，往往驪括歷代，綜述流變，曾云：

> ……杜子美始創為畫松、畫馬、畫鷹、畫山水諸大篇，搜奇抉奧，筆補造化。嗣是蘇（軾）、黃（庭堅）二公，極妍盡態，物無遁形。……[16]

　　《禮記》〈樂記〉云：「作者之謂聖，述者之謂明」，[17]此雖說音樂，然文學藝術之作與述要亦如此。就詠畫題畫而言，苟觀其會通適變，則杜甫詠畫二十餘首，若與蘇軾、黃庭堅以下歷代題畫詩較短量長，則允稱「作者」之聖品。至於蘇軾、黃庭堅，善學善繼杜甫之優長，是〈樂記〉所謂「述者之謂明」。王士禛推崇杜甫詠畫為「始創」，雖不必然，唯謂杜詩有「筆補造化」之功，提示矩矱十之四五，則庶幾近之。至於蘇、黃二公，亦宋人最工於詠畫題畫之雙傑，雖新創發明十之二三，然相較杜甫於題畫層面技法之捷足先登，東坡、山谷止能退而為善繼善述之發揚者。筆者發現：蘇門六君子，江西詩社宗派中人，皆喜好詠畫，擅長題畫。除再現畫面，因畫興寄外，宋學之議論

15　〔梁〕劉勰著，王更生注釋：《文心雕龍讀本》（臺北市：文史哲出版社，1985年），下篇〈通變第二十九〉，頁49。

16　〔清〕王士禛：《帶經堂詩話》（北京市：人民文學出版社，1982年），卷22〈蠶尾文‧書畫類上〉，頁650。

17　〔漢〕鄭玄注，〔唐〕孔穎達疏：《禮記注疏》（臺北市：藝文印書館，1967年，《十三經注疏》本），卷37〈樂記第十九〉，頁15，總頁669。

精神，[18]更表現為藉畫說理，因畫思辨，體現於蘇、黃二家詠畫題畫之善因善創。蘇軾、黃庭堅既為宋詩宋調之典型代表，故好尚專擅往往沾溉同道，影響清代及近世。

　　自四唐歷經兩宋，詠畫題畫已積累豐富。為便於觀摩研習，南宋孫紹遠選編《聲畫集》八卷，共收唐宋詩人一〇九家，題畫詩凡六〇九題八一八首。其中唐詩人十七，詩四十五題四十七首；宋詩人八十四，詩篇五五〇題七五七首，此其大較也。[19]其後，歷經元、明，康熙間陳邦彥亦選編題畫詩，書成獻上，賜名《御定歷代題畫詩類》，凡一二〇卷，收錄自唐迄明題畫詩共八九六二首，其中唐詩人八十二，詩篇一五八題一六一首；宋詩人一一二，詩篇七九二題一〇一四首。其餘為元明詩人詩篇。[20]語云：「萬山磅礴必有主峰，龍袞九章但挈一領」，歷代題畫詩選如此豐厚繁多，騷人墨客將如何取捨抉擇？筆者以為，就題畫詩而言，杜甫詠畫之作，可視為「龍袞九章」之「一領」；而蘇軾、黃庭堅之題詠丹青，可視為「萬山磅礴」之主峰。源遠流長之題畫詩，主峰既已確認，一領亦已挈定，於是研習題畫遂有基準，本書之規模架構於焉粗成。

　　為辨章學術，考竟源流，[21]本書先探杜甫題詠圖畫之作十九題二十

18　陳植鍔：《北宋文化史述論》（北京市：中國社會科學出版社，1992年），第三章第四節〈宋學精神〉，頁287-292。

19　李栖：《兩宋題畫詩論》（臺北市：臺灣學生書局，1994年），第七章〈宋題畫詩主要專書——《聲畫集》與《御定題畫詩類》〉，二、《聲畫集》的內容，頁329。

20　李栖：《兩宋題畫詩論》（臺北市：臺灣學生書局，1994年），第七章〈宋題畫詩主要專書——《聲畫集》與《御定題畫詩類》〉，第二節《御定題畫詩類》評析，頁350。

21　〔清〕章學誠：《文史通義》（含《方志略例》、《校讎通義》）（臺北市：華世出版社，1980年），《校讎通義》內篇二，〈焦竑誤校漢志第十二〉：「鄭樵氏興，始為辨章學術，考竟源流，於是特著〈校讎〉之略。雖其說不能盡當，要為略見大意，為著錄家所不可廢矣」，頁582。

三首，或題山水、或題禽鳥，或題駿馬，或題畫松，又有題佛道畫者，在在所謂「搜奇抉奧」、「筆補造化」，堪作宋元以降題畫之典範作品。其次，選擇蘇軾、黃庭堅題詠墨竹、墨梅為核心，聚焦黃庭堅題詠花、竹、鳥、蟲，旁及南北宋之際題畫詩人。除梳理蘇、黃等名家之題畫技法外，詩篇涉及比德、禪趣、寫意、興寄諸審美文化，亦一併闡說論證。詠畫題畫之一領主峰，猶源頭活水，典範指南，詩人善加掌握利用，自有助於傳承與開拓。由於題畫詩之內涵風格，多接近宋詩宋調，本書為探究其流韻，清人題畫昭君和親之人物畫，及近人潘天壽題詠花鳥畫，管中窺豹，各撰寫一篇，以見題畫詩之源流正變，因革損益。所謂「百家騰躍，終入環內」。杜甫、蘇軾、黃庭堅之題畫詠畫成就，多可作為後世研習之楷模與典範。

　　有關詠畫題畫之分別，詩歌繪畫交融之歷程，詠畫題畫盛行之背景，以及詩畫之異迹而同趣，筆者早年論著〈宋代「詩中有畫」之傳統與創格〉多已述及，學界相關論文亦多，茲不再贅。今既拈出源流正變，以論述題畫詩，為便利讀者觸類生發，系統掌握，乃附錄舊作三篇，或論詩畫相資，或說意境拓展，或闡說蘇、黃題寫畫馬與詩中有畫，權作參閱。對於詠畫題畫詩胎源於詠物，開創於杜甫，至兩宋而附庸蔚為大國，大家名家如蘇、黃者輩出，不惟善因，亦且善創，為此中關鍵因素。本書論述詠畫題畫，以蘇軾、黃庭堅為核心，上溯杜甫，下究南北宋之際，乃至清代近代，職此之故。

第二章
杜甫題畫詩與詩學典範
——從《苕溪漁隱叢話》論杜甫畫山水詩切入

　　杜甫在唐代詩壇的地位，絕大部分文學史都說：與李白比肩齊名。然考察中晚唐詩人選唐詩，杜甫之宋調風格，遠不如李白之受青睞。[1]獨具慧眼，最先推崇杜甫詩歌成就的，要算元稹（779-831）所撰〈杜甫墓係銘〉，以為「詩人以來，未有如子美者」；首先以集大成稱許杜詩，所謂「上薄風騷，下該沈、宋，言奪蘇、李，氣奪曹、劉，掩顏、謝之孤高，雜徐、庾之流麗，盡得古今之體勢，而兼人人之所獨專。」明顯斷定杜甫詩歌成就優於李白。[2]白居易（772-846）附和元稹之見解，稱美杜詩「貫穿古今，覼縷格律，盡工盡善，又過於李。」[3]元稹、白居易對杜甫詩之推許，奠定了揚杜抑李論的基調。宋元以後，往往李杜並稱，甚至唯杜獨尊，這其中自有文化之積澱，詩話詩學之助成，並不是一蹴可幾的。[4]

1　唐人選唐詩，傳世之作有《河岳英靈集》等十三種，只有韋莊《又玄集》一種選杜甫詩七首，其餘皆付闕如。詳傅璇琮編撰：《唐人選唐詩新編》（西安市：陝西人民教育出版社，1996 年），《又玄集》卷上，選杜甫詩七首，頁 583-584。就詩歌傳播而言，敦煌所見唐詩，李白詩有四十三首，白居易詩二十首，孟浩然十二首，王昌齡七首，杜甫詩未見。黃永武：《敦煌的唐詩》（臺北市：洪範書店，1987 年）。

2　〔唐〕元稹：〈唐檢校工部員外郎杜君墓係銘并序〉，〔清〕仇兆鰲：《杜詩詳注》（臺北市：里仁書局，1980 年），頁 2235-2236。

3　〔唐〕白居易：〈與元九書〉，朱金城：《白居易集校箋》（上海市：上海古籍出版社，1988 年），頁 2791。

4　蔡鎮楚：〈論歷代詩話之李杜比較研究〉，李白研究學會編：《李白研究論叢》第二輯（成都市：巴蜀書社，1990 年），頁 309-318。

第一節　杜甫詩為宋代詩學典範

　　宋人極力推崇杜甫，大抵在北宋中葉到南宋中葉之間，不僅搜集整理杜詩，同時認真學習研究杜詩。[5]王安石、歐陽脩、蘇軾、黃庭堅、陳師道、陸游，為其中之大家。南宋江西詩人學杜、宗杜更加普遍。後世稱美杜甫，曰詩聖，曰詩史，曰集大成，得歸功於宋人詩話詩學之推轂。[6]其中，成書於南北宋之交，胡仔《苕溪漁隱叢話》之標榜發揚，尤居關鍵作用。經由寫本印本之圖書傳播，而影響深遠。

　　《苕溪漁隱叢話》前後集一百卷，成書於南渡前後（？1134-1167）。博採北宋諸家詩話，《前集》採錄三十三種，《後集》約三十一種。網羅宋初以來詩話、筆記、詩集、文集、語錄、日記等詩學文獻，堪稱燦然大備。胡仔書纂述之重點，在品藻歷代詩人與作品。全書之核心焦點，集中在李白、杜甫、蘇軾、黃庭堅四大家。[7]四家之中，胡仔又特別推重杜甫與蘇軾，《叢話》品藻杜甫凡十三卷，品藻蘇軾凡十四卷，篇卷數量之繁重，可見宋詩典範之確立，宋調特色之定位。胡仔云：

　　　　苕溪漁隱曰：「余纂集《叢話》，蓋以子美之詩為宗，凡諸公之說，悉以採摭，仍存標目，各志所出。」[8]⋯⋯

5　曾棗莊：〈「天下幾人學杜甫，誰得其皮與其骨？」——論宋人對杜詩的態度〉，《唐宋文學研究》（成都市：巴蜀書社，1999年），頁35-49。

6　張高評：《自成一家與宋詩宗風》（臺北市：萬卷樓圖書公司，2004年），第一章第三節〈印本文化與宋代杜詩典範之形成〉，頁43-62。

7　〔宋〕胡仔：《苕溪漁隱叢話後集》〈序〉稱：「余嘗謂開元之李杜，元祐之蘇、黃，皆集詩之大成者，故群賢於此四公，尤多品藻，蓋欲發揚其旨趣，俾後來觀詩者雖未染指，固已能知其味之美矣。」〔宋〕胡仔：《苕溪漁隱叢話》後集（北京市：人民文學出版社，1981年），頁1。

8　〔宋〕胡仔：《苕溪漁隱叢話》前集，卷14，「杜少陵九」，頁93。

　　胡仔纂錄之杜甫詩學文獻，多達十三卷，以討論「無一字無來處」，考證杜詩語句，釋疑正誤居多。其他，則較論諸家與李白詩優劣，發明杜詩旨趣，討論杜集版本得失，標榜時用變體、破棄聲律、以古入律等等，胡仔所謂「以子美詩為宗」，宋代詩學典範已隱然樹立。胡仔云：

　　苕溪漁隱曰：「近時學詩者，率宗江西，然殊不知江西本亦學少陵者也。故陳無己曰：『豫章之學博矣，而得法於少陵，故其詩近之。』今少陵之詩，後生少年不復過目，抑亦失江西之意乎？江西平日語學者為詩旨趣，亦獨宗少陵一人而已。余為是說，蓋欲學詩者師少陵而友江西，則兩得之矣。」[9]

　　杜甫詩風，為唐人而開宋調風格者。元祐以來，江西詩風廣被，亦多學杜宗杜，胡仔盱衡當代詩潮，故提出「師少陵而友江西」之倡導，足見杜甫詩之典範意義。在《苕溪漁隱叢話》中，胡仔引述《許彥周詩話》，特提杜甫題畫山水詩，以為「超絕」，無人可繼：

　　《許彥周詩話》云：「畫山水詩，少陵數首，無人可繼者。惟荊公〈觀燕公山水詩〉前六句，東坡〈煙江疊嶂圖〉一詩，差近之。」苕溪漁隱曰：「少陵題畫山水數詩，其間古風二篇，尤為超絕。荊公、東坡二詩，悉錄于左，時時哦之，以快滯懣。少陵〈奉先劉少府新畫山水障歌〉云云：……〈戲題王宰山水圖歌〉云云：……」[10]

9　〔宋〕胡仔：《苕溪漁隱叢話》前集，卷49，「山谷下」，頁332。
10　〔宋〕胡仔：《苕溪漁隱叢話》後集，卷6，「杜子美二」，頁37-38。

胡仔所言杜甫〈奉先劉少府新畫山水障歌〉、〈戲題王宰山水圖歌〉二首詠畫詩,《苕溪漁隱叢話》一書有三處提出討論,[11]文字詳略有異,而推崇為題畫詠畫典範,則前後一揆。宋代題畫詩在王安石、蘇軾、黃庭堅提倡之下,蔚為創作風潮。無論學江西,或學蘇、黃,推本溯源,蓋多本少陵之詠畫而恢廓之者。

　　海峽兩岸研究杜甫題畫詠畫之論著頗多,如張英〈杜甫題畫詩管窺〉、周瑾〈杜甫題畫詩的法與意〉;楊力〈論杜甫題畫詩的繪畫美學思想〉、張晶〈杜甫題畫詩的審美標準〉、任輝〈論杜甫題畫詩〉、傅錫壬〈杜甫「觀畫詩」的視覺審美〉[12],皆單篇論文,誠如題目所示論述闡發,各有側重。至於專著中之一章,亦頗有可觀。如孔壽山《唐朝題畫詩注》稱:杜甫題畫詩二十二首,「無論從數量與質量來說,終唐之世未有出其右者。」劉繼才《中國題畫詩發展史》,稱美杜甫題畫詩「諸法俱備」、「後學宗師」,發表題畫之作品與理論,豐富畫廊,沾溉畫家。清沈德潛《說詩晬語》所謂「開此體者老杜」,堪稱實至名歸。[13]

11　前集,卷8,「杜少陵三」,頁47-48,一則。後集,卷6,「杜子美二」,頁37-38,有二則。

12　張英:〈杜甫題畫詩管窺〉,《雲南社會科學》1996年第6期,頁83-86;周瑾:〈杜甫題畫詩的法與意〉,《杜甫研究學刊》1996年第4期,頁24-35;楊力:〈論杜甫題畫詩的繪畫美學思想〉《中國韻文學刊》1997年第2期,頁99-103;張晶:〈杜甫題畫詩的審美標準〉,《內蒙古師大學報》28卷6期(1996年12月),頁43-47;任輝:〈論杜甫題畫詩〉,《錦州師範學院學報》2001年第1期,頁68-71;傅錫壬:〈杜甫「觀畫詩」的視覺審美〉,淡江大學中文系陳文華主編:《杜甫與唐宋詩學——杜甫誕生一千二百九十年國際學術研討會論文集》(臺北市:里仁書局,2003年),頁81-109。

13　孔壽山:《唐朝題畫詩注》(成都市:四川美術出版社,1988年),〈杜甫〉,頁109。劉繼才:《中國題畫詩發展史》(瀋陽市:遼寧人民出版社,2010年),第三章〈開詩體的題畫宗師——杜甫〉,頁81-92。

　　本文有鑑於北宋以來之「學少陵」、「師少陵」成風，於是專就胡仔推崇為典範之題畫詩進行全面探討，而不局限於胡仔所評述之題畫詩。為便於述說，下分題畫技法之開創，與「詩畫相資」之體現二節，舉杜甫題畫詩文本作論證，從而凸顯杜甫題畫詩之價值，及其在後世之典範意義。

第二節　杜甫詠畫詩與題畫技巧之開創

　　題詠圖畫而作詩，可謂源遠而流長。自楚辭〈天問〉，兩漢畫贊以來，六朝有詠畫扇、詠畫屏風之倫，已略具規模。至初唐，有上官儀、宋之問、陳子昂、袁恕己等，題詠畫障屏風。盛唐詠畫之作漸多，如唐玄宗、張九齡、李頎、王昌齡、儲光羲、王維、李白、高適、岑參、杜甫等十五人，繼踵前修，多所題詠。[14]其中，杜甫作品最多，品質最佳，贏得後人之無上推崇。清王士禎曾言：

> ……杜子美始創為畫松、畫馬、畫鷹、畫山水諸大篇，搜奇抉奧，筆補造化。嗣是蘇、黃二公，極妍盡態，物無遁形。……子美創始之功偉矣。[15]

　　由於六朝以來題畫詩絕罕見，李白雖作八首詠畫詩，十四首畫贊，卻又「拙劣不工」；其他諸作「雖小有致」，但「不能佳」。杜甫題詠，與其他諸家較短量長，遂見卓犖優勝，富於創始開山之功。何況，杜甫之題詠圖畫，「搜奇抉奧，筆補造化」處，對於宋代蘇軾、黃

14　孔壽山：《唐朝題畫詩注》，第一章〈初唐概況〉，第二章〈盛唐概況〉，頁 35-157。

15　〔清〕王士禎：《蠶尾文》，《帶經堂詩話》（北京市：人民文學出版社，1982 年），卷 22，〈書畫類上〉，頁 650。

庭堅創作量多質高之題畫詩，有先導作用，富典範意義。故王士禎推
崇備至，以為「子美創始之功偉矣！」而沈德潛《唐詩別裁集》亦稱
揚杜甫之題畫詩，謂「開出異境，後人往往宗之。」[16]可謂知言。

　　杜甫題詠圖畫之作凡十九題二十三首，題畫山水者六題八首，即
〈奉先劉少府新畫山水障歌〉、〈戲題王宰山水圖歌〉、〈嚴公廳宴同詠
蜀道畫圖〉、〈題玄武禪師屋壁〉、〈奉觀嚴鄭公廳事岷山沱江畫圖十
韻〉、〈觀李固請司馬弟山水圖三首〉。題禽鳥畫六題六首，即〈畫
鷹〉、〈畫鶻行〉、〈姜楚公畫角鷹歌〉、〈觀薛稷少保書畫壁〉、〈通泉
縣署屋壁後薛少保畫鶴〉、〈楊監又出畫鷹十二扇〉。題畫駿馬者五題
五首，如〈天育驃騎歌〉、〈畫馬贊〉、〈題壁上韋偃畫馬歌〉、〈韋諷
錄事宅觀曹將軍畫馬圖〉、〈丹青引〉。題畫松二題二首，即〈題李尊
師松樹障子歌〉、〈戲為韋偃雙松圖歌〉。另外，又有題佛、道畫，即
〈冬日洛城北謁玄元皇帝廟〉、〈送許八拾遺歸江寧覲省甫乞瓦棺寺維
摩圖樣……〉等等。

　　杜甫題畫詩，究竟如何「搜奇抉奧」？如何「筆補造化」？偉大
的「創始之功」，究竟表現在哪些層面？筆者研讀杜甫題畫數過，堪稱
開創者，約有三端：其一，以真擬畫；其二，以畫法為詩法；其三，
因圖畫而興寄，要皆數量不少，成就極高。對於蘇軾、黃庭堅及宋人
題畫技巧，多所提示。論證如下：

一　以真擬畫

　　繪畫丹青，以逼真妙肖為基本要求，所謂巧構形似。題畫詠畫

---

16 〔清〕沈德潛：《唐詩別裁集》（香港：中華書局，1977年），卷6，〈奉先劉少府
　　新畫山水障歌〉總評，頁96。

詩，貴在「見詩如見畫」，故題寫圖畫，多稱賞其逼真、妙肖，而江山勝蹟，觀者必曰如畫，所謂「會心山水真如畫，巧手丹青畫似真」，倒用想像，疑真疑畫，始於唐代山水詩之形容。[17]至宋人作詩，「題畫山水，必說到真山水」；江山之美，必說到「如畫」。[18]追本溯源，杜甫題畫諸作，自有創始之功。杜甫題詠禽鳥諸作，大多以真擬畫，如〈畫鷹〉：

> 素練風霜起，蒼鷹畫作殊。攫身思狡兔，側目似愁胡。絛鏇光堪摘，軒楹勢可呼。何當擊凡鳥，毛血灑平蕪。[19]

杜甫所詠，為畫中之鷹，妙在以真鷹擬寫畫鷹，選用攫身、側目動態字，勾勒蒼鷹搏擊前之神態；曰堪摘、曰可呼，曰思、曰似，以模稜語形容畫鷹躍躍欲試之氣勢。清浦起龍《讀杜心解》所謂「以真鷹擬畫」，「從畫鷹見真」，此一題畫法門，由杜甫所開示，沾溉後世無窮，宋人題畫多受其啟益。杜甫另首〈楊監又出畫鷹十二扇〉，期待空老於崖嶂的「真骨（鷹）」，能夠「為君除狡兔」，也是認畫當真，移情於畫，方有如此疑真之設想。又如〈畫鶻行〉，影響王安石之題詠〈虎圖〉：

17　〔清〕聖祖御纂：《全唐詩》（臺北市：文史哲出版社，1978 年），王勃〈郊原即事〉：「斷山疑畫嶂，懸溜瀉鳴琴。」頁 676。王重民、孫望、童養年輯錄：《全唐詩外編》（臺北市：木鐸出版社，1983 年），李白〈釣灘〉：「霤峰尖似筆，堪畫不堪書。」頁 389。又，劉悅〈春日遊南山〉：「屏開十里畫，將渡兩岐風。」頁 512。又，殷文圭〈樓上看九華〉：「九條寒玉罩雲中，雨中霞分海日紅。疑是巧人新畫出，與他天柱作屏風。」頁 575。要皆以江山之秀麗，比況圖畫之美妙，所謂「江山如畫」是也。

18　張高評：《宋詩之傳承與開拓》（臺北市：文史哲出版社，1990 年），下篇，第三章〈宋代「詩中有畫」技法之發揚〉，頁 380-383。

19　〔清〕仇兆鰲：《杜詩詳注》，卷 1，〈畫鷹〉，頁 19。

高堂見生鶻，颯爽動秋骨。初驚無拘攣，何得立突兀。乃知畫
師妙，功刮造化窟。寫作神駿姿，充君眼中物。烏鵲滿樛枝，
軒然恐其出。側腦看青霄，寧為眾禽沒。長翮如刀劍，人寰可
超越。乾坤空崢嶸，粉墨且蕭瑟。緬思雲沙際，自有煙霧質。
吾今意何傷，顧步獨紆鬱。[20]

《漫叟詩話》云：「荊公嘗有歐公座上賦〈虎圖〉，眾客未落筆，
而荊公章已就。歐公亟取讀之，為之擊節稱歎，坐客閣筆不敢
作。」苕溪漁隱曰：「《西清詩話》中亦載此事，云此乃體杜甫
〈畫鶻行〉，以紓急解紛耳。吾今具載二詩，讀者當有以辨之。
荊公〈虎圖〉詩云：『壯哉非羆亦非貙，目光夾鏡當坐隅。橫
行妥尾不畏逐，顧盼欲去仍躊躇。卒然一見心欲動，熟視稍稍
摩其鬚。固知畫者巧為此，此物安肯來庭除？想當盤礴欲畫
時，睥睨眾史如庸奴。神閒意定始一掃，功與造化論錙銖。悲
風颯颯吹黃蘆，上有寒雀驚相呼。槎牙死樹鳴老烏，向之俛噣
如哺雛。山牆野壁黃昏後，馮婦遙看亦下車。』杜甫〈畫鶻行〉
云……」[21]

　　〈畫鶻行〉前八句，從生鶻寫起，引出畫鶻；次八句，再現畫面
內容，以畫擬真，故云「恐其出」、「看青霄」，忽真忽畫，形容盡致。
明王嗣奭《杜臆》評此詩：「贊畫之妙曰如生，此徑云『見生鶴』，高
人一等。至以『颯爽動秋骨』，『軒然恐其出』，形容生鶴甚妙。『乾坤
空崢嶸』以下，又進一等，匪夷所思。」[22]杜甫〈畫鶻行〉，圖寫畫中

---

20 〔清〕仇兆鰲：《杜詩詳注》，卷6，〈畫鶻行〉，頁477-478。

21 〔宋〕胡仔：《苕溪漁隱叢話》前集，卷34，「半山老人二」，頁230。

22 〔明〕王嗣奭：《杜臆》（上海市：上海古籍出版社，1983年），卷2，〈畫鶻行〉，
　　頁62。

鶺鳥，活色生動，逼真妙肖。烏鵲恐其出，寫其凶猛；側腦看青霄，寫其雄傑；長翮如刀劍，寫其驃悍，層面描繪，以賦為詩。北宋王安石在「歐公座上賦〈虎圖〉」，贏得歐陽脩「擊節稱歎，坐客閣筆不敢作」；其實，只是創造性模仿杜甫〈畫鶺行〉「以真擬畫」手法，變猛禽為猛獸而已。王安石〈虎圖〉，特寫目光夾鏡、橫行妥尾、顧盼躊躇、稍稍摩鬚，就眼神、虎尾、舉止、虎鬚諸細節，以勾勒猛虎之顧盼自雄。悲風颯颯、寒雀驚呼以下四句，純從杜詩「烏鵲恐其出」脫化而來。「苕溪漁隱曰」，《西清詩話》云，此「乃體杜甫〈畫鶺行〉」，[23]可見宋人對杜甫題畫詩手法之傳承與接受。又如〈通泉縣署屋壁後薛少保畫鶴〉：

> 薛公十一鶴，皆寫青田真。畫色久欲盡，蒼然猶出塵。低昂各有意，磊落如長人。佳此志氣遠，豈惟粉墨新。萬里不以力，群游森會神。威遲白鳳態，非是倉庚鄰。高堂未傾覆，常得慰嘉賓。曝露牆壁外，終嗟風雨頻。赤霄有真骨，恥飲洿池津。冥冥任所往，脫略誰能馴。[24]

此詩一路寫來十六句，盡心再現畫面內容，令讀者「見詩如見畫」。「赤霄有真骨」以下四句，乃轉以真鶴比況畫鶴。仇兆鰲《杜詩詳注》引朱鶴齡評本詩云：「本詠畫鶴，以真鶴結之；猶之詠畫鷹而及真鷹，詠畫鶴而及真鶴，詠畫馬而及真馬也。公詩格往往如是。」[25]杜

23　〔宋〕蔡絛：《西清詩話》，郭紹虞：《宋詩話輯佚》（臺北市：文泉閣出版社，1972年），卷26〈虎圖詩〉，頁330。

24　〔清〕仇兆鰲《杜詩詳注》，卷11，〈通泉縣署屋壁後薛少保畫鶴〉，頁961-962。

25　〔清〕仇兆鰲：《杜詩詳注》，卷11，〈通泉縣署屋壁後薛少保畫鶴〉，頁962。

甫題畫「以真擬畫」之特色，朱鶴齡提出總結式之提示，有助讀者領
會杜詩。杜甫題詠畫馬，如〈韋諷錄事宅觀曹將軍畫馬圖〉，可作代
表：

> 國初已來畫鞍馬，神妙獨數江都王。將軍得名三十載，人間又
> 見真乘黃。曾貌先帝照夜白，龍池十日飛霹靂。內府殷紅馬腦
> 盤，婕好傳詔才人索。盌賜將軍拜舞歸，輕紈細綺相追飛。貴
> 戚權門得筆跡，始覺屏障生光輝。昔日太宗拳毛騧，近時郭家
> 師子花。今之新圖有二馬，復令識者久嘆嗟。此皆騎戰一敵
> 萬，縞素漠漠開風沙。其餘七匹亦殊絕，迥若寒空動煙雪。霜
> 蹄蹴踏長楸間，馬官廝養森成列。可憐九馬爭神駿，顧視清高
> 氣深穩。借問苦心愛者誰，後有韋諷前支遁。憶昔巡幸新豐
> 宮，翠華拂天來向東。騰驤磊落三萬匹，皆與此圖筋骨同。自
> 從獻寶朝河宗，無復射蛟江水中。君不見金粟堆前松柏裏，龍
> 媒去盡鳥呼風。[26]

　　清沈德潛纂《杜詩評鈔》評此詩之結構：「因畫馬說到真馬，因
真馬說到天子巡幸。」[27]陸時雍《詩境淺說》亦云：「詠畫者多詠真。
詠真易而詠畫難，畫中見真，真中帶畫，尤難。此詩亦可稱畫筆
矣。」[28]另外，〈丹青引〉一詩敘寫曹霸畫馬，稱「斯須九重真龍出，
一洗萬古凡馬空。玉花卻在御榻上，榻上庭前屹相向」，亦是真馬陪

26　〔清〕仇兆鰲：《杜詩詳注》，卷 13，〈韋諷錄事宅觀曹將軍畫馬圖〉，頁 1152-
　　1155。

27　〔清〕沈德潛纂：《杜詩評鈔》（臺北市：廣文書局，1976 年），〈韋諷錄事宅觀
　　曹將軍畫馬圖〉尾評，頁 138。

28　孔壽山：《唐朝題畫詩注》，〈韋諷錄事宅觀曹將軍畫馬圖〉引，頁 145。

襯畫馬；畫馬奪真，方能令圉人太僕讚歎不已。杜甫題詠圖畫之以真擬畫，大抵類此。其後，宋人題畫馬，亦多以真馬擬畫中馬，如蘇軾〈韓幹馬十四匹〉、〈書韓幹牧馬圖〉、〈次韻子由書李伯時所藏韓幹馬〉諸詩；黃庭堅〈次韻子瞻和子由觀韓幹馬因論伯時畫天馬〉、〈戲書李伯時畫御馬好頭赤〉、〈題伯時天育驃騎圖二首〉、〈和子瞻戲書伯時畫好頭赤〉諸什，多以「真龍」、「真馬」比擬畫中駿馬。[29]以真擬畫，虛擬實境，此法亦得自老杜之啟示。清高宗《御選唐宋詩醇》稱美「馬詩有杜甫諸作，後人無從著筆矣！」於宋代獨推蘇軾題畫馬詩數篇：「能別出一奇於浣花之外，骨幹氣象，實相等垺。」[30]杜甫題畫之長於開創，蘇軾題詠之善於傳承開拓，亦由此可見。

　　此種虛實互用，倒用想像，疑真疑畫之藝術經營手法，宋代詩話每津津樂道之，作為一代題畫作詩之常法，如：

> 江山登臨之美，泉石賞玩之勝，世間佳境也。觀者必曰「如畫」，故有「江山如畫」、「天開圖畫即江山」、「身在畫圖中」之語。至於丹青之妙，好事君子嗟歎之不足者，則又以「逼真」目之，如老杜「人間又見真乘黃」、「時危安得真致此」、「悄然坐我天姥下」、「斯須九重真龍出」、「憑軒忽若無丹青」、「高堂見生鶻」、「直訝杉松冷，兼疑菱荇香」之句，是也。[31]

29　張高評：《創意造語與宋詩特色》（臺北市：新文豐出版公司，2008 年），第七章〈蘇軾、黃庭堅題畫詩與詩中有畫——以題韓幹、李公麟畫馬為例〉，頁 305-324。

30　〔清〕高宗御選：《唐宋詩醇》（文淵閣《欽定四庫全書》，集部 387，總集類，臺北市：臺灣商務印書館，1983 年），卷 35，〈書韓幹牧馬圖〉，頁 1448-674。

31　〔宋〕洪邁：《容齋詩話》（臺北市：臺灣商務印書館，1965 年，《叢書集成》本），卷 1，頁 5。

> 杜（甫）〈蜀山水圖〉云：「沱水流中座，岷山赴北堂。白波吹
> 粉壁，青嶂挿雕梁。」此以畫為真也。曾吉父云：「斷崖韋偃
> 樹，小雨郭熙山。」此以真為畫也。[32]

《容齋詩話》稱：世間寫江山之美，必曰如畫；敘丹青之妙，則曰逼
真，多舉杜甫題畫詩句為證，誠如前文所述。《誠齋詩話》亦舉杜甫詩
與曾幾之言為例，或以真為畫，或以畫為真，倒用想像，疑真疑畫，
此品畫說詩之風景觀念，宋代當已十分流行。[33]推本溯源，杜甫題畫詠
畫多所開創，有如此者。

二　以畫法為詩法

　　唐人作詩，具詩中有畫之效應者，不止王維所作山水詩。杜甫
〈望嶽〉一首，取景角度，符合傳統繪畫「折高折遠，自有妙理」之散
點透視法，[34]暗合「三遠」畫論之設計。[35]杜甫由秦入蜀，作二十四首
紀遊詩，窮山川之勝，盡丘壑之美，鮮明生動再現景物形象。前人曾
以「山水圖經」、「流民長卷」稱之。所謂「山川歷落，居然在眼」，

32　〔宋〕楊萬里：《誠齋詩話》，丁福保輯：《歷代詩話續編》（臺北市：木鐸出版社，
　　1983 年），頁 148。

33　〔日本〕淺見洋二：《距離與想像──中國詩學的唐宋轉型》（上海市：上海古籍
　　出版社，2005 年），〈「天開圖畫」的譜系──中國詩中的風景與繪畫〉，頁 19-
　　25。

34　〔宋〕沈括：《夢溪筆談》（香港：中華書局，1987 年），卷 17，〈書畫〉：「大都
　　山水之法，蓋以大觀小，如人觀假山耳。……其間折高折遠，自有妙理。」頁
　　170。

35　〔宋〕郭熙、郭思撰：《林泉高致》，俞劍華編：《中國畫論類編》（北京市：人民
　　美術出版社，1986 年），〈山水訓〉：「山有三遠：『自山下而仰山顛，謂之高遠；
　　自山前而窺山後，謂之深遠；自近山而望遠山，謂之平遠。』」頁 639。

如春蠶結繭，隨物肖形，於是蔚為山水詩表現藝術之新成就。[36]杜甫圖繪山水，既稱圖經長卷，移以題詠圖畫，則往往借鏡畫法入詩中，所謂運畫法入詩法，或以畫法為詩法。如〈奉先劉少府新畫山水障歌〉：

> 堂上不合生楓樹，怪底江山起煙霧。聞君掃卻赤縣圖，乘興遣畫滄洲趣。畫師亦無數，好手不可遇。對此融心神。知君重毫素。豈但祁岳與鄭虔，筆跡遠過楊契丹。得非懸圃裂？無乃瀟湘翻？悄然坐我天姥下，耳邊已似聞清猿。反思前夜風雨急，乃是蒲城鬼神入。元氣淋灕障猶濕，真宰上訴天應泣。野亭春還雜花遠，漁翁暝蹋孤舟立。滄浪水深青溟闊，欹岸側島秋毫末。不見湘妃鼓瑟時，至今斑竹臨江活。劉侯天機精，愛畫入骨髓。自有兩兒郎，揮灑亦莫比。大兒聰明到，能添老樹巔崖裏。小兒心孔開。貌得山僧及童子。若耶溪，雲門寺。吾獨胡為在泥滓，青鞋布襪從此始。[37]

杜甫為圖畫題詩，自有一定之畫學素養與鑑賞眼光。梁謝赫《畫品》有「六法」之說，[38]明王嗣奭《杜臆》據此以賞析杜甫〈奉先劉少府新畫山水障歌〉，以為杜甫「以畫法為詩法」，其說云：「畫有六法：『氣韻生動』第一，『骨法用筆』次之。杜以畫法為詩法，通篇字字跳躍，天機盎然，見其氣韻。乃『堂上不合生楓樹』，突然而起，從天而下，已而忽入『前夜風雨急』，已而忽入兩兒揮灑，突兀頓挫，不知所自

36　陳貽焮：《杜甫評傳》（上海市：上海古籍出版社，1988 年），中卷，第十二章〈入蜀「圖經」〉，頁 630-636。

37　〔清〕仇兆鰲《杜詩詳注》，卷4，〈奉先劉少府新畫山水障歌〉，頁 275-278。

38　〔梁〕謝赫：《畫品》〈論畫六法〉，見〔唐〕張彥遠：《歷代名畫記》，卷 2，于安瀾編：《畫史叢書》（臺北市：文史哲出版社，1994 年），第一冊，頁 19-20。

來，見其骨法。至末因貌山僧，轉雲門、若耶，青鞋布襪，闋然而止，總得畫法經營位置之妙。而篇中最得畫家三昧，尤在『元氣淋漓障猶濕』一語，試一想像，此畫至今在目，真是下筆有神；而詩中之畫，令顧、陸奔走筆端。」[39]據《歷代名畫記》，謝赫論畫六法，分別為氣韻生動、骨法用筆、應物象形、隨類賦彩、經營位置、傳模移寫；[40]王嗣奭鑑賞此詩，以為杜甫「以畫法為詩法」，特提六法之「氣韻生動」、「骨法用筆」，以及「經營位置」，且肯定杜甫本篇為「詩中之畫」。清方薰《山靜居論畫》亦云：「讀老杜入峽諸詩，奇思百出，便是吳生、王宰蜀中山水圖。自來題畫詩，亦惟此老使筆如畫。人謂摩詰詩中有畫，未免一丘一壑耳。」[41]王、方二家以「詩中有畫」推崇杜甫題畫之作，可謂持之有故，言之成理。

繪事有烘雲托月之法，移以作詩行文，謂之藉賓形主，清金聖歎曾提示之，以為《西廂記》第一折妙寫張生之法；[42]清葉燮《原詩》亦持此畫法，以讀杜甫〈丹青引贈曹將軍霸〉一詩，如：

> 將軍魏武之子孫，於今為庶為清門。英雄割據雖已矣，文彩風流今尚存。學書初學衛夫人，但恨無過王右軍。丹青不知老將

---

39 〔明〕王嗣奭：《杜臆》，卷之1，〈奉先劉少府新畫山水障歌〉，頁36-37。

40 謝赫「六法」，斷句標準，諸家不一，參看李澤厚、劉綱紀主編：《中國美學史》（臺北市：谷風出版社，1987年），第二卷，第十九章第二節〈「六法」及其標點問題〉，頁949-958。

41 〔清〕方薰：《山靜居論畫》，俞劍華編著：《中國畫論類編》（北京市：人民美術出版社，1986年），頁231。

42 〔清〕金聖歎著，陸林輯校整理：《金聖歎全集》（南京市：鳳凰出版社，2008年），《貫華堂第六才子書西廂記》，卷4，〈一之一，驚艷〉：「亦嘗觀于『烘雲托月』之法乎？欲畫月也，月不可畫，因而畫雲。畫雲者，意不在于雲也；意不在于雲者，意固在于月也。……將寫雙文（鶯鶯），而寫之不得；因置雙文勿寫而先寫張生者，所謂畫家『烘雲托月』之秘法。」頁893-894。

至，富貴於我如浮雲。開元之中常引見，承恩數上南燻殿。凌煙功臣少顏色，將軍下筆開生面。良相頭上進賢冠，猛將腰間大羽箭。褒公鄂公毛髮動，英姿颯爽來酣戰。先帝天馬玉花驄，畫工如山貌不同。是日牽來赤墀下，迴立閶闔生長風。詔謂將軍拂絹素，意匠慘澹經營中。斯須九重真龍出，一洗萬古凡馬空。玉花卻在御榻上，榻上庭前屹相向。至尊含笑催賜金，圉人太僕皆惆悵。弟子韓幹早入室，亦能畫馬窮殊相。幹惟畫肉不畫骨，忍使驊騮氣凋喪。將軍畫善蓋有神，偶逢佳士亦寫真。即今飄泊干戈際，屢貌尋常行路人。途窮反遭俗眼白，世上未有如公貧。但看古來盛名下，終日坎壈纏其身。[43]

清沈德潛評此詩，拈出賓主相形之法：「畫人畫馬，賓主相形，縱橫跌宕，此種篇法得之於心，應之於手，有化工而無人力，觀止矣！」[44]蓋烘托陪襯之法，最能描繪事態，形容心情，使意在言外，言在意中，這本是繪事後素之法，本詩既為曹霸畫家作傳，自然運用此法。清施補華《峴傭說詩》亦云：「〈丹青引〉畫人是賓，畫馬是主；卻從善書引起善畫，從畫人引起畫馬，又用韓幹之畫肉，墊將軍之畫骨，末後搭到畫人。章法錯綜絕妙，學者極宜究心。」[45]清葉燮《原詩》說〈丹青引〉，亦持賓主相形，詳論其章法。[46]蓋窮神盡相，傳真妙肖，乃繪事之極則，〈丹青引〉敘寫曹霸畫功臣、畫天馬，多用特寫法、示現法、借映法，確實有「以畫法為詩法」之傾向。浦起龍《讀杜心解》

43　〔清〕仇兆鰲《杜詩詳注》，卷13，〈丹青引‧贈曹將軍霸〉，頁1147-1151。

44　〔清〕沈德潛纂：《杜詩評鈔》，卷2，〈丹青引〉尾評，頁139。

45　〔清〕施補華：《峴傭說詩》，丁福保編：《清詩話》（臺北市：明倫出版社，1971年），第123則，頁987。

46　〔清〕葉燮：《原詩》，卷4，外篇四，丁福保編：《清詩話》，頁609。

推崇杜甫此詩，為「摹寫丹青之絕特」；申涵光評此詩，推許為「古今題畫第一首」，由此觀之，絕非浪得虛名。

　　考察〈韋諷錄事宅觀曹將軍畫馬圖〉、〈奉先劉少府新畫山水障歌〉、〈丹青引贈曹將軍霸〉諸題詠，知杜甫工於鑑賞畫作，深得畫理，間引畫法入詩中。杜甫其他題畫詩，以畫法為詩法者亦尚有之。如〈天育驃騎歌〉：

> 吾聞天子之馬走千里，今之畫圖無乃是。是何意態雄且傑，駿尾蕭梢朔風起。毛為綠縹兩耳黃，眼有紫焰雙瞳方。矯矯龍性含變化，卓立天骨森開張。伊昔太僕張景順，監牧攻駒閱清峻。遂令大奴字天育，別養驥子憐神俊。當時四十萬匹馬，張公歎其材盡下。故獨寫真傳世人，見之座右久更新。年多物化空形影，嗚呼健步無由騁。如今豈無騕褭與驊騮，時無王良伯樂死即休。[47]

杜甫既圖寫駿馬外在之驃悍，又刻劃駿馬內在之性情，具象寫瞳孔，細微畫毫毛，無異工筆之重彩畫。其他，如〈戲書韋偃雙松圖歌〉、〈觀薛稷少保書畫壁〉、〈楊監又出畫鷹十二扇〉、〈嚴公廳宴同詠蜀道畫圖〉諸什，要皆具體呈現畫中形象，維妙維肖傳達畫中意境。南齊謝赫「六法」，所謂應物象形、隨類賦彩、傳模移寫，[48]杜甫題畫詩諸作，皆有或多或少之體現與示範。

　　清喬億《劍谿說詩》述說題畫詩，謂「三唐間見，入宋寖多，要

47　〔清〕仇兆鰲《杜詩詳注》，卷4，〈天育驃騎歌〉，頁253-255。

48　〔南齊〕謝赫：《古畫品錄》，俞劍華編著：《中國畫論類編》（北京市：人民美術出版社，1986年），第三編，〈品評・古畫品錄序〉，頁355。

惟老杜橫絕古今，蘇文忠次之，黃文節又次之。」[49]王士禎《帶經堂詩話》亦稱美蘇軾、黃庭堅之題畫詩，推許為「極妍盡態，物無遁形。」[50]以畫法為詩法，多體現詩中有畫之勝境。詩思出位，詩畫交融，形成宋詩一大特色。

三　因圖畫而興寄

詩歌為時間藝術，擅長敘寫流動的歷程，以抒情言志為主，富於音樂性之節奏。圖畫為空間藝術，工於描繪靜態景象，富於視覺造型之美感。詩畫各有優長，又自有其侷限。若將抒情寫意之詩性特色，吸納且體現在繪畫中，即生發「畫中有詩」之特質。

自南朝宋宗炳提出「暢神」之說，以為山水畫創作「神之所暢，孰有先焉？」[51]揭示山水畫之抒情言志功能。宋陳郁《藏一話腴》更言：「蓋寫其形，必傳其神；傳其神，必寫其心。」[52]藉藝術造形以達意，因畫境而抒情，所謂「詩中須有我，畫中亦須有我！」總之，畫家或以形寫神，或以形暢神，或以形生情，或因畫興寄，蘇軾所謂「畫中有詩」，石濤所謂「不似之似似之」者，要之，多與形象思維有關。[53]

49　〔清〕喬億：《劍谿說詩》，郭紹虞：《清詩話續編》（臺北市：木鐸出版社，1983年），卷下，頁1103。

50　〔清〕王士禎：《帶經堂詩話》（北京市：人民文學出版社，1982年），卷22，〈書畫類上〉，二十四，頁650。

51　〔南朝宋〕宗炳：〈畫山水序〉，俞劍華編著：《中國畫論類編》（北京市：人民美術出版社，1986年），第五編，〈山水（上）〉，頁583-584。

52　〔宋〕陳郁：《藏一話腴》（《欽定四庫全書》，文淵閣本，臺北市：臺灣商務印書館，1983年），外編，卷下，冊865，頁569-570。

53　伍蠡甫：《中國畫論研究》（北京市：北京大學出版社，1983年），〈試論畫中有詩〉，頁200-222。

　　《宣和畫譜》論李公麟作畫,「深得杜甫作詩體制而移於畫」,[54]故
寫意抒情之意味極濃。馬遠、夏圭之一角半邊畫,寄寓南宋剩水殘山
之意境;[55]宋代畫境之詩意追求,或有比興寄託,亦皆畫中有詩之傑
作。題畫詩之作,因畫而起興,亦往往藉畫以寄託,此則與詠物詩無
異。美妙上乘之詠物詩,貴在「因小見大,有所寄託,才能使筆有遠
情」。[56]題畫之為詩,不過詠物之一類,求其所以妙,自亦相通。試考
察杜甫題畫諸作,因圖畫而興寄者亦不少,如〈畫鷹〉末兩句,杜甫
乘風思奮之心,嫉惡如仇之志,呼之欲出。〈奉先劉少府新畫山水障
歌〉,亦曲終奏雅,因畫而動出塵之幽思,生發神遊勝境之逸趣。又
如〈天育驃騎歌〉:

　　吾聞天子之馬走千里,今之畫圖無乃是。是何意態雄且傑,駿
　　尾蕭梢朔風起。毛為綠縹兩耳黃,眼有紫焰雙瞳方。矯矯龍性
　　含變化,卓立天骨森開張。伊昔太僕張景順,監牧攻駒閱清
　　峻。遂令大奴字天育,別養驥子憐神俊。當時四十萬匹馬,張
　　公歎其材盡下。故獨寫真傳世人,見之座右久更新。年多物化
　　空形影,嗚呼健步無由騁。如今豈無騕褭與驊騮,時無王良伯
　　樂死即休。[57]

54　〔宋〕佚名:《宣和畫譜》,卷7,〈文臣李公麟〉,于安瀾編:《畫史叢書》(臺北
　　市:文史哲出版社,1994年),頁448-449。

55　李澤厚:《美的歷程》(天津市:天津社會科學院出版社,2001年),九〈宋元山
　　水意境〉,頁289-291。

56　黃永武:《詩與美》(臺北市:洪範書店,1984年),〈詠物詩的評價標準〉,頁
　　170-173。

57　〔清〕仇兆鰲《杜詩詳注》,卷4,〈天育驃騎歌〉,頁253-255。

通篇感慨王良伯樂不再，千里馬之雄傑神俊難得。篇末四句，亦因圖畫而寄興，浦起龍《讀杜心解》所謂：「結更從畫馬空存，翻出異材常有來。既為畫馬轉一語，亦為奇士叫一屈，又恰與篇首呼應。其寓意也悲矣，其運法也化矣！」[58]時當天寶末年，杜甫舉進士不第，困居長安，遂藉畫抒懷，寄寓懷才不遇之痛。論者稱：「馬比喻知遇的難覓」，信然。又如〈題壁上韋偃畫馬歌〉：

> 韋侯別我有所適，知我憐渠畫無敵。戲拈禿筆掃驊騮，欻見騏驎出東壁。一匹齕草一匹嘶，坐看千里當霜蹄。時危安得真致此？與人同生亦同死。[59]

此詩妙在以真馬擬畫馬，曰出東壁，曰當霜蹄，如見其神駿。結聯所謂同生同死，興寄高遠，與〈房兵曹胡馬〉所謂「所向無空闊，真堪托死生」同風，蓋藉題畫寄寓匡復建功之志。又如〈姜楚公畫角鷹歌〉：

> 楚公畫鷹鷹戴角，殺氣森森到幽朔。觀者貪愁掣臂飛，畫師不是無心學。此鷹寫真在左綿，卻嗟真骨遂虛傳。梁間燕雀休驚怕，亦未搏空上九天。[60]

全詩以真鷹比擬畫鷹，殺氣森森，如聞如見。明王嗣奭評此詩：「形容佳畫，止於奪真」，信然。結聯寄託懷才不遇，遺憾未能經世致用。他如〈韋諷錄事宅觀曹將軍畫馬圖〉，以馬的眾盛，象徵唐室之輝煌；

58　〔清〕仇兆鰲：《杜詩詳注》，卷2之1，〈天育驃騎歌〉，頁241。

59　〔清〕仇兆鰲《杜詩詳注》，卷9，〈題壁上韋偃畫馬歌〉，頁753-754。

60　〔清〕仇兆鰲《杜詩詳注》，卷11，〈姜楚公畫角鷹歌〉，頁924。

再以馬的衰微，暗示國破民弊。題畫詠馬，能因小見大，有所寄託，故筆有遠情。[61]又如〈楊監又出畫鷹十二扇〉：

> 近時馮紹正，能畫鷙鳥樣。明公出此圖，無乃傳其狀。殊姿各
> 獨立，清絕心有向。疾禁千里馬，氣敵萬人將。憶昔驪山宮，
> 冬移含元仗。天寒大羽獵，此物神俱王。當時無凡材，百中皆
> 用壯。粉墨形似間，識者一惆悵。干戈少暇日，真骨老崖嶂。
> 為君除狡兔，會是翻鞲上。[62]

詩從畫鷹之神儁、雄健、志向高遠，寫到驪山之校獵，且寄託興亡之感。末四句再借真鷹寄託感慨，《杜臆》所謂「因才志不展，而發興於鷹揚」；仇兆鰲《杜詩詳注》所謂：「遊獵不暇，鷹老空山矣！然其力能搏兔，雖老猶可用也。寫一畫鷹，而世之治亂，身之用舍，俱在其中，真是變化百出。」[63]鷙鷹老矣，猶願「為君除狡兔」；杜甫暮年之壯志雄心，躍然紙上。杜甫題詠圖畫，因畫興感，由感而生寄託，有如此者。

寄託與含蓄有別，錢鍾書論寄託，以為：「詩中所未嘗言，別取事物，湊泊以合，所謂言在於此，意在於彼。」[64]杜甫之後，詩人題畫詠畫，或關切政治盛衰，或連結士人窮達，比興寄託遂多。題畫之

61　黃永武：《中國詩學·思想篇》（臺北市：巨流圖書公司，2009 年），〈杜甫筆下的馬〉，「馬暗示國勢的盛衰」，頁 194-195。

62　〔清〕仇兆鰲《杜詩詳注》，卷 15，〈楊監又出畫鷹十二扇〉，頁 1340-1342。

63　〔清〕王嗣奭：《杜臆》，卷 8，〈楊監又出畫鷹十二扇〉，頁 281；〔清〕仇兆鰲：《杜詩詳注》，卷 15，頁 1342。

64　錢鍾書：《管錐編》（臺北市：書林出版公司，1990 年），《毛詩正義·狡童》，頁 108。

法，本與詠物相通。因畫興感，與借物興寄，其理一也。可參考姜斐德《宋代詩畫中的政治隱情》一書，論及蘇軾、黃庭堅之藉畫抒情。[65]

第三節　杜甫題畫詩與「詩畫相資」之體現

　　就塑造形象之媒介言，詩歌與繪畫各有不同：詩歌重表現，繪畫主再現。宋代蔡絛《西清詩話》、吳龍翰序《野趣有聲畫》，頗有提示：

> 丹青吟詠，妙處相資。昔人謂「詩中有畫，畫中有詩」者，蓋畫手能狀，而詩人能言之。[66]

> 畫難畫之景，以詩湊成；吟難吟之詩，以畫補足，其意匠經營，亦良苦矣。[67]

繪畫，為空間藝術，長於再現；詩歌，為時間藝術，工於表現。詩與畫，各有短長，若能相濟為用，則可「合之則雙美」。以詩題畫，可以救濟繪畫之窮，而彌補其短缺，所謂詩情畫意，相得益彰，此乃題畫詩之大用。就「詩畫相資」為用而言，杜甫題畫詩至少提供下列三種表現手法：其一，化美為媚；其二，拓展畫境；其三，再現畫面，舉例論證如下：

65　〔美〕姜斐德：《宋代詩畫中的政治隱情》（北京市：中華書局，2009 年）。

66　〔宋〕蔡絛：《西清詩話》，郭紹虞：《宋詩話輯佚》（臺北市：文泉閣出版社，1972 年），頁 358。

67　〔清〕曹庭棟：《宋百家詩存》（上海市：上海古籍出版社，《四庫文學總集選刊》，1993 年）。吳龍翰序楊公遠：《野趣有聲畫》，文淵閣《四庫全書》冊 1477，頁 923。

一　化美為媚

　　圖畫為空間藝術，固定靜止乃其特徵。詩歌為時間藝術，變化流動即其優長。題畫詩，針對圖畫題詠，結合畫與詩而一之，最能體現「詩中有畫」之融合。抑有進者，若能化靜為動，化美為媚，更是題畫之極致。

　　萊辛《拉奧孔》以為：媚，乃動態中之美。吾人回憶一種動態之景象，往往較單純之形狀或顏色容易，而且生動得多。[68]梁謝赫《畫品》六法有「傳模移寫」，只是巧構形似，不如化美為媚，能將靜態之畫面生發出動態之姿致。杜甫題畫之美，能化靜為動，化美為媚，妙在表現詩美之流動，突破繪畫之侷限，所謂詩情畫意，相得益彰，此其所長。杜甫題詠畫鷹、畫鶻、畫馬，甚至於詠山水，多信有此妙，如畫鷹：

　　　　素練風霜起，蒼鷹畫作殊。攫身思狡兔，側目似愁胡。絛鏇光堪摘，軒楹勢可呼。何當擊凡鳥，毛血灑平蕪。[69]

　　　　楚公畫鷹鷹戴角，殺氣森森到幽朔。觀者貪愁掣臂飛，畫師不是無心學。此鷹寫真在左綿，卻嗟真骨遂虛傳。梁間燕雀休驚怕，亦未搏空上九天。[70]

68　朱光潛譯：《詩與畫的界限》（又稱拉奧孔）（臺北市：蒲公英出版社，1986 年），第二十一章〈詩人就美的效果來寫美〉，頁 119-122；朱光潛：《美學再出發》（臺北市：丹青圖書公司，1987 年），〈萊辛的拉奧孔〉，頁 417。

69　〔清〕仇兆鰲《杜詩詳注》，卷 1，〈畫鷹〉，頁 19。

70　〔清〕仇兆鰲：《杜詩詳注》，卷 11，〈姜楚公畫角鷹歌〉，頁 924。

　　題詠圖畫，多強調其逼真、奪真；尤其是鳥獸畫，除極言畫作之
妙肖外，更凸顯繪本能化靜為動，化美為媚。杜甫題詠〈畫鷹〉，分就
「風霜起」、「攫身」、「側目」、「光堪摘」、「勢可呼」、「擊凡鳥」諸
情節，作種種經營，形成蓄勢待發之氣勢，此之謂化美為媚。又如
〈姜楚公畫角鷹歌〉，結聯稱：「梁間燕雀休驚怕，亦未搏空上九天」，
此鷹只是寫真而已，而其「殺氣森森」，足以令燕雀驚怕，化靜為動，
亦在渲染其氣勢。又如〈楊監又出畫鷹十二扇〉：「殊姿各獨立，清絕
心有向。疾禁千里馬，氣敵萬人將」，將畫鷹靜待出群之姿態，思動
欲飛翥之神情，二句點染；再以「千里馬」喻其疾飛之速度，以「萬
人將」喻其雄健之氣概，繪聲繪影，化美為媚，總在呼應「清絕心有
向」五字。杜甫題詠禽鳥，畫鷹之外，又有〈畫鶻行〉，亦長於化靜為
動，化美為媚：「烏鵲滿樛枝，軒然恐其出」，設身處地，想像豐富，
生鶻之颯爽動秋骨，引發烏鵲之「恐其出」；然而生鶻「側腦看青霄」，
志不在烏鵲。以肢體動作與視覺形象速寫「生鶻」，畫師之經營與造
詣，果然筆補造化，所謂「功刮造化窟」。

　　杜甫題畫，化靜為動，化美為媚，長於用動態詞「出」字：〈畫
鶻行〉稱：「烏鵲滿樛枝，軒然恐其出」；〈題壁上韋偃畫馬歌〉：「戲
拈禿筆掃驊騮，欻見騏驎出東壁」；〈丹青引〉：「斯須九重真龍出，一
洗萬古凡馬空」；三詩妙在著一「出」字，遂巧妙將畫鶻、畫馬轉變為
真鶻、真馬，化靜為動，化死為生，既以假為真，於是化美為媚，姿
態橫生，可謂筆補造化。〈韋諷錄事宅觀曹將軍畫馬圖〉，為〈丹青
引‧贈曹將軍霸〉之姊妹篇，曹霸畫馬，如何能令「至尊含笑催賜金，
圉人太僕皆惆悵」？參照杜甫〈韋諷錄事宅觀曹將軍畫馬圖〉，可得而
知：

　　　國初已來畫鞍馬，神妙獨數江都王。將軍得名三十載，人間又

見真乘黃。曾貌先帝照夜白，龍池十日飛霹靂。內府殷紅馬腦盤，婕好傳詔才人索。盌賜將軍拜舞歸，輕紈細綺相追飛。貴戚權門得筆跡，始覺屏障生光輝。昔日太宗拳毛騧，近時郭家師子花。今之新圖有二馬，復令識者久嘆嗟。此皆騎戰一敵萬，縞素漠漠開風沙。其餘七匹亦殊絕，迥若寒空動煙雪。霜蹄蹴踏長楸間，馬官廝養森成列。可憐九馬爭神駿，顧視清高氣深穩。借問苦心愛者誰，後有韋諷前支遁。憶昔巡幸新豐宮，翠華拂天來向東。騰驤磊落三萬匹，皆與此圖筋骨同。自從獻寶朝河宗，無復射蛟江水中。君不見金粟堆前松柏裏，龍媒去盡鳥呼風。[71]

曹霸所畫鞍馬，有明皇之玉花驄、照夜白，太宗之拳毛騧、郭家之獅子花。其畫藝之生動殊勝，在「人間又見真乘黃」。杜甫為駿馬寫生，往往「就美的效果來寫美」，如圖貌照夜白，其神奇效果能令「龍池十日飛霹靂」；由此而引發之群眾效應，則如「內府殷紅馬腦盤，婕好傳詔才人索。盌賜將軍拜舞歸，輕紈細綺相追飛。貴戚權門得筆跡，始覺屏障生光輝」，追逐偶像、附庸風雅，足可想像其藝術之魅力。詩中對於「今之新圖有二馬」，以「縞素漠漠開風沙」形容之；其餘七匹之殊絕，以「迥若寒空動煙雪，霜蹄蹴踏長楸間」、「顧視清高氣深穩」，勾勒其氣概；再以「顧視清高氣深穩」，概括九馬神駿之姿質。要之，多以動態字圖寫，所謂化靜為動，化美為媚。

　　杜甫題詠山水畫，尤其擅長化靜為動，化美為媚。既將現實背景與畫中圖景結合，又將現實人物與畫中人物交通，物我合一，情景交

71　〔清〕仇兆鰲《杜詩詳注》，卷 13，〈韋諷錄事宅觀曹將軍畫馬圖〉，頁 1152-
　　1155。

融，形象思維一經發用，於是繪聲繪影，栩栩如生，如〈奉觀嚴鄭公廳事岷山沱江畫圖十韻〉：

> 沱水流中座，岷山到此堂。白波吹粉壁，青嶂插雕梁。直訝松杉冷，兼疑菱荇香。雪雲虛點綴，沙草得微茫。嶺雁隨毫末，川蜺飲練光。霏紅洲蕊亂，拂黛石蘿長。暗谷非關雨，丹楓不為霜。秋城玄圃外，景物洞庭旁。繪事功殊絕，幽襟興激昂。從來謝太傅，丘壑道難忘。[72]

岷山沱江畫圖之內容，依杜甫題詠有沱水、岷山；白波、青嶂；杉松、菱荇；雪雲、沙草；嶺雁、川蜺；洲蕊、石蘿；暗谷、丹楓等一山一水對言，要皆尋常而靜態之山水景物。然經由杜甫之匠心獨運，連結動詞作誇張呈現後，遂化靜為動，化美為媚：水流中座，山到此堂；波吹粉壁，嶂插雕梁，廳事與畫圖融會為一，疑畫為真。「直訝」以下十句，描繪感官之冷之香之紅之黛，能「狀難寫之景，如在目前」；「秋城玄圃外，景物洞庭旁」，拓展畫境，想像無窮。王嗣奭稱：「此詩是唐人詠畫格調」；仇兆鰲論此詩，「為宋人詠畫之祖」，[73]良有以也。〈觀李固請司馬弟山水圖三首〉其二：「高浪垂翻屋，崩崖欲壓床」，亦山水分寫，而又以真擬畫，以誇飾取勁，著一「垂」字、「欲」字，乃將然未然之詞，有聲勢、有氣勢，山水之險絕，可以想見；題畫之鮮活生動，亦由此可見。

72　〔清〕仇兆鰲《杜詩詳注》，卷 14，〈奉觀嚴鄭公廳事岷山沱江畫圖十韻〉，頁 1186-1187。

73　〔明〕王嗣奭：《杜臆》，卷 6，頁 206；〔清〕仇兆鰲：《杜詩詳注》，卷 14，頁 1188。

二 拓展畫境

　　北宋韓拙善畫山水，以為繪畫之藝術，「揮纖毫之筆，則萬類由心；展方寸之能，則千里在掌」；因此，繪事有「筆補造化」之功能。[74]題畫詩之創作，最可見詩情畫意相得益彰之成效。題畫之妙者，貴能引申發揮，拓展畫境，所謂「畫工意初未必然，而詩人廣大之，未必不然」。要領只在「盡其情」而已，不必「徒言其景」。[75]

　　題畫詩之作，最可見「丹青吟詠，妙處相資」之新奇組合與相得益彰。宋吳龍翰序《野趣有聲畫》所謂「畫難畫之景，以詩湊成；吟難吟之詩，以畫補足。」蓋畫家筆所未到者，詩人往往神會之，而作種種引申發揮，創意解讀。對於畫境之拓展，山水題畫詩較多，如杜甫所作〈戲題王宰山水圖歌〉：

> 十日畫一水，五日畫一石。能事不受相促迫，王宰始肯留真跡。壯哉崑崙方壺圖，掛君高堂之素壁。巴陵洞庭日本東，赤岸水與銀河通，中有雲氣隨飛龍。舟人漁子入浦漵，山木盡亞洪濤風。尤工遠勢古莫比，咫尺應須論萬里。焉得并州快剪刀，翦取吳松半江水。[76]

「十日畫一水，五日畫一石」，王宰進行藝術構思，慘澹經營而又從容不迫之神態，極具形象表出。王宰所繪山水圖，杜甫稱之為「崑崙方壺圖」，蓋崑崙仙山在極西，方壺仙山在極東，由西徂東，地緣無限

74　〔宋〕韓拙：《山水純全集·序》，俞劍華：《中國畫論類編》（北京市：人民美術出版社，1986 年），第六編山水（下），頁 659。

75　張高評：《創意造語與宋詩特色》（臺北市：新文豐出版公司，2008 年），第八章，〈蘇軾題畫詩與意境之拓展〉，頁 345。

76　〔清〕仇兆鰲《杜詩詳注》，卷 9，〈戲題王宰畫山水圖歌〉，頁 754-755。

廣大，山勢綿延無窮已暗藏其中。「巴陵洞庭日本東，赤岸水與銀河
通」兩句，極言水勢之浩蕩，漫天蓋地。洞庭湖連日本東，赤岸水與
銀河通，天地之間，東西茫茫遼闊之際，已勾勒出萬里之「遠勢」。詩
中特提王宰所繪，最擅長山水壯闊之氣象，所謂「咫尺應須論萬里」
之「遠勢」。所謂「咫尺而有萬里之勢」，是鑑賞者經由形象思維，對
畫境之無限延展。圖繪山水，往往將真實山水抽象化、縮小化，誠如
宗炳〈畫山水序〉所云：「昆閬之形，可圍於方寸之內；豎畫三寸，當
千仞之高；橫墨數尺，體百里之迴」；然後「咫尺之間，可以奪萬里之
趣」。[77]杜甫題畫，深得畫家之匠心，北宋黃庭堅曾為之詮釋發明：

> 山谷云：「〈戲題山水圖歌〉：『十日畫一水，五日畫一石。能
> 事不受相促迫，王宰始肯留真跡。壯哉崑崙方壺圖，掛君高堂
> 之素壁。巴陵洞庭日本東，赤岸水與銀河通，中有雲氣隨飛
> 龍。舟人漁子入浦漵，山水盡亞洪濤風。尤工遠勢古莫比，咫
> 尺應須論萬里。焉得并州快翦刀，翦取吳松半江水。』王宰丹
> 青絕倫，如老杜此作，決不虛發，而世遂無宰畫，蓋丹青山水
> 李將軍父子最號絕倫，而宰名不著，計世間雖有宰畫，人亦以
> 為二李矣。又云：『尤工遠勢古莫比，咫尺應須論萬里』之句，
> 齊宗室蕭賁於扇上圖山水，咫尺萬里，故杜於此用之，其引事
> 精緻如此。」苕溪漁隱曰：「予讀〈益州畫記〉云：『王宰大曆
> 中，家于蜀川，能畫山水，意出象外。』老杜與宰同時，此歌
> 又居成都時作，其許與益知不妄發矣。」[78]

77　有關尺幅千里，可參考童書業：〈「咫尺千里」的中國山水畫〉，《童書業美術論集》
　　（上海市：上海古籍出版社，1989 年），頁 376-378。

78　〔宋〕胡仔：《苕溪漁隱叢話》，前集，卷 8，「杜少陵三」，頁 47-48。

黃庭堅品藻杜甫〈戲題山水圖歌〉，一則稱「老杜此作，決不虛發」，
再則稱其尤工遠勢，咫尺萬里，為「引事精緻」，三則曰老杜許與王宰
「益知不妄發」，對王宰作畫之慘澹經營，尤工遠勢、意出象外，有極
精切之發明，與崇高之推揚。《許彥周詩話》亦稱美杜甫題畫山水詩，
以為宋人善繼善述者，惟王安石與蘇軾：

> 許彥周《詩話》云：「畫山水詩，少陵數首，無人可繼者。惟
> 荊公〈觀燕公山水詩〉前六句，東坡〈煙江疊嶂圖〉一詩，差
> 近之。」苕溪漁隱曰：「少陵題畫山水數詩，其間古風二篇，尤
> 為超絕。荊公、東坡二詩，悉錄于左，時時哦之，以快滯懣。
> 少陵〈奉先劉少府新畫山水障歌〉云……〈戲題王宰山水圖歌〉
> 云……荊公〈題燕侍郎山水圖〉云：『往時濯足瀟湘浦，獨上
> 九嶷尋二女。蒼梧之野煙漠漠，斷隴連岡散平楚。暮年傷心波
> 浪阻，不意畫巾能更睹。燕公侍書燕王府，王求一筆終不與。
> 奏論讞死誤當赦，全活至今何可數。仁人義士埋黃土，祇有粉
> 墨歸囊楮。』東坡〈書王定國所藏煙江疊嶂圖〉云：『江上愁心
> 千疊山，浮空積翠如雲煙。山邪雲邪遠莫知，煙空雲散山依
> 然。但見兩崖蒼蒼暗絕谷，中有百道飛來泉。縈林絡石隱復
> 見，下赴谷口為奔川。川平山開林麓斷，小橋野店依山前。行
> 人稍度喬木外，漁舟一葉江吞天。使君何從得此本？點綴毫末
> 分清妍。不知人間何處有此境，徑欲往買二頃田。君不見，武
> 昌樊口幽絕處，東坡先生留五年。春風搖江天漠漠，暮雲捲雨
> 山娟娟。丹楓翻鴉伴水宿，長松落雪驚醉眠。桃花流水在人
> 世，武陵豈必皆神仙？江山清空我塵土，雖有去路尋無緣。還
> 君此畫三歎息，山中故人應有招我歸來篇。』」[79]

---

79 〔宋〕胡仔：《苕溪漁隱叢話》，後集，卷6，「杜子美二」，頁37-38。

王安石〈題燕侍郎山水圖〉,「蒼梧之野」二句,視界迷遠幽邈、有綿延不盡之勢。東坡〈書王定國所藏〈烟江疊嶂圖〉〉,千山疊翠、烟雲聚散;兩崖蒼蒼,百道飛泉;川平山開,一江吞天,尺幅而有千里之勢,工於遠勢之設計,可以媲美杜甫〈戲題王宰山水圖歌〉。蘇軾題詠山水畫之作,最長於意境之拓展,如〈虔州八境圖〉、〈郭熙畫秋山平遠文潞公為跋尾〉、〈郭熙秋山平遠二首〉、〈李思訓畫〈長江絕島圖〉〉、〈瀟湘晚景圖〉、〈書李世南所畫秋景〉、〈王晉卿作〈煙江疊嶂圖〉,因復次韻〉、〈宋復古畫〈瀟湘晚景圖〉三首〉其三諸什,畫境多工於遠勢,咫尺萬里,因此意境往往可以拓展無限。[80]

　　題畫詩所詠景物,有時並非畫中實有,而是由於玄想、出於仙話、來自傳說,作用只在類比譬況。如杜甫〈奉先劉少府新畫山水障歌〉一首:

> 堂上不合生楓樹,怪底江山起煙霧。聞君掃卻赤縣圖,乘興遣畫滄洲趣。畫師亦無數,好手不可遇。對此融心神。知君重毫素。豈但祁岳與鄭虔,筆跡遠過楊契丹。得非懸圃裂?無乃瀟湘翻?悄然坐我天姥下,耳邊已似聞清猿。反思前夜風雨急,乃是蒲城鬼神入。元氣淋灕障猶濕,真宰上訴天應泣。野亭春還雜花遠,漁翁瞑蹋孤舟立。滄浪水深青溟闊,欹岸側島秋毫末。不見湘妃鼓瑟時,至今斑竹臨江活。劉侯天機精,愛畫入骨髓。自有兩兒郎,揮灑亦莫比。大兒聰明到,能添老樹巔崖里。小兒心孔開,貌得山僧及童子。若耶溪,雲門寺。吾獨胡為在泥滓,青鞋布襪從此始。[81]

80　張高評:《創意造語與宋詩特色》,第八章〈蘇軾題畫詩與意境之拓展〉,頁 354-367

81　〔清〕仇兆鰲:《杜詩詳注》,卷 4,〈奉先劉少府新畫山水障歌〉,頁 275-278。

「得非懸圃裂」以下八句，以浪漫、新奇、誇張手法，將畫中山水，作天南地北之比擬與聯想：崑崙山玄圃崩裂、瀟湘之水翻騰，天姥山下猿猴清啼，三個畫面獨立不相銜接，留存許多補充與想像之空間。遠比之後，乃又近擬：前夜風雨之急，蒲城鬼神之入，真宰上訴，天為雨泣。元氣淋漓有如此者，都只為「障猶濕」三字作生發想像，大抵都是「虛筆」。「野亭春還」以下六句，方實寫再現畫中景物。虛實交相映發，畫境可以生發無限。又如〈嚴公廳宴同詠蜀道畫圖〉：

> 日臨公館靜，畫滿地圖雄。劍閣星橋北，松州雪嶺東。華夷山不斷，吳蜀水相通。興與煙霞會，清樽幸不空。[82]

這一幅〈蜀道畫圖〉，杜甫題畫拈出一「雄」字，作為蜀道山川形勢高峻之總評。頷聯上句寫水，以橋為志；下句寫山，以嶺為標，層次井然，錯落有致。劍閣與雪嶺遙遙相對，畫中景象堪稱雄壯。頸聯再以山水相連與景象遼闊，凸顯其「雄」。「華夷山不斷，吳蜀水相通」，畫境延展無限，見尺幅而有千里之氣勢。杜甫〈奉觀嚴鄭公廳事岷山沱江畫圖十韻〉：「秋城玄圃外，景物洞庭旁」，圖中之秋城，類比崑崙山巔之玄圃；圖中之景物，彷彿洞庭湖畔。借玄圃、洞庭形容山水圖景之奇特，空間之延展，促成尺幅而有千里之勢，亦匪夷所思，不可思議。蜀地險山惡水之實景，雄壯遼闊為其特色，為山水畫家與詩人提供絕佳之素材。

---

82 〔清〕仇兆鰲：《杜詩詳注》，卷 11，〈嚴公廳宴同詠蜀道畫圖〉，頁 905。

三　再現畫面

　　詠物之妙，在似與不似之間。題畫為詠物之流亞，不似，則失其所以題畫，流於捕風捉影；太似，又失其所以為詩，墮入黏皮帶骨。要之，離形得似，是謂得之。這攸關形似與神似之辯證，似與不似之對偶範疇。[83]詠物如此，詠畫亦然。

　　再現畫面內容，令讀者「見詩如見畫」，為題畫詠畫之最基本要求。巧構形似，和盤托出，所謂「狀難寫之景，如在目前」，似之，即是題畫要領之一。就杜甫題畫詩觀之，以詩歌之語言「再現畫面」，成為題畫重要之一環，是所謂「不似之似似之」如〈天育驃騎歌〉、〈畫馬贊〉：

> 吾聞天子之馬走千里，今之畫圖無乃是。是何意態雄且傑，駿尾蕭梢朔風起。毛為綠縹兩耳黃，眼有紫焰雙瞳方。矯矯龍性含變化，卓立天骨森開張。……[84]

> 韓幹畫馬，毫端有神。驊騮老大，騕褭清新。魚目瘦腦，龍文長身。雪垂白肉，風蹙蘭筋。逸態蕭疏，高驤縱姿。四蹄雷電，一日天地。……[85]

83　參考董欣賓、鄭奇：《中國繪畫對偶範疇論》（南京市：江蘇美術出版社，1990年），第二章、五、〈似──非似〉，頁 69-74。又，過曉：《論作為中國傳統繪畫美學概念的「似」》（上海市：上海人民出版社，2011 年），〈不似之似似之〉，頁 87-132。

84　〔清〕仇兆鰲《杜詩詳注》，卷 4，〈天育驃騎歌〉，頁 253。

85　〔清〕仇兆鰲《杜詩詳注》，卷 24，〈畫馬贊〉，頁 2191。

〈天育驃騎歌〉，以「雄傑」之意態為主，實寫天育驃騎之驄尾、毛、耳、眼、雙瞳之形象；虛寫龍性、天骨等馬之神韻。〈畫馬贊〉，為再現韓幹畫馬之實況，乃臚列驊騮、騕褭、魚目、龍文、蘭筋等駿馬之名，再以老大、清新、瘦腦、長身、雪白，狀其形象，復以「逸態蕭疏，高驤縱姿。四蹄雷電，一日天地」四句，形容其姿態與神速。名家名馬，已呼之欲出。清笪重光《畫筌》稱：「神無可繪，真境逼而神境生。……虛實相生，無畫處皆成妙境。」以形寫神，無相借助有相以表現之，再現畫面內容，令讀者見詩如見畫，猶巧構形似，可以狀難寫之景，如在目前。[86] 又如〈戲為韋偃畫雙松圖歌〉：

> 天下幾人畫古松，畢宏已老韋偃少。絕筆長風起纖末，滿堂動色嗟神妙。兩株慘裂苔蘚皮，屈鐵交錯迴高枝。白摧朽骨龍虎死，黑入太陰雷雨垂，松根胡僧憩寂寞，龐眉皓首無住著。偏袒右肩露雙腳，葉裏松子僧前落。韋侯韋侯數相見，我有一匹好東絹，重之不減錦繡段。已令拂拭光凌亂，請公放筆為直幹。[87]

「兩株慘裂苔蘚皮」以下四句，細摹雙松慘裂、交錯、向陽、背陽之景象。「松根胡僧」以下四句，再現松下僧人之容貌與神態。要之，雙松形態之「古」，與胡僧神態之「古」，相得益彰，經由畫面之再現，形象表出，真能令讀者見詩如見畫。又如〈通泉縣署屋壁後薛少保畫鶴〉：

86　〔清〕笪重光：《畫筌》，俞劍華編：《中國畫論類編》，第六編〈山水〉（下），頁 809。參考過曉：《論作為中國傳統繪畫美學概念的「似」》，第二章第四節〈真境逼而神境生〉，頁 77-86。

87　〔清〕仇兆鰲《杜詩詳注》，卷 9，〈戲為韋偃畫雙松圖歌〉，頁 757-758。

薛公十一鶴,皆寫青田真。畫色久欲盡,蒼然猶出塵。低昂各
有意,磊落如長人。佳此志氣遠,豈惟粉墨新。萬里不以力,
群游森會神。威遲白鳳態,非是倉庚鄰。高堂未傾覆,常得慰
嘉賓。曝露牆壁外,終嗟風雨頻。赤霄有真骨,恥飲涴池津。
冥冥任所往,脫略誰能馴。[88]

「低昂各有意,磊落如長人」,再現鶴之姿態;「萬里不以力,群游森
會神。威遲白鳳態,非是倉庚鄰」,則是以文字再現十一鶴之志氣。
如此再現,形神兼得,方是脫略出塵之鶴。由此觀之,題畫鳥獸而再
現畫面,當以形神兼到為要。

　　題畫手法,尚有品評畫家,揭示畫論者,文中已順帶略及,不贅。

第四節　結語

　　杜甫在詩壇的地位,在中唐有元稹、白居易之推崇;在宋代,有
宗杜詩學對詩史、詩聖、集大成之表彰。其間,又有胡仔《苕溪漁隱
叢話》品藻諸家,「以子美詩為宗」,標榜「學詩者師少陵而友江西」。
於是杜甫在古典詩歌之典範地位隱然成立。不僅是唐詩之代表,與李
白齊名;更是宋調之開山,影響宋詩特色之形成。

　　杜甫詩歌之不朽價值,創始之功居多。即以題詠圖畫而言,杜甫
所作,自是唐人詠畫格調,又往往為宋人詠畫之祖始。清王士禛《帶
經堂詩話》謂:「杜子美始創為畫松、畫馬、畫鷹、畫山水諸大篇,搜
奇抉奧,筆補造化。」而稱杜甫題畫創始之功之偉大。筆者曾探討宋

---

[88] 〔清〕仇兆鰲:《杜詩詳注》,卷 11,〈通泉縣署屋壁後薛少保畫鶴〉,頁 961-
962。

代「詩中有畫」之傳統與創格，[89]討論宋代「詩畫相資」之美學，考察蘇軾、黃庭堅之題畫詩；[90]今再追本溯源，探究杜甫二十三首題畫詩，辨章學術，考鏡淵流，大抵在於是。

杜甫題畫，以畫馬、畫鷹、畫山水最有特色，數量較多，成就最高；其他，尚有畫松、畫鶴、畫鶻等，亦有可觀。相對於宋代題畫詩而言，杜甫開創之題畫技法有三：其一，以真擬畫；其二，以畫法為詩法；其三，因圖畫而興寄。就「詩情畫意，相得益彰」之題畫功能而言，杜甫題畫又表現三大手法：其一，化美為媚；其二，拓展畫境；其三，再現畫面。宋人所謂「丹青吟詠，妙處相資」；所謂「畫難畫之景，以詩湊成；吟難吟之詩，以畫補足」，畫家之慘澹經營，詩人之揣摩創發，此中可窺一斑。

宋代題畫風氣極盛，蘇軾、黃庭堅、蘇轍，以及江西詩派諸子多有豐富而傑出之題畫詩。南宋孫紹遠蒐集唐宋題畫詩，編成《聲畫集》八卷。清康熙御定、陳邦彥選編《歷代題畫詩類》六十卷，題畫詩之數量多達三十大類，八九六二首。題畫詩之源遠流長，蔚為大國，可以想見。語云：「登高必自卑，行遠必自邇」，世有欲探討歷代題畫詩者，不能不關注杜甫題畫開創之功。本文闡說杜甫詠畫開創之功，類及王安石、蘇軾、黃庭堅題畫技巧之接受，或因枝以振葉，或沿波而討源，盈科而後進，本立而道生，亦為學之一助也。[91]

---

89 張高評：《宋詩之傳承與開拓》（臺北市：文史哲出版社，1990 年），下篇〈宋代「詩中有畫」之傳統與創格〉，頁 255-515。

90 張高評：《創意造語與宋詩特色》，第六章〈詩畫相資與宋詩之創造思維〉，第七章〈蘇軾黃庭堅題畫詩與詩中有畫〉，第八章〈蘇軾題畫詩與意境之拓展〉，頁 231-387。

91 本文原刊《淡江中文學報》第 25 期，（2011 年 12 月），原題〈杜甫題畫詩與詩學典範——從《苕溪漁隱叢話》論杜甫畫山水詩切入〉，為國科會研究計畫 NSC100-2410-H-006-052。為因應專書屬性，作系統思維，故改為今題。

第三章
詩、畫、禪與蘇軾、黃庭堅詠竹題畫研究
——以墨竹題詠與禪趣、比德、興寄為核心

　　宋型文化與唐型文化不同，日本京都學派提出「唐宋變革」論、「宋代近世」說，業經學界論證闡說，[1]可以成立。宋型文化之特徵多方，會通化成之創意組合，為形塑宋代文化之重要策略，筆者曾撰文證成之。[2]就思想史而言，宋代士人立足於儒學，而會通佛禪、道家、道教，而蔚為一代之宋學，此彰明較著者。就文學藝術而言，「破體」與「出位」之創作現象相當普遍，詩、文、詞、賦間相互滲透，詩、畫、禪、道、書道、雜劇間亦彼此融通，化成為一。[3]體格之改造新生，內涵之擴充光大，對於後世文學藝術之生存發展、繼往開來，深具啟示意義。

　　禪宗、繪畫、詩歌，分屬宗教、藝術、文學，發展至宋代，各自都已獨立不倚，不相統屬。然由於時代之學風士習，或作家之素養專長，往往促成禪、畫、詩三者之相融相通。此種新奇組合，暗合創造

1　王水照：《鱗爪文輯》（西安市：陝西人民出版社，2008 年），〈重提「內藤命題」〉，頁 173-178。

2　張高評：《會通化成與宋代詩學》（臺南市：成功大學出版組，2000 年），壹、〈從「會通化成」論宋詩之新變與價值〉，頁 16-27。

3　張高評：《宋詩之新變與代雄》（臺北市：洪葉文化公司，1995 年），貳、〈自成一家與宋詩特色〉，頁 89-112。

性思維之策略，[4]有助於文藝作品之可大可久。在唐代，詩佛王維
（701-761）身處盛唐，與南北宗禪僧皆有交往，[5]兼具禪學南北宗之素
養，明代董其昌《畫禪室隨筆》推崇為南宗畫之開山；[6]又長於詩，工
於畫，禪、詩、畫三者之創意組合，於是蘇軾稱王維「詩中有畫，畫
中有詩」。[7]王維詩，亦如其畫，南北宗兼長，風格多樣：今人評其膾
炙人口之寫景小詩，以為達到「畫筆、禪理與詩情三者的組合」；所作
山水詩，體現禪宗思想；[8]論者稱王維詩常借助精心結構之畫面，表現
深長的含意；換言之，其詩富於言外之意，象外之趣，常包含在鮮明
簡約的形象描繪之中。[9]其繪畫造詣，為山居野渡，逸士高人，平淡幽
閑，別開生面，筆意縱橫，參乎造化，妙在得之於象外，為宋元文人
畫之祖師，是所謂幽深清遠之林下風流者。[10]王維受禪宗影響，接受了
禪宗的思維方式，唐宋以來詩畫風格及表現方式的發展方向，此中有
具體而微之體現。

　　蘇軾（1037-1101），工詩，能畫，又濡染佛禪；禪思、詩思、畫
意之間，時作會通交流。對於繪畫之詮釋，往往賦予佛學之理解：或

4　張高評：〈破體與創造性思維──宋代文體學之新詮釋〉，廣州中山大學《中山大學學報》（社會科學版）第 49 卷，2009 年 3 期，頁 20-31。

5　陳允吉：《唐音佛教辨思錄》（上海市：上海古籍出版社，1988 年），〈王維與南北宗禪僧關係考略〉，頁 50-66。

6　謝稚柳：《中國古代書畫研究十論》（上海市：復旦大學出版社，2004 年），〈董其昌所謂的「文人畫」與南北宗〉，頁 220-226。

7　〔宋〕蘇軾著，孔凡禮點校：《蘇軾文集》（北京市：中華書局，1986 年），卷 70〈書摩詰藍田烟雨圖〉，頁 2209。

8　陳允吉：《唐音佛教辨思錄》，〈論王維山水詩中的禪宗思想〉，頁 12-38。

9　葛曉音：《漢唐文學的嬗變》（北京市：北京大學出版社，1990 年），〈王維‧神韻說‧南宗畫──兼論唐代以後中國詩畫藝術標準的演變〉，頁 289-296。

10　舒士俊：《水墨的詩情：從傳統文人畫到現代水墨畫》（上海市：復旦大學出版社，1998 年），〈「文人畫祖」王維〉，頁 14-25。

以繪畫為證道成佛之手段，或以繪畫為幻境的創造，或以遊戲三昧貫通詩與畫，或以禪喻畫，以畫證禪。[11]畫與禪之融通與體現，蘇軾所作題畫詩與書畫題跋可見。蘇軾之繪畫思想，強調寫意、傳神，追求平和、清新、淡雅、蕭散、簡遠之風格。頗倡導士人畫，謂「取其意氣所到」。[12]士人畫之精神，在借彼物理，抒我心胸；寓意於物，娛心忘憂。[13]作畫為吐胸中塊壘，蘇軾所謂「空腸得酒芒角出，肝肺槎牙生竹石。森然欲作不可回，吐向君家雪色壁。」這就是意氣所到的表現。[14]此一抒情「寫意」之審美觀，即蘇軾論畫所謂「雖無常形，而有常理」；鑑賞論所謂「平生寓物不留物，在家學得忘家禪」；[15]要之，脫略形似，追求傳神，正是士（文）人畫之真諦。此從蘇軾作畫，以枯木、叢竹、怪石為題材；論文同畫竹，謂「其身與竹化」；強調「畫竹必先得成竹于胸中」，[16]可以窺知。

「逸格」之提出，作為繪畫四品之首，是北宋黃休復（？-1004-？）《益州名畫錄》之創舉。所謂「拙規矩於方圓，鄙精研於彩繪。筆簡形

11　韋賓：《宋元畫學研究》（蘭州市：甘肅人民出版社，2009 年），〈佛教對宋元士大夫繪畫思想的影響〉，頁 449-455。

12　〔宋〕蘇軾：《蘇軾文集》，卷 70，〈又跋漢傑畫山二首〉之二，頁 2216。

13　參考黃鳴奮：《論蘇軾的文藝心理觀》（福州市：海峽文藝出版社，1987 年），第六章第三節〈寓意于物〉；第四節〈達士之所寓〉，頁 221-236。

14　〔宋〕蘇軾著，〔清〕馮應榴輯注，黃任軻等校點：《蘇軾詩集合注》（上海市：上海古籍出版社，2001 年），卷 23，〈郭祥正家醉畫竹石壁上郭作詩為謝且遺二古銅劍〉，頁 1180。

15　〔宋〕蘇軾著，〔清〕馮應榴輯注，黃任軻等校點：《蘇軾詩集合注》，卷 25，〈寄吳德仁兼簡陳季常〉，頁 1270。

16　〔宋〕蘇軾著，〔清〕馮應榴輯注，黃任軻等校點：《蘇軾詩集合注》，卷 29，〈書晁補之所藏與可畫竹三首〉其一，頁 1433；《蘇軾文集》，卷 11，〈文與可畫篔簹谷偃竹記〉，頁 365。

具，得之自然。莫可楷模，出於意表，故目之曰逸格爾。」[17]逸格傳達繪畫之主體精神，強調自由創作，不拘泥於常規常法，追求象外之象，韻外之致，是一種高標自持之審美理想，與莊子、禪宗之自由自在境界相契合。同時，對文人畫主抒情、貴寫意，重神似、講氣韻，也相通相容，可以相得益彰。[18]宋代士大夫之詩畫，有了蘇軾提倡文人畫之寫意，黃休復畫論之逸格凸顯，兩相呼應，加上士大夫禪悅之趣味，因時乘勢，彼此作新奇而創意之組合，遂蔚為會通化成之效應，而有墨戲、墨畫、墨禪之產生。

第一節　墨戲：南宗禪、文人畫與題畫詩

　　文人畫，或稱士人畫，為文人或士大夫所作，有別於民間畫工和宮廷畫院畫家所繪。主要特色，在以意氣相標舉，以逸品為宗旨，多取材於山水、花鳥、梅、蘭、竹、菊、枯木、怪石，崇尚品藻，講究筆墨情趣，脫略形似，強調意韻，重視意境。[19]濫觴於六朝，以王維（701-761）為先導，至蘇軾而樹規模。文同（1018-1079）之墨竹，米芾（1051-1107）、米友仁（1074-1153）父子之雲山，注重寓物寄興，抒情寫意，其創格與求新，為文人畫之代表，更是「墨戲」畫格之傑作。[20]

17　〔宋〕黃休復：《益州名畫錄》，于安瀾編輯：《畫史叢書》（臺北市：文史哲出版社，1994 年），第三冊，〈益州名畫錄品目〉，頁 1377。

18　王興華編著：《中國美學論稿》（天津市：南開大學出版社，1993 年），第二十一章，〈宋元的寫意美學思想及其發展〉，頁 387-393。

19　黃河濤：《禪與中國藝術精神的嬗變》（北京市：商務印書館，1995 年），第五章〈禪宗與文人畫〉，頁 266。

20　王克文：《宋元青綠山水與米氏雲山》（濟南市：山東美術出版社，2004 年），〈米氏雲山敘論・「墨戲」畫格的美學追求〉，頁 61-63。

一　南宗禪與文人畫

　　禪宗南宗的學說，深受士大夫歡迎，唐五代以來，靡然向風。到了宋代，士大夫與禪僧交流頻繁，禪僧逐漸士大夫化，往往「自文字語言悟入，以筆研作佛事」。士大夫則禪悅之風盛行，禪思觸發了詩思，禪宗影響了文風士習，[21]對於文學與藝術的創作和理論，生發一定之激盪。士大夫濡染禪宗，內化而成文學藝術之表達方式者，大抵有三：一曰自然天成，活潑生趣；二曰簡約凝煉，蕭疏淡遠；三曰化景為情，脫略形似。[22]禪宗的人生哲學，與老莊、玄學合轍，促成士大夫審美情趣重視幽深清遠之林下風流，文藝作品富含曠遠寧靜之意境、平淡如烟之色調、含蓄簡約之筆觸等等。[23]南宗禪及其頓悟說，對於唐宋文藝之「神韻」與意境，亦具有開啟作用：如強調本心自我，凸顯把握根本，肯定自性自度，提倡自覺妙悟，空去一切境相等等。唐宋文藝理論如逸、妙、味、趣、空、淡、清、遠，及其他有關神韻諸術語，大抵皆得禪宗玉成，方能妙諦迭現。[24]

　　佛教禪宗，自初唐以來漸盛，文人逸士喜其直指頓悟，見性成佛；繪事則以禪入畫，取其簡靜清妙，超遠灑落，表現為寄興寫情之畫風。於是繪畫富於禪趣，漸趨文學化，文人畫家輩出，北宋時代已

21　魏道儒：《宋代禪宗文化》（鄭州市：中州古籍出版社，1993 年），〈士大夫與禪宗〉，頁 42-51。

22　葛兆光：《禪宗與中國文化》（上海市：上海人民出版社，1996 年），〈禪宗與中國士大夫的藝術思維〉，提出自然、凝煉、含蓄三者，頁 185-203。

23　皮朝綱、董運庭：《靜默的美學》（成都市：成都電子科技大學出版社，1994 年），第八章，〈幽深清遠，自有林下一種風流〉，頁 148-154。

24　金丹元：《禪宗與化境》（上海市：上海文藝出版社，1993 年），第四章，〈唐宋神韻與化境幽深〉，頁 157-162。

經形成。[25]明董其昌《畫禪室隨筆》稱：「文人之畫，自王右丞始。其後董源、僧巨然、李成、范寬為嫡子。李龍眠、王晉卿、米南宮及虎兒，皆從董、巨得來。」[26]所謂文人畫，指繪畫洋溢文人氣息，富含文人趣味，不執著於藝術之巧構形似，其美妙意韻往往見諸畫外者。除山水畫外，宋代文人畫以花鳥畫居多。詩人詠物，自《詩》、《騷》以來，比興寄託，借物抒情往往而有。繪事而畫花鳥，受文學興寄詠懷影響，遂賦予花鳥以特定之象徵含義。繪畫之文學化，所謂「畫中有詩」，乃成文人畫策略之一。《宣和畫譜》〈花鳥敍論〉特提繪事之「寓興」，以為「與詩人相表裏」：

> 故花之於牡丹芍藥，禽之於鸞鳳孔翠，必使之富貴；而松竹梅菊，鷗鷺雁鶩，必見之幽閒；至於鶴之軒昂，鷹隼之擊搏，楊柳梧桐之扶疏風流，喬松古柏之歲寒磊落，展張於圖繪，有以興起人之意者，率能奪造化而移精神，遐想若登臨覽物之有得也。[27]

畫之寓興，與詩相表裏，如牡丹之富貴，鷗鷺之幽閒，仙鶴之軒昂，楊柳之風流，松柏之磊落，依據動植本身之意象，賦予象徵之德操與情思，此先秦儒家比德審美之流亞。道德精神品質與自然物的屬性特徵間，確定存在一種對應關係，彼此同形同構，可以相互感應交流，

---

25 潘天壽：《中國繪畫史》（上海市：上海人民美術出版社，1983 年），第三編第一章，乙、〈盛唐之繪畫〉，頁 71。

26 〔明〕董其昌著，屠友祥譯注：《畫禪室隨筆》（南京市：江蘇教育出版社，2005 年），卷 2，〈畫源〉，頁 151。

27 〔宋〕佚名：《宣和畫譜》，于安瀾編輯：《畫史叢書》，第一冊，卷 15，〈花鳥敍論〉，頁 537。

此之謂比德。[28]在繪畫上常以山水比德，以梅蘭竹菊為四君子，以松竹梅為歲寒三友，可見比德以寓意，可以表現「畫中有詩」，自是文人水墨畫之常法。

二　詩、畫、禪與游戲三昧

　　詩禪、畫禪、畫詩三者之共同交集，應為游戲三昧。游戲三昧，本佛教術語，游戲指自在無礙，三昧指排除雜念，使心神平靜。禪宗以解脫束縛為三昧，游戲三昧往往指超脫自在，無拘無束之境界。易言之，馬祖道一（709-788）所謂「平常心是道」，就是游戲三昧之精神。平常心，就是平常清淨心，就是不增不減之本來面目；淨、穢兩邊，俱不依怙，即心即佛，心即是佛。[29]表現在言說上，游戲三昧就是輕鬆自在，隨心所欲的戲謔態度。《長靈和尚語錄》所謂「游戲三昧，逢場設施，無可不可」；這是一種「無造作，無是非，無取舍」；「事事無礙，如意自在」之境界。蘇軾評價黃庭堅書法，有所謂「以真實相出游戲法」之說，猶如「戲言近莊，反言顯正」，皆禪宗機鋒接引之真諦。[30]超脫語言之迷悟，破除行為之執著，猶九方皋相馬，其妙常在牝牡驪黃之外。文人寫意畫中之墨戲，多近佛禪之游戲三昧，不僅「禪家會見此中意」，而且「時於戲墨窺禪悅」，墨戲與詩、畫、禪關

28　中國孔子基金會編：《中國儒學百科全書》（北京市：中國大百科全書出版社，1997 年），〈儒家美學思想・比德說〉，頁 273-275。

29　馬祖道一示眾云：「平常心是道」，見《指月錄》卷 5，〈江西道一禪師〉條。參考楊惠南：《禪史與禪思》（臺北市：東大圖書公司，1995 年），〈論中國禪的「平常心是道」與新儒家之「增益的執著」〉，頁 282-286。孫昌武：《禪思與詩情》（北京：中華書局，1997 年），第四章，〈洪州宗——平常心是道〉，頁 105-108。

30　周裕鍇：《禪宗語言》（杭州市：浙江人民出版社，1999 年），第四章，〈打諢通禪：禪語的遊戲性〉，頁 303-305。

係之密切，可見一斑。[31]

水墨寫意，結合詩、書、畫、禪而會通化成之，為宋元時期文人畫專擅的表現形式。淡泊平和之畫境，蕭散簡遠之意趣，脫略形似，傳神寫意之筆觸，以之表達畫者「胸中丘壑」，為文人畫追求之理想目標。文氣、書卷氣之體現，清新高逸、超凡絕俗品格之凸顯，更為文人畫家所講究。[32]文人畫，如果出於游戲筆墨，以之適興寄意，則成了墨戲，此中最有禪趣。宋黃庭堅〈東坡居士墨戲賦〉有云：

> 東坡居士游戲於管城子、楮先生之間，作枯槎壽木，叢篠斷山。筆力跌岩於風煙無人之境，蓋道人之所易，而畫工之所難。……夫惟天才逸群，心法無軌，筆與心機，釋冰為水。……視其胸中，無有畛畦，八窗玲瓏者也。[33]

黃庭堅（1045-1105）稱：東坡墨戲之作，「筆力跌宕於風煙無人之境」云云，此正是幽深清遠、蕭散寧靜之「無我」禪境，蓋洋溢禪思、禪趣，周紫芝《竹坡詩話》所謂「幽深清遠，自有林下一種風流」。[34]墨戲之作，其人天才逸群，心法無軌；視其胸中，無有畛畦，此種修為與意趣，真「道人之所易，而畫工之所難」。墨戲為士大夫所為，與佛禪關係密切，非民間畫匠所可到，亦不難想見。論者謂：墨

31　韋賓：《宋元畫學研究》，卷 4，〈表現形式研究・墨戲考〉，「墨戲與畫禪關係考」，頁 364-367。

32　參考陳望衡：《中國古典美學二十一講》（長沙市：湖南教育出版社，2007 年），第十六講，〈中國文人畫美學〉，頁 330-336。

33　〔宋〕黃庭堅著，劉琳等校點：《黃庭堅全集》（成都市：四川大學出版社，2001 年），第一冊，《宋黃文節公全集》，正集，卷 12，〈東坡居士墨戲賦〉，頁 299。

34　〔宋〕周紫芝：《竹坡詩話》，〔清〕何文煥編：《歷代詩話》（北京市：人民文學出版社，1982 年），〈余讀東坡〈和梵天僧守詮〉〉條，頁 350。

戲一詞包含兩個意義：其一，以具有象徵性的墨，取代丹青來作畫；其二，以「興」的意義為遊戲三昧，表現胸中丘壑。這游戲三昧，即洋溢著禪趣。釋惠洪（1071-1128）賦花光和尚墨梅，所謂「道人三昧力，幻出隨意見」；「怪老禪之遊戲，幻此華於縑素」；華鎮（1051-1106-？）題墨畫梅花亦云：「禪家會見此中意，戲弄柔毫移白黑」，墨戲與禪味聲氣相通，亦由此可見一斑。[35]

　　游戲翰墨，濡染禪趣，向來為文人畫之能事。詩人觀畫題詠，解讀墨戲、墨竹、墨梅之什，又往往別出心裁，進行創造性詮釋。今以北京大學所編《全宋詩》為主要研究文本，梳理北宋詩人如蘇軾、黃庭堅等水墨畫之題詠，選其較大宗者，計墨竹二十餘首，連類并說詠竹之作十二首。詠竹墨竹，以墨趣之有無，分為二節述說；文中探論禪趣、比德，或涉道家儒家美學，李唐以來已三教合流難辨；今為尊題，蓋以禪趣為主。本文就詩、畫、禪之會通化成，而考察其比德與興寄之大凡。墨戲禪趣，亦一併類及。

第二節　蘇軾、黃庭堅詠竹與寄興、比德、禪趣

　　竹，為多年生禾本科植物。莖中空，直而有節，性堅韌。葉四季常青，經冬不凋。漢左思〈吳都賦〉所謂：「綠葉翠莖，冒霜停雪。……檀欒嬋娟，玉潤碧鮮。」竹幹拂雲參天，竹本固如磐石。宋黃庭堅賦所謂：「三河少年，稟生勁剛；春服楚楚，遊俠專場。」因

35　〔宋〕釋德洪：《石門文字禪》（臺北市：臺灣商務印書館，1981 年），《四部叢刊初編》影印明徑山寺刊本），卷 1，〈仁老以墨梅遠景見寄作此謝之〉，頁 8；卷20，〈王舍人宏道家中蓄花光所作墨梅甚妙戲為之賦〉，頁 219-220；《全宋詩》，卷 1083，華鎮：〈南嶽僧仲仁墨畫梅花〉，頁 12313；參考韋賓：《宋元畫學研究》，〈墨戲考〉，頁 360-367。

此，引發文人雅士看竹、聽竹、種竹、賞竹、詠竹、畫竹之嗜好，且推而廣之，以之比德，以之寄興。

竹幹挺拔筆直，凌雪參雲，象徵脫絕凡俗，瀟灑出塵，高風亮節，志向遠大。竹莖中空，象徵虛心不有，謙沖受益。竹性堅韌，竹葉常青，象徵剛毅不屈，堅貞不渝；歲寒節操，孤高特立。居官者或思節節高昇，庸常人或望竹報平安，竹子所賦和而不同之格調，多可供雅俗之所取資，朝野之所共賞。[36]竹之於人，可資以比德者如是之豐，故歷代士人多愛賞有加，適興寄意，遂多藉詠竹、墨竹之作以行。

題畫詩本詠物詩之一，故創作手法與詠物詩往往殊途同歸：如離形得似，藉物抒懷，為其中較著者。由此觀之，題畫詩與文人畫、墨戲畫異曲同工。詩人詠物，以巧構形似、再現畫面，為最基本要求，詠竹亦不例外。如蘇軾〈題過所畫枯木竹石三首〉其三，黃庭堅〈戲題贇老所作雨竹梢〉諸什，是其例也。[37]除此之外，詠竹較可貴者，更在形、色、風斜、雨重、霜侵、雪壓之外，尚能用心於筆墨，令詩境生發於景象之外。今就《全宋詩》為研究文本，考察其中詠竹、詠竹石、詠枯木竹石之詩篇，分寄興寫意、比德審美、游戲三昧三者論述之。大抵而言，多近文人畫之借物寫意。

36　黃永武：《中國詩學·思想篇》（臺北市：巨流圖書公司，2009 年），〈中國詩人眼中的植物世界·竹〉，頁 8-10。

37　〔宋〕蘇軾：〈題過所畫枯木竹石三首〉其三：「倦看澀勒暗蠻村，亂棘孤藤束瘴根。惟有長身六君子，猗猗猶得似淇園。」《蘇軾詩集合注》，卷 43，頁 2207；《全宋詩》卷 826，頁 9362。黃庭堅〈戲題贇老所作雨竹梢〉：「老竹帖妥不作奇，嫩篁翹翹動風枝。是中有目世不知，吾宗落筆風煙隨。」《山谷詩別集補》，頁 1351；《全宋詩》，卷 1022，頁 11688。

一　寄興寫意

　　詩為時間藝術，長於抒情寫懷；畫為空間藝術，工於設色摹景。自蘇軾提出「詩中有畫，畫中有詩」之命題後，詩與畫之會通化成，更加密切。於是文人畫多「畫中有詩」，而題畫詩往往「詩中有畫」。由於詩情畫意，聯袂接壤，因此，宋人說詩畫，有所謂「無聲詩」、「有聲畫」之倫，[38]最見「丹青吟詠，妙處相資」之勝境。[39]文人畫多借物抒情，謂之「無聲詩」可也；題畫詩多再現畫面，拓展畫境，謂之「有聲畫」，誰曰不宜？

　　蘇軾所作詠竹詩，如〈於潛僧綠筠軒〉，提出「無竹令人俗」之審美觀；〈題文與可墨竹〉，提出墨竹畫之「游戲三昧」（詳見後文），對於比德、禪趣之議題詮釋頗有啟益。其或出於詠懷寄興者，則如另首〈書文與可墨竹并敘〉：

　　　　筆與子皆逝，詩今誰為新。空遺運斤質，卻弔斷弦人。[40]

蘇軾與文同，為中表兄弟，亦為詩壇畫苑之知己。文同「胸有成竹」說，蘇軾撰〈文與可畫篔簹谷偃竹記〉，為之申說；且稱文同「渭濱千

38　參考錢鍾書：《七綴集》（臺北市：書林出版公司，1990 年），〈中國詩與中國畫〉，頁 5-7。

39　〔宋〕蔡條：《西清詩話》，郭紹虞：《宋詩話輯佚》（臺北市：文泉閣出版社，1972 年），頁 358。參考張高評：《創意造語與宋詩特色》（臺北市：新文豐出版公司，2008 年），第六章，〈詩畫相資與宋詩之創造思維〉，頁 273-280。

40　〔宋〕蘇軾：〈書文與可墨竹并敘‧亡友文與可有四絕，詩一，楚辭二，草書三，畫四。與可嘗云：世無知我者，惟子瞻一見，識吾妙處。既沒七年，睹其遺迹，而作是詩。〉，《蘇軾詩集合注》，卷 28，頁 1361-1362；《全宋詩》，卷 809，頁 9372。

畝在胸中」，謂所畫偃竹「數尺有萬尺之勢」。撰〈墨君堂記〉，稱美文同於墨竹之造詣，表彰竹之高貴品格。又撰〈跋文與可墨竹〉，記述文同墨竹之作，實緣於「意有所不適，而無所遣之」，[41]此一病態創作說，可用以詮釋文同所作紆竹之盤鬱詰屈。蘇、文二人相知相惜如此，可謂知音。蘇軾〈書文與可墨竹并敘〉引與可言：「世無知我者，惟子瞻一見，識吾妙處！」今文同既沒七年，東坡睹其墨竹而思故人，故曰：「空遺運斤質，卻弔斷弦人」；「運斤質」，用匠石郢人斫堊事；「斷弦人」，指鍾期、伯牙鼓琴事。感歎世無知音，故作此詩以寄慨。

　　〈書文與可墨竹〉，為蘇軾睹畫而思故人之作，是詠物而兼詠懷。黃庭堅受知於蘇軾，徽宗建中靖國元年（1101），蘇軾卒於常州，黃庭堅為作〈書東坡畫郭功父壁上墨竹〉，題詠墨竹，側重詠懷，詩云：

　　　郭家縛屏見生竹，惜哉不見人如玉。凌厲中原草木春，歲晚一棋終玉局。巨鼇首戴蓬萊山，今在瓊房第幾間。[42]

黃山谷為東坡所畫壁上墨竹賦詩，除首句輕點竹畫之生動外，其他各句多離形得似，題詠而兼懷人，遙想東坡歷經貶英州、惠州，謫儋州、改永州後，今已歸蓬萊仙界。以詠懷題畫，手法與蘇軾題文同墨竹畫近似。

　　今翻檢黃庭堅詩歌，吟詠情性，多體現「興寄高遠」、「興托深遠」

41　〔宋〕蘇軾著，孔子禮點校：《蘇軾文集》，卷 11，〈文與可畫篔簹谷偃竹記〉，頁 365-366；卷 11，〈墨君堂記〉，頁 355-356；卷 70，〈跋文與可墨竹〉，頁 2209。

42　〔宋〕黃庭堅：〈書東坡畫郭功父壁上墨竹〉，《山谷別集詩注》，卷下，頁 1121；《全宋詩》，卷 1017，頁 11601。

之藝術理想，與蘇軾〈書黃子思詩集後〉所提「高風絕塵」之審美格
調，可以相互發明。[43]因此，對於橫竹、竹石、枯木之題詠，一方面能
寫「畫中態」，又能傳「畫外意」。無論代言或自述，皆是傳統詩教寄
興與寫意之發揚，如：

　　折衝儒墨陣堂堂，書入顏楊鴻雁行。胸中元自有丘壑，故作老
　　木蟠風霜。[44]

　　黃庭堅〈題子瞻枯木〉，稱東坡學養「折衝儒、墨」、「書入顏、
楊」，「胸中元自有丘壑，故作老木蟠風霜」，可見文人畫之奇特絕
俗，多源於文人之「胸中丘壑」。宋釋道潛觀賞東坡所畫枯木，作詩
云：「經綸志業終不試，晚歲收功翰墨林。」[45]可見枯木畫之作，緣於
「經綸志業終不試」，抑塞磊落之意氣無所發，乃轉向翰墨之揮灑，期
待風雨之聽龍吟。黃庭堅題詠竹石、橫竹之畫，亦多藉之抒懷寫意，
如：

　　風枝雨葉瘠土竹，龍蹲虎踞蒼蘚石。東坡老人翰林公，醉時吐
　　出胸中墨。[46]

43　〔宋〕蘇軾，孔子禮點校：《蘇軾文集》，卷 67，〈書黃子思詩集後〉，頁 2124。
　　參考錢志熙：《黃庭堅詩學體系研究》（北京市：北京大學出版社，2003 年），〈黃
　　庭堅的興寄觀和黃詩的興寄精神、興寄方法〉，頁 101-116。

44　〔宋〕黃庭堅：〈題子瞻枯木〉，《山谷詩集注》，卷 9，頁 236；《全宋詩》，卷
　　987，頁 11380。

45　〔宋〕釋道潛：《參寥子詩集》（臺北市：臺灣商務印書館，1983 年，文淵閣《四
　　庫全書》），卷 11，〈同趙伯充防禦觀東坡所畫枯木〉，冊 1116，頁 76。

46　〔宋〕黃庭堅：〈題子瞻畫竹石〉，《山谷詩集注》，卷 15，頁 388；《全宋詩》，
　　卷 993，頁 11417。

酒澆胸次不能平，吐出蒼竹歲崢嶸。臥龍偃蹇雷不驚，公與此
君俱忘形。晴窗影落石泓處，松煤淺染飽霜兔。中安三石使屈
蟠，亦恐形全便飛去。[47]

　　黃庭堅〈題子瞻畫竹石〉，稱竹石幻化為「龍蹲虎踞」之形象，
亦出於「東坡老人翰林公，醉時吐出胸中墨」。文人畫經過詩人之解
讀，勾勒出藝術創作匠心獨運之隱微，原來都跟胸中丘壑有關。黃庭
堅〈次韻黃斌老所畫橫竹〉，畫面之臥龍偃蹇，之三石屈蟠，亦緣於畫
家「酒澆胸次不能平」，為遣興寫意，因而「吐出蒼竹歲崢嶸」。如此
詮釋文人畫，是強調主觀心靈之抒寫，與《六祖壇經》所謂「一切萬
法盡在自身心中，何不從于自心頓現真如本性」，[48]題畫詠物抒發心靈
情感，此中多有所體現。黃庭堅其他題畫詩，看似代言畫作心聲，實
則恐是借他人酒杯，澆自己胸中之塊壘，如：

孤生危苦，播蕩風雨。歲不我與，誓將尋斧。刳心達節，萬籟
中發。黃鍾同律，偉哉造物。[49]

怪石岑崟當路，幽篁深不見天。此路若逢醉客。應在萬仞峰
前。[50]

47　〔宋〕黃庭堅：〈次韻黃斌老所畫橫竹〉，《山谷詩集注》，卷 12，頁 309；《全宋
　　詩》，卷 990，頁 11397。

48　許傳德：《白話六祖壇經》（蘭州市：甘肅人民出版社，1992 年），敦煌本《六祖
　　壇經》三十，頁 154；至元本《六祖壇經》，〈般若品第二〉，頁 182。

49　〔宋〕黃庭堅：〈東坡畫竹贊〉，《全宋詩》，卷 1026，頁 11727。

50　〔宋〕黃庭堅：〈題東坡竹石〉，《全宋詩》，卷 1022，頁 11687。

野次小崢嶸，幽篁相倚綠。阿童三尺箠，御此老觳觫。石吾甚愛之，勿遣牛礪角。牛礪角尚可，牛鬥殘我竹。[51]

〈東坡畫竹贊〉稱：「孤生危苦，播蕩風雨」，固是為竹寫生，然未嘗不是為東坡一生顛簸之縮影？題畫詩之代言，就是「藝術家必須進入物體之內，從裏面去感覺它」；[52]黃山谷於東坡為亦師亦友，心靈相契，可謂知音，故能代抒性靈如此。其他，所謂「萬籟中發」、「黃鍾同律」，自是竹之德操。標榜品格，亦寫竹之常法。〈題東坡竹石〉，「怪石岑崟」、「幽篁深」，為畫面所本有；而稱「當路」，謂「不見天」，則為詩人之詮釋，化景為情，代為詠懷寫心可知。〈題竹石牧牛〉，將竹、石、牧牛三者，作有機而動態之畫面呈現。末四句運用禪宗翻案手法，就石、牛；牛、竹間，作愛憎去取之無奈抉擇，新舊黨爭之禍害，明哲保身之心態，多見於詩畫之外。[53]

藝術家創作，常把自己幻想成作品中的對象，將主觀感情移入客體，於是主客交流，物我不分。詩人解讀圖畫，想像創作心理，還原創作歷程，繪聲繪影，此之謂「有聲畫」，此之謂「詩中有畫」。題畫詩作往往如此，題詠竹畫時時見之。論者稱：蘇軾作為文人畫之早期代表，其精髓正在繪畫之表現論，特別是借物寓興部份。這正是傳統

51　〔宋〕黃庭堅：〈題竹石牧牛並引〉，《山谷詩集注》，卷 9，頁 239；《全宋詩》，卷 987，頁 11381。

52　賴永海：《佛道詩禪──中國佛教文化論》（北京市：中國青年出版社，1990 年），第七章〈禪與書畫〉，引日本鈴木大拙：《禪學講座：禪的無意識》，頁 172-173。

53　以牛作喻，佛典中不少，《阿含經》中有牧牛十二法，《放牛經》中有比丘十一事，唐宗意禪師有〈牧牛十詩〉，宋師遠大師有〈十牛圖頌〉。中國重慶大足石刻有〈牧牛圖〉十組，據北宋楊杰所作〈證道牧牛頌〉而創作。黎方銀：《大足石刻》（西安市：三秦出版社，2006 年），三、〈寶頂石窟〉，16、「修證之路──牧牛圖」，頁 168-179。

之抒情理論之發揚，唐以來詩人觀物往往如此。[54]蘇軾題詠文同墨竹，黃庭堅之題詠東坡水墨畫，大抵多凸顯上述特色，體現寄興寫意觀點。

二　比德審美

比德，從比興發展而來，為先秦儒家之審美理想。儒家美學原則，往往強調美與善之和諧統一。比德審美，即其顯例。孔子曾以山、以水、以玉、以土、以松柏、以芷蘭比德於君子，分見《論語》〈子罕〉、《論語》〈雍也〉；《荀子》〈宥坐〉、《荀子》〈法行〉；《尚書大傳》、《韓詩外傳》、《春秋繁露》，亦多所發揮。[55]荀子以諧隱方式作〈雲〉賦、〈蠶〉賦，屈原以比興手法作〈橘頌〉、〈離騷〉，更是先秦「比德」之典型。

將人格與物性對應，將人生與自然聯結，於是形成君子比德之架構。所謂「君子比德」，表面上是人比德於物，實質上是物比德於人。比德，是以物作為人格修煉的參照，是以人格修煉為起點和歸宿之類比反省。由此觀之，君子比德，是自然美學觀向藝術美學觀之轉換和融合。[56]比德，為華夏民族審美理想之寄託方式，自春秋戰國以來，傳世不絕，尤其在詠物詩和花鳥畫方面。

至宋代，朝廷政策崇儒右文，儒學家標榜「德性與問學」，兼顧

54　高友工：《中國美典與文學研究論集》（臺北市：臺灣大學出版中心，2004 年），四、〈中國文化史中的抒情傳統·文人畫的抒情美典〉，頁 161。

55　普穎華著，周敏審校：《中國寫作美學》（北京市：對外貿易教育出版社，1988 年），第四章，三、〈民族審美理想的寄託方式〉，頁 161-167。

56　張晨：《中國詩畫與中國文化》（瀋陽市：遼寧教育出版社，1993 年），一、〈詠物詩與花鳥畫——比德文化的極地〉，頁 3-9。

「涵養與致知」。向內反省自身，與向外格物致知，雖有所偏愛，基本上大多兼容並重。[57]此種尊德性、尚涵養、貴內省之風習，影響宋代士人之審美意識，以及宋詩之復雅崇格。尤其崇格思潮在宋代詩畫之體現，正是宋代理學人生觀之藝術實踐。[58]宋代崇儒崇格思潮之氛圍下，比德之審美理想有較長足之發展，如以梅、竹比德君子，梅為堅貞之化身，竹為高雅之隱語，往往見諸詩情與畫意。尤其在文人畫興起，墨竹畫盛行之北宋，以蘇軾、黃庭堅及江西詩人為主之題畫詩，對此有較明確之體現。如蘇軾題詠枯木竹石畫：

> 散木支離得自全，交柯蚴蟉欲相纏。不須更說能鳴雁，要以空中得盡年。[59]

散木、支離，其德可以自全，此莊周〈逍遙〉、〈齊物〉、〈山木〉之教示。竹木「交柯蚴蟉」，無所可用；與「能鳴雁」之有用殊科；唯竹德「中空」，可得盡年，可作吾人虛心不有，謙沖受益之師法。蘇過作畫，以之比德；東坡題畫，以之寄興，詩情畫意可以相得益彰，亦由此可見。

　　文同愛竹成癖，尤長於畫竹。曾作〈一字至十字成章〉詠竹詩云：「森寒，潔綠」；「心虛異眾草，節勁逾凡木」；且謂「若論檀欒之操，

57　〔美〕田浩：《宋代思想史論》（北京市：社會科學文獻出版社，2003 年），劉子健：〈作為超越道德主義者的新儒家：爭論、異端和正統〉，頁 234-236；余英時：〈朱熹哲學體系中的道德與知識〉，頁 257-261。

58　秦寰明：〈論宋代詩歌創作的復雅崇格思潮〉，《中國首屆唐宋詩詞國際學術研討會論文集》（南京市：江蘇教育出版社，1994 年），頁 612-622。

59　〔宋〕蘇軾：〈題過所畫枯木竹石三首〉其二，《蘇軾詩集合注》，卷 43，頁 2207；《全宋詩》，卷 826，頁 9362。

無敵於君；欲圖瀟灑之姿，莫賢於僕」，[60]蓋以竹比德於賢人君子。一般而言，勁直挺立，凌雪參雲，是翠竹之平常形象。文人畫家偏愛病態的竹子，文同曾畫紆竹，以象徵「屈而不撓」；猶東坡作枯木，「如其胸中盤鬱」，兼表竹木德操。黃庭堅與其外甥洪朋，先後為李夫人偃竹畫題詩，頗亦近之，如：

> 孤根偃蹇非傲世，勁節癭枝萬壑風。閨中白髮翰墨手，落筆乃與天同功。[61]

> 袖中欻忽生絲竹，眼底鮮飈起寒綠。把筆誰能寫此真？偃蹇一枝生氣足。夫人故有林下風，歲寒落落此同君。映窗得意偶揮灑，寫出箟簹谷裏千秋之臥龍。夜來風雨吹倒屋，但恐踴躍變化入水杳無蹤。[62]

李夫人，為黃庭堅之姨母，李公擇之胞妹，善臨松竹木石，亦習染文人畫之風尚。黃庭堅之題詠，特別勾勒偃竹畫之構圖，凸顯「孤根偃蹇」、「勁節癭枝」兩個形象，竹子之剛毅堅貞，百折不廻，孤高特立，亦可以想見。寫竹如此，真可以筆補造化，與天同功。洪朋所作〈李夫人偃竹歌〉，特提夫人富於「林下風」幽深清遠、恬淡自然之禪趣，其偃竹畫有「歲寒」之象徵與節操。翠竹歷經「歲寒」而不凋，

60　〔宋〕文同：〈詠竹‧一字至十字成章二首〉其一，《陳眉公先生訂正丹淵集》（臺北：臺灣商務印書館，1979 年，《四部叢刊初編》本影印明汲古閣刊本），卷 17，頁 154；《全宋詩》，卷 447，頁 5431-5432。

61　〔宋〕黃庭堅：〈題李夫人偃竹〉，《山谷外集詩注》，卷 9，頁 763；《全宋詩》，卷 1007，頁 11513。

62　〔宋〕洪朋：〈李夫人偃竹歌〉，《全宋詩》，卷 1278，頁 14455。

故多比德於君子。猶黃庭堅〈歲寒知松柏〉詩所謂「老去惟心在，相依到歲寒」；「心藏後凋節，歲有大寒知」。[63]強調此畫聚焦於「偃蹇一枝」，而生氣已足；想像偃蹇之竹，當是文同「篔簹谷裏千秋之臥龍」。竹莖可以化龍，用《神仙傳》費長房竹杖化為青龍事。[64]以化龍飛去，凸顯李夫人偃竹畫之傳神得意，自在揮灑。

　　竹子之德操，如中空、有節、後凋、不屈等等，皆屬高雅之風節，予人瀟灑出塵之意象。經由蘇軾等文士圖寫歌詠，於是竹之不俗、有格，遂成君子比德之對象：

> 可使食無肉，不可使居無竹。無肉令人瘦，無竹令人俗。人瘦尚可肥，俗士不可醫。傍人笑此言，似高還似痴。若對此君仍大嚼，世間那有揚州鶴？[65]

> 我昔居西園，手植竹數箇。凜然如德友，節行不敢破。朝吟玩霜枝，夜聞蕭瑟清。風吹一日四庫本、萬卷樓本作旦乎不見，似覺塵上污人衣。揭來翠雲麓，日唯見山不見竹。雖云山氣日夕佳，尚恐無竹令人俗。昨得與可畫，自埽塵壁掛。門開風動之，如枉故人駕。對山看畫信不惡，何人更覓揚州鶴。[66]

63　群陰彫品物，松柏尚桓桓。老去惟心在，相依到歲寒。霜嚴御史府，雨立大夫官。犧象溝中斷，徽弦爨下殘。光陰一鳥過，翦伐萬牛難。春日輝桃李，蒼顏亦預觀。松柏天生獨，青青貫四時。心藏後凋節，歲有大寒知。慘澹冰霜晚，輪囷澗壑姿。或容螻蟻穴，未見斧斤遷。搖落千秋靜，婆娑萬籟悲。鄭公扶貞觀，已不見封彞。（黃庭堅：〈歲寒知松柏〉，《山谷詩集注》，卷 10，頁 253-254）

64　〔宋〕吳淑著，冀勤等校點：《事類賦注》（北京市：中華書局，1989 年），卷 14，〈杖〉賦，「投葛陂而遽化」注，頁 298；卷 24，〈竹〉賦，「葛陂化龍」注，頁 475。

65　〔宋〕蘇軾：〈於潛僧綠筠軒〉，《蘇軾詩集合注》，卷 9，頁 425-426。

66　〔宋〕謝薖：〈題文與可畫竹〉，《全宋詩》，卷 1373，頁 15770-15771。

　　《晉書》〈王徽之傳〉載：王徽之種竹嘯詠，指竹曰：「何可一日無此君？」自是之後，竹遂號稱「此君」。東坡作〈於潛憎綠筠軒〉詩，對比無肉與無竹，就物質與精神兩層面作映襯，特提「無肉令人瘦，無竹令人俗。人瘦尚可肥，俗士不可醫」詩句，於是「無竹令人俗」漸成宋代士人之口頭禪。謝邁為江西詩派中人，其〈題文與可畫竹〉一首，呼應東坡「無竹令人俗」之名言，再以凜然、節行、玩霜、蕭瑟點綴翠雲，於是竹之為「德友」，堪作君子之比德，亦呼之欲出。

　　竹之比德於君子，於兩宋最為普遍，視之為歲寒三友。南宋初李綱（1083-1140）則目松、竹、蘭、菊為四友，曾作〈梁谿四友贊〉：松曰歲寒，竹曰虛心，蘭曰幽芳，菊曰粲華。其〈虛心贊〉詠竹云：「君子學道，其心貴虛。此君之心，一物本無。勁節堅竦，清影扶疏。劍拔環侍，十萬丈夫。細細其香，猗猗其綠。滴露和煙，鏤金戛玉。與子為友，惟日不足。何年棲鳳，慰此幽獨。」[67]李綱此詩，高度概括竹之風骨，曰虛心、無物、勁節、堅竦、棲鳳、幽獨；囊括其形象為清影、扶疏、細香、猗綠、滴露、和煙、鏤金、戛玉。德操如是之清高，形象如是之美好，是以君子引為友朋，故曰：「與子為友，惟日不足。」

三　游戲三昧

　　至元本《六祖壇經》〈頓漸品八〉有云：「見性之人，立亦得，不立亦得。來去自由，無滯無礙。應用隨作，應語隨答，普見化身，不離自性，即得自在神通，游戲三昧，是名見性。」所謂游戲三昧，如

67　北京大學古文獻研究所編：《全宋詩》（北京市：北京大學出版社，1996 年），第27 冊，卷 1571，李綱：〈梁谿四友贊・虛心贊〉，頁 17824。

無心之游戲，心無牽掛，任運自如，得法自在。易言之，進退自由，隨意自在，信手拈來，如隨意游戲，毫無拘束，皆可稱游戲三昧之境界。[68]今以黃庭堅題詠竹畫為例，稍作述說論證：

> 子舟詩書客，畫手晼前輩。把袂拍其肩，餘力左右逮。摩拂造化爐，經營鬼神會。光煤疊亂葉，世與作者背。看君回腕筆，猶喜漢儀在。歲寒十三本，與可可追配。小山蒼苔面，突兀謝憎愛。風斜兼雨重，意出筆墨外。吾聞絕一源，戰勝自十倍。榮枯轉時機，生死付交態。狙公倒七芧，勿用嗔喜對。此物當更工，請以小喻大。[69]

子舟所繪風雨竹，異於俗工所作，所謂「歲寒十三本，與可可追配」，當是墨竹畫或文人畫之屬。因為其畫風，一方面「突兀謝憎愛」，一方面又「意出筆墨外」。「吾聞絕一源，戰勝自十倍」句，宋任淵《注》：「此句以下言胸中高勝，則游戲筆墨自當不凡。」「榮枯轉時機，生死付交態」二句，任淵《注》：「謂視窮達若物之榮枯，各隨時盛衰，任天機自運爾。」藥山惟儼禪師曾問弟子「山上枯榮二樹」，高沙彌所謂「枯者從他枯，榮者從他榮」；[70]山谷詩中所云，殆即此意。云游戲筆墨，言天機自運，由此觀之，黃庭堅題畫，蓋「以真實相出游戲法」，殆與書道之游戲三昧相通。又如：

68　許傳德：《白話六祖壇經》，至元本《六祖壇經》，〈頓漸品〉第八，頁214。（釋）慈怡主編：《佛光大辭典》（高雄市：佛光大藏經編修委員會，1989年），〈遊戲三昧〉，頁5619。

69　〔宋〕黃庭堅：〈用前韻謝子舟為予作風雨竹〉，《山谷詩集注》，卷12，頁312；《全宋詩》，卷990，頁11398。

70　〔宋〕普濟：《五燈會元》（臺北市：文津出版社，1986年），卷5，〈藥山惟儼禪師〉，頁258。

森蔚一山竹，壯士十三輩。自干雲天去，草芥肯下逮。虛心聽
造物，顛沛風雲會。榮枯偶同時，終不相棄背。誰云湖州沒，
筆力今尚在。阿筌雖墨妙，好以桃李配。國工裁主意，冷淡恐
不愛。子舟落心畫，榮觀不在外。耆年道機熟，增勝當倍倍。
祖述今百家，小紙弄姿態。雖云出湖州，卷置懶開對。非公筆
如椽，孰能為之大。[71]

子舟所畫，主題為「風雨竹」，情境為風斜、雨重；前詩言「歲寒十三
本」，後詩云「壯士十三輩」，可見竹必十三枝。竹君無心，但聽命於
造物，任天機自運而已。雖風雨之變、榮枯之變、死生之變，亦任其
自然而已。此中心境，頗有大慧宗杲（1089-1163）看話禪「隨緣放曠，
任性逍遙」之證悟。洪州禪主張無修無證之平常心，提倡順應自然、
無為無事，黃庭堅詠竹，殆亦有此體現。[72]所謂游戲三昧之來去超脫，
自在無礙，蓋近之。

　　文人畫與畫工畫之分，在藝術氣息之高下，所謂「得之象外」，
所謂「取其意氣所到」。詠竹畫或濡染禪趣，然不如墨竹之普遍而濃
厚，此就北宋題畫詩所見，大抵如此。

第三節　蘇軾、黃庭堅墨竹題畫詩與禪趣、比德

　　時至宋代，禪宗思維對於詩家吟詠，禪學趣味對於士人繪畫，都
生發相當的影響。「詩畫一律」之文藝思潮，經過蘇軾、黃庭堅諸詩人

71　〔宋〕黃庭堅：〈再用前韻詠子舟所作竹〉，《山谷詩集注》，卷 12，頁 313-314；
　　《全宋詩》，卷 990，頁 11398。
72　魏道儒：《宋代禪宗文化》，六、〈宗杲的看話禪〉，頁 131-135。周裕鍇：《禪宗
　　語言》，第六章第二節〈看話：語言的解構〉，頁 199-209。

之倡導發揮，在北宋中後期已逐漸形成士大夫品畫論詩之標準。[73]題畫文學最多，畫論如《畫繼》、《宣和畫譜》亦時有所見。題畫詩會通詩與畫而一之，墨竹題詠更摻合墨戲與題畫而化成之，詩、畫、禪之互涉交流，尤其具體可見。

　　墨竹畫之起源，眾說不一，或以為始於唐，[74]或以為形成於晚唐。[75]五代至北宋間，畫竹一科逐漸蔚為風氣。如後蜀黃筌之墨竹，南唐徐熙之雀竹，丁謙之病竹，李頗之折竹、風竹，李煜之鐵鉤鎖，唐希雅之戰掣勢等等，各有不同風格。北宋畫竹亦多名家，如閻士安之墨竹多姿，劉夢松之紆竹精緻，文同墨竹之豪雄俊偉，蘇軾之興到揮灑，多各有姿態特色。[76]傳世至今最早之墨竹畫本，當為傳五代李頗墨竹，其寫意墨竹尚未成熟。徐熙〈雪竹圖〉雖極精工，亦未臻典型。迨北宋文同、蘇軾畫墨竹、詠墨竹，墨竹被賦予特定之文化義涵，始成為士大夫「適興寄意」之游戲三昧。影響南宋及元人墨竹畫、墨竹題詠，至為深遠。

　　宋代文人畫家所作花鳥，大多借物抒情；畫中有詩，成為文人花鳥畫之特徵。文同寫竹云：「森寒，潔綠」；「虛心異眾草，勁節逾凡木」，稱虛心、勁節，是以君子之風比德。蘇軾〈跋文與可墨竹〉謂：文同之畫墨竹，緣於「意有所不適，而無所遣之，故一發於墨竹」；[77]可見文同之創作目的，在借竹石以抒情，情有所發，乃形之於詩畫。

73　韋賓：《宋元畫學研究》，卷 5，〈「詩畫一律」與士大夫的話語權利〉，頁 409-418。

74　萬新華：〈柯九思墨竹藝術論〉，《東南文化》1999 年 4 期，頁 63-71。

75　孫機：〈中國墨竹〉，《中國歷史文物》2003 年 5 期，頁 4-25、96-97。

76　伍蠡甫：《中國畫論研究》（北京市：北京大學出版社，1983 年），〈中國畫竹藝術〉，頁 70-74。

77　〔宋〕蘇軾：《蘇軾文集》，卷 70，〈跋文與可墨竹〉，頁 2209。

文同對於變態的紆竹，曾撰文稱美：「觀其抱節也，剛潔而隆高；其布葉也，瘦癯而修長，是所謂戰風日、傲冰霜，凌突四時，磨轢萬草之奇植也。」[78]蘇轍〈祭文與可學士文〉稱文同：「忠信篤實，廉而不劌，柔而不屈。發為文章，實似其德。」[79]人格特質如此，自然影響其窮通遇合。據此可知，因為紆竹的遭遇，跟文同的平生經歷和思想感情生發共鳴，作者才憑借紆竹的凌然高節，唱詠述志，寓意抒情。[80]

　　蘇軾與文同相知相惜，共同創造了湖州竹派。蘇軾提倡士人畫，所作枯木、怪石、墨竹，多為寫其胸中盤鬱。蘇軾〈文與可簹簹谷偃竹記〉自述文同教其畫墨竹，「從地一直起至頂」，並不逐節分畫，只是振筆直遂，隨意點示。〈書吳道子畫後〉稱：「出新意於法度之中，寄妙理於豪放之外」，蓋斟酌出入於規矩與自由之際。文同創立墨竹一派，而蘇軾自謂：「吾為墨竹，盡得與可之法。」蓋以神妙意氣自許，不拘於形似，予墨竹之抒情寫意極大啟示。蘇軾傳世之作，有〈枯木竹石圖〉，藏上海博物館；〈竹石圖〉，藏中國美術館；〈墨竹圖〉，明項元汴曾收藏。[81]要皆墨戲之作，頗能展現士人畫之風格特徵。

　　唐白居易〈畫竹歌〉云：「不根而生從意生，不笋而成由筆成。」[82]竹畫之立意、命筆，追求離形得似，可以想見。畫竹，用水墨取代丹青，有天然自在，超脫形似之意趣在。黃庭堅〈蘇李畫枯木道士賦〉

78　〔宋〕文同：《陳眉公先生訂正丹淵集》，拾遺卷下，〈紆竹記〉，頁 307。

79　〔宋〕蘇轍著，陳宏天等點校：《蘇轍集》（北京市：中華書局，1990 年），卷 26，〈祭文與可學士文〉，頁 433。

80　馮超：《湖州竹派》（長春市：吉林美術出版社，2003 年），第二章，〈湖州竹派的創立〉，頁 38-40。

81　馮超：《湖州竹派》，第二章第三節，〈蘇軾〉，頁 49-54。

82　〔唐〕白居易著，朱金城箋校：《白居易集箋校》（上海市：上海古籍出版社，1988 年），卷 12，〈畫竹歌〉，頁 652。

所謂：「虎豹之有美，不彫而常自然」；[83]即此之謂。《宣和畫譜》〈墨竹敘論〉對此亦有申說：

> 繪事之求形似，捨丹青朱黃鉛粉則失之，是豈知畫之貴乎？有筆不在夫丹青朱黃鉛粉之工也。故有以淡墨揮掃，整整斜斜，不專於形似而獨得於象外者，往往不出於畫史，而多出於詞人墨卿之所作。[84]

東晉顧愷之論畫，注重以形寫神，遷想妙得。北宋黃休復《益州名畫錄》突出「逸格」；歐陽脩題畫，稱「畫意不畫形」，而標榜「蕭條淡泊」之意。[85]蘇軾以為繪畫之作用，在「適吾意」；提倡士人畫，「取其意氣所到」，美其「不古不今，自出己意」。撰有〈傳神記〉一文，強調繪畫傳神之妙，貴能「得其意思所在」，不在「舉體皆似」。[86]追求神韻，注重傳神，不貴寫實形似，此北宋文人畫之風習。

墨為隱逸、清高、脫俗之象徵，與丹青之為凡塵、世俗、慾望之象徵色彩不同。墨之近於道，正在「天然去雕飾」；染於禪，正在隨緣順性，任運自然。[87]且看黃庭堅墨竹題跋：

83　〔宋〕黃庭堅：《宋黃文節公全集》，正集，卷 12，〈蘇李畫枯木道士賦〉，頁 298。

84　〔宋〕佚名：《宣和畫譜》第二十，〈墨竹敘論〉，頁 621。

85　葛路：《中國古代繪畫理論發展史》（臺北市：丹青圖書公司，1987 年），第二章〈顧愷之的繪畫理論貢獻〉，頁 28-33；第四章〈歐陽修‧沈括‧蘇軾的重神似論〉，頁 92-96。

86　〔宋〕蘇軾：《蘇軾文集》，卷 12，〈傳神記〉，頁 400-401；蘇軾：《蘇軾詩集合注》，卷 29，〈書鄢陵王主簿所畫折枝〉其一：「論畫以形似，見與兒童鄰。賦詩必此詩，定非知詩人。」頁 1437。

87　《六祖壇經》主張：本心就是佛性，學人自識本心就能成佛。曾云：「一行三昧者，于一切時中，行住坐臥，常行直心是。」許傳德：《白話六祖壇經》，敦煌本《六祖壇經》十四，頁 147。

如蟲蝕木，偶爾成文。吾觀古人繪事，妙處類多如此。所以輪扁斲車，不能以教其子。近世崔白筆墨，幾到古人不用心處。世人雷同賞之，但恐白未肯耳。[88]

　　墨竹之妙者，皆在無意於畫，「如蟲蝕木，偶爾成文」，所謂「古人不用心處」，此即禪宗「自然適意，率意天成」之語言藝術審美觀。[89]禪宗南宗之隨緣任運，此中有之。墨竹畫多文人墨戲之作，故自多禪味。墨竹題詠，以詩歌詮釋墨竹畫，畫意與詩情，相得益彰，禪趣尤其躍然紙上。《宣和畫譜》〈墨竹敘論〉所言畫風，不貴形似，不專於形似，「不在夫丹青、朱黃、鉛粉之工」。特別凸顯「淡墨揮掃，整整斜斜」，「獨得於象外」之水墨畫作。尤其強調此種不貴形似之工的作品，「不出於畫史，而多出於詞人墨卿」，對於文人畫獨樹一格之畫風，頗表欣賞。同時，推崇墨竹「拂雲而高寒，傲雪而玉立」，則其比德與寄興可知。又稱墨竹畫之布景致思，謂「不盈尺而萬里可論」，其非「俗工所能到」。其表現手法，若非運用以形寫神，忘形得意，將無緣企及。

　　文人畫以表現自我內心情感為主，敢於輕視典範法則，勇於提出創意主張，寄興寫心，獨抒性靈，作品富於詩意，表現神妙莫測。這是禪宗唯心自性的意境理論，主觀隨機、得心應手，追求精神和創作的自由，影響了文人畫的創作。[90]文人畫中之水墨畫，「淡墨揮掃，不專於形似」；「不古不今，自出己意」，尤可作為代表。

88　〔宋〕黃庭堅：《宋黃文節公全集》，正集，卷27，〈題李漢舉墨竹〉，頁734。

89　高長江：《禪宗與藝術審美》（長春市：吉林大學出版社，1989年），三、〈禪的真理與美的創造〉，「率性而為，清水芙蓉」，頁132-137。

90　張育英：《禪與藝術》（杭州市：浙江人民出版社，1992年），第四章，〈禪與繪畫〉，二、「文人畫與禪的意境」，頁109-113。

　　論者指出：墨竹因其特殊性，恰成最早之墨戲畫種。墨戲之表現
超越，且又臻於和諧的觀念，[91]往往借墨竹畫之流行，而逐漸確立。其
中，有文人畫興起之機緣，促成以詩為魂，以寫為法，水墨為尚，抒
情寫意諸審美特質之發用。[92]於是墨竹畫在北宋形成，墨竹題詠在北宋
亦開始盛行。墨竹畫之興起，蓋結合詩情、畫意、墨戲、禪趣而合
一。當然，以竹比君子之德操，墨竹題詠所在多有。唯題畫墨竹而寫
意抒情，數量不多。今舉蘇軾、黃庭堅二家墨竹題詠，論證上述觀
點。

一　游戲三昧

　　明董其昌（1555-1634）著有《畫禪室隨筆》，首倡文人畫之概念。
對於畫分南北宗，類比禪分南北宗，亦最先提出。[93]董其昌之禪學造詣
頗深，曾以佛學素養之深淺，評論唐宋文人，以為「東坡突過昌黎、
歐陽」；且謂：「宋人推黃山谷所得深於子瞻。曰：山谷真涅槃堂裏禪
也。」[94]唐宋士人之佛學素養，固以黃庭堅、蘇軾分居一、二；至於圖

91　彭修銀：《墨戲與逍遙──中國文人畫美學傳統》（臺北市：文津出版社，1995
　　年），六、（二）「墨戲」表現超越與和諧，頁 182-187。

92　彭修銀：《墨戲與逍遙──中國文人畫美學傳統》，〈緒論・文人畫的審美本質與
　　藝術特徵〉，頁 1-17。

93　山水畫與南北宗問題，〔明〕董其昌〈畫旨〉一文，正式提出。山水畫之分南北，
　　主要因南北宗繪畫體現不同之創作思想、美學原則而來。而且，文人畫與畫院畫
　　之發展，確屬不同流派，美學思想史上，確實存在重要的原則分歧。說詳張少
　　康：《文藝學的民族傳統》（武漢市：華中師範大學，2000 年），〈董其昌的文藝
　　美學思想──兼談山水畫的南北宗問題〉，頁 234-246。參考徐復觀：《中國藝術
　　精神》（臺北市：臺灣學生書局，1984 年），第十章〈環繞南北宗的諸問題〉，頁
　　408-421。謝稚柳：《中國古代書畫研究十論》（上海市：復旦大學出版社，2004
　　年），〈董其昌所謂的「文人畫」與南北宗〉，頁 216-230。

94　〔明〕董其昌：《畫禪室隨筆》，卷 3，〈評詩〉，頁 207-208；卷 3，〈評文〉，頁

畫紀詠，宋鄧椿《畫繼》亦以為「獨山谷最為精嚴」，「至東坡又曲盡其理」。[95]今考察蘇、黃二家詩文集，就墨竹畫題詠而言，理或然也。

　　墨竹之為繪畫，與詠竹之為詩歌，竹作為道德寓意，作為君子比德之資材，墨竹與詠竹其實無異，堪稱殊途同歸。唯墨竹之作，出於文人畫之游戲居多，故墨戲、三昧之佛禪色彩較顯著。如蘇軾題畫詩，論及文與可（同）墨竹部份：

> 斯人定何人，游戲得自在。詩鳴草聖餘，兼入竹三昧。時時出木石，荒怪軼象外。舉世知珍之，賞會獨予最。知音古難合，奄忽不少待。誰云生死隔，相見如糞壤。[96]

蘇軾〈題文與可墨竹〉，一則稱「游戲得自在」，再則言「兼入竹三昧」，是以題畫手段，詮釋文同墨竹之揮灑，合於《六祖壇經》〈頓漸品八〉所謂「來去自由，無滯無礙」，任運自然，得法自在，所謂游戲三昧。蘇軾〈文與可畫篔簹谷偃竹記〉說畫竹，「必先得成竹於胸中」，謂「與可之教予如此」。〈墨君堂記〉述與可畫墨竹：「雍容談笑，揮灑奮迅而盡君之德」；與可之於墨竹，「可謂得其情而盡其性矣。」〈跋

211。參考高林廣：〈淺論禪宗美學對蘇軾藝術創作的影響〉，《內蒙古師大學報》1993 年 1 期，頁 88-94；孫昌武：〈黃庭堅的詩與禪〉，《社會科學戰線》1995 年 2 期，頁 227-235。

95　〔宋〕鄧椿：《畫繼》，卷 9，〈論遠〉稱：「畫者，文之極也。……予嘗取唐宋兩朝名臣文集，凡圖畫紀詠，考究無遺，故於群公略能察其鑒別：獨山谷最為精嚴，……少陵東坡兩翁，雖注意不專，而天機本高，一語之確，有不期合而自合者。」于安瀾編：《畫史叢書》第一冊，頁 340。

96　〔宋〕蘇軾：〈題文與可墨竹并敘。故人文與可為道師王執中作墨竹，且謂執中勿使他人書字，待蘇子瞻來，令作詩其側。與可既沒八年而軾始還朝，見之，乃賦一首〉，《蘇軾詩集合注》，卷 28，頁 1392；《全宋詩》，卷 810，頁 9380。

文與可墨竹〉述與可自道畫墨竹，乃「意有所不適，而無所遣之，故
一發於墨竹」；[97]信手拈來，如隨意游戲，既是翰墨游戲，可以適興寄
意，又印合畫禪之游戲三昧。蘇軾為之表出，堪稱知音。文與可為人
作墨竹，必「待蘇子瞻來，令作詩其惻」，蓋詩情畫意，相得益彰；墨
竹寫意，知音難得，有如此者。

　　宋郭若虛（？-1070-1075-？）《圖畫見聞志》卷三稱：文同「善
畫墨竹，富蕭灑之姿，逼檀欒之秀。疑風可動，不筍而成者也。」自
賦〈一至十字〉詠竹詩，亦稱竹有「檀欒之操」，而自己則長於「圖蕭
灑之姿」。[98]文與可墨竹畫，開創湖州竹派，得蘇軾之聲援與推揚，遂
自成一家之特色，風格益加顯著，影響後世十分深遠。湖州竹派之美
學思想與表現手法，頗值得闡說。文同與蘇軾，多詩、書、畫三絕兼
擅，皆以詩人之情懷、書家之運筆、文人畫之寄情，表現為繪畫藝
術，而創為湖州竹派之特色。論其美學思想，或為道與藝之統一，或
為寄情與思致之統一，或為傳神與寫形之統一，或為詩、書、畫內在
之統一；[99]而其要歸，則在文人畫之墨戲，在游戲三昧之體現。蘇軾
〈書晁補之所藏與可畫竹三首〉，有具體而微之呈現，如：

　　　與可畫竹時，見竹不見人。豈獨不見人，嗒然遺其身。其身與
　　　竹化，無窮出清新。莊周世無有，誰知此疑神。[100]

97　〔宋〕蘇軾：《蘇軾文集》，卷 11，〈文與可畫篔簹谷偃竹記〉，頁 365-366；卷
　　11，〈墨君堂記〉，頁 356；卷 70，〈跋文與可墨竹〉，頁 2209。

98　〔宋〕郭若虛：《圖畫見聞志》，于安瀾編：《畫史叢書》，第一冊，卷 3，〈紀藝
　　中・文同〉，頁 182-183。

99　馮超：《湖州竹派》，第三章，〈文同、蘇軾的藝術思想暨湖州竹派的美學思想〉，
　　頁 55-90。

100　〔宋〕蘇軾：〈書晁補之所藏與可畫竹三首〉其一，《蘇軾詩集合注》，卷 29，頁
　　1433；《全宋詩》，卷 812，頁 9394。

蘇軾〈書晁補之所藏與可畫竹三首〉其一，述說與可畫竹時，用意專注如《莊子》〈齊物論〉之「吾喪我」，身與竹化，達到物我為一之境界。佛教之美學品格，講究「梵人合一」、「物我同根」。僧肇《涅槃無名論》云：「物不異我，我不異物；物我玄會，歸乎無極。」主客雙向交流，相互激盪，必然生發無限。[101]東坡稱與可畫竹時，「其身與竹化」如此，故能「無窮出清新」如彼，與禪宗「物我同化」、「物我兩忘」，超塵脫俗之境界亦近似，可以相互發明。[102]又如：

> 若人今已無，此竹寧復有。那將春蚓筆，畫作風中柳。君看斷崖上，瘦節蛟蛇走。何時此霜竿，復入江湖手。[103]

北宋以來，高人逸士多能「以書緒餘作墨戲」，文同與蘇軾為其中代表。《宣和畫譜》稱文同善畫墨竹，「凡於翰墨之間，托物寓興，則見於水墨之戲」。蘇軾〈題文與可畫竹〉曾指出：「斯人定何人？游戲得自在」，則文同畫竹，出於墨戲可知。上列引文題詠文同墨竹畫，以「那將春蚓筆，畫作風中柳」之柔細搖曳，反襯其霜竿之筆法與姿態。又狀寫其構圖，稱「君看斷崖上，瘦節蛟蛇走」；以南齊謝赫《古畫品錄》所提六法言之，可謂氣韻生動；[104]以蘇軾所倡文人畫言之，則是「取其意氣所到」。若以蘇軾對佛學之理解言，則直認繪畫為幻境之創

---

101 祁志祥：《佛教美學》（上海市：上海人民出版社，1997 年），第二章第二節〈「梵人合一」與「物我同根」〉，頁 67-75。

102 張育英：《禪與藝術》，第四章〈禪與繪畫〉，二、「物我同化」的創作追求，頁 113-116。

103 〔宋〕蘇軾：〈書晁補之所藏與可畫竹三首〉其二，《蘇軾詩集合注》，卷 29，頁 1434；《全宋詩》，卷 812，頁 9394。

104 〔南齊〕謝赫：《古畫品錄·序》，俞劍華編著：《中國畫論類編》（北京市：人民美術出版社，1986 年），上卷，第三編〈品評〉，頁 355。

造：〈題楊次公蕙〉曰：「幻色雖非實，真香亦竟空」；〈次韻吳傳正枯木歌〉卻云：「萬象入我摩尼珠」等等，[105]可見一斑。《心經》談般若空觀、諸法空相；《華嚴經》提示色空不二，真空妙有；理事圓融，事事無礙。[106]理解這些禪宗思想與哲學象徵，將有助於文同墨竹畫脫略形似，追求神韻，抒發性情，表現自我之解讀。尤其墨竹離形得似，「不似之似」之文人畫特色。[107]蘇軾〈書晁補之所藏與可畫竹三首〉其三，題詠墨竹，明顯體現游戲三昧，與文同之墨戲合拍，如：

> 晁子拙生事，舉家聞食粥。朝來又絕倒，諛墓得霜竹。可憐先生槃，朝日照首蓿。吾詩固云爾，可使食無肉。自注：吾舊詩云：可使食無肉，不可使居無竹。[108]

　　蘇軾題畫詩，為尊題故，述說與可墨竹之收藏者晁補之。墨竹既出於文人之游戲遣興，抒情寫意，聊求自成自達，自我超越；於是蘇軾題詠墨竹，亦體現游戲三昧，打諢通禪。原來晁補之家境清寒，竟以代人撰寫墓誌銘之潤筆費，購置此幅「霜竹」畫，無視「舉家食粥」之窘困，其賞愛文與可墨竹畫之舉動，著實令人「絕倒」。宋呂本中《童蒙訓》稱：「如作雜劇，打猛諢入，卻打猛諢出也。」[109]禪宗常言：

---

105 〔宋〕蘇軾：《蘇軾詩集合注》，卷 32，〈題楊次公蕙〉，頁 1611；卷 36，〈次韻吳傳正枯木歌〉，頁 1682-1683。

106 吳言生：《禪宗思想淵源》（北京市：中華書局，2001 年），第三章〈《心經》與禪宗思想〉，頁 67-98；吳言生：《禪宗哲學象徵》（北京市：中華書局，2001 年），第八章〈禪宗哲學的不二法門〉，五、「色空不二」，頁 327-333。

107 彭修銀：《墨戲與逍遙──中國文人畫美學傳統》，六、〈墨戲──中國文人畫之審美本體論之傳統〉，頁 182-187。

108 〔宋〕蘇軾：〈書晁補之所藏與可畫竹三首〉其三，《蘇軾詩集合注》，卷 29，頁 1434；《全宋詩》，卷 812，頁 9394。

109 〔宋〕呂本中：《童蒙詩訓》，郭紹虞：《宋詩話輯佚》（臺北市：文泉閣出版社，1972 年），16、〈學文者應涵泳杜蘇語〉，頁 240。

「游戲三昧，逢場設施，無可不可！」由此看來，禪師、優伶、詩人、畫家之諧趣，隨手拈來的諢趣，都暗合游戲三昧之妙旨。蘇軾題詠，前言「誤墓得霜竹」，是打猛諢入；詩以「可使食無肉」作結，不但呼應「食粥」、「苜蓿」，言外更隱含「不可使居無竹」之莊語與正意。所謂「戲言而近莊，反言以顯正」，[110]本詩足以當之。題畫詩同出於游戲三昧者，又如：

> 為愛鵝溪白繭光，掃殘雞距紫毫芒。世間那有千尋竹，月落庭空影許長。[111]

為愛好絹，遂畫墨竹，藝術家愛屋及烏，投桃報李，可稱為藝苑雅事。文同來詩稱：「掃取寒梢萬尺長」，本指一段絹而有萬尺之勢，極言畫境延展之無窮，此逢場作戲之談，所謂「打猛諢入」。東坡次韻，借題揮灑，遂云：「世間那有千尋竹，月落庭空影許長」，則是「打猛諢出」。一唱一和，猶插科打諢，諧趣禪趣全出。「夫言繪畫者，競求容勢而已！」此南齊王微《敘畫》之說。[112]如何化靜為動，富於包孕；如何突破時空，作無限之超越，要皆「競求容勢」之藝術追求。若與謝赫「六法」相較，生機流轉、韻味含蓄，則與「氣韻生動」相通。文同畫竹，一段絹而見「寒梢萬尺長」之氣勢，堪稱「競求容勢」之

---

110 周裕鍇：《中國禪宗與詩歌》（上海市：上海人民出版社，1992年），第五章〈機智的語言選擇〉，三、「打諢通禪」，頁162-171。

111 〔宋〕蘇軾：〈文與可有詩見寄云：「待將一段鵝溪絹，掃取寒梢萬尺長」，次韻答之〉，《蘇軾詩集合注》，卷16，頁800-801。

112 〔南齊〕王微：《敘畫》，俞劍華編：《中國畫論類編》，第五編〈山水〉（上），頁585。參考涂光社：《勢與中國藝術》（北京市：中國人民大學出版社，1990年），第三章〈繪畫的「勢」〉，頁117-118。

典範作品。

　　緣起論，為佛教之基本教義。看待世間一切事物，無非假有、幻影、虛妄、不實，唯有佛性、真如、實相、法界，才是真實存在。[113]這種「似真而又幻」之真幻不二論，「應無所住而生其心」之妙悟法門，影響士人之思維方式，文學藝術之表達方法，至深且遠。[114]蘇軾一生困頓不得志者多，故常以游戲看待人間一切情事。所作詩畫多含佛心禪影，多富游戲三昧，如〈龜山辯才師〉稱：「羨師游戲浮漚間，笑我榮枯彈指內」；〈洞庭春色賦〉亦云：「游戲於其間，悟此世之泡幻」；論草書亦謂：「心如死灰實不枯，逢場作戲三昧俱。」[115]又說佛偈曰：「前夢後夢真是一，彼幻此幻非有二」，[116]可見榮枯等倫，真幻不二。至其胸中盤鬱，往往化為枯木竹石之怪怪奇奇，表現為滑稽詼笑之文人畫與墨戲。

　　黃庭堅與蘇軾，同為元祐黨人，同遭貶謫流落，集一生無可如何之遇，故所作墨畫題詠，蘇、黃兩家多同工異曲，游戲三昧往往而有。如黃庭堅所作〈劉明仲墨竹賦〉，稱劉明仲「游戲翰墨，龍蛇起

113　《金剛經》：「凡所有相皆是虛妄。若見諸相非相，即見如來。」星雲：《金剛經講話》（臺北市：佛光文化事業公司，1998 年），〈諸相非如來實像〉分第五，頁65-79。參考吳言生：《禪宗思想淵源》，第七章〈《華嚴經》華嚴宗與禪宗思想〉，頁 202-210。

114　蔣述卓：《佛教與中國文藝美學》（廣州市：廣東高等教育出版社，1992 年），第六章〈佛教與藝術真實論〉，頁 110-126。

115　〔宋〕蘇軾：《蘇軾文集》，卷 1〈洞庭春色賦〉，頁 11；《蘇軾詩集》，卷 24〈龜山辯才師〉，頁 1218；卷 34〈六觀堂老人草書〉，頁 1702。。

116　〔宋〕蘇軾〈王晉卿得破墨三昧，又嘗聞祖師第一義，故畫邢和璞、房次律論前生圖，以寄其高趣，東坡居士既作《破琴》詩以記異夢矣，復說偈云〉：「前夢後夢真是一，彼幻此幻非有二。正好長松水石間，更憶前生後事。」《蘇軾詩集合注》，卷 50，頁 2455；《全宋詩》卷 831，頁 9618。

陸；嘗其餘巧，顧作二竹。」[117]則以游戲翰墨作墨竹可知。又如〈題子瞻墨竹〉：

> 眼入毫端寫竹真，枝掀葉舉是精神。因知幻物出無象，問取人間老斲輪。[118]

　　繪畫為幻境之顯影，而幻象蓋從心中流出，此東坡之認知，已見上述。何況墨畫超脫形似，在在印證「大空聲色本無有」，故北宋華鎮題墨畫梅花云：「禪家會見此中意，戲弄柔毫移白黑」。明董其昌《畫禪室隨筆》曾以佛學造詣品評唐宋文人，以為「宋人推黃山谷所得深於子瞻」。今觀黃庭堅〈題子瞻墨竹〉一詩，「真」、「幻」對舉，「精神」與「無象」不二，可知董其昌之說可信。自杜甫以來，題畫既注重形似之真，更強調傳神寫韻。清初笪重光《畫筌》稱：「神無可繪，真境逼而神境生」；石濤則謂：「明暗高低遠近，不似之似似之。」[119]黃庭堅題畫，既評價東坡墨畫，謂其妙入毫端，寫作如真；進而肯定墨竹「枝掀葉舉」，氣韻生動，能傳竹之精神。宋黃休復《益州名畫錄》標榜逸格，以為「筆簡形具，得之自然」，墨竹畫之逸筆草草，是為近之。黃庭堅〈題子瞻墨竹〉，於第三句下一轉語，謂「因知幻物出無象」，一句掃倒形似與傳神，大抵為般若學「萬法緣起性空」之觀點，

---

117 〔宋〕黃庭堅著，〔宋〕史容注：《山谷外集詩注》，卷 1〈劉明仲墨竹賦〉，頁 502。

118 〔宋〕黃庭堅：〈題子瞻墨竹〉，《山谷別集詩注》，卷上，頁 1094；《全宋詩》，卷 1016，頁 11595。

119 過曉：《論作為中國傳統繪畫美學概念的「似」》（上海市：上海人民出版社，2001 年），第二章第四節〈「真境逼而神境生」〉，頁 77-86；第三章第四節〈「畫不徒寫形，正要形神在」〉，頁 126-132。

以為「凡所有相，皆是虛妄」。《楞伽經》提示：三界唯心，萬法唯識：
「所謂一切法，如幻如夢，光影水月」；「觀一切有法，猶如虛空花」；
《楞嚴經》亦云：「一切浮塵，諸幻化相」；所以《華嚴經》強調，一
切有為法，皆如鏡花水月，夢幻泡影，皆當絕言離相，消除分別，如
此才得禪定智慧。[120]黃庭堅〈題子瞻墨竹〉，運化《楞伽經》、《楞嚴
經》、《華嚴經》般若空觀，視墨畫為「幻物」，終歸於「無象」，深得
墨戲之精神，更得畫禪之游戲三昧。

　　馬鳴和尚著《大乘起信論》，總結大乘佛教理論，闡明如來藏緣
起，揭示真心本體，超越一切；自性清淨，遠離垢染。強調心生滅
門，隨緣顯現；心真如門，恆常不變。因此，一切分別，皆分別自
心；妄執情識，乃迷昧之源。[121]黃庭堅題趙宗閔墨竹畫，可見上述禪
趣之體現，如：

　　　　省郎潦倒今何處，敗壁風生霜竹枝。滿世□□專翰墨，誰為真
　　　　賞拂蛛絲。[122]

　　尚書郎趙宗閔所畫，「墨竹一枝，筆勢妙天下」；大抵亦遣興寫意
之作，從首句「省郎潦倒」云云，可見一斑。次句再現畫面，稱「風
生霜竹枝」，則其風霜勁節，脫絕凡俗可知。唯墨竹畫寫於敗壁，畫
者尚書郎趙宗閔今又潦倒，因此世俗之「專翰墨」者，起分別心，見

120　吳言生：《禪宗思想淵源》，第一章〈《楞伽經》與禪宗思想〉，頁 13-17；第四章
　　〈《金剛經》與禪宗思想〉，頁 107-117；第七章〈《華嚴經》華嚴宗與禪宗思想〉，
　　頁 201-206。

121　吳言生：《禪宗思想淵源》，第二章〈《起信論》與禪宗思想〉，頁 30-51。

122　〔宋〕黃庭堅：〈銅官僧舍得尚書郎趙宗閔墨竹一枝筆勢妙天下為作小詩二首〉
　　其一，《山谷詩外集補》，卷 1，頁 1330；《全宋詩》，卷 1021，頁 11681。

差別相，隨緣顯現，妄執情識，於是此一「筆勢妙天下」之墨竹，遂
難獲「真賞」，任憑蛛絲生敗壁而已。凡人隨緣生心，依心起意，依意
起意識，遂見悟迷淨染。除滅無明，明心見性之道，在破除我執，心
物雙泯；無念離念，居塵不染；不二法門，要在消除差別而已矣。[123]
山谷題畫詩言外之意，或在於斯。又如：

> 獨來野寺無人識，故作寒崖雪壓枝。相得平生藏妙手，只今猶
> 在鬢如絲。[124]

　　趙宗閔，官至尚書郎，長於墨竹畫，黃庭堅於銅官僧舍破壁得其
墨竹畫一枝，別有會心，故有此題詠。推敲二詩之意，趙宗閔此一墨
竹壁畫，蓋作於官場潦倒後之晚年，故首句言「獨來野寺無人識」，末
句云「只今猶在鬢如絲」。黃庭堅品評趙宗閔墨竹，一則稱其「筆勢妙
天下」，再則稱賞其畫藝為「妙手」，推崇可謂備至。蘇軾〈書晁補之
所藏與可畫竹三首〉其一，稱文同畫竹時，「見竹不見人。豈獨不見
人，嗒然遺其身。」趙宗閔畫竹時，「獨來野寺無人識」，或許亦有此
境界。至於壁畫之佈置構圖，主要為「寒崖雪壓枝」，任憑雪壓風欺，
我自凌霜傲寒，猶明太祖〈詠雪竹〉所云：「雪壓竹枝低，雖低不著
泥。明朝紅日出，依舊與雪齊。」（《明詩選最》）其偉岸出群，任運
逍遙為何如也！蘇軾〈高郵陳直躬處士畫雁二首〉其一：「野雁見人
時，未起意先改。君從何處看，得此無人態。無乃槁木形，人禽兩自
在。」[125]這「無人態」、「兩自在」，可移換以品評「獨來野寺無人識，

---

123 吳言生：《禪宗思想淵源》，三、〈《起信論》與禪宗的開悟論〉，頁51-60。
124 〔宋〕黃庭堅：〈銅官僧舍得尚書郎趙宗閔墨竹一枝筆勢妙天下為作小詩二首〉
　　其二，《山谷詩外集補》，卷1，頁1331；《全宋詩》，卷1021，頁11681。
125 〔宋〕蘇軾：《蘇軾詩集合注》，卷24，〈高郵陳直躬處士畫雁二首〉其一，頁
　　1230。

故作寒崖雪壓枝」；了無機心，方能任運隨緣，無礙自如。馬祖道一所謂「平常心是道」，認知到華嚴宗的法界緣起，自我也就能任性逍遙。《金剛經》講究「無住生心，觸處皆春」，[126]潦倒省郎「獨來野寺無人識」，繪作「寒崖雪壓枝」之墨竹，竟成「筆勢妙天下」之作，未嘗不由於此。又如：

> 深閨靜几試筆墨，白頭腕中百斛力。榮榮枯枯皆本色，懸之高堂風動壁。[127]

　　題詠墨竹，而稱「榮榮枯枯皆本色」，體現《壇經》「出沒即離兩邊」之教示；洪州禪宗所謂「平常心是道」，無造作、無是非、無取捨、無斷常、無凡無聖。[128]禪宗哲學之不二法門，如彼此不二，垢淨不二，生死不二，指月不二，色空不二。超越一切對立，以明心見性，徹見本來面目。[129]黃庭堅〈姨母李夫人墨竹二首〉其一，特提「榮榮枯枯皆本色」，題詠而體現墨戲禪趣，亦足見山谷佛學素養之深湛，及詩、畫、禪之會通與交融。

二　比德審美

　　竹之形象，中空、有節、長青、參天、堅勁、柔韌，皆屬高雅之

---

126 吳言生：《禪宗思想淵源》，第四章〈《金剛經》與禪宗思想〉，頁 124-131。

127 〔宋〕黃庭堅：〈姨母李夫人墨竹二首〉其一，《山谷詩集注》，卷 9，頁 240；《全宋詩》，卷 978，頁 11381。

128 印順法師：《中國禪宗史》（臺北市：正聞出版社，1994 年），第九章第二節〈洪州宗與石頭宗〉，頁 402-406。

129 吳言生：《禪宗哲學象徵》，第八章〈禪宗哲學的不二法門〉，頁 305-338。

風節，予人瀟灑出塵之意象。文人畫師或以翰墨寫意，或以文字歌詠，其審美觀大多以竹之德操比擬賢人君子之志行。

蘇轍（1039-1112）〈墨竹賦〉稱說良竹之德：「性剛潔而疏直，姿嬋娟以閑媚；涉寒暑之徂變，傲冰雪之凌厲」，[130]亦剛亦柔，守常不變，此君子賢人所以比德。蘇軾〈墨君堂記〉述與可墨竹亦云：「風雪凌厲，以觀其操；崖石犖确，以致其節。得志，遂茂而不驕；不得志，瘁瘦而不辱。群居不倚，獨立不懼。」[131]以歧意雙關之措詞，將竹與賢人君子之德操，作多方之類比，傳承先秦儒家比德審美之傳統，光大而轉化運用之，此宋人詠竹、畫竹之文風士習。墨竹題詠，會通詩、畫、禪而一之；雖或出於墨戲，比德審美亦不例外。

畫竹，選用水墨為高，不採丹青五色，此自有道德象徵之作用在。北宋黃裳〈書墨竹畫卷後〉稱，以水墨畫竹，「能使人知有歲寒之意，不畏霜雪之色」，其「瀟落之趣」尤非俗士畫工所能及。[132]元郝經〈靜華君墨竹賦〉亦云：「墨於用而形於竹，開太古之元關，寫靈台之幽獨。儲秀潤於掌握，貯冰霜於肺腹，足乎心而無待於目；備乎理而不備乎物，全乎神而不徇乎俗。蓋達者之有天趣，而以貞節為寓也。」[133]稱美墨竹畫之勝，在能開玄關，寫靈臺，足乎心，備乎理，全乎神，以貞節為寓，乃達者之天趣云云。此種以貞節比德之墨竹畫風，北宋黃庭堅題詠墨竹，謂之「歲寒心」，如：

---

130 〔宋〕蘇轍：《蘇轍集》，卷 17，〈墨竹賦〉，頁 334。

131 〔宋〕蘇軾：《蘇軾文集》，卷 11，〈墨君堂記〉，頁 356。

132 〔宋〕黃裳：《演山集》（臺北市：臺灣商務印書館，1983 年），文淵閣《四庫全書》本，冊 1120，卷 35，〈書墨竹畫卷後〉，頁 237。

133 〔元〕郝經：《陵川集》（臺北市：臺灣商務印書館，1983 年），文淵閣《四庫全書》本，冊 1192，卷 1，〈靜華君墨竹賦〉，頁 12。

古今作生竹，能者未十輩。吳生勒枝葉，荃宰遠不逮。江南鐵
鉤鎖，最許誠懸會。燕公灑墨成，落落與時背。譬如剟心松，
中有歲寒在。湖州三百年，筆與前哲配。規模轉銀鉤，幽賞非
俗愛。披圖風雨入，咫尺莽蒼外。吾宗學湖州，師逸功已倍。
有來竹四幅，冬夏生變態。預知更入神，後出遂無對。吾詩被
壓倒，物固不兩大。[134]

黃庭堅〈次韻謝黃斌老送墨竹十二韵〉，先歷數古今墨竹畫家，如吳道
子、李後主、燕肅、文同，再尊題落到黃斌老畫墨竹。相形之下，較
側重「落落與時背」之燕肅墨竹畫：「譬如剟心松，中有歲寒在」。松
木歲寒不凋，猶竹之歲寒常青，黃庭堅〈歲寒知松柏〉詩云：「心藏後
凋節，歲有大寒知。慘澹冰霜晚，輪囷澗壑姿」；黃庭堅詠墨竹所謂
「此物抱晚節，微涼大音稀」，[135]松柏翠竹「歲寒之心」，可與此相發
明。文同畫竹，取法褚遂良、柳公權書道而變化之，且持以作為文人
之寫意遣興，能得士人之「幽賞」，卻未獲世俗之賞愛。「披圖風雨
入，咫尺莽蒼外」，足以想像文同竹畫風雨莽蒼，歲寒勁節之風骨
來。又如：

夜來北風元自小，何事吹折青琅玕。數枝灑落高堂上，敗葉蕭
蕭煙景寒。乃是神工妙手欲自試，襲取天巧不作難。行看歎息
手摩拂，落勢夭矯墨未乾。往往塵晦碧紗籠，伊人或用姓名
通，未必全收俊偉功。有能蕆事便白首，不免身為老畫工。豈

134　〔宋〕黃庭堅：〈次韻謝黃斌老送墨竹十二韵〉，《山谷詩集注》，卷 12，頁 310-
　　311；《全宋詩》，卷 990，頁 11397。

135　〔宋〕黃庭堅：《山谷詩集注》，卷 14，〈次前韻謝與迪惠所作竹五幅〉，頁 363。
　　《山谷外集詩注》，卷 16，〈歲寒知松柏〉，頁 1029。

如崇德君，學有古人風。揮毫李衛言神筆，彈琴蔡琰方入室。
道韞九歲能論詩，龍女早年先悟佛。弈棋樵客腐柯還，吹笙仙
子下緱山。更能遇物寫形似，落筆不待施青丹。尤知賞異老蒼
節，獨與長松凌歲寒。……所愛子猷發嘉興，不可一日無此
君。吾家書齋符青壁，手種蒼琅十數百。一官偶仕葉公城，道
遠莫致心慘戚。我方得此興不孤，造次卷置隨琴書。思歸才有
故園夢，便可呼兒開此圖。[136]

起首四句，以真擬畫：夜來北風，吹折琅玕。煙景蕭蕭，數枝灑落，
此崇德君墨竹畫之畫面場景。稱此畫為「神工」、「妙手」、「天巧」，
固尊題所宜有，畫藝不必然即如是之精湛。中間四句，「更能遇物寫形
似，落筆不待施青丹」，是形似傳神兼到；「不待施青丹」，正凸顯水
墨畫之特徵。「尤知賞異老蒼節，獨與長松凌歲寒」，竹之老而彌堅，
蒼翠不凋，其堅貞不移，剛毅不屈，正與長松之貞心、勁節、凌霜、
傲雪，同具「歲寒」之心。黃庭堅題詠墨竹畫，以亦「蒼節」、「歲寒」
比德於君子。誠如黃庭堅〈畫墨竹贊〉所云：

　　人有歲寒心，乃有歲寒節。何能貌不枯，虛心聽霜雪。[137]

「人有歲寒心，乃有歲寒節」，此以君子比德於竹之最佳詮釋。禮讚竹
之虛心中空，表現竹之聽任霜雪，圖寫竹之長青不枯，以此「歲寒心」
投射於「歲寒節」，墨竹畫之寫意比德往往不疑而具。論者稱：竹本

---

136 〔宋〕黃庭堅：〈觀崇德墨竹歌並序〉：「姨母崇德君贈新墨竹圖，且令作歌。」《山
　　谷詩外集補》，卷1，頁1173-1174；《全宋詩》，卷1018，頁11620。
137 〔宋〕黃庭堅：〈畫墨竹贊〉，《宋黃文節公全集》，正集，卷22，頁569。

固，君子學其牢靠不拔；竹性直，君子學其不偏不倚；竹心空，君子
師其謙沖為懷；竹節貞，君子以之媲美歲寒松柏，砥礪操行。[138]要
之，墨畫與詩歌皆以竹為師，詩畫多以「歲寒心」比德於君子。除此
之外，黃庭堅題詠墨竹，尚有其他比德，如：

> 小竹扶疏大竹枯，筆端真有造化爐。人間俗氣一點無，健婦果
> 勝大丈夫。[139]

〈姨母李夫人墨竹二首〉其二，「小竹扶疏大竹枯」，即其一詩所謂「榮
榮枯枯皆本色」。扶疏與枯槁，本是生命現象之遷謝，禪宗頌古詩所
謂「死生生死元無際，月上青山玉一團」。若了此義，則死生可以不
二。姨母李夫人墨竹並置榮枯，故黃庭堅解讀此畫，以為「筆端真有
造化爐」，所謂「筆補造化」，此極言畫藝之美妙。蘇軾〈於潛僧綠筠
軒〉稱：「無肉令人瘦，無竹令人俗。人瘦尚可肥，俗士不可醫」，山
谷詩傳承其旨趣，故曰「人間俗氣一點無」。竹之瀟灑出群，正直堅
貞，固然高雅；剛柔合宜，不屈不撓，已超脫凡俗。稱「人間俗氣一
點無」，亦雙關墨竹，比德君子。呂本中〈題張君墨竹〉所謂「高標起
蕭瑟」、「炎暑變荒寒」；所謂「筆頭似有千年韻，胸次猶須萬斛寬」，[140]
正可作「人間俗氣一點無」之絕佳詮釋。

---

138 黃永武：《中國詩學・思想篇》，〈中國詩人眼中的植物世界・詩人眼中的歲寒三
　　友〉，頁62。
139 〔宋〕黃庭堅：〈姨母李夫人墨竹二首〉其二，《山谷詩集注》，卷9，頁240；《全
　　宋詩》，卷978，頁11381。
140 〔宋〕呂本中：〈題張君墨竹〉：「張卿畫竹今成癖，笑語揮毫不作難。救見高標
　　起蕭瑟，坐令炎暑變荒寒。筆頭似有千年韻，胸次猶須萬斛寬。歲晚雪霜君記
　　取，此群懷抱要重看。」《全宋詩》，卷1605，頁18033。

第四節　結論

　　會通化成，為宋型文化特色之一。詩、畫、禪之互涉交融，顯示文學、藝術、宗教間之會通與化成。題畫詩，表現詩中有畫；墨竹畫，表現畫中有詩；而墨竹題詠，體現墨戲、禪趣、游戲三昧、寫意畫風，更見禪學與繪畫、詩歌間之相互滲透，交叉流通。詩思既經由畫意表出，禪思亦憑藉畫意展現，宋代題畫詩遂成為畫意與禪思之絕佳載體；解讀詩、畫、禪之會通化成現象，亦以題畫詩最為理想媒介。

　　「詩畫一律」之認知，北宋元祐間已逐漸形成，於是「丹青吟詠，妙處相資」，題畫詩中有較明顯之呈現。文人畫經由文同、蘇軾、黃庭堅等之推動闡揚，於是幽深清遠之林下風流，解脫束縛，自在無礙之游戲三昧，「不專於形似，而獨得於象外」之水墨畫風，發展為墨畫之審美趣味，此黃庭堅所謂「道人之所易，而畫工之所難」。這種淡墨揮掃，追求寫意，表現意氣之作，「往往不出於畫史，而多出於詞人墨卿」，或以之適意興寄，或以之表述胸中丘壑，墨梅、墨竹、水墨山水如此，水墨花鳥畫、山水畫之題詠，尤其具體而微，可見一斑。

　　儒家美學之原則，往往強調美與善之和諧統一，比德審美，即其顯例。宋型文化重理尚智，士人多盡心於反思內求之內聖工夫，因此，竹既名列歲寒三友，又比德為四君子之一。竹之形象，中空、有節、長青、參天、堅勁、柔韌，皆屬高雅之風節，予人瀟灑出塵之意象。文人畫師或以翰墨寫意，或以文字歌詠，其審美觀大多以竹之德操比擬賢人君子之志行。竹本固，君子學其牢靠不拔；竹性直，君子學其不偏不倚；竹心空，君子師其謙沖為懷；竹節貞，君子以之媲美歲寒松柏，砥礪操行。要之，多以竹為師，以竹之德操勉勵君子。《宣和畫譜》〈花鳥敘論〉稱述比德，謂可以「奪造化而移精神」，其此之

謂也。《全宋詩》中之詠竹詩如此，士人所繪墨竹畫亦然，其中自有君子之比德，與詩人之興寄在。

題畫詩本詠物詩之一，至五代宋初山水畫、花鳥畫盛行，觀畫題詠者漸多，於是附庸蔚為大國，可以獨立成類。唯詠畫之寄意遣興，與詠物之寓物抒懷，借題發揮，並無不同，可以相通。本文選擇蘇軾、黃庭堅之詠竹詩篇及墨竹題詠，作為研究文本，其興寄寫意，藉物詠懷，所謂「詩中有畫，畫中有詩」者，可見「詩畫一律」審美觀之體現。題畫詩之作，嘗試捕捉畫家之藝術匠心，企圖解讀畫師之胸中丘壑，蓋出於代言之詮釋，亦足見詩心與審美之大凡。黃庭堅題畫詩，對於東坡所畫竹、墨竹、枯木、竹石、竹石牧牛之題詠，蘇軾所作對亡友文與可墨竹之追懷，多可見上述之旨趣。

墨戲之於文人畫，大抵含有兩層指涉：其一，以「不似之似似之」之墨，取代丹青來作畫；其二，以比興寄託的意義，轉化為游戲三昧之禪趣。自《六祖壇經》〈頓漸品〉談來去自由，無滯無礙；《華嚴經》提示色空不二，真空妙有；《心經》、《楞伽經》、《楞嚴經》教示般若空觀，諸幻化相；《大乘起信論》揭示真心本體，超越一切；自性清淨，遠離垢染。洪州禪宗馬祖道一開示：「平常心是道」；《長靈和尚語錄》啟示：「游戲三昧，逢場設施，無可不可」；《東坡題跋》評價山谷書法，稱「以真實相出游戲法」，皆可移以詮釋墨竹畫及文人畫。明董其昌《畫禪室隨筆》評論唐宋文人之佛學素養，謂「東坡突過昌黎、歐陽」，「宋人推黃山谷所得深於子瞻」；至於題詠圖畫，宋鄧椿《畫繼》則單獨推崇山谷，以為「最為精嚴」。今以禪趣、游戲三昧檢視蘇、黃有關詠竹、墨畫之所體現，足證《畫繼》、《畫禪室隨筆》所言確切不移。

清初吳之振提倡宋詩，為所編《宋詩鈔》作序，曾引明代曹學佺序宋詩之言，舉「取材廣，而命意深」二事，推崇為宋詩之特色。今

持上述言說，以檢驗宋人有關詠竹、墨竹之題詠，堪稱有理有據，信而有徵。詩歌之寫作，拓展至繪畫之題詠，體現為詩中有畫之質變，改造了詩歌之體格；繪畫則經由詩人之解讀，賦予畫中有詩、比德興寄之內涵。由此可見，是詩與畫之創作，已體現「取材廣」之優長。宋代士人多學佛習禪，於是詩歌與繪畫多濡染佛影禪風，文人畫之墨戲，詠竹詩與墨竹詩之題詠，遂多體現游戲三昧之禪趣，展現為超脫無礙，隨緣自在之意境。曹學佺以「命意深」為宋詩特色之一，觀此可信。宋詩於表現文學之抒情美感以外，又兼含禪思之開示，哲理之啟發，故命意遙深，頗耐觀玩如此。[141]

141 本文原刊香港浸會大學《人文中國學報》第 19 期（2013 年 9 月），為國科會專題研究計畫 NSC100-2410-H-006-052 成果之一。

第四章
花、竹、鳥、蟲題詠與不犯正位
——黃庭堅題畫詩「禪思與詩思」之研究

　　歐陽脩（1007-1072），為宋詩特色之開山與促成者。所著《六一詩話》，揭示宋詩發展之趨向有三：意新，一也；語工，二也；詩家語，所謂「狀難寫之景，如在目前；含不盡之意，見於言外」，三也。[1]自是之後，宋代詩話之標榜，宋代詩歌之追求，大抵多不離《六一詩話》之指示。於是名家大家發皇斯旨，宋詩特色因以形成。繆鉞指出「唐宋詩異同」，[2]錢鍾書強調「詩分唐宋」，[3]追本溯源，未嘗不由於此。

　　宋人生唐後，開闢真難為，此宋人之影響焦慮。宋人身處「窮而必變之地」，於是「各自出手眼，各為機局」。[4]清吳之振所謂：「宋人之詩，變化於唐，而出其所自得」；[5]袁枚所謂：「宋學唐，變唐」；[6]此即晚明袁宏道所謂「宋因唐而有法」。[7]宋人講究學古通變，不但學唐、變唐，而且新唐、拓唐，故能形成宋詩特色，堪與唐詩分庭抗禮而無愧。

1　〔宋〕歐陽脩：《六一詩話》，〔清〕何文煥：《歷代詩話》（北京市：人民文學出版社，1982 年），頁 267。
2　繆鉞：《詩詞散論》，〈論宋詩〉，頁 36-37。
3　錢鍾書：《談藝錄》，一、〈詩分唐宋〉，頁 1-5。
4　〔明〕袁中道：《珂雪齋文集》（上海市：上海古籍出版社，1989 年），卷 11，〈宋元詩序〉，頁 497。
5　〔清〕吳之振等編：《宋詩鈔》，〈序〉，頁 1。
6　〔清〕袁枚：《小倉山房文集》（上海市：上海古籍出版社，1988 年），頁 1502。
7　蔡景康編選：《明代文論選》（北京市：人民文學出版社，1993 年），袁宏道〈雪濤閣集序〉，頁 312。

以學古變唐為手段，以新變自得為目的，此宋詩於唐詩之後能「自成一家」之寫作策略。宋詩與唐詩相較，「其所得各不同，而俱自有妙處，不必相蹈襲也」，[8]詠物詩、題畫詩特其中之一而已。

第一節　詠物詩、題畫詩與遶路說禪

就寫作手法而言，詠物詩之類型大抵有三：其一，因物賦形，形容妙肖。其二，藉物抒情，興寄懷抱。其三，寓物說理，理趣遙深。嘗試考察六朝、四唐、兩宋詠物詩之發展，可以知其大凡。題畫詠畫詩本詠物詩之一支，故寫作手法，表現類型多有相融相通之處。就尊題而言，題畫詠畫純粹就一幅繪畫生發，多涉及畫面內容及畫家、畫藝、畫風，與詠物之歌詠宇宙萬物，自有不同。然就詩歌語言而論，題畫詩與詠物詩之名篇佳作，多有殊途同歸之妙諦。

宋王立之《王直方詩話》云：「作詩貴雕琢，又畏有斧鑿痕；貴破的，又畏黏皮帶骨，此所以為難。」[9]清王士禎《帶經堂詩話》稱：「詠物之作，須如禪家所謂不黏不脫，不即不離，乃為上乘。」[10]此二則詩話相互發明，詠物詩、題畫詩之妙者，皆貴在超脫而不失精切。清查為仁《蓮坡詩話》謂：「詠物有二種：一種刻劃，一種寫意。」[11]筆者於此下一轉語：當在切與不切之間。詠物與題畫同一律，形容妙

8　借用〔宋〕陳巖肖：《庚溪詩話》卷下，評價宋詩之語。丁福保編：《歷代詩話續編》（北京市：人民文學出版社，1983 年），頁 182。

9　〔宋〕王立之：《王直方詩話》，郭紹虞校輯：《宋詩話輯佚》（臺北市：文泉閣出版社，1972 年），第 272 則，頁 103。

10　〔清〕王士禎著，張宗柟纂集，戴鴻森校點：《帶經堂詩話》（北京市：人民文學出版社，1982 年），卷 12，〈賦物類〉，頁 305。

11　〔清〕查為仁：《蓮坡詩話》，丁福保編：《清詩話》（臺北市：明倫出版社，1971 年），第 167 則，頁 513-514。

肖之外，要能超脫變化。清朱庭珍《筱園詩話》揭示詠物詩之上乘者，在「宛轉相關，寄託無迹；不黏滯於景物，不著力於論斷；遺形取神，超相入理。」[12]詠物詩之大手筆如此，題畫詩之作手，亦多「不黏畫上發論」。[13]蘇軾（1037-1101）〈書鄢陵王主簿所畫折枝二首〉所謂：「論畫以形似，見與兒童鄰。賦詩必此詩，定非知詩人。」[14]可見以形寫神，抒情寫意，詠物詩、題畫詩之所以卓絕者，猶讀後山詩，「大似參曹洞禪，不犯正位，切記死語」。[15]詠物、題畫、參禪，三者道通為一，兩宋詩往往如此。

　　原始禪宗，主張明心見性，不立文字。第一意既不可說，卻又不得不言，為消解言與意之悖論，故有「不說破」之教示。禪宗發展到宋代，闡揚達摩「不執文字，不離文字」之教，由「不立文字」轉化為「不離文字」。[16]於是，「不說破」之原則，在宋代發展為「遶路說禪」之家數。臨濟禪宗圓悟克勤（1063-1135）《碧巖錄》開卷即言：「大凡頌古，只是遶路說禪。」論者稱：遶路說禪的提倡，成為「不說破」原則得以貫徹的積極策略，說明禪宗在言意的辯證上，「已超越宗教話語的悖論，為自己找到一個理想的言說策略。」[17]禪家所謂不黏不脫，

12　〔清〕朱庭珍：《筱園詩話》，郭紹虞編：《清詩話續編》（北京市：人民文學出版社，1983 年），卷 4，頁 2404。

13　〔清〕沈德潛：《說詩晬語》，丁福保編：《清詩話》，卷下，第 48 則，頁 551。

14　〔宋〕蘇軾著，〔清〕馮應榴輯注，黃任軻、朱懷春校點：《蘇軾詩集合注》（上海市：上海古籍出版社，2001 年），卷 29，〈書鄢陵王主簿所畫折枝二首〉其一，頁 1437。

15　〔宋〕任淵：《後山詩注補箋目錄·序》，〔宋〕陳師道撰，任淵注，冒廣生補箋：《後山詩注補箋》（北京市：中華書局，1995 年），卷首。

16　周裕鍇：《禪宗語言》（杭州市：浙江人民出版社，1999 年），上編，第五章〈文字禪：禪宗語言與文化整合〉，頁 161-177。

17　蔣寅：《古典詩學的現代詮釋》（北京市：中華書局，2003 年），四、〈不說破〉，頁 85-87。

不即不離，對於詩人詠物與題畫，提供無限之啟示。禪思與詩思間，固有相通轉化之妙。[18]

　　臨濟下五世善昭禪師（947-1024）接引學人，曾借用曹洞宗「正偏五位」，以宣述禪法。[19]「正偏五位」，又稱「五位君臣」，為曹洞宗接引學人之方式：君為正位，即空界，本來無物；臣為偏位，即色界，有萬象形。《心經》稱：「色即是空，空即是色」，因此，無相多借助有相表現，而一切有相都歸於無相。曹洞宗之「正偏五位」教義強調：避免正面探討，所謂「不欲犯中」、「不敢斥言」；說話要留有餘地，切忌「妙明體盡」，講述過於透澈。[20]時至宋代，士大夫參禪學佛之風氣，於熙寧（1068-1077）以後漸盛。張方平所謂「儒門淡薄，收拾不住，皆歸釋氏爾。」[21]士人與禪僧之交流既頻繁，於是作詩行文往往濡染禪門宗風。[22]影響所及，宋人作詩論詩往往體現曹洞宗「不犯正位」、「語忌十成」之教示。

第二節　詩中有畫、以禪入詩與宋詩特色

　　宋型文化與唐型文化不同，由此生發，宋詩風格特色遂與唐詩殊

18　張高評：〈禪思與詩思之會通：論蘇軾、黃庭堅以禪為詩〉，浙江大學中文系編：《中文學術前沿》第 2 輯（2011 年 11 月），頁 92-101。

19　楊曾文：《宋元禪宗史》（北京市：中國社會科學出版社，2006 年），第四章第三節〈汾陽善昭及其禪法〉，頁 280-283。

20　周裕鍇：《中國禪宗與詩歌》（上海市：上海人民出版社，1992 年），第五章，四、〈不犯正位，切忌死語〉，頁 172-173。

21　〔宋〕陳善：《捫蝨新話》上集，卷 3，〈儒釋迭為盛衰〉，〔宋〕俞鼎孫、俞經編：《儒學警悟》（香港：龍門書店，1967 年），卷 34，頁 186。

22　周裕鍇：《文字禪與宋代詩學》（北京市：高等教育出版社，1998 年），第二章，〈「文字禪」的闡釋學語境：宋代士大夫的禪悅傾向〉，頁 43-59。

異。宋鄭樵（1104-1162）《通志》〈總序〉，揭示「會通」之說。[23]筆者據此恢廓發揮，舉傳世之宋代文獻作論證，遂拈出「會通化成」四字，作為宋型文化類型之一。宋代文學，尤其是宋詩，皆有具體而微之體現。[24]有此會通化成之特質，遂直接間接促成宋詩與唐詩有所異同；宋詩學唐法唐，又知追新求變，故能入出唐詩，而又自成一家。

　　宋陳巖肖《庚溪詩話》云：「本朝詩人與唐世相抗，其所得各不同，而俱自有妙處，不必相蹈襲也。」[25]此即唐李德裕〈文章論〉所謂：「譬諸日月，雖終古常見，而光景常新。」[26]求變追新，往往為宋人創意造語、自成一家之手段與方法；而會通化成之道，更是宋代士人新變自得之重要策略。其中，「破體」與「出位」二種創造性思維，堪稱會通化成之最大宗，如以文為詩、以詞為詩、以賦為詩；以詩為詞、以賦為詞、以文為詞；以賦為文、以文為四六等等。[27]「出位之思」，更是宋人跳脫本位文藝，借鏡其他文藝優長，所作「會通化成」之跨領域、跨學科整合。如詩中有畫、畫中有詩；[28]以史筆入詩、以書法為詩、以禪入詩、以老莊入詩、以儒學入詩；以禪學說詩、以書道喻詩、以書法論詩之倫。文學藝術經過「破體」與「出位」之會通化成，於是體格再造，有益文體之生存發展。詩中有畫，特其中之一而已。

23　〔宋〕鄭樵：《通志》，卷首，〈總序〉，頁 1。

24　張高評：《會通化成與宋代詩學》，〈從會通化成論宋詩之新變與價值〉，頁 1-53。

25　〔宋〕陳巖肖：《庚溪詩話》，卷下，評價宋詩之語。丁福保編：《歷代詩話續編》，頁 182。

26　〔清〕董誥等編：《全唐文》（上海市：上海古籍出版社，1990 年），卷 709，李德裕：〈文章論〉，頁 3226。

27　張高評：〈破體與創造性思維〉，廣州中山大學《中山大學學報》第 49 卷，2009 年第 3 期，頁 20-31。

28　張高評：《創意造語與宋詩特色》（臺北市：新文豐出版公司，2008 年），第六章，〈詩畫相資與宋詩之創造思維——宋代詩畫美學與跨際會通〉，頁 231-285。

　　唐五代以來，繪事繁興，畫師輩出，作品琳瑯。至北宋而畫論蔚
起，品題畫家畫作，提供鑑賞心得，於是有蘇軾揭示「詩中有畫、畫
中有詩」之命題；[29]諸家題畫詩亦多稱述「有聲畫」、「無聲詩」；「無
形畫」、「有形詩」之說。[30]詩歌與繪畫之交流熱絡如此，於是詩與畫
之學科整合，因時乘勢，遂自然會通化成為一。繪畫，長於展現空間
形象，寫景在目；詩歌，工於表述時間律動，抒情在心。如何讓詩歌
之抒情特質，呈現於丹青中？又如何令詩歌兼顧歷歷如繪之功能？這
都是詩畫交融努力之目標。其中關鍵，當在題詠詠畫詩之創作。蘇
軾、黃庭堅二家題畫詠畫，堪稱宋代題畫詩之巨擘。[31]題畫風氣既開，
作品量多而質高，附庸蔚為大國，既成為一代特色，遂與唐代題畫詩
不同。[32]

　　禪宗之接引設教，往往顛倒夢想，將無作有；既匪夷所思，又不
可思議，其思維方式絕類忤俗，遠離線性思維，近似創造性思維。學
者考察《五燈會元》，歸納禪師教人有十大法門：一、即境示人，不假
思辨；二、借題發揮，發人深省；三、下一轉語，破壁斬關；四、當
頭棒喝，直下承當；五、揚眉瞬目，解黏去縛；六、以矛攻盾，正言
若反；七、忘年忘境，超越時空；八、萬物一指，破除執見；九、隨
機應變，即事說法；十、掃除空有，獨證真常。[33]此種禪風佛影，濡染
詩壇文苑者正不在少。近四十年來，學界探討詩禪相通者多，或就別

29　〔宋〕蘇軾著，孔凡禮點校：《蘇軾文集》，卷70〈書摩詰藍田烟雨圖〉，頁
　　2209。

30　錢鍾書：《七綴集》，〈中國詩與中國畫〉，頁5-7。

31　李栖：《兩宋題畫詩論》，第六章〈宋題畫詩巨擘——蘇軾黃庭堅的題畫詩〉，頁
　　231-320。

32　參考孔壽山：《唐朝題畫詩注》，〈前言〉，頁1-29。

33　蘇淵雷：《佛教與中國傳統文化》（長沙市：湖南教育出版社，1992年），〈禪風、
　　學風、文風——《五燈會元》新探〉，頁85-91。

趣、活句、雙關、超脫、言外、妙悟、活法諸層面，以見詩禪之相
同；[34]或就思維方式的非分析性、語言表達的非邏輯性，來見證詩禪之
相通。[35]由此觀之，禪法教人，在思維方式之反常性、思維空間之開放
性、思維過程之辯證性、思維成果之獨創性、思維主體之能動性，乃
至於思維發展之突變性、跳躍性，或邏輯之中斷性方面，都暗合創造
性思維之要求。[36]蘇軾派屬雲門禪宗，黃庭堅為臨濟禪宗弟子，二家作
詩往往以禪門宗風入詩，其後蘇門、黃門能繼善述，故詩風富含禪思
禪趣者多。宋人既禪悅成風，禪思自然影響詩思。於是跳脫慣性思
維，悖離傳統陳規，勇於探討新路徑，表現新思維方面，頗有成就。
金人元好問〈答俊書記學詩〉：「詩為禪客添花錦，禪是詩家切玉刀。」[37]
可具體而微窺見「詩禪交融」對宋金詩壇之影響。

　　明曹學佺《石倉歷代詩選》序宋詩，謂「取材廣，而命意新」；[38]
堪稱剴切賅當之論。清趙翼《甌北詩話》標榜「詩家能新」，稱「意未
經人說過則新，書未經人用過則新」；[39]前者指詩家命意新，後者指取
材新，此皆宋人作詩之獨擅勝場。如前述詩畫之相資、詩禪之會通，
文學、藝術、思想通過新奇組合，經由異領域之碰撞，往往生發自得
創新之成果。宋詩特色之促進與形成，未嘗不由於此。蘇、黃題畫

34　黃永武：《中國詩學·思想篇》，〈詩與禪的異同〉，頁 224-232。新增本《中國詩
　　學·思想篇》，2009 年 9 月，頁 248-256。

35　周裕鍇：《中國禪宗與詩歌》，第九章〈詩禪相通的內在機制〉，頁 302-314。

36　田運主編：《思維辭典》（杭州市：浙江教育出版社，1996 年），〈創造思維〉，頁
　　207-208。

37　〔金〕元好問著，姚奠中等點校：《元好問全集》（太原市：山區人民出版社，
　　1990 年），卷 14，〈答俊書記學詩〉，頁 435。

38　〔明〕曹學佺：《石倉歷代詩選》（臺北市：臺灣商務印書館），文淵閣《四庫全書》
　　本，冊 1387；〔清〕吳之振編：《宋詩鈔》〈序〉，頁 1 引。

39　〔清〕趙翼：《甌北詩話》，郭紹虞編：《清詩話續編》（北京市：人民文學出版社，
　　1983 年），卷 5，頁 1202。

詩，蓋兼詩畫相資、詩禪會通而一之，故題畫技法雖創始杜甫，[40]而蘇軾、黃庭堅繼起發皇，而皆自成一家，蔚為宋人及後世題畫之典範。

第三節　離形得似與黃庭堅花鳥題畫詩

黃庭堅（1045-1105），與蘇軾齊名，同為宋詩之代表。既工詩，又悅禪，《五燈會元》於臨濟宗「黃龍心禪師法嗣」下繫有「太史黃庭堅居士」。[41]庭堅貶謫黔南，黃龍惟清禪師以偈語相告慰，中有「契主賓」之教；庭堅和其偈，亦有「主中賓」之語，均援用臨濟禪「四賓主」之說。[42]臨濟禪宗所倡「三玄三要」，頌古所云「遶路說禪」，[43]詩思與禪思間，黃庭堅當有受容，必得啟迪。

蔡絛《西清詩話》謂黃庭堅詩：「妙脫蹊徑，一似參曹洞下禪」；[44]金元好問《中州集》稱黃魯直：「擺出翰墨畦徑，以俗為雅，以故為新，不犯正位，如參禪著末後句為具眼。」[45]皆以禪思論詩思，所謂妙

40　〔清〕王士禎：《帶經堂詩話》，卷 22，〈書畫類〉，頁 649-650。

41　〔宋〕釋普濟：《五燈會元》，卷 17，〈南嶽下十二世，黃龍南禪師法嗣・太史黃庭堅居士〉，頁 1138。

42　惟清禪師號靈源叟，以偈寄庭堅：「昔日對面隔千里，如今萬里彌相親。寂寥滋味同齏粥，快活談諧契主賓。室內推許參化女，眼中休去覓瞳人。東西南北難藏處，金色頭陀笑轉新。」庭堅和之曰：「石工來斫鼻端塵，無手人來斧始親。白牯狸奴心即佛，龍睛虎眼主中賓。自攜甀去沽村酒，卻脫衫來作主人。萬里相看常對面，死心寮裡有清新。」釋曉瑩：《羅湖野錄》（北京市：中華書局，1985 年），卷上。

43　吳言生：《禪宗詩歌境界》（北京市：中華書局，2001 年），第三章，〈臨濟宗禪詩〉，頁 37-44。

44　〔宋〕蔡絛：《西清詩話》，郭紹虞輯：《宋詩話輯佚》，96，〈山谷詩似參曹洞禪〉，頁 364。

45　〔金〕元好問：《中州集》（臺北市：臺灣商務印書館，1979 年），《四部叢刊》初編，卷 2，〈劉西巖汲小傳〉。

脫谿徑，不犯正位，正是曹洞禪教人示悟之法門。既以指稱黃庭堅詩，而黃詩真足以當之。今以黃庭堅題畫花鳥詩為例，論證「不犯正位」、「遶路說禪」之大凡，進而證成禪思與詩思之會通化成。

宋鄧椿《畫繼》，記述北宋熙寧以來畫藝，有「花竹翎毛」及「畜獸蟲魚」二科；[46]《宣和畫譜》踵事增華，記述唐、五代、北宋之繪事，立有「花鳥」四卷，「墨竹」「蔬果」（附草蟲）一卷。[47]持以考察黃庭堅之題畫詩，題詠禽鳥者十五題二十首，題詠花卉者四題五首，題詠墨竹者八題十一首，題詠蟲魚者六題六首。題詠花、竹、鳥、蟲之作約四十餘首，簡稱曰花鳥題畫詩。題畫之妙者，與詠物同工，皆貴在不黏不脫，若即若離。至於不犯正位，語忌十成；遶路說禪，無住生心，則為禪思啟發詩思，詩禪會通交融之效益。為便於申說論證，就離形得似、興寄畫外、寓畫說理三端解說。要而言之，三者皆歸於「不犯正位」而已。先言離形得似，以見黃庭堅題詠花鳥「不犯正位」之大宗。

詠物之工者，不專於巧構形似；題畫之妙者，亦不限於客觀再現畫面內容而已。離形得似，詩畫一律，是謂得之。宋呂本中《童蒙訓》所謂「詠物詩不待分明說盡，只髣髴形容，便見妙處。」[48]體物妙肖，病在太著題；若不切題，又落入汗漫無歸，故東坡詩稱：「論畫以形似，見與兒童鄰。賦詩必此詩，定非知詩人。」體物得神，不犯正位是謂得之。題詠禽鳥、墨竹，佔黃庭堅題畫花鳥之大宗；其次，則花卉、蟲魚，分論如下：

46　〔宋〕鄧椿：《畫繼》，于安瀾編：《畫史叢書》，卷6，〈花竹翎毛〉，頁321-324；卷7，〈畜獸蟲魚〉，頁325-326。

47　〔宋〕佚名：《宣和畫譜》，卷15-19〈花鳥〉（臺北市：藝文印書館，1966年），頁537-620；卷20，〈墨竹〉，頁621-628；〈蔬果〉（附草蟲），頁631-632。

48　〔宋〕呂本中：《童蒙訓》，郭紹虞校輯：《宋詩話輯佚》，18，〈黃陳學義山〉，頁241。

一　禽鳥

舉凡以形寫神、傳神寫照，蘇軾所謂「寫物之功」，「得其意思」者，皆不止於隨物賦形而已。[49]黃庭堅題畫禽鳥，如鴛鴦、歸雁、睡鴨、寒雀，大抵不黏畫上發論，筆法多近寫意，如：

> 惠崇筆下開江面，萬里晴波向落暉。梅影橫斜人不見，鴛鴦相對浴紅衣。[50]

> 風流于晉罷吹笙，小筆溪山刮眼明。相倚鴛鴦得偎暎，一川風雨斷人行。[51]

黃庭堅題畫，往往跳脫形似，不黏畫上發論，而追求題外之旨，畫外之趣，所謂以形寫神。宋初九僧之一的惠崇，能詩善畫，尤工小景，「善為寒汀遠渚，瀟灑虛曠之象」；[52]今觀黃庭堅〈題惠崇畫扇〉，所云「開江面」、「萬里晴波向落暉」，「梅影橫斜人不見」云云，確有如上之風格。狀寫鴛鴦成雙，獨享清絕之意境，以凸顯人間世無緣享有此一勝景。王詵，字晉卿，為公主駙馬，能詩，長於畫山水，黃庭

49　〔宋〕蘇軾著，孔凡禮點校：《蘇軾文集》，卷12，〈傳神記〉，頁400-401；參考熊莘耕：〈蘇軾的傳神說〉，《宋代文學理論研究》第10輯（上海市：上海古籍出版社，1985年），頁117-127。

50　〔宋〕黃庭堅著，〔宋〕任淵、史容、史季溫注，黃寶華點校：《山谷詩集注》，《山谷詩內集注》，卷7，〈題惠崇畫扇〉，頁174，本文微引山谷詩，皆用此本。北京大學古文獻研究所編：《全宋詩》（北京市：北京大學出版社，1995年），第17冊，卷985，頁11366，本文微引《全宋詩》，皆用此本。

51　〔宋〕黃庭堅：〈題王晉卿平遠〉，《全宋詩》，卷1022，頁11687。

52　〔宋〕郭若虛：《圖畫見聞誌》，卷4，〈花鳥門〉，《畫史叢書》本，頁207。

堅〈題王晉卿平遠〉詠寫其畫，特提一川風雨阻斷人行之淒苦，與鴛鴦相倚相偎、無視風雨兩相襯映，於是恬適親愛、長相左右之患難真情，見於畫外，亦不黏「平遠」畫境發論。又如題詠鵝、雁：

惠崇烟雨歸雁，坐我瀟湘洞庭。欲喚扁舟歸去，故人言是丹青。[53]

飛雪灑蘆如銀箭，前雁驚飛後回盻。憑誰說與謝玄暉，莫道澄湖靜如練。[54]

箭羽不霑春水，籀文時印平沙。想見山陰書罷，舉群驅向王家。[55]

北宋郭熙《林泉高致》〈山水訓〉稱：山水有可行者，有可望者，有可游者，有可居者；「但可行可望不如可居可游之為得」，「故畫者當以此意造，而鑑者又當以此意窮之」。[56]黃庭堅〈題鄭防畫夾五首〉其一，信有此妙：惠崇所繪烟雨歸雁圖，景象移人，令人如在瀟湘洞庭。於是以畫境為真實世界，乃有「欲喚扁舟歸去」之衝動。真幻不二，無住生心，要之多就「烟雨歸雁」圖象作不黏不脫之揮灑。〈題晁以道雪

53　〔宋〕黃庭堅：〈題鄭防畫夾五首〉其一，《山谷詩集注‧山谷詩內集注》，卷7，頁174；《全宋詩》，卷985，頁11366。

54　〔宋〕黃庭堅：〈題晁以道雪雁圖〉，《山谷詩集注‧山谷詩內集注》，卷7，頁180；《全宋詩》，卷985，頁11367。

55　〔宋〕黃庭堅：〈題劉將軍鵝〉，《山谷詩集注‧山谷詩內集注》，卷7，頁178；《全宋詩》，卷985，頁11367。

56　〔宋〕郭熙：《林泉高致》，俞劍華：《中國畫論類編》，〈山水訓〉（上），頁632。

雁圖〉，為飛雪驚雁傳神，與前首惠崇所繪「烟雨歸雁」畫境迥殊。飛雪灑蘆，彷彿銀箭射出，造成蘆中雁一陣莫名騷動，草木皆兵，誤以為危機四伏。「前雁驚飛後回眄」一句，狀寫雁群驚恐慌亂神情：著一「驚飛」，點一「回眄」，受驚亂飛之際，尚且猶夷瞻顧，惟恐失群，形容鴻雁性情生動傳神。庭堅題畫，頗凸顯人文意象之運化：三四句反用李白〈金陵城西樓月下吟〉：「解道澄江靜如練，令人長憶謝玄暉」之意，連結〈雪雁圖〉動盪不安之意境，蓋以澄靜反襯驚恐動盪，無相藉有相以表現之，為避免直言犯中，故委婉曲折如遶路說禪。庭堅題畫，好用人文意象，以見高雅不俗，再如〈題劉將軍鵝〉，一二句體物寫形，但勾勒其羽翮與足跡，而形象可見。籀文印沙，以及寫經換鵝，皆以人文意象比擬自然意象，既表現人文素養，又發揮人文優勢，成為宋人右文崇雅之審美體現。[57]題畫如此，所謂「說似一物即不中」，要亦無住生心之法。

鴉性耐寒，不畏飄雪，遑論秋江與滄波，故東坡〈惠崇春江曉景〉有「春江水暖鴨先知」之句。畫家洞察物理，選用鴨子入畫；詩人領會匠心獨運，以形寫神，詩傳畫外之意，如黃庭堅所題「睡鴨」、「小鴨」諸什，藝術經營之妙，亦與〈惠崇春江曉景〉相伯仲，如：

折葦枯荷共晚，紅榴苦竹同時。睡鴨不知飄雪，寒雀四顧風枝。[58]

山雞照影空自愛，孤鸞舞鏡不作雙。天下真成長會合，兩鳧相倚睡秋江。[59]

57 〔宋〕參考霍松林、鄧小軍：〈論宋詩〉，《文史哲》1989 年第 2 期，頁 66-71。
58 〔宋〕黃庭堅：〈題鄭防畫夾五首〉其四，《山谷詩集注·山谷詩內集注》，卷 7，頁 175；《全宋詩》，卷 985，頁 11366。
59 〔宋〕黃庭堅：〈睡鴨〉，《山谷詩集注·山谷詩內集注》，卷 7，頁 177；《全宋詩》，卷 985，頁 11367。

　　小鴨看從筆下生，幻法生機全得妙。自知力小畏滄波，睡起晴
　　沙依晚照。[60]

〈題鄭防畫夾五首〉其四，設計飄雪、風枝之天候場景，考驗鴨與雀之
接受與反應：鴨而能入睡，蓋無視於飄雪之酷寒，故示之以不知；雀
而知寒意，蓋徬徨於飄雪之侵逼，故惶恐四顧。黃庭堅題畫詩化靜為
動，拈出「睡而不知」、「寒而四顧」，可謂長於選擇「最富於孕育性
之頃刻」。[61]黃庭堅題畫〈睡鴨〉，為不黏畫上發論之典型：畫面內容
為「兩鳧倚睡」，此題畫之正位，詩人偏從「山雞照影」與「孤鸞舞鏡」
點染生發；一則空自愛，一則不作雙，以反面襯托「兩鳧倚睡」之形
影不離。妙在此為畫中成雙之睡鴨，形象永遠定格不變，故第三句以
「天下真成長會合」點題，畫中睡鴨從此天長地久形神「會合」，永不
分離。宋任淵注山谷詩集，引徐陵〈鴛鴦賦〉曰：「山雞映水那相得？
孤鸞照鏡不成雙。天下真成長會合，無勝比翼兩鴛鴦。」以為山谷點
竄徐賦，而「用意尤深，非徐所及」。[62]人文意象之點化運用，正山谷
詩奪胎換骨之示範。〈小鴨〉一首，以禪語說詩題畫，「幻法生機」即
「畫生筆下」之意。禪家視所有相皆是虛妄，如以畫寫真，以形傳神，
以有色見無色，都是如真似幻。筆下生畫，為有相色界；幻法生機，
乃無相空界，無相須藉有相以表現。猶小鴨知力小畏縮，須藉滄波、
晴沙、晚照，以及「睡起」而「依」偎顯現。

60　〔宋〕黃庭堅：〈小鴨〉，《山谷詩集注·山谷詩內集注》，卷7，頁178；《全宋
　　詩》，卷985，頁11367。

61　〔德〕萊辛著，朱光潛譯：《詩與畫的界限·拉奧孔》（臺北市：蒲公英出版社，
　　1986年），第三章〈最富於孕育性之頃刻〉，頁171。

62　〔宋〕黃庭堅：《山谷詩集注》，卷7，〈睡鴨〉，頁177。

二　墨竹

黃庭堅題畫，或以禪為詩，得游戲之三昧。宋人愛竹，名列歲寒三友，與比德為四君子之一。蓋竹有本固、性直、心空、節貞諸德操，而宋人多墨戲、文人畫之作，於是黃庭堅有墨竹題詠十一首。水墨畫既為文人畫之流亞，因此注重寫意傳神。今先就離形得似，不犯正位論證之，如〈姨母李夫人墨竹二首〉：

> 深閨靜几試筆墨，白頭腕中百斛力。榮榮枯枯皆本色，懸之高堂風動壁。[63]

> 小竹扶疏大竹枯，筆端真有造化爐。人間俗氣一點無，健婦果勝大丈夫。[64]

題詠墨竹畫，稱「榮榮枯枯皆本色」，是齊榮枯，一死生，等禍福，垢淨不二，色空不二。蓋用藥山惟儼禪師與弟子論「山樹枯榮」禪典，高沙彌所謂「枯者從他枯，榮者從他榮」，就地放下，無住生心，體現了南宗禪之精髓。[65]「風動壁」，則是化靜為動，以畫為真，不即不離，若即若離。其二，或榮或枯，此天地自然之理，李夫人借墨竹體現之，堪稱筆補造化。自蘇軾〈於潛僧綠竹軒〉稱「無竹令人俗」，連

63　〔宋〕黃庭堅：〈姨母李夫人墨竹二首〉其一，《山谷詩集注・山谷詩內集注》，卷9，頁241；《全宋詩》，卷987，頁11381。

64　〔宋〕黃庭堅：〈姨母李夫人墨竹二首〉其二，《山谷詩集注・山谷詩內集注》，卷9，頁241；《全宋詩》，卷987，頁11381。

65　〔宋〕釋普濟：《五燈會元》（臺北市：文津出版社，1986年），卷5，〈青原下二世・石頭希遷法嗣・藥山惟儼禪師〉，頁258。

結竹子德操之中空、有節、後凋、不屈，瀟灑出塵，竹之不俗、有格，君子遂據以比德。所謂「人間俗氣一點無」，既緊扣墨竹，又雙關畫作者，可謂一筆兩意。又如：

> 古今作生竹，能者未十輩。吳生勒枝葉，筌寀遠不逮。江南鐵鉤鎖，最許誠懸會。燕公灑墨成，落落與時背。譬如刳心松，中有歲寒在。湖州三百年，筆與前哲配。規模轉銀鉤，幽賞非俗愛。披圖風雨入，咫尺莽蒼外。吾宗學湖州，師逸功已倍。有來竹四幅，冬夏生變態。預知更入神，後出遂無對。吾詩被壓倒，物固不兩大。[66]

黃庭堅作〈次韻謝黃斌老送墨竹十二韻〉，並未體物瀏亮，進行畫面之描摹與再現，卻歷數墨竹名家，品題畫苑畫師：評述之墨竹畫家有吳道子、黃筌、黃居寀、李後主、燕肅，而歸結到文同，各有高下得失。中言褚遂良、柳公權書道，與墨竹筆法之淵源，皆「不黏畫上發論」。「譬如刳心松，中有歲寒在」，詠竹而君子比德於虛心、歲寒；「披圖風雨入，咫尺莽蒼外」，勁節、堅竦、清高、扶疏諸意象，多見於言外。又如〈觀崇德墨竹歌〉：

> 夜來北風元自小，何事吹折青琅玕。數枝灑落高堂上，敗葉蕭蕭煙景寒。乃是神工妙手欲自試，襲取天巧不作難。……豈如崇德君，學有古人風。……更能遇物寫形似，落筆不待施青丹。尤知賞異老蒼節，獨與長松凌歲寒。世俗寧知真與偽，揮霍紛紜鬼神事。黃塵汙眼輕白日，卷軸無人得覘視。……[67]

---

66 〔宋〕黃庭堅：〈次韻謝黃斌老送墨竹十二韻〉，《山谷詩集注・山谷詩內集注》，卷12，頁310-311；《全宋詩》，卷990，頁11397。

67 〔宋〕黃庭堅：〈觀崇德墨竹歌并序〉：「姨母崇德君贈新墨竹圖，且令作歌。」《山谷詩集注・山谷詩外集補》，卷1，頁1173；《全宋詩》，卷1018，頁11620。

開頭四句，將真實世界與畫中天地作疑真似幻之述寫，脫胎於杜甫
〈奉先劉少府新畫山水障歌〉：「堂上不合生楓樹，怪底江山起煙霧」。[68]
崇德君揮毫作畫，長於「遇物寫形似」；所作墨竹，「落筆不待施青
丹」，則又超脫形似。竹之「老蒼節」，頗知賞異；竹之「凌歲寒」，
媲美長松，亦不外君子比德之詩思。

三　花卉、蟲魚

　　花卉與蟲魚，作為畫科，往往出於小景或扇畫。如何從小中見
大，自微塵見大千，則有賴於離形得似，體物傳神。清王士禎《帶經
堂詩話》云：「詠物詩最難超脫，超脫而復精切，則尤難也。」[69]黃庭
堅題畫之妙者，往往能之，如：

> 草色青青柳色黃，桃花零落杏花香。春風不解吹愁却，春日偏
> 能惹恨長。[70]

> 梅蕊觸人意，冒寒開雪花。遙憐水風晚，片片點汀沙。[71]

〈題小景扇〉，題畫先展現畫面內容，季節為春天，場景有青草、黃
柳、桃花、杏花，或零落，或飄香，一枯一榮；而榮枯同時，當下即

68　〔唐〕杜甫著，〔清〕仇兆鰲注：《杜詩詳注》，卷4，〈奉先劉少府新畫山水障
　　歌〉，頁275。

69　〔清〕王士禎：《帶經堂詩話》，卷12，〈賦物類〉，第8則，頁308。

70　〔宋〕黃庭堅：〈題小景扇〉，《山谷詩集注·山谷詩內集注》，卷18，頁435；《全
　　宋詩》，卷996，頁11429。

71　〔宋〕黃庭堅：〈題花光老為曾公卷作水邊梅〉，《山谷詩集注·山谷詩內集注》，
　　卷17，頁1059；《全宋詩》，卷1015，頁11588。

是，於是而有春愁不卻，春恨偏長。傷春惜春，為題畫之主旨，偏不說破，乃遶路說禪，不犯正位，呈現春日春風場景，而春愁之不卻，春恨之偏長，自在形象之外。南嶽高僧花光仲仁（？-1072-1123），始創「淡墨暈染，烟雨朦朧」之墨梅畫法，於南北宋之交頗有影響。[72]黃庭堅〈題花光老為曾公卷作水邊梅〉一首，以墨梅為實相世界之梅蘂，歌頌其「冒寒開雪花」，是乃打諢通禪，蘇軾評價黃庭堅所謂「以真實相出游戲法」；[73]以畫為真，表現色空不二之禪趣。「遙憐」兩句宕開，聯結孤山林和靖梅花之「片片點汀沙」，以映襯花光仲仁所繪水墨畫梅。題詠如此，正所謂不黏不脫。

　　蟲與魚，小小物也，畫家作畫，詩人題詠，亦多盡心致力，猶獅子搏兔，亦用全力矣。班固《漢書》〈藝文志〉稱：「雖小道必有可觀者焉」，此之謂也。如：

> 橫波一網腥城市，日暮江空煙水寒。當時萬事心已死，猶恐魚作故時看。[74]

> 黃葉委庭觀九州，小蟲催女獻功裘。金錢滿地無人費，百斛明珠薏苡秋。[75]

按：李公麟所畫，應為〈玄沙畏影圖〉。據《傳燈錄》：玄沙宗一大師幼好垂釣，後落髮為僧，乃棄釣舟。放下屠刀，立地成佛；昔好垂

72　程杰：《梅文化論叢》，〈墨梅始祖花光仲仁生平事跡考〉，頁134-143。
73　〔宋〕蘇軾：《蘇軾文集》，卷69，〈跋魯直為王晉卿小書爾雅〉，頁2195。
74　〔宋〕黃庭堅：〈題伯時畫觀魚僧〉，《山谷詩集注·山谷詩內集注》，卷9，頁217；《全宋詩》，卷987，頁11376。
75　〔宋〕黃庭堅：〈題邢惇夫扇〉，《山谷詩集注·山谷別集詩注》，卷上，頁1088；《全宋詩》，卷1016，頁11594。

釣，後棄釣舟，覺昨非而今是。黃庭堅〈題伯時畫觀魚僧〉，一二句出以形象語言，表述長網橫江，竭澤而漁，以「一網腥城市」、「江空煙水寒」體物傳神。三四句下一轉語，猶言以前種種，譬如作日死，不堪回首，故曰猶恐魚作故時看。〈題邢惇夫扇〉，不過題詠黃葉小蟲而已，恐嫌枯寂，故由秋蟲吐絲，連類以及秋女織裳；再由黃葉委庭，連類而及金錢滿地、百斛明珠，而以「薏苡秋」反結題意。

要之，黃庭堅題畫之遣詞立意，皆不從直接正面作線性之思維或描摹，多從間接、側面、旁面、反面、對面，作「不欲犯中，不敢斥言」之表述，此之謂離形得似，體物得神。宋張炎《詞源》稱：「詩難於詠物，詞為尤難。體認稍真，則拘而不暢；模寫差遠，則晦而不明。」[76]不即不離，若即若離，不犯正位，是謂得之。

第四節　興寄畫外與黃庭堅花鳥題畫詩

詠物詩最難見長，此諸家詩話之共識。縱然刻劃精工，形容妙肖，若不能超脫，亦終非上乘。宋胡仔《苕溪漁隱叢話》批評唐宋以來之詠物形容，謂「不能臻其妙處」，且云：「蘇、黃又有詠花詩，皆托物以寓意，此格尤新奇，前人未之有也。」[77]何止詠花詩，黃庭堅題畫詩「托物以寓意」者亦不少。

清朱庭珍《筱園詩話》以為詠物當求「宛轉相關，寄託無迹，不黏滯於景物，不著力於論斷，遺形取神，超相入理，固別有道在矣。」[78]若移以說題畫，則所謂宛轉相關，寄託無迹；運用比興寄託，

---

76 〔宋〕張炎：《詞源》，唐圭璋：《詞話叢編》（北京市：中華書局，1986 年），卷下，〈詠物〉，頁 261。

77 〔宋〕胡仔：《苕溪漁隱叢話》（北京市：人民文學出版社，1962、1981 年），前集，卷 47，〈山谷上〉，頁 325；〔宋〕魏慶之：《詩人玉屑》（臺北市：世界書局，1971 年），卷 9，〈詠物以寓意〉，頁 196。

78 郭紹虞編：《清詩話續編》（北京市：人民文學出版社，1983 年），〔清〕朱庭珍：《筱園詩話》卷 4，頁 2404。

使之興寄畫外，可以有此妙。清沈德潛《說詩晬語》稱：詠物詩必須小中見大，有所寄託，象外孤寄，才能使筆有遠情。[79]詠物如此，題畫亦然。沈德潛稱老杜題畫之法，「全在不黏畫上發論」；何止杜甫如此，黃庭堅題畫詠畫，亦信有此妙。其中類別，禽鳥最多，其次蟲魚、寓畫說理。為便於論證，以下分類條述之：

一　禽鳥

漢王逸《楚辭章句》〈離騷經序〉稱：「惡禽臭物，以比讒佞；虯龍鸞鳳，以託君子。」從此之後，詩人吟詠禽鳥，多表現比興寄託。唐陳子昂首提「興寄」說，企圖用比興手法寄託政治懷抱。其後杜甫、元結、白居易繼之，風雅美刺成為比興之執行策略。[80]宋人作詩多師法唐人，於詠物之興寄，亦具體而微體現。如詠蒼角鷹：

> 劉侯才勇世無敵，愛畫工夫亦成癖。弄筆掃成蒼角鷹，殺氣棱棱動秋色。爪拳金鉤嘴屈鐵，萬里風雲藏勁翮。兀立槎枒不畏人，眼看青冥有餘力。霜飛晴空塞草白，雲垂四野陰山黑。此時軒然盍飛去，何乃嶙漓屼立西壁。祇應真骨下人世，不謂雄姿留粉墨。造次更無高鳥喧，等閒亦恐狐狸嚇。旁觀未必窮神妙，乃是天機貫胸臆。瞻相突兀摩空材，想見其人英武格。傳聞揮毫頗容易，持以與人無甚惜。物逢真賞世所珍，此畫他年恐難得。[81]

79　〔清〕沈德潛：《說詩晬語》，丁福保輯：《清詩話》，卷下，第 47 則，頁 550-551。

80　陳伯海：《唐詩學引論》（上海市：東方出版中心，1988、1996 年），〈正本篇‧唐詩的風骨與興寄〉，頁 11-13。

81　〔宋〕黃庭堅：〈觀劉永年團練畫角鷹〉，《山谷詩集注‧山谷詩別集補》，頁 1347；《全宋詩》，卷 1022，頁 11687。

〈觀劉永年團練畫角鷹〉七古詩，元祐三年秘書省兼史局時作。是年，蘇軾知貢舉，名士雲集左右，所謂「蘇門四學士」亦形成於此時。[82]黃庭堅為四學士之一，其詩文尤奇崛高妙，正思奮厲有為，題畫角鷹，正足以興寄青年之昂揚奮起，顧盼自雄；雄姿英發，不可一世，蒼角之鷹正其化身。黃庭堅題詠，以真擬畫，「爪拳金鉤嘴屈鐵，萬里風雲藏勁翮」，特寫其爪、鉤、嘴、翮，以想見其殺氣稜稜、兀立槎枒；眼看青冥、萬里風雲，其氣蓋胸襟當不在小。所云真骨、雄姿、摩空材、英武略，固是角鷹寫照，又何嘗不是詩人之心雄萬夫？與杜甫玄宗開元年間所作〈畫鷹〉詩相較，其「乘風思奮之心」，堪稱異曲同工。[83]又如題畫孔雀與老鶴，亦可見象外孤寄：

桄榔暗天蕉葉長，終露文章嬰世網。故山桂子落秋風，無因雌雄青雲上。[84]

仙人駕飛騎，朝會白雲衢。老驥不伏乘，清唳徹九虛。野田篁竹底，毷氉伴雞鶩。時因長風起，猶欲試南圖。[85]

〈題畫孔雀〉一首，詩人一語雙關，似乎遺憾孔雀「終露文章嬰世網」，更感慨「無因雌雄青雲上」。孔雀形象，為富貴之象徵，世網

82　鄭永曉：《黃庭堅年譜新編》（北京市：社會科學文獻出版社，1997 年），〈哲宗元祐三年戊辰（1088）四十四歲〉，頁 204-211。

83　〔清〕仇兆鰲：《讀杜心解》（臺北市：中央輿地出版社，1970 年），卷 3 之 1〈畫鷹〉，頁 337。

84　〔宋〕黃庭堅：〈題畫孔雀〉，《山谷詩集注·山谷詩內集注》，卷 7，頁 176；《全宋詩》，卷 985，頁 11367。

85　〔宋〕黃庭堅：〈題老鶴萬里心〉，《山谷詩集注·山谷詩內集注》，卷 15，頁 995-996；《全宋詩》，卷 1013，頁 11571。

俗務纏身，是否即影響其爭雄青雲？「露文章」、「嬰世網」，與富貴
青雲間，如何趨避取捨？此元祐二年（1087），四十三歲黃庭堅之迷
惘，堪稱題畫以自託。同年，庭堅又作〈題老鶴萬里心〉，題寫老鶴追
求自在，不甘雌伏，尚且有待「長風起」，而「欲試南圖」。考察蘇軾
嘗舉庭堅以自代，稱「孝友之行追配古人，瑰瑋之文妙絕當世」，[86]於
是除著作佐郎。庭堅當年亟思乘風破浪，企圖有所作為，題畫詩可窺
其興寄。

　　元祐二年丁卯，黃庭堅在秘書省兼史局，除著作郎。此一時期題
畫之作不少。除題畫孔雀、老鶴外，題畫鴻雁之風格亦多樣，如：

　　　　滕王蛺蝶雙穿花，東丹胡馬歕胡沙。祁連將軍一筆雁，生不並
　　　　世俱名家。[87]

　　　　將軍一矢萬人看，雪灑晴空碎羽翰。乞與失群沙宿雁，筆間千
　　　　頃暮江寒。[88]

　　　　駕鵝引頸回，似我胸中字。右軍數能來，不為口腹事。水國鴻
　　　　雁秋，煙沙風日麗。莫遣角弓鳴，驚飛不成字。[89]

〈題劉將軍雁二首〉，敘劉將軍以「一筆雁」為擅場，與滕王湛然之善

86　〔宋〕蘇軾：《蘇軾文集》，卷 24，〈舉黃庭堅自代狀〉，頁 714。

87　〔宋〕黃庭堅：〈題劉將軍雁二首〉其一，《山谷詩集注·山谷詩內集注》，卷 7，
　　頁 178；《全宋詩》，卷 985，頁 11367。

88　〔宋〕黃庭堅：〈題劉將軍雁二首〉其二，《山谷詩集注·山谷詩內集注》，卷 7，
　　頁 178；《全宋詩》，卷 985，頁 11367。

89　〔宋〕黃庭堅：〈題畫鵝雁〉，《山谷詩集注·山谷詩內集注》，卷 15，頁 995；《全
　　宋詩》，卷 1013，頁 11571。

畫蝴蝶，東丹王贊華善畫鞍馬，俱稱名家。劉君長於射雁，雅號祁連將軍，大抵箭無虛發，贏得「一矢萬人看」。「雪灑晴空碎羽翰」，形象描繪「一雁落寒空」情景。三四句乃下一轉語，言劉君悔其射雁，乃寄寓丹青以見意，慈悲不忍之心乃見諸詩畫之外。〈題畫鵝雁〉詩後四句，場景為秋水煙沙，風輕日麗，角弓不鳴，雁無驚飛，一片和平安祥情境，此亦詩人慈悲為懷，孝友之行推及鴻雁。

　　海鷗與白鷺，乃丹青之常客，題畫亦多見。《宣和畫譜》提出「寓興」說，以為繪事之妙，與詩人相表裏。如禽之於鸞鳳孔翠，必使之富貴；而鷗鷺雁鶩，必見之幽閒。至於鶴之軒昂，鷹隼之擊搏，多能興起人意，奪造化而移精神。[90]孔雀之富貴，雁鴨之幽閒，白鶴之軒昂，鷹隼之擊搏，黃庭堅題畫多不犯正位，妙脫谿徑，已如上述。至於題詠鷗、鷺者，亦多寄寓比興，如：

　　　水色煙光上下寒，忘機鷗鳥恣飛還。年來頻作江湖夢，對此身疑在故山。[91]

　　　輕鷗白鷺定吾友，翠柏幽篁是可人。海角逢春知幾度，臥遊到處總傷神。[92]

〈題宗室大年畫二首〉，《黃庭堅年譜》云：元祐間館中作。其一，圖寫水色煙光中，鷗鳥忘機，恣意飛還，其幽閒自得，令人嚮往。三四句，因畫境移人，故以畫為真，山可居可游，可以寄寓「江湖」之夢。

90　〔宋〕佚名：《宣和畫譜》，卷 15，〈花鳥敘論〉，頁 537。

91　〔宋〕黃庭堅：〈題宗室大年畫二首〉其一，《山谷詩集注·山谷別集詩注》，卷下，頁 1102；《全宋詩》，卷 1017，頁 11596。

92　〔宋〕黃庭堅：〈題宗室大年畫二首〉其二，《山谷詩集注·山谷別集詩注》，卷下，頁 1103；《全宋詩》，卷 1017，頁 11596。

庭堅於元豐四年（1081）曾作〈演雅〉，終篇云：「江南野水碧於天，中有白鷗閑似我。」五年（1082）為太和宰，作〈登快閣〉七律，結以「萬里歸船弄長笛，此心吾與白鷗盟」；[93]所謂「江湖夢」，即以鷗鳥為師，胸無機心，退隱江湖之意。身在館閣，心思江湖，此之謂寓興。第二首，友鷗鷺，侶竹柏，此即江湖夢之幽閑，令人心嚮神往。所謂「江湖夢」，即是「臥遊到處」。管他海角桃源幾度逢春，可望而不可即，總是無益而「傷神」。江湖夢所以「頻作」，正所以移精神而起人意。

二　蟲魚

昆蟲及魚，往往見諸詩人之比興。詩人題畫，則亦不專於形似，出於寓興者多。如黃庭堅題詠魚與蟲：

> 徐生脫水雙魚，吹沫相看晚圖。老矣簡中得計，作書遠寄江湖。[94]

> 小蟲心在一啄間，得失與世同輕重。丹表妙處不可傳，輪扁斲輪如此用。[95]

《宣和畫譜》稱徐熙「畫草木蟲魚，妙奪造化，非世之畫工形容所能

93　〔宋〕黃庭堅：《山谷詩集注》，卷 1，〈演雅〉，頁 23；《山谷外集詩注》，卷 11，〈登快閣〉，頁 840。

94　〔宋〕黃庭堅：〈題鄭防畫夾五首〉其三，《山谷詩集注・山谷詩內集注》，卷 7，頁 175；《全宋詩》，卷 985，頁 11366。

95　〔宋〕黃庭堅：〈戲題小雀捕飛蟲畫扇〉，《山谷詩集注・山谷詩內集注》，卷 7，頁 176；《全宋詩》，卷 985，頁 11366。

及」；[96]黃庭堅〈題鄭防畫夾五首〉其三，題詠徐熙〈脫水雙魚〉圖，觀其「吹沫相看」，妙傳造化匠心。所謂「箇中得計」，指相教慎出入，詩人蓋託以自況。螳螂捕蟬，黃雀在後，典出《莊子》〈山木〉、《戰國策》〈楚策〉、《韓詩外傳》；黃庭堅用其意，以作〈戲題小雀捕飛蟲畫扇〉。小蟲專心一啄，不知小雀在後欲捕飛蟲。鳥蟲之得失，與世間之得失輕重等同，此詩人領略扇畫之旨趣。唯玄言至理，妙處難傳，即使「丹青妙處」，亦不易傳達，誠如《莊子》〈齊物〉所述輪扁斲輪，得心應手，而口不能言者然。詩人題畫，「不犯正位，語忌十成」；故無相借助有相以表現之。

　　黃庭堅曾作〈演雅〉七古長篇，描述四十一種昆蟲禽鳥之追求與心態，大抵出於比興寄託，意有所指。[97]其題詠胡蝶、蜩螗，亦有此妙。如：

　　　　胡蝶雙飛得意，偶然畢命網羅。羣蟻爭收墜翼，策勳歸去南柯。[98]

　　　　蒿下蹄間，斥鷃飲啄。爭雄穹枝，竿網將作。蟬嘒竹間，自謂得己。螗螂從之，雞鳴不已。[99]

岳珂《桯史》卷十一，載有〈蟻蝶圖〉之緣起：「黨禍既起，山谷居黔，有以屏圖遺之者，繪雙蝶翾舞，胃於蛛絲而隊，蟻憧憧其間，題六言

96　〔宋〕佚名：《宣和畫譜》卷17，〈花鳥三・徐熙〉，頁203-204。
97　〔宋〕黃庭堅：《山谷詩集注》，卷1，〈演雅〉，頁21-23。
98　〔宋〕黃庭堅：〈蟻蝶圖〉，《山谷詩集注・山谷詩內集注》，卷16，頁399；《全宋詩》，卷994，頁11420。
99　〔宋〕黃庭堅：〈題崇德君所畫雀竹蜩螗圖贊〉，《全宋詩》，卷1026，頁11730。

於上曰云云。」[100]時當紹聖四年（1097），作於黔州貶所，元祐黨爭方熾。南宋任淵注《山谷詩集》云：「此篇蓋有所屬。」庭堅題詠此圖，化靜為動，興寄畫外：得意忘形，往往死於非命；因人成事，卻攬功自得。風雅美刺，有益勸戒。〈題崇德君所畫雀竹蜩螗圖贊〉，亦《韓詩外傳》等書所載「螳螂捕蟬，黃雀在後」之演義，皆所謂「貪前之利，而不顧後害」之事例：[101]斥鷃爭雄，不知有竿網；蟬嘒竹間，不知有蟑螂；蟑螂捕蟲，不知雞乘其間。元祐二年（1087）正月，洛、蜀、朔黨爭起，黨同伐異，日相謗訕，[102]或者山谷有感而發，為此題詠，以警世人。

三　寓畫說理

黃庭堅題畫詠畫，多不黏畫上發論，此傳承老杜題畫詩而光大之，大抵不犯正位，如遠路說禪。除上所論離形得似、興寄畫外，尚有寓畫說理一法。袁枚稱：詩貴有理趣，忌有理障；沈德潛謂：詩中著議論，須帶情韻以行。寓物說理，理事圓融無礙，此或宋型文化轉識成智之體現，詩例不多，附說如下，如：

> 風晴日暖搖雙竹，竹間相語兩鸒鴿。鸒鴿之肉不可肴，人生不材果為福。子舟之筆利如錐，千變萬化皆天機。未知筆下鸒鴿

100　〔宋〕岳珂：《桯史》（北京市：中華書局，1981、1997 年），卷 11，〈蟻蝶圖〉，頁 123。

101　〔漢〕韓嬰著，屈守元箋疏：《韓詩外傳箋疏》（成都市：巴蜀書社，1996 年），卷 10，第二十一章，頁 870。《莊子》〈山木〉、《戰國策》〈楚策〉、《說苑》〈正諫〉皆載之。

102　羅家祥：《朋黨之爭與北宋政治》（武漢市：華中師範大學出版社，2002 年），第四章，〈元祐時期的洛、蜀、朔黨爭〉，頁 146-171。

語，何似夢中蝴蝶飛。[103]

〈戲詠子舟畫兩竹兩鸜鵒〉詩，若客觀呈現畫面，不過兩竹兩鸜鵒而已，彼此有何關聯？庭堅題詠竟由此生發兩則理趣：其一，不材有大用，可以終其天年；其二，夢覺不二，真幻不二，色空不二。[104]禪家視丹青為幻化之相，是以「筆下鸜鵒語」與「夢中蝴蝶飛」，虛實難分，真幻不二。紹聖間，詩人迭遭打擊，心情苦悶，名其謫居為枯木寮，死灰庵，[105]故往往寓畫說理如此，可知其寓興。又如題詠墨竹：

> 子舟詩書客，畫手晚前輩。把袂拍其肩，餘力左右逮。摩拂造化爐，經營鬼神會。光煤疊亂葉，世與作者背。看君回腕筆，猶喜漢儀在。歲寒十三本，與可可追配。小山蒼苔面，突兀謝憎愛。風斜兼雨重，意出筆墨外。吾聞絕一源，戰勝自十倍。榮枯轉時機，生死付交態。狙公倒七芋，勿用嗔喜對。此物當更工，請以小喻大。[106]

> 眼入毫端寫竹真，枝掀葉舉是精神。因知幻物出無象，問取人間老斲輪。[107]

---

103 〔宋〕黃庭堅：〈戲詠子舟畫兩竹兩鸜鵒〉，《山谷詩集注・山谷詩內集注》，卷 12，頁 315；《全宋詩》，卷 990，頁 11398。

104 參考吳言生：《禪宗哲學象徵》，第八章〈禪宗哲學的不二法門〉，頁 327-338。

105 鄭永曉：《黃庭堅年譜新編》，〈哲宗元符元年，1098，五十四歲〉，頁 299-300。

106 〔宋〕黃庭堅：〈用前韻謝子舟為予作風雨竹〉，《山谷詩集注・山谷詩內集注》，卷 12，頁 312-313；《全宋詩》，卷 990，頁 11398。

107 〔宋〕黃庭堅：〈題子瞻墨竹〉，《山谷詩集注・山谷別集詩注》，卷上，頁 1094；《全宋詩》，卷 1016，頁 11595。

　　黃彝，字子舟，斌老之弟，文同每言墨竹不及子舟，可見其畫藝之卓絕。庭堅貶謫戎州期間，時與斌老兄弟唱和，借以抒悶釋懷。〈用前韵謝子舟為了作風雨竹〉五古一首，從畫中「風斜兼雨重」，知其「意出筆墨外」。筆墨之外的理趣有四：其一，絕利一源，戰則必勝；其二，窮達榮枯，隨時任運；其三，朝四暮三，嗔喜不二；其四，胸中高勝，妙脫谿徑。此詩曲終奏雅，所謂「以小喻大」，此正寓畫說理之理趣詩典型。又如〈題子瞻墨竹〉，寫真，是體物形似，「枝掀葉舉」，方為體物得神。禪宗視繪畫為幻物，為色界，所謂「大空聲色本無有」；「禪家會見此中意，戲弄柔豪移白黑」。釋惠洪稱述花光仲仁所畫墨梅：「怪老禪之游戲，幻此華于縑素」；黃庭堅題文同詠竹曾云：「能和晚烟色，幻出歲寒身」，以有色見無色，[108]此即所謂「幻物出無象」。本詩結句「問取人間老斲輪」，即前所述庭堅〈戲題小雀捕飛蟲畫扇〉所謂「丹青妙處不可傳」。既然「道可道，非常道」，故無相借助有相表現之，不欲犯中，不敢斥言故也。

　　繪事之寓興，與詩人之題畫，往往相互表裡。凌（靈）雲志勤禪師在溈山，因桃花而悟道：大抵從桃花自由自在的開放中，體悟到「法身」、「般若」。[109]庭堅〈題王居士所藏王友畫桃杏花二首〉，即申說此一哲理，如：

　　　凌雲一笑見桃花，三十年來始到家。從此春風春雨後，亂隨流
　　　水到天涯。[110]

108　韋賓：《宋元畫學研究》（蘭州市：甘肅人民出版社，2009 年），〈墨戲考〉，頁364-365；〈墨竹與宋元士大夫〉，頁382-383。

109　〔宋〕釋普濟：《五燈會元》卷 4，〈靈雲志勤禪師〉，頁 239-240；參考周裕鍇：《百僧一案》（上海市：上海古籍出版社，2007 年），〈桃花悟道〉，頁 118-119。

110　〔宋〕黃庭堅：〈題王居士所藏王友畫桃杏花二首〉其一，《山谷詩集注·山谷詩內集注》，卷 17，頁 1048；《全宋詩》，卷 1015，頁 11585。

凌雲見桃萬事無，我見杏花心亦如。從此華山圖籍上，更添潘
閬倒騎驢。[111]

秋天葉落，春日花發，故女子懷春，而壯士悲秋，既有愛憎好惡，即
存有差別相。其實花開葉落，一切純任自然。靈雲禪師可能從桃花的
盛開中，領悟到空無；從花開葉落中斬斷分別想，領略到不垢不淨。
元符三年（1100），黃庭堅五十六歲，謫居戎州。自云：「心腹中芥蒂
如懷瓦石」，艱難困苦可以想見。[112]題畫桃杏花，乃就凌（靈）雲因桃
花悟道生發；無論春風、春雨，無論流水、天涯，皆是法身，皆是般
若，其間實相非相，不垢不淨，一切並無差別相。如此，無心任運，
隨緣自足，方能斬斷煩惱，歸於菩提。其二，所謂「萬事無」，即「色
空不二」、「不垢不淨」之境界。靈雲禪師因桃花悟道，詩人亦因杏花
了悟法身與般若。驢之倒騎，人之大笑，亦隨緣任運，不必強作分
別。如此，方能斷絕妄想，有助解脫。

第五節　結語

　　以學古變唐為手段，以新變自得為目的，此宋詩於唐詩之後能
「自成一家」之寫作策略。宋詩與唐詩相較，「其所得各不同，而俱自
有妙處，不必相蹈襲也」，詠物詩、題畫詩特其中之一而已。

---

111 〔宋〕黃庭堅：〈題王居士所藏王友畫桃杏花二首〉其二，《山谷詩集注·山谷詩
　　內集注》，卷 17，頁 1049；《全宋詩》，卷 1015，頁 11585。

112 〔宋〕黃庭堅於崇寧三年（1104），赴宜州貶所途中，題花光仲仁墨梅詩曾云：「雅
　　聞花光能畫梅，更乞一枝洗煩惱。」《山谷詩集注》，卷 19，頁 471-472。黃庭堅
　　貶謫之困頓心境，可參〈書韓愈〈送孟東野序〉贈張大同〉，劉琳等校點：《黃山
　　谷全集·山谷別集》（成都市：四川大學出版社，2001 年），卷 6，

　　清王士禎《帶經堂詩話》稱：「詠物之作，須如禪家所謂不黏不脫，不即不離，乃為上乘。」詠物與題畫同一律，形容妙肖之外，要能超脫變化。此蘇軾〈書鄢陵王主簿所畫折枝二首〉所謂：「論畫以形似，見與兒童鄰。賦詩必此詩，定非知詩人。」

　　禪宗發展到宋代，由「不立文字」轉化為「不離文字」。於是，為消解言與意之悖論，「不說破」之原則，在宋代發展為「遶路說禪」之家數。宋代詩人既禪悅成風，禪家所謂不黏不脫，不即不離，對於詩人詠物與題畫，遂提供無限之啟示。禪法教人，在思維方式之反常性、思維空間之開放性、思維過程之辯證性、思維成果之獨創性、思維主體之能動性，乃至於思維發展之突變性、跳躍性，或邏輯之中斷性方面，都暗合創造性思維之要求。禪思與詩思間，固有相通轉化之妙。

　　「正偏五位」，為曹洞宗接引學人之方式：君為正位，即空界，本來無物；臣為偏位，即色界，有萬象形。《心經》稱：「色即是空，空即是色」，因此，無相多借助有相表現，而一切有相都歸於無相。曹洞宗教義強調：避免正面探討，所謂「不欲犯中」、「不敢斥言」；說話要留有餘地，切忌「妙明體盡」，講述過於透徹。影響所及，宋人作詩論詩往往體現曹洞宗「不犯正位」、「語忌十成」之教示。

　　禪宗之接引設教，往往顛倒夢想，將無作有；既匪夷所思，又不可思議，其思維方式絕類忤俗，遠離線性思維，近似創造性思維。學界探討詩禪相通，或就思維方式的非分析性、語言表達的非邏輯性，來見證詩禪之相通。宋人既禪悅成風，禪思自然影響詩思。於是跳脫慣性思維，悖離傳統陳規，勇於探討新路徑，表現新思維方面，頗有成就。金人元好問稱：「詩為禪客添花錦，禪是詩家切玉刀。」可具體而微窺見「詩禪交融」之影響。

　　詩家命意新，取材新，此皆宋人作詩之獨擅勝場。詩畫之相資、

詩禪之會通，文學、藝術、思想通過新奇組合，經由異領域之碰撞，往往生發自得創新之成果。宋詩特色之促進與形成，未嘗不由於此。蘇、黃題畫詩，蓋兼詩畫相資、詩禪會通而一之，故題畫技法雖創始杜甫，而蘇軾、黃庭堅繼起發皇，而皆自成一家。宋嚴羽《滄浪詩話》稱：「國初之詩尚沿襲唐人，至東坡山谷始自出己意以為詩，唐人之風變矣。」所謂「自出己意」，當指新變自得而言，乃宋詩特色所以建立者。

蔡絛《西清詩話》謂黃庭堅詩：「妙脫蹊徑，一似參曹洞下禪」；金元好問《中州集》稱黃魯直：「擺出翰墨畦徑，以俗為雅，以故為新，不犯正位，如參禪著末後句為具眼。」皆以禪思論詩思，所謂妙脫谿徑，不犯正位，正是曹洞禪教人示悟之法門。而黃詩真足以當之。今以黃庭堅題畫花鳥詩四十餘首為例，論證「不犯正位」、「遠路說禪」之大凡，進而證成詩與畫之交融，禪思與詩思之會通化成。

題畫之妙者，與詠物同工，皆貴在不黏不脫，若即若離。至於不犯正位，語忌十成；遠路說禪，無住生心，則為禪思啟發詩思，詩禪會通交融之效益。為便於申說論證，就離形得似、興寄畫外、寓畫說理三端解說。要而言之，三者皆歸於「不犯正位」而已。[113]

113 本文最初發表於二〇一二年十月十九至二十日，香港樹仁大學中文系與北京大學中文系合辦「宋代都市文化與文學風景」國際研討會。二〇一三年九月，出版論文集，由張鳴主編：《宋代都市文化與文學風景》（北京市：北京語言大學出版社印行）。本文為國科會專題研究計畫（NSC100-2410-H-006-052）研究成果之一，特此誌謝。

第五章
墨梅畫禪與比德寫意
──南北宋之際詩、畫、禪之融通

　　花木蔬果之見於歌詠，最初皆緣於民生日用。尤其花卉，或作為飲食，或作為藥用，或作為祭祀，轉變為審美觀賞之主題書寫者，大抵遲至南北朝以後。從實用取向到審美觀賞，歷經千年之衍化，此詠花詩流變之大凡。

　　以《詩經》所載為例，花草蔬果作為飲食者，如〈周南‧關雎〉之采荇菜，〈周南‧葛覃〉之刈葛，〈周南‧卷耳〉之采卷耳，〈召南‧摽有梅〉之言梅實，〈召南‧何彼穠矣〉之述唐棣，〈邶風‧谷風〉之采菲，〈鄘風‧桑中〉之采葑，〈唐風‧采苓〉之采苓、采苦、采葑，〈齊風‧南山〉之藝麻等等。其中，名列《救荒本草》之食用野菜，不在少數。花草蔬果作為藥用者，如〈周南‧芣苢〉之采芣苢，〈召南‧采蘩〉之采蘩，〈召南‧采蘋〉之采蘋，〈鄘風‧桑中〉之采唐，〈王風‧采葛〉之采艾，〈小雅‧采薇〉之采薇，〈鄭風‧溱洧〉贈之以芍藥，皆因藥用本草之實用而入詩。[1]

　　《詩經》歌詠花卉，或以為旁襯，或作為比興，未有作為描繪之主體者。且《詩經》所見花卉，能得詩人之青睞者，自身皆兼有食用或藥用之功能；未有純以花容之豔麗、或花香之引人取勝，而以之入詩者。下列花卉之入詩，或由於食用藥用之功能，引發詩人之關愛與

1　潘富俊：《詩經植物圖鑑》（臺北市：城邦文化公司〔貓頭鷹出版〕，2001 年）。

援引，初不緣於花容或花香。如〈周南・桃夭〉稱：「桃之夭夭，灼灼其華」；〈召南・何彼襛矣〉稱：「何彼襛矣，唐棣之華」；又云：「何彼襛矣，華如桃李」；〈鄭風・有女同車〉稱：「有女同車，顏如舜華」；〈陣風・澤陂〉稱：「彼澤之陂，有蒲菡萏」；〈鄭風・溱洧〉云：「士與女，方秉蕑兮」；「維士與女，伊其相謔，贈之以芍藥」云云。上述詩中敘及桃花、李花、唐棣之華、舜華、菡萏、蕑（蘭）花、芍藥等七種花卉，除唐棣之華可以釀酒外，其餘皆為藥用或食用花卉。嘗試翻檢明代李時珍《本草綱目》草部、木部及果部類，知桃花桃實、李花李實皆可入藥，舜華（木槿）、菡萏（荷花、蓮花）、蕑花（澤蘭）、芍藥，要皆攸關生民保健治病之藥用花卉。[2]朱光潛《談美》曾謂：「實用的態度，以善為最高目的！」「在實用態度中，我們的注意力偏在事物對於人的利害。」相形之下，美感的態度以美為最高目的，「注意力專在事物本身的形象，心理活動偏重直覺。」[3]由此觀之，《詩經》時代對於花卉之書寫，大抵是實用的、功利的，不是美感的、欣賞的。

第一節　從實用與審美談詠梅詩之流變

梅之見於先秦文獻，《詩經》所詠皆指梅實，未見梅花。如〈召南・摽有梅〉：「摽有梅，其實七兮」；，〈陣風・墓門〉：「墓門有梅，有鴞萃止」；〈曹風・鳲鳩〉：「鳲鳩在桑，其子在梅」。〈小雅・四月〉：

2　〔明〕李時珍著，劉衡如校點：《本草綱目》（北京市：人民衛生出版社，1989年），卷 14，〈芍藥〉，頁 849-852；〈蘭草〉，頁 903-906；卷 29，〈李〉，頁 1727-1729；〈桃〉，頁 1741-1751；卷 23，〈蓮藕〉，頁 1893-1901；卷 36，〈木槿〉，頁 2128-2129。

3　朱光潛：〈一、我們對於一棵古松的三種態度——實用的、科學的、美感的〉，《談美》（臺北市：國文天地，1990 年），頁 13。

「山有嘉卉，侯栗侯梅」皆是。《尚書》〈說命〉：「若作和羹，爾惟鹽梅」，以梅子作為烹調之佐料。《左傳》〈昭公二十年〉：「和如羹焉，水、火、醯、醢、鹽、梅，以烹魚肉，燀之以薪。宰夫和之，齊之以味，濟其不及，以泄其過。」亦以鹽梅和羹之烹調藝術，比況政治之和而不同。《禮記》〈內則〉「和用醯，獸用梅」，亦以梅子為烹調獸肉之原料。梅子提供烹調之佐料，其實用取向，漢初以前大抵如此。

　　梅花作為觀賞主體，就客觀環境而言，與園林造景之實際栽培有關，時間應該在魏晉以後。就文體學之發展言，詠物賦、詠物詩逐漸成熟，也在南北朝時代。時至南朝劉宋，鮑照、蕭衍、蕭綱、蕭繹、謝朓、何遜、吳均、陰鏗、庾信、徐陵、江總諸詩人，多先後以梅花為詩題，撰寫早梅、覓梅、摘梅、賞梅、詠梅之詩篇與賦作。[4]因此，南朝成為梅花欣賞之第一次浪潮。對於梅花花期特早之凸顯，梅花花色、花香之形似勾勒，以〈梅花落〉橫吹曲表現幽怨感傷形象之形成，多有首倡推助之功。[5]

　　初盛唐以來之詠梅，由宮怨、閨怨之女性視野，轉變為感遇詠懷，抒情寄意之文人士子比興。如盧照鄰〈梅花落〉、張說〈幽州新城作〉、盧僎〈十月梅花書贈〉諸詩，感時序、傷播遷、思故鄉、歡遇合，梅花審美境界為之大開。其中，杜甫最為典型代表，〈和裴迪登蜀州東亭送客逢早梅相憶見寄〉、〈江梅〉二首，感遇詠物，遣情托懷，

4　〔宋〕潘自牧：《紀纂淵海》（上海市：上海古籍出版社，1992年，《四庫類書叢刊》影印文淵閣《四庫全書》），引何遜詠梅：「衝霜當路發，映雪擬寒開。枝橫卻月觀，花繞凌風臺。」又引韓偓詠梅：「梅花不肯傍春光，自向春冬看艷陽。羌笛遠吹胡地月，燕釵初試漢宮妝。風雖強暴翻添思，雪欲侵凌更助香。應笑暫時桃李樹，盜天和氣作年芳。」冊932，頁700-701。

5　〔唐〕歐陽詢等編：〈菓部上・梅〉，《藝文類聚》（臺北市：文光出版社，1974年），卷86，頁1472-1473。參考程杰：〈第二章　漢魏晉南北朝：梅花審美欣賞的興起〉，《中國梅花審美文化研究》（成都市：巴蜀書社，2008年），頁17-33。

大大豐富了梅花的意象。元方回選評《瀛奎律髓》〈梅花類〉歷數梅實、梅花之著錄,以及五言、七言詠梅之大凡。且稱:「老杜詩凡梅字皆可喜」,因舉七律六聯,五律八聯,以為「皆饗人牙頰」。[6]要之,杜甫詠梅,既傳承魏晉以來傷春怨別之抒情傳統,又開拓文人游春探梅,風物怡情之審美情態。至於中晚唐知名詩人,如張籍、韓愈、柳宗元、白居易、元稹、劉禹錫、杜牧、李商隱、皮日休、齊己、鄭谷等,多有詠梅詩。[7]大抵關注梅花之花期樹性、花枝樹幹,是中晚唐詠梅詩的特色。著眼「花樹」品類的審美立場,跟六朝詠梅著眼花開花落,花色花香會當有別。中晚唐詠梅詩體現之清雅氣質和韻度,為宋代詠梅詩賦予人格之擬喻寄託,創造了絕佳之條件。[8]

宋楊萬里〈洮湖和梅詩序〉云:「梅之名,肇於炎帝之經,著於〈說命〉之書,〈召南〉之詩。然以滋不以象,以實不以華也。豈古之人皆質而不尚其華歟?」至唐宋之李、杜、蘇、黃,梅花之歌詠,方「首出桃李蘭蕙,而居客之右。蓋梅之有遭,未有盛於此時者也。然色彌章,用彌晦;花彌利,實彌鈍也。」[9]梅之見諸著錄,從梅實到梅花,從實用到審美之流變,楊萬里已作清晰之提示與勾勒。

6　〔元〕方回選評,李慶甲集評校點:〈梅花類〉,《瀛奎律髓彙評》(上海市:上海古籍出版社,2005 年),卷 20,頁 744-746;杜工部:〈和裴迪登蜀州東亭送客逢早梅相憶見寄〉評語,頁 780。

7　〔清〕張英、王士禎等主纂:〈果部二‧梅〉,《淵鑑類函》(北京市:中國書店,1985 年),據一八八七年上海同文書局石印本影印,卷 400,「詩」,頁 2-4;「賦」,頁 4-5。

8　程杰:〈第三章　隋唐五代:梅花審美欣賞的發展〉,《中國梅花審美文化研究》,頁 38-49。

9　〔宋〕楊萬里著,辛更儒點校:〈洮湖和梅詩序〉,《楊萬里集箋校》(北京市:中華書局,2007 年),卷 79,頁 3223-3224。

第二節　梅隱梅格之形成與林逋、蘇軾詠梅詩

　　花卉之獲得關注，或作食用，或作藥用，能否利用厚生，列為首要考慮。除實用功能外，又兼顧觀賞審美，蓋興起於六朝，而轉變於盛唐，發展於中唐、晚唐。學界討論海棠花之入詩苑，發現杜甫居蜀中八年，杜詩中卻無一首海棠之詠；遲至中唐劉長卿，晚唐薛濤、薛能、鄭谷、溫庭筠，始漸多海棠之歌詠。海棠號稱花中之神仙，洋溢清新脫俗之氣質；晚唐詩人追求細美幽約，淡泊清麗，審美情趣與海棠意態合拍，故漸得詩人之青睞。[10]唐宋海棠詩之消長，亦不妨移用於梅花形象之受容。

一　賞梅詠梅與宋人之審美意識

　　以功利觀點看待事物，先於以審美觀點欣賞事物。因此，詩人之詠花，至中唐以後始專注於花美，始欣賞花卉之美麗，花卉之美始壓勝實用之功利。審美意識之變化，影響了非實用花卉海棠花之見諸歌詠。時代若移至中唐以前，「海棠即使盛開得如何美麗，也未打破人之審美意識由來框框的侷限，而引起充分注意。」[11]梅花與海棠，清幽淡泊之美相近，同為純粹欣賞之花卉，海棠遲至晚唐始獲詩人青睞，梅花則遲至宋初始得林逋關愛，至北宋神宗元豐間始因蘇軾歌詠，而有梅隱與梅格意象之形成。梅花作為審美對象，可引發精神之愉悅，具備「可愛玩而不可利用」之美感特質。此種審美特質，無關於實際需

10　張高評：〈第三章　遺妍開發與宋代詠花詩——以唐宋題詠海棠為例〉，《自成一家與宋詩宗風》（臺北市：萬卷樓圖書公司，2004 年），頁 121-127。

11　（日本）岩城秀夫撰，薛新力譯：〈杜詩中為何無海棠之詠——唐宋間審美意識之變遷〉，《杜甫研究學刊》第 1 期（1989 年），頁 76-81。

要之滿足，亦無關實用功利之達成，唐宋間審美意識之流變，為其中
最大關鍵。南宋羅大經《鶴林玉露》所述，對於載籍從梅實到梅花之
演變，曾略加提示，如：

> 《書》曰……《詩》曰……毛氏曰……陸機曰……蓋取其（梅）
> 實與材而已，未嘗及其花也。至六朝時，乃略有詠之者；及
> 唐，而吟詠滋多。至本朝，則詩與歌詞連篇累牘，推為群芳之
> 首，至恨〈離騷〉集眾香草而不應遺梅。余觀《三百五
> 篇》，……如梅之清香玉色，迴出桃李之上，豈獨取其材與實
> 而遺其花哉？[12]

詠梅，「但取其實與材」，此以實用功利導向看待事物。至宋朝，詩詞
連篇累牘歌詠，能品賞梅之「清香玉色」，致「推為群芳之首」，此時
已超脫功利，以審美愉快對待花卉。羅大經同時發現，宋人偏愛「其
香清婉」之野逸花卉，除梅花、海棠外，如木犀、山礬（醆醾）、素
馨、茉莉、水仙之倫，往往形諸歌詠。宋人欣賞的花卉，為何「自唐
以前，墨客騷人，曾未有一語及之」？這攸關審美意識之流變，已如
上述；而宋型文化與唐型文化不同，宋詩審美與唐詩審美有別，亦是
主要因素。

　　日本京都學派內藤湖南、宮崎市定研究中國古代歷史，提出「唐
宋變革」論，「宋代近世」說，王國維、胡適、陳寅恪、錢穆、繆鉞、
錢鍾書等論學，多受其影響。[13]歷史學者傅樂成得其啟示，亦提出唐型

12　〔宋〕羅大經：《鶴林玉露》（臺北市：臺灣商務印書館，1983 年，影印文淵閣《四
　　庫全書》），冊 865，卷 4，頁 282。
13　王水照：〈文史斷想‧重提「內藤命題」〉，《鱗爪文輯》（西安市：陝西人民出版
　　社，2008 年），卷 3，頁 173-178。

文化與宋型文化之論述，以為唐型文化「複雜而進取」，宋型文化「單純與收斂」。[14]羅聯添教授為之撰一文，亦以「進取」、「收斂」之不同，詮釋申論宋型文化與唐型文化之殊異。[15]由此觀之，唐人喜愛牡丹，宋人偏好寒梅，一開放進取、豔麗富貴，一反思收斂，平淡高雅，審美心理不同如此。此種審美差異，亦體現於宋詩特色不同於唐詩，宋調有別於唐音方面，如錢鍾書所云：

> 唐詩宋詩，亦非僅朝代之別，乃體格性分之殊。天下有兩種人，斯分兩種詩：唐詩多以丰神情韻擅長，宋詩多以筋骨思理見勝。……夫人秉性，各有偏至：高明者近唐，沉潛者近宋，有不期而然者。……且又一集之內，一生之中，少年才氣發揚，遂為唐體；晚節思慮深沉，乃染宋調。[16]

依錢鍾書所言，宋詩宋調之審美趣味，在以筋骨思理見勝，富於沉潛內斂之風格，為思慮深沉之體現。繆鉞《詩詞散論》亦有相似之見，稱宋詩：「美在氣骨，故瘦勁」；「如寒梅秋菊，幽韻冷香」。[17]由此觀之，宋人以松、竹、梅為歲寒三友，歌詠之圖繪之，取捨進退之際，詠梅詩至兩宋而漸多，[18]自有宋型文化之審美意識在也。

---

14 傅樂成：〈唐型文化與宋型文化〉，《漢唐史論集》（臺北市：聯經出版事業公司，1980 年），頁 380。

15 羅聯添：〈從兩個觀點試釋唐宋文化精神的差異〉，《唐代文學論集》（臺北市：臺灣學生書局，1989 年），上冊，頁 231-246。

16 錢鍾書：〈一、詩分唐宋〉，《談藝錄》（臺北市：書林出版公司，1988 年），頁 2-4。

17 繆鉞：〈論宋詩〉，《詩詞散論》（上海市：上海人民出版社，1984 年），頁 36、37。

18 〔宋〕不著撰人：《錦繡萬花谷》（上海市：上海辭書出版社，1992 年，據明嘉靖

二 林逋「孤山八梅」與隱逸形象之確立

　　唐型文化開放而進取，積極而向外，士人皆熱衷名利，追求聞達。即以隱逸而論，唐人「假隱自名，以詭祿仕」者不少；甚有名為隱居終南山、少室山，實則沽名釣譽，欲以為入世之捷徑者。《舊唐書》〈隱逸傳〉稱述這種假隱士：「身在江湖之上，心遊魏闕之下；託薜蘿以射利，假巖壑以釣名」；[19]從而可見，唐代之隱士，追求聞達至於此極，志在射利釣名而已，既無經國濟民之才具，更乏超世高舉之志節，蓋受唐型文化之制約，勢所必至，理有固然。

　　《宋史》〈隱逸傳〉所載，明顯與唐代大相逕庭。《宋史》〈隱逸傳〉列舉兩宋隱逸人物，凡四十三人，十之八九，皆甘心隱退，絕意仕進。其中，宋初之陳摶、种放、魏野、林逋，號稱四大名隱，備受朝野禮遇與推重。陳摶「高蹈遠引，獨善其身」；种放「屢至闕下，俄復還山」；魏野「不求聞達，慕肥遯之風」；林逋「恬淡好古，弗趨榮利」，[20]皆《易》〈蠱〉之上九所謂「不事王侯，高尚其事」者。唐末五代風雲變幻，干戈日尋，士人為明哲保身，多遯世逍遙，蔚為隱逸之風。宋朝代興，君王多優禮隱士，寵賜有加，如太宗之禮重陳摶，真宗對待林逋「賜粟帛，詔長吏歲時勞問」，遂助長隱逸之風習。外加仕隱之衝突，新舊黨爭之激盪，於是隱逸蔚為時代風潮，無時不在，

刻本影印），前集，卷7，〈梅〉，頁57-58；後集，卷38，〈梅〉，頁536-538。案：書前有「淳熙十五年」（1188）舊序，未著姓名。本類書所錄蘇軾、黃庭堅及江西詩人詠梅詩頗多。

19　〔後晉〕劉昫監修：〈隱逸傳序〉，《舊唐書》（臺北市：鼎文書局，1981年，《二十五史》點校本），卷192，頁5115。

20　〔元〕脫脫：〈隱逸上〉，《宋史》（北京市：中華書局，1997年，《二十五史》點校本），卷457，頁13417；「陳摶傳」，頁13420；「种放傳」，頁13423-13427；「魏野傳」，頁13430-13431；「林逋傳」，頁13432-13433。

無所不在。[21]

　　林逋（967-1028），字君復，杭州錢塘人，諡號和靖先生。結廬於西湖孤山，梅妻鶴子，不慕名利。詩學晚唐體，風格清淡，意趣高遠，有《和靖詩集》四卷。事迹見《宋史》〈隱逸傳〉。林逋之享譽宋代詩壇與畫苑，除隱士高逸之風節外，所作八首詠梅律詩，形象勾勒梅花之形神與品格，最為宋人詠梅畫梅之典範。林逋所作詠梅律詩，如〈山園小梅二首〉、〈又詠小梅〉、〈梅花三首〉、〈梅花二首〉，[22]皆七言律詩，世稱「孤山八梅」。[23]其中，以〈山園小梅二首〉其一，最具代表性，足傳梅花之姿態與神韻。其他詩，則順帶略及，如：

　　　　眾芳搖落獨暄妍，占盡風情向小園。　疏影橫斜水清淺，暗香浮
　　　　動月黃昏。霜禽欲下先偷眼，粉蝶如知合斷魂。　幸有微吟可相
　　　　狎，不須檀板共金尊。[24]

　　　　小園烟煙景正淒迷，陣陣寒香壓麝臍。湖水倒窺疏影動，屋簷
　　　　斜入一枝低。畫工空向閒時看，詩客休徵故事題。慚愧黃鸝與
　　　　蝴蝶，只知春色在桃溪。[25]

21　劉文剛：〈隱是文苑中的長青樹·隱風盛熾的時代〉，《宋代的隱士與文學》（成都市：四川大學出版社，1992 年），頁 1-11。

22　北京大學古文獻所編：《全宋詩》（北京市：北京大學出版社，1991 年），卷106，〈山園小梅二首〉，頁 1217-1218；〈又詠小梅〉、〈梅花三首〉，頁 1218；卷108，〈梅花二首〉，頁 1243。

23　〔元〕方回選評，李慶甲集評校點：〈梅花〉，《瀛奎律髓彙評》，卷 20，方回評語：「和靖梅花七言律凡八首，前輩以為孤山八梅」，頁 785。

24　〔宋〕林逋：〈山園小梅二首〉其一，《全宋詩》，卷 106，頁 1217-1218。

25　〔宋〕林逋：〈梅花三首〉其三，《全宋詩》，卷 106，頁 1218。

　　唐代詩人詠梅，或作為思鄉之媒介，或表示節候之轉換；主要著眼
點，或為花蕊花容，或為花色花香。梅花之姿態、精神、氣質、風
韻，幾乎未嘗觸及。宋人生唐後，多致力於遺妍之開發，詳人之所
略，重人之所輕，以創造性思維作詩，[26]林逋「孤山八梅」有之。〈山
園小梅二首〉其一頷聯，特寫梅花之枝影與水月之烘托，堪稱「創前
未有，開後無窮」。前此，何遜詠梅曾言「枝橫月觀」，杜詩詠梅曾偶
及「冷蕊疏枝」，柳宗元《龍城錄》寫梅花樹曾凸出「月落參橫」場
景，[27]晚唐詩人亦略及「花枝照水」，然皆不如林逋詠梅之「疏影橫
斜」、「暗香浮動」之集中概括，能傳梅花枝影清峭娟秀之美，疏雅幽
淡之韻。林逋另作〈梅花三首〉其一：「水邊籬落忽橫枝」，其三：「屋
簷斜入一枝低」；〈梅花二首〉其一：「一枝深映竹叢寒」，所謂「斜入
一枝」、「一枝深映」，亦皆特寫一枝、斜入、深映之梅花枝影，藉
橫、斜線形之視覺效果，塑造形象，傳達神韻。[28]同時，林逋詠梅，善
用繪畫之烘托渲染法，以「水」「月」烘托梅花之疏影與暗香；〈梅花
三首〉其一布局，亦以「水邊」映襯「橫枝」；其三「湖水倒窺疏影
動」，亦以湖水烘托疏影。梅花之閑靜幽雅之意趣，得此傳神寫照，
與林逋孤山隱士之形象結合，遂進而成為隱逸品格之寄託。[29]

　　隱逸文化為傳統文化之一環，大抵由身居草野之隱士創造而成。

26　張高評：《創意造語與宋詩特色》（臺北市：新文豐出版公司，2008 年），第二、
　　三、四章，以及第九、十、十一章，頁 21-186、389-531。

27　〔宋〕洪邁：〈梅花橫參〉，《容齋隨筆》（上海市：上海古籍出版社，1995 年），
　　卷 10，頁 130。

28　〔宋〕楊萬里〈梅花說〉稱林和靖「疏影橫斜」二句，為梅寫真，寫出梅之形體；
　　「雪後水邊」二句，為梅傳神，寫出梅之性情。〔清〕汪灝等編纂：《廣群芳譜》（臺
　　北市：新文豐出版公司，1980 年，佩文齋索引本），卷 22，頁 1323。

29　參考程杰：〈林逋的意義〉，《中國梅花審美文化研究》，第四章第一節，頁 51-
　　53。

在唐宋變革之際，朝廷為重建士大夫人格理想，故對陳搏、魏野、林逋等隱逸人物多所嘉許與惠睨，視同對隱逸風氣之標榜與提倡。因此，東漢初年隱士嚴光之形象，經由范仲淹〈嚴先生祠堂記〉之再發現、再塑造，隱士譜系在宋代之重新建構，乃成士大夫審美精神之新追求。[30]林逋之生年，長於范仲淹（989-1052）二十餘歲，既結廬於西湖孤山，梅妻鶴子；晦迹林壑，不欲以詩名。所作〈孤山八梅〉詩，愛梅與賞梅，流連徘徊，一往情深，多見於文字之外，如：

> 吟懷長恨負芳時，為見梅花輒入詩。雪後園林纔半樹，水邊籬落忽橫枝；人憐紅艷多應俗，天與清香似有私。堪笑胡雛亦風味，解將聲調角中吹。[31]

> 幾回山腳又江頭，繞著孤芳看不休。一味清新無愛我，十分孤靜與伊愁。任教月老須微見，卻為春寒得少留。終共公言數來者，海棠端的免包羞。[32]

> 宿靄相粘凍雪殘，一枝深映竹叢寒。不辭日日旁邊立，長願年年末上看。蕊訝粉綃裁太碎，蒂疑紅蠟綴初乾。香篝獨酌聊為壽，從此群芳春亦闌。[33]

> 剪綃零碎點酥乾，向背稀稠畫亦難。日薄從甘春至晚，霜深應

30　劉方：〈第二章　隱士範型的重構與宋代士大夫新的審美精神追求〉，《唐宋變革與宋代審美文化》（上海市：學林出版社，2009年），頁59-82。

31　〔宋〕林逋：〈梅花三首〉其一，《全宋詩》，卷106，頁1218。

32　〔宋〕林逋：〈梅花三首〉其二，《全宋詩》，卷106，頁1218。

33　〔宋〕林逋：〈梅花二首〉其一，《全宋詩》，卷108，頁1243。

怯夜來寒。澄鮮祇共鄰僧惜，冷落猶嫌俗客看。憶著江南舊行路，酒旗斜拂墮吟鞍。[34]

「眾芳搖落獨喧妍」，乃梅花與眾不同之風韻，故於隆冬雪後，「占盡風情向小園」。林逋〈梅花三首〉其一稱：「吟懷長恨負芳時，為見梅花輒入詩」；其二云：「幾回山腳又江頭，繞著孤芳看不休」；〈梅花二首〉其一亦謂：「不辭日日旁邊立，長願年年末上看」，狀寫肢體語言之繞著看，旁邊立、末上看，其愛賞推重可知。空間從山腳到江頭，時間從日日到年年，其觀照有加亦可知。梅花生長之環境，或為籬落，或為紫荊，或為園林，或為竹叢，與梅花閑靜、疏秀、幽雅、野逸之氣質，堪稱相得益彰。故〈山園小梅二首〉其一稱：「幸有微吟可相狎，不須檀板共金尊」；其二云：「澄鮮祇共鄰僧惜，冷落猶嫌俗客看」，梅花之高雅脫俗，與隱士之「不事王侯，高尚其事」，足相媲美。經由梅花品格之塑造，神韻之凸顯，藉此寄託和標示人格幽獨超然之審美情趣，正是梅花象徵隱逸文化之一大面向。林逋身為隱士，又創作〈孤山八梅〉，兩者結合，對於宋元之梅隱、墨梅、詠梅，多富於啟發意義。

蘇軾〈書林逋詩後〉稱：「先生可是絕俗人，神清骨冷無塵俗」；《四庫全書總目》品藻其詩，以為「澄澹高逸，如其為人」；[35]林和靖以如此孤清之風調詠梅，寧孤而不俗，離俗而標雅，獨立而不倚，挺拔而不群，[36]可以比德於君子賢人。

---

34 〔宋〕林逋：〈山園小梅二首〉其二，《全宋詩》，卷106，頁1218。

35 〔宋〕蘇軾著，〔清〕馮應榴輯注，黃任軻等校點：〈書林逋詩後〉，《蘇軾詩集合注》（上海市：上海古籍出版社，2001年），卷25，頁1273；〔清〕紀昀等主纂：〈集部五·和靖詩集〉，《四庫全書總目》（臺北市：藝文印書館，1974年），卷152，頁3015。

36 張晨：〈詠物詩與花鳥畫——比德文化的極地〉，《中國詩畫與中國文化》（瀋陽市：遼寧教育出版社，1993年），頁11-12。

三　蘇軾創發「孤瘦雪霜」比德與梅花品格

　　梅花，屬薔薇科之落葉喬木，性耐寒，發花於嚴冬冰雪之中，占百花之先。花色淡小，香氣幽清，開花獨早，花期甚長。[37]先春而榮，枝幹峭勁，與松、竹同具抗嚴寒，鬥冰雪之特性，故合稱歲寒三友。梅花之香、色、姿、神、韻俱佳，論者以為具有蘭之幽，菊之傲，竹之節，松之剛，梅花堪稱集「淡雅高潔」審美之大成。[38]

　　南宋范成大撰《梅譜》，推崇梅花為「天下之尤物」；且云：「梅以韻勝，以格高，故以斜橫疏瘦與老枝怪奇者為貴。」[39]梅花韻勝而格高之意象，蓋經宋初林逋、蘇軾之歌詠，至南宋漸漸傳播接受得來。林逋之「孤山八梅」已述於前，今續言蘇軾詠梅，形塑梅花品格之原委。《蘇軾詩集》所載，以梅花為題者，約十八題四十二首。蘇軾詠梅，始於元豐三年赴黃州貶所，終於徽宗建中靖國元年，自儋州過嶺北歸。蘇軾宦海浮沈，飽受磨難，於是遷客情懷之寄託，表現為「孤高瘦硬」梅格之凸顯。〈紅梅三首〉其一、〈和秦太虛梅花〉、〈十一月二十六日松風亭下梅花盛開〉三題，最為經典代表。先看〈紅梅三首〉其一所詠：

　　　　怕愁貪睡獨開遲，自恐冰容不入時。故作小紅桃杏色，尚餘孤

37　陳俊愉、程緒珂主編：〈梅花・形態特徵〉，《中國花經》（上海市：上海文化出版社，2007 年），頁 112。

38　程杰：〈牡丹、梅花與唐宋兩個時代〉，《梅文化論叢》（北京市：中華書局，1990年），頁 15。

39　〔宋〕范成大著，任繼愈、傅璇琮總主編：《范村梅譜》（北京市：商務印書館，2005 年，影印文津閣《四庫全書》），冊 279，子部譜錄類，〈序〉、〈後序〉，頁15。

瘦雪霜姿。寒心未肯隨春態，酒暈無端上玉肌。詩老不知梅格
在，更看綠葉與青枝。[40]

〈紅梅三首〉其一，此詩人借題發揮，興寄寫意之作。南宋范成大《梅
譜》稱：「紅梅，粉紅，標格猶是梅，而繁密則如杏，香亦類杏。」[41]
東坡此詩，揭示梅花富含「孤瘦雪霜」之資質──孤（獨）、高（潔）、
瘦（癯）、硬（勁）、傲雪、凌霜之德操，將梅花比德於君子賢人，與
松竹一般，富含「歲寒之心」，是所謂「梅格」。其中特提「冰容」、「寒
心」、「梅格」，標榜梅花之氣質與神韻。東坡作〈紅梅三首〉其一，
頗為得意，曾以詩為詞，通篇轉化，櫽括而成〈定風波‧詠紅梅〉。[42]
至南宋時，朱熹〈梅花賦〉描繪梅花之神韻，有所謂「生寂寞之濱，
而榮此歲寒之時」；「屏山谷亦自娛兮，命冰雪而為家」；「雖瘴癘非所
託兮，尚幽獨之可願」；「披宿莽而橫出兮，廓獨立而增妍」云云，[43]
確然已形塑完成。覆按東坡所作詠梅詩，赴黃州貶所，過春風嶺，詠
梅自況云：「春來幽谷水潺潺，的皪梅花草棘間」；「何人把酒慰深幽，
開自無聊落更愁」，已凸顯梅花之高潔幽獨；[44]其他如「臨春結綺荒荊

---

40 〔宋〕蘇軾：〈紅梅三首其一〉，《全宋詩》，卷804，頁9316。

41 〔宋〕陳景沂：〈花部‧紅梅‧雜著〉，《全芳備祖》（上海市：上海古籍出版社，
   1992年，影印文淵閣《四庫全書》），冊935，前集，卷4，頁63。

42 〔宋〕蘇軾著，薛瑞生箋證：《東坡詞編年箋證》（西安市：三秦出版社，1998
   年），卷2，〈定風波‧詠紅梅〉：「好睡慵開莫厭遲，自憐冰臉不時宜。偶作小紅
   桃杏色，閒雅，尚餘孤瘦雪霜姿。　休把閒心隨物態，何事，酒生微暈沁瑤
   肌。詩老不知梅格在，吟詠，更看綠葉與青枝。」頁322。

43 〔宋〕朱熹著，尹波、郭齊點校：〈梅花賦〉，《朱熹集》（成都市：四川教育出版
   社，1996年），卷1，頁5614-5615。

44 〔宋〕蘇軾〈梅花二首其一〉：「春來幽谷水潺潺，的皪梅花草棘間。一夜東風吹
   石裂，半隨飛雪度關山。」《全宋詩》，卷803，頁9298；蘇軾〈梅花二首其二〉：
   「何人把酒慰深幽？開自無聊落更愁。幸有清溪三百曲，不辭相送到黃州。」《全

棘，誰信幽香是返魂」；「嶺北霜枝最多思，忍寒留待使君來」；[45]又曰
「千花未分出梅餘，遣雪摧殘計已疏」；「閬苑千葩映玉宸，人間只有
此花新」；[46]早為朱熹〈梅花賦〉所謂「生寂寞之濱，而榮此歲寒之時」，
「屏山谷亦自娛兮，命冰雪而為家」之幽獨孤高形象，作一先導。至於
朱子〈梅花賦〉所謂瘴癘宿莽，幽獨增妍之梅花形象，則蘇軾〈十一
月二十六日松風亭下梅花盛開〉等詩已著先鞭，如：

> 春風嶺上淮南村，昔年梅花曾斷魂。豈知流落復相見，蠻風蜑
> 雨愁黃昏。長條半落荔支浦，臥樹獨秀桃榔園。豈惟幽光留夜
> 色，直恐冷艷排冬溫。松風亭下荊棘裡，兩株玉蕊明朝暾。海
> 南仙雲嬌墮砌，月下縞衣來扣門。酒醒夢覺起繞樹，妙意有在
> 終無言。先生獨飲勿歎息，幸有落月窺清樽。[47]

蘇轍〈祭亡兄端明文〉敘述東坡遷謫苦況，謂「渡嶺涉海，前後
七期。瘴氣所蒸，颶風所吹。有來中原，人鮮克還。」〈再祭亡兄端明
文〉亦云：「大庾之東，漲海之南。黎蜒雜居，非人所堪。瘴起襲帷，

宋詩》，卷803，頁9298。

45　〔宋〕蘇軾〈次韻楊公濟奉議梅花十首其四〉：「月地雲階漫一樽，玉奴終不負東
　　昏。臨春結綺荒荊棘，誰信幽香是返魂。」《全宋詩》，卷816，頁9436；蘇軾〈次
　　韻楊公濟奉議梅花十首其六〉：「君知早落坐何聞，莫嘆新詩句催。嶺北霜枝最多
　　思，忍寒留待使君來。」《全宋詩》，卷816，頁9436。

46　〔宋〕蘇軾〈次韻趙德麟雪中惜梅且餉柑酒三首其一〉：「千花未分出梅餘，遣雪
　　摧殘計已疏。臥聞點滴如秋雨，知是東風為掃除。」《全宋詩》，卷817，頁
　　9460；蘇軾〈次韻趙德麟雪中惜梅且餉柑酒三首其二〉：「閬苑千葩映玉宸，人間
　　只有此花新。飛霙要欲先桃李，散作千林火迫春。」《全宋詩》，卷817，頁
　　9460。

47　〔宋〕蘇軾：〈十一月二十六日，松風亭下，梅花盛開〉，《蘇軾詩集》，卷38，
　　頁2075；《全宋詩》，卷821，頁9506。

飆來掀簷。臥不得寐，食何暇甘？」〈亡兄子瞻端明墓誌銘〉描述東坡貶黃州：「與田父野老相從溪谷之間」；貶黃州：「瘴癘所侵，蠻蜓所侮，胸中泊然，無所蒂芥。」[48]東坡將遷謫之孤苦幽獨，比興寄託於梅花：瘴癘之鄉，宿莽之內，寂寞之濱，梅花尚可以屏山谷而自娛，以冰雪為家，屬歲寒而發花；此種「梅魂」與「梅格」交相並發，蔚為梅花審美之精神象徵。蘇軾〈再用前韻〉，特寫羅浮山下之梅花，「玉雪為骨冰為魂」，對於梅格、梅魂，有極具體之勾勒。而且，「披宿莽」不礙其「橫出」，獨立不改而益加「增妍」，梅花真可為遷客騷人之導師。試觀照東坡此詩，所謂「長條半落」、「臥樹獨秀」，「松風亭下荊棘裡，兩株玉蕊明朝噉」云云，無異詠懷寫意，足以自傷自勉。東坡詠梅與林和靖不同處，在將宦海沉浮、人生漂泊之感慨帶到詠梅中，即事感遇，托物詠懷，於是形塑一種幽獨縹緲之意境。[49]黃永武〈詠物詩的評價標準〉稱：詠物詩最好有作者生命的投入，從物質世界中喚起生命世界與心靈世界；[50]由此觀之，東坡詠梅諸作，信有此妙。

　　東坡〈松風亭下，梅花盛開〉詩，中有「海南仙雲嬌墮砌，月下縞衣來扣門」，將梅花比擬為美人，蓋從粉白、幽香、姿質方面設想：以美人品味之脫俗，風度之高雅、性格之孤峭，比擬梅花高雅、超逸之神韻品格。[51]此元范德機《木天禁語》所謂「詠婦人者，必借花為喻；

48　〔宋〕蘇轍著，陳宏天等點校：〈祭亡兄端明文〉，《蘇轍集》（北京市，中華書局，1990 年），後集，卷 20，頁 1059；〈再祭亡兄端明文〉，頁 1101；〈亡兄子瞻端明墓誌銘〉，卷 22，頁 1120。

49　程杰：〈宋代梅花審美認識的發展及其成就〉，《梅文化論叢》，頁 76。

50　黃永武：〈詠物詩的評價標準〉，《詩與美》（臺北市：洪範書店，1984 年），頁 173-176。

51　程杰：〈第四章　梅花題材的文學表現·「美人」與「高士」比擬〉，《中國梅花審美文化研究》，頁 312-313。

詠花者，必借婦人為比。」[52]〈再用前韻〉一詩，洋溢「幽獨縹緲」之氛圍，其間點染「天香國豔」一句，亦以美人比擬梅花之天生麗質，如：

> 羅浮山下梅花村，玉雪為骨冰為魂。紛紛初疑月掛樹，耿耿獨與參橫昏。先生索居江海上，悄如病鶴棲荒園。天香國豔肯相顧，知我酒熟詩清溫。蓬萊宮中花鳥使，綠衣倒掛扶桑暾。抱叢窺我方醉臥，故遣啄木先敲門。麻姑過君急灑掃，鳥能歌舞花能言。酒醒人散山寂寂，惟有落蕊黏空樽。[53]

詠梅，稱「玉雪為骨冰為魂」，是寫其凌霜傲雪；與〈松風亭下梅花盛開〉所云「豈惟幽光留夜色，直恐冷艷排冬溫」，可以相得益彰，皆所以傳梅花之神韻。「紛紛初疑」以下四句，是寫幽獨孤高。「天香國豔」，以下八句，綺思夢想，浪漫縹緲，以美人之高雅、冷峭、幽獨、麗質比擬梅花。東坡〈花落復次前韻〉：「玉妃謫墮煙雨村，先生作詩與招魂。人間草木非我對，奔月偶桂成幽昏。」[54]亦曲寫孤獨高潔，堪稱身與梅化，一筆兩意。宋胡仔《苕溪漁隱叢話》稱美東坡所作〈噴字韻〉三首詠梅詩，以為「皆擺落陳言，古今人未嘗經道者。

52　〔元〕范德機：〈借喻〉，《木天禁語》，〔清〕何文煥編：《歷代詩話》（北京市：人民文學出版社，1982 年），頁 748。

53　〔宋〕蘇軾：〈再用前韻〉，《蘇軾詩集》，卷 38，頁 2075。

54　〔宋〕蘇軾〈花落復次前韻〉：「玉妃謫墮煙雨村，先生作詩與招魂。人間草木非我對，奔月偶桂成幽昏。闇香入戶尋短夢，青子綴枝留小園。披衣連夜喚客飲，雪膚滿地聊相溫。松明照坐愁不睡，井華入腹清而暾。先生來年六十化，道眼已入不二門。多情好事餘習氣，惜花未忍都無言。留連一物吾過矣，笑領百罰空罍樽。」〔宋〕蘇軾著，〔清〕馮應榴輯注，黃任軒等校點：《蘇軾詩集合注》，卷 38，頁 2075。

三首並妙絕，第二首尤奇。」[55]由此可見，在詠梅詩方面，除林和靖
「孤山八梅」外，蘇東坡所作「別有一段風味」。

　　梅花之神韻，東坡詩創造出「孤瘦雪霜」之梅格，以比德於君子
賢人，最為獨到。而林和靖所形塑之香、色、姿，東坡詠梅亦多所傳
承與發揚，如〈和秦太虛梅花〉：

> 西湖處士骨應槁，只有此詩君壓倒。東坡先生心已灰，為愛君
> 詩被花惱。多情立馬待黃昏，殘雪消遲月出早。江頭千樹春欲
> 闇，竹外一枝斜更好。孤山山下醉眠處，點綴裙腰紛不掃。萬
> 里春隨逐客來，十年花送佳人老。去年花開我已病，今年對花
> 還草草。不知風雨捲春歸，收拾餘香還畀昊。[56]

首句提及西湖處士林和靖，作為詠梅典範之意甚明。「江頭千樹春欲
闇，竹外一枝斜更好」，活繪出梅花幽獨閑靜之姿質來。以形寫神之
妙，真不在林和靖「暗香」、「疏影」之下。論幽獨閑靜雖或不如，然
雅秀明麗則有過之。論者稱其象外孤寄，文外獨絕，略貌全神，清空
入妙。[57]另外，「點綴裙腰紛不掃」句，寫梅之色白；「收拾餘香還畀
昊」，則點染梅之幽香。

　　除此之外，東坡詠梅詩，刻劃梅花之香、色、姿者，或著題，或
不著題，尚多有之，如〈王伯揚所藏趙昌花四首之一梅花〉：「殷勤小

55　〔宋〕胡仔著，廖德明校點：《苕溪漁隱叢話》（北京市：人民文學出版社，1981
　　年），後集，卷21，〈西湖處士〉，頁147。

56　〔宋〕蘇軾：〈和秦太虛梅花〉，《全宋詩》，卷805，頁9332。。

57　曾棗莊：《蘇詩彙評》（臺北市：文史哲出版社，1998年），卷22，〈和秦太虛梅花〉
　　引魏慶之《詩人玉屑》卷17引《遯齋閑覽》、蔡正孫《詩林廣記後集》卷8〈秦
　　少游〉、王士禎《帶經堂詩話》卷12、田同之《西圃詩說》，頁986-987。

梅花，彷彿吳姬面。暗香隨我去，回首驚千片」；[58]〈次韻楊公濟奉議梅花十首〉其一：「梅梢春色弄微和，作意南枝翦刻多」；[59]其七：「冰盤未薦含酸子，雪嶺先看耐凍枝」；其九：「鮫綃翦碎玉簪輕，檀暈妝成雪月明」。[60]〈再和楊公濟梅花十絕其二〉其二：「憑仗幽人收艾納，國香和雨入青苔」；其六：「嶄新一朵含風露，恰似西廂待月來」；其七：「洗盡鉛華見雪肌，要將真色鬥生枝。檀心已作龍涎吐，玉頰何勞獺髓醫。」[61]又如〈憶黃州梅花五絕〉其一：「爭似姑山尋綽約，四時常見雪肌膚」；其二：「盡愛丹鉛競時好，不如風雪養天姝」；其五：「玉琢青枝蕊綴金，仙肌不怕苦寒侵」云云。[62]若此之倫，或寫梅之香、或

58　〔宋〕蘇軾〈王伯揚所藏趙昌花四首之一梅花〉：「南行度關山，沙水清練練。行人已愁絕，日暮集微霰。殷勤小梅花，彷彿吳姬面。暗香隨我去，回首驚千片。至今開畫圖，老眼淒欲泫。幽懷不可寫，歸夢君家倩。」《全宋詩》，卷808，頁9360。

59　〔宋〕蘇軾〈次韻楊公濟奉議梅花十首其一〉：「梅梢春色弄微和，作意南枝翦刻多。月黑林間逢縞袂，霸陵醉尉誤誰何。」《全宋詩》，卷816，頁9436。

60　〔宋〕蘇軾〈次韻楊公濟奉議梅花十首其七〉：「冰盤未薦含酸子，雪嶺先看耐凍枝。應笑春風木芍藥，豐肌弱骨要人醫。」《全宋詩》，卷816，頁9436；蘇軾〈次韻楊公濟奉議梅花十首其九〉：「鮫綃翦碎玉簪輕，檀暈妝成雪月明。肯伴老人春一醉，懸知欲落更多情。」《全宋詩》卷816，頁9436。

61　〔宋〕蘇軾〈再和楊公濟梅花十絕其二〉：「天教桃李作輿臺，故遣寒梅第一開。憑仗幽人收艾納，國香和雨入青苔。」《全宋詩》，卷816，頁9438；蘇軾〈再和楊公濟梅花十絕其六〉：「莫向霜晨怨未開，白頭朝夕自相催。嶄新一朵含風露，恰似西廂待月來。」《全宋詩》，卷816，頁9438；蘇軾〈再和楊公濟梅花十絕其七〉：「洗盡鉛華見雪肌，要將真色鬥生枝。檀心已作龍涎吐，玉頰何勞獺髓醫。」《全宋詩》，卷816，頁9438。

62　〔宋〕蘇軾〈憶黃州梅花五絕其一〉：「邾城山下梅花樹，臘月江風好在無？爭似姑山尋綽約，四時常見雪肌膚。」《全宋詩》，卷831，頁9617；蘇軾〈憶黃州梅花五絕其二〉：「一枝價重萬瓊琚，直恐姑山雪不如。盡愛丹鉛競時好，不如風雪養天姝。」《全宋詩》，卷831，頁9617；蘇軾〈憶黃州梅花五絕其五〉：「玉琢青枝蕊綴金，仙肌不怕苦寒侵。淮陽城里娟娟月，樊口江邊耿耿參。」《全宋詩》，卷831，頁9617。

寫其色、或寫其姿,梅花「清和」之形象,得此而益發凸顯飽滿。

　　東坡所作〈紅梅二首〉其一,取境烘托,聯類比照,是詩人以自然物象比德於君子最切至之典範。其他詠梅諸什,或小中見大,有所寄託,筆有遠情;或將自身放頓在裏面,投射生命性靈,而有所興寄與比德。故能提供此後詠梅之詩胎,蔚為比德文化之長河。

第三節　華光墨梅與黃庭堅、釋德洪之題畫詩

　　所謂墨梅題詠,指詩人以墨畫梅花為對象,進行歌詠。其中,牽涉到文人畫之墨戲:繪事或以畫為禪,或以畫為寄;詩人墨梅題詠遂多因應之,以解讀題畫詩之禪趣、比德與興寄。筆者曾撰〈墨竹題詠與禪趣、比德、興寄〉一文,探討詩、畫、禪在宋代之會通化成。[63]今稍加推廣,以考察南北宋之際,墨梅與畫禪之關係;以及墨梅題詠表現比德與興寄之內涵。

　　盛唐氣象之意興風發、氣勢豪邁,表現於繪畫,則為水墨畫之確立。如王維之破墨山水,「始用渲淡」、「運墨而五色具」;造化幽微玄奧之韻致。他如水墨之濃淡,頗便於表現吳道子之恣意磊落,氣勢雄放;張璪之隨機生趣,即興而作;王洽始用潑墨,應手隨意,倏忽造化,[64]皆文人畫家以水墨寫意之代表。水墨畫貴能濃淡得體,黑白相

63　張高評:〈詩、畫、禪與蘇軾、黃庭堅詠竹題畫研究——以墨竹題詠與禪趣、比德、興寄為核心〉,香港浸會大學《人民中國學報》第 19 期,頁 42。

64　舒士俊:《水墨的詩情——從傳統文人畫到現代水墨畫》(上海市:復旦大學出版社,1998 年),〈文人畫祖王維〉,頁 14-25;〈元氣淋漓障猶濕〉,頁 26-30。破墨法,以濃破淡,以乾破濕;在溼時重複用筆,謂之「破」。潑墨畫法,以較多量不勻之墨水,隨筆揮潑於畫紙之上。參考潘公凱編:《潘天壽談藝錄》(杭州市:浙江人民美術出版社,1985 年),頁 107。

用，乾濕相成，則百彩駢臻，雖無色，勝於青黃朱紫矣。[65]換言之，水墨畫所以形成高度藝術性，在於通過意匠和筆墨之經營，形成一種高妙之體格。在藝術手法方面，畫意與詩情進行完美結合。「富於詩意」，成為繪畫之終極追求。[66]

水墨畫發展至北宋，與蘇軾、文同提倡之文人畫合轍，受崇道悅禪之學風濡染，於是士大夫多傾向於幽微簡遠之情趣，頗適合水墨簡筆繪畫之發展。神宗、哲宗間，文同、蘇軾、米芾繪畫，以游戲之態度，草草之筆墨，純任天真，不假修飾，以發其所向，取意氣神韻之所到，而成所謂墨戲畫。其畫材多為簡筆水墨，墨梅與墨竹，尤為當時所盛行。[67]要之，文人畫注重寄興，水墨畫結合詩情、畫意、筆墨、禪趣而一之，離形得似，故多追求抒情寫意。

墨梅創始於何人？雖眾說紛紜，然以華光長老仲仁（？-1072-1123）為墨梅始祖之說較為可信。華光仲仁，為南嶽高僧，以其特殊身分和幽逸品格，而進行墨梅創作；正與西湖處士林逋之孤山幽吟一般，分別開拓梅花在詩與畫方面之題材與意象。仲仁「淡墨暈染，烟雨朦朧」之墨梅畫法，於南北宋之交頗有影響。[68]

元湯垕《古今畫鑑》稱：「花光長老，以墨暈作梅，如花影然。別成一家，政所謂寫意者也。」[69]花光長老為方外禪師，往往以墨梅為

65　潘天壽：〈用墨〉，《听天閣畫談隨筆》（上海市：上海人民美術出版社，1980年），頁31。

66　謝稚柳：〈二、水墨畫的確立〉，《水墨畫》（臺北市：華正書局，1985年），頁18。

67　潘天壽：〈第三章、戊、宋代墨戲畫之發展〉，《中國繪畫史》（上海市：上海人民美術出版社，1983年），頁148。

68　程杰：〈墨梅始祖花光仲仁生平事迹考〉，《梅文化論叢》，頁134-143；〈「瀟湘平遠，烟雨孤芳」——論花光仲仁的繪畫成就〉，頁151-157。

69　〔元〕湯垕：〈宋畫〉，《古今畫鑑》（北京市：中華書局，1985年，叢書集成初編，據《學海類編》本），頁17。

佛事，或以禪理寓繪畫，或以繪畫悟禪理，隨筆點染，意思簡當，近
似文人畫之不費裝飾，抒情寫意。釋德（惠）洪題花光所作墨梅詩有
云：「怪老禪之游戲，幻此華於縑素」，[70]顯然將空幻、墨戲、禪趣融
合為一，所謂「別成一家」者在此。宋代文人畫境地超逸，不拘於形
似，不為成規所縛，往往追求理想之寄託，注重性情之抒發，於是神
遊物外，筆參造化，可以盡自由揮灑之雅興。[71]南北宋之際，墨梅題詠
凸顯文人畫之墨戲、畫禪，表現題畫詩作之詠懷寫意，宋代詠物詩往
往表現寓物說理，遂不疑而具。今選擇黃庭堅、釋德洪等所作華（花）
光仲仁墨梅題詠為例，論述詩、畫、禪三者之融通與體現。

　　首先，就黃庭堅、釋德洪以題畫詩詮釋墨梅創始者──華光所繪
墨梅，可得而言者，大抵有三：其一，詩中有畫；其二，畫中有禪；
其三，畫外傳神，論述如下：

一　詩中有畫

　　華（花）光仲仁（?-1072-1123），法號妙高，一生奉佛，又精於
繪畫，尤工水墨畫，多畫江南山水平遠。釋德（惠）洪〈祭妙高仁禪

70　〔宋〕釋德洪〈王舍人宏道家中蓄花光所作墨梅甚妙戲為之賦〉：「水蒼芒而春暗，
　　村窈窕而煙暮。忽微霞之濺衣，驚一枝之當路。帶團紅膏之蠟，色染薔薇之露。
　　柔風飄其徐來，暗香滅而復著。待黃昏之雪消，看東南之月吐。何嬋娟之殷勤，
　　獻清妍之風度。方其開也，如華清之出浴，矯風神其轉顧，蓋天質之自然，宜鉛
　　華之不御也。及其落也，如朝陽之奏曲，學回雪而起舞，乃僊風之體自輕，非臭
　　夷之藥能舉也。怪老禪之游戲，幻此華於縑素，疑分身之藏年，每開卷而奇遇，
　　如行孤山之下，如入輞川之塢。念透塵之種性，含無語之情緒。豈君王寵我太
　　甚，致我不得僊去者耶。」〔宋〕釋德洪：《石門文字禪》（臺北市：臺灣商務印
　　書館，1981 年，《四部叢刊初編》影印明徑山寺刊本），卷 20，頁 219-220；《文
　　淵閣四庫全書》，冊 1116，卷 20，頁 419。
71　潘公凱編：〈畫史〉引《論畫殘稿》，《潘天壽藝錄》，頁 166。

師文〉稱其山水畫特色，有「瀟湘平遠，煙雨孤芳」二語；[72]所謂瀟湘平遠，大抵意境接近宋初九僧之一惠崇畫風，富於「寒汀烟渚，瀟灑虛曠」之象。[73]黃庭堅〈題花光畫〉：「湖北山無地，湖南水徹天。雲沙真富貴，翰墨小神仙。」〈題花光畫山水〉：「花光寺下對雲沙，欲把輕舟小釣車。更看道人煙雨筆，亂峰深處是吾家。」[74]釋德洪〈仁老以墨梅遠景見寄作此謝之〉所謂「數筆何處山，領略分樹石。遠含千里姿，間見復層出。」[75]若此之類，多平沙遠勢，詩中有畫，畫風接近所謂「惠崇小景」。

72　〔宋〕釋德洪〈祭妙高仁禪師文〉：「孤鳳兩雛，名著諸方，我初識譽，未識華光。政和甲午，還自南荒。夜宿衡嶽，草屋路旁。僕奴傳呼，妙高大方。連璧而來，驚喜失床。高誼照人，笑語抵掌。瀟湘平遠，煙雨孤芳，舉以贈我，不祕篋箱。追繹陳迹，云更幾霜。去年中秋，宿師雲房。為留十日，夜語琅琅。曰我出吳，游淮涉湘。今三十年。倦鳥忘翔。偶如慧曉，懷思故鄉。想見明越，雲泉蒼茫。已遣阿湧，先渡錢塘。不見半年，嶺谷想望。計至驚定，淚落沾裳。思歸之念，夫豈其祥。嗚呼師乎，忠義激昂。高風逸韻，仁肝義腸。縉紳相志，遠公支郎。此生逆旅，已熟黃糧。夢中吳楚，寧能取將。唯方廣譽，躬至影堂。如我致辭，而炷此香。清淨法身，敗橐膿囊。光透毛孔，不可掩藏。昔日非在，今未嘗忘。如水中乳。莫逃鴛王。則我與譽，何用歎傷。」〔宋〕釋德洪：《石門文字禪》，卷 30，頁 340-341；《文淵閣四庫全書》，冊 1116，卷 30，頁 564。

73　〔宋〕葛立方：《韻語陽秋》，〔清〕何文煥：《歷代詩話》（北京市：人民文學出版社，1982 年），卷 14，頁 601。

74　〔宋〕黃庭堅〈題花光畫〉：「湖北山無地，湖南水徹天。雲沙真富貴，翰墨小神仙。」〔宋〕任淵、史容、史季溫注，黃寶華點校：《山谷詩集注》（上海市：上海古籍出版社，2003 年），卷 19，頁 472；黃庭堅〈題花光畫山水〉：「花光寺下對雲沙，欲把輕舟小釣車。更看道人煙雨筆，亂峰深處是吾家。」《山谷詩集注》卷 19，頁 473。

75　〔宋〕釋德洪〈仁老以墨梅遠景見寄作此謝之〉二首之二：「數筆何處山，領略分樹石。遠含千里姿，間見復層出。我本簡中人，慣臥蒼崖側。借路行人間，勃土相欺得。那知一幅中，見此晚秋色。悠然欲歸去，遠壑誰同陟。旁人笑絕纓，捲卷成陳迹。」《石門文字禪》（《四部叢刊初編》影印明經山寺刊本），卷 1，頁 8；《全宋詩》，卷 1327，頁 15061。

　　仲仁墨梅，蓋傳承林和靖詠梅之主題，視梅花為隱逸之化身。且
所畫多屬單純之梅枝，或襯以平遠山水小景，及大塊水色渲染。於是
花光仲仁墨梅題詠之題材，多呈現「詩中有畫」之傳神寫照，相較於
一般詠梅詩，側重凌霜、傲雪、寒心、早芳之季節性主題，開拓出更
多之獨立性。如：

　　　　一枝已清妍，交枝更媚嫵。見之已愁絕，那復隔煙雨。錢塘千
　　　　頃春，想見西津渡。他日到南屏，莫忘孤山路。[76]

　　　　日暮江空船自流，誰家院落近滄洲，一枝閒暇出牆頭。數朵幽
　　　　香和月暗，十分歸意為春流，風撩片片是閒愁。[77]

　　華光仲仁墨梅之意象，大抵從宋初林和靖「暗香疏影」拈來，針
對梅花之姿態、幽香、花色作點染與勾勒，此從詩人之題詠可見一
斑。如釋德洪〈書華光墨梅〉寫梅：「一枝已清妍，交枝更媚嫵」，特
寫各種梅枝姿態之清妍與嫵媚；〈妙高墨梅〉詩：「一枝閒暇出牆頭。
數朵幽香和月暗」，一枝閒出，數朵和月，亦不出林和靖「橫斜」、「暗
香」之梅姿與梅香之渲染。姿態、花色、花香之如實傳寫而再現畫
面，此之謂「詩中有畫」。釋德洪又作〈（華）光上人送墨梅來求詩還
鄉〉，云：

　　　　南嶽有雲留不住，東歸結伴過湘湄。解將疏影橫斜句，不換垂

76　〔宋〕釋德洪：〈書華光墨梅〉，《石門文字禪》，卷8，頁81；《全宋詩》卷
　　1334，頁15170。

77　〔宋〕釋德洪：〈妙高墨梅〉，《石門文字禪》，卷8，頁84；《全宋詩》，卷
　　1334，頁15176。

珠的詩。癯甚鳶肩寒入畫，清哉鶴骨老難醫。定知入嶺風煙
暮，正及追胥餽歲時。[78]

「解將疏影橫斜句，不換垂珠的皪詩。癯甚鳶肩寒入畫，清哉鶴骨老
難醫」四句，既寫墨梅，又人梅交寫。云「疏影橫斜」，典用林和靖
〈山園小梅二首〉其一成句，則意象之傳承可知。論者稱：「據此詩描
述，仲仁其時已病骨嶙峋，故返越未久即圓寂。」[79]可見，後兩句之
「癯寒」、「清骨」，固形容華光當下之龍鍾老態，而傳神寫照，又表現
於墨梅之寫意中。又如：

霧雨黃昏眼力衰，隔煙初見犯寒枝。徑煩南嶽道人手，畫出西
湖處士詩。[80]

戲折寒梅畫裏傳，便知香霧攪佳眠。愛吾花木逡巡有，乾笑春
風入暮年。[81]

〈謝妙高惠墨梅〉詩，與林和靖〈山園小梅〉相較，華光墨梅之「寒
枝」，即是和靖詠梅之「眾芳搖落」，霧雨、黃昏、隔煙，猶和靖詩閑
靜、疏淡、幽雅之畫境。〈妙高梅花〉詩，亦輕點「寒」與「香」，傳
達梅花之精神來。故〈謝妙高惠墨梅〉詩云：「徑煩南嶽道人手，畫出

78　〔宋〕釋德洪：〈（華）光上人送墨梅來求詩還鄉〉，《石門文字禪》，卷 12，頁
　　123；《全宋詩》，卷 1338，頁 15247。

79　周裕鍇：宣和元年（1119）〈中秋，至衡州華光山〉條，《宋僧惠洪行履著述編年
　　總案》（北京市：高等教育出版社，2010 年），頁 251。

80　〔宋〕釋德洪：〈謝妙高惠墨梅〉，《石門文字禪》，卷 16，頁 162；《全宋詩》，
　　卷 1342，頁 15307。

81　〔宋〕釋德洪：〈妙高梅花〉，《石門文字禪》，卷 16，頁 162；《全宋詩》卷
　　1342，頁 15307。

西湖處士詩」，墨梅而連結西湖處士林和靖之詠梅，其傳宗傳派可知。北宋阮閱《詩話總龜》載：衡州花光仁老，以墨寫梅花，魯直歎曰：「如嫩寒春曉行孤山籬落間，但欠香耳。」[82]花光仲仁墨梅之發揚林和靖梅花詩之形象美，亦由此可見一斑。

　　詩歌重吟詠，為聽覺之藝術；繪畫見形色，為視覺之藝術。將「目治」之畫，轉換為「耳治」之詩，「通耳於眼，比聲於色」，[83]於是蘇軾提出「詩中有畫，畫中有詩」。[84]釋德洪題詠華（花）光仲仁墨梅，亦稱：「數朵幽香和月暗」、「疏影橫斜寒入畫」、「隔煙初見犯寒枝」、「戲折寒梅畫裡傳，便知香爨攪佳眠」。發用六根中之鼻根、身根、意根，體現為「目治」之畫，再轉換為「耳治」之詩，於是鼻（香）、身（寒）、意（知）諸根，與畫之「目治」，詩之「耳治」交融互用，蔚為禪僧題畫之特色。《楞嚴經》卷四有「六根互相為用」之說，由於「六塵」虛妄，若眼、耳、鼻、舌、身、意「六根」之特定作用消失，於是可以「無目而見，無耳而聽，非鼻聞香，異舌知味，無身有觸，久滅意根，圓明了知」。此即《成唯識論》卷四所云：「如諸佛等，于境自在，諸根互用」。[85]影響所及，宋人文藝創作，或將偏重視覺空間之繪畫，融入於詩歌中，而成「詩中有畫」；若將偏重時間流動、抒情寫意之詩歌，體現於繪畫中，則是「畫中有詩」。方外禪家教示「諸根互用」，釋德洪為釋華光上人題墨梅畫，亦多時有呈現。

82　〔宋〕阮閱編著，周本淳校點：〈詠物門〉，《詩話總龜》（北京市：人民文學出版社，1998 年），前集，卷 21，頁 236。

83　錢鍾書：〈通感〉，《七綴集》（臺北市：書林出版公司，1990 年），頁 65-78。

84　〔宋〕蘇軾著，孔凡禮點校：〈書摩詰藍田煙雨圖〉，《蘇軾文集》（北京市：中華書局，1986 年），卷 70，頁 2209。

85　周裕鍇：《從禪悅到審美：宋人文學活動中對佛教根塵說的接受與演繹》，香港浸會大學中文系主辦：「宋元文學與宗教國際學術研討會」論文集，2012 年 5 月 9 日-10 日，頁 1-26。

二　畫中有禪

　　釋惠洪〈妙高仁禪師贊〉稱華光仲仁為「嶽頂鳳之真子，僧中龍之的孫」；論者據此推知：仲仁為惟鳳法嗣，常總法孫，屬臨濟宗黃龍派南嶽下十四世。[86]

　　依據南宋文苑記載，華光仲仁所畫墨梅，多「以矮紙衡筆作半枝數朵」，畫花以墨漬點暈，輔以「疏點粉蕊」，輕掃香鬚；樹幹則出於皴染，富於質感。因此學者推論，此一疏淡簡率之風格，典型體現當時新興文人畫墨戲寫意之精神。[87]

　　仲仁享譽當時，主要在游心翰墨，愛好詩畫，釋德洪〈跋行草墨梅〉所謂「以筆墨作佛事」者。[88]華光仲仁於紹聖初，試手作墨梅，「便如迦陵鳥方雛，聲已壓眾鳥」。[89]華光仲仁既為臨濟宗禪師，故所繪墨梅，或「以筆墨作佛事」；黃庭堅、釋德洪題詠其墨梅，詮釋解讀之，故多見游戲三昧之禪趣，[90]如：

86　〔宋〕釋德洪：〈妙高仁禪師贊〉，《石門文字禪》，卷19，頁205。參考周裕鍇：《宋僧惠洪行履著述編年總案》，崇寧三年甲申（1104），〈衡州華光仲仁禪師寄墨梅二枝〉條，頁91。

87　程杰：〈第七章　梅花題材的繪畫‧文人墨梅的起源〉，頁450。

88　〔宋〕釋德洪：〈跋行草墨梅〉：「華光道價重叢林，而以筆墨作佛事」，卷27，頁205。參考周裕鍇：《宋僧惠洪行履著述編年總案》，崇寧三年甲申（1104），〈衡州華光仲仁禪師寄墨梅二枝〉條，頁91。

89　〔宋〕釋德洪〈題華光梅〉：「華光紹聖初，試手作梅，便如迦陵鳥方雛，聲已壓眾鳥。東坡見之，如黃梅視無姓兒，便肯之無姓兒。今將以衣缽授嶺南撩，予惜黃梅破頭，老人不及見也。圓禪者當還，舉似乃翁，問甘露滅法，喻齊否。政和五年十一月十二日，夜石門精舍題。」釋德洪：《石門文字禪》，卷26，頁293；《文淵閣四庫全書》冊1116，卷26，頁507。

90　至元本《六祖壇經》〈頓漸品八〉有云：「見性之人，立亦得，不立亦得。來去自由，無滯無礙。應用隨作，應語隨答，普見化身，不離自性，即得自在神通，游戲三昧，是名見性。」所謂游戲三昧，如無心之游戲，心無牽掛，任運自如，得

夢蝶真人貌黃槁，籬落逢花須醉倒。雅聞花光能畫梅，更乞一
枝洗煩惱。扶持愛梅說道理，自許牛頭參已早。長眠橘洲風雨
寒，今日梅開向誰好。何況東坡成古丘，不復龍蛇看揮掃。我
向湖南更嶺南，繫船來近花光老。歎息斯人不可見，喜我未學
霜前草。寫盡南枝與北枝，更作千峰倚晴昊。[91]

花光仲仁為黃庭堅「作梅數枝及畫煙外遠山」，黃庭堅乃有此題畫之
作。其詩三、四句尊題，敘花光善畫墨梅，當時已傳口碑，因此而有
求畫「洗煩惱」之因緣。秦觀與黃庭堅同為元祐黨人，於徽宗紹聖間，
遷謫湖南郴州。過衡州，作〈與花光老求墨梅書〉云：「僕方此憂患，
無以自娛，願師為我作兩枝見寄，令我得展玩，洗去煩惱。幸甚。」[92]
八年後，黃庭堅亦遭貶謫，故感同深受，而有此作。據山谷詩繫年，
崇寧三年甲申（1104），赴宜州貶所途中，經衡州（今湖南衡陽市）花
光寺而作此題畫詩。[93]「更乞一枝洗煩惱」，希望花光所畫墨梅能夠洗

法自在。易言之，進退自由，隨意自在，信手拈來，如隨意游戲，毫無拘束，皆
可稱游戲三昧之境界。許傳德：《白話六祖壇經》，至元本《六祖壇經》，〈頓漸品〉
第八，頁 214。（釋）慈怡主編：〈遊戲三昧〉，《佛光大辭典》（高雄縣：佛光大
藏經編修委員會，1989 年），頁 5619。

91　〔宋〕黃庭堅：〈花光仲仁出秦蘇詩卷思二國士不可復見開卷絕歎因花光為我作
　　梅數枝及畫煙外遠山追少遊韻記卷末〉，《山谷詩集注》，卷 19，頁 471-472。

92　徽宗紹聖元年（1094），秦觀出為杭州通判，赴處州貶所。二年，改遷郴州。〈與
　　花光老求墨梅書〉，似作於紹聖三年（1096）貶徙郴州途經衡陽之際。〔宋〕秦觀
　　著，徐培均箋注：〈與花光老求墨梅書〉，《淮海集箋注》（上海市：上海古籍出版
　　社，2000 年），補遺，卷 2，頁 1592-1593；附錄一，〈秦觀年譜〉，頁 1733。

93　鄭永曉：〈徽宗崇寧二年癸未（1103），五十九歲〉，《黃庭堅年譜新編》（北京市：
　　社會科學文獻出版社，1997 年），引《宋史》、《任譜》、《黃譜》稱：黃庭堅在河
　　北與趙挺之有小怨。後庭堅作〈承天院塔記〉，遂見誣為「幸災謗國」，遂除名，
　　貶斥宜州（今廣西宜山縣）。頁 387-390。

滌污亂迷惑，解脫煩惱。黃庭堅〈書贈花光仁老〉所謂：「余方此憂患，無以自娛，願師為我作兩枝見寄。令我時得展玩，洗去煩惱，幸甚！」[94]與秦觀〈與花光老求墨梅書〉之文字旨趣如出一轍，詩文並觀，山谷期盼花光畫梅可以洗滌煩惱可以想見。

　　案：「煩惱」本佛學術語，舉凡妨礙實現覺悟之一切精神作用，皆通稱為煩惱。分根本煩惱，如貪、瞋、癡、慢、疑、見等；枝末煩惱，係伴隨根本煩惱而起，如俱舍宗所謂放逸懈怠，唯識宗所謂失念、散亂、不正知等二十種煩惱。[95]第五、六兩句，「扶持愛梅說道理，自許牛頭參已早」，用《五燈會元》佛典：牛頭山法融禪師入石室修行，而有「百鳥御花之異」。[96]山谷自稱參禪悟道甚早，媲美牛頭法融禪師，故就「扶持愛梅說道理」言，緣花悟道，因墨梅而洗滌煩惱，妙悟佛法，固可以順指而得月，即器以求道。黃庭堅〈書贈花光仁老〉稱所畫墨梅為「高韻」；「乃知大般若手，能以世間種種之物而作佛事」；「一枝一葉，一點一畫，皆是老和尚鼻孔也。」[97]黃庭堅作〈所住堂〉詩，稱「天女來修散花供，道人自有本來香。」〈贈花光老〉詩亦稱：「何似乾明能效古，渠知北斗裡藏身。」[98]用《法華經》「天女散花」、「佛功德香」；《傳燈錄》〈慧清禪師傳〉「日月同天照，何處

94　〔宋〕黃庭堅著，劉琳等校點：〈書贈花光仁老 其二〉，《黃庭堅全集·別集》（成都市：四川大學出版社，2001 年），卷 6，頁 1590。

95　（釋）慈怡主編：〈煩惱〉，《佛光大辭典》，第六冊，頁 5515-5516。

96　〔宋〕釋普濟：〈四祖大鑒禪師旁出法嗣·牛頭山法融禪師〉，《五燈會元》（臺北市：文津出版社，1986 年），卷 2，頁 59。

97　〔宋〕黃庭堅：〈書贈花光仁老〉其一，《黃庭堅全集·別集》，卷 6，頁 1589。

98　黃庭堅〈所住堂〉：「此山花光佛所住，今日花光還放光。天女來修散花供，道人自有本來香。」《山谷詩集注》，卷 19，頁 473；黃庭堅〈贈花光老〉：「浙江衲子靜無塵，個個莊嚴服餘新。何似乾明能效古，渠知北斗裡藏身。」〔宋〕史容注：《山谷外集詩注》（臺北市：臺灣商務印書館，1966 年），卷 17，頁 1058-1059。

不分明」諸佛典於詩中，[99]以禪入詩，莫此親切。明董其昌《畫禪室隨筆》，較論唐宋詩人禪學素養，稱：「宋人推黃山谷所得深於子瞻，曰：山谷真涅槃堂裏禪也。」[100]觀此，可知黃庭堅題畫「游戲三昧」之一斑。

　　黃庭堅作〈東坡居士墨戲賦〉，稱說士人墨戲之作，「蓋道人之所易，而畫工之所難」；[101]墨為士大夫趣味之投射與象徵，而「游戲」與佛禪之關係密切。故前述黃庭堅〈書贈花光仁老〉其一，稱美花光仁老墨梅，謂「能以世間種種之物而作佛事」，「一枝一葉，一點一畫，皆是老和尚鼻孔」，此文人畫墨戲之表現。是即釋德洪〈跋行草墨梅〉所謂：「山谷醉眼蓋九州，而神於草聖；華光道價重叢林，而以筆墨作佛事」；[102]一俗一僧，各以書道繪事寫意遣興，所謂游戲三昧，「以筆墨作佛事」。如釋德洪題詠仁老墨梅：

　　　荒寒掃橫斜，稀疏開未徧。煙昏雨毛空，標格終微見。吳姬風鬢亂，睡色餘姤面。誰令種性香，風味極不淺。道人三昧力，幻出隨意見。寒管玉纖寒，無勞寫哀怨。[103]

前文引述釋德洪〈祭妙高仁禪師文〉，稱其繪畫造詣，有所謂「瀟湘平

99　〔宋〕任淵注：〈所住堂〉，《山谷詩集注》，卷19，頁473；〔宋〕史容注：〈贈花光老〉，《山谷詩集注》，頁1058-1059。

100 〔明〕董其昌著，屠友祥譯注：〈評詩〉，《畫禪室隨筆》（南京市：江蘇教育出版社，2005年），卷3，頁208。

101 〔宋〕黃庭堅：〈東坡居士墨戲賦〉，《宋黃文節公全集》，正集，卷12，《黃庭堅全集》，第1冊，頁299。

102 〔宋〕釋德洪：〈跋行草墨梅〉，《石門文字禪》，卷27，頁299。

103 〔宋〕釋德洪：〈仁老以〈墨梅〉、〈遠景〉見寄作此謝之〉二首之一，《石門文字禪》，卷1，頁8；《全宋詩》，卷1327，頁15061。

遠，煙雨孤芳」，瀟湘平遠，指山水畫長於遠景構圖；「煙雨孤芳」，
則指墨梅畫圖。北宋徽宗政和四年（1114），釋德洪在衡山，華光仲仁
禪師來訪，仲仁贈以〈墨梅〉、〈遠景〉圖，德洪作此詩謝答。[104]二首
之一，勾勒仲仁墨梅之姿態、風味，點染梅色、梅香，再以「道人三
昧力，幻出隨意見」二句，強調華光仲仁創作墨梅具有禪定神通之能
力，方能如幻相一般，心手相應，隨意顯現。釋德洪戲賦花光墨梅，
所謂「怪老禪之游戲，幻此華於縑素」；華光道人〈畫梅譜序〉謂：「華
光每寫時，必焚香禪定，意適則一掃而成。」[105]所云可以相發明。又
如：

> 年年長恨春歸速，脫手背人收拾難。那料高人筆端妙，一枝留
> 得霧中看。[106]

妙高，即華光仲仁。南宋高宗建炎元年（1127）十月，蘄州資福禪院
住持僧九琛袖華光仲仁墨戲三幅來，釋德洪身在逆旅，為「結林間無
塵之緣」，為作詩三首。其一，三四句云「一枝」，云「霧中看」，狀
寫「煙雨孤芳」之梅花精神。大抵仲仁墨梅，不取全景，多取一、二
疏影橫斜為姿態。畫梅，多以墨色暈染為主，故詩人題詠華光墨梅，

---

104 周裕鍇：〈徽宗政和四年至徽宗政和五年〉，《宋僧惠洪行履著述編年總案》，第 6
　　卷，頁 179-180。

105 〔明〕陶宗儀等編：〈畫梅譜序〉，《說郛三種》（上海市：上海古籍出版社，1988
　　年，宛委山堂藏版一百二十卷本），卷 91，頁 4178。

106 〔宋〕釋德洪：〈琛上人所蓄妙高墨戲三首并序〉，序曰：淮上琛上人，袖妙高老
　　墨戲三本來，閱此，不自知身在逆旅也。妙高得意懶筆，而琛公能蓄之，琛之好
　　尚蓋度越吾輩數十等也。為作三首，結林間無塵之緣。其一，〔宋〕釋德洪《石
　　門文字禪》，卷 16，頁 162；《文淵閣四庫全書》，冊 1116，卷 16，頁 347。

亦多寫其雲深雨濛，如霧如煙之意境。[107]禪學之發展，由「不立文字」
到「不離文字」，文字禪居其中關鍵。釋德洪詩文集取名《石門文字
禪》，前十七卷所載，多為「遇事而作，游戲筆硯」。明代釋達觀《石
門文字禪》〈序〉云：「禪如春也，文字則花也。春在於花，全花是春；
花在於春，全春是花，而曰禪與文字有二乎？」對於德洪不離文字談
禪之因緣，有極鮮明而具體之強調。[108]由此看來，一切墨梅題詠，多
近游戲三昧。

　　自在無礙，而心中不失正定，此之謂游戲三昧。禪宗以解脫束縛
為三昧，凡修為能達到超脫自在、無拘無束之境界，即是游戲三昧。
宋代之文學藝術創作，多優為之，尤其釋德洪《石門文字禪》，往往以
詩歌文字體現禪理，其彌合詩禪異同可以想見。德（惠）洪所謂「文
字禪」，往往「能以世間種種之物而作佛事」；「以筆墨為佛事」特其
游戲三昧之一。論者指出：詩文之「游戲三昧」，類似黃庭堅、德（惠）
洪所謂文字禪，蓋用游戲之性質來看待文字創作，若能於自在無礙中
進入正定三昧，即是禪之境界。[109]德（惠）洪所作〈琛上人所蓄妙高
墨戲三首并序〉其三詩，除活繪出秋水長天之平遠視野外，三四句，
稱「磨錢作鏡時一照，乞與禪齋坐臥看」，蓋化用南岳懷讓禪師「磨甎
作鏡」之教示，以及神秀「明鏡勤拭」之隱喻，[110]作為題畫之游戲三
昧。如：

107　〔宋〕釋普濟：〈六祖大鑒禪師法嗣‧南嶽懷讓禪師〉，卷3，頁127。

108　黃啟江：〈僧史家惠洪與其「禪教合一」觀〉，《北宋佛教史論稿》（臺北市：臺灣
　　　商務印書館，1997年），頁332-341。

109　周裕鍇：〈「文字禪」發微：用例、定義與範疇〉，《文字禪與宋代詩學》第一章
　　　第三節，（北京市：高等教育出版社，1998年），頁27-33；第四章第一節〈游戲
　　　三昧：從宗教解脫到藝術創造〉，頁148-150。

110　〔宋〕釋普濟編者：〈五祖弘忍大滿禪師〉，《五燈會元》卷1，頁52。

一幅湘山千里色，碧天如水蓋秋寬。磨錢作鏡時一照，乞與禪
齋坐臥看。[111]

　　道由心悟，不在坐禪，南岳懷讓禪師對沙門道一開示：「磨甎既
不成鏡，坐禪豈得成佛？」即在闡明此理。然德洪題詠妙高（即華光
仲仁）墨梅，卻打諢通禪，借禪為詠，將如水之碧天，顛倒夢想，視
同明鏡能映照形影；再轉換懷讓禪師所云「磨甎作鏡」，成為「磨錢作
鏡」。無論磨甎、磨錢，皆指北宗神秀一派漸修禪觀之隱喻。神秀偈
語所謂「身是菩提樹，心如明鏡臺。時時勤拂拭，莫使惹塵埃。」完
整濃縮佛教「戒」（防非止惡）、「定」（息慮靜緣）、「慧」（破惑證真）
三階段方式，表明佛教對世界之理解、對解脫方式之理解，故五祖弘
忍大為讚歎。至於「磨甎作鏡」說，後來發展為洪州禪宗之「行住坐
臥，應機接物盡是道」。[112]由此看來，釋德洪題詠〈妙高墨戲〉其三，
所謂「乞與禪齋坐臥看」，亦有洪州宗之禪趣。[113]游戲三昧之見諸墨戲
或墨畫，可謂具體而微。

三　畫外傳神

　　《維摩詰經》曰：「有以聲音、語言、文字而作佛事」；釋德洪本

---

111 〔宋〕釋德洪：〈琛上人所蓄妙高墨戲三首并序〉，序曰：淮上琛上人，袖妙高老
　　墨戲三本來，閱此，不自知身在逆旅也。妙高得意懶筆，而琛公能蓄之，琛之好
　　尚蓋度越吾輩數十等也。為作三首，結林間無塵之緣。其三，〔宋〕釋德洪《石
　　門文字禪》，卷 16，頁 162；《文淵閣四庫全書》，冊 1116，卷 16，頁 347。

112 周裕鍇：〈本來無一物〉，《百僧一案》（上海市：上海古籍出版社，2007 年），頁
　　18-19；〈磨甎作鏡〉，頁 28-29。

113 孫昌武：〈第四章　洪州宗——平常心是道〉，《禪思與詩情》（北京市：中華書
　　局，1997 年），頁 100-128。

之，稱華光仲仁墨梅，乃「以筆墨作佛事」，其游戲三昧，寄寓於文字禪中表出，已如上述。《戒唯識論》稱諸佛菩薩能「諸根互用」，猶《莊子》〈仲尼篇〉稱老聃之弟子亢倉子能「以耳視，而以目聽」；《大佛頂首楞嚴經》亦稱：「六根互相為用」。宋人以詩歌文字詮釋繪畫內容，派生「詩中有畫」之題畫詩類，自是「耳視目聽」，諸根互用之審美體現。

宋郭熙《林泉高致》〈山水訓〉稱：「世之篤論，謂山水有可行者，有可望者，有可游者，有可居者；畫凡至此，皆入妙品。但可行可望，不如可居可游之為得。……故畫者當以此意造，而鑒者又當以此意窮之。」山水畫應有景外意，意外妙，令人見之而思居，而思遊，「看此畫令人生此意，如真在此山中」；[114] 華光仲仁墨畫山水之畫境經營，信有此妙。蓋詩人因賞畫而作詩，再現畫面內容，作巧構形似之呈現，此題畫之根本。繪畫才咫尺之幅耳，藉由丹青點線而構圖，制約侷限不可謂不多。詩人若能解讀畫師之意造匠心，進行創造性詮釋，將畫境作無窮之延伸或拓展，使之「咫尺而有千里之勢」，如此，則創造意境，畫外傳神，最為詩人之能事。蘇軾〈王維吳道子畫〉，特別推崇王維之文人畫，以為「摩詰得之於象外，有如仙翮謝籠樊」。[115] 得之於象外，即是文人畫之畫境追求。如黃庭堅題詠華光諸畫，「即以此意窮之」，如：

---

114 〔宋〕郭熙：〈山水訓〉，《林泉高致》，見俞劍華編著：《中國畫論類編》（北京市：人民美術出版社，1986 年），頁 632-635。

115 〔宋〕蘇軾：〈鳳翔八觀・王維吳道子畫〉，《蘇軾詩集合注》，卷 4，頁 154。參考謝稚柳：〈董其昌所謂的「文人畫」與南北宗〉，《中國古代書畫研究十論》（上海市：復旦大學出版社，2004 年），頁 223-224。

湖北山無地，湖南水徹天。雲沙真富貴，翰墨小神仙。[116]

花光寺下對雲沙，欲把輕舟小釣車。更看道人煙雨筆，亂峰深處是吾家。[117]

華（花）光仲仁所繪山水，長於遠景佈置，釋德洪所謂「瀟湘平遠」者是也。黃庭堅〈題花光畫〉、〈題花光畫山水〉兩首七絕一、二句，即是此種「瀟湘平遠」之畫境再現。〈題花光畫〉第三、四句，由雲沙轉出富貴，因翰墨切換為神仙，意外翻疊，妙處多在畫外。〈題花光畫山水〉第三、四句，擬山水畫為真實世界，可家、可居、可遊、可止，令人心嚮神往，亦由畫外生發樂園意識。宋王楙《野客叢書》附錄《野老紀聞》稱：「太史公（《史記》）如郭忠恕畫天外數峰，略有筆墨。然而使人見而心服者，在筆墨之外也。」[118]釋德洪〈琛上人所蓄妙高墨戲三首并序〉稱「妙高得意懶筆」，所謂「懶筆」，當指「略有筆墨」而言，簡筆淡墨，往往妙在筆墨之外。此種匠心意造，即郭熙《林泉高致》〈山水訓〉所謂「景外意」、「意外妙」者。又如：

一枝已清妍，交枝更媚嫵。見之已愁絕，那復隔煙雨。錢塘千頃春，想見西津渡。他日到南屏，莫忘孤山路。[119]

116　〔宋〕黃庭堅：〈題花光畫〉，《山谷詩集注》，卷 19，頁 472。

117　〔宋〕黃庭堅：〈題花光畫山水〉，《山谷詩集注》，卷 19，頁 473。

118　〔宋〕王楙：〈或問《新唐書》與《史記》所以異〉，《野客叢書‧附錄《野老紀聞》》，《文淵閣四庫全書》（上海市：上海古籍出版社，1992 年），冊 852，頁 802。

119　〔宋〕釋德洪：〈書華光墨梅〉，《石門文字禪》，卷 8，頁 81；《全宋詩》，卷 1334，頁 15170。

日暮江空船自流，誰家院落近滄洲，一枝閒暇出牆頭。數朵幽香和月暗，十分歸意為春流，風撩片片是閒愁。[120]

戲折寒梅畫裏傳，便知香齅攪佳眠。愛吾花木逡巡有，乾笑春風入暮年。[121]

　　仲仁所繪墨梅，多寫一二橫枝，如「梅花一枝」、「一枝已清妍」、「一枝閒暇」云云；間有二三枝者，如「交枝更媚嫵」、「數朵幽香」、「花光為我作梅數枝」云云，此種「懶筆」、「略有筆墨」，蓋即蘇軾〈書鄢陵王主簿所畫折枝二首〉其一所謂「疏淡含精勻」，此文人寫意崇尚簡筆之特質，形成後來墨梅簡化取景構圖之基本範式。南宋劉克莊〈花光梅〉稱述花光畫梅：「直以矮紙稀筆作半枝數朵，而盡畫梅之能事」，[122]此之謂也。釋德洪〈畫華光墨梅〉，「錢塘千頃春」以下四句，品賞墨梅，而意興逸飛，而抵錢塘、西津、南屏、孤山，則畫境亦延展無限。〈妙高墨梅〉詩，巧構形似處，只有「一枝閒暇出牆頭」、「數朵幽香和月暗」兩句，與林和靖所塑造「疏影橫斜」、「暗香浮動」梅花形象相近。其餘，則離形得似，而談歸意、閒愁，意境已跳脫墨梅之外。〈妙高梅花〉詩，寫折枝寒梅，寫墨梅之神味，吾之愛賞，亦不犯正位，大有「說似一物即不中」之意。《金剛經》云：「若以色求我，以音聲求我，是人行邪道，不能見如來！」殆亦近之。

120　〔宋〕釋德洪：〈妙高墨梅〉，《石門文字禪》，卷 8，頁 84；《全宋詩》，卷 1334，頁 15176。

121　〔宋〕釋德洪：〈妙高梅花〉，《石門文字禪》，卷 16，頁 162；《全宋詩》，卷 1342，頁 15307。

122　〔宋〕劉克莊：〈花光梅〉，《後村先生大全集》（臺北市：臺灣商務印書館，1967 年，《四部叢刊初編》影印上海涵芬樓舊鈔本），卷 107，頁 932。

　　佛教之境界說，對於文學藝術之意境理論，頗多啟益：佛教仗境而生之因緣和合論，促成文藝思與境諧、情景交融之意境生成論；佛學非有非無之虛空境界，啟發文藝虛實結合之意境特徵論；佛法「極象外之談」，影響文學藝術景外景、象外象、味外味之理想意境論。[123]今觀黃庭堅、釋德洪墨梅題詠之意境，確有佛影禪音之體現。

第四節　寫意、比德與南北宋之際墨梅題詠

　　宋鄧椿《畫鑒》〈雜說〉有言：「畫者，文之極也」；「其為人也多文，雖有不曉畫者寡矣；其為人也無文，雖有曉於畫者寡矣。」[124]文人畫之墨戲，大抵為士大夫詞翰之餘，一時興趣之抒發，性靈之書寫，亦由此可見。

　　蘇軾、文同倡行之文人畫、華光仲仁所作墨梅畫，要皆所以「適興寄意」而已。墨梅之作，緣於墨戲，黃庭堅〈東坡居士墨戲賦〉既云：「蓋道人之所易，而畫工之所難」，故與佛禪之游戲三昧關係密切。蘇軾〈又跋漢傑畫山二首〉稱士人畫，「不古不今，稍出新意」；如閱天下馬之俊發，「取其意氣所到」。[125]由此觀之，墨梅屬文人畫之墨戲揮灑，故多寄興寫意、詠懷抒情。

　　墨畫之作，大抵崇尚寫意，不求形似。《古今畫鑑》稱華光仲仁以墨暈作梅，「如花影然，別成一家」，正所謂寫意之作。故畫墨梅、

---

123 蔣述卓：〈第二章　佛教境界說與藝術意境理論〉，《佛教與中國文藝美學》（廣州市：廣東高等教育出版社，1992 年），頁 25-49。

124 〔宋〕鄧椿：〈雜說・論遠〉，《畫繼》，見于安瀾：《畫史叢書》（臺北市：文史哲出版社，1974 年），第 1 冊，卷 9，頁 339。

125 〔宋〕蘇軾著，孔凡禮點校：〈又跋漢傑畫山二首〉，《蘇軾文集》，卷 70，頁 2216。

畫墨竹，世多言寫梅、寫竹。詩人觀看墨梅、墨竹，體察畫師之胸中
丘壑，進而詮釋畫意以賦詩，亦多追尋墨畫之寫意與興寄。就南北宋
之際而言，詩人題詠墨梅，如黃庭堅、釋德洪、陳與義、李綱諸家，
多能彷彿畫師創作之藝術匠心，就寫意興寄解讀墨梅之作品。至於以
梅格比德君子，多分見於詠梅詩篇，相形之下，題詠墨梅只見零星點
染而已。楚河漢界，自有其畛域。

一　墨梅題詠之寫意與興寄

　　水墨畫注重筆墨趣味，其寫意美學為文人畫理論之核心，為宋代
審美觀念之創新體現。自歐陽脩〈盤車圖〉拈出「畫意」，蘇軾〈傳神
記〉提倡「傳神」，黃休復《益州名畫錄》突出「逸格」，於是寫意之
思潮蔚然成風。論者指出：寫意強調意象的表現性，重視意境之創
造，主張因物寫心，借景傳情。[126]持此考察南宋詩人之墨梅題詠，可
謂具體而微，如陳與義（1090-1138）〈和張規臣水墨梅五絕〉，對於詮
釋畫意，解讀傳神，突出「逸格」，可謂典型代表：

　　　巧畫無鹽醜不除，此花風韻更清姝。從教變白能為黑，桃李依
　　　然是僕奴。[127]

　　　含章簷下春風面，造化功成秋兔毫。意足不求顏色似，前身相
　　　馬九方皋。[128]

---

126 王興華：〈第二十一章　宋元的「寫意」美學思想及其發展〉，《中國美學論稿》（天
　　津市：南開大學出版社，1993 年），頁 386-393。

127 〔宋〕陳與義：〈和張規臣水墨梅五絕〉五首之一，《陳與義集校箋》，卷 4，頁
　　99；《全宋詩》，卷 1731，頁 19472。

128 〔宋〕陳與義：〈和張規臣水墨梅五絕〉五首之四，《陳與義集校箋》，卷 4，頁
　　104；《全宋詩》卷 1731，頁 19472。

〈和張規臣水墨梅五絕〉為陳與義召對成名之作。而所和之水墨梅，實即華光仲仁所繪。宋胡仔《苕溪漁隱叢話》前集卷五十二、曾敏行《獨醒雜志》卷四、葛立方《韻語陽秋》卷十八，均詳載其事。[129]〈和張規臣水墨梅五絕〉其一，一二句，凸顯梅花清姝之風韻。三四句，就水墨梅作品藻，謂墨梅之花色雖「變白能為黑」，然就風韻言，卻絕勝桃花李花。化用蘇軾〈再和楊公濟梅花十絕〉其二：「天教桃李作輿臺，故遣寒梅第一開」詩意，又有所創發。五絕其四，三四句稱「意足不求顏色似，前身相馬九方皋」，宋徽宗召對擢用，以此。案：《列子》〈說符〉載：九方皋相馬，「得其精而忘其粗，在其內而忘其外」，故所見所視在牝牡驪黃之外。元湯垕《畫論》稱：「畫梅謂之寫梅，畫竹謂之寫竹，畫蘭謂之寫蘭，何哉？蓋花卉之至清，畫者當以意寫之，不在形似耳。」於是舉本詩為例證。[130]論者稱：水墨畫體現畫意、寫意，近似禪宗之體悟自性；水墨畫之「不似似之」，即禪宗所謂「於相而離相」。[131]陳與義水墨梅題詠，強調「意足不求顏色似」，畫意追求，以傳神為上；墨梅「變白為黑」，雖非本色，然風韻清姝自勝形似。黃休復《益州名畫錄》標榜「逸格」，稱「拙規矩於方圓，鄙精研於彩繪」，[132]不拘常法，超越規矩，水墨畫有之。

　　陳與義一生，經歷靖康戰亂，北宋滅亡，南宋偏安，故其詩多見家國苦難，生民艱辛。所作〈和張規臣水墨梅五絕〉其二、其三，可

129 〔宋〕陳與義著，白敦仁校箋：〈和張規臣水墨梅五絕箋注〉，《陳與義集校箋》（上海市：上海古籍出版社，1990 年），卷 4，頁 100。

130 〔元〕湯垕：《畫論》，見于安瀾編：《畫論叢刊》五十一種（臺北市：鼎文書局，1972 年），上冊，頁 61。

131 張博穎：〈禪宗對宋元寫意美學思想的促成〉，《文藝研究》1995 年 4 期，頁 127-132。

132 〔宋〕黃休復：《益州名畫錄・品目》，見于安瀾編：《畫史叢書》（臺北市：文史哲出版社，1974 年），第 3 冊，頁 1377。

見詩人如何借物寫心，因畫寄情，如：

病見昏花已數年，只應梅蕊固依然。誰教也作陳玄面，眼亂初
逢未敢憐。[133]

粲粲江南萬玉妃，別來幾度見春歸。相逢京洛渾依舊，唯恨緇
塵染素衣。[134]

題畫詩本詠物詩之一種，詠物往往借物寫心，題畫則因畫寄情。五絕
其二，將梅花與墨梅虛實交寫，賞愛梅花之一往情深，由此可見。從
「病見昏花」看梅蕊，到「眼亂初逢」水墨梅，中間已歷數年，詩人一
直寄情於梅花。今日「初逢」華（花）光墨梅之風姿，驚豔感動之餘，
竟有「不敢憐」之欲迎還拒心理，猶近鄉情怯者然。宋劉辰翁評本詩
以為：其中寄寓「世道人物變態之感」，[135]理或然也。〈和張規臣水墨
梅五絕〉其三，寫梅花與詩人之聚散離合，江南雪梅光彩潔白，格高
韻秀，令人賞愛難忘。幾度春歸之後，今再「相逢京洛」，梅花丰韻依
舊，只是詩人憑添久客京洛之恨而已。宋洪邁《容齋續筆》稱此詩「語
意皆妙絕」；指出三四句典出晉陸機〈為顧榮贈婦〉詩：「京洛多風塵，
素衣化為緇」；齊謝玄暉〈酬王晉安〉詩：「誰能久京洛，緇塵染素

---

133 〔宋〕陳與義：〈和張規臣水墨梅五絕〉五首之二，《陳與義集校箋》，卷4，頁
102；《全宋詩》，卷1731，頁19472。

134 〔宋〕陳與義：〈和張規臣水墨梅五絕〉五首之三，《陳與義集校箋》，卷4，頁
103；《全宋詩》，卷1731，頁19472。

135 鄭騫：「評論」，〈和張規臣水墨梅五絕〉其二，《陳簡齋詩集合校彙注》（臺北市：
聯經出版公司，1975年），卷4，頁36。

衣」。[136]此處則歧義雙關，人花合寫：「緇塵染素衣」一句，字面固然
興寄久客之恨，內在神理更在扣緊「變白能為黑」之水墨梅。一筆兩
意，貼切而美妙。

　　美妙之詠物詩，往往擬諸形容，體物得神，參化工之妙。既雙關
人情世態，使心物交融，又能喚起讀者知性之愉快。[137]題畫詩為詠物
之流亞，自然具有此種手法。如陳與義所詠：

> 窗間光影晚來新，半幅溪藤萬里春。從此不貪江路好，剩拼心
> 力喚真真。[138]

> 奪得斜枝不放歸，倚窗承月看熹微。墨池雪嶺春俱好，付與詩
> 人說是非。[139]

顏博文（持約），靖康初為中書舍人，能詩善畫，尤長於水墨作人物，
又善畫墨花。[140]陳與義此詩，題詠顏持約水墨梅花，二首其一之前兩
句，推崇水墨梅花之活色生香，能令天地生春，半幅而有萬里之氣
勢。後兩句就顏持約工於水墨人物與墨花作設想，化用于逖《聞奇錄》
唐進士趙顏呼喚畫中仙真真事，謂從此賞花不以江路野梅為已足，當

136　〔宋〕洪邁著：〈緇塵素衣〉，《續筆》，卷8，頁316。

137　黃永武：〈詠物詩的評價標準〉，《詩與美》，頁166。

138　〔宋〕陳與義：〈次韻何文縝題顏持約畫水墨梅花〉二首之一，《陳與義集校箋》，
　　　卷12，頁317；《全宋詩》，卷1739，頁19499。

139　〔宋〕陳與義：〈次韻何文縝題顏持約畫水墨梅花〉二首之二，《陳與義集校箋》
　　　卷12，頁321；《全宋詩》，卷1739，頁19499。

140　〔宋〕陳與義：〈次韻何文縝題顏持約畫水墨梅花〉二首其一，《陳與義集校箋》，
　　　卷12，箋注引夏文彥：《圖畫寶鑑》，卷2，《永樂大典》，卷2812，引張守賦〈墨
　　　梅花顏博士畫六首〉，頁320。

盡心致力呼喚畫中仙女，使之活而生。文外重旨，曲達墨梅之傳神寫
意。二首之二，前二句以「斜枝」、「承月」點染梅花，不脫林和靖「疏
影暗香」之梅花意象。後兩句，典出唐人崔涯先毀後譽李端端，致炎
涼離合不同，人或戲之曰：「纔出墨池，便登雪嶺，何期一日黑白不
均？」[141]陳與義據此活用典故，以墨池指墨梅，雪嶺喻梅花，再以「詩
人說是非」遙切「黑白不均」，既切合墨梅之「變白為黑」，又能小中
見大，暗諷世態人情。清沈德潛說詩，所謂「象外孤寄」，筆有遙情遠
韻。陳與義另首〈畫梅〉詩與李彭〈昌書記畫梅〉，則就花色發論，
如：

> 蛾眉淡淡自成粧，驛使還家空斷腸。脂粉不施憔悴盡，失身來
> 嫁易元光。[142]

> 花柳春風紛衍，禪窗晚放橫枝。虢國生憎粉黛，晚粧淡掃蛾
> 眉。[143]

> 朝見一枝吐，暮吟疏影寒。亭亭不解語，助我青毫端。毫端直
> 似林逋鬼，千年萬年作知己。孤山憶有詠殘枝，洗盡鉛華對寒
> 水。[144]

---

141 〔唐〕范攄著：《雲谿友議》（臺北市：臺灣商務印書館，1981 年，《四部叢刊廣
　　編》，上海涵芬樓景印常熟瞿氏鐵琴銅劍樓藏明刊本），卷中，頁 19。

142 〔宋〕陳與義〈畫梅〉，《陳與義集校箋》，〈外集校箋〉，不分卷，頁 871；《全宋
　　詩》，卷 1758，頁 19573。

143 〔宋〕李彭：〈昌書記畫梅〉，《全宋詩》，卷 1389，頁 15947。

144 〔宋〕謝逸：〈墨梅〉，《全宋詩》，卷 1308，頁 14857。

陳與義〈畫梅〉，蛾眉淡粧，喻指梅花，兼寫空閨獨守。次句寄梅斷腸，乃轉化為閨怨腸斷。於是以梅花之淡粧，比閨中少婦之脂粉不施；再以墨梅之「變白為黑」，興寄女子之失身再嫁。本色當行之把持不易，亦由此可見。李彭〈昌書記畫梅〉，為一首六言詩，梅花之素顏風韻，猶虢國夫人之天生麗質。詩云：「虢國生憎粉黛，曉粧淡掃蛾眉」，綽約倩姿，即在天然本色。同一脂粉不施，淡掃蛾眉，一則視作憔悴失身，一則目為綽約麗質，此為詩家之弔詭，蓋緣情寫意，無可無不可。謝逸〈墨梅〉詩，以「一枝吐」、「疏影寒」，亭亭、孤山勾勒梅花意象，結以「洗盡鉛華對寒水」貼切墨梅風韻。洗盡鉛華、本色天然，即是陳與義、李彭所謂脂粉不施，淡掃蛾眉，梅花品格已呼之欲出。

　　李綱（1083-1140），力主抗金，反對和議，再三遷謫。高宗即位，又因反對避地東南，而落職居鄂州。著有《梁谿集》，《全宋詩》載錄二十九卷。集中詠梅詩不少，傳承林逋、蘇軾外，又有所發明（見下節）。所作〈戲賦墨畫梅花〉一首，有集前人墨畫大成之功，如：

> 道人畫手真三昧，力挽春風與遊戲。露枝煙蕊忽嫣然，自得工夫畦徑外。由來墨白無定姿，濃淡間錯相參差。炯如落月耿寒影，翳若宿霧含疏枝。群芳種種徒繁縟，脫略丹青尤拔俗。妙質聊資陳氏媒，幽姿好伴文生竹。世呼墨竹為墨君，此花宜稱墨夫人。鉛華不御有餘態，世間顏色皆非真。年來妙觀齊空色，天花時露真消息。試煩幻出數千枝，不費梁谿一丸墨。[145]

　　李綱題詠墨畫梅花，對於文人畫之墨戲，頗有妙悟：詩篇說「墨

145 〔宋〕李綱：〈戲賦墨畫梅花〉，《全宋詩》，卷 1556，頁 17674。

畫梅花」，多就「不似之似似之」詮釋；暗合《宣和畫譜》〈墨竹敘論〉
所謂「不專於形似，而獨得於象外」之說。[146]如云「由來黑白無定姿，
濃淡間錯相參差」，切寫墨畫之計白當黑，虛實相生，濃淡相成。推
崇墨梅之資質，一曰「群芳種種徒繁縟，脫略丹青尤拔俗」，二曰「鉛
華不御有餘態，世間顏色皆非真」，雅俗相對相襯，凸顯本色天然之
可貴。既說墨梅之洗盡鉛華、不施脂粉，更興寄人情世態，寫意詠懷
多見於言外。墨畫之作，多見佛影禪趣，如首二句言游戲三昧，以微
露作意。「年來妙觀齊空色」，則此中可以悟道；「試煩幻出數千枝」，
明以游戲三昧，幻出墨梅無數；體現禪宗以筆墨為佛事，以墨戲為
空、三昧力幻。釋惠洪題詠華光墨梅，所謂「怪老禪之游戲，幻此華
於縑素」。[147]華鎮〈南嶽僧仲仁墨畫梅花〉，於此亦有申說：

> 世人畫梅賦丹粉，山僧畫梅勻水墨。淺籠深染起高低，煙膠翻
> 在瑤華色。寒枝鱗皴節目老，似戰高風聲淅瀝。……不待孤根
> 暖氣回，分明寫出春消息。大空聲色本無有，宮徵青黃隨世
> 識。達人玄覽徹根源，耳觀目聽縱橫得。禪家會見此中意，戲
> 弄柔毫移白黑。佳句殷勤致兩番，深情邂逅高雙璧。不愁開謝
> 逐東風，全勝當年隴頭驛。[148]

華鎮（1051-1106-?）題詠華光仲仁墨畫梅花，亦就變白為黑，色空不

---

146 佚名：〈墨竹敘論〉，《宣和畫譜》，卷 20，見于安瀾：《畫史叢書》，第 1 冊，頁
   621。參考過曉：〈第三章「不似之似似之」〉，《論作為中國傳統繪畫美學概念的
   「似」》（上海市：上海人民出版社，2011 年），頁 87-132。
147 韋賓：「三、墨梅與畫禪」，〈墨梅與宋元士大夫〉，《宋元畫學研究》（蘭州市：
   甘肅人民出版社，2009 年），頁 392-394。
148 〔宋〕華鎮：〈南嶽僧仲仁墨畫梅花〉，《全宋詩》，卷 1083，頁 12313。

二申說，所謂「大空聲色本無有，宮徵青黃隨世識」，亦即《心經》：「色即是空，空即是色」，真空妙有之禪意感悟。[149]又云：「禪家會見此中意，戲弄柔毫移白黑」，《心經》：「色不異空，空不異色；色即是空，空即是色」；般若空觀之色空相即義，對於畫禪、禪思、詩情，多有啟發。[150]華光仲仁畫墨梅，視墨畫如游戲三昧，空幻與禪定即其意象體現。由墨戲之「移白黑」，知此中自有禪意。引而申之，由白黑相移，而悟色空不二，聖凡一如、悲智雙運。[151]墨梅雖小道，若象外孤寄，則可以喻大。所謂遙情遠韻，妙在筆墨之外。

二　墨梅、梅格與君子比德

梅，凌霜傲雪，不畏嚴酷。花發於眾芳搖落之時，迴轉乾坤，獨先天下而占春；成長於荒寒寂寞之鄉，高雅標格，唯我倜儻而不群。暗香浮動，疏影橫斜，綽約素豔，韻味清絕，逸如林間隱君子，美如空谷俏佳人。[152]周之翰〈蓺梅文〉稱梅花之形象：「形如枯木，稜稜山澤之癯；膚若凝脂，凜凜冰霜之操。」[153]蘇軾貶官黃州，遷謫嶺南，比興寄託，緣物寫意，遂標榜梅有「梅格」之說，以之比德賢人君子，豐富了梅花之形象與審美。

先秦以來，孔子以山水、松柏、玉石比德於君子；屈原作〈橘

149 吳言生：五、「色空不二」，〈第八章　禪宗哲學的不二法門〉，《禪宗哲學象徵》（北京市：中華書局，2001 年），頁 327-333。
150 吳言生：〈第三章《心經》與禪宗思想〉，《禪宗思想淵源》（北京市：中華書局，2001 年），頁 75-83。
151 吳言生：《禪宗哲學象徵》，頁 333-338。
152 黃永武：「詩人眼中的梅蘭竹菊」，〈中國詩人眼中的植物世界〉，《中國詩學・思想篇》（臺北市：巨流圖書公司，2009 年），頁 2-4。
153 〔清〕汪灝等編撰：〈花譜・梅花一〉，《廣群花譜》，頁 1323。

頌〉，亦以橘比德君子之志潔行芳。[154]蘇軾迭遭貶謫，身處困頓，對於梅格方有體悟。李綱，為南北宋之交骨梗大臣，與東坡遭遇類似，曾經「萬里謫官來海嶠」，曾云「飽經憂患莫如吾」，故於梅花亦情有獨鍾，對梅格亦頗多點染。蓋身處憂患困窮，於梅花方有同情之理解，如云：

> 天欲春光一點回，素英先識化工裁。惱人不作鉛華態，願下當年玉鏡臺。[155]。

> 超然標格冠群芳，妙質天教徹骨香。爛熳開時何足道，最憐新蕊半塗黃。[156]

> 天生麗質絕塵埃，肯把胭脂漫汙腮。幸有清香過於雪，對人何止白皚皚。[157]

> 草木凍死山中村，惟有梅花解返魂。弱植孤根傲霜霰，玉奴終不負東昏。[158]

梅花占春，先百花而開，故曰：「天欲春光一點回，素英先識化工

---

154 普穎華：〈民族審美理想的寄託方式〉，《中國寫作美學》（北京市：對外貿易教育出版社，1988 年），頁 161-167。

155 〔宋〕李綱：〈葉夢授送家園梅花且以絕句十五章見示次其韻〉其一，《全宋詩》，卷 1565，頁 17774

156 〔宋〕李綱：〈葉夢授送家園梅花且以絕句十五章見示次其韻〉，其七。

157 〔宋〕李綱：〈葉夢授送家園梅花且以絕句十五章見示次其韻〉，其十。

158 〔宋〕李綱：〈葉夢授送家園梅花且以絕句十五章見示次其韻〉，其十五。

裁」；「草木凍死山中村，惟有梅花解返魂」，此林和靖詠梅，所謂「眾芳搖落獨暄妍」。梅花綽約素豔，如空谷佳人，故曰：「惱人不作鉛華態，願下當年玉鏡臺」；「天生麗質絕塵埃，肯把胭脂漫汙腮」。至於「超然標格冠群芳，妙質天教徹骨香」，稱其格冠群芳，妙質天生，推崇可謂極至。梅花「春魁占百花頭上，歲寒居三友圖中」，倜儻不群；《潛確類書》稱梅有四貴，其二為「貴瘦不貴肥，貴含不貴開」，[159]梅格超然，可以想見。梅品清香脫俗，煙塵不染，落瓣不淄，是所謂麗質天生。梅魂冰姿瓊骨，衝寒犯雪而花，如孤高絕塵之君子，遁世隱逸之賢人。由此觀之，「開花不許眾芳知，冷豔幽芳特地奇」，[160]梅花之意象與特質，確有許多可供詩人作為比德審美之處。梅花之意象與氣質，得李綱之賦詠，而更加飽滿。

　　南北宋之際，詩人所作墨梅題詠，傳寫梅花之精神，逼真而妙肖，故題詠水墨梅花，或與一般詠梅詩無別。跳脫水墨畫之屬性，而專就詠物以比德審美者，亦多有之。其數量較題詠墨梅為少，如黃庭堅所題華光仲仁水墨梅，有特提梅花之德操者，如：

　　　　梅蕊觸人意，冒寒開雪花。遙憐水風晚，片片點汀沙。[161]

黃庭堅此詩，作於崇寧三年赴宜州貶所途中。此時，外舅曾公卷（紆）亦坐鉤黨，先徙衡州。黃、曾二人，同為天涯淪落客，故山谷此詩首句，以六根中之香塵觸人起興，而以梅之衝寒犯雪開花為不可思議。

159　〔清〕汪灝等編撰：〈花譜・梅花〉引，《廣群花譜》，卷 22，頁 1310-1311。

160　〔宋〕李綱：〈初見梅花三絕句奉呈王豐甫待制〉其二，《全宋詩》，卷 1566，頁 17785。

161　〔宋〕黃庭堅：〈題花光老為曾公卷作水邊梅〉，《山谷外集詩注》，卷 17，頁 1059。

林和靖〈山園小梅〉所謂「眾芳搖落獨暄妍」，標格孤高，可以比德君子。又如釋德洪題詠華光仲仁墨梅，對梅花姿質品格之勾勒，亦具體而鮮明：

> 雪裏梅開何草草，欲問清香無處討。回看水際竹叢邊，寂寞閑愁洗粧早。東坡戲作有聲畫，竹外一枝斜更好。但恐金鬣容易墮，額黃雖妙難長保。笑笑先生獨愛竹，雪壁風梢麝煤掃。應為冰姿不可傳，醉裏相忘亦顛倒。慚愧高人筆下春，解使孤芳長不老。從來病眼錯黃昏，隔霧相看更相惱。[162]

釋德洪此作，分三節，每節四句，初寫雪中梅花，中寫畫中梅花，最後藉前二節烘托出華光墨梅。其寫作特色為閒閒而來，零星點染梅花之品格，如清香、寂寞、冰姿、孤芳，已形象勾勒雪裡梅開之標格。與蘇軾〈紅梅二首〉其一所云「孤瘦雪霜」相較，可以相得益彰。最後尊題扣緊華光墨梅，謂能筆下生春，能使孤芳不凋，長存不老，愛梅賞梅多在文字之外。又如呂本中〈墨梅〉，於梅格亦有發揚：

> 嶺南十月春漸回，妍暖先到前村梅。問君何處識此妙，一枝冷豔隨霜開。長江凜凜欲崩岸，乃見好事移牆隈。初疑滲灕入瘴霧，更恐寂寞埋烟煤。微風不動暗香遠，淡月入戶空徘徊。坐看粉黛化羶惡，豈但桃李成輿臺。我行萬里厭窮獨，疾病未已心先灰。對此不覺三歎息，恐是轉側同南來。異鄉久處少意緒，破壁相對無根荄。古來寒士每如此，一世埋沒隨蒿萊。遁

光藏德老不燿，肯與世俗相追陪。輪囷離奇原校：一作濩落多
見用，犧尊青黃木為災。含以上二字原缺，據四庫本補亳吮墨去顏
色，況自不必自不必三字下至本卷末，底本缺，《四部叢刊》據陳仲魚藏鈔
本補，四庫本文字與鈔本同須穿栽。歲窮路遠莫惆悵，此去保無蜂
蝶猜。[163]

　　呂本中（1084-1145），自少即不慕榮利，甘於貧賤，於辭受去就
之際，尤其「獨守固窮節」。[164]因此，其審美意識必認同梅花之德操。
呂本中目睹黨禍慘苛，遭逢北宋亡於金人，南宋偏安江南，故所作
〈墨梅〉題詠，興寄寫意所在，多緣身經目歷，乃自我人格之婉曲體
現。嶺南十月，村梅「一枝冷豔隨霜開」；未寫墨梅之前，先寫真梅，
此繪事烘托渲染法。其「冷豔」、「暗香」、「寂寞」，寫梅之精神；一
枝、隨霜、瘴霧、淡月，活繪梅之姿影，蓋不出和靖、東坡梅格之意
象。「坐看粉黛化羶惡，豈但桃李成輿臺」，就東坡〈再和楊公濟梅花
十絕〉其二「天教桃李作輿臺」翻案成趣，再扣合墨梅「變白為黑」
之特色，作歧意雙關語，而云：「坐看粉黛化羶惡」。與陳與義〈和張
規臣水墨梅五絕〉其一云：「從教變白能為黑，桃李依然是僕奴」，亦
可以相發明。〈離騷〉之芳草變為蕭艾，〈漁父〉：「安能以身之察察，
受物之汶汶？」即是呂本中〈墨梅〉詩不甘「坐看粉黛化羶惡」之諷
諭。〈墨梅〉詩後段拈出寒士之窮獨，為「一世埋沒隨蒿萊。遁光藏德
老不燿」，一筆兩意，雙寫寒梅與寒士，同是不肯「與世俗相追陪」，
因而窮獨如此，孤高如此。《易》〈蠱〉所謂：「不事王侯，高尚其事」，

---

163 〔宋〕呂本中：〈墨梅〉，《全宋詩》，卷1616，頁18146。
164 歐陽炯：〈第三章 呂本中之生平・德性〉，《呂本中研究》（臺北市：文史哲出版
　　社，1992年），頁141-142。

從林和靖詠梅之後，成為隱逸文化；梅花，成為君子比德興寄之對象，呂本中此詩有之。

第五節　結語

梅花審美之發展，宋代士人視為「歲寒三友」之一，名列「四君子」之榮榜。近代以來，更獲選為中國十大名花之首，與牡丹花媲美，分別代表顏色與品格、富貴與隱逸、北方與南方，雙雙榮獲國花之尊榮。[165]

梅，凌霜傲雪，不畏嚴酷。花發於眾芳搖落之時，迴轉乾坤，獨先天下而占春；成長於荒寒寂寞之鄉，高雅標格，唯我倜儻而不群。花色淡小，花香幽清，枝幹峭勁，林逋稱其暗香浮動，疏影橫斜；蘇軾美其孤瘦雪霜，中有梅格。綽約素豔，韻味清絕，逸如林間隱君子，美如空谷俏佳人。周之翰〈蓺梅文〉稱梅花之形象：「形如枯木，稜稜山澤之臞；膚若凝脂，凜凜冰霜之操。」差堪彷彿。由此觀之，梅花之香、色、姿、神、韻，皆有可取。論者以為具有蘭之幽，菊之傲，竹之節，松之剛，堪稱集淡雅高潔審美之大成。

梅之見於先秦兩漢文獻，多指梅實，或作食用，或作藥用，或作祭祀，多攸關民生日用之實用功能。梅花作為審美欣賞主體，遲至魏晉南北朝，詠物詩賦形成後，始見詠梅賞梅之作。其中，往往凸顯梅花之早發、花色與花香。初盛唐以來詠梅，方由宮怨、閨怨之女性視野，轉變為感遇詠懷，抒情寄意之文人士子比興。梅花審美境界為之大開。其中，杜甫最為典型代表，感遇詠物，遣情托懷，大大豐富了梅花的意象。既傳承魏晉以來傷春怨別之抒情傳統，又開拓文人游春

---

165 程杰：〈牡丹、梅花與唐宋兩個時代──關于國花問題的歷史借鑑與現實思考〉，《梅文化論叢》，頁 1-25。

探梅，風物怡情之審美情態。至於中晚唐知名詩人，亦多有詠梅詩，關注梅花之花期樹性、花枝樹幹，是中晚唐詠梅詩的特色。著眼「花樹」品類的審美立場，跟六朝詠梅著眼花開花落，花色花香會當有別。梅之見諸著錄，從梅實到梅花，從實用到審美之流變，楊萬里〈洮湖和梅詩序〉已作清晰之提示與勾勒。

梅花之意象與審美象徵，就宋詩而言，大抵經由林逋〈孤山八梅〉，蘇軾四十餘首詠梅詩，而後逐漸形成。林逋之享譽宋代詩壇與畫苑，除隱士高逸之風節外，所作八首詠梅律詩，形象勾勒梅花之形神與品格，最為宋人詠梅畫梅之典範。至林逋〈山園小梅二首〉其一，最具代表性，足傳梅花之姿態與神韻。唐代詩人詠梅，或作為思鄉之媒介，或表示節候之轉換；主要著眼點，或為花蕊花容，或為花色花香。梅花之姿態、精神、氣質、風韻，幾乎未嘗觸及。至林逋〈山園小梅二首〉其一頷聯，特寫梅花之枝影與水月之烘托，堪稱「創前未有，開後無窮」。梅花之高雅脫俗，與隱士之「不事王侯，高尚其事」，足相媲美。經由梅花品格之塑造，神韻之凸顯，藉此寄託和標示人格幽獨超然之審美情趣，正是梅花象徵隱逸文化之一大面向。

梅花審美之發展，經林逋、蘇軾之標榜，比德於賢人君子，或為風神清逸之高人，或為枕流漱石之隱者，或為苦節忠國之志士，或為行吟骨立之騷客；[166]其中關鍵，尤在蘇軾創發「孤瘦雪霜」之比德審美。蘇軾宦海浮沈，飽受磨難，於是遷客情懷之寄託，表現為「孤高瘦硬」梅格之凸顯。〈紅梅三首〉其一、〈和秦太虛梅花〉、〈十一月二十六日松風亭下梅花盛開〉三題，最為經典代表。〈紅梅三首〉其一，此詩人借題發揮，揭示梅花富含「孤瘦雪霜」之資質——孤（獨）、高（潔）、瘦（癯）、硬（勁）、傲雪、凌霜之德操，將梅花比德於君

---

166 程杰：〈牡丹、梅花與唐宋兩個時代——關于國花問題的歷史借鑑與現實思考〉，
　　《梅文化論叢》，頁 313-317。

子賢人，與松竹一般，富含「歲寒之心」，是所謂「梅格」。其中特提「冰容」、「寒心」、「梅格」，標榜梅花之氣質與神韻。蘇軾〈松風亭下，梅花盛開〉詩，中有「海南仙雲嬌墮砌，月下縞衣來扣門」，將梅花比擬為美人，〈再用前韻〉一詩，其間點染「天香國豔」一句，亦以美人比擬梅花之天生麗質。於是美人幽婉、嫻靜、悽怨、幽獨之形象，與君子孤獨、貞潔、堅貞、清高之人格象徵結合，蔚為梅花審美文化之兩大頂樑柱。

華光仲仁為南嶽高僧，以「淡墨暈染，烟雨朦朧」之匠心，創為墨梅畫法。墨梅之作，出於文人畫之墨戲，所謂「適興寄意」，中多游戲三昧之禪趣。墨梅題詠，為詠物詩之流亞，故除畫中有禪外，詩中有畫、畫外傳神，更為詩人所重。今以華光墨梅為對象，選擇黃庭堅、釋德洪、陳與義所作墨梅題詠為研究文本，對於墨梅之創作與審美，詩情、畫意、禪味，皆有具體而微呈現。可供知人論世之借鑑，對於墨戲、墨梅、梅花審美，宋代美學史、美術史、題畫文學等等，亦多有參考之價值。

對於墨戲、墨梅之詩篇，除黃庭堅、釋德洪、陳與義外，又爬梳南北宋之際詩人所作，如陳與義、李綱、李彭、謝逸、華鎮、呂本中所賦，一則以為寫意興寄，既就墨梅作離形得似之發揮，又順應詠物詩之借物寫心，因畫傳情。再則，緣墨梅而形塑梅格，以之比德於君子賢人。要之，北宋人所作，多傳承六朝、唐五代以來詠梅之優長，再作創意造語及遺妍開發。考察林逋、蘇軾、黃庭堅、釋德洪、陳與義、呂本中等大家名家之題詠，就其同題共作進行探論，足見學古通變，自成一家之歷程。對於辨章學術，考鏡淵流，自有觸發之功。[167]

167 本文曾口頭發表於二〇一二年五月二十六日，臺灣師範大學「紀念林尹教授國際研討會」。會後修訂潤色，刊登於中正大學中文系《中正漢學研究》二〇一二第一期（總第 19 期）。為國科會專題研究計畫NSC100-2410-H-006-052 研究成果之一，特此誌謝。

第六章
題畫王昭君與清詩之因革
——以宋人題畫昭君為參照

第一節　王昭君形象與宋人題詠之成就

　　王昭君故事之流變，大抵有五大系統，班固《漢書》〈元帝本紀〉、〈匈奴傳〉、〈西域傳〉，最為原始基型。其次，則蔡邕《琴操》、石崇〈王明君辭并序〉，各成兩大系統；而劉義慶《世說新語》〈賢媛〉別成支流。其四，則葛洪《西京雜記》，敘事情節踵事增華，秀異可觀。其五，則范曄《後漢書》〈南匈奴傳〉本《漢書》〈西域傳〉，敘事趨向完整，王昭君美麗形象更加具體化、生動化。

　　各系統基型間，對於王昭君形象之勾勒，存在若干空白處、未定性，文本的召喚結構豐富，提供讀者作者許多解讀空間。於是歷代史傳、小說、詩歌、戲曲述說昭君故事，狀寫昭君資質，大抵多就上述五大系統作粉本，進行生發、填補、杜撰、渲染、展衍、創作之工夫。伊瑟爾之讀者接受論，[1]顧頡剛之層累演化說，[2]曾永義院士之孳乳

1　〔德〕伊瑟爾（Wolfgang Iser,1926-2007）著，金元浦、周寧譯：《閱讀活動——審美反應理論》（北京市：中國社會科學出版社，1991 年），〈召喚結構〉，頁 220。參考金元浦：《接受反應文論》（濟南市：山東教育出版社，1998 年），第四章第一節〈文學本文與讀者的交流結構〉，頁 163-167。朱立元。《接受美學》（上海市：上海人民出版社，1989 年），Ⅲ，〈文學作品論：本文的召喚結構〉，「文學作品結構的召喚性」，111-112。

2　顧頡剛：《古史辨》第一冊，《顧頡剛古史論文集》第一冊（北京市：中華書局，

展延論,[3]安海姆格式塔心理學之完形、空白、否定結構,[4]多可提供本書詮釋解讀之參考與借鏡。

宋詩傳承六朝、隋唐、五代詩之昭君題詠,如畫圖之妍媸與真偽變亂,紅顏之勝人與禍福相倚,和親之是非與青冢之不朽,多有所開發與拓展。宋代詩人題詠以為:王昭君和親塞外,獨留青冢,不必然是造化弄人,或紅顏薄命。其中牽涉到三方面之因緣:其一,為「君王先錯計,耳目寄他人」;其二,為「延壽私好惡,丹青能亂真」;其三,由於昭君「自倚絕世姿」,「不將賂結毛延壽」,因緣和合,彼此激盪,於是決定了王昭君的命運。筆者分別就王昭君、毛延壽、漢元帝三方面,闡說「畫圖妍媸」之主題,宋代詩人如何追新求異,致力創造性思維,此中可見。

昭君所以紅顏薄命,在北宋詩人看來,是基於昭君自尊自重、自信自恃、潔身自愛的品格特質,因而恥賂畫師,而導致紅顏薄命;這與士人負材使氣,以致際遇乖舛有諸多相似之處,故詩人往往藉昭君以說世情,因紅顏薄命而歎懷才不遇。美好招患、奇材塵埋,切合「感士不遇」主題之表述。美麗的容顏是福?還是禍?成了南宋詩人題詠昭君的焦點:或發揚唐人「榮華誤身」的主題,開拓歐陽脩紅顏勝

1993 年)。劉起釪:〈顧頡剛〉,陳清泉等編:《中國史學家評傳》(下)(鄭州市:中州古籍出版社,1985 年),頁 1447-1451。顧頡剛編著:《孟姜女故事研究集》(上海市:上海古籍出版社,1984 年),第一冊〈孟姜女故事研究〉,頁 72。

3 曾永義:《俗文學概論》(臺北市:三民書局,2003 年),三編〈民族故事〉,頁 414-417。

4 格式塔,是完形心理學美學的核心概念,德文原意是「組織結構」,或「整體」、「完形」。此派美學之主要特徵,在強調藝術作品的整體性,以及人類心理的「完形」作用。參考王向峰主編:《文藝美學辭典》(瀋陽市:遼寧大學出版社,1988 年),五、「外國文藝美學要略」,〈安海姆(Rudalf Arnheim)〉條、〈完形心理學美學〉條,頁 1062-1063、1347-1349。又,蔣孔陽主編:《哲學大辭典·美學卷》(上海市:上海辭書出版社,1991 年),〈格式塔心理學美學〉,頁 711-712。

人、自嗟薄命的詩意，把美麗說成一種「自誤」。或以王安石〈明妃曲〉為創作典範，取其詩意，變換敘事視角，調整審美意識，進而寄託隨緣任運、樂天知命之人生觀，昇華人格，創新作品，在在皆有可取。

宋代開國以來，外族侵逼，邊患不斷，宋朝向來採取妥協忍讓的政策，宋遼澶淵之盟（1004）[5]、宋金紹興和議（1137）[6]、宋金隆興和議（1164）[7]，可為明證。這種妥協忍讓的「心理定勢」，跟西漢初年公主和親時，朝廷一味權宜、應急、屈辱、消極有諸多相似之處。於是南宋詩人詠昭君詩，遂移花接木，透過主題類化，有意對文本作誤讀接受，進行借題發揮，間接批評和議政策，表現出以書法史筆議論是非之詠史特色來。若綰合南宋偏安江左之局勢、政策主和忍讓之妥協態度看來，詩人正是透過昭君和親的故事來借題發揮，以古說今，諷諫「秦檜主和」、「隆興和議」諸般近代現代史實，所謂「主文譎諫」之詩教、「微婉顯晦」之書法[8]，此中有之。

歷代題詠王昭君故事，漢魏六朝存詩二十一首，《全唐詩》及《補編》收錄六十八首，《全宋詩》載錄一五三首，金元人五十五首，明人

5　參考白壽彝著，陳振主編：《中國通史》（上海市：上海人民出版社，1999 年），第 7 卷。《中古時代・五代遼宋夏金時期》（上海市：上海人民出版社，1999 年），乙編綜述，第三章第三節〈澶淵之盟〉，頁 239-240；范文瀾：《中國通史》（北京市：人民出版社，1986 年），第五冊第四編。蔡美彪、朱瑞熙等著：《宋遼金元時期》（北京市：人民出版社，1995 年），第一章第三節，〈對遼夏的妥協〉，111-119。

6　白壽彝：《中國通史》，第九章第二節〈紹興和議〉，頁 328-334；范文瀾：《中國通史》，第二章第六節〈四、抗戰與投降的鬥爭〉，頁 272-296。

7　白壽彝：《中國通史》，第九章第三節〈隆興和議〉，頁 335-342；范文瀾：《中國通史》，第二章第七節〈北伐戰爭和道學統治的確立〉，頁 306-316。

8　張高評：《會通化成與宋代詩學》（臺南市：成功大學出版組，2000 年），〈《春秋》書法與宋代詩學——以宋人筆記為例〉，〈會通與宋代詩學——宋詩話「以《春秋》書法論詩〉，頁 55-128。

一七五首,清人所作在四〇三首以上。由此看來,清人題詠昭君之作品,約佔總數八七二首之半,數量不可謂不多。[9]若全面考察清代四百餘首昭君題詠,就詩人詮釋關注之主題而言,「遠嫁之哀樂」位居數量之冠;其次,則「和親之是非」。若考察題畫詩,則「紅顏之禍福」較「畫圖之妍媸」,題數略勝,又多七古長篇,關注之重輕可知。主題趨向呈現如此,體現何種信息與意義?有待進一層之探討。

為篇幅所限,今只選擇清人題畫王昭君作研究,以清胡鳳丹所編《青冢志》,[10]及清人詩文集載存者為研究文本,得清人題畫王昭君作品四十三首。為方便參照,又梳理宋金詩人題畫昭君故事者,凡十五首。相互對勘比較,以開展論題。

第二節　清代題畫王昭君之主題及其新變

文學之生存發展,自有源流正變、因革損益。述者與作者之間,自有若干傳承與開拓,唯有追求意新語工,盡心創意造語,致力遣妍開發,方能新變代雄,自成一家。清趙翼《甌北詩話》稱:「新豈易言?意未經人說過則新,書未經人用過則新。」[11]凡後人與古人共賦一題者,最可觀其因革損益:意是否新創,語是否陌生?為其中大關鍵。

金德瑛,清乾隆元年(1736)狀元,對於「同題共作」如何判別

9　可永雪、余國欽:《歷代昭君文學作品集》(呼和浩特市:內蒙古人民出版社,2003 年)。編選漢代至一九九〇年間,有關書寫王昭君之文學作品,包含詩、詞、散曲、說唱、戲曲、小說、散文、故事傳說。

10　〔清〕胡鳳丹編:《青塚志》,收入蟲天子(原名張廷華)(編):《香豔叢書》(北京市:人民文學出版社,1992 年)。

11　〔清〕趙翼:《甌北詩話》,郭紹虞:《清詩話續編》(北京市:人民文學出版社,1983 年),卷 5,頁 1202。

優劣得失，曾有絕佳之提示：一則曰：「此承前人之後，故以變化爭勝」；再則曰：「大抵後人須精刻過前人，然後可以爭勝」；三則曰：「苟無新意，不必重作」。[12]本文討論清人題畫王昭君之因革新變，以宋人題詠昭君為參照，就其主題流變考察之，清詩是否「以變化爭勝」？是否「精刻過前人」？是否有心開發「新意」？即準金德瑛狀元所論，評價清人題畫昭君之詩篇。

題詠繪畫，起於六朝，為詠物之一支。發展至唐，題詠漸多，就《全唐詩》所載，即有九十五家，二二〇題二三二首。[13]其中，杜甫題畫最具代表性，創作二十一題二十三首。[14]清王士禛《帶經堂詩話》稱：「杜子美始創為畫松、畫馬、畫鷹、畫山水諸大篇，搜奇抉奧，筆補造化。嗣是蘇（軾）、黃（庭堅）二公，極妍盡態，物無遁形。」[15]題畫詩經由杜甫、蘇軾、黃庭堅質量均佳之典範創作後，繼起者眾，代有作家，於是附庸蔚為大國，成為獨樹一幟之詩類。南宋孫紹遠編有《聲畫集》八卷，[16]清陳邦彥等奉敕編《御定題畫詩類》一二〇卷，[17]可以想見其盛況。

就題畫王昭君故事之作品言，宋金詩人創作十一題十五首，清代詩人則題詠四十一題四十三首。畫師所繪，宋代與清代亦側重有別：

12　〔清〕陸以湉著，崔凡芝點校：《冷廬雜識》（北京市：中華書局，1984 年），卷 8，頁 399，引金德瑛說。

13　孔壽山：《唐朝題畫詩注》，頁 1-476。

14　張高評。〈杜甫題畫詩與詩學典範〉，《淡江中文學報》第 25 期（2011 年 12 月），頁 1-34。

15　〔清〕王士禛：《帶經堂詩話》，卷 22，〈書畫類上〉，650。

16　〔清〕孫紹遠：《聲畫集》（臺北市：臺灣商務印書館，1983 年），文淵閣《四庫全書》本，冊 1349。

17　〔清〕陳邦彥等：《御定歷代題畫詩類》（臺北市：臺灣商務印書館，1983 年），文淵閣《四庫全書》本，冊 1435、1436。

宋人多繪〈明妃圖〉，少作〈出塞圖〉；清人則喜畫〈出塞圖〉，略勝〈明妃圖〉；身經目歷憑弔，繪作〈青冢圖〉、〈明妃墓〉者亦不少。清何家琪〈明妃圖歌〉稱：「漢時畫工死已久，世上日出明妃圖」；[18]宋代畫師如李公麟，金代如宮素然，清代畫家如黃遵古、張平山、徐芝仙、仇英、閨秀祝瑄等，都曾繪寫昭君圖，可補美術史之文獻。無論宋詩或清詩，若唱歎有情，則出於七絕；感慨淋漓，委婉曲折，則運之以七古。清代詩人代吐昭君和親、遠嫁、丹青、紅顏之不幸，往往藉琵琶之掩抑淒清、幽咽依依傳出。蓋琵琶旋律苦調多，悲颯颯，對於撩亂邊愁，孤絕異域、惆悵思歸，有加乘效果。題畫王昭君，以琵琶代言心聲者多達二十三首，此杜甫〈詠懷古跡〉所謂「千載琵琶作胡語，分明怨恨曲中論」。[19]

清代題畫王昭君，多針對五大系統基型作演述，各有側重。詩人關注之主題大抵有四：一曰和親之是非，二曰遠嫁之哀樂，三曰紅顏之禍福，四曰畫圖之妍媸。滿清由於以異族入主中原，就內外分際而言，昭君出塞和親之匈奴，地屬蒙古，不為外蕃，故漢、唐、宋所言和親與遠嫁云云，時移勢異，詩人解讀自有不同。（詳下）為考察其因革損益、新變開拓，筆者往往援引宋人題畫昭君詩作對照，依序論述於後：

一 和親之是非

漢高祖劉邦即帝位之七年（西元前 200 年），匈奴以四十萬騎圍

---

18 〔清〕何家琪：〈明妃圖歌〉，《天根詩抄》，《天根文詩抄》（光緒丙午大梁刊本），卷上，頁 320

19 〔唐〕杜甫著，〔清〕仇兆鰲注：《杜詩詳注》，卷 17，〈詠懷古跡五首〉其三，頁 1502。

高帝於平城白登，七日始解圍，於是有婁（劉）敬和親之議。自高帝、文帝、景帝，漢初前後派遣十位公主和親匈奴，胡強漢弱，形勢使然。迨漢武帝即位，亟思雪恥復仇，前後討伐匈奴四十四年，強弱遂有逆轉之勢。至漢宣帝甘露年間（西元前 53-50 年），匈奴單于內亂分立，漢將陳湯等斬殺郅支單于。呼韓邪單于勢單力孤，恐漢攻擊，遂前來長安朝覲，情願壻漢自親。竟寧元年（西元前 33 年），元帝以待詔掖庭王嬙賜之。於是昭君出塞，和親匈奴，號為寧胡閼氏。此乃王昭君和親之歷史背景，詩人題詠昭君，或因文造情，誤讀本事，只為興寄抒懷。

（一）宋金詩人論和親之是非

王昭君和親匈奴，遠嫁單于，如何看待其中之是非得失？大抵就大我公義言，多推崇其是；若就小我私情言，則批判其非。宋代詩人題詠王昭君，即有上述之傾向，如：

> 漢家無計餌單于，掖庭為出千金妹。秀色妍姿玉不如，天子一見先嗟吁。三千粉黛爾殊絕，謀身獨拙何蠢愚。梨花帶雨辭殿隅，遺恨畫工猶可誅。世人重色多歆歔，不思婉孌同戈殳。君王詎識應耽惺，皇天為遣投穹廬。乃知漢計自不疎，畫工憂國非姦諛。君不見後世佳人號太真，坐令九鼎汙胡塵。當時早解揮妖麗，長作開元一聖君。[20]

---

20 〔宋〕陳宓：〈和徐紹奕昭君圖〉，北京大學古文獻研究所：《全宋詩》（北京市：北京大學出版社，1991 年），卷 2852，頁 34006。

《左傳》載叔向母之言，有「甚美必有甚惡」之說，[21]此一審美觀與「為尊者諱」之《春秋》書法結合，遂有「美人禍水」之論。歷代詩人詠昭君，常據此為和親政策作辯護。故劉才邵論昭君出塞，以為可以去尤物，理當賞延壽；袁燮詠昭君，鑑於「敗德由女美」，因此「尤物擯絕域，能為君王馨忠益。」[22]陳宓〈和徐紹奕昭君圖〉紹述前人成說，遂提出「婉變同戈殳」之命題，以為安排昭君和親匈奴，是深謀遠慮，是防微杜漸，乃導出「漢計自不疏，畫工非姦諛」之翻案詩趣來。又舉唐明皇寵愛楊貴妃為史鑑，出以假設性翻案，稱當時明皇若早解，將長作聖君。此詩題畫，從「漢家無計餌單于」切入，後半篇以「乃知漢計自不疏」作轉折翻案，討論和親之是非，「其法全在不黏畫上發論」，得杜甫題畫之要領。[23]

宋遼澶淵之盟、宋金紹興和議、隆興和議、嘉定和議，[24]引發宋代詩人題詠昭君和親是非之反思。艾性夫為南宋入元之遺民，所題〈昭君出塞圖〉反思和議歷史，盱衡當代形勢，題詠昭君出塞，遂直斥和親之非是。如：

> 長門寫遍泥金帖，春風暗老如花靨。臂紗尚護紅守宮，妾命君

21　〔周〕左丘明，楊伯峻注：《春秋左傳注》（北京市：中華書局，2008 年），「昭公二十八年」，頁 1492。

22　〔宋〕劉才邵：〈昭君出塞行〉，《全宋詩》，卷 1681，頁 18839；〔宋〕黃燮：〈昭君祠〉，《全宋詩》，卷 2646，頁 31000。

23　〔清〕沈德潛：《說詩晬語》，丁福保：《清詩話》，第 48 則，頁 551。

24　〔宋〕李心傳：《建炎以來繫年要錄》，卷 135，參考陳振：《中國通史》，第 7 卷，〈中古時代：五代遼宋夏金時期〉（上），頁 328-35。〔元〕脫脫：《宋史》（北京市：中華書局，1997 年），卷 33，〈孝宗紀一〉，頁 630。參考劉伯驥：《宋代政教史》（臺北市：臺灣中華書局，1971 年），上篇第四章第十九節〈隆興和議〉，頁 391-411。陳振：《中國通史》，〈開禧北伐與嘉定和議〉，頁 351-54。

恩盡如葉。一朝結束嫁荒陲，一馬前導五馬隨。老奚并彎相笑
語，雙袖自抱琵琶啼。邊風吹碎心如夢，雲長只有孤鴻送。早
知氈帳是羊車，卻把黃金博青冢。向來玉鎖搖銅環，咫尺不得
覷天顏。祇今墮在萬里外，日光那到祁連山。女色自矜還自
悞，畫史欺君君莫怒。甘向匈奴作婦翁，而翁首禍羞千古。[25]

艾性夫〈昭君出塞圖〉，圖寫昭君出塞場景，出以擬言代言，開發王昭
君故事若干遺妍。將昭君出塞和親之緣因，歸納為女色自矜、榮華自
誤，以及畫史欺君，尤其特提漢元帝「甘作婦翁」，等於「而翁首禍羞
千古」。直斥和親首禍在朝廷，姑息養奸，養虎貽患，是題畫而不異
論贊者。

　　宋代詩人題畫王昭君，主題討論和親之是非，有為和親政策作辯
護者，已論述如上；金朝詩人題畫王昭君，涉及和親之是非者有三，
如：

飄飄秀色奪仙春，只恐丹青畫不真。能為君王罷征戍，甘心玉
骨葬胡塵。[26]

無情漢月解隨人，羞向天涯照妾身。聞道將軍侯萬戶，已將功
業上麒麟。[27]

25　〔宋〕艾性夫：〈昭君出塞圖〉，北京大學古文獻研究所：《全宋詩》，卷 3699，
　　頁 44392。
26　〔宋〕郭祥正：〈林和中家觀畫卷五首（之四）〉，北京大學古文獻研究所：《全
　　宋詩》，卷 777 頁，8989。又見《青塚志》；《歷代題畫詩類》。
27　〔金〕趙秉文：〈昭君出塞圖〉，〔清〕胡鳳丹編：《青冢志》，收入《叢書集成續
　　編》（臺北市：新文豐出版公司，1989 年），冊 224，卷 10，頁 717。又見《全金
　　詩》；《閑閑老人滏水文集》；《歷代題畫詩類》。

風沙無情玉顏老，尤物自合埋青草。和親嫁女計己疏，後宮美
人何足道。天涯一死何須嗟，漫將哀怨歸琵琶。琵琶中國彈未
已，有人轉眼悲胡笳。頗覺良工心獨苦，老夫對畫傷今古。安
得縛取呼韓編作民，青冢斯時化黃土。[28]

宋代詩人郭祥正觀畫，題詠昭君，歌頌其和親之功，有捨己為群之悲
壯情操。金朝趙秉文〈昭君出塞圖〉，既不重現畫面內容，又不藉畫抒
感，乃化身為昭君，出以代言擬言，訴說出塞和親，孤身異域；遠嫁
天涯，只有漢月相隨。為昭君和親天涯場景之空白和未定，作若干添
加與點綴。所可稱道者，漢匈和平從此奠定，胡漢邊境從此安寧無
事。犧牲小我，可以成全大我，所云「將軍侯萬戶」、「功業上麒麟」，
將軍功名雖或因人成事，正所謂成功不必在我。〈明妃出塞圖〉，為金
朝宮素然所繪，現藏日本大阪市立美術館；其中有金人張（天）錫題
詩畫端，署名「天府謫仙張錫走筆」。[29]金朝張天錫題畫〈明妃出塞
圖〉，直斥「和親嫁女計己疏」，同情尤物之遠死天涯，「漫將哀怨歸
琵琶」，立意不出杜甫〈詠懷古跡〉。要之，宋金詩人對和親之是非得
失，雖有不同表述，要以肯定推崇者居多。

（二）清代詩人推崇和親之功勛

昭君出塞，漢匈和親，時當漢成帝竟寧元年。八年後（西元前 25
年），焦延壽撰《易林》，作四言二首詩歌頌昭君和親，首開題詠昭君

28　〔金〕張天錫：〈明妃出塞圖〉，羅繼祖：《楓窗脞語》（北京市：中華書局，1984
　　年），〈〔金〕張天錫《草書韻會》及其題〈明妃出塞圖〉〉，參考張耀宗：〈金明
　　二代的張天錫〉，《讀書》，頁 75。

29　衣若芬：〈宮素然「明妃出塞圖」及其題詩——視覺文化角度的推想〉，以張錫為
　　明人。張高評主編：《金元明文學之整合研究——《近世文學國際學術研討會論
　　文集》之二》（臺北市：新文豐出版公司，2007 年），頁 97-98、106 圖版 7。

之始。其一為〈萃之臨〉，詩曰：「昭君守國，諸夏蒙德。異類既同，崇我王室。」其二為〈萃之益〉，其詩曰：「長城既立，四夷賓服。交和結好，昭君是福。」[30]可見當時對昭君和親之推崇褒揚。

　　宋人題畫王昭君，述說紅顏之禍福時，常關涉到和親之得失，正所謂綏靖邊塵，蛾眉有用；失意可恨，和戎不朽。[31]清人題畫昭君，主題演述和親之是非者，數量約在十二首以上。梳理詩人詮釋昭君和親之視角，因襲者多，開創者少。宋釋智圓〈昭君辭〉云：「靜得胡塵唯妾身，漢家文武合羞死」；盛世忠〈王昭君〉稱：「蛾眉卻解安邦國，羞殺麒麟閣上人」；[32]清人所詠，大抵不出上述二家詩旨之進退抑揚。要之，多強調和親之收功，且以美女與英雄相映襯，紅顏與將相作對比，如：

　　　　淚灑明駝血未乾，焉支山下路漫漫。衛青死後奇兵少，銅鼓金釵出賀蘭。[33]

　　　　黑水流嘶齧塞垠，黃沙隱隱動青燐。就中多少英雄骨，千古蛾眉妾一身。[34]

30　〔清〕焦延壽：《焦氏易林》（板橋市：三才書局，1978 年），〔清〕顧廣圻校宋本重雕，卷 12，〈萃之第四十五〉，「之臨」，頁 294；「之益」，頁 296。

31　張高評：《王昭君形象之轉化與創新》（臺北市：里仁書局，2011 年），〈第八章〈明妃曲〉之唱和與創造性思維〉，頁 322-330。

32　〔宋〕釋智圓：〈昭君辭〉，《全宋詩》，卷 137，頁 1538；〔宋〕盛世忠：〈王昭君〉，《全宋詩》，卷 3087，頁 36829。

33　〔清〕付作楫：〈乙酉元日虎邱市得昭君出塞泥影〉其二，〔清〕胡鳳丹編：《青塚志》，收入《叢書集成續編》，冊 224，卷 10，頁 721。又見《蜀雅》。

34　〔清〕付作楫：〈乙酉元日虎邱市得昭君出塞泥影〉其三，〔清〕胡鳳丹編：《青塚志》，收入《叢書集成續編》，冊 224，卷 10，頁 721。又見《蜀雅》

美人何所怨，圖畫已成名。不作傾城孽，還為卻敵兵。安危雙主重，社稷一身輕。青草終心漢，千年地下情。[35]

付作楫題畫二首，安排衛青奇兵，與和親金釵之與時消息；再設計「多少英雄」與「千古蛾眉」相較量，蛾眉之有用，和戎之不朽，可以想見。黃世成〈題昭君圖〉解讀畫本，推崇出塞和親，另從紅顏之禍福切入，以為昭君「不作傾城孽，還為卻敵兵」，故昭君千古成名。因為和親匈奴，攸關雙主之安危，社稷之重輕，邊境之安寧，漢匈之和平。因此，昭君可以不怨。

其他清代詩人題畫昭君，亦不約而同，有類似之詩思與評價，如：

塞上香風暗度時，琵琶聲急馬蹄遲。美人一曲安天下，愧煞貔貅百萬師。[36]

垂貂忽改舊盤鴉，萬里和親別漢家。從此玉關無夜警，將軍高枕聽琵琶。[37]

北庭邊釁感初開，太息官家乏將才。竟賴紅顏銷虜氣，論功也合畫雲臺。[38]

---

35 〔清〕黃世成：〈題昭君圖〉，〔清〕胡鳳丹編：《青塚志》，收入《叢書集成續編》，冊224，卷10，頁721。又見《平庵詩集》。

36 〔清〕王峻：〈題明妃出塞圖〉，〔清〕胡鳳丹編：《青塚志》，收入《叢書集成續編》，冊224，卷10，頁721。又見《蘭言集》。

37 〔清〕許秉銓：〈題明妃畫冊〉，〔清〕胡鳳丹編：《青塚志》，收入《叢書集成續編》，冊224，卷10，頁722。又見《蘭言集》。

38 〔清〕郭名昌：〈明妃出塞圖〉，〔清〕胡鳳丹編：《青塚志》，收入《叢書集成續編》，冊224，卷10，722。又見《擊缽吟‧鄂集》。

紅顏薄命豈前因，一曲琵琶恨尚新。邊塞安能憑女子，當年將
相是何人？[39]

王峻〈題明妃出塞圖〉，特寫昭君琵琶，將「美人一曲」與「貔貅百萬」
作陰柔、陽剛；一曲、百萬；成敗、和戰之兩兩映襯，對比成諷，意
在言外。許秉銓〈題明妃畫冊〉，特提昭君辭別漢家，萬里和親，委曲
求全，捨己從公，換來邊境之安寧與和平，所謂玉關無警，將軍高
枕，正凸顯昭君和親之績效。宋劉次莊〈王昭君〉所謂：「蛾眉如有
用，慚媿羽林郎」。[40]郭名昌〈明妃出塞圖〉，題畫之詩思，亦持「將才」
與「紅顏」作強弱剛柔之對比，不意柔弱勝剛強，紅顏勝過將才，諷
諭與推崇，多在文字之外。又如張玉綸題畫，以「邊塞憑女子」與「將
相是何人」作反差之對比，褒貶抑陽，自在言外。要之，命意立說，
多不出宋人之詩思與文思。[41]又如：

絕塞揚兵賦大風，旌旗依舊過雲中。他年重畫麒麟閣，應讓蛾
眉第一功。[42]

塞草茫茫出雲紫，沙啄蛾眉寒瘃指。妾身辛苦事和親，萬里關

39　〔清〕張玉綸：〈題畫四首〉，張玉綸。《夢月軒詩鈔》，收入〔清〕陸長春：《夢
　　花亭駢體文集四卷》（上海市：上海書店，1994 年），頁 267。

40　〔宋〕劉次莊：〈王昭君〉，《全宋詩》，卷 978，頁 11325。

41　〔宋〕柳開：〈代王昭君謝漢帝疏〉：「今所以謝陛下者，以安國家，定社稷，息
　　兵戎，靜邊戍，是大臣之事也。食陛下之重祿，居陛下之崇位者，曰相，宜為陛
　　下謀之；曰將，宜為陛下伐之。今用臣妾以和于戎，朝廷息軫顧之憂，疆場無侵
　　漁之患，盡繫于臣妾也。是大臣之事，一旦之功，移于臣妾之身矣。」《河東先
　　生集》，卷 3，曾棗莊主編：《全宋文》（成都市：巴蜀書社，1989 年），頁 576。

42　〔清〕葛季英：〈題明妃出塞圖〉，〔清〕胡鳳丹：《青塚志》，收入《叢書集成
　　續編》，冊 224，卷 10，頁 723。又見《梁溪詩鈔》。

山從此始。日落穹廬望漢宮，未央宮月半朦朧。宮中自識昭君
面，便隔君門一萬重。小弦聲大弦急，弦急弦如帛裂。琵琶拋
卻不成彈，匹似妾身長斷絕。和親辛苦唯妾身，漢家十載無邊
塵。回頭翻覺君恩重，勝作長門賦裡人。[43]

葛季英〈題明妃出塞圖〉，表揚昭君出塞，和親匈奴之功，以為「他年
重畫麒麟閣，應讓蛾眉第一功」，此一命意，宋人已道過：王洋〈明妃
曲〉：「山西健將如君否，此日安危託婦人」；許棐〈明妃〉：「漢宮眉
斧息邊塵，艷粧顏色上麒麟」；盛世忠〈王昭君〉：「蛾眉卻解安邦國，
羞殺麒麟閣上人」；[44]由此觀之，宋人詠昭君，佳作妙思既多，清人欲
求跳脫窠臼，推陳出新，確實談何容易！時銘〈題明妃出塞卷子〉，狀
寫蛾眉和親，遠赴萬里關山之辛苦，其中特寫琵琶弦聲傳達之怨望苦
辛。唯曲終奏雅，回歸正意云：「和親辛苦唯妾身，漢家十載無邊
塵」，禍福得失之際，公義與私情之間，自有公斷。

　　清人題詠昭君出塞，有著重刻劃丹青圖景，歷歷如繪，再現畫面
內容者。無論詩歌或圖繪，開發昭君故事中之遺妍，針對空白處與未
定性作賦法之鋪敘，此非七言古詩不能。如：

朔風浩浩揚黃沙，披圖恍惚聞悲笳。煙塵蔽野關山黑，明妃車
輛天之涯。琵琶有淚向誰語，回首長安路何許？氈幃貂裘弗襄

43　〔清〕時銘：〈題明妃出塞卷子〉，可永雪等編纂：《歷代昭君文學作品集》，頁
　　185，《掃落葉齋詩稿》。

44　〔宋〕王洋：〈明妃曲〉，《全宋詩》，卷 1687，頁 18937；許棐：〈明妃〉，《全宋
　　詩》，卷 3089，頁 36841；盛世忠：〈王昭君〉，《全宋詩》，卷 3338，頁 39857。
　　（盛世忠詩，《全宋詩》重複收錄十五首詩。〈王昭君〉詩，兩見，一見於卷
　　3087，頁 36827；一見於卷 3338，頁 39857）

寒，玉珥羅襦色悽楚。馬上紫髯碧眼兒，分行逐隊黃金羈。獵
犬在地鷹在臂，垂鞭鳴鏑流星馳。控絃雁欲落，狐兔走大漠。
戰氣暗旌旛，軍令嚴吹角。辮髮兒童騎擊鼓，盤髻妖姬善歌
舞。一時悲歡各不同，白日荒涼照后土。自從博望月支迴，蒲
萄苜蓿天馬徠。將軍驃姚不復起，漢室成功望女子。噫嘻萬里
西入胡，青冢淒清漢月孤。當年共憾丹青者，今日何人更寫
圖。即如此事無時無，慎勿對之生嗟吁！ [45]

舒峻極〈明妃出塞圖〉，圖寫當年昭君出塞之場景：朔風黃沙，煙塵蔽
野，回首長安，琵琶有淚；單于迎親，排場壯盛，有如圍場出獵。詩
人感慨：當「將軍驃姚不復起」時，只得「漢室成功望女子」，昭君和
親雖忍悲帶憾，畢竟帶來兩國之和平，白溝從此無戰塵。班固《漢書》
〈匈奴傳〉稱：竟寧元年，「元帝以後宮良家子王嬙字昭君賜單于」；「北
邊自宣帝以來，數世不見煙火之警，人民熾盛，牛馬布野」；「是時邊
城晏閉，牛馬布野，三世無犬吠之警，黎庶亡干戈之役」；《後漢書》
〈南匈奴傳〉：「邊人獲安，中外為一，生人休息六十餘年」，和親之效
益可以想見。[46]詩人所詠，切合歷史事實。

　　清人題畫昭君和親之主題，以褒美昭君，貶刺將相為主軸，已如
上述。清顧景星〈咏王明妃序〉謂：「妃不得志於中國，而遠嫁單于，
卒使漢受其福，有孤臣義士之隱情焉。」黃鵬揚〈讀史吟評〉稱昭君

45　〔清〕舒峻極：〈明妃出塞圖〉，〔清〕胡鳳丹編：《青塚志》，收入《叢書集成續
　　編》，冊 224，卷 10，頁 721。又見《韋園詩集》。

46　〔漢〕班固著，〔唐〕顏師古注：《漢書》（臺北市：明倫出版社，1972 年），卷
　　94，〈匈奴傳〉，頁 3803、3826、3832-3833。〔劉宋〕范曄著，〔唐〕李賢注，〔清〕
　　王先謙集解：《後漢書集解》（臺北市：藝文印書館，1958 年），卷 89，〈南匈奴
　　列傳〉，頁 1062。

「制勝安邊，過武皇十二部將軍也。」[47]良然。要之，昭君和親之功，誠如清人楊瑯樹〈王昭君〉所云：「虎臣飛將乃如此，萬里長城在女子。」[48]推崇昭君安邊之功，媲美萬里長城，比擬創新，前所未有。

　　除上所述之外，清人題畫昭君，又有別從慎始作俑論述，更有以「美女如傑士」作類比者。先看前者，堪稱標新立異以求新，如：

　　　　應悔和親失策來，玉顏一去委荒埃。姽姽公主烏孫嫁，始自當
　　　　年釀禍胎。[49]

郭伯蔭題〈明妃出塞圖〉，直斥和親失策，造成「玉顏一去委荒埃」之結局。追本溯源，以為禍胎始自武帝元封中劉細君公主和親烏孫，[50]首開惡例。宋人論述和親之禍階，或推究春秋魏絳論和戎，或指稱漢初婁（劉）敬倡和親之議。郭伯蔭別提烏孫公主下嫁吐番，堪稱特識。據晉傅玄〈琵琶賦序〉，公主劉細君嫁烏孫時，有「從行之人」彈奏琵琶，實非行者（細君）自彈。然後世詠昭君，乃誤讀歷史，張冠李戴，將公主琵琶轉化為昭君琵琶。東晉石崇（249-300）〈王明君辭并序〉所謂：「昔公主嫁烏孫，令琵琶馬上作樂，以慰其道路之思；其送明君，亦必爾也。」[51]當是誤讀之濫觴。由此觀之，郭伯蔭以和親失策，禍胎始自公主嫁烏孫，求諸正史，未免失考。漢武帝以前，自呂后至

47　〔清〕胡鳳丹編：《青塚志》，卷3；《香豔叢書》，卷3，頁5073、5075。

48　〔清〕楊瑯樹：〈王昭君〉，徐世昌編：《晚晴簃詩滙》（臺北市：世界書局，1961年），卷53，頁775。

49　〔清〕郭伯蔭：〈明妃出塞圖〉，〔清〕胡鳳丹編：《青塚志》，收入《叢書集成續編》，冊224，卷10，頁722。又見《擊缽吟》。

50　劉細君公主和親烏孫，事詳〔漢〕班固：《漢書》，卷96下，〈西域傳〉，頁3903。

51　逯欽立：《先秦漢魏晉南北朝詩》（北京市：中華書局，1983年），《全晉詩》，卷4，石崇：〈王明君辭・并序〉，頁642-643。

景帝，前後已派遣十位公主和親匈奴。然就王昭君故事之演述而言，
公主琵琶自是「胎始」。

　　唐宋詩人之題畫手法大抵有三：其一，巧構形似，重現畫面；其
二，藉畫抒懷，比興寄託；其三，因畫發論，針砭世俗；後二者尤為
主流，是沈德潛《說詩晬語》所謂「其法全在不黏畫上發論」。清人題
畫王昭君，出於絕句短章者多；昭君和親之歷史既已時移境遷，於是
因畫發論者亦較多。李含章〈明妃出塞圖〉，因畫發論，以「美女如傑
士」相類比，於清代題畫昭君故事中，出以七古長篇，最為特別：

> 龍沙萬里日色晡，大陰山色青模糊。雲霾霧掩壯士且悲死，況
> 此絕世佳人乎！我聞滅秦誅項困冒頓，漢廷宵旰惟匈奴。和親
> 下策出高帝，例刷民女稱皇姑。魯元誓不作閼氏，婁敬有女歸
> 氈廬。嫖姚兵還貳師死，元帝孱弱無人扶。吾恐昭君當時即不
> 點大破，未必別遣宮中都。又況竟寧建始之間禍水作，六宮內
> 事知何如。大抵美女如傑士，見識迥與常人殊。春花不枯秋不
> 落，要令青史誇名姝。一日不畫畫千載，安有黃金百鎰煩鴉
> 塗。雁門古塚生青蕪，香溪碧水流珊瑚。籲嗟此意難描摹，區
> 區延壽安足誅，酹酒三拜明妃圖！[52]

李含章歷數漢世和親之背景與歷史，除批判「和親下策出高帝」外，
更斷定昭君和親，勢在必行。既而下一轉語稱：「大抵美女如傑士，見
識迥與常人殊。春花不枯秋不落，要令青史誇名姝。」除下一「見識
迥殊」之空泛語外，未有具象語言刻劃名姝之堪誇，理趣韻味稍嫌不
足。宋人詠寫昭君，有以紅顏薄命與才士不遇相類比者，如唐庚〈明

52　〔清〕李含章：〈明妃出塞圖〉，〔清〕胡鳳丹編：《青塚志》，收入《叢書集成續
　　編》，冊 224，卷 10，頁 723。又見《滇南詩略》。

妃曲〉:「生男慎多才,生女慎太美」;袁燮〈昭君祠〉:「自古佳人多命薄,亦如才士多流落」;周紫芝〈昭君行〉:「世間妍醜何曾分,自古賢愚亦如此」;[53]要之,自司馬遷〈悲士不遇賦〉以來,「懷才不遇」已成中國文學一大主題。因革損益之際,難出新意與創見。

由此觀之,宋人題畫王昭君,述說紅顏之禍福時,常關涉到和親之得失,正所謂綏靖邊塵,蛾眉有用;失意可恨,和戎不朽。宋釋智圓〈昭君辭〉云:「靜得胡塵唯妾身,漢家文武合羞死」;盛世忠〈王昭君〉稱:「蛾眉卻解安邦國,羞殺麒麟閣上人」;清人所詠,大抵不出上述二家詩旨之進退抑揚。要之,多強調和親之收功,且以美女與英雄相映襯,紅顏與將相作對比。要之,因襲者多,開創者少。

二 遠嫁之哀樂

滿清八旗入關,征服且統一了中國。於是滿清帝國分為兩部分:其一,中國部分;其二,蒙古與西藏。論者指出:就中國歷史上之內外分際而言,在多元結構之下,滿洲皇室的「我者」,面對多種不同的「他者」,各有其特定的相對關係。這些「他者」,又可能因應情勢,轉變為「我者」。[54]西漢王昭君出塞和親之匈奴,在清為蒙古,為「內」,為「我者」。故於和親云云,多百慮一致,要皆肯定與褒揚,持異議者差少。既然內外為一,於是宋詩「和親之是非」,轉換為清詩「遠嫁之哀樂」,主題之重輕亦與時俱進,隨之移易。

昭君出塞,就政治婚姻而論,謂之和親;就終身大事而言,謂之

---

53 〔宋〕唐庚:〈明妃曲〉,《全宋詩》,卷 1323,頁 15020;袁燮:〈昭君祠〉,《全宋詩》,卷 2646,頁 31000;周紫芝:〈昭君行〉,《全宋詩》,卷 1496,頁 17086。

54 許倬雲:《我者與他者:中國歷史上的內外分際》(香港:中文大學出版社,2009年),〈滿清帝國〉,頁 109-111。

遠嫁。杜甫〈詠懷古跡〉之四所謂「一去紫臺連朔漠，獨留青冢向黃昏」；詩眼聚焦在「怨恨」：「一去」，是怨恨的開端；「獨留」，是怨恨的結局。[55]王昭君一生，為和親而遠嫁匈奴，大我使命與小我幸福交織糾結，形成王昭君故事之多彩多姿，詩人詮釋昭君圖畫遂有多層面之回應。

昭君出塞之匈奴，地屬今之內蒙古，於宋為塞外，為「他者」，為外；於清為盟友，為親人，為滿洲皇室的「我者」，為內。因此，宋清詩人同詠和親，觀點遂有殊異，優劣亦有等差。就詩人題詠畫圖而言，宋金詩人泛詠昭君（明妃）圖者十二首，佔五分之四，題名出塞圖者三，只佔五分之一。然清代畫家所繪，詩人所詠，名為「出塞圖」者頗多，有二十一題二十三首；名為「青冢圖」者二；泛稱「昭君（明妃）圖」者十一首。出塞圖與明妃圖數量之升降，關係中國歷史上內外分際之變遷改易。宋代、清代題畫王昭君之作品，演述故事，品題人物，雖亦各有側重，然題詠「遠嫁之哀樂」居冠，多達十八首以上。將「和親塞外」淡化，視同「遠嫁他鄉」，內外分際之視角一經調整，敘述昭君故事，品題明妃遭遇，解讀遂有不同。

（一）宋人圖寫昭君遠嫁之哀愁

王昭君故事之形成，由五個系統基型演化而來。詩人題詠昭君，或訴說紅顏之禍福，或品題畫圖之妍媸，或評述和親之是非，或代言遠嫁之哀樂。絕句短章多擇一詮釋，古詩長篇往往多元解讀。著重別識心裁處，大類詠史詩。和親匈奴與遠嫁異域，本一體之兩面，先看宋人題畫昭君出塞，已有將和親淡化為遠嫁者，如：

55　黃永武、張高評：《唐詩三百首鑑賞》（臺北市：黎明文化公司，2003 年），〈詠懷古跡・群山萬壑赴荊門〉，頁 612。

昭君十七進御時，舉步弄影颺蛾眉。自憐窈窕出絕域，八年未
許承丹墀。在家不省窺門戶，豈知萬里從胡虜。豐容靚飾亦何
心，尚欲君王一回顧。君不見班姬奉養長信宮，又不見昭儀舉
袂前當熊，盛時寵幸只如此，分甘委棄匈奴中。春風漢殿彈絲
手，持鞭卻趁奚鞍走。莫道單于無厚情，一見纖腰為回首。含
悲遠嫁來天涯，不知夔州處女髽。寄語雙鬟負薪女，炙面慎勿
輕離家。[56]

　　韓駒（？-1135）〈題李伯時畫昭君圖並敘〉，以畫像為真人，設寫
王昭君舉步弄影，自憐窈窕，自矜自持，守身如玉。不意紅顏命薄，
出塞和親，遠嫁匈奴。詩中稱「豈知萬里從胡虜」，「分甘委棄匈奴
中」，「含悲遠嫁來天涯」云云，其憐惜不捨之情，溢於言表。詩戒夔
州村女，慎勿離家，可知不以和親匈奴、遠嫁單于為榮。此或華夷內
外分際之體現，自杜甫〈詠懷古跡〉已然，宋代《春秋》學興盛流行，
更加昌揚此種意識。又如：

　　……當時自倚絕世姿，不將賂結毛延壽。可憐朱網畫香車，卻
　　來遠嫁胡韓邪。不如歸州舊村女，三幅羅裙兩髻丫。陌上花開
　　大隄暖，細雨春風歸緩緩。寧從禁籞落胡沙，長路漫漫碧雲
　　斷。忽看漢月照氈裘，淚濕彈絲錦臂韝。龍眠會作無聲句，寫
　　得當時一段愁。[57]

56　〔宋〕韓駒：〈題李伯時畫昭君圖並敘〉，北京大學古文獻研究所編：《全宋詩》，
　　卷1439，頁16585。又見《陵陽集》；《青冢志》；《歷代題畫詩類》。

57　〔宋〕王庭珪：〈題羅疇老家明妃辭漢圖，李伯時作明妃豐容靚飾，欲去不忍之
　　狀〉，北京大學古文獻研究所編：《全宋詩》，卷1453，頁16734。又見《歷代題
　　畫詩類》；《盧溪集》；《青塚志》。

青冢千年恨不埋，琵琶馬上幾時回。宇文高氏爭雄日，突厥柔然獻女來。[58]

嚙雪中郎妾不如，脫身無計謾相與。勸君莫射南飛雁，欲寄思鄉萬里書。[59]

　　將和親視為遠嫁，始於漢武帝時公主劉細君和親烏孫。《漢書》〈西域傳〉：「（烏孫）昆莫年老，語言不通，公主悲愁，自為作歌曰：『吾家嫁我兮天一方，遠託異國兮烏孫王。穹廬為室兮旃為牆，以肉為食兮酪為漿。居常土思兮心內傷，願為黃鵠兮歸故鄉。』」[60]舉凡歷代題詠和親，涉及遠嫁異國、心傷思歸之主題者，皆以烏孫公主〈黃鵠之歌〉為原型，加以比興而成。宋王庭珪〈題羅疇老家明妃辭漢圖〉，為傳寫李伯時（公麟）所圖「欲去不忍之狀」，乃下斷語云：昭君「遠嫁呼韓邪，不如歸州舊村女」。村女安土重遷，一生不棄羅裙髻丫，不離陌上大隄，亦不害其從容順性，自得其樂。宋人陸文圭所題詠昭君畫，亦不離怨恨思歸之愁緒：稱青冢千年恨，琵琶幾時回；思鄉萬里，脫身無計即是。

（二）清人代言昭君遠嫁之悲怨

　　清代公與私觀念之發展，二重性更加顯著。尤其在小我人情之私方面，普遍有所提昇。或許是滿清異族較尊崇女性，如北朝、李唐之

58　〔宋〕陸文圭：〈題昭君畫卷五絕〉五首之三，北京大學古文獻研究所編：《全宋詩》，卷3713，頁44614。

59　〔宋〕陸文圭：〈題昭君畫卷五絕〉五首之五，北京大學古文獻研究所編：《全宋詩》，卷3713，頁44614。

60　〔漢〕班固：《漢書》，卷96下，〈西域傳〉，頁3903。

皇親，遼金之太后？或者清代婦女地位已相對提昇，有如名媛閨秀於
袁枚之請業從遊；而有章學誠（1738-1801）《文史通義》〈婦學〉、〈婦
學篇書後〉之反響？[61]待考。今檢索清人題畫王昭君，十七篇中只有三
篇輕點君恩自好，絕大部分多強調遠嫁之哀愁、琵琶之傳怨，望月思
歸、青冢留恨。換言之，哀多於樂，憾恨多於幸福。就遠嫁而言，自
是人之常情。至於出塞萬里，遠嫁匈奴之哀愁，畫家與詩人又多假藉
琵琶音響以傳怨，以寫恨，如清人題詠昭君：

> 五月邊霜毳帳秋，羅衣脫盡換貂裘。蘆笳一夜腸應斷，畫上何
> 緣不白頭。[62]

> 萬里辭君出大荒，幾番回首望君王。侍兒不解傷心處，還負琵
> 琶近妾傍。[63]

> 夙昔承恩在漢宮，那堪騎馬泣秋風。千年遺恨終難釋，猶抱琵
> 琶入畫中。[64]

> 馬上琵琶者誰歟，漢宮佳人嫁單于。昨日寂寞漢宮裡，顧影悲
> 泣淚如珠。黃雲四塞春風呼，嗚呼畫出明妃圖。[65]

---

61 〔清〕章學誠著，葉瑛校注：《文史通義校注》（北京市：中華書局，1985 年），
卷 5，〈婦學〉，頁 531-553；〈婦學篇書後〉，頁 554-558。

62 〔清〕申函光：〈題明妃畫〉，綏遠通志館：《綏遠通志稿・詩輯》（呼和浩特市：
內蒙古人民出版社，2007 年），冊 6，卷 47，頁 598。又見《聰山詩選》。

63 〔清〕付作楫：〈乙酉元日虎邱市得昭君出塞泥影〉其一，〔清〕胡鳳丹編：《青
塚志》，收入《叢書集成續編》，冊 224，卷 10，頁 721。又見《蜀雅》。

64 〔清〕蔡德晉：〈題昭君像〉，〔清〕胡鳳丹編：《青塚志》，收入《叢書集成續編》，
冊 224，卷 10，頁 721。

65 〔清〕汪洙：〈明妃圖〉，〔清〕胡鳳丹編：《青塚志》，收入《叢書集成續編》，
冊 224，卷 10，頁 721。

申函光（1619-1677）〈題明妃畫〉，以「蘆笳一夜」之吹奏，助長出塞之腸斷，遠嫁之白頭。付作楫以侍兒之「還負琵琶近妾傍」，反襯辭君回首之傷心。蔡德晉〈題昭君像〉，以承恩漢宮與騎馬秋風作反差，再以「琵琶入畫」，體現「千年遺恨」，皆是代言昭君遠嫁之哀愁。汪洤〈明妃圖〉，寫昨日寂寞之漢宮佳人，今日顧影悲泣嫁單于。黃雲四塞、馬上琵琶，為此圖之場景，「淚如珠」之動態演示，凸顯遠嫁之氛圍。又如：

雁門關接紫臺高，鐵撥銅琵手自操。彈盡新聲渾不似，馬頭漢月冷宮袍。[66]

玉關哀怨寄檀槽，胡語分明一曲操。回首漢宮不知處，李陵臺上月輪高。[67]

生辭漢殿金難贖，死葬胡沙骨不回。一曲鼙婆成絕調，傷心遙望李陵臺。[68]

不堪回首憶長安，一曲琵琶一曲酸。馬上風流青塚恨，等閒齊付畫中看。[69]

66　〔清〕楊維屏：〈昭君出塞圖〉，〔清〕胡鳳丹編：《青塚志》，收入《叢書集成續編》，冊 224，卷 10，頁 722。又見《雲悅山房偶存稿》。

67　〔清〕曾元海：〈昭君出塞圖〉，〔清〕胡鳳丹編：《青塚志》，收入《叢書集成續編》，冊 224，卷 10，頁 722。又見《擊缽吟》。

68　〔清〕劉綏青：〈明妃出塞圖〉，〔清〕胡鳳丹編：《青塚志》，收入《叢書集成續編》，冊 224，卷 10，頁 722。又見《擊缽吟・鄂集》。

69　〔清〕金穎第：〈題明妃出塞圖〉，〔清〕胡鳳丹編：《青塚志》，收入《叢書集成續編》，冊 224，卷 10，頁 723。又見《湖州詩錄》。

琵琶之旋律，苦調高，悲颯颯，聞之可以生發「關山思，秋月寒」之
效應。因此，「閑人暫聽猶眉斂，可使和番公主聞？」清人題畫昭君，
亦多藉琵琶傳達其心聲：楊維屏〈昭君出塞圖〉稱：銅琶自操，新聲
彈盡；曾元海〈昭君出塞圖〉寫玉關哀怨，胡語分明，而各以馬頭漢
月，李陵臺月作背景點綴，思鄉愁情，多在言外。劉綏青〈明妃出塞
圖〉，拈出生辭漢殿，死葬黃沙，鼙婆（琵琶）絕調，傷心不回，勾勒
昭君一生，遠嫁之哀愁可以想見。金穎第〈題明妃出塞圖〉，琵琶辛
酸，馬上風流，青塚怨恨，亦是昭君出塞遠嫁哀樂之定評。要之，詩
人所詠，諸如腸斷白頭、萬里辭君、千年遺恨、悲泣遠嫁、新聲彈
盡、玉關哀怨、傷心不回、不堪酸恨等等，多藉由琵琶音聲傳述之。

　　昭君遠嫁之不幸，除經由琵琶以傳憾恨外，又有藉塞外場景，點
綴烘托者；如玉關漢月、馬蹄風寒、絕漠風沙。此情此景，既表現哀
恨作婦，又常思魂隨歸漢，如：

　　　玉關秋盡雁連天，磧裏明駝路幾千！夜半李陵臺上月，可能還
　　　似漢宮圓。[70]

　　　回首昭陽霄漢間，內家裝束換應難。只愁前路馬蹄疾，一日風
　　　沙一日寒。[71]

　　　絕漠明駝去不回，年年草色委塵埃。不知一片關山月，環珮曾
　　　無入塞來。[72]

70　〔清〕吳偉業：〈戲題士女圖十二首・出塞〉，載於《吳梅村全集》，〔清〕吳偉業
　　撰，李學穎集評標校（上海市：上海古籍出版社，1990、2007 年），卷 20，詩後
　　集 12，頁 520。

71　〔清〕汪士慎：〈題昭君倚馬圖〉，〔清〕胡鳳丹編：《青塚志》，收入《叢書集成
　　續編》，冊 224，卷 10，頁 722。又見《蘭言集》。

72　〔清〕劉端：〈明妃出塞圖〉，〔清〕胡鳳丹編：《青塚志》，收入《叢書集成續編》，
　　冊 224，卷 10，頁 722。又見《擊缽吟》。

吳偉業（1609-1672）〈戲題士女圖十二首・出塞〉，以玉關秋雁、明駝漢月，再現畫面內容；再將李陵臺上之月，與漢宮秋月之團圓作對照，遠嫁思鄉之愁情，自見於言外。汪士慎〈題昭君倚馬圖〉，回首昭陽，猶著漢裝；只愁前路，風沙日寒。圖繪昭君倚馬，塑造意象選擇「最富於孕育性之頃刻」，既包含過去，又暗示未來，令讀者觀眾有極大的自由聯想空間。[73]劉端〈明妃出塞圖〉，勾勒絕漠、山月、明駝、環珮，一去不回，曾無入塞，則老死異域可知。又如：

> 日落旌旗拂野花，美人憔悴老風沙。登高不向天山望，萬壑千巖似妾家。[74]

> 朔漠邊風冷紫臺，漢宮回首有餘哀。此身竟作呼韓婦，墓草空青恨未灰。[75]

> 錦帔明璫出漢關，白雲回首失陰山。他年居次重歸漢，可有魂隨愛女還？[76]

陳崇砥〈昭君出獵圖〉，美人憔悴，終老風沙，亦紅顏薄命，榮華誤身之實證。昭君出獵，不望天山；因為天山的萬壑千巖，極似昭君之家鄉荊門。活用杜甫詩：「群山萬壑赴荊門，生長明妃尚有村」典故，而

73　朱光潛：《詩與畫的界限・拉奧孔》（臺北市：元山書局，1986 年），〈第三章最富於孕育性之頃刻〉，頁 83、171。

74　〔清〕陳崇砥：〈昭君出獵圖（步明鄧子靜韻）〉，〔清〕胡鳳丹編：《青塚志》，收入《叢書集成續編》，冊 224，卷 10，頁 722。又見《擊缽吟》。

75　〔清〕劉大受：〈昭君出塞圖〉，〔清〕胡鳳丹編：《青塚志》，收入《叢書集成續編》，冊 224，卷 10，頁 722。又見《擊缽吟・鄂集》。

76　〔清〕陳壽祺：〈明妃出塞圖〉，〔清〕陳壽祺：《纂喜堂詩稿・乙卯》，收入《叢書集成初編》（北京市：中華書局，1985 年），冊 2330，頁 12。

有韻致。劉大受、陳壽祺（1771-1834）同詠〈明妃出塞圖〉，前者凸顯哀恨作婦，後者叮嚀魂隨漢歸，則昭君遠嫁之愁思哀恨可以想見。由此觀之，清人題詠昭君，自與宋人有別。

（三）清人歌頌明妃出塞之差勝

漢清以胡人入主中原，於是夷夏之畛界，內外之分際，與兩宋時期迥然有別。於是有關昭君出塞，遠嫁匈奴，清人題畫，偶有歌頌之者。綜考清人所作，多就漢胡境遇作今昔之對照，中以琵琶一曲為串場。相形之下，昭君和親遠嫁似乎差勝老死漢宮，如：

> 琵琶一曲怨黃昏，渺渺風塵古塞垣。胡語可憐淪絕域，蛾眉差勝閉長門。朝廷專倚和親力，朔漠難歸戀闕魂。漢地春風青冢到，須知遠嫁亦君恩。[77]

> 貂裘壓雪鬢堆花，絕漠黃塵滾白沙。勝似秋風圖出塞，琵琶馬上別官家。[78]

> 未甘永巷閉青苔，一曲琵琶出紫臺。為謝漢家天子使，閼氏自好不思回。[79]

李薖〈題明妃出塞圖〉，謂和親遠嫁，身淪絕域，雖朔漠難歸，而魂戀漢闕。若就昭君平生遭遇而言，「須知遠嫁亦君恩」，「蛾眉差勝閉長

77 〔清〕李薖：〈題明妃出塞圖〉，〔清〕胡鳳丹編：《青塚志》，收入《叢書集成續編》，冊 224，卷 10，頁 722。又見《岡州續稿》。

78 〔清〕曾元澄：〈昭君出獵圖（步明鄧子靜韻）〉，〔清〕胡鳳丹編：《青塚志》，收入《叢書集成續編》，冊 224，卷 10，頁 722。又見《擊缽吟》。

79 〔清〕郭績昌：〈明妃出塞圖〉，〔清〕胡鳳丹編：《青塚志》，收入《叢書集成續編》，冊 224，卷 10，頁 722。又見《擊缽吟・鄂集》。

門」。曾元澄〈昭君出獵圖〉，圖寫昭君出獵場景，突出貂裘、雪花、絕漠、黃塵、白沙。絕漠出獵雖苦寒難耐，卻勝當年秋風出塞，辭別君王之苦楚哀愁。郭績昌〈明妃出塞圖〉，將閉永巷與出紫臺、使匈奴相對，有畫眉出金籠，出於幽谷，而遷於喬木之解脫，故曰「閼氏自好不思回」。清人題畫昭君，出於對比成諷，可見和親遠嫁，使命必達而已，所謂「君恩」，所謂「勝似」，所謂「自好」云云，正訴說其中消息。

　　公與私之觀念，在宋明理學中頗多發揮。所謂天理人欲：天理是公，人欲是私云云，至清代持續有所發用。因此，清人題畫王昭君故事，遂有二重性：就和親之是非而言，多以為穹廬勝掖庭、和親建功勳、畫圖上麒麟、靖邊愧衛霍。總之，詩人詮釋昭君和親，隱然在彰天理之公，議人情之私。然而，另一種觀點，別闢谿徑，卻維護人情之私，同情小我之遭遇，題詠王昭君遠嫁之哀樂，往往代寫其哀怨，遠遠勝過歡樂。天理人情之消長交戰，自宋代題畫昭君已然如此，而清代二重性更加壁壘分明。

　　要之，昭君出塞，就政治婚姻而言，謂之和親；就終身大事而言，謂之遠嫁。清人題畫王昭君，代言遠嫁之哀樂者，十七篇中只有三篇輕點「遠嫁亦君恩」，「閼氏自好不思回」。絕大部分多強調遠嫁之哀愁、琵琶之傳怨，望月思歸、青冢留恨。換言之，哀怨多於欣樂，憾恨多於幸福。就遠嫁之哀樂而言，自是人之常情。或許清代公私觀念已此消彼長，或許滿清異族尊崇女性，也許清代婦女地位已相對提高，待考。

三　紅顏之禍福

　　南朝宋劉義慶《世說新語》〈賢媛〉稱：「王昭君姿容甚麗，志不

苟求」，[80]特別凸顯王昭君外在美與內在美之出類拔萃、不同凡俗，對於後世詩人墨客塑造昭君形象，多所啟發。王昭君之美麗究竟會帶來福澤？或引發災禍？或者禍福相倚，得失相待？宋代及清朝詩人各有不同解讀：

（一）宋人說紅顏之自誤誤人

唐代詩人突出「榮華誤身」之主題，北宋詩人開發遺妍，把昭君之美麗說成「自誤」：昭君有自尊自重、自信自恃之品格，因而恥賂畫師，遂為丹青所誤；南宋詩人觸類引申，頗言美好招患，奇材塵埋，凸顯懷才不遇之主題。昭君美貌，後宮第一，既誤己，又誤人：詩人另從美人禍水，傾城傾國視角論述，創作許多翻案之奇作。至於紅顏之福澤，宋代詩人多推崇昭君和親之功，以為綏靖邊塵，蛾眉有用；失意可恨，和戎不朽，已見上述。品題之兩重性，此宋人之創意詩思。

《琴操》稱昭君「顏色皎潔，端正閑麗」；[81]《西京雜記》稱王嬙「貌為後宮第一，舉止閑雅」；《後漢書》載臨辭大會：「昭君豐容靚飾，光照漢宮，顧景徘徊，竦動左右，帝見大驚」；[82]外加《世說新語》〈賢媛〉所云：「姿容甚麗，志不苟求」，其美麗形象已呼之欲出。宋人題畫王昭君，就紅顏之禍福言，或言誤人，或說誤己。言誤人，蓋就「美人禍水」論揮灑；說誤己，則是唐詩「榮華誤身」，「紅顏薄命」

---

80 〔南朝宋〕劉義慶著，楊勇校箋：《世說新語校箋》（臺北市：正文書局，2000年），〈賢媛第十九〉，頁606。

81 逯欽立輯校：《先秦漢魏晉南北朝詩》，《漢詩》，卷11，〔漢〕蔡邕：《琴操》，〈琴曲歌辭·怨曠思惟歌〉序，頁315。

82 〔劉宋〕范曄撰，〔唐〕李賢注：《後漢書》（臺北市：藝文印書館，1958年），卷89，〈南匈奴傳〉，頁1057。

之演述。宋陳宓〈和徐紹奕昭君圖〉，[83]對於「世人重色」，深表歔欷。
於是提出「美人禍水」之反思主題：一方面批評「秀色妍姿」之昭君，
「謀身獨拙」；一方面又反思「婉孌同戈殳」，理應「早解揮妖麗」；因
而肯定「皇天為遣投穹廬」，誠為「君王蚤識」。進而翻案生新，稱漢
室和親，「計自不疎」；甚至開脫畫工之變亂妍媸，辯護其出於「憂
國」，其可誅之行徑其實「非姦諛」。乃舉楊貴妃女媧為戒，謂揮別妖
麗，方能長作聖君。持之有故，言之成理，自是翻案詩之名作。

　　若言紅顏「自誤」，則如宋柴隨亨〈昭君圖〉所云：

　　　　紅顏雖命薄，猶是漢宮人。一上玉關道，天涯淪落身。[84]

柴隨亨〈昭君圖〉，稱天涯淪落，出塞玉關，皆緣於紅顏命薄，只得隨
緣任運。唯身處異域，猶心繫漢家，所謂「猶是漢宮人」者是。其中，
自有華夷內外之分際在。〈公羊傳〉所謂「內諸夏而外夷狄」，[85]此宋
代「夷夏之防」之《春秋》學體現於文學創作者。

（二）清人評論紅顏之禍福

　　清代詩人題畫王昭君，論及紅顏之禍福者，要皆凸顯艷色招妒，
榮華誤己。大抵就《世說新語》〈賢媛〉所云「姿容甚麗，志不苟求」
之昭君形象，進行二重論述，而以禍福相倚為依歸。其中，清人題詠

83　〔宋〕陳宓：〈和徐紹奕昭君圖〉，《全宋詩》，卷 2852，頁34006。

84　〔宋〕柴隨亨：〈昭君圖〉，北京大學古文獻研究所：《全宋詩》，卷 3447，頁
　　41076。

85　〔漢〕公羊壽傳，〔漢〕何休解詁，〔唐〕徐彥疏：《春秋公羊傳注疏》（臺北市：
　　藝文印書館，1955 年），卷 18，成公十五年：「《春秋》內其國而外諸夏，內諸夏
　　而外夷狄。」頁 231。

有關「青冢」、「明妃墓」、「昭君墓」之圖畫,每藉七古長篇以詠歎之,
最稱典型。七言古詩最便於鋪陳,有助於昭君故事之演示。下文所述
唐建中、孔尚任、姚鼐、李調元諸名家所詠,皆其例證。故事之演
示,往往開發五大系統基型之遺妍,於昭君故事之空白與未定,頗有
補缺發明之功。故事完形之塑造既了,依例順理成章,多別生眼目,
發揮論斷,其作用與功能頗近詠史與史論。如唐建中所詠:

> 咄哉徐君真好奇,勸客一飲連十卮。酒酣手持〈青冢圖〉,邀
> 客為作青冢詩。自言邊地盡飛狐,青冢猶在邊西陲。世人但聞
> 圖經說,我昔從軍親見之。前臨黑河後祁連,黃沙千里胡馬
> 迷。其地萬古無春風,但見白草常離離。一坯獨戴中華土,青
> 青之色長不萎。我時往拜值寒食,繫馬冢前古柳枝。此柳亦疑
> 漢宮物,枝枝葉葉皆南垂。下有無名之石獸,上有無主之荒
> 祠。獸腹依稀青冢字,刻畫認是唐人為。祠中絡繹獻挏酪,碧
> 眼倒地呼閼氏。至今牧兒不敢上,飛鳥絕聲馬不嘶。卻為奇跡
> 人罕見,擅場畫手黃生宜。請看慘淡經營處,山川粉墨無參
> 差。按圖一一為指點,百口稱快含嗟咨。有客引滿前致問,先
> 生圖斯焉取斯?嗚呼噫嘻!先生之意客豈知?男子有才女有
> 色,往往自愛如山雞。王嬙本是良家子,對鏡顧影常矜持。一
> 朝選入深宮裡,風流不數西家施。誰知承恩亦在貌,君王莫辨
> 妍與媸。但願君王辨妍媸,妾辭遠嫁呼韓邪。所以喟然越席
> 起。仰天不復揮涕洟。五鼎生烹主父肉,馬革死裹伏波屍。古
> 之烈士多如此,高山河水當怨誰?此意天地為感動,墳草四時
> 迴春姿。徐君之才滿一石,白首著書十指胝。新詩句句在人
> 口,清如珊瑚敲玻璃。可憐三載飢臣朔,文章酷召數命奇。雖
> 從王門掌書記,時平不須投毛錐。非無要路與捷徑,丈夫致身

羞以貲。正如明妃恃其貌，倔強不肯賂畫師。人生遭遇有不
一，侘傺豈即非良時。假使明妃宮中死，安得香名流天涯？披
圖知君心獨苦，別有塊壘非蛾眉。君不見杜陵詠懷生長明妃
村，乃與庾信宋玉蜀主諸葛同傷悲。[86]

清唐建中〈題徐芬若從軍沙漠路經青冢囑虞山黃遵古繪圖賦詩詠之〉，
為唐宋以來題詠王昭君故事篇幅之最長詩篇。徐芬若既「從軍親見」
青冢，身經目歷，自身又「文章酷召數命奇」，於是詩人「知君心獨
苦」，「別有塊壘」，乃因黃遵古（鼎）所繪〈青冢圖〉，而賦詩詠之。
查為仁《蓮坡詩話》曾抄錄全詩，[87]足見詩壇之推重。唐建中所作，刻
劃青冢之場景，歷歷如繪。由於徐芬若「從軍沙漠，路經青冢」，身經
目歷，故能逼真呈現：黑河、祁連、黃沙、胡馬；無春風、見白草；
一坏土、青青色；古柳枝、漢宮物；無名石獸、無主荒祠云云，蓋是
〈青冢圖〉之內容，題詩手法所謂再現畫面者。其詩下半篇，以美女烈
士往往自愛，作比興寄託之發揮：昭君矜持風流，不輸西施，因為
「君王莫辨妍與媸」，造成昭君「遠嫁呼韓邪」。徐君才滿一石，著書
等身，新詩播在人口，可惜懷才不遇，命運數奇。男子有才，往往恃
才傲物；女子有色，往往志不苟求，「正如明妃恃其貌，倔強不肯賂畫
師」。恃才傲物，而又不肯委屈妥協，徐君「心獨苦」，乃思借他人酒
杯，澆我胸中塊壘，遂因黃遵古〈青冢圖〉之圖繪借題發揮，興寄不
遇之遺憾。

86　〔清〕唐建中：〈題徐芬若從軍沙漠路經青冢囑虞山黃遵古繪圖賦詩詠之〉，〔清〕
　　胡鳳丹編：《青塚志》，收入《叢書集成續編》，冊 224，卷 10，頁 720。又見查
　　為仁：《蓮坡詩話》，丁福保編：《清詩話》（臺北市：明倫出版社，1971 年），第
　　82 則，頁 492。
87　〔清〕查為仁：《蓮坡詩話》，丁福保編：《清詩話》，第 82 則，頁 493。

清代詩人為〈青冢圖〉品題賦詩者，又有孔尚任（1648-1718）所
作七古：

> 生長明妃村已無，歸魂月夜影偏孤。蛾眉曾被丹青誤，荒塚何
> 須入畫圖？無花無鳥舊離宮，誰寫沙場夕照空？一自紅顏埋碧
> 草，玉門關外有春風。自是君王賞識真，畫工枉費畫精神。至今
> 墓草難描寫，何況盈盈上馬人？絕代佳人去不回，魂迷野草古
> 今哀！誰知一片青青塚，卻得圖形入塞來。墳前誰奠酪酥茶？
> 古柳飄綿草放花。何事披圖偏濕淚，人傳殉葬是琵琶。[88]

明代詩人題詠昭君，名為〈出塞圖〉者，多達八題九首，佔明人題畫
昭君十九題二十三首之 44%，未嘗有〈青冢圖〉之題詠。至清代，詠
寫青冢、昭君墓、明妃墓、明妃冢者，在九題十八首以上，[89]題畫〈青
冢圖〉者獨多。[90]〈青冢圖〉之題畫，取材陌生化，故命意較易創新。
孔尚任〈題徐芝仙畫〈青冢圖〉〉，將和親之是非得失，紅顏之禍福榮
枯，作雙重之詮釋與解讀：雖丹青誤身，紅顏埋草，然荒塚入圖，遂
覺「玉門關外有春風」。由此觀之，遣派昭君和親，「自是君王賞識
真，畫工枉費畫精神」。和親有功，青冢不朽，故曰：「誰知一片青青
塚，卻得圖形入塞來」。是福？是禍？孰得？孰失？此一歷史公案，
頗難論斷。又如姚鼐所題〈仇英明妃圖〉：

---

88 〔清〕孔尚任：〈題徐芝仙畫青塚圖〉，汪蔚林編：《孔尚任詩文集・詩・長留集》
　　（北京市：中華書局，1962 年），卷 4，頁 390。
89 〔清〕胡鳳丹編：《青塚志》，卷 12，〈藝文〉，載《香豔叢書》，卷 4，頁 5240-
　　5244。
90 《清一統志》：「青冢，在歸化城南二十里，蒙古名特木爾烏爾虎」，在今內蒙古
　　呼和浩特市南，西漢王昭君墓所在。邊地草多白，昭君墳上草獨青，故云。

明妃一出蕭關道，玉顏不似當時好。卻留青塚地長春，復有畫
圖容不老。漢官配劍卒舉旗，分佈四馬連尻脽。毛端颯有風沙
吹，侍女頗具宮中儀。中有襜褕擁獨騎，落日黃沙萬馬跡。臨
風翠袖雙娥眉，欲到穹廬前幾許。契王迎跪盧兒語，琵琶曲終
淚如雨。佳人那必逢佳侶，表餌生分漢帝憂，容華死作單於
土。遺事竟甯傳到今，王昭有曲聲中琴。仇生豈亦能知音，寫
出別怨關山深。正使夔州哀杜老，春風省識忽傷心。[91]

　　姚鼐（1732-1815）〈仇英明妃圖〉，亦以「青塚」起興，演述畫圖
故事。明妃雖一出蕭關，而玉顏不好，然終則青塚長春，畫圖不老，
亦堪安慰。「漢官配劍」以下十句，想像刻劃當年昭君出塞，和親單于
之排場與情景：漢官、四馬、風沙、侍女、襜褕、落日、黃沙、萬
馬、翠袖、娥眉、穹廬、契王、盧兒、單于，歷歷如繪，令人見詩如
見畫。昭君和親遠嫁，姚鼐題〈仇英明妃圖〉，謂「王昭有曲聲中
琴」，仇生知音，能「寫出別怨關山深」，別怨傷心正是本詩之詩眼。
王安石〈明妃曲二首〉其二：「漢恩自淺胡自深，人生樂在相知心」；[92]
姚鼐此詩本此意，遂云：「佳人那必逢佳侶」，以開脫昭君；且以和親
能分「漢帝憂」，作為勸勉與推崇。昭君一去紫臺，老死青冢，然邊境
安寧，漢匈和平，和親之遺事，萬古流芳。因此，捨己為群，損私益
公，昭君可以不怨，無庸傷心。又如李調元所作七古：

漢選明妃入掖門，甯知三載未承恩。臨行尚得君王顧，空望瑤
階拭淚痕。蒙塵遠適呼韓國，雲垂四野陰山黑。貂裘匹馬真可

91　〔清〕姚鼐：〈仇英明妃圖〉，〔清〕胡鳳丹編：《青塚志》，收入《叢書集成續編》，
　　冊 224，卷 10，頁 721。又見《惜抱軒全集・惜抱軒詩集》。
92　〔宋〕王安石著，〔宋〕李壁注：《王荊文公詩李壁注》（上海市：上海古籍出版社，
　　1993 年），卷 6，〈明妃曲二首〉其二，頁 431。

憐，執鞭胡兒掀帽立。和親此去委胡塵，絕域難逢內地人。相
隨只有宮中月，猶向天涯照妾身。從來豔色偏招妒，當時悔不
千金賂。自倚蛾眉絕代無，此生竟被丹青誤。曉來邊塞叫離
群，聲斷琵琶不忍聞。青塚有魂歸不得，淚灑巫山十二峰。[93]

李調元（1734-1802）〈明妃出塞圖〉，先演述昭君和親故事，從選明
妃、入掖門、未承恩；到臨行、空望、拭淚；到蒙塵遠適、貂裘匹
馬、和親絕域、漢月相隨，篩選生平一鱗半爪，形塑昭君「自倚蛾眉」
之始末。昭君「豔色招妒」，宮人千金買寵，畫工變亂妍媸，於是「此
生竟被丹青誤」。李調元斷定，昭君之和親遠適，關鍵在「自倚蛾
眉」，宋人詠昭君，多已發明此意：韓維稱昭君「負色羞自媒」；[94]文
同曰：「妾貌自可恃」；[95]王庭珪云：「當時自倚絕世姿，不將賂結毛延
壽」；[96]周紫芝謂：「昭君自恃玉顏好，未信光陰鏡中老」；[97]李綱稱：「昭
君自恃顏如花，肯賂畫史丹青加」；[98]由此可見，清人題畫昭君，論創
意造語，因襲者多，開發者較少。

　　翻案出奇，可以生發創意；比興寄託，自有遙情遠韻。清人題畫
王昭君，有自此切入者，亦有可取。先言前者：

　　　　誰把傾城色暗投，爭看馬上擁征裘。一鞭遙指關山月，萬曲長

93　〔清〕李調元：〈明妃出塞圖〉，〔清〕胡鳳丹編：《青塚志》，收入《叢書集成續
　　編》，冊 224，卷 10，頁 721。又見《童山詩集》。
94　〔宋〕韓維：〈和王昭君〉，《全宋詩》，卷 420，頁 5153。
95　〔宋〕文同：〈王昭君四首〉之一，《全宋詩》，卷 432，頁 5304。
96　〔宋〕王庭珪：〈題羅疇老家明妃辭漢圖〉，《全宋詩》，卷 1453，頁 16734。
97　〔宋〕周紫芝：〈昭君行〉，《全宋詩》卷 1496，頁 17086。
98　〔宋〕李綱：〈明妃曲〉，《全宋詩》，卷 1550，頁 17609。

辭故國秋。好把琵琶彈別調，不將巾幗賦同仇。當年若賄毛延壽，能得臨行再顧不？[99]

但文英〈題昭君出塞圖〉，前三聯寫傾城暗投，長辭故國，而琵琶彈調，不賦同仇，已暗示遠嫁乃和親之使命。曲終奏雅，出於假設性翻案：若賄畫工，將不必和親，將無臨辭大會，漢元帝亦無緣召見。《後漢書》〈南匈奴傳〉述臨辭大會：「昭君豐容靚飾，光照漢宮；顧景徘徊，竦動左右。帝見大驚，意欲留之，而難於失信。」[100]王安石〈明妃曲二首〉其一本此意，情節演示為：「明妃初出漢宮時，淚濕春風鬢腳垂。低徊顧影無顏色，尚得君王不自持。」[101]但文英此詩或就此申說，而紅顏之禍福，黃金之窮通，和親之是非，乃至於琵琶之恩怨，遂提供許多詮釋解讀之空間，有助昭君故事之完形塑造。至於比興物色，興寄高遠，有「言在此而意在彼」之詩趣，例如：

祝女丹青世已無，明妃曲調淚應枯。欲知今古情中事，只看琵琶出塞圖。[102]

閨秀祝瑄所繪〈明妃出塞圖〉，堪稱「畫中有詩」。畫中明妃，「風鬟霧鬢，有顧影自憐之態」，大抵寄寓畫家「生平境遇」之微意。昭君和

99　〔清〕但文英：〈題昭君出塞圖〉，《宜昌府志・藝文志》（臺北市：成文出版社，1970 年），卷 14，頁 690。

100　〔劉宋〕范曄撰，〔唐〕李賢注：《後漢書》，卷 89，〈南匈奴傳〉，頁 1057。

101　〔宋〕王安石：〈明妃曲二首〉之一，《全宋詩》，卷 541，頁 6503。

102　〔清〕吳騫：〈閨秀祝瑄，未詳其所適。畫有北宋遺意，舊藏其明妃出塞圖便目，自題海昌女史。明妃風鬟霧鬢，有顧影自憐之態。觀其寄意，則生平境遇，亦大略可想見矣〉，〔清〕吳騫：《蠹塘漁乃》，收入《叢書集成初編》（北京市：中華書局，1985 年），冊 2318，頁 13。

親之本事,為琵琶傳恨,為出塞淚盡,以之興寄祝女遭遇,比物聯類,則其生平淚枯,境遇堪恨可知。《宣和畫譜》敘論花鳥畫,以為「繪事之妙,多寓興於此,與詩人相表裡焉。」[103]繪事之寓興,何止花鳥畫,人物畫又何嘗不然?觀吳騫題畫祝瑄〈明妃出塞圖〉,有益論證。

　　總之,清代題畫王昭君,演述故事,品題人物,雖亦各有側重,然題詠「遠嫁之哀樂」居冠,多達十八首以上。將「和親塞外」淡化,視同「遠嫁他鄉」,內外分際之視角一經調整,敘述昭君故事,品題明妃遭遇,或代言昭君遠嫁之悲怨,或較論和親遠嫁似乎差勝老死漢宮,解讀遂有不同。由於昭君出塞之匈奴,地屬今之內蒙古,於宋為塞外,為「他者」;於清為盟友,為親人,為滿洲皇室的「我者」。因此,宋、清詩人同詠和親,內外分際既有不同,觀點遂有殊異,優劣亦有等差。

四　畫圖之妍媸

　　杜甫〈詠懷古跡〉有言:「畫圖省識春風面,環珮空歸月夜魂」;上一句已提示造成昭君出塞和親之三大因緣:畫圖者,為畫工毛延壽;省識者,為君王漢元帝;春風面,指王昭君美麗之容貌。唐宋及歷代詩人詠昭君故事,大多據《西京雜記》之敘事情節為粉本,[104]再施加筆墨工夫。宋人詠昭君,即從三大因緣入手:指王昭君:「自倚絕世姿,不賂毛延壽」;斥毛延壽:「畫工私好惡,丹青能亂真」;評漢

103　〔宋〕佚名:《宣和畫譜》,于安瀾:《畫史叢書》,卷 15,〈花鳥敘論〉,頁 537。

104　〔明〕陶宗儀等編:《說郛》,卷 66,〔晉〕葛洪:《西京雜記》(臺北市:臺灣商務印書館,1983 年,影印文淵閣《四庫全書》本),卷 2,頁 3090-3091。

元帝：「君王先錯計，耳目寄他人」，[105]於是乃有和親匈奴、遠嫁單于、青冢獨留之結局。

（一）宋人品題畫圖之妍媸

據《西京雜記》：「元帝後宮既多，不得常見，乃使畫工圖形，案圖召幸之。」畫工傳寫美人圖，提供君王省識，如實寫真乃其職責。不料畫工收賂黃金，變亂妍媸，於是昭君出塞和親，紅顏之禍福遂因此而有所推移。就宋人題畫昭君而言，品題畫圖之妍媸，多能別生眼目，另闢谿徑，[106]猶如詠史詩之特識。如：

紛紛爭賂毛延壽，今日丹青竟不傳！萬事無過真實處，後人贏得寫嬋娟。[107]

當時隨例與黃金，不遣君王有悔心。近使來傳延壽死，回思終是漢恩深。[108]

妍醜何須問畫工，美人終日侍宮中。奉春初計真堪恨，欲望單于敬外翁。[109]

---

105 張高評：《王昭君形象之轉化與創新》，第八章第二節〈畫圖妍媸與宋代昭君詩之創意思維〉，頁 297-314。

106 〔宋〕費袞：《梁谿漫志》（臺北市：臺灣商務印書館，1983 年，影印文淵閣《四庫全書》本），第 864 冊，卷 7，〈詩人詠史〉：「詩人詠史最難，須要在作史者不到處，別生眼目」，頁 738。

107 〔宋〕裴萬頃：〈題昭君圖〉，北京大學古文獻研究所編：《全宋詩》，卷 2743，頁 32308。又見《竹齋詩集》。

108 〔宋〕陸文圭：〈題昭君畫卷五絕〉之一，北京大學古文獻研究所編：《全宋詩》，卷 3713，頁 44614。

109 〔宋〕陸文圭：〈題昭君畫卷五絕〉之二，北京大學古文獻研究所編：《全宋詩》，卷 3713，頁 44614。

己恨丹青誤妾身，何消更與妾傳神。那知塞北風塵貌，不似昭
陽殿裡人。[110]

由於當年漢元帝召幸後宮，是經由畫工所繪美人圖，而「省識春風面」
的。因此，宮女「紛紛爭賂毛延壽」，以求得寵。宋裴萬頃〈題昭君圖〉
深信天理昭昭，「萬事無過真實處」：王昭君，贏得後人寫嬋娟；而爭
賂諸宮女之丹青，今日竟不流傳。爭千秋，不爭一時，理趣盎然。陸
文圭〈題昭君畫卷五絕〉，有三首論及畫圖之妍媸：其一，當初任隨
黃金買寵，誤認君王無悔心；後傳延壽遭誅死，「回思終是漢恩深」。
其二，就畫工變亂妍媸作翻案，以為「美人終日侍宮中」，漢皇自然知
曉美醜妍媸。為鞏固漢胡邦交，於是遣派美人昭君和親，「欲望單于敬
外翁」而已。其三，由於畫工變亂妍媸，故云「己恨丹青誤妾身」。昭
君之花容月貌，迭經塞北風塵之侵襲，早已「不似昭陽殿裡人」了，
因此，「何消更與妾傳神」。昭君和親遠嫁，雖云「真堪恨」，「誤妾
身」；然畢竟君王有悔心，後人紛紛「寫嬋娟」、「與傳神」，還昭君以
歷史之公道。存亡得喪之際，可以無憾。

（二）清人題詠畫圖之層面

清人題畫王昭君，或就畫圖之妍媸生發評論，多就彩筆、丹青、
畫工、畫師；黃金、金錢；紅顏、娥眉、春風、顏色佳人諸意象生發
渲染；以凸顯丹青之誤人，妍媸之變亂，蔚為昭君一生之幸與不幸。
畫工受賂，宮女買寵，見於《西京雜記》，清人題詠昭君，大多於此著
墨揮灑，如：

---

110 〔宋〕陸文圭：〈題昭君畫卷五絕〉之四，北京大學古文獻研究所編：《全宋詩》，
卷 3713，頁 44614。

馬上琵琶聲最悲，漢宮無復有蛾眉。丹青不是污顏色，為乏金錢買畫師。[111]

冢畔青青草色稠，芳名史冊著千秋。畫師若把黃金囑，老守長門到白頭。[112]

畫工亦妒佳人貌，竟累紅顏嫁紫臺。淒絕四弦渾不似，聲聲哀怨拂雲堆。[113]

《西京雜記》云：「諸宮人皆賂畫工，獨王嬙不肯」；[114]《世說新語》〈賢媛〉謂：「王昭君姿容甚麗，志不苟求，工遂毀為其狀。」[115]朱昆田〈題明妃出塞圖〉，本《西京雜記》、《世說新語》之意，寫昭君之自矜自恃，表現「為乏金錢買畫師」，造成明妃出塞，「漢宮無復有蛾眉」。方婉儀〈次韻題明妃圖〉，出以假設性翻案，若昭君賂黃金、買畫師，勢將「老守長門到白頭」，無緣千秋流芳。郭兆昌〈明妃出塞圖〉，對於明妃之一去紫臺嫁單于，以為緣於畫工嫉妒佳人美貌，以致變亂妍媸，連累紅顏出塞遠嫁。極寫紅顏招妒，無分男女，品題翻出新意，自亦順理成章。宋呂伯可〈王昭君辭序〉：「『女無美惡，入宮見妒；士無賢不肖，入朝見嫉』，世率以為名言。以予觀女惟美，故惡者妒

---

111 〔清〕朱昆田：〈題明妃出塞圖〉，〔清〕胡鳳丹編：《青塚志》，收入《叢書集成續編》，冊224，卷10，頁721，又見《笛漁小稿》。

112 〔清〕方婉儀：〈次韻題明妃圖〉，魯歌等編：《歷代歌詠昭君詩詞選注》（武漢市：長江文藝出版社，1982年），頁292。又見《白蓮半格詩》。

113 〔清〕郭兆昌：〈明妃出塞圖〉，〔清〕胡鳳丹編：《青塚志》，收入《叢書集成續編》，卷10，頁722。又見《擊缽吟‧鄂集》。

114 〔明〕陶宗儀等編：《說郛》，卷66，〔晉〕葛洪：《西京雜記》，卷2，頁3090-3091。

115 〔劉宋〕劉義慶著，楊勇校箋：《世說新語校箋》，〈賢媛第十九〉，頁606。

之；士惟賢，故不肖者嫉之。」[116]據此，郭兆昌題畫明妃，由宮女見妒，推及「畫工亦妒佳人貌」，翻空出奇，頗有新意。又如：

一自娥眉別漢宮，琵琶聲斷戍樓空。黃金買取龍泉劍，寄與君王斬畫工。[117]

荒原獵獵北風吹，羽騎如雲出塞時。拭淚過關思故主，含羞倚馬撥新詞。風塵拂面紅顏改，霧雨沾衣綠鬢垂。寄語畫工加彩筆，幾時歌舞再相隨？[118]

造成娥眉辭別漢宮，琵琶聲斷戍樓之罪魁禍首，應是收受黃金，變亂妍媸之畫師。詩人除惡務盡，見義勇為，不妨「黃金買取龍泉劍，寄與君王斬畫工」，無名氏〈題昭君圖〉有此奇想，別開生面，無理而妙。包文憻〈明妃出塞圖〉，特寫出塞場景：過關、倚馬、風塵拂面、霧雨沾衣，再現塞外之場面；而拭淚思故主、含羞撥新詞，紅顏改、綠鬢垂，則刻劃明妃之思漢、幽恨、命苦、憔悴。明妃出塞委屈、挫折如此，詩人曲終奏雅，出語意外，卻云：「寄語畫工加彩筆」，不誅責畫工之變亂妍媸，但乞求畫工於圖畫寫真處略加彩筆，不再顛倒黑白，何等溫柔敦厚！何等胸襟氣度！可見王昭君之美麗，不只是「貌為後宮第一」而已，內在之高貴氣質尤不可及。包文憻〈明妃出塞圖〉所品題，發前人之所未發，新創而可取。

---

116 〔清〕胡鳳丹編：《青塚志》，卷3，〈藝文〉，載《香豔叢書》，卷3，頁5071。

117 〔清〕無名氏（下第舉子）：〈題昭君圖〉，載〔清〕褚人穫：《堅瓠集‧甲集》，收入《明清筆記史料叢刊》（北京市：中國書店，2000年），卷1，頁3。

118 〔清〕包文憻：〈明妃出塞圖〉，〔清〕胡鳳丹編：《青塚志》，收入《叢書集成續編》，冊224，卷10，頁721。又見《東甌詩存》。

綜上所述，就詩人題詠畫圖而言，宋金詩人泛詠昭君（明妃）圖者十二首，題名出塞圖者三。然清代畫家所繪，詩人所詠，名為「出塞圖」者居多，有二十一題二十三首；名為「青冢圖」者二；泛稱「昭君（明妃）圖」者十一首。自康熙皇帝西巡出塞，「目睹當年冢」，作〈昭君墓〉詩，將帥文人身經目歷者漸多。重回歷史現場，有利於建構文學場景。出塞圖與明妃圖數量之升降，關係中國歷史上內外分際之變遷改易，此與《春秋》學之「大一統」自有關係。

第三節　結語

畫師所繪，宋代與清代側重有別：宋人多繪〈明妃圖〉，少作〈出塞圖〉；清人則喜畫〈出塞圖〉，略勝〈明妃圖〉；身經目歷憑弔，繪作〈青冢圖〉者亦不少。宋代畫師如李公麟，金代如宮素然，清代畫家如黃遵古、張平山、徐芝仙、仇英、閨秀祝瑄等，都曾繪寫昭君圖，可補美術史之文獻。清人所作有關「青冢」之題畫，每藉便於鋪陳之七古長篇詠歎之，往往開發遺妍。於昭君故事之空白與未定，頗有補缺塑造之功。

無論宋詩或清詩，若唱歎有情，則出於七絕；感慨淋漓，委婉曲折，則運之以七古。清代詩人代吐昭君有關腸斷白頭、萬里辭君、千年遺恨、悲泣遠嫁、新聲彈盡、玉關哀怨、傷心不回、不堪酸恨等心曲，往往藉琵琶之掩抑淒清、幽咽依依傳出。清人題畫王昭君，以琵琶代言心聲者多達二十三首，要皆演述杜甫〈詠懷古跡〉所謂「千載琵琶作胡語，分明怨恨曲中論」詩意者。公主琵琶轉化為昭君琵琶，作為王昭君故事不可或缺之寫怨媒介，自宋至清已趨定型。

清代題畫王昭君，多針對五大系統基型作演述，各有側重。就詩人詮釋關注之主題而言，側重「遠嫁之哀樂」，數量居冠，「和親之是

非」位居其次。若考察題畫詩，則「紅顏之禍福」較「畫圖之妍媸」
題數略勝：前者多七古長篇，後者多七絕，關注之重輕可以想見。蓋畫
工之變亂妍媸，未見信史記載，後世只就《西京雜記》緣飾附會，宋
人回歸史傳，考證求真，已指斥其虛妄不經。清代徵實考據之風既盛，
故於此不煩舖述。至於昭君姿容豔麗，「光照漢宮，竦動左右」，「貌
為後宮第一」，史傳小說並無二辭；然紅顏薄命，老死異域，遺恨青
冢，容易引發同情，而為之興寄諷諭，故紅顏美人之主題壓勝丹青畫
圖。

　　宋人詠昭君，從三大因緣入手：稱王昭君：「自倚絕世姿，不賂
毛延壽」；斥毛延壽：「畫工私好惡，丹青能亂真」；評漢元帝：「君王
先錯計，耳目寄他人」，於是乃有和親匈奴，遠嫁單于之因果。清人
題畫王昭君，或就畫圖之妍媸生發評論，以凸顯丹青之誤人，妍媸之
變亂。論及紅顏之禍福者，要皆凸顯艷色招妒，榮華誤己。宋人詠昭
君，多已發明此意。至於君王之錯計，往往著墨不多。清人題畫昭
君，論創意造語，因襲者多，開發者較少。

　　美女如傑士，見識殊常人；美女烈士又往往潔身自愛，堪作比興
寄託之發揮。男子有才，往往恃才傲物；女子有色，往往志不苟求，
「正如明妃恃其貌，倔強不肯賂畫師」。恃才傲物，而又不肯委屈妥
協，借他人酒杯，澆我胸中塊壘。比興物色，興寄高遠，有「言在此
而意在彼」之詩趣。《宣和畫譜》敘論花鳥畫，以為「繪事之妙，多寓
興於此，與詩人相表裡焉。」繪事之寓興，何止花鳥畫，人物畫、故
實畫又何嘗不然？

　　清人題畫王昭君，共四十一題四十三首，得杜甫題畫之妙，多
「不黏畫上發論」。其中，〈青冢圖〉、〈明妃出塞圖〉諸什，舖寫場景，
再現畫面；題詠紅顏禍福諸什，則顧影自憐，興寄不遇。除外，清人
題畫，律絕多達三十三首，佔百分之 77%。律絕短篇所以爭勝者，貴

在能開發遺妍，別生眼目。與宋詩相較，精刻不足，新意不多，承前
人之後，同題共作，卻未能以變化爭勝。唯其品題是非，論斷得失，
多富理趣，功能與作用頗似詠史詩與史論文，蓋題詠者為故實畫使
然。

　　題畫詩為詠物詩之流亞，「詠物之作，須如禪家所謂不黏不脫，
不即不離，乃為上乘」；題畫詩「其法全在不黏畫上發論」，可謂深得
其妙。有關王昭君之歌詠，清代以前已流傳四百餘首，即清人所作亦
四〇三首以上。同題共作既多，其失在「百家騰躍，終入環內」；欲求
創意造語，推陳出新，真是談何容易！七絕二十九首，受限於短章，
命意取材頗難超脫自在。唯七古六首，七律四首，或題青冢，或詠出
塞，因身經目歷以觸發，緣內外分際而調整，於是取材陌生，而命意
新奇。加以七古舒卷跌宕，七律雄渾富麗，便於馳騁才情，開發遺
妍，於清代題畫王昭君作品中，往往精刻過於前人，可與宋人之題詠
爭勝。[119]

119 本文曾口頭發表於二〇一二年十一月十七至十八日，國立中山大學中文系清代學
　　術研究中心主辦之第七屆國際暨第十二屆「全國清代學術研討會」。會後修訂潤
　　色，刊登於國立臺灣師大《師大學報：語言與文學類》59 卷第 1 期（總 348 期），
　　二〇一四年三月。為國科會專題計畫 NSC100-2410-H-006-052 研究成果之一，特
　　此誌謝。

第七章
潘天壽題畫詠畫詩初探
——以題詠花鳥為例

　　潘天壽（1897-1971），學名天授，後改天壽，字大頤，號阿壽。曾任國立藝專校長、浙江美術學院院長。先生之繪畫造詣，公認為中國二十世紀十大畫家之一，其文人畫尤為前世紀最後一位大師，為共和國時代花鳥畫家之典型。與吳昌碩、齊白石、黃賓虹齊名，對於國畫借古開今，並稱為四大家。[1]編譯《中國繪畫史》，著有《听天閣畫談隨筆》、《潘天壽畫談隨筆》、《潘天壽書畫集》、《潘天壽詩賸》一卷、《潘天壽詩存》二卷、《潘天壽詩存補遺》一卷，哲嗣潘公凱編有《潘天壽談藝錄》。上述有關詩作，今人曾為之輯校，有《潘天壽詩存》、[2]《潘天壽詩存校注》、《潘天壽詩集注》等書行世。[3]

1　盧炘：〈新浙派與後海派的比較——兼論潘天壽與吳昌碩之關係〉，王義森：〈關于潘天壽作品現代感的思考〉，洪再新〈關于潘天壽先生三幅作品的著錄〉，《浙江美術學院中國畫六十五年》續編（杭州市：浙江美術學院出版社，1993 年），頁 55、300-321。

2　潘天壽紀念館編：《潘天壽詩存》（杭州市：浙江美術學院出版社，1991 年），頁 300-321。

3　盧炘、俞浣萍校注：《潘天壽詩存校注》（杭州市：浙江美術學院出版社，1997 年）。王翼奇、錢偉彊、吳亞卿、顧大明校注：《潘天壽詩集注》（杭州市：浙江古籍出版社，2009 年）。為方便查閱，本文徵引潘先生詩，多據最晚出版之《潘天壽詩集注》。

第一節　一代大師，詩畫兼擅

　　潘先生多才多藝，長於詩、書、畫、印，堪稱四絕。[4]詩學杜甫、
韓愈、陳與義、楊萬里等宋調及宋詩派，外見雄肆高華之文采，而內
蘊奇崛逋峭之氣骨。學界論其律絕，以為錘煉精純，直入宋人之室。
或色澤流麗，意境靜穆；或格調俊爽，造語拗峭；或用字奇崛，而佳
句獨多。至於韻味，則清雋淡遠，寒瘦冷澀兼而有之。古詩風格，則
雄肆奇崛，開闔縱橫。[5]張宗祥〈阿壽詩存序〉揭示「稜峭險撥」四字，
作為先生詩風之主體特色。陳朗論其詩，以為規模中晚唐，硬語盤
空，詭譎奇險在所不辭；更宗法山谷之生澀、誠齋之清新，追求不主
故常，避熟生新之詩風。故雖出入宋詩宋調，仍能追邁前古，迥出時
輩。[6]吳戰壘評介其詩，以為詩風以雄奇為主，而兼有陰柔之美，往往
以陰柔濟陽剛。為詩力避甜熟，追求苦澀，富於奇崛拙樸之趣。盡心
於推敲琢磨，愛用奇字、險字，能出奇制勝；好用拗句，體現勁挺偃
蹇之氣勢。[7]據哲嗣公凱稱述先生：個性堅強、思想超脫，往往「沉浸
在自己高華曠遠的精神世界中」；「他愛力量，用強有力的藝術語言來
抒寫胸中的浩然之氣；他也愛質樸，在質樸和自然中感受著無盡的詩
意。任何甜俗、虛榮、軟弱、瑣屑的東西，都是和他的內心格格不
入。」[8]上述有關潘先生詩歌之評論，或出自門生之親炙，或發於學友

4　劉江：〈奇中寓平，顯中有穩──潘天壽先生的書法蠹刻藝術略論〉，《浙江美術
　　學院中國畫六十五年》，續編，頁 322-331。

5　盧炘選編：《潘天壽研究》，林鍇：〈意趣高華氣象麤──潘天壽詩歌的成就〉（杭
　　州市：浙江美術學院出版社，1989 年），頁 521-529。

6　盧炘選編：《潘天壽研究》，陳朗：〈听天閣詩淺探〉，頁 502-505。

7　盧炘選編：《潘天壽研究》，吳戰壘：〈濡染大筆何淋漓──讀潘天壽詩稿札記〉，
　　頁 551-552。

8　潘公凱：〈高風峻骨見精神──談談我父親潘天壽藝術風格的一個基本特徵〉（原
　　載《迎春花》，1980 年），頁 285。

之感受，或得自庭訓之薰陶，要皆先生之知音。先生之畫作與畫學成就，享譽當代，人盡皆知；其詩之雄奇高華、稜峭險撥，一如其性情之耿介與風骨，足可與畫並傳不朽。卻為畫名所掩，實在可惜。學界自當發微闡幽，研討其詩藝，品賞其詩美。一則體現人格，有助知人論世之資；再則表現風格，為潘先生「詩、畫、書、印」之「四全」作見證。

北宋蘇軾（1036-1101），工於詩詞，長於書畫，諸般文藝專長集於一身，交融而化成之，於是提出「詩中有畫，畫中有詩」之命題。[9]影響所及，宋代詩歌繪畫創作，多體現「詩畫相資」之創意組合；詩學畫論，亦多表現詩與畫之相得益彰。所謂「丹青吟詠，妙處相資」；「畫難畫之景，以詩湊成；吟難吟之詩，以畫補足。」[10]潘先生之詩風，雄奇高華；與其畫之濡染大筆，有力如虎，可以相互頡頏。易言之，蘇軾所倡「詩中有畫，畫中有詩」，潘先生之詩歌與繪畫，有絕佳之體現與發揚。[11]試觀先生論畫，往往順帶品詩，如：

> 世人每謂詩為有聲之畫，畫為無聲之詩，兩者相異而相同。其所不同者，僅在表現之形式與技法耳。故談詩時，每曰「詩中有畫」；談畫時，每曰「畫中有詩」；詩畫聯談時，每曰「詩情畫意」。否則，殊不足以為詩，殊不足以為畫。[12]

9　《蘇軾文集》卷七十，〈書摩詰藍田煙雨圖〉：「味摩詰之詩，詩中有畫；觀摩詰之畫，畫中有詩」（北京市：中華書局，1986 年），頁 2209。

10　〔宋〕胡仔：《苕溪漁隱叢話》前集卷三十，引蔡絛《西清詩話》，〔清〕曹庭棟《宋百家詩存》卷三十七，引吳龍翰《野趣有聲畫》。參考張高評：《創意造語與宋詩特色》，第六章〈詩畫相資與宋詩之創造思維〉，第二節「詩畫相資與宋代詩畫美學之創造思維」（臺北市：新文豐出版公司，2008 年），頁 240-280。

11　陳朗：〈听天閣詩淺探〉，頁 512-519。

12　潘天壽：《听天閣畫談隨筆·雜論》，頁 10。

詩歌與繪畫，異迹而同趣。就創作構思、意境生成、審美風格、形象
塑造、功能作用而言，詩與畫有同趣處；若就形象塑造之媒介、形象
描繪之技法、形象鑑賞之範疇、形象傳達之侷限而言，詩歌與繪畫又
各有殊異之特質。[13]《听天閣畫談隨筆》稱：詩畫不同，「僅在表現之
形式與技法耳」，此言得之。若借鏡彼此之特質，融入本位藝術之
中，則詩中有畫，「詩為有聲之畫」；畫中有詩，「畫為無聲之詩」，是
所謂詩情畫意，相得益彰。潘先生長於畫，工於詩，故於詩畫之異
同，如數家珍若此。又云：

> 荒村古渡，斷澗寒流，怪岩醜樹，一巒半嶺，高低上下，欹斜
> 正側，無處不是詩材，亦無處不是畫材。窮鄉絕壑，籬落水
> 邊，幽花雜卉，亂石叢篁，隨風搖曳，無處不是詩意，亦無處
> 不是畫意。有待慧眼慧心人隨意拾取之耳。「空山無人，水流
> 花卉」，惟詩人而兼畫家者，能得個中至致。[14]

潘先生《听天閣畫談隨筆》論文藝創作之取材與命意，有所謂「無處
不是詩材，亦無處不是畫材」；「無處不是詩意，亦無處不是畫意」之
說，皆詩畫相提並論。由此觀之，先生詩畫之取材與命意，與宋詩
「取材廣而命意新」之追求合轍，[15]自是宋調之流風遺韻。此猶南宋出
入江西之詩人，十分注重詩本、詩材、詩料之議題，[16]如楊萬里〈荊溪
集序〉稱：「萬象畢來，獻予詩材」；陸游〈舟中作〉云：「村村皆畫本，

13　張高評：《宋詩之傳承與開拓》，下篇〈宋代「詩中有畫」之傳統與創格〉，第一
　　章第二節，「論詩畫之異迹與同趣」，頁 279-288。
14　潘天壽：《听天閣畫談隨筆‧雜論》，頁 11。
15　〔清〕吳之振：《宋詩鈔》〈序〉：「曹學佺序宋詩，謂取材廣而命意新，不剿襲前
　　人一字。」（上海市：三聯書店，1988 年），頁 1。
16　〔日本〕淺見洋二：《距離與想像──中國詩學的唐宋轉型》，（五）〈論「拾得」
　　詩歌現象以及詩本、詩材、詩料問題〉，頁 434-464。

處處有詩材」，[17]從可見潘先生雅好江西諸家，運化活法為詩、盡心詩畫會通；又致力超常越規，突破創新。其別識心裁，具存於傳世之文人畫與題畫詩中。

《潘天壽詩存》，為《詩賸》、《詩存》、《補遺》三者之合刊本，總數在三百首以上。[18]其中，山水詩與題畫詩最為大宗，山水詩存百餘首，題畫詩八十餘首（含論畫絕句二十首），皆攸關詩畫交融，「詩中有畫」之課題。論者曾稱：「假如沒有（「感事哀時意未安」）這些詩句，潘天壽的許多作品的深刻韻味，就會大打折扣。」[19]可見詩情畫意，足以相得益彰。今欲推揚潘先生詩歌之造詣，連結其詩畫兼擅之特質，乃圈定題畫詠畫詩為範圍，進行研討。題畫詠畫之詩，又從中選擇題詠花鳥之詩三十首作探論。外此，尚有題詠山水畫者二十一首論畫絕句二十首，由於篇幅所限，他日再議。

第二節　題詠花鳥與「詩情畫意」

詠物詩形成於六朝，大抵重巧言切狀，體物妙肖。其後發展，歷經唐宋，或不即不離，借物抒懷；或小中見大，象外孤寄；[20]或托物寓意，藉物說理，[21]不一而足。詠畫、題畫詩，本為詠物詩之支派，故其

17　〔宋〕楊萬里著，辛更儒校注：《楊萬里箋校》，卷80，〈誠齋荊溪集序〉，頁3260。

18　潘天壽紀念館編：《潘天壽詩存》（杭州市：浙江美術學院出版社，1991年，線裝本）。詩集分合增刪，參看陳朗：〈听天閣詩淺探〉，一，頁499-500。林玫儀教授於本研討會提出論文，又輯佚數十首，故先生傳世之詩篇當在三〇〇首以上。

19　楊思梁：〈藝術創新與社會環境──潘天壽藝術風格形成的社會因素〉，曹意強、范景中主編：《20世紀中國畫──「傳統的延續與演進」國際學術研討會論文集》（杭州市：浙江人民美術出版社，1997年），頁166。

20　張高評：《自成一家與宋詩宗風》；第二章〈遺妍開發與宋代詠花詩〉（臺北市：萬卷樓圖書公司，2004年），頁131-145。

21　張高評：《宋詩之新變與代雄》，捌、〈不犯正位與宋詩特色‧九‧寓物說理〉，（臺北市：洪葉文化公司，1995年），頁483-488。

寫作手法之流變，亦近似詠物詩。自六朝詠扇畫、屏風畫，經初唐至
盛唐，而詠畫名家崛起，尤其杜甫所作詠畫詩二十二首，質量均佳，
高居唐人之冠，開創意境，發明技法，影響後世至深且遠。[22]詠畫至中
唐、晚唐漸多，[23]至趙宋一代，詠畫題畫蔚然成風，詠畫題畫附庸蔚為
大國。[24]於是自詠物分離，而自成一詩歌體類。清康熙《御定歷代題畫
詩類》，可以考見。

　　詠畫詩與題畫詩，大同而小異，皆為詠物詩之流裔，是其所同；
而其微殊，只在題寫畫面與否。要之，皆不離繪畫場域而歌詠之也。
潘先生歌詠花鳥之詩，絕大部分皆為題畫而作，試翻檢《潘天壽書畫
集》，[25]觀賞畫面空白處，多可見其墨寶題詩。讀其詩，可見「詩中有
畫」之示範；詩情畫意相得益彰之實踐，亦不疑而具。

　　題畫詩自杜甫提示若干創作範式，蘇軾、黃庭堅，及江西詩人踵
事增華，於是其技法可得而言：或再現畫面，或藉畫抒情，或恢弘畫
境，或借題發揮，或品畫論藝，不一而足。今研讀潘先生《詩存》有
關題畫詠畫者，計題詠花木詩二十五首，題詠禽鳥詩共五首。筆者擬
以「詩情畫意」為核心，參考文人畫之意趣，分傳神寫照、因畫抒懷、
拓展畫境、品題畫師、興寄象外諸端，論述於後，以見潘先生詩畫兼
長之一斑：

22　孔壽山：《唐朝題畫詩注》（成都市：四川美術出版社，1988 年），頁 109-157。
　　關於杜甫題詠繪畫之成就，已詳本書第二章，可以參看。
23　參考張高評：《宋詩之傳承與開拓》，第一章第一節，三、〈詠畫題畫詩之發展〉
　　（臺北市：文史哲出版社，1990 年），頁 263-266。
24　參考李栖：《兩宋題畫詩論》（臺北市：臺灣學生書局，1994 年）。
25　《潘天壽書畫集》編輯委員會編：《潘天壽書畫集》（杭州市：浙江人民美術出版
　　社，2003 年，二刷）。

一　傳神寫照

　　自顧愷之圖繪人物，提出「以形寫神」，強調「傳神寫照」、「遷想妙得」，[26]於是影響後世之人物畫、花鳥畫之創作。圖繪花木禽鳥，不止窮形盡相而已，亦當追求傳神寫照。宋蘇軾倡導士人畫，注重寫意；明董其昌發皇之，提出「文人畫」以意趣為宗，貴神似、輕形似；強調詩畫一律，追求畫外有意。[27]潘先生畫作，風高骨峻，以大筆粗綫為主，是「大寫意」，富含雄健、剛直、凝練、老辣之風，乃剛正之氣質，高揚之情志之外化體現。[28]論者品題，譽為二十世紀文人畫之代表。試想：先生畫為文人畫，則先生題詠畫卷所作之詩，自不侷限於巧言切狀而已，亦多隨物賦形、離形得似之作。如題詠荷花：

　　　　翠羽明璫質，娉婷執與儔。妙香清入髓，涼月淡成秋。洛浦波聲渺，湘雲夢影浮。何人歌縶纆，一片水風柔。[29]

　　　　蜻蜓款款玉屏風，豔映花光扇扇紅。醉後六郎頰甚矣，憑誰扶入翠帷中。[30]

26　鄧喬彬：《中國繪畫思想史》，第三章第三節〈顧愷之的畫論〉（桂林市：貴州人民出版社，2001 年），頁 193-209。

27　李福順：〈文人畫論的出現是進步現象〉，邵洛羊、孔壽山：《中國畫論》（臺北市：駱駝出版社，1987 年），頁 135-137；何楚熊：《中國畫論研究》，〈董其昌的文人畫論暨畫分南北宗說〉（北京市：中國社會科學出版社，1996 年），頁 227-241。

28　潘公凱：〈高風峻骨見精神──談談我父親潘天壽藝術風格的一個基本特徵〉（原載《迎春花》，1980 年），頁 272-273。

29　《潘天壽詩集注》，卷 1，〈白荷〉，頁 28。

30　《潘天壽詩集注》，卷 1，〈白荷〉，頁 42。

晨曦新逗雨情初，花光日色紅模糊。乍醒倦眼未全蘇，葉樣羅
裙花樣臉。推篷閒梳洗，照影唱吳趨。[31]

《潘天壽書畫集》（以下簡稱「《書畫集》」）所收，一九四一年所作〈荷〉
圖，有此題詩。「翠羽」二句，切寫白荷之色澤與姿態。「香清」、「月
淡」二句，「波聲」、「夢影」二句，以形寫神，離形得似，詠物而不
落色相，善傳白荷之神韻，妙在不即不離，若即若離之間。結以人入
圖畫，化美為媚，是題畫亦用傳神寫照之筆。〈題朱荷紅蜻蜓立幅〉
詩，《書畫集》作〈晴霞圖〉，前二句切寫蜻蜓與荷花，化靜為動，紅
豔照人。後二句擬物為人，傳寫人之醉態可掬，正以比況花之搖曳生
姿。所謂「實處點醒，虛處傳神」。且紅與翠為對比色，朱荷翠葉交
映，頗富牡丹綠葉烘托之效。〈題荷〉詩，《書畫集》作〈晴晨圖〉，
奇零句入詩，用以文為詩手法，斷句如上，正可作小令讀。全詩之妙
有二：其一，長於捕捉光影變化，掌握瞬間感受，揮灑成篇。吳戰壘
先生讚賞之，以為「非畫家之慧眼不能得其三昧，非詩人之慧心不能
感其神妙」，信為的評。[32]其二，側筆見態，以形寫神：以美人比好
花，雖詩人常法；然繪聲繪影，以物為人，化靜為動，化美為媚，是
為難得。又如題詠梅花、蘭花、菊花之作：

橫斜梅樹三分瘦，飄拂幽蘭第幾枝？野水空山春淺淺，云拖月
色上龍池。[33]

31　詩序：「姑蘇荷花蕩遍植荷，開時接天漾碧，映日遙紅，清香遙遞十里，真奇觀
　　也。安得有一來復之暇，買小舟盪漾其間，以為清賞。」《潘天壽詩集注》，卷3，
　　〈題荷〉，頁169。
32　吳戰壘：〈濡染大筆何淋漓──讀潘天壽詩稿札記〉，頁561。
33　王翼奇等校注：《潘天壽詩集注》，卷1，〈題潑墨梅蘭卷〉，頁45

氣結般周雪，天成鐵石深。萬花皆寂寞，獨俏一枝春。[34]

秋色矮簷奢，南山天外斜。籬邊何冷落，獨放兩三花。[35]

〈題潑墨梅蘭卷〉詩，《書畫集》作〈暗香疏影圖〉，《詩存》分題梅花與蘭花，就「丹青吟詠，妙處相資」而言，《詩存》題文較切。首尾兩句，以形寫神，傳出梅花之神韻；第二、三句，勾勒幽蘭之韻致，以空間景物點染烘托，亦不犯正位表出。〈題梅〉詩，《書畫集》作〈梅月圖〉，《詩集補遺》題文較適宜。題詠梅花，側重傳神寫照，並不著題切寫，多從虛處著墨，冰雪精神，鐵石身影，姿態已呼之欲出；接以萬花寂寞與一枝春之對比反襯，而梅花「獨俏」之特質，自然可見。〈題墨菊障子〉詩，《書畫集》題詩未見，蓋純是詠畫之作。其詩化用陶淵明「采菊」詩意，近景為矮檐、籬邊，遠景為南山、天外，其中點綴秋色，特寫菊花獨放。著一「獨」字，菊之傲霜孤高，可以想見。其他，尚有題詠古柏、翠竹、石榴之詩，如：

根石柯銅爛有光，曾經般雪與周霜。歲寒已近換符節，祭灶喜聞柏子香。[36]

湘江曲，湘江之水如醽醁。春波搖影漾猗猗，翠黛凝眸小腰束。天風來分月乍生，飄雲袖分鳴佩玉。[37]

34　王翼奇等校注：《潘天壽詩集注．潘天壽詩集補遺》，〈題梅〉，頁198。
35　王翼奇等校注：《潘天壽詩集注》，卷1，〈題墨菊障子〉其一，頁41。
36　王翼奇等校注：《潘天壽詩集注》，卷3，〈題柏園會友圖〉其一，頁143。
37　王翼奇等校注：《潘天壽詩集注》，〈題竹〉，頁183。

仙人囊中五色露，得種昔與蒲桃俱。猩猩染花開五月，已覺秋
實懸庭除。張園一酸齒欲裂，君家兩株蜜不如。竹馬兒童厭梨
栗，綠囊聊為剝紅珠。[38]

〈題柏園會友圖〉，《書畫集》題詩作〈柏園圖〉。一二句著題形容古柏
之蒼勁挺拔，飽經風霜，訴諸視覺，令人「見詩如見畫」，化用杜甫
〈古柏行〉，所謂以故為新。三四句，點出「歲寒」，收以「喜聞柏
香」，訴諸觸覺與嗅覺之感官強調，令人有實臨之感受。〈題竹〉詩，
《書畫集》題作〈竹石圖〉，《詩存》題文較切。題詠翠竹，場景設定
在湘江，容易引發文化想像；水如醽醁，取其陶醉。再以遙影、翠黛
之視覺描寫竹之姿態，終之以飄雲袖、鳴佩玉之聲響動感比況翠竹之
韻律。全詩以湘妃美人之身影姿質，比況翠竹之搖曳生姿，除再現畫
面外，「詩情」頗能補充「畫意」，擷長補短，可以相得益彰。〈石榴〉
詩，《書畫集》題作〈石榴圖〉。詩寫石榴得種之非易，進而懸想秋實
之盈庭，家株之甜蜜、兒童之剝食。純從虛處生發渲染，未嘗著題切
寫石榴之形狀與色澤。離形得似，妙在虛處傳神。呂本中《童蒙訓》
稱：「詠物詩不待分明說盡，只彷彿形容，便見妙處。」[39]王士禎《帶
經堂詩話》卷十二稱：「詠物之作，須如禪家所謂不黏不脫，不即不
離，乃為上乘。」[40]潘先生上述題畫詩，信有此妙。

　　詩為時間藝術，便於描述情境、流動、過程、狀態，與畫之為空
間藝術，大多運用色彩、線條、光影、留白，以塑造形象，以經營意

38　王翼奇等校注：《潘天壽詩集注·潘天壽詩集補遺》，〈石榴〉，頁188。

39　〔宋〕呂本中：《童蒙訓》，第18則，郭紹虞《宋詩話輯佚》本，卷下（臺北市：
　　文泉閣出版社，1972年），頁241。

40　〔清〕王士禎：《帶經堂詩話》，卷12，〈賦物類〉，二（北京市：人民文學出版
　　社，1982年），頁305。

境，多有不同。詩畫之表現媒介各有侷限，題畫詩可以救濟繪事之窮，宋人所謂「畫難畫之景，以詩湊成；吟難吟之詩，以畫補足。」此之謂也。潘先生所繪文人畫，自是「大寫意」之作；畫就，往往於畫上空白處題詩，誠所謂詩情畫意，相得益彰。[41]

二　因畫抒懷

詠物也者，體物而瀏亮，巧構而形似之，乃其本色，此自是「犯正位」之賦法。六朝詠物，或兼以抒情寫懷；盛唐詩人如杜甫，詠馬、詠鷹之類，尤其如此。論者評價美妙之詠物詩：「最好有作者生命的投入，從物質世界中喚起生命世界與心靈世界」；[42]題畫詠畫，亦詠物之流亞，詩人亦往往因畫抒懷。

潘先生花鳥畫借古開今，往往寫意寓情，以之怡情悅性，陶冶情操。以花鳥寫意，實乃借物抒情，但離形得似，如東坡所謂「得其意思所在」可也。《宣和畫譜》論工筆重彩花鳥稱：「繪畫之妙，多寄興於此，與詩人相表裏焉。」工筆重彩尚且多興寄詩化，何況水墨寫意畫！花鳥畫如此，題詠花鳥，自亦多興寄，借畫抒情。《詩存》所收畫卷題詠，約有四首，如題竹、題柏可見：

篆隸荒疏久，八法亦模糊。寫來真草草，逸氣尚存無。[43]

41　參考張高評：《創意造語與宋詩特色》，第六章〈詩畫相資與宋詩之創造思維——宋代詩畫美學與跨際會通〉，頁 231-285。

42　黃永武：《詩與美》，〈詠物詩的評價標準〉（臺北市：洪範書店，1984 年），頁 173-177。

43　王翼奇等校注：《潘天壽詩集注》，卷 1，〈竹〉其四，頁 23。

小別經年鬢已疏，情懷轆轆我何如？此來盡有山蔬美，剪韭烹
茶問洛書。[44]

〈竹〉詩其四，《書畫集》未見，純然詠物興懷之作。元趙孟頫〈論畫
絕句〉稱：「寫竹還應八法通」，「須知書畫本來同」；據此，先生感慨
書法荒疏，以致書法「亦模糊」，此或寫意文人畫之表現。元倪瓚〈答
張仲藻書〉稱：「僕之所謂畫者，不過逸筆草草，不求形似，聊以自娛
耳。」〈題自畫墨竹〉亦云：「余畫竹，聊以寫胸中逸氣耳」。[45]潘先生
畫竹，蓋亦出以興寄抒情，注重意趣所向，草草或形似，非所關心。
如此，縱然「寫來草草」，亦自見胸中逸氣。此一詠竹詩，乃先生現身
說畫法畫學，不宜粗略看過。〈題柏園會友圖〉，《書畫集》作〈柏園
圖〉，詩篇一味詠懷抒感，聚焦於「會友」，情懷牽掛為一詩旨趣，山
蔬、剪韭、烹茶、問書，點綴故園風物，寫得如此親切有味，確是一
幅溫馨和樂之「會友圖」。

先生藉題詠畫幅，詠懷遣興者，尚有二首禽鳥詩，如：

八八兒，何媚嫵，黃金爪嘴大玄羽。也學鸚鵡能言語，不識豐
干饒舌已多餘，徒然齴鼻傳茶求主許。何如雙棲清夢好，爛漫
春光日煦煦。[46]

婆雞婆雞唰唰呼，毛羽鬅鬙喜抱雛。此是農家尋常事，莫言生
息屬陶朱。[47]

---

44 王翼奇等校注：《潘天壽詩集注》，卷3，〈題柏園會友圖〉其二，頁143-144。
45 葛路：《中國古代繪畫理論發展史》，第五章〈元代繪畫理論‧倪瓚的「逸筆」與
「逸氣」說〉，頁155-158。
46 王翼奇等校注：《潘天壽詩集注‧潘天壽詩集補遺》，〈八哥〉，頁189。
47 王翼奇等校注：《潘天壽詩集注‧潘天壽詩集補遺》，〈題抱雛圖〉，頁193。

〈八哥〉詩，《書畫集》作〈八哥圖〉，詩為三七九言雜體，散文入詩，以之題畫。形容其爪、嘴、羽，凸顯其「能言語」，是著題切寫。其中，能言與學舌，為一詩之旨趣，由此生發，巧拙映照，感慨自在言外。八哥，即鸜鵒，又稱鸚哥，《禮記・曲禮》：「鸚鵡能言，不離飛禽」；〈八哥〉詩，猶宋代禽言詩百舌之屬：或鑑戒巧舌如簧，禍從口出；或提醒語默有時，多言不如緘口；或啟示一動不如一靜，多能不如獨勝；[48]感慨有餘，而又理趣盎然。先生作此詩，時當一九四八年，或者其時多口禍、文禍歟？不然，何以有此借題發揮之作？待考，或可作為論世知人之資。先生又有〈題抱雛圖〉，《書畫集》題作〈抱雛圖〉。先生作詩，有楊萬里誠齋體詩風，長於捕捉兔起鶻落之瞬間，轉化為詩，於是剎那頓成永恆。如本詩一二句，語言極俚俗粗鄙，情節貼近民生，形象鮮活而親切，堪稱尋常農家「生息」片段之剪影。先生作畫，畫材選取一般農家、尋常事件、母雞呼雛，髯鬍抱雛兩幅場景，寫得繪聲繪影，有聲有色。題畫詩能化靜為動，活絡畫面，所謂詩情畫意，相得益彰，有如此者。清末陳衍稱揚宋人工於絕句者，謂「誠齋又能俗語說得雅，粗語說得細」，[49]先生詩風宗法楊萬里，於此等處，頗得誠齋活法詩之三昧。

三　拓展畫境

北宋韓拙，善畫山水，其《山水純全集》推揚繪畫之功，認為可以「筆補造化」。蓋畫家「揮纖毫之筆，則萬類由心；展方寸之能，則

48　張高評：《創意造語與宋詩特色》，第五章〈禽言詩之創作與宋詩之化俗為雅〉，頁 210-214。

49　〔清〕陳衍：《石遺室詩話》，卷 16，第 10 則，張寅彭：《民國詩話叢編》（上海市：上海書店出版社，2002 年），頁 230。

千里在掌。」⁵⁰欣賞山水畫，可以飽遊，可以臥看，以此。繪畫信可以
「筆補造化」，然身為空間藝術，短於表現過程，拙於演示動態，不便
於抒情言志。凡此種種，派生之題畫詩多足以相濟為用。若就畫境之
拓廣延展言，題畫詩之功能，將不止於湊成、補足、妙處相資而已。⁵¹

　　潘先生題詠花木畫，見於《詩存》者，凡三題六首。且看〈題秋
梧雁來紅立軸〉，看先生如何「筆補造化」，又如何拓展畫境：

> 碧梧宮院月輪秋，銀漢高懸露氣浮。鴻雁一聲人未睡，上林已
> 報夜添籌。⁵²

> 愁心未剪繪屏圍，梧葉嬌黃梧子肥。雁使每遲秋水闊，八行誰
> 草字如飛。⁵³

〈題秋梧雁來紅立軸〉詩，雖《書畫集》未見，然自是題畫，而非詠畫
之作。詩之一，特寫畫中之秋梧，虛寫鴻雁。畫面安排，高處為秋
梧，平地有雁來紅。題畫詩並不著題切寫雁來紅之草花，卻巧借「雁
來」一詞生發虛寫，於是畫面場景，自低處近處之雁來紅草花，化身
飛往高處遠處，而成「鴻雁一聲」，變視覺畫面為聽覺節奏。雁叫長
空，露氣浮沈，夜已深，而人未眠。藉由題畫詩之經營，畫境由秋色
添增秋聲，秋聲亦由高空傳向上林，場景立體而延展，此有賴詩情之

50　〔宋〕韓拙：《山水純全集・序》，俞劍華編著：《中國畫論類編》第六編〈山水〉
　　（下）（北京市：人民美術出版社，1986 年），頁 659。

51　張高評：《創意造語與宋詩特色》，〈蘇試題畫詩與意境之拓展〉，頁 341-387。又
　　見《成大中文學報》第 22 期（2008 年 10 月），頁 23-60。

52　王翼奇等校注：《潘天壽詩集注》，卷 1，〈題秋梧雁來紅立軸〉其一，頁 15。

53　王翼奇等校注：《潘天壽詩集注》，卷 1，〈題秋梧雁來紅立軸〉其二，頁 15。

敘寫畫意，方能相得益彰。清葉燮曾云：「畫者，形也，形依情則深；詩者情也，情附形則顯。」[54]詩情畫意相資為用，方稱相得益彰。〈題秋梧雁來紅立軸〉其二，三四句亦借用「雁來」，懸想鴻雁傳書，常因秋水遼闊而「每遲」；傳書每遲，遂忙亂疾飛，致雁行草率無序。「八行誰草字如飛」，歧意雙關，疊映生姿，既可指寫信急就潦草，又指稱鴻雁飛翔無序，一筆兩意，文約義豐。夷考其實，不過轉換草花雁來紅，為信使鴻雁而已；畫面之恢廓，亦隨之自平地，展延至平遠秋水，至高遠之雁行場景，設想可謂美妙。

潘先生《詩存》收錄題詠竹畫之詩四首，其中三首之畫境經營，頗見拓展之功，如：

> 草長佛頭青，山空春寂寂。一雨又如煙，溼雲和露滴。[55]

詠物之法，太切題則黏皮帶骨，拘泥執著；不著題則又天馬行空，捕風捉影，妙在離形得似，超脫變化。題〈竹〉其一，圖卷詩題或作〈烟雨修竹圖〉，或云〈蘭石竹圖〉，推敲所題，當以《詩存》題文較切。詩人題詠，只就春山烟雨點染烘托，未嘗切寫修竹，此之謂「不犯正位」。[56]先生為畫作題詩，一二句只凸出春草長、山濃青，以及春山空

54　〔清〕葉燮：《已畦文集》，卷八，〈赤霞樓詩集序〉。

55　王翼奇等校注：《潘天壽詩集注》，卷1，〈竹〉其一，頁22。

56　「不犯正位」，本曹洞禪宗接引學者，示悟度人之語言技巧，避免正面直說，儘可能從間接、側面、旁面、反面、對面表述，所謂「說似一物即不中」，「不欲犯中」，說話要留有餘地，切忌「妙明體盡」，講述不可過於透徹。一言以蔽之，「無相」宜借助「有相」表現。宋代江西詩人黃庭堅、陳師道、楊萬里作詩，多曾引渡而妙用之。參考周裕鍇：《中國禪宗與詩歌》，第五章，四、〈不犯正位，切忌死語〉（上海市：上海人民出版社，1992年），頁171-179；張高評：《宋詩之新變與代雄》，捌、〈不犯正位與宋詩特色〉，頁442-491。

寂之畫境。三四句，進一步特寫烟雨，渲染濕雲與露滴，多以畫法為
詩法。畫境由修竹生發，旁及烟雨、濕雲、露滴，延展至春山空寂，
遠山黛青。生發如此，非題畫詩不能如此湊成，非先生詩畫兼擅，不
能如此相得。清末陳衍評價宋人七絕，稱其妙處：「大略淺意深一層
說，直意曲一層說，正意反一層、側一層說。」[57]先生題畫，信有此
妙。又如〈竹〉詩其二、其三：

> 月夜露溥溥，雲根冷山葛。帝子近何如，瀟湘煙水闊。[58]
> 玉根展新篁，猗猗綠千畝。何日拂行雲，龍過頻回首。[59]

〈竹〉詩其二，《書畫集》題作〈竹石〉，又作〈秀竹幽蘭〉。詩作與畫
題，亦不完全相應。先生題畫，只勾勒月夜露濃、雲冷山葛，懸想瀟
湘水闊，烟雨濛濛。畫境場景如此安排，瀟湘露濃、雲冷水闊如此，
然後關懷湘妃近況何如，方稱一往情深。畫中有人，人在畫中，題畫
詩寫作如此「不犯正位」，所謂「不欲犯中」，切忌「妙明體盡」，畫
境空間方能延展無限，是詩法，亦是畫法，先生已會通為一矣。〈竹〉
詩其三，方著題切寫修竹：從「玉根」寫到「新篁」，由「綠竹猗猗」，
推拓到竹「綠千畝」，已突破畫幅，空間延展無限。三四兩句，再將時
間延展，想像綠竹「拂行雲」之日，勢必可以招引飛龍「頻回首」。竹
之綽約丰韻，多見於言外。短章而富長篇之氣勢，先生之題畫有之。
　　先生題畫，又有題古松之作，巧用移就手法，移花接木，「百丈
岩古松」遂儼然而有「百丈松」之氣勢，如：

57　〔清〕陳衍：《石遺室詩話》，卷16，第10則，張寅彭：《民國詩話叢編》，頁
　　230。
58　王翼奇等校注：《潘天壽詩集注》，卷1，〈竹〉其二，頁22。
59　王翼奇等校注：《潘天壽詩集注》，卷1，〈竹〉其三，頁23。

一夜黃梅酣雨後，萬山新綠漲雷峰。料知百丈岩前水，更潤岩前百丈松。[60]

　　〈題百丈岩古松圖〉詩，《書畫集》畫題一致。潘先生題畫，往往就題外生發，並不黏著畫題或畫面，甚至可能無中生有，無理而妙。如本詩詩眼，在黃梅時節之「酣雨」二字，詩趣由此生發。一二句舖墊蓄勢，由於一夜梅雨，於是「萬山新綠」，雷峰水漲，可謂順理成章。由雨酣、水漲，而有如下「料知」：百丈岩前亦當雨水豐沛。先生再從「利用厚生」之視角設想，豐沛雨水勢將滋潤大地，栽培玉成岩前古松，而成百丈之松。將百丈岩前古松，偷樑換柱，巧妙寫成「百丈松」，得宋人作詩之遊戲三昧。[61]若就修辭技法言之，謂之「移就」，[62]或者不謀而合。

　　由此觀之，先生以寫意畫家而為己畫題詩，詩中多體現畫風與畫技，多運化畫法於詩法之中；唐代杜甫題畫，凸顯「尺幅千里」之氣勢，宋人題畫多傳承之。[63]宋代黃庭堅、楊萬里作詩題畫，往往「直意曲一層說，正意反一層、側一層說」；「不犯正位」之詩思，先生題畫，亦信有此妙。

60　王翼奇等校注：《潘天壽詩集注・潘天壽詩集補遺》，〈題百丈岩古松圖〉，頁194。

61　周裕鍇：《中國禪宗與詩歌》，第五章，三、〈打諢通禪〉，頁162-171。

62　陳望道：《修辭學發凡》：「遇有甲乙兩個印象連在一起，作者就把原蜀于甲印象的性狀移屬於乙印象的，名叫移就辭。」（上海市：上海教育出版社，2001年），頁117。宗廷虎、陳光磊主編：《中國修辭史》中冊，第四編第五章〈移就的演變〉（長春市：吉林教育出版社，2007年），頁953-989。

63　張高評：《宋詩之傳承與開拓》，下篇〈宋代「詩中有畫」之傳統與創格〉，第二章第三節，〈小中見大，尺幅千里〉；第三章第二節〈小中見大，尺幅千里〉，頁319-323、383-386。

四 品題畫師

　　自杜甫作〈戲為六絕句〉，月旦詩人，講論詩風；所作詠畫詩，亦不乏品畫論藝。如〈丹青引〉稱「意匠慘澹經營」，〈戲題王宰畫山水圖歌〉謂：「尤工遠勢古莫比，咫尺應須論萬里」云云，皆是。宋人題畫發皇之，蘇軾〈文與可畫篔簹谷偃竹記〉云：「此竹數尺耳，而有萬尺之勢」；〈書鄢陵王主簿所畫折枝〉云：「論畫以形似，見與兒童鄰。賦詩必此詩，定非知詩人。詩畫本一律，天工與清新。」又品評邊鸞「寫生」雀，趙昌「傳神」花等等。要之，唐宋人題畫，除品題畫師外，又往往揭示畫理，創作過程、布局技法、美感鑑賞、畫家素養，以及作畫神態，要多順帶略及。

　　潘先生有〈題畫絕句〉二十首，品畫論人，提供中國繪畫史、美術史、畫論、畫學之參證，頗值參閱。另外，又有如〈讀八大石濤二上人畫展後〉、〈畫山水〉、〈贈東京女畫家〉諸什，要皆品畫論人之作，可補美術史、美學史、畫論之不足。篇幅所限，不論。先生身為畫家兼詩人，以之創作題畫花鳥詩，亦信有上述特色。姑以管中窺豹，述先生之品題畫師，提示畫藝，如〈題《張書旂花卉集》〉其二：

> 文通妙繪造化師，筆能扛鼎墨淋漓。照眼頓明雙眸子，不覺奇氣沁心脾。[64]

為張書旂《畫集》題詩，依尊題成例，必須品人論藝。先生標舉唐代名畫家張璪，譬況張書旂，姓同藝近，故得類比。題畫詩之一，運化張璪「外師造化，中得心源」[65]畫論於詩中，稱美書旂之花鳥畫作能外

64　王翼奇等校注：《潘天壽詩集注》，卷1，〈題張書旂花卉集〉其一，頁16。

65　〔唐〕張彥遠：《歷代名畫記》，卷10，〈張璪〉，于安瀾編：《畫史叢書》第一冊（臺北市：文史哲出版社，1994年），頁125。

師造化，而又力強氣勁；此先生主張「風骨強，氣力健」繪畫美學之體現。後兩句，拈出「奇氣」評畫，正與《听天閣畫談隨筆》所云：「不以平廢奇，不以奇廢平」之審美一致，與楊萬里「誠齋體」追求清新，不主故常，亦若合符節。又如：

> 生枝枯杆任槎枒，腕底春深桃李華。不道徐黃舊心法，極波濤處競龍蛇。[66]

題畫詩之二，又化用張璪畫松「雙管齊下」事典：「一為生枝，一為枯幹，勢凌風雨，氣傲煙霞」；見其畫藝之奇異。先生〈論畫絕句〉其五所謂「心源造化悟遵循，雙管齊飛如有神」，[67]足相發明。題詩推崇張書旂花鳥畫新異奇妙，不但能「筆補造化」，更難能可貴者尤在突破創新。五代畫家徐熙，畫花鳥創「沒骨法」，北宋花鳥畫家黃筌長於「雙鉤體」。先生以為徐、黃所能，皆「舊心法」，今張氏花鳥畫筆走龍蛇，已推陳出新矣。先生《詩存》〈論詩一〉曾云：「漢魏遞晉唐，輾轉萬門戶。既貴有所承，亦貴能跋扈。」所謂跋扈，當指超常越規，追求突破。論詩品畫，注重超越與自得，並無二致。合而觀之，往往相得益彰。先生作詩，常見驅遣文字，表現學養，此與宋人資書以為詩、以學問為詩相似而實不同。要以情志為主，本立而道生。

　　松、竹、梅、蘭，宋人發揚先秦「比德」之說，謂之四君子。先生作畫題詩，多所揮灑，已見上述。畫材與詩材之選取，與先生人生

66　王翼奇等校注：《潘天壽詩集注・潘天壽詩賸》，〈題張書旂花卉集〉其二，頁17。

67　〔宋〕郭若虛：《圖畫見聞志》，卷 5，〈故事拾遺・張璪〉。于安瀾編輯：《畫史叢書》，頁 220。

觀、藝術觀注重「氣（風）」、「骨」，在在相應。[68]另外，又有題詠墨菊，亦可見先生對師法與創新之卓見：

> 逸如彭澤陶元亮，韻似西風李易安。鳴鼓停雲殊陋甚，欲將私統范豪端。[69]

〈題白陽山人墨菊〉詩，本為品評名畫家陳道復之畫風與畫藝而作，稱其「逸」如陶淵明，「韻」似李清照，堪稱「天才秀發，逸韻橫生」。卻又借題發揮，批評「私統」規範之固守，為「殊陋甚」。評議明代書畫家文徵明，責備「鳴鼓」攻陳非是。白陽山人陳道復曾師從文徵明，其後「天才秀發，逸韻橫生」，不拘師法，創作寫意花卉。先生以為：文徵明雖為師表，「自不能以個人門戶，限驥足之馳驅」；拘守師法，將妨礙文藝之創新與突破。標榜超常越規，突破創新，向為先生所主張與實踐，不止〈論詩〉其一所言而已。又如題寫墨蘭：

> 價廉粉脂艷吳娘，芳草誰歌天一方。筆墨年來無健者，任他胡亂說徐黃。[70]

追求粉脂俗艷，必然欠缺骨力與精神，所謂「繁華損枝，膏腴害骨」，此不易之理。此首墨蘭詩，題寫於吳茀之〈墨蘭圖〉上，為尊題故，稱揚吳氏所繪蘭花芳草，然實非題詩主意。先生因蘭抒慨，借題發

---

68 潘公凱：〈高風峻骨見精神——談談我父親潘天壽藝術風格的一個基本特徵〉，頁 272。

69 詩序：白陽花卉，天才秀發，逸韻橫生，自不能以個人門戶限驥足之馳驅。衡山竟以「非吾徒也」責之，陋矣。王翼奇等校注：《潘天壽詩集注》，卷 3，〈題白陽山人墨菊〉，頁 164。

70 王翼奇等校注：《潘天壽詩集注》，卷 3，〈題墨蘭〉，頁 166。

揮，批評年來花鳥畫風之纖弱無骨；缺乏雄健風骨，卻仍奢談徐熙、黃筌。題詩批判浮豔重彩之畫風，提倡遒健骨力，好惡抑揚之間，自見弘偉之器識。

　　先生又有題墨花長卷之詩，對徐文長之文藝造詣，有極高之評價，如云：

> 草草文章偏絕谷，披離書畫更精神。如椽大筆淋漓在，三百年中第一人。[71]

徐渭文長（1521-1593），號天池，以草書入畫，畫風開大寫意花卉畫派，其畫「無法中有法」，「亂而不亂」，涉筆瀟灑，天才秀發。繪畫多用潑墨法，濃淡得體，頗有神韻。先生〈論畫絕句〉其十五評徐天池畫云：「風情怪詭樸而古，元氣淋漓淡有神。一代奇才誰認識，天教筆墨葬斯人。」[72]可與本題畫詩相互參看。徐文長文風畫風之自由隨興，任意揮灑，先生〈題徐天池墨花長卷〉可見一斑：所謂「草草文章」、「披離書畫」、「大筆淋漓」，即〈論畫絕句〉之「元氣淋漓」；而題畫之「偏絕古」、「更精神」，亦無異論畫之「淡有神」。題畫推崇徐渭文藝之造詣，以為「三百年中第一人」；即〈論畫絕句〉所謂「一代奇才」。二者之異，則題畫詩之品人讚藝，側重表彰；〈論畫絕句〉亦評藝品人，而寄寓感慨。合之則雙美，可得大全。

　　運用詩歌形式，品人論藝，倡始於唐代，大盛於宋朝。[73]取其簡約

71　王翼奇等校注：《潘天壽詩集注·潘天壽詩存補遺》，〈題徐天池墨花長卷〉，頁193。

72　盧炘、俞浣萍校注：《潘天壽詩存校注》，〈潘天壽詩賸〉，〈論畫絕句〉之十五，頁64-65。

73　周益忠：《宋代論詩詩研究》（臺北市：臺灣師範大學國文研究所博士論文，1989年）。

便捷，大抵為「以議論為詩」之流亞。行文之際，雖不免資書為詩，然自非才學秀發者不足以勝任。品人論藝，於文學批評史、繪畫美學史，以及詩史、畫史，自有參考佐證之價值。

五　興寄象外

　　清沈德潛《說詩晬語》稱：詠物詩必須「胸有寄託，筆有遠情」；[74] 黃永武教授亦謂：「詠物詩必須因小見大，才能使筆有遠情。」[75]結合唐陳子昂、杜甫、白居易作詩，多標榜比興寄託。[76]題畫詩為詠物詩之流亞，自然亦追求「興寄象外」。潘先生《听天閣畫談隨筆》曾自評畫幅云：

> 余嘗畫蘭菊為一圖，題以「西風堪憶漢家人」句，則漢武之〈秋風辭〉，盡在畫幅中矣。《三百篇》比興之旨，自與繪畫全同軌轍，誰謂春蘭秋菊為不對時不對景乎？明乎此，始可與談布陳，始可與談創作。[77]

先生所謂「《三百篇》比興之旨」，當指詩歌創作論之「比興寄託」、「托物寓情」而言。[78]錢鍾書曾界定「寄託」：「詩中所未嘗言，別取事物，

74　〔清〕沈德潛：《說詩晬語》，卷下，第四十七則，丁福保編《清詩話》本（臺北市：明倫出版社，1971 年），頁 550-551。

75　黃永武：《詩與美》，〈詠物詩的評價標準〉，頁 170-173。

76　陳伯海：《唐詩學引論》，正本篇，〈唐詩的風骨與興寄〉（上海市：東方出版中心，1988 年），頁 11-14。

77　潘天壽《听天閣畫談隨筆·布置》，頁 52。

78　參考徐中玉主編：《意境·典型·比興編》，蕭榮華編選：《比興篇》，四、〈作為詩歌創作論的「比興寄託」說〉，（北京市：中國社會科學出版社，1994 年），頁 282-296。

湊泊以合」，所謂「言在於此，意在於彼」，蓋輔詩齊行，必須求之文外。[79]先生《听天閣畫談隨筆》所云：題蘭菊畫詩句，與漢武〈秋風辭〉間之關係，即是比興寄託。比興，為其策略；寄託，乃其目的，合稱為「興寄」。明興寄之道，則知詩歌與繪畫為同一軌轍。章學誠曾稱：「必通六義比興之旨，而後可以講春王正月之書」，[80]解讀《春秋》經傳，必先通曉《詩經》之比興寄託，何況賞畫品詩？潘先生拈出「比興」，以論畫與詩之同轍，與前賢之見可謂殊途同歸，百慮一致。

　　徐悲鴻對古代花鳥畫，曾有極高之評價，以為「畫中最美之品」，乃「世界藝術園地裏，一株特別甜美的果樹」，「造詣確為古今世界第一位」，潘天壽先生具有「至大、至剛、至中、至正之人格特質，外現於書畫，遂時見倔強之性、陽剛之力、獨立之姿、壯美之情。」就花鳥畫而言，先生以陽剛之筆、崇高之境與奇倔人格融為一爐，「並把墨戲作風轉換為嚴謹的經營，使簡筆花鳥畫成為一門嚴肅的學問，是簡筆花卉朝現代轉換的第三位代表人物。」[81]因此，先生非凡之藝術造詣，被譽為二十世紀六〇年代花鳥畫家之典型。

　　先生簡筆花鳥畫，往往為上述諸般人格特質之體現。大筆粗線、歪歪斜斜，大寫意之畫風，蘇軾所謂「畫中有詩」，所謂「取其意氣所到」。《宣和畫譜》卷七論李公麟畫，以為「深得杜甫作詩體制，而移於畫」，其妙締在「率略簡易處」。南宋殘山剩水，所謂「馬半邊，夏一角」者，繪畫之詩化、抒情性，二家稱最。李澤厚強調：「細節真實

79　錢鍾書：《管錐編》，第一冊，《毛詩正義·三四、狡童》，〈含蓄與寄託——詩中言情之心理描繪〉，頁 108-109。

80　〔清〕章學誠：《文史通義》內篇五，〈史德〉，頁 149-150。

81　劉曦林：〈20 世紀花鳥畫的再思考〉，曹意強、范景中主編：《20 世紀中國畫》（杭州市：浙江人民美術出版社，1997 年），頁 320-327、335-336。

和詩意追求」，正是馬遠、夏圭之美學追求。[82]先生花鳥寫意畫之大筆
粗線，正是上承蘇軾之「意氣所到」，李公麟之「率略簡易」，以及馬
遠、夏圭之「詩意追求」，以及徐文長之大寫意花卉，藉花鳥以表現個
人意趣，風骨品格。宋王楙《野客叢書》〈野老紀聞〉稱：「郭忠恕畫
天外數峰，略有筆墨。」用心於筆墨之外，此詩畫崇尚簡約之所同，
而畫之墨戲、寫意、詩化、抒情性；自是先生花鳥畫「畫中有詩」之
體現特色。[83]清李重華《貞一齋說詩》稱：「善寫意者，意動而其神躍
然欲來，意盡而其神渺然無際」；又云：「詠物詩有兩法：一是將自身
放頓在裡面，一是將自身站立在旁邊。」[84]此雖論詩，「將自身放頓在
裡面」，其實可以兼攝潘先生之題畫詩與花鳥畫。

今翻檢先生《詩存》，題詠花鳥之作，亦往往興寄象外。所謂「蘊
含祇在言中，其妙會更在言外」，與花鳥畫之墨戲、寫意、詩化、抒
情性同風。今臚列如下，對照《畫談隨筆》、《書畫集》，以見先生藝
術實踐之一斑。如題詠松、竹、梅歲寒三友，作畫題詩，或者如倪瓚
之畫竹，「聊以寫胸中逸氣耳」：

> 我愛黃山松，墨瀋潑不已、高者直參天，低者僅盈尺。鬅鬙萬
> 葉青銅古，屈鐵交錯虬枝舞，霜雪幹漏殷周雨。黑漆層苔滴白
> 雲，亂峰飛月嘯饑虎。世無絕筆韋偃公，誰能纖末起長風？蔡
> 侯古紙鵝溪絹，展付晴光凌亂中。[85]

---

82 李澤厚：《美的歷程》，九〈宋元山水意境〉（天津市：天津社會科學出版社，
　　2001 年），頁 289-291。

83 伍蠡甫：《中國畫論研究》，〈試論畫中有詩〉（北京市：北京大學出版社，1987
　　年），頁 214-242。

84 〔清〕李重華：《貞一齋說詩》，第三十八則，丁福保編《清詩話》本（臺北市：
　　明倫出版社，1971 年），頁 930。

85 《潘天壽詩集注》，卷 1，〈畫松〉，頁 42。

不逐春芳菲，不為寒易節。誰與臭味同，空山盟古雪。[86]

〈畫松〉詩，見於《書畫集》者，或作〈黃山松詩意卷〉。詩中「髵鬣萬葉青銅古」以下三句，以形象語言、雄健筆法，刻劃山松之蒼勁高古、夭矯屈曲，凌霜傲雪。「黑漆」「亂峰」二句，極寫場景之荒寒陰冷，以烘托古松之雄健挺拔。與杜甫筆下孔明廟前之古柏相較，崔嵬枝幹、冥冥孤立，或者等倫；若與蘇軾所詠峨嵋山西雪嶺上萬歲不老之孤松相比，其含風偃蹇、宛轉盤龍，虬松姿態亦不遑多讓。張宗祥序先生《詩存》曾云：「潘子以畫知名世界，琢一章曰『一味霸捍』，其志之所在可知，宜其詩稜峭橫肆如此也。」由此觀之，〈畫松〉題詩，固先生托物寫志所在。弟子林鍇述先生詩，謂「外示雄肆高華的文采，而內蘊奇崛逋峭的氣骨」，是黃山松之形象，亦是先生人格與風格之寫照。至於〈題歲寒三友圖〉所示，不逐時尚、不改其操，如空山古雪，亦夫子興寄「稜峭孤高」之情志。

題畫詠物，「聊以寫胸中逸氣」，此先秦儒家所謂「比德」之教。先生繪畫以花鳥、山水為主，山川草木、鳥獸蟲魚，都具有獨特的性格。而畫中花鳥之性格，又往往為先生之托物寓情，比興寄託。所題詠之禽鳥，亦多興寄之作，如〈題海鷹〉：

秋風寒，秋水白，秋意冷冷落殘石。窮海禿鷹頭赫赫，倦眼蒼茫舒健翮。何因不作圖南策，但聽潮聲朝與夕，遼天飛雨點青液。[87]

86　《潘天壽詩集注》，卷3，〈題歲寒三友圖〉，頁142。

87　王翼奇等校注：《潘天壽詩集注・潘天壽詩集補遺》，〈題海鷹〉，頁186。

自然醜，經由藝術處理，往往成為藝術美。如前所述先生〈畫松〉，特
寫黃山虯枝鐵幹之老松，即其顯例。此處圖繪窮海禿鷹，集強悍、粗
豪、剛健、骨梗諸形象，寓含高瞻、雄視、睥睨、側目諸寓意，試翻
閱《書畫集》，即可窺其指向。[88]〈題海鷹〉，渲染秋意荒寒，禿鷹舒
翩之畫境，以示窮海、倦眼，不作圖南之畫意。禿鷹空有健翩，卻不
思奮飛，不作圖南，其故安在？留存空白，富遙情遠韻，啟人思索。
試翻檢《書畫集》題款，知先生實以海鷹興寄《莊子》〈逍遙遊〉中之
大鵬鳥，所謂「摶扶搖而上者九萬里，去以六月息者也」，「而後乃今
將圖南」；先生所繪鷹隼圖，其中有題云「會心在四遠，不是為高
飛」，蓋與〈題海鷹〉同一機軸。所謂蘊含只在畫中，而妙會更在象
外。究竟寄寓何種人情世態？待考。再如題詠雛雞、翠鳥，亦多象外
孤寄：

> 雛雞雛雞小於拳，黃金爪嘴身通玄。且步且趨來階前，啾啾覓
> 食搔苔錢。豈是平生為一飽，準備他年戒旦老。[89]

> 春歸蓀菜已花黃，深閣但添繡線長。翠鳥不知青鳥事，聽風聽
> 雨老橫塘。[90]

〈雛雞〉詩，《書畫集》所題同，蓋為學生畫作題詩。首四句窮形盡相，

88　浙江人民美術出版社：《潘天壽詩畫集》，收錄有八幅禿鷹圖卷，如 59〈小憩圖
　　軸〉，112〈靈鷲磐石圖卷〉、126〈老鷲圖卷〉、128〈靈鷲遠望圖卷〉、149〈靈鷲
　　俯瞰圖軸〉、162〈雄視圖軸〉、174〈贈傳熹靈鷲圖卷〉、175〈側目山鷹圖卷〉（杭
　　州市：浙江人民美術出版社，2003 年）。

89　王翼奇等校注：《潘天壽詩集注‧潘天壽詩集補遺》，〈雛雞〉，頁 193。

90　王翼奇等校注：《潘天壽詩集注‧潘天壽詩集補遺》，〈題野塘清趣圖〉，頁 195。

繪聲繪影，此畫家之能事。末兩句，象外孤寄，為弟子說法，有寄託，有遠情。《禮記》〈儒行〉所謂「夙夜強學以待聘」，蘇軾〈稼說〉所謂「博觀而約取，厚積而薄發」，即是先生之期許與盼望：「豈是平生為一飽，準備他年戒旦老」。〈題野塘清趣圖〉詩，亦見於《書畫集》。藉畫以寫閨怨，趣味盎然。先生題畫，妙從畫中翠鳥作生發，由於寂然不動，安土重遷，故曰終老橫塘，因而未能作青鳥傳信事。猶殷洪喬之郵誤，於是深閨之怨如繡綫之長，將綿綿無絕期。如此題畫，興寄象外，可謂無理而妙。

第三節　結語

　　潘天壽工於畫，長於詩，堪稱詩畫兼擅。先生論畫，往往順帶品詩；至其題畫，亦時見詩中有畫。其文人畫多繪山川花鳥，大寫意畫風乃前世紀最後一位大師，足以流傳不朽。至其《詩存》，輯詩近三百首，稜峭雄奇，一如其性格之剛毅倔強，卻為畫名所掩，闇而不彰。學界理當發微闡幽，研讀品賞。

　　學界論評先生詩，皆以為遠宗杜甫、韓愈，中師黃庭堅、陳與義、楊萬里，近則規法晚清同光諸家。先生既以花鳥寫意名家，本文乃選取《潘天壽詩存》中題詠花鳥之作，以詩情畫意為核心，從「詩中有畫」切入。發現先生題畫，工於選字琢句，長於化用成語，或以故為新，或化俗為雅，或超常越規，或不犯正位，間或以文為詩、以議論為詩、以學問為詩。題畫之作，每多以畫法為詩法，呈現「詩中有畫」之特色。而其大寫意畫風，自是「畫中有詩」之體現。由此觀之，先生之詩，自含宋詩宋調之遺韻。

　　本文考察先生《詩存》，研考其中有關題詠花鳥之詩，近三十首。雜引先生所著《听天閣畫談隨筆》、參考《潘天壽詩畫集》畫幅，據詠

物題畫之實際，分傳神寫照、因畫抒懷、拓展畫境、品題畫師、興寄象外五大端，進行論述。然後知鑑賞先生花鳥畫，當同參先生題花鳥詩，務期詩畫相資，相得益彰。濡染大筆，每寫胸中逸氣；題畫花鳥，亦時見詩人之風骨。風格無異於人格，於先生之詩畫可見。

　　題詠花木，聚焦於梅、蘭、竹、菊、蓮、柏、海鷹、雛雞、翠鳥，比德言志，尚平淡，貴脫俗；其選題、審美，墨趣寫意，多與宋人韻味相當。題詠花鳥詩之散文化、理趣化、創新化、通俗化、興寄化，亦近宋詩宋調，而疏離唐詩唐音。先生詩風之旅向，由此知之。[91]

91　二〇〇九年十二月，潘天壽基金會、浙江美術學院主辦二〇〇九年「潘天壽與傳統詩學」海峽兩岸研討會，筆者應邀出席，發表論文。會後修訂潤飾，收入潘天壽基金會編《潘天壽與傳統詩詞》專書中（杭州市：浙江人民美術出版社，2011年3月）。

第八章
結論

　　詠畫題畫，是文學與藝術之間，跨領域、跨學科之文化工程。貴在科技整合，交叉研究；假如單科獨進，知詩而昧於畫，或曉畫而不諳詩，則猶如「東面而望，不見西牆；南面而望，不見北方」，難以得其大全。今探究「丹青吟詠，妙處相資」之詠畫題畫詩，蓋立足於詩，交通於畫，或以為興寄，或作為比德，或寓存禪趣，非止於巧構形似，賦詩必此詩而已。此中天地，無限遼闊，值得投入研究。

　　杜甫為詠畫題畫之開山與典範，所謂百家騰躍，終入環內者也，故本書先論杜詩題畫。蘇軾、黃庭堅為宋詩代表，皆宗法杜甫，又自成一家。詠畫題畫，不惟善繼，而且善作，蔚為宋調之楷模，南宋江西詩派多追隨之，故次之。且畫題選擇墨竹、墨梅，固已體現宋型文化特質，而題畫選詠花、竹、鳥、蟲，見詩、畫、禪之交融為一，詩情、畫意、禪趣將沾溉後世無窮。人物畫之題詠，選擇王昭君在清代詩之體現，以見其因革與流變。二十世紀畫苑，潘天壽以花鳥畫大鳴於浙江，能詩、善畫。題畫花鳥，詩情畫意，多相得益彰。除此之外，又類聚舊作三篇，作為附錄，或闡說詩畫相資之創造思維，或探論山水畫之意境拓展，或研究蘇軾、黃庭堅之題寫畫馬，以考察宋詩之創發開拓，以及蘇軾、黃庭堅詠畫題畫之造詣。九篇論文，各有所見，論次如下：

　　杜甫為古典詩歌之典範，不僅是唐詩之代表，更是宋調之開山，影響宋詩特色之形成。杜甫詩歌之不朽價值，創始之功居多。即以題

詠圖畫而言，杜甫所作，自是唐人詠畫格調，又往往為宋人詠畫之開山。杜甫題畫，以畫馬、畫鷹、畫山水最有特色，數量較多，成就最高；其他，尚有畫松、畫鶴、畫鶻之倫，亦有可觀。相對於宋代題畫詩而言，杜甫開創之題畫技法有三：其一，以真擬畫；其二，以畫法為詩法；其三，因圖畫而興寄。就「詩情畫意，相得益彰」之題畫功能而言，杜甫題畫又表現三大手法：其一，化美為媚；其二，拓展畫境；其三，再現畫面。宋人所謂「丹青吟詠，妙處相資」；所謂「畫難畫之景，以詩湊成；吟難吟之詩，以畫補足」，畫家之慘澹經營，詩人之揣摩創發，此中可窺一斑。

　　會通化成，為宋型文化特色之一；題詠繪畫，為宋代詩畫之出位之思；詩畫一律之觀念，至北宋元祐年間已流行應用。宋代士人習染佛禪，以水墨作畫，往往滲透於其中；詩人題詠墨畫，亦以禪為詩，得游戲之三昧。竹在宋代，既名列歲寒三友，又比德為四君子之一。竹之形象，中空、有節、長青、參天、堅勁、柔韌，故引發士人喜愛，或見之歌詠，或形之畫圖。尤其竹之本固、性直、心空、節貞諸德操，詠竹詩、墨竹畫往往多所體現。本書綜考北宋蘇軾、黃庭堅之詠竹詩篇及墨竹題詠，作為研究文本。蘇軾有墨竹、水墨山水，以及枯木之詠。黃庭堅亦作墨竹十一首，題詠橫竹、偃竹、竹石、畫竹、綠筠、風雨竹、竹石牧牛之倫若干首。詩人或以比德，或以興寄，詠物之妙，蔚為文人畫之墨戲，多體現為游戲三昧，蓋合詩、畫、禪而一之。詩、畫、禪三者之跨際會通，新奇組合，形成詠竹、墨竹之一大特色。清吳之振《宋詩鈔》引曹學佺序宋詩，謂宋詩特色為「取材廣，而命意深」，宋人之水墨畫題詠可見。

　　題畫詠畫，為宋代都城士人雅集，品賞創作之文學風景。題畫詩本詠物詩之流亞，詠物之妙者，禪家所謂不黏不脫，不即不離；題畫詩之佳者，亦多不黏畫上發論，不止於畫作揮灑。黃庭堅工詩悅禪，

為臨濟宗黃龍心禪師法嗣，所作題詠，往往化禪思為詩思，《西清詩話》謂黃庭堅詩「妙脫蹊徑，一似參曹洞下禪」；元好問《中州集》亦稱黃魯直「擺出翰墨谿徑，不犯正位，如參禪」。今以《山谷詩集注》之題畫詩為研究文本，選擇其中題詠禽鳥者十五題二十首，題寫墨竹者八題十一首，題畫蟲魚者六題六首，題寫花卉者四題五首作討論。參考臨濟禪不執著言句，又不離言句；黃龍三關，不從正面說法，「須參活句，莫參死句」諸教示；又借鏡禪學妙脫蹊徑、不即不離、遶路說禪、不犯正位之法，而歸本於《金剛經》之「無住生心」，持以詮釋解讀黃庭堅之題畫詩。得其層面有三：曰離形得似，曰興寄畫外，曰寓畫說理；黃庭堅題畫之特色，宋人詠物之趣味，宋代美術史、藝術史之補白，其中自有具體而微之體現。

　　梅之見於詩歌，從先秦兩漢之實用功能，發展為六朝唐五代以來作為審美欣賞主體，至宋代而梅花之象徵意象始告完成。梅花象徵意象之生成，受宋型文化之制約，得儒家比德文化、文士寫意寄興、禪師游戲三昧之觸發，加以詠物詩、題畫詩之興盛，於是詩情、畫意、禪趣融通，而蔚為梅花審美文化之集大成。梅花意象之生成，有三大頂樑柱，其一，為林逋〈孤山八梅〉之歌詠，促成梅花為君子隱逸形象之建立。其二，為蘇軾創發「孤瘦雪霜」之梅格，塑造梅花比德於高潔品格之君子；又點染「天香國豔」之形象，凸出梅花之幽雅麗質。其三，華光仲仁之水墨梅花，得黃庭堅、釋德洪、陳與義等之詮釋解讀，華光和尚之「以筆墨作佛事」，墨梅之游戲三昧，以禪為詠，乃呼之欲出。墨梅題詠，實不異於詠物，因此，再現畫面，使之詩中有畫；拓展畫境，期使畫外傳神，詩人亦多所用心。南北宋之際，其他詩人如陳與義、李彭、謝逸、李綱、呂本中、華鎮等，眼中筆下之墨梅或梅花，或以之寫意興寄，或以之補說梅格，或以之比德君子。要之，題寫梅花，除林逋、蘇軾外，多作遺妍開發，鮮有創意造語。善

繼善作之難能可貴，亦由此可見。

　　王昭君和親匈奴之故事，唐詩以降多本五大系統基型，進行緣飾
附會，抽換改作。滿清以前已寫作四一六首，清代詩人亦創作四〇〇
餘首昭君題詠。昭君和親之故事，衍化出紅顏禍福、丹青妍媸、和親
得失、琵琶怨恨、青冢不朽課題，以之作詩，以之入畫，以之題詠，
宋朝以後題畫多所體現。今選擇題畫詩為探討文本，以考察王昭君作
為人物畫，其形象於「丹青、吟詠」間之轉化與創新。蓋宋人金人所
作昭君詩歌，出於題畫圖詠者約十五首；而清人昭君題詠，詩題如昭
君圖、明妃圖、明妃畫、昭君像、昭君畫卷、明妃畫冊，昭君出塞
圖、明妃出塞圖、明妃出塞卷子、昭君出塞泥影、昭君倚馬圖、昭君
出獵圖、青塚圖之類，見於胡鳳丹編纂《青冢志》、可永雪編《歷代昭
君文學作品集》者，數量已在四十三首以上。本書以清人題詠王昭君
故事為主軸，以宋金之相關題詠作對照，持傳承與新變為論說主軸，
除扣緊題畫之屬性，較論王昭君形象塑造之虛實、形神外，尚關注歷
代之審美意識，士人不遇之比興寄託，以及和親之得失榮辱，紅顏之
禍福美惡，乃至於華夷之分際，公私之消長，琵琶之哀怨，遠嫁之悲
喜，青冢之不朽等等。凡此種種，要皆善因能創，值得考察論述，亦
辨章學術，考鏡淵流之一助。

　　潘天壽長於畫，工於詩。其山水花鳥畫，譽為二十世紀大寫意文
人畫之代表。圖寫山川花鳥，往往抒其胸中逸氣。《潘天壽詩存》所作
近三百首，詩風稜峭橫肆，近似其畫，惜為畫名所掩。今考察先生花
鳥畫，多「畫中有詩」；題畫花鳥之作，多富於詩中有畫，且詩情畫意
多相得益彰。蓋繪畫信可以「筆補造化」，然身為空間藝術，短於表現
過程，拙於演示動態，不便於抒情言志。凡此種種，派生之題畫詩多
足以相濟為用。先生以寫意畫家而為繪畫題詩，詩中多體現畫風與畫
技，多運化畫法於詩法之中。為篇幅所限，本書探討先生題畫詩，選

取題畫花鳥為例，以「詩情畫意」為核心，絪合文人畫之意趣，分傳神寫照、因畫抒懷、拓展畫境、品題畫師、興寄象外諸端論述，以見潘先生詩畫兼長之一斑。標榜超常越規，突破創新；追求「風骨強、氣力健」之繪畫美學；外現雄肆高華的文采，而內蘊奇崛遹峭的氣骨，向為先生所主張與實踐。可見，拘守師法，將妨礙文藝之創新與突破。試參觀先生《書畫集》、《畫談隨筆》、《詩存》，多有如實之體現。

　　宋型文化會通集成、兼容開放之特質，表現於詩學與畫學，是一則疏離典範，再則致力破體、出位，三則兼顧善因善創、開拓創新。就文藝創作而言，「破體為文」與「出位之思」，乃促成變革維新之兩大策略。宋人詩畫相資之論述，注重跨際會通，嘗試將舊有元素作新奇之組合，擷長補短，相濟為用，於是文體新生，畫風獨特。詩歌以形、音、義表述其情境與流動過程，由是生發抒情性、和諧性、節奏感；產生比德、興寄、律動與情境，創造出注重表現之時間藝術，而以寫意、韻味為其終極追求。所謂「畫中有詩」，指空間藝術之繪畫之造景、布置、設色、筆墨諸法，會通時間藝術之詩歌，既化用詩歌特色入圖，更借鏡詩法作畫。詩歌創作若借鏡繪畫，則體現為化動為靜，以果代因，化時間為圖畫，講究線條造型，精心空間構圖，強調色彩表現，捕捉光影變化，安排遠近、高低、內外、藏露諸層次；而且將情感物象化，景物象徵化，此之謂「詩中有畫」。徐復觀宣稱：「中國藝術精神的自覺，主要表現在繪畫和文學方面。」宗白華亦強調：「一個充滿音樂情趣的宇宙（時空合一體），是中國畫家詩人的藝術境界。」張舜民有「詩是無形畫，畫是有形詩」之論述。而宋迪、岳珂有「無聲詩、有聲畫」、「無形畫、有形詩」之說。日本管理學大師大前研一稱：「重新組合，就是發明」，詩畫相資之思維，可作如是觀。

　　繪畫之侷限，詩歌可以相濟；詩歌之藝術，繪畫往往借鏡之。因此，詩與畫由於同趣，故會通較易；又因異迹，故借鏡可成。本書先從蘇軾題畫詩四十八首中挑出二十一首，論述蘇軾用心於筆墨之外，盡心致力於畫面之生發，與意境之拓展者有四：（一）平遠迷遠，廣漠無涯；（二）以大觀小，尺幅千里；（三）包孕豐富，象外見意；（四）虛實相成，再創畫境。此四者又可歸納為兩種方法：其一，開發遺妍，題畫詩以時間流動突破空間定格，救濟繪畫之侷限；就畫本之召喚結構，開發其中之空白處、模糊處、不確定處，如題畫詩對平遠迷遠之詮釋，及虛實相成之解讀。其二，創意造境，題畫詩不以複製畫面為已足，尤其盡心於有限展延無限，因形象生發韻味，如尺幅千里、包孕豐富之經營設計是也。宋吳龍翰所謂「畫難畫之景，以詩湊成」；沈德潛所謂「畫家未到者，詩能神會之」，此之謂也。

　　詩中有畫、詩畫交融，為宋型文化會通化成之體現。就創造思維而言，屬於舊元素之新奇組合。由於擷長補短，增益其所不能，往往能改造體質，促成文體之再生與發展。宋人題畫詩、山水詩、詠物詩中多有之；蘇軾、黃庭堅所作，尤為箇中翹楚：或品題畫師，或評價畫藝，或再現畫面，或拓展畫境，或揭示畫學，或借題發揮，此其大焉者。本書從蘇軾、黃庭堅題詠馬畫二十六首中選擇二十首，以韓幹、李公麟之畫馬為例，論述題畫詩之傳承與開拓，其中以逼真擬畫作，以白描呈畫面，蓋傳承唐人而恢廓之，蘇軾七古題畫，最稱淋漓盡致。黃庭堅題畫馬，側重典型概括，如以燈取影，旁見側出。題詠韓幹李公麟畫馬，蘇、黃多借題發揮，因畫遣興，卒章顯志，表現興寄。至於品畫論藝，黃庭堅多作吉光片羽之提示，蘇軾則除隨機點評外，尤能萃取畫理，揭櫫畫論。宋蔡絛《西清詩話》稱：「丹青吟詠，妙處相資」，可見題畫詩為詩畫之創意組合，除改造詩歌之體質，強化其表現功能外，又兼含有美術史、美學史之參考價值。

　　本書借鏡章學誠「辨章學術，考竟源流」之說，上考詠畫之典範
杜甫，中探蘇軾、黃庭堅之題寫竹、梅、花、鳥，以及江西諸子之題
畫詠畫，下究清代近代之人物畫、花鳥畫題詠。雖一鱗半爪，未覩全
面，然蘇軾曾言：一點紅，可以「解寄無邊春」；[1]猶優孟衣冠，不必
舉體皆似，貴在「得其意思所在」而已。[2]南宋孫紹遠《聲畫集》八卷，
清康熙間陳邦彥《御定歷代題畫詩類》一二〇卷，為詠畫題畫之星宿
海，可以取之不盡，發用不竭。本書於彼，不過千里足下之發軔而
已。有志之士，盍興乎來！

1　〔宋〕蘇軾著，〔清〕王文誥、馮應榴輯注，孔凡禮點校：《蘇軾詩集》（臺北市：
　　學海出版社，1983、1985年），卷29，〈書鄢陵王主簿所畫折枝二首〉其一，頁
　　1526。
2　〔宋〕蘇軾著，孔凡禮點校：《蘇軾文集》（北京市：中華書局，1986年），卷
　　12，〈傳神記〉，頁400-401。

附錄一
詩畫相資與宋詩之創造思維
——宋代詩畫美學與跨際會通

　　文學史的研究，向來很重視因革損益、源流正變間的關係。這不僅是新舊、變常的問題，也是守經與達權的課題，更是傳承與開拓、模擬與創造體規畫圓與自成一家的議題。一代文學之價值，一家文學之成就，往往以二者之消長嬗變為權衡，驗諸歷代之文學與作家，可謂信而有徵。

　　蘇軾評價韓愈詩曾言：「書之美者，莫如顏魯公；然書法之壞，自魯公始。詩之美者，莫如韓退之，然詩格之變，自退之始」；南宋曾季貍《艇齋詩話》推崇蘇軾之文學造詣稱：「東坡之文妙天下，然皆非本色；與其它文人之文，詩人之詩不同。文非歐、曾之文，詩非山谷之詩，四六非荊公之四六，然皆自極其妙」；宋末元初方回《瀛奎律髓》亦稱：「元祐詩人詩，既不為楊、劉崑體，亦不為九僧晚唐體，又不為白樂天體，各以才力雄於詩」；[1]由此可見，傑出優異的文學作品，大多求變追新，既殊異典範，又突破挑戰本色，而能自成一家。

　　革故鼎新，消長相因，是中國傳統哲學的思維方式；《易繫辭下》所謂「窮則變，變則通，通則久」；朱熹所謂元亨利貞，始長遂成；漸

1　〔宋〕魏慶之：《詩人玉屑》，卷 15，〈變詩格〉，頁 320；〔南宋〕曾季貍：《艇齋詩話》，丁福保《歷代詩話續編》本（臺北市：木鐸出版社，1983 年），頁 323；〔元〕方回：《瀛奎律髓》，卷 21，李慶甲集評校點《彙評》本（上海市：上海古籍出版社，2005 年），頁 886。

化頓變，循環不已者，可作為哲學發展觀的代表。哲學思潮，是文化的深層結構，投射在文學創作上，就呈現「詩文代變，文體屢遷」的發展事實[2]；折射到文學批評上，就形成《文心雕龍》〈通變〉所指「文律運周，日新其業；變則堪久，通則不乏」之發展原則。蕭子顯《南齊書》〈文學傳論〉宣稱：「若無新變，不能代雄」，的確是一針見血之論。

第一節　求變追新、會通化成與宋代詩學特色

唐詩的繁榮昌盛，由「學漢魏，變漢魏」而來[3]：祖述《詩》《騷》，憲章六朝，宗師《文選》，不僅「參古定法」，而且「遭時制宜」，應之以通變，通變之以自得，故自成一代之詩。迨唐詩形成風格和典範後，從此遂蔚為古典詩歌之本色當行，所謂「唐音」者是。然一種文體通行既久，在作家日眾，作品日多的情況之下，創作共識逐漸形成傳統，傳統變為習慣，習慣升為規律，規律蛻化為窠臼，於是亦步亦趨的因循，往往百家騰躍，死於句下。為突破此一窠臼，在盛唐氣象之籠罩下，杜甫、韓愈始搬弄古文語言，以破壞詩律規範，形成陌生

2　〔明〕屠隆〈論詩文〉：「詩之變，隨世遞遷；天地有劫，滄桑有改，而況詩乎？善論詩者，政不必區區以古繩今，各求其至可也。」《鴻苞》，卷17，明萬曆庚戌刊本。其他歷代詩論家，亦多論及「詩文代變，文體屢遷」的事實與理論，參考徐中玉主編：《通變編》，二，〈踵事增華，文體屢遷〉（北京市：中國社會科學出版社，1992年），頁54-72。

3　〔清〕袁枚：《小倉山房文集》，卷17，〈答沈大宗伯論詩書〉，《袁枚全集》，第二冊，頁284。

化、新奇感[4]；杜甫、白居易則又引用日常語言入詩[5]；晚唐五代鄭谷、
陸龜蒙、杜荀鶴、羅隱等作詩，「多著尋常容易語」，於是詩歌語言趨
向於通俗化、議論化[6]。至宋初西崑詩人，始以彩縟閎肆、雄渾奧衍之
筆，盡革五代蕪鄙之氣，詩風稍稍復雅。王禹偁、梅堯臣、蘇舜欽、
歐陽脩、王安石、蘇軾、黃庭堅諸大家，又多在「白體」的粉本上，
各加筆墨之功，而成自家之風格特質[7]。宋代這些詩界的雄才，都是在
唐詩的典範趨向成熟而定型之後，「創造性地損壞」唐詩樹立的規範，
形成對本色當行之「逆轉」與「疏遠」，因而造就了另個詩學的新「典
範」。[8]

　　宋人生於唐人之後，承繼了《詩》《騷》以來，漢魏六朝、至於四
唐五代的豐富文學遺產，規矩準繩，無不粲然大備。以王安石之雄
傑，在宋代詩文革新之際，尚且感慨「世間好語言，已被老杜道盡；
世間俗語言，已被樂天道盡！」[9]明袁中道亦曾言：「宋元承三唐之

4　張高評：《宋詩之新變與代雄》，參〈破體與宋詩特色之形成〉，第三節，一，宋
　　代「以文為詩」風氣的傳承（臺北市：洪葉文化公司，1995 年），頁 174。

5　張高評：《宋詩之新變與代雄》，〈陸、化俗為雅與宋詩特色〉，第二節，宋詩「化
　　俗為雅」的轉化歷程，三，語言的轉化，頁 324-325。

6　參考傅璇琮：〈點校本《五代詩話》序〉，《唐詩論學叢稿》（哈爾濱市：黑龍江人
　　民出版社，1991 年），頁 354。

7　所謂「粉本」，指畫稿，明王紱《書畫傳習錄》：「謂以粉作地，布置妥帖，而後
　　揮灑出之，使物無遁形，筆無誤落，前輩多寶蓄之。」傅抱石：《中國繪畫理論》，
　　第十〈臨摹論〉引（臺北市：里仁書局，1985 年），頁 140。參考徐復觀：〈宋詩
　　特徵試論〉，原載《中國文學論集續編》，後輯入張高評編：《宋詩論文選輯》第
　　一冊，（高雄市：復文書局，1988 年），頁 62。

8　張高評：《宋詩之新變與代雄》，貳、〈自成一家與宋詩特色〉，第四節，結語，頁
　　138-140；參考周裕鍇：〈語言的張力──論宋詩話的語言結構批評〉，《四川大學
　　學報》1989 年 1 期，頁 59-65。

9　〔宋〕陳輔之《陳輔之詩話》，郭紹虞：《宋詩話輯佚》本（臺北市：文泉閣出版
　　社，1972 年），頁 310；又，胡仔：《苕溪漁隱叢話》前集卷十四（臺北市：長安
　　出版社，1978 年），頁 90。

後，殫工極巧，天地之英華，幾泄盡無餘，為詩者處窮而必變之
地……」[10]；清蔣士銓則稱：「宋人生唐後，開闢真難為」；「能事有
止境，極詣難角奇」[11]；魯迅更宣稱：「一切好詩，到唐已被做完！此
後倘非能翻出如來掌心之齊天大聖，大可不必動手！」[12]由諸家之說，
可見因者之難巧，開闢之難為，突破超越之難能。宋代詩人立於處窮
必變之地，既然不曾畏難、逃遁而作他體以自解脫，反而置亡後存，
死中求生。葉燮《原詩》〈內篇上〉稱宋詩「縱橫鉤致，發揮無餘蘊」；
翁方綱《石洲詩話》卷四指出：「宋人精詣，全在刻抉入裡，而皆從
各自讀書學古中來，所以不蹈襲唐人也。」宋人學古變古之道，在形
式上作選擇、琢磨、添加、改換，批判性繼承外；在內容上又作建設
性之稼接、交融、借鏡、整合，故能「創前未有，傳後無窮」。宋人深
體「詩不可不變，不得不新」之理，於是語言選擇「不經人道」，詩思
追求「古所未有」；穿鑿刻抉，固因難而見巧，洗剝深折，自精益以求
精；變唐賢之所已能，發唐詩之所未盡[13]。詩話筆記則強調胸中丘壑、
匠心獨妙、自出己意、別具隻眼，戒除俯仰隨人、規摹舊作，致力擺
脫陳窠、絕去谿徑。[14]楊萬里論詩：所謂「丈夫自有衝天志，不向如來

10　〔明〕袁中道：〈宋元詩序〉，《珂雪齋文集》卷 2（上海市：上海古籍出版社，
　　1989 年），頁 497-498。

11　〔清〕蔣士銓：〈辯詩〉，《忠雅堂詩集》，卷 13（上海市：上海古籍出版社，
　　1993 年），頁 986。

12　魯迅：〈致楊霽雲〉，《魯迅全集》，卷 12，〈書信集〉，下卷，1934 年 12 月 20 日
　　書信（北京市：人民文學出版社，1991 年），頁 612。

13　張高評：《宋詩之新變與代雄》，第二節〈宋人期許獨創成就〉，一，不經人道，
　　古所未有；二，因難見巧，精益求精；頁 74-88。

14　張高評：《宋詩之新變與代雄》，第三節〈宋人追求自成一家〉，一，積澱傳統，
　　突破創新；二，絕去畦徑，別具隻眼，頁 112-122。

行處行」，[15]差可比擬宋人追求自成一家的魄力。不但突破動搖了唐詩塑造的詩學本色，而且又系統地建構了宋調的新典範。兩宋堪稱大家的詩人，如梅堯臣、蘇舜欽、歐陽脩、王安石、蘇軾、黃庭堅、陳師道、陳與義、楊萬里、范成大、陸游、朱熹，詩風表現，致力文學語言之經營，大抵皆有如是之共相。

捷克結構主義理論家穆卡羅夫斯基（Mukarovsky Jan）認為：文學語言的特質，就是具有審美意識地對標準語言進行偏離或扭曲，「只有違反標準語言的常規，而且是有系統地進行違反，人們才有可能利用語言寫出詩來」；易言之，「變異」是文學語言的實質，沒有「變異」就沒有文學語言，也就沒有作家風格；沒有「變異」，文學的生命也就完了[16]。宋代詩人的處境，在唐詩的繁榮昌盛之後，本來就是位於「處窮必變」之地，既然「變出不得已」，所以作詩「立異求勝」、「好奇恥同」；學古人則「皆求與之遠，故欲離而去之以自立」。詩歌語言的最大效能，在透過語言「突出」旨趣；新與變，恰能促成其功。標新求變之宋詩，可以帶給讀者鮮明的感受，及更多關注的興趣，表現出陌生化的美感來[17]。宋詩大家名家的創作在這方面的表現，堪稱富有自覺之共識，都是為了「自成一家」而盡心致力。

宋詩之「自成一家」，足與唐詩頡頏，固然是「詩文代變，文體屢遷」的內在衍化，更是一代學風思潮的具實反映：理學家強調自得

15　語見〔宋〕羅大經：《鶴林玉露》，卷 3，蓋本釋道原《景德傳燈錄》，卷 29，「丈夫皆有衝天志，莫向如來行處行」，宋人之自我期許似之。文淵閣《四庫全書》本（臺北市：臺灣商務印書館，1983 年），第 865 冊，頁 275。

16　參考馮廣藝：〈變異：文學語言的特質〉，《變異修辭學》附錄一，（武漢市：湖北教育出版社，1992 年），頁 215-216。

17　陌生化理論（Make it strange），由蘇聯文藝批評家什克洛夫斯基首創，對於詩歌語言的特徵，深具卓識，參考閻國忠主編：《西方著名美學家評傳》下冊，〈陌生化〉（合肥市：安徽教育出版社，1991 年），頁 279-283。

心悟[18]，禪宗則追求自性自變、自成自立；[19]而且宋學的精神注重創造
開拓、崇尚反省內求、致力會通兼容[20]。詩歌的創作形態，由天分轉向
學力，由直尋轉向補假，由緣情轉向尚意。美學主潮，則超脫形似，
追求寫意；破棄絢爛，歸於平淡；用心於本位，更致力於出位之思；
用心於辨體，更致力於破體為文；用心於專一純粹，更致力於集成融
合[21]。宋人作詩，無不學唐，亦無不期許變唐以自成一家。德國美學家
姚斯（Hans Robort Jauss）接受理論稱：審美經驗的期待視野（The
horizon of enpoctation），作為閱讀之主體性，是「不斷打破習慣方式，
調整自身視界結構，以開放的姿態接受作品中與原有視界不一的、沒
有的、甚至相反的東西。這便是創新期待的傾向。」[22]宋詩由學唐、變
唐，而自成一家，與接受理論所示，若合符節：宋詩對唐詩建構的詩
學規範，一方面有意「打破」、「逆轉」、或「疏遠」，一方面自身又作
許多「調整」、「開放」與「創新」，於是方能自成一家，其中有宋人
之苦心孤詣，與慘澹經營者在。方回《瀛奎律髓》卷十所謂小結裹、

18　石訓、姚瀛艇等著：《中國宋代哲學‧比較篇》，第四十七章〈宋代哲學與中國哲
　　學〉，二（開封市：河南人民出版社，1992 年），頁 1366-1369。

19　敦煌本《壇經》二一、二三、三五、五二則；《景德傳燈錄》，卷 12，〈臨濟義玄
　　殺佛〉；《五燈會元》，卷 7，〈德山宣鑒罵佛〉；蔣述卓：《佛教與中國文藝美學》
　　第四章〈禪宗與藝術獨創論〉（廣州市：廣東高等教育出版社，1992 年），頁 59-
　　82。

20　陳植鍔：《北宋文化史述論》，第三章〈宋學的主題及其精神〉，第四節，宋學精
　　神（北京市：中國社會科學出版社，1992 年），頁 287-323。

21　張高評：《宋詩之新變與代雄》，三，破體為文，即事寫情；四，出位之思，補偏
　　救敝，頁 89-111。

22　姜建強：〈論堯斯接受美學中的「期待視野」〉，《社會科學輯刊》1992 年 6 期；
　　溫斌：〈試論接受美學中的「期待視野」〉，《陰山學刊》1993 年 3 期。金元浦：《接
　　受反應文論》，第三章第二節〈方法論頂梁柱：期待視野〉（濟南市：山東教育出
　　版社，1998 年），頁 121-126。

大判斷云云[23]，就是宋詩自成一家，新變代雄的具體提示。

　　宋代文化開拓創造、會通兼容的精神，表現在破體為文、詩思出位方面，最有成果。詩、文、詞、賦、四六發展至宋，早因分道揚鑣而各有疆域、各有成就；然宋人為突破窠臼，創造新局，於是立足於本位體製，再向外借鏡融通，而有以文為詩、以文為詞、以文為賦、以文為四六、以詩為詞、以詩為文、以詞為詩、以賦為詩、以賦為詞、以賦為文、以賦為四六等創作傾向[24]，這些文學現象皆在嘗試打破舊體，創立新格。其中自有成敗優劣之分，捨作者才氣之賢不肖弗論，優劣的關鍵，與古代審美理想之厚古薄今、重源卑流、崇正輕變、貴雅賤俗相關。大凡破體能借鏡古典、源頭、正宗、高雅之文，則較易被接受；反之，若時尚、末流、別調、淺下之文，則扞格不入，勞而少功[25]。詩思出位，尤其是宋詩在大判斷方面的創意思維，諸如詩禪交融、詩中有畫、以老莊入詩、以仙道喻詩、以書法喻詩、以戲劇入詩，以理學入詩、以經義入詩、以史筆為詩、以及「以俗為雅」等等，都是宋人立足本位文藝，放眼旁搜，跳出窠臼，積極向外尋求可資利用之文藝泉源，以便作補償、吸收、借鏡、化用之表現[26]。彼此間由於同趣，故交融較易；因為異質，故借鏡可成。兩者間經過移花接木式之聯姻，相資為用，遂有創新、鮮活、獨特之風味。

　　宋詩之作，跳脫詩學規範，從事創造發明，繼往與開來同時兼

23　〔元〕方回選評，李慶申集評校點，《瀛奎律髓彙評》，卷 10，姚合〈游春〉評語，頁 340。所謂「大判斷」，指詩家創作之本原，相當於內容思想。「小結裏」，則側重斐然成章之詞句，相當於技巧形式。

24　張高評：《宋詩之新變與代雄》，〈第二節，文論家推崇「破體」〉，頁 162-171。

25　張高評：《宋詩之新變與代雄》，〈第三節，宋詩「化俗為雅」的轉化方式〉，頁 328-340。

26　張高評：《宋詩之新變與代雄》，〈四，出位之思，補偏救敝〉，頁 94-111。

顧，傳統與個性相容並蓄。詩思出位與破體為文者既多，風格特質自然跟唐詩大異其趣。宋詩能與唐詩分庭抗禮者，一言以蔽之，曰能變而已矣！宋詩因為能變，與唐詩比較，可謂「相異而真」；明代詩歌專尚模擬，未能新變，雖酷肖唐詩，然「相似而偽」，斥為唐樣，死於句下，少有可取。在「菁華極盛，體制大備」的唐詩之後，[27]宋詩蔚為救衰啟盛，繁榮通久之特殊體格，不僅抗衡唐詩，而且影響明代公安三袁、清代之浙東派、桐城派、同光體、乃至於民國以來之白話詩，[28]都受其濡染沾溉。胡適、錢玄同、陳獨秀歷覽中國文學史，視宋詩為有「不獨承前，尤在啟後」的地位[29]，確為真知灼見之論。

　　研究宋詩，甚至宋代文學、宋代學術，必須具有整合融會的眼光，旁推交通的宏識，注重不同學科間的交叉研究，用心邊緣學科間的分合借鏡，且觀照文學流變之內因外緣，如此方能證成宋代文學之特色與價值。如此，方能證實宋詩「自成一家」之真相，宋詩堪與唐詩分庭抗禮之所以然。筆者以為：宋詩在唐詩之後，能「自成一家」詩風者，一言以蔽之，曰盡心於創意，致力於造語而已矣。轉換敘述視角、悖離意脈語序[30]、追求平淡風格、講究破棄聲律、鑄造陌生語詞、截斷眾流之啟示，點鐵成金之運用，皆促使宋詩推陳出新、化臭

27　〔清〕沈德潛：《唐詩別裁集・凡例》，頁 3。

28　齊治平：《唐宋詩之爭概述》，明代，三，明初以來之鼓吹宋詩者；四，公安派對七子之排擊；頁 54-64；清代，二，清初之倡唐詩者；四，「同光體」及其反對者（長沙市：岳麓書社，1984 年），頁 70-81，125-132。吳孟復：《桐城文派述論》，第二章第三節〈桐城文派與桐城詩派〉，（合肥市：安徽教育出版社，1992 年），頁 26-39。

29　〔清〕葉燮：《原詩》〈內篇上〉，丁福保編《清詩話》本（臺北市：明倫出版社，1971 年），頁 569。

30　葛兆光：《漢字的魔方》，七，〈從古典詩到現代詩：詩歌語言的再度演變〉（香港：中華書局，1989 年），頁 242。

腐為神奇。宋詩中又多反常合道之詩趣、逞巧校藝之酬唱、戲言近莊之筆致、遠距異質之對偶、超常越規之句法，以古入律之格調，矜奇炫巧處，每見宋詩長於創意造語。又如宋詩中多不犯正位之設計、留有餘意之經營、逆接遠來之安排、語境詩境之衝突、壺中天地之體現、三遠畫境之借用，故不乏精煉深遠之作，洵與唐風不同。「小結裹」方面，除傳承「緣情」、新變「言志」外，又回歸敘事、寓物說理，於詠史別生耳目，於詠物派生白戰，注重詩眼追求、虛字襯托、以俗為美、以文為詩、以賦為詩，宋詩對「遺妍」之種種開發，堪作「處窮而必變之地」的歷代詩人表率。至於「大判斷」方面，宋詩表現富於傳神象外之寫意、變常不測之圓融、隨物賦形之活潑、工拙相半之韻味、雅俗相濟之和合、隨波逐浪之巧便、掣電機鋒之捷法，一切多在尋求翻轉變異，超脫法外。在江西詩人講究「預設法式」之「死法」外，更濟之以「非法非非法」、宗尚圓美流轉之「活法」。即以宋代詩學而言，所標榜者逞才使氣、以學問為詩；所宗尚者，正法眼藏、技道兩進、貴實求真，其所致力盡心，竟如章學誠《文史通義》〈史德〉所倡「才學識德」兼備。宋詩如此追新求變，遵行《周易》〈繫辭〉「窮變通久」之審美原則，切合蕭子顯〈文學傳論〉、劉勰《文心雕龍》〈通變〉以降「新變代雄」的文體遞變規律，知宋詩與宋調確乎有其詩史及文學史之地位。再考察西洋文學批評理論之揭示文學語言、詩歌語言、一代文學、一家風格之特質，如接受美學、典範學說[31]、變異理論、結構主義、陌生化理論等等，其所申說強調者，要皆與宋詩建構「自成一家」、「新變代雄」的文學事實不謀而合，相得益彰處，可以相互發明。

31　參考〔美〕孔恩（Thomas S. kuhn）著：《科學革命的結構》，程樹德、傅大為、王道還、錢永祥譯本（臺北市：遠流出版公司，1989 年）。

　　筆者研治宋詩二十餘年，十分相信《文心雕龍》所謂「文律運周，日新其業」；「遭時制宜，質文迭用」的文學事實；對於葉燮《原詩》所稱「不得謂正為源而長盛，變為流而始衰。唯正有漸衰，故變能啟盛」，更深信不疑，奉為權衡一代文學或一家作品之圭臬。本篇即以此為準據，論述蘇軾、黃庭堅詩風之新變，闡發宋詩之創造性思維，並以此見宋詩特色之形成。

第二節　「詩畫相資」與宋代詩畫美學之創造思維

　　線性思考是一般人慣性的思維方式，其特色在因循典範、蹈故襲常、了無創意、無所發明。創意大師提醒大家：線性思考妨礙創意，「答案不只一個，請思考」[32]，可以破除線性思考之迷思。因此，有必要提倡擴散性思考，創造思維。創造性思維的特點之一，是思維空間的開放性，能從多角度、多側面、水平式、全方位去考察問題，避免侷限於邏輯的、單一的、垂直的、慣性的思維。其附帶效益，是促成了發散思維、逆向思維、側向思維、求異思維等創造性思考的運用[33]。創造性思維的體現，大抵有五大法式：即重組、分割、改良、求變、定位[34]；運用創造思維，往往能開發出變通、獨創、新穎、卓越之產品。研究者指出：天才之所以為天才，只不過比他人「更多的新奇組合」，「不斷地把一些想法、形象和其他各種思想進行組合和再組

32　〔日本〕大前研一：《思考的技術》，第四章〈非線性思考的建議〉（臺北市：商周出版社，2006 年），頁 178-216；大前研一：《創新者的思考》；第二章〈答案不只一個，請思考〉（臺北市：商周出版社，2006 年），頁 90-121。

33　田運主編：《思維辭典》，〈創造思維〉，頁 207-208。〔法〕愛德華‧波諾（Edward de Bono）著，謝君白譯：《水平思考法》（臺北市：桂冠圖書公司，1996 年）。

34　郭泰：《創意就是財富》，〈培養創意的技巧和步驟〉（臺北市：遠流出版公司，1990 年），頁 22。

合」。[35]廣告創意大師也揭示:「創意完全是舊元素的新組合」,如馬特爾公司之芭比娃娃、Sony 公司之隨身聽、久津公司之波蜜果菜汁,時下使用廣泛之數位相機、智慧型手機。[36]如此新奇之組合,產品往往能推陳出新,媲美創造發明。

　　舊元素的新奇組合,能創造發明新產品,古今實例極多,如將葡萄酒榨製機和硬幣衝壓機作新奇組裝,於是古登堡(Johannes Gutenberg, 1398? -1468?)發明活字印刷機。數學和生物學結合,孟德爾(Gregor Johann Mendel, 1822-1884)創立現代遺傳學之新學科。愛迪生異想天開,將並聯電路連接高電阻燈絲,而發明了照明系統。諾貝爾獎得主歐瓦雷斯(Luis Alvarez)將天文學與古生物學作科技整合,於是發現行星隕石撞擊地球,解答了六五〇〇萬年前恐龍快速滅絕之科學謎團。由此可見,新奇組合,造成驚人碰撞;扭轉假設,容易發現不同世界;唯有跳脫舊有,才能開創新局。小說家托爾斯泰(Leo Tolstoy)曾說:「每個人都想改變世界,卻沒有人想改變自己。」創造思維,就是改變自己的基點。佛羅倫斯銀行家族梅迪奇,資助科學家、哲學家、金融家、建築家、詩人、畫家,經常聚集、交會、學習,分享經驗心得,不同領域、科目,或文化間,遂產生異場域碰撞,將現有觀念隨機組合,於是生發大量傑出的新構想。這種跨際思考之技術,引導不同領域和文化的想法相互碰撞,促成十五世紀義大利創意勃發之文藝復興。這種現象,叫做梅迪奇效應(The Medici

---

35　〔美〕邁克爾・米哈爾科(Michael Michalko):《創新精神──創造性天才的秘密》(Cracking Creativily),策略四:〈進行新穎的組合〉(北京市:新華出版社,2004年),頁 99-124。

36　〔美〕詹姆斯・楊(James Webb Young):《產生創意的方法》(A Teachnigue for Producing ideas)中語,轉引自〔美〕邁克爾・米哈爾科:《創新精神──創造性天才的秘密》,頁 28-53。

Effect）。[37]梅迪奇效應，注重合併重組，跨際會通，是創意思維應用成功之實例。

　　反觀中華文化之發展，有一重要之思維，即求和去同之系統思維，從《論語》〈子路〉載孔子言：「和而不同」，早已關注要素之於系統，局部之於整體之關係。他如八卦重卦、烹調藝術、音樂演奏、合金冶煉、中醫方劑、煉丹術、活字版，以及火藥之發明，都是系統思維之發用。[38]《左傳》〈昭公二十年〉晏嬰論「和同」所謂：「若以水濟水，誰能食之？若琴瑟之專壹，誰能聽之？同之不可也如是。」可見異質要素之合併重組、跨際會通，自是創造發明之必要策略。

　　中國詩歌之發展，歷經魏晉南北朝，到了唐代，可謂千巖競秀，萬壑奔流，龍騰鳳翥，姿態橫生；沈德潛《唐詩別裁》〈凡例〉所謂「菁華極盛，體製大備」，差可彷彿其盛況與氣象。後代詩人面對唐詩登峰造極的成就，大有盛極難繼之歎。宋人作詩，其語言遭遇窮途末路之瓶頸，其詩材內容被唐人搰攓殆盡，其藝術技巧被前賢捷足先登，其風格特色之塑造亦面臨極大之挑戰。這些文學事實，就是袁中道所謂「處窮而必變之地」，方東樹所謂「欲離而去之以自立」的宋詩困境[39]。考《易》〈艮〉所謂：「君子以思不出其位」，就道德修養言，君子自當「思不出其位」；若作詩作文，「文必秦漢，詩必盛唐」，文學創作而亦「思不出其位」，則流於模擬之困境，復古之僵局，故宋人處窮知變，乃追求「破體為文」與「出位之思」。宋詩能否浴火重生，置

37　〔瑞典〕約翰森（Frans Johansson）著：《梅迪奇效應》，〈序言‧引爆梅迪奇效應〉，劉真如譯本（臺北市：商周出版社，2005 年），頁 6-13。

38　參考劉長林：《中國系統思維》，第五編，四、〈古代科技系統思維例舉〉（北京市：中國社會科學出版社，1990 年），頁 539-543、558-568。

39　〔清〕方東樹《昭昧詹言》卷 1，第五十則：「韓、黃之學古人，皆求與之遠，故欲離而去之以自立。」（北京市：人民文學出版社，2006年），頁 18。

亡後存？中國古典詩歌能否通過淬煉改造，持續有柳暗花明之前景？關鍵在宋詩之處窮必變、離去自立，是否可以圓滿成功？這關係著宋詩是否能在繁榮昌盛的唐詩之外，再創一個詩歌之高峰？是否可以自成一家，與唐詩抗衡？是否殊異於唐音，而蔚為明清以來詩評家所謂之「宋調」？這攸關宋詩運用創造思維，以之學唐變唐之效應，其中創造性模仿、求異思維、合併重組之技法，可謂宋詩自成一家之三大策略。前二者已另篇論述，[40] 今只談「合併重組」之創造思維策略。

　　會通集成、兼容開放，為宋型文化的特質之一；宋詩既為宋代文化之反映，故也隱含這種特質[41]。由此觀之，無論宋型文化，或宋詩宋學，多致力合併重組之創意策略。宋詩面對唐詩繁榮的高峰，為補偏救弊，改善體質，於是詩人立足本位文藝，肆力旁搜，往往跳出詩體之外，去尋求可資利用之泉源，以便作補償、吸收、借鏡、化用之依據，此種現象，錢鍾書稱為「出位之思」[42]；葉維廉名為媒體與超媒體的美學。「出位之思」表現於宋詩，以筆者考察，不限於錢鍾書所謂「詩中有畫」、「畫中有詩」而已。大凡宋詩中打破各種表現媒介的畛域，超越比較材料的限制，移花接木，相濟為用，使詩歌獲得脫胎換骨之美感，且有新奇鮮活之觀者皆屬之。宋詩中尚有以禪為詩、以戲劇入詩、以書道喻詩、借鏡經史、交通理學、以仙道為詩各大端，亦多詩思出位，富於合併重組之創意思維。宋詩所以異於唐詩，宋詩所

40　張高評：〈從創造思維談宋詩特色——以創造性模仿、求異思維為例〉，《宋代文學研究叢刊》第 14 期（高雄市：麗文文化公司，2007 年），頁 1-32。

41　參考陳植鍔：《北宋文化史述論》第三章，〈宋學的主題及其精神〉第四節「宋學精神」，六、兼容精神，頁 319-323。

42　「出位之思」，語見錢鍾書：〈中國詩與中國畫〉，《文學研究叢編》（臺北市：木鐸出版社，1981 年）第 1 輯，頁 77-78；參考饒宗頤：〈詞與畫：論藝術換位〉，《故宮季刊》8 卷 3 期；葉維廉《比較詩學》，〈出位之思・媒體與超媒體的美學〉（臺北市：東大圖書公司，1983 年），頁 195-234。

以不失創意、靈活、獨特，而又不失傳統，得力於「出位」之詩思為多。這種出位之思，宋代文藝評論中屢見不鮮。為篇幅所限，以下且以宋代詩畫美學之創意組合為核心，就畫中有詩、詩中有畫、詩畫相資三大方面舉例論證之。其他破體、出位課題，他日再議。

一 「畫中有詩」與比興寄託

詩與畫，號稱姊妹藝術，兩者異迹而同趣。就形象塑造之媒介、描繪之技法、鑑賞之範疇、傳達之侷限言，詩與畫殊異二分；然就創作構思、詩畫意境、藝術風格、形象塑造、藝術功用、審美範疇而言，詩與畫一致而同趣。[43]簡要言之，詩歌為時間藝術，擅長敘寫流動之歷程，以抒情言志為主，富音樂性之節奏；繪畫為空間藝術，工於描繪靜態景象，以寫物描景為主，富於視覺造型之美感。詩與畫各有優長，又自有局限。自蘇軾能詩善畫，題跋王維山水圖，以為「畫中有詩」；又玩味王維山水詩，以為「詩中有畫」，於是詩畫相資為用，各取彼長，補己所短，形成上述所謂「舊元素的新組合」，經過跨際會通思考，遂產生異場域碰撞。北宋郭熙《林泉高致》〈山水訓〉，提及山水畫之「三遠論」，以及沈括《夢溪筆談》〈書畫〉所言「折高折遠，自有妙理」，實即富於流動性、節奏感之詩意境界，如：

> 山有三遠：自山下而仰山巔謂之高遠，自山前而窺山後謂之深
> 遠，自近山而望遠山謂之平遠。高遠之色清明，深遠之色重
> 晦，平遠之色有明有晦。高遠之勢突兀，深遠之意重疊，平遠

---

43 張高評：《宋詩之傳承與開拓》，下篇，〈宋代「詩中有畫」之傳統與創格〉，第二節「論詩畫之異迹而同趣」(臺北市：文史哲出版社，1990 年)，頁 279-288。

之意沖融而縹縹緲緲。其人物之在三遠也，高遠者明了，深遠者細碎，平遠者沖澹。明了者不短，細碎者不長，沖澹者不大。此三遠也。[44]

李成畫山上亭館及樓塔之類，皆仰畫飛簷，其說以謂自下望上，如人平地望塔簷間，見其榱桷。此論非也。大都山水之法，蓋以大觀小，如人觀假山耳。若同真山之法，以下望上，只合見一重山，豈可重重悉見，兼不應見其谿谷間事。又如屋舍，亦不應見其中庭及後巷中事。若人在東立，則山西便合是遠境；人在西立，則山東卻合是遠境。似此如何成畫？李君（卻）〔蓋〕不知以大觀小之法。其間折高、折遠，自有妙理，豈在掀屋角也！[45]

郭熙提出散點透視之「三遠」理論：「自山下而仰山巔謂之高遠；自山前而窺山後，謂之深遠；自近山而望遠山，謂之平遠。」仰視、俯視、平視是由數層視點構成，富於流動性、節奏感之詩情藝術空間。沈括《夢溪筆談》批評李成畫亭臺樓閣，採用透視學角度「仰畫飛簷」，而主張「以大觀小之法」，將構圖布置成一幅氣韻生動，有節奏感、和諧性之藝術畫面，所謂「其間折高折遠，自有妙理」，這是以詩歌境界表現於山水畫之手法。[46]將詩情融入畫意之中，郭熙與沈括畫論，已作極明確之提示。

　　詩畫會通化成的結果，詩歌借鏡繪畫的特色或技法，融入詩中，

44　〔宋〕郭熙：《林泉高致・山水訓》，俞劍華：《中國畫論類編》，頁 639。

45　〔宋〕沈括：《夢溪筆談》，卷 17，〈書畫〉，頁 170。

46　宗白華：〈中國詩畫中所表現的空間意識〉，《美從何處尋》（臺北市：元山書局，1985 年），頁 86-91。

蔚為「詩中有畫」；繪畫亦參考詩歌之特質與技巧，反饋於畫中，而成「畫中有詩」。詩歌與繪畫由於同趣，故交融較易；由於異迹，故借鏡可成。南宋詩畫美學所謂「丹青吟詠，妙處相資」，亦是著眼於異場域之碰撞，可以生發創意作品來說的。北宋在蘇軾提出「詩中有畫，畫中有詩」之後，頗影響畫苑與詩壇，先看《宣和畫譜》所論，以考察北宋繪畫理論所述「畫中有詩」：

> 大抵公麟以立意為先，布置緣飾為次，其成染精緻，俗工或可學焉；至率略簡易處，則終不近也。蓋深得杜甫作詩體制，而移於畫，如甫作〈縛雞行〉，不在雞蟲之得失，乃在於「注目寒江倚山閣」之時；公麟畫陶潛〈歸去來兮圖〉，不在於田園松菊，乃在於臨清流處。甫作〈茅屋為秋風所拔歎〉，雖衾破屋漏非所恤，而欲「大庇天下寒士俱歡顏」。公麟作〈陽關圖〉，以離別慘恨為人之常情，而設釣者於水濱，忘形塊坐，哀樂不關其意。其他種種類此，唯覽者得之。……[47]

《宣和畫譜》論李公麟繪畫之勝境，以為「深得杜甫作詩體制而移於畫」，其妙諦在「率略簡易處」。如杜甫〈縛雞行〉詩，妙處在「注目寒江倚山閣」之時；〈茅屋為秋風所拔歎〉，勝處在「大庇天下寒士俱歡顏」，此《步里客談》、《野客叢書》論詩，所謂「斷句輒旁入他意，最為警策」。[48]李公麟所畫，畫陶潛〈歸去來兮圖〉，妙境在「臨清流處」；作〈陽關圖〉，勝處在「設釣者於水濱，忘形塊坐，哀樂不關其

47　〔宋〕佚名：《宣和畫譜》，卷 7，〈中國詩畫中所表現的空間意識〉，于安瀾編輯《畫史叢書》本，頁 448-449。

48　張高評：《宋詩之新變與代雄》，捌、〈不犯正位與宋詩特色〉，六、「旁入他意」，（臺北市：洪葉文化公司，1995 年），頁 468-472。

意」，此所謂「率略簡易處」，即嚴羽《滄浪詩話》〈詩法〉所謂「收拾貴在出場」；都是「不知其所從何來，斷非尋常人胸臆中所有」之美妙設計。要之，作詩貴在「不犯正位」，所謂「斷句輒旁入他意」，此李公麟作畫取法杜甫「作詩體制」，會通化成，蔚為「以詩為畫」之實例。晁補之〈和蘇翰林題李甲畫雁〉所謂：「畫寫物外形，要物形不改；詩傳畫外意，貴有畫中態」；吳龍翰〈野趣有聲畫・序〉所謂「畫難畫之景，以詩湊成；吟難吟之詩，以畫補足」，詩情畫意相得益彰如此，最便於相互借鏡與融通。又如：

> 詩人六義，多識草木鳥獸之名；而律歷四時，亦記其榮枯語默之候。所以繪事之妙，多寓興於此，與詩人相表裡焉。故花之於牡丹芍藥，禽之於鸞鳳孔翠，必使之富貴；而松竹梅菊、鷗鷺雁鶩，必見之悠閒。……展張於圖繪，有以興起人之意者，率能奪造化而移精神，遐想若登臨覽物之有得也。[49]

> 書畫之妙，當以神會，難可以形器求也。世之觀畫者，多能指摘其間形象、位置、彩色瑕疵而已，至於奧理冥造者，罕見其人。如彥遠《畫評》言王維畫物，多不問四時，如畫花往往以桃、杏、芙蓉、蓮花同畫一景。予家所藏摩詰畫〈袁安臥雪圖〉，有雪中芭蕉，此乃得心應手，意到便成，故造理入神，迥得天意，此難可與俗人論也。謝赫云：「衛協之畫，雖不該備形妙，而有氣韻，凌跨群雄，曠代絕筆。」又歐陽文忠〈盤車圖〉詩云：「古畫畫意不畫形，梅詩詠物無隱情。忘形得意知者寡，不若見詩如見畫。」此真為識畫也。[50]

49　〔宋〕佚名：《宣和畫譜》，卷 15，〈花鳥敘論〉，于安瀾編輯《畫史叢書》本。
50　〔宋〕沈括：《夢溪筆談》，卷 17，頁 169。

《宣和畫譜》論花鳥畫，稱「繪事之妙，多寓興於此（榮枯語默），與詩人相表裡焉」。蓋比興寄託，為《詩經》〈國風〉、楚辭〈離騷〉、〈橘頌〉以降文學作品之常法，丹青家圖繪牡丹芍藥、鸞鳳孔雀，必興寄富貴；畫松竹梅菊、鷗鷺雁鶩，必體現悠閒。[51]於是觀圖賞畫，可以興人意、移精神、奪造化。此標舉「寓興」，而論證詩畫相表裡，亦是以詩法入繪畫之例。至於沈括《夢溪筆談》論書畫，提及張彥遠《畫評》，論「王維畫物，多不問四時」，往往將春夏花卉並置，「同畫一景」；沈括則舉家藏王維〈袁安臥雪圖〉中「雪中芭蕉」為證，印證王維所畫，非但「不問四時」，亦不問南北。正脗合品賞書畫，以為「當以神會」，不必求諸形器；尤其「意到便成」的「入神」之作，往往如此。沈括又標榜歐陽脩〈盤車圖〉所言「畫意不畫形」、「忘形得意」，欣賞寫意、神似之作。此與蘇軾論詩，欣賞一唱三歎、味外之味；論畫稱贊「畫出意外聲」之李公麟，推崇「出新意於法度之中，寄妙理於豪放之外」之吳道子畫，更強調傳神寫照，在「得其意思所在」，凡此，皆可與沈括論畫相互發明（詳下文）。沈括品賞書畫，而稱神會、氣韻、得心應手、意到便成、忘形得意、畫意不畫形、見詩如見畫云云，已觸及詩畫交融相通之範疇。晁補之所謂：「畫寫物外形，要物形不改」之「物外形」；張彥遠所謂「以氣韻求其畫」，「以形似之外求其畫」，多指繪畫之重「韻」，可與沈括之論相發明。[52]由此觀之，宋人論畫言詩，或現身說法，或金針度人，多就詩與畫之「新奇組合」為焦點課題，堪稱創造思維之論述。

---

51 參考金維諾：《中國美術史論集》，〈花鳥畫所反映的時代思想〉謂：「每一個時代的藝術品，都會體現一定的時代思想」（臺北市：明文書局，1984年），頁257-263。

52 陳傳席：〈論中國畫之韻〉，《朵雲》選編部：《中國繪畫研究論文集》（上海市：上海書畫出版社，1992年），頁128-146。

　　詩畫美學的建構，多承詩畫兼擅之士人，自我跨際思考，進行「異場域碰撞」，於是生發類似「梅迪奇效應」，引領當代，澤被來葉。宋代士人兼擅詩畫者，若歐陽脩、蘇軾、黃庭堅等人所倡，如寫意美學、韻味美學等，雖說畫論，未嘗不與詩學相通。兩宋詩畫美學之主潮，具體而微提示其中，如：

　　　蕭條淡泊，此難畫之意。畫者得之，覽者未必識也。故飛走、
　　　遲速、意淺之物易見，而閑和、嚴靜、趣遠之心難形。若乃高
　　　下向背，遠近重複，此畫工之藝耳，非精鑑者之事也。[53]

　　　凡人意思，各有所在，或在眉目，或在鼻口。虎頭云：「頰上
　　　加三毛，覺精彩殊勝」，則此人意思蓋在鬚頰間也。優孟學孫
　　　叔敖抵掌談笑，至使人謂死者復生。此豈舉體皆似，亦得其意
　　　思所在而已。[54]

　　　凡書畫當觀韻。往時李伯時為余作李廣奪胡兒馬，挾兒南馳，
　　　取胡兒弓引滿，以擬追騎。觀箭鋒所直，發之，人馬皆應弦
　　　也。伯時笑曰：「使俗子為之，當作中箭追騎矣。」余因此深悟
　　　畫格。此與文章同一關紐，但難得人入神會耳。[55]

歐陽脩論畫，提倡「蕭條淡泊」之意境，其所謂畫意，兼含神韻與意

53　〔宋〕歐陽脩：《歐陽文忠公集》，卷 130，〈鑒畫〉，《全宋文》，卷 744，〈歐陽
　　修八二〉，頁 185。

54　〔宋〕蘇軾：《蘇軾文集》，卷 12，〈傳神記〉，頁 400-401。

55　〔宋〕黃庭堅：《豫章黃先生文集》（臺北市：臺灣商務印書館，1979 年），卷
　　27，〈題摹燕郭尚父圖〉。

境，所謂「飛走、遲速、意淺之物易見，而閑和、嚴靜、趣遠之心難形」，可見歐公所謂「難畫」之指涉。歐公詩、文、賦作，多富於閑淡、平易之風，與畫論主張「蕭條淡泊」相呼應，蔚為宋代文人畫風追求之指標，對於蘇、黃自有啟示。[56]蘇軾畫論，標榜「傳神」，所謂「得其意思所在」，指掌握個性本質特徵，譬如人物畫，此人之形象特徵若在鬚頰，則「頰上加三毛」，便「覺精彩殊勝」。優孟學孫叔敖，「至使人謂死者復生」，主要在專業表演者成功掌握了模仿對象的個性本質特徵，抵掌談笑間，「得其意思所在」而已。[57]至於黃庭堅論「書畫當觀韻」，同樣強調形象之栩栩生動，精神風采之神靈活現。文中舉李公麟所畫〈李廣奪胡兒馬〉為例，李伯時掌握此一情節之本質特徵，只特寫李廣「取胡兒弓引滿，以擬追騎」畫面，此德國美學家萊莘《拉奧孔》一書論雕塑，在善於選取並描繪「最富於孕育性之頃刻」（Der Pragnanteste Augenblick），有異曲同工之妙。[58]如此選材設計，方能說服觀畫者，「箭鋒所直，發之，人馬皆應弦也」，方能體現李廣必然勝利南回之遙情遠韻。就詩學流變而言，由氣格轉向氣韻，蘇軾〈書黃子思詩集後〉、黃庭堅〈題北齊校書圖後〉、范溫《潛溪詩眼》

56　王興華：《中國美學論稿》，第二十一章〈宋元的寫意美學思想及其發展〉，第二節「宋代『寫意』論的建立」（天津市：南開大學出版社，1993 年），頁 387-393。

57　顏中其：《蘇軾論文藝》，〈前言・在繪畫方面〉（北京市：北京出版社，1985 年），頁 19-24；熊莘耕：〈蘇軾的傳神說〉，《古代文學理論研究》叢刊第十期（上海市：上海古籍出版社，1985 年），頁 117-127。

58　參考朱光潛譯：《詩與畫的界限・拉奧孔》，第三章，「造形藝術家為什麼要避免描繪激情頂點的頃刻？」頁 18-19；頁 83，「最富於孕育性之頃刻」；頁 171，「關於《拉奧孔》的萊辛遺稿」第二部分，第五則，頁 182，「關於《拉奧孔》的筆記」第十六章。《宋詩之傳承與開拓》，頁 504；陳志平：《黃庭堅書學研究》，第二章第一節〈韻——澄明的心性本體〉（北京市：中華書局，2006 年），頁 42-50。

論「有餘意之謂韻」，可見詩與畫多追求「深沉而簡遠的境界」。[59]

宋代畫論，談及「畫中有詩」者，為數不少。或闡述詩畫相通，或提示以詩法為畫法，已如上述。學者論「畫中有詩」，以為：畫中有詩無詩，關係到作品能否反映畫家個人在生活、現實中的感受，進而創立意境，表現風格，也就是作品中有無個性的問題。清邵梅臣《畫耕偶錄》〈論畫〉所謂「詩中須有我，畫中亦須有我」，[60]此之謂也。繪畫之抒情性、詩化，於此稱最。南宋偏安江左，所謂殘山剩水，畫家有感而繪事，多藉畫以抒情寫志，此蓋傳承北宋南宗畫派寫意風尚，與士人畫、文人畫一脈相傳，大多盡心致力於李公麟所倡「率略簡易」畫風。其中，最具代表畫家，為夏珪及馬遠，諺所謂「馬半邊，夏一角」，如下列畫論所云：

> 夏禹玉（珪）〈長江萬里圖〉，長二丈四尺，絹墨如新：「雲山蒼蒼江漠漠，紹興年間夏珪作。珍重須知制作難，卷尾書臣字端恪。卻憶當時和議成，偏安即視如昇平。惟開緝熙較畫史，兩河淪棄無人爭。斯圖似寫南朝土，還有樓臺在烟雨。……意到筆精工莫比，只許馬遠齊稱雄。中原殷富百不寫，良工豈是無心者？恐將長物觸君懷，恰宜剩水殘山也。畫中思效一得愚，更把飛鴻添在圖。願君更向飛鴻問，五國城頭信有無？」水村居士陸完書。[61]

59　周裕鍇：《宋代詩學通論》，丙編，第二章，二、〈韻：深沉而簡遠的境界〉（成都市：巴蜀書社，1997 年），頁 296-309。

60　伍蠡甫：《中國畫論研究》，〈試論畫中有詩〉，頁 214-242。

61　〔清〕厲鶚輯：《南宋院畫錄》，于安瀾：《畫史叢書》（臺北市：文史哲出版社，1974 年），卷 6，〈讀書畫題跋記〉，頁 1731。

夏珪〈長江萬里圖〉，作於靖康之難，徽欽二帝被擄，北方淪陷，宋室偏安江左之高宗年間，〈讀書畫題跋記〉交代畫作背景極為具體明白，可為知人論世之參考。詩篇除稱許夏珪〈長江萬里圖〉「制作難」、「意到筆精」為「良工」外，更凸顯夏珪此圖之畫意與詩情：圖畫場景似寫南朝樓臺烟雨，而「中原殷富百不寫」。場景取捨別裁如此，一則「恐將長物觸君懷」，二則恰宜表現南宋偏安之「剩水殘山」；圖中添增飛鴻，興寄向五國城頭問二帝信息。留白存空，提供觀畫者更大想像空間，此所謂「畫法高簡」，與詩歌語言追求尚簡、用晦，並無二致。《宣和畫譜》所謂「率略簡易」、能興人意、移精神者，本畫有之，此之謂「畫中有詩」。宋代畫論提及「畫中有詩」者，尚有馬遠與郭忠恕，如：

……所謂「上古之畫，迹簡而意淡；中古之畫，細密而精微」也。至唐王潑墨輩，略去筆墨畦畽，乃發新意，隨賦形迹，略加點染，不待經營而神會，天然自成一家矣。宋李唐得其不傳之妙，為馬遠父子師，及遠又出新意，極簡淡之趣，號馬半邊。今此幅得李唐法，世人以肉眼觀之，無足取也；若以道眼觀之，則形不足而意有餘矣。[62]

太史公如郭忠恕畫天外數峰，略有筆墨。然而使人見而心服者，在筆墨之外也。[63]

62　《西湖志餘》，唐文鳳〈跋馬遠山水圖〉，〔清〕厲鶚輯：《南宋院畫錄》，卷7，《畫史叢書》本，頁1755-1756。

63　〔宋〕王楙：《野客叢書》附錄，〈野老紀聞〉，文淵閣《四庫全書》本，頁852-802。

馬遠與夏珪齊名，畫風師法李唐，又能自出新意，唐文鳳〈跋馬遠山水圖〉所謂「極簡淡之趣，號馬半邊」。論者稱馬遠最擅長選擇優美的角度，化複雜形態為單純完整，令觀者經由精煉畫面，導入詩一般愉快的境界。或者譏嘲馬遠山水畫為「邊角之景」，其實馬遠頗長於處理畫面，扼要描繪場景特點，做到「言有盡而意無窮」，故小景足以見大，刻畫局部可以想見全面。[64]此《西湖志餘》所謂「以道眼觀之，則形不足而意有餘矣」，以有限表達無限，猶「郭忠恕畫天外數峰，略有筆墨」，而其妙則在筆墨之外。用心於筆墨之外，此亦詩與畫相通相融處。[65]論者稱：馬遠、夏珪等南宋畫家構圖特色在「一角」、「半邊」，藉片段景物以抒情達意，畫面場景多追求以少勝多，隱現參半，境界清曠，剪裁新巧，具「含藏不盡之意，見於畫外」之妙。[66]藉畫意表現詩情，馬遠、夏珪、郭忠恕山水畫有之。

二　「詩中有畫」與再現藝術

詩歌與繪畫，歷數千年之發展，各具姿態與特徵；然就文藝演進「窮變通久」之規律而言，各負優長，又各有侷限。宋型文化注重會通化成，騷人墨客往往能詩善畫，於是寫作論學，往往發揮創造思維，進行異場域自我碰撞，促使詩與畫作「新奇的組合」。繪畫因屬空間藝

64　張安治等編著：《歷代畫家評傳・宋》，〈馬遠與夏珪〉（香港：中華書局，1986年），頁 8-9。

65　黃永武：《中國詩學・設計篇》，〈用心於筆墨之外〉，（臺北市：巨流圖書公司，1976 年），頁 203-248；張少康《中國古代文學創作論》，第四章，四、〈虛與實〉，一、以實出虛（北京市：北京大學出版社，1983 年），頁 209-212。

66　王克文：〈試論五代、兩宋山水畫構圖的審美特徵〉，原刊《朵雲》第 13 期，後輯入朵雲編輯部選編：《中國繪畫研究論文集》（上海市：上海書畫出版社，1992年），頁 295-296。

術，於是增益其所不能，而追求時間性、節奏感；詩歌因屬時間藝術，於是欲補短截長，而追求空間性、形象化。再者，繪畫乃再現藝術，借鏡異質，遂追求表現；詩歌為表現藝術，則乞靈於再現。明李贄《焚書》〈詩畫〉卷五，所謂「畫不徒寫形，正要形神在。詩不在畫外，正寫畫中態。」所謂詩情畫意，相得益彰，正指此等。「詩中有畫」之命題，雖倡始於蘇軾，然其師歐陽脩論唐人詩，已注意繪聲繪影諸形象思維之浮現，「詩中有畫」之提法，已不疑而具，如：

> 余嘗愛唐人詩云：「雞聲茅店月，人跡板橋霜。」則天寒歲暮風凄木落羈旅之愁，如身履之。至其曰：「野塘春水漫，花塢夕陽遲。」則風酣日煦，萬物駘蕩，天人之意，相與融怡，讀之便覺欣然感覺。謂此四句，可以坐變寒暑。詩之為巧，猶畫工小筆爾。以此知文章與造化爭巧，可也。[67]

> 味摩詰之詩，詩中有畫；觀摩詰之畫，畫中有詩。詩曰：「藍谿白石出，玉川紅葉稀。山路元無雨，空翠滴人衣。」此摩詰之詩……。[68]

歐陽脩品賞唐人詩，注重有聲有色之描繪，感同身受之臨場演示，尤其將意象之表現，轉變為具體的圖畫，於是繪聲繪影，如身歷其境。溫庭筠〈商山早行〉詩，兩句十個字，皆為名詞實字；羅維詩，亦巧妙安排八個名詞實字，再以「漫」、「遲」二寬泛字點染，於是境界全

---

67 〔宋〕歐陽脩：《歐陽文忠公集》，卷 130，〈溫庭筠羅維詩〉；《全宋文》，卷 744，頁 191-192。

68 〔宋〕蘇軾：《蘇軾文集》，卷 70，〈書摩詰藍田煙雨圖〉，頁 2209。

出；《六一詩話》所謂「狀難寫之景，如在目前」，此二家詩之示現有
之。至於蘇軾題跋所謂「摩詰之詩」，則是凸顯藍、白、玉、紅、翠等
視覺色彩，以及畫境層次之配置，觸覺之感受，是皆所謂「畫中有詩」
之新奇組合。

　　「詩中有畫」既經歐、蘇等倡導推揚，於是北宋畫院考試畫工，
多以古人詩句命題。如下列所云：

> 徽宗政和中，建設畫學，用太學法補試四方畫工，以古人詩句
> 命題，不知掄選幾許人也。嘗試「竹鎖橋邊賣酒家」，人皆可
> 以形容，無不向酒家上著工夫。惟一善畫但於橋頭竹外掛一酒
> 簾，書「酒」字而已，便見得酒家在竹內也。又試「踏花歸去
> 馬蹄香」，不可得而形容，何以見得親切？有一名畫克盡其
> 妙，但描數蝴蝶飛逐馬後而已，便表得馬蹄香出也。果皆中魁
> 選。夫以畫學之取人，取其意思超拔者為上，亦猶科舉之取
> 士，取其文才角出者為優。二者之試雖下筆有所不同，而於得
> 失之際，只較智與不智而已。[69]

畫院試畫工，以詩句命畫題，大抵景趣兼顧，將表現藝術轉換為再現
藝術，詩句既因景藏意，繪事則當藉詩以造景，[70]將詩畫作新奇之會通
與組合。《螢雪叢說》記述徽宗朝畫院試畫工，以詩句命題：試「竹鎖
橋邊賣酒家」，關鍵在「鎖」字為動態之抽象概念，如何經營構圖是焦
點。善畫者之巧思，「但於橋頭『竹外』掛一酒簾」，便巧妙表現內外、

69　〔宋〕俞成：《螢雪叢說》，卷1。

70　蔡秋來：《兩宋畫院之研究》（臺北市：中國文化學院藝術研究所博士論文嘉新水
　　泥公司文化基金會研究論文第369種，1978年），頁27-29。

藏露之層次感，而「鎖」意遂因烘托而呼之欲出。又試「踏花歸去馬
蹄香」詩句，如何方能形容親切？焦點問題在「香」字，香為嗅覺字
眼，抽象概念如何轉化為再現藝術之具象構圖？中魁選者採用烘雲托
月之法，「但描數蝴蝶飛逐馬後」，如此渲染，「便表得馬蹄香出也」。
畫學試畫工，曾試王維〈過香積寺〉「深山何處鐘」詩句，妙於構圖
者，繪連綿之崇山峻嶺為背景，再畫一和尚，作側耳傾聽狀，蓋用烘
托渲染之法，同一機杼，而妙用無窮也。[71]又如：

> 唐人詩有「嫩綠枝頭紅一點，動人春色不須多」之句。聞舊時
> 學以此試畫工，眾工競于花卉上妝點春色，皆不中選。惟一人
> 於危亭縹緲，綠楊隱映之處，畫一美婦人憑欄而立，眾工遂
> 服，此可謂善體詩人之意矣。唐明皇嘗賞千葉蓮花，因指妃子
> 謂左右曰：「何如此解語花也。」而當時云：「上宮春色，四時
> 在目。」蓋此意也。然彼世俗畫工者，乃亦解此耶？[72]

> 政和中，徽宗立畫博士院。……又一日試「萬綠叢中一點紅」，
> 眾有畫楊柳臺一美人者，有畫桑園一女者，有畫萬松一鶴者。
> 獨劉松年畫萬浪海水，而海中一輪紅日。上見之大喜，喜見其
> 規模闊大，立意超絕也。凡喜者皆中魁選。[73]

---

71 〔清〕金聖歎批《西廂記》，卷1〈驚艷〉：「亦嘗觀于烘雲托月之法乎？欲畫月也，
　　月不可畫，因而畫雲。畫雲者，意不在于雲也。意不在于雲者，意固在于月也。」
　　《金聖歎評點才子全集》第2卷，《第六才子書》《西廂記》，一之一，金聖歎評
　　點，張建一校注（臺北市：三民書局，1999年），頁47。

72 〔宋〕：陳善《捫蝨新話》，上集，卷1，〈畫工善體詩人之意〉。

73 〔明〕：唐志契《繪事微言》，卷3。

《捫虱新話》載畫學試畫工,詩題為「嫩綠枝頭紅一點,動人春色不須多」,妙於構圖者,蓋從「紅一點」、「動人春色」處作比興寄託之形象聯想。於是「畫一美婦人」於「綠楊隱映之處」,「憑欄而立」,蓋以紅顏綠楊相襯映,藉之構圖、造型,可謂善體詩人之意。「萬綠叢中一點紅」詩意畫之構圖,與前所述「嫩綠枝頭紅一點」,近似而實不相同。蓋以意象類比為構圖方向,以遷想妙得,傳神寫照為經營目標,既應物象形,又隨類賦彩。中魁選者為劉松年,選取碧綠萬頃之海洋為場景,再以一輪紅日當空作點染,傳承發揮先秦儒家比德之說,[74]故徽宗以為「規模闊大,立意超絕」。以詩句為畫題,為繪畫之借物興懷,借景抒情,甚至比興寄託,開拓出廣大的藝術天地,最富有弦外之音,象外之趣。要之,以時間藝術之詩歌表現內外層次、嗅覺香臭、紅顏解語、春色動人,皆極便利無礙;然將上述意象,改換成空間藝術之繪畫再現演示,則非慘澹經營,別出心裁,不能轉化成功。其要領,在借鏡繪畫之特質及技法,以空間取代時間,以再現替換表現,將兩者作「新奇的組合」。畫家如此構圖,方稱「善體詩人之意」。其他宋代畫論,亦論及此,如:

> ……自此之後,益興畫學,教育眾工,如進士科,下題取士,復立博士,考其藝能。……所試之題,如「野水無人渡,孤舟盡日橫」,自第二人以下,多繫空舟岸側,或拳鷺于舷間,或栖鴉于篷背,獨魁則不然。畫一舟人,臥于舟尾,橫一孤笛,其意以為非無舟人,止無行人也,且以見舟子之甚閒也。又如「亂山藏古寺」,魁則畫荒山滿幅,上出幡竿,以見藏意,餘人

74　比德說,為儒家美學思想之一,參考中國孔子基金會編:《中國儒學百科全書》(北京市:中國大百科全書出版社,1997 年),頁 273-275。

乃露塔尖或鷗吻，往往有見殿堂者，則無復藏意矣。[75]

戰德淳，本畫院人，因試「蝴蝶夢中家萬里」題，畫蘇武牧羊，假寐以見萬里意，遂魁。[76]

以「野水無人渡，孤舟盡日橫」為詩題，畫家將如何狀寫孤舟橫江、野渡無人之場面？中魁選者之構圖，乃「畫一舟人，臥于舟尾，橫一孤笛」，此真韋應物「野渡無人舟自橫」詩意。關鍵焦點，亦在空間造型藝術，如何再現動態之「橫」字，以及野渡之「無」人意境。詩題為「亂山藏古寺」，焦點在如何經營構圖，演示一「藏」字？登魁者，「畫荒山滿幅」，浮現「亂」意；再畫「上出幡竿」，而將古寺隱去，「以見藏意」。荒山幡竿雖非即古寺，然即器求道，順指可以得月，古寺遂呼之欲出。至於「蝴蝶夢中家萬里」詩句，畫「蘇武牧羊，假寐」，遂中魁選。蓋將「家萬里」之空間隔絕，以蘇武牧羊之歷史圖景浮現出；再以「假寐」之場景，演示「蝴蝶夢」之空泛意象。要之，圖繪詩中之畫意，必須注意造景、布置，顧及意象之經營、情景之設計，形神之表出，虛實之安排，唯其「詩中有畫」，方能將詩情轉為畫意；慘澹經營，用心構圖，方能創作美妙精彩之詩意畫。

北宋郭熙、郭思父子所著《林泉高致》，提供十六組「清篇秀句，有發於佳思而可畫者」。以佳思秀句為畫題，可印證前哲所謂「詩是無形畫，畫是有形詩」。考郭熙所謂可用之「佳句」，含意有二：或道盡人腹中事，此是「無形畫」；或「裝出目前之景」，此所謂「有形詩」。郭熙畫論，提倡「身即山川而取之」，又主張取法古人，以之「兼收並

75　〔宋〕鄧椿：《畫繼》，卷1，〈聖藝〉，《畫史叢書》本。
76　〔宋〕鄧椿：《畫繼》，卷6，〈山水林石〉。

覽，廣議博考，以使我自成一家」，此所謂「外師造化，中得心源」。古人之秀句清篇，所謂紙上煙雲，可助我「胸中丘壑」之展示，如：

> 女幾山頭春雪消，路旁仙杏發柔條。心期欲去知何日，惆望回車下野橋。（羊士諤〈望女幾山〉）獨訪山家歇還涉，茅屋斜連隔松葉。主人聞語未開門，繞籬野菜飛黃蝶。（長孫左輔〈尋山家〉）南遊兄弟幾時還，知在三湘五嶺間。獨立衡門秋水闊，寒鴉飛去日沈山。（竇鞏）釣罷孤舟繫葦梢，酒開新甕鮓開包。自從江浙為漁父，二十餘年手不权。（無名氏）舍南舍北皆春水，但見群鷗日日來。（老杜）渡水寒驢雙耳直，避風羸僕一肩高。（盧雪詩）行到水窮處，坐看雲起時。（王摩詰）六月杖藜來石路，午陰多處聽潺湲。（王介甫）數聲離岸櫓，幾點別州山。（魏野）遠水兼天淨，孤城隱霧深。（老杜）犬眠花影地，牛牧雨聲陂。（李後村）密竹滴殘雨，高峰留夕陽。（夏侯叔簡）天遙來雁小，江闊去帆孤。（姚合）雪意未成雲着地，秋聲不斷雁連天。（錢惟演）春潮帶雨晚來急，野渡無人舟自橫。（韋應物）相看臨遠水，獨自坐孤舟。（鄭谷）[77]

考察上列郭熙稱誦「發於佳思而可畫」之清篇秀句，或富平遠、幽遠、平遠之意境，[78]或有線條、色彩、明暗、向背之分布，或浮現遠近、高下、斷續、藏露之層次，詩中多隱含造景、布置、設色、筆墨諸畫

---

77 〔宋〕郭熙、郭思：《林泉高致》，〈畫意〉，俞劍華《中國畫論類編》本，上冊，頁 640-641。

78 徐復觀：《中國藝術精神》，第八章第九節〈向平遠的展開〉（臺北市：學生書局，1984 年），頁 347-349；葛路：《中國古代繪畫理論發展史》，第四章〈宋代山水畫論〉，「三遠論」（臺北市：丹青圖書公司，1987 年），頁 128-129。

意，據此轉化為構圖、造型之空間藝術，依違離合、虛實賓主之間，
將詩境移換為畫境，自可展現胸中丘壑，又不離不即詩境、詩意畫遂
成為跨際組合之創發藝術。論者稱題畫詩為「創作與接受，循環交流
的標記」，稱詩意畫為「由詩的本體向畫的本體的轉換」（詳下），確
有其道理。

　　南宋鄧椿《畫繼》稱：「畫者，文之極也。」又謂：「其為人也多
文，雖有不曉畫者寡矣；其為人也無文，雖有曉畫者寡矣。」[79]畫家之
素養，除本身專業外，讀萬卷書，博學多文，亦是外師造化之一助，
何況詩句自具畫意。《詩人玉屑》卷三，〈唐人句法〉中，亦明列唐詩
可供「入畫」之詩句，自杜甫、李白以下詩句二十組。《詩人玉屑》留
心搜集詩句畫意之資料，以備畫材之用，可見至南宋已蔚然成風，詩
畫之交融整合，再得一文獻佐證：

　　　碧知湖外草，紅見海東雲。（杜甫）天晴一鴈遠，海闊孤帆遲。
　　　（李白〈送張舍人〉）松門天竺寺，花洞若耶溪。（張籍〈送盧
　　　處士遊吳越〉）山昏函谷雨，木落洞庭波。（許渾〈送人南遊〉）
　　　山遠疑無樹，湖平似不流。（韋承〈慶浮江〉）曉煙平似水，高
　　　樹暗如山。（雍陶〈塞上〉）桑柘晴川口，牛羊落照間。（呂溫
　　　〈宴別〉）驛道青楓外，人煙綠嶂間。（孫逖〈楊子江樓〉）春
　　　潮帶雨晚來急，野渡無人舟自橫。（韋應物〈滁州西澗〉）綠樹
　　　遠村含細雨，寒潮背郭捲平沙。[80]

　　清篇佳句，已自繪聲繪影；詩人胸中丘壑，多成紙上煙雲。其中

79　于安瀾編輯：《畫史叢書》第一冊，鄧椿《畫繼》，卷9，〈雜說·論遠〉（臺北市：
　　文史哲出版社，1994年），頁339。
80　〔唐〕溫庭筠：〈送人〉，〔宋〕魏慶之：《詩人玉屑》，卷3，〈唐人句法·入畫〉。

詩篇在造景、意境、布置、設色方面，多近似繪畫之構圖經營，[81]故可提供入畫之選擇。如杜甫詩之碧草、紅雲；孫逖詩之青楓綠嶠，多見設色之妙。五代荊浩《畫說》所謂「紅間黃，秋葉墮。紅間綠，花簇簇。青間紫，不如死。粉籠黃，勝增光」，其中有色彩心理學之微意在。唐王維《山水訣》稱：「東西南北，宛爾目前；春夏秋冬，生於筆下」，此攸關藝術造景之法，上列韋承詩「山遠疑無樹，湖平似不流」；許渾詩：「山昏函谷雨，木落洞庭波」，詩中多長於造景。北宋李成《山水訣》稱：「凡畫山水，先立賓主之位，次定遠近之形。然後穿鑿景物，擺布高低」，上列詩具畫意之秀句，如李白詩：「天晴一鴈遠，海闊孤帆遲」；雍陶詩：「曉煙平似水，高樹暗如山」；溫庭筠詩：「綠樹遶村含細雨，寒潮背郭捲平沙」；如此之類，要皆詩具畫意，自可備畫材，甚至入畫圖。

　　所謂詩意畫，指采詩意景物入畫而圖寫之。詳言之，取材於詩，以詩境為構圖起點，而有所取捨與轉化。詩意畫孕育於詩情，結實於畫境，詩與畫作新奇的會通與組合，而形成獨特而另類之繪畫樣式。[82]以詩意為繪畫題材，當然不始於徽宗朝之畫院試畫工；東晉顧愷之〈洛神賦圖〉卷，依〈洛神賦〉繪作，早開風氣。晚唐以來至宋初文人士大夫、以及騷人墨客，多雅好之，從而可見詩畫之融合交際，源遠流長。時至兩宋，上至朝廷畫院，下至詩人畫師，多樂於投入此一跨際會通之「新奇組合」，如：

　　　唐鄭谷有〈雪〉詩云：「亂飄僧舍茶煙濕，密灑歌樓酒力微。

81　各部分畫論文獻，可參考傅抱石：《中國繪畫理論·總論之部》，第六〈造景論〉，第七〈布置論〉，第九〈設色論〉，頁 59-88、118-138。

82　張晨：《中國詩畫與中國文化》，四、20〈詩意畫：由詩的本體向畫的本體的轉換〉，頁 189-196。

江上晚來堪畫處，漁人披得一蓑歸。」時人多傳誦之。段贊善
善畫，因采其詩意景物圖寫之，曲盡蕭灑之思。持以贈谷，谷
珍領之，復為詩寄謝云云。[83]

宋柳如京（開）〈塞上〉詩：「鳴骹直上一千尺，天靜無風聲正
乾。碧眼胡兒三百騎，盡提金勒向雲看。」其詩宋人盛稱之，
好事者多圖于屏障。今猶有其稿本。[84]

（蔡肇）嘗于尺素作平岡老木，極有清思。因授伯時，令於餘
地加遠水歸雁，作扁舟以載。天啟乃題小詩曰：「鴻雁歸時水
拍天，平岡老木尚寒煙。付君餘地安漁艇，乞我寒江聽雨眠。」
伯時懶不能竟。他日……宗子令戩即取筆點染，如詩中意。天
啟見之，愛其佳。……此畫後入貴家。予嘗見之，渺然有江湖
之思。[85]呂居仁〈春日即事〉云：「雪消池館初春後，人倚闌干
欲暮時。」此自可入畫。人之情意，物之容態，二句盡之。[86]

晚唐鄭谷所作〈雪〉詩，段贊善采其詩意作畫，蓋有見於詩中狀寫僧
舍茶煙、歌樓酒力、漁人披蓑諸情境，為雪之亂飄與密灑，作繪聲繪
影、具體形象之呈現。詩境自具畫意，於是畫家極易由詩的本體，轉
換為繪畫的本體。柳開〈塞上〉詩，聲情俱美，將聲響變成一幅邊塞
風景畫，化聲為畫，是詩畫藩籬的一大突破。蔡肇擬繪平岡老木、未

83　〔宋〕郭若虛：《圖畫見聞志》，卷5，〈雪詩圖〉。

84　〔宋〕江少虞：《皇朝事實類苑》卷35引《倦遊雜錄》〈馮太傅〉條（臺北市：
　　源流文化公司，1982年）；〔明〕楊慎：《升庵詩話》，卷12，〈蕃馬胡兒〉。

85　〔宋〕張邦基：《墨莊漫錄》，卷3。

86　〔宋〕魏慶之：《詩人玉屑》，卷3，〈詩句可入畫〉。

就，因題小詩以寫「清思」之境；他人稍加點染，即「如詩中意」，「渺然有江湖之思」，詩情畫意相得益彰如此。呂本中詩，頗盡人情與物態，自是入畫之好素材。此種以詩中佳句入圖之思潮，正說明詩畫融合之具體現象。杜甫所作詩篇，除題畫詩二十餘首外，畫意洋溢者尚多，提供歷代畫家作畫之許多素材，故傳世之詩意畫頗不少，上海博物館珍藏有宋人趙葵所作〈杜甫詩意畫長卷〉，為流傳至今較早之一幅。上海博物館更典藏有北宋王詵手繪〈煙江疊嶂圖〉，畫卷拖尾之後，有蘇軾所作自書王定國〈煙江疊嶂圖〉七古長詩，論者指出：蘇軾題詠此圖，是目前發現畫內題詩最早的一首。[87]詩意畫與題畫詩，皆為詩畫緊密融會之有形見證。外此，又有以文學故事作為繪畫題材者，如李公麟畫有〈李廣奪胡兒馬〉、〈昭君出塞圖〉、〈嚴子陵釣灘〉、〈寫王維看雲圖〉、〈歸去來兮圖〉、〈陽關圖〉、〈蔡琰還漢圖〉、〈九歌圖〉、〈孟東野聽琴圖〉等作品，[88]繪畫之文學化、詩歌化、抒情化，由此可見一斑。

三　詩畫相資與創意組合

繪畫與詩歌，為「異迹而同趣」之姊妹藝術。自古以來，學者類能言之：希臘詩人西蒙尼台斯云：「畫為不語詩，詩是能言畫」；羅馬詩人霍瑞斯亦有「即詩即畫」之論。[89]宋型文化追求會通化成，往往致力跨際會通，進行新奇組合，如詩情畫意，相資為用，即是一例。此法雖自古有之，然至兩宋尤其普遍而有成效，從兩宋詩學畫論之所闡

87　張晨主編：《中國題畫詩分類鑑賞辭典》，楊仁愷〈序言〉；張晨：〈題畫詩發展的歷史線索〉，（瀋陽市：遼寧美術出版社，1992 年），頁 2、602。

88　〔宋〕佚名：《宣和畫譜》，卷 7，頁 451-452。

89　錢鍾書：《七綴集》，〈中國詩與中國畫〉（北京市：三聯書店，2001 年），頁 7 引。

釋，從可見其已蔚為風尚，啟發詩作，影響繪事。蘇軾曾云：「詩畫本
一律，天工與清新」；「古來畫師非俗士，摹寫物象略與詩人同」；黃
庭堅亦謂：「文章與畫格，同一關紐」；鄧椿《畫繼》則稱：「畫者，
文之極也」；葛立方則云：「丹青之妙，乃復如詩」；孔武仲更稱：「文
者無形之畫，畫者有形之文，二者異迹而同趣。」[90]宋人討論詩畫，旂
向如此，從而可見詩畫之交融會通，出以新奇組合，至宋代為一大關
鍵。若論倡始發揚之功，不得不推蘇軾之闡述與創作。如下列所述：

> 道子畫人物，如以燈取影，逆來順往，旁見側出，橫斜平直，
> 各相乘除，得自然之數，不差毫末，出新意於法度之中，寄妙
> 理於豪放之外，所謂遊刃餘地，運斤成風，蓋古今一人而已。[91]

蘇軾〈書吳道子畫後〉描述畫聖吳道子圖畫人物，「如以燈取影，逆來
順往，旁見側出，橫斜平直，各相乘除，得自然之數，不差毫末」，
可謂「古今一人而已」。比例準確、結構準確、富於立體感，堪稱典型
的再現型繪畫，這是畫聖吳道子畫風之特色。不過，蘇軾提倡士人
畫，故較推崇「得之於象外」的王維，〈王維吳道子畫〉所謂「吳生雖
妙絕，猶以畫工論」；「吾觀二子皆神俊，又于維也斂衽無間言」。因
為倡導文人畫，所以繪畫的抒情性和詩意化，成為東坡之畫論主張。
又如：

> 論畫以形似，見與兒童鄰。賦詩必此詩，定非知詩人。詩畫本

90　引文見《蘇軾詩集》，卷6，〈歐陽少師令賦所蓄石屏〉；卷29，〈書鄢陵王主簿所
　　畫折枝二首〉其一；《黃庭堅全集》，卷27，〈題摹燕郭尚父圖〉；《韻語陽秋》，
　　卷14，孔武仲：《宗伯集》，卷1，〈東坡居士畫怪石賦〉。
91　〔宋〕蘇軾：《蘇軾文集》，卷70，〈書吳道子畫後〉，頁2210-2211。

一律，天工與清新。……誰言一點紅，解寄無邊春。[92]

少陵翰墨無形畫，韓幹丹青不語詩。此畫此詩真已矣，人間駑驥漫爭馳。[93]

與可畫竹……復寫一詩，其略曰：「擬將一段鵝谿絹，掃取寒梢萬尺長。」……因以所畫篔簹谷偃竹遺予，曰：「此竹數尺耳，而有萬尺之勢。」[94]

元祐元年正月十二日，蘇子瞻、李伯時為柳仲遠作〈松石圖〉。仲遠取杜子美詩「松根胡僧憩寂寞，龐眉皓首無住著，偏袒右肩露雙腳，葉裏松子僧前落」之句，復求伯時畫此數句，為〈憩寂圖〉。子由題云：「東坡自作蒼蒼石，留取長松待伯時。只有兩人嫌未足，兼收前世杜陵詩。」因次其韻云：「東坡雖是湖州派，竹石風流各一時。前世畫師今姓李，不妨題作輞川詩。」[95]

〈書鄢陵王主簿所畫折枝二首〉其一，論畫，貴神似、輕形似；論詩，亦反對「賦詩必此詩」，於是「不似之似」成為美學討論之課題。由於繪畫追求抒情性、詩意化，詩畫既同趣，故有「詩畫本一律」之提示。詩中更提示藝術概括之要領，即提煉選取「一點紅」，以表現「無邊春」。南宋葉紹翁〈遊園不值〉所謂「春色滿園關不住，一枝紅杏出牆來」，以「一枝紅杏」之出牆，概括「滿園春色」，有異曲同工之妙。

92　〔宋〕蘇軾：《蘇軾詩集》，卷29，〈書鄢陵王主簿所畫折枝二首〉其一。
93　〔宋〕蘇軾：《蘇軾詩集》，卷48，〈韓幹馬〉。
94　〔宋〕蘇軾：《蘇軾文集》，卷11，〈文與可畫〈篔簹谷偃竹記〉〉。
95　〔宋〕蘇軾：《蘇軾文集》，卷68，〈題憩寂圖詩〉。

東坡〈韓幹馬〉，稱杜甫詩為「無形畫」，指韓幹畫為「不語詩」，已從再現形象與節奏旋律兩大方面，區分詩畫與交融詩畫。東坡題文同畫記，強調數尺而有萬尺之勢；題李公麟〈憩寂圖〉，亦強調詩情畫意，可以相輔相得。要之，繪畫理論多強調主觀情意之抒發；影響所及，遂使準確、細膩之具體形象刻劃，與抒情寫意之詩性表達作新奇之結合，而生發優雅、和諧、含蓄，且又富含詩情畫意之作品。[96]

　　詩之與畫，猶畫之與書，既同源而異體，又異迹而同趣。就空間造型而言，畫較具體、富形象；然就抒情感發作用而言，詩較畫便於揮灑，較為流動，故張舜民有「詩是無形畫，畫是有形詩」之論述。除蘇軾外，其他宋人所論，對於「詩畫相資」之新奇組合，亦多有推助與發皇之功。其他諸家所言，對於繪畫與詩歌兩種姊妹藝術間之異同出入，多有相互發明之敘說，如：

> 詩是無形畫，畫是有形詩。丹青不知老將至，李陵蘇武真吾師。……[97]

> 松含風雨石骨瘦，法窟寂寥僧定時。李侯有句不肯吐，淡墨寫出無聲詩。[98]

> 宋迪作（瀟湘）八景絕妙，人謂之無聲句。演上人戲余曰：「道人能作有聲畫手？因為之各賦一首。」[99]

96　水月：〈翰林圖畫院的歷史貢獻〉，徐流、譚平編：《宋人院體畫風》〈序〉（重慶市：重慶出版社，1994 年），原未標頁碼。

97　〔宋〕張舜民：《畫墁集》，卷 1，〈跋百之詩畫〉。

98　〔宋〕黃庭堅：《山谷詩集》，卷 9，〈次韻子瞻子由題〈憩寂圖〉二首〉。

99　〔宋〕釋惠洪：《石門文字禪》，卷 8，詩題。

　　畫寫物外形，要物形不改。詩傳畫外意，貴有畫中態。我今豈
　　見畫，觀詩雁真在。……[100]

　　畫以有聲著，詩以無聲名。有聲者，道祖之所已知；無聲者，
　　道祖之所欲為而未能者也。[101]

就空間藝術言，詩畫分稱無形畫與有形詩；就時間藝術而言，依流動
節奏之設計，畫稱「無聲句」、「無聲詩」，「寫物外形」；詩號「有聲
畫」，貴在能「傳畫外意」；同時又各自融合抒情性與形象化。觀上述
黃庭堅、釋惠洪、晁補之、岳珂所述，可知南北宋詩畫交融會通之一
斑。繪畫之特質，為空間造型、線條結構、色彩運用與象徵表現。詩
人吟詠，若借鏡繪畫之本質特徵，以之入詩，往往化動為靜，以果代
因，化時間為空間，講究線條造型，精心空間構圖，強調色彩表現，
捕捉光影變化，安排遠近、高低、內外、藏露諸層次；而且將情感物
象化，景物象徵化。舉凡一切繪事所專擅者，多嘗試參考運化，如此
賦詩，形象歷歷如繪，自然為美妙之「有聲畫」。[102]除詩文題跋外，詩
話詩集所載，亦多討論詩畫相資為用，如：

　　白樂天以詩名……詩詞多比圖畫，如重屏圖，自唐迄今傳焉，
　　乃樂天〈醉眠詩〉也。詩曰：「放杯書案上，枕臂火爐前。老
　　愛尋思睡，慵便取次眠。妻教卸烏帽，婢與展青氈。便是屏風
　　樣，何勞畫古賢。」且詩之所以能盡人情物態者，非筆端有口
　　未易到也。詩家以畫為無聲詩，誠哉是言。[103]

100　〔宋〕晁補之：《雞肋集》，卷8，〈和蘇翰林題李甲畫雁二首〉其一。
101　〔宋〕岳珂：《寶真齋法書讚》，卷13，〈薛道祖白石潭詩帖〉。
102　史雙元：〈詩中有畫的再認識〉，《學術月刊》，1984年第5期，頁64-70。
103　〔宋〕李頎：《古今詩話》，郭紹虞校輯：《宋詩話輯佚》（臺北市：文泉出版社，

以「無聲詩」指畫,「有聲畫」指詩,訴諸動態抒情;以「有形詩」稱畫,「無形畫」稱詩,衡以靜態形象。準此以論,無聲詩、有形詩並指繪畫之抒情、個性,所謂「畫中有詩」。因此,畫境構圖「能盡人情物態者」,謂之「無聲詩」。而「有聲畫」專指形象思維構圖,體現在詩中,所謂「詩中有畫」。詩與畫,作新奇之會通與融合,往往生發創意之作品。兩者之相互為用,宋人頗能言之,如:

> 丹青吟詠,妙處相資。昔人謂「詩中有畫,畫中有詩」者,蓋畫手能狀,而詩人能言之。唐人有〈盤車圖〉,畫重崗複嶺,一夫馳車山谷間,永叔賦詩:「坡長坂峻牛力疲,天寒日暮人心速」。又南唐畫俗號〈四暢圖〉,其一剔耳者曲肘仰面作挽弓勢,一搔首者使小青理髮,趺作頻首、兩首置膝,作輪指狀。魯直題云:「剔耳壓塵喧,搔頭數歸日。」且畫工意初未必然,而詩人廣大之;乃知詩者,徒言其景,不若盡其情,此題品之津梁也。[104]

> 畫難畫之景,以詩湊成;吟難吟之詩,以畫補足,其意匠經營,亦良苦矣。[105]

蔡絛《西清詩話》,討論題畫詩與品賞繪畫間,依違出入之情況。歐公所題詩,就〈盤車圖〉發揮創造性聯想,填補畫面許多空白。黃庭堅題詠〈四暢圖〉詩,就剔耳暢快與搔頭思歸,作畫外之抒寫,所謂用

1972 年);阮閱:《詩話總龜》,卷 20,頁 224。

104 〔宋〕蔡絛:《西清詩話》、胡仔:《苕溪漁隱叢話》,前集,卷 30、何汶:《竹莊詩話》,卷 9、郭紹虞:《宋詩話輯佚》,頁 358。

105 〔清〕曹庭棟:《宋百家詩存》,卷 37,引〔宋〕吳龍翰序楊公遠:《野趣有聲畫》。

心於筆墨之外。可見題畫之妙者，貴能引中發揮，拓展畫境，往往「畫工意初未必然，而詩人廣大之」；要領只在「盡其情」而已，不必「徒言其景」。總之，題畫詩之創作，最可見「丹青吟詠，妙處相資」。畫意提供詩情之觸發，詩境補充或拓展畫境之內容。此吳龍翰序《野趣有聲畫》所謂：「畫難畫之景，以詩湊成；吟難吟之詩，以畫補足」。詩畫由於同趣，故交融較易；又因為異迹，故借鏡可成。至於徐復觀宣稱：「中國藝術精神的自覺，主要表現在繪畫和文學方面。」[106]宗白華亦強調：「一個充滿音樂情趣的宇宙（時空合一體），是中國畫家詩人的藝術境界。」[107]詩歌與繪畫，由於有此深層聯繫，故雖異迹，卻又同趣。論者以為：詩與畫之交融整合，主要體現在四大方面：其一，藝術形像存在方式上的交叉；其二，創作主體常規意念的融通；其三，題材選擇結構後果的趨同；其四，藝術評論基本範疇的契合。[108]因此，彼此交融甚易，相互借鏡可成。宋人所謂「丹青吟詠，妙處相資」，職是之故。

第三節　結語

會通和合，為中華文化系統思維之一。[109]跨際重組，會通和合，容易產生異領域之碰撞；截長補短，相得益彰，足以開發新產品。《左傳》〈昭公二十年〉晏嬰所謂：「若以水濟水，誰能食之？若琴瑟之專壹，誰能聽之？同之不可也如是！」的確，以詩為詩，以畫為畫，以

---

106 徐復觀：《中國藝術精神》，〈自敘〉，頁 6。
107 宗白華：《美從何處尋》，〈中國詩畫中所表現的空間意識〉，頁 89-105。
108 張晨主編：《中國題畫詩分類鑑賞辭典》，〈一喬飛架詩畫間〉，頁 2-6。
109 張立文：《和合學概論——21 世紀文化戰略的構想》（北京市：首都師範大學出版社，1996 年）。

文為文，以詞為詞，以賦為賦，此謂之「同」；宋代詩畫美學推崇「詩中有畫」、「畫中有詩」、「詩畫相資」；宋代文論注重破體為文，如以文為詩，以詞為詩，以賦為詩，此謂之「和」。「和而不同」之思想，正足以詮釋合併重組，跨際會通之宋代詩學與畫學有關創造思維之問題。日本管理學者大前研一談創新思考，所謂「重新組合，就是發明」，正是此意。[110]

　　本論文選擇宋代詩話、筆記、畫論、序跋之文獻，以創意組合為核心，以新奇化變為焦點，討論詩中有畫、畫中有詩、詩畫相資三大議題，以見宋代詩學畫學之跨際會通與創造思維，獲得如下之觀點：

　　（一）宋詩於輝煌燦爛之唐詩之後，其生存發展之道，在學唐變唐，自得創新。作詩既要入乎其內，汲取優長；又要出乎其外，疏離逆轉典範，以便自成一家。語所謂「有所法而後成，有所變而後大」，宋代詩學之新變代雄如此，宋代畫學之出位之思，理亦相通。要之，皆以求變追新、會通化成為依歸。

　　（二）會通集成、兼容開放，為宋型文化的特質之一。宋詩面對唐詩繁榮的高峰，為補偏救弊，改善體質，往往破體為文。同時，為打破各種表現媒介的畛域，超越比較材料的限制，移花接木，相濟為用，使詩歌獲得脫胎換骨之美感，且有新奇鮮活之觀，亦多詩思出位，富於合併重組之創意思維。宋詩所以異於唐詩，宋詩所以不失創意、靈活、獨特，而又不失傳統，得力於「出位」、「破體」之詩思為多。

　　（三）詩與畫，號稱姊妹藝術，兩者異迹而同趣。就形象塑造之媒介、描繪之技法、鑑賞之範疇、傳達之侷限言，詩與畫殊異二

---

110 〔日本〕大前研一：《創新者的思考》，第一章〈用創新來破壞〉，「重新組合，就是發明」，頁 73-75。

分；然就創作構思、詩畫意境、藝術風格、形象塑造、藝術功用、審美範疇而言，詩與畫一致同趣。簡要言之，詩歌為時間藝術，擅長敘寫流動之歷程，以抒情言志為主，富音樂性之律動；繪畫為空間藝術，工於描繪靜態景象，以寫物描景為主，富於視覺造型之具象美感。詩與畫各有優長，又自有侷限。於是詩畫相資為用，各取彼長，補已所短，形成上述所謂「舊元素的新組合」，經過跨際會通思考，遂產生異場域碰撞。

（四）《宣和畫譜》論李公麟繪畫之勝境，以為「深得杜甫作詩體制而移於畫」，其妙諦在「率略簡易處」。論花鳥畫，稱「繪事之妙，多寓興於此，與詩人相表裡焉」。張彥遠《畫評》，論「王維畫物，多不問四時」；沈括則舉家藏王維〈袁安臥雪圖〉中「雪中芭蕉」，以為「當以神會」；沈括又標榜歐陽脩〈盤車圖〉所言「畫意不畫形」、「忘形得意」。由此觀之，宋人論畫言詩，或現身說法，或金針度人，多以詩與畫之「新奇組合」為焦點課題，堪稱創造思維之論述。

（五）宋代士人兼擅詩畫者，如歐陽脩、蘇軾、黃庭堅等人，所倡寫意美學、韻味美學，雖說畫論，未嘗不與詩學相通。南宋偏安江左，畫家有感而繪事，多藉畫以抒情寫志，此蓋傳承北宋南宗畫派寫意風尚，與士人畫、一脈相傳，大多盡心致力於「率略簡易」畫風。其中，最具代表畫家，為夏珪及馬遠，諺所謂「馬半邊，夏一角」。藉片段景物以抒情達意，畫面場景多追求以少勝多，隱現參半，境界清曠，剪裁新巧，以有限表達無限，猶「郭忠恕畫天外數峰，略有筆墨」，而其妙則在筆墨之外。藉畫意表現詩情，馬遠、夏珪山水畫有之。

（六）歐陽脩品賞唐人詩，注重有聲有色之描繪，感同身受之臨場演示，將意象表現，轉變為具體圖畫。蘇軾題跋所謂「摩詰之

詩」，則是凸顯視覺色彩、層次配置、觸覺感受，是所謂「畫中有詩」之新奇組合。畫院試畫工，以詩句命畫題，大抵景趣兼顧，將表現藝術轉換為再現藝術，詩句既因景藏意，繪事則藉詩以造景，將詩畫作新奇之會通與組合。如「竹鎖橋邊賣酒家」、「踏花歸去馬蹄香」、「深山何處鐘」、「嫩綠枝頭紅一點，動人春色不須多」、「萬綠叢中一點紅」、「野水無人渡，孤舟盡日橫」、「蝴蝶夢中家萬里」諸詩句。圖繪詩境中之畫意，必須顧及意象經營、情景設計，形神表出，虛實安排。唯其「詩中有畫」，方能將詩情轉為畫意；慘澹經營，用心構圖，方能創作美妙精彩之詩意畫。

（七）繪畫之特質，為空間造型、線條結構、色彩運用與象徵表現。詩人吟詠，若借鏡繪畫之本質特徵，以之入詩，往往化動為靜，以果代因，化時間為圖畫，講究線條造型，精心空間構圖，強調色彩表現，捕捉光影變化，安排遠近、高低、內外、藏露諸層次；而且將情感物象化，景物象徵化。舉凡一切繪事所專擅者，多嘗試參考運化，如此而賦詩，則形象歷歷如繪，自然為美妙之「有聲畫」，此之謂「詩中有畫」，此之謂詩情畫意、相得益彰。

（八）北宋郭熙、郭思父子所著《林泉高致》，提供十六組「清篇秀句，有發於佳思而可畫者」。以佳思秀句為畫題，可印證前哲所謂「詩是無形畫，畫是有形詩」。《詩人玉屑》亦明列唐詩可供「入畫」之詩句，自杜甫、李白以下詩句二十組。可見留心詩句畫意之資料，以備畫材之用，至南宋已蔚然成風。其他見於《圖畫見聞志》，及宋代詩話、筆記載記之「詩意畫」，或「采詩意景物圖寫」者，其例實繁，多是由詩的本體向畫的本體轉換，從可見詩畫新奇組合之一斑。

（九）宋型文化追求會通化成，往往致力跨際會通，進行新奇組合，如詩畫相資，即是一例。此法雖自古有之，然至兩宋而普遍有

成，從兩宋詩學畫論，啟發詩作，影響繪事，可見已蔚為風尚。蘇軾曾云：「詩畫本一律，天工與清新」；黃庭堅謂：「文章與畫格，同一關紐」；鄧椿《畫繼》稱：「畫者，文之極也」；葛立方則云：「丹青之妙，乃復如詩」；孔武仲更稱：「文者無形之畫，畫者有形之文，二者異迹而同趣。」宋人討論詩畫，旂向如此，可見詩畫之交融會通，出以新奇組合，至宋代為一大關鍵。若論倡始發揚之功，不得不推蘇軾之闡述與創作。

（十）徐復觀宣稱：「中國藝術精神的自覺，主要表現在繪畫和文學方面。」宗白華強調：「一個充滿音樂情趣的宇宙（時空合一體），是中國畫家詩人的藝術境界。」詩之與畫，既同源而異體，又異迹而同趣，故張舜民有「詩是無形畫，畫是有形詩」之論述；而宋迪、岳珂有「無聲句、有聲畫」、「有聲畫、無聲詩」之說。畫稱「無聲句」、「無聲詩」，詩號「有聲畫」；同時又各自融合抒情性與形象化，此之謂新奇組合。[111]

---

111 本文原為筆者專書《創意造語與宋詩色》之一章，聚焦於創意造語，為宋詩特色作見證。今比物類編，附錄於此，以便讀者。

附錄二
蘇軾題畫詩與意境之拓展

　　歌詠繪畫內容，直接題寫於畫面上，據文獻記載，始於蘇軾題詠文同〈竹枝圖〉[1]；若以傳世之題畫詩而言，則推宋徽宗〈臘梅山禽圖〉、〈文會圖〉、〈芙蓉錦雞圖〉、〈五色鸚鵡圖〉、〈祥龍石圖〉，皆於繪畫之空白處題詩。[2]至於六朝以來之詠扇、詠屏風之倫，以及唐代包括李白、杜甫、白居易、張祜、方干、齊己之所作，約九十五家，二二○題，二三二首，大抵皆是詠畫詩，而非題畫詩。[3]王士禎《蠶尾文》

1　莊申：《王維研究》上集，稱：「唐代與五代的畫家，都沒有署款的風氣。就是在北宋時代，除了在寥寥可數的幾幅畫上，可以發現畫家的名歟、年月　和畫名，成為特例以外，其他的畫家仍然保持宋代以前既不簽名、鈐印，更不做任何題記的舊傳統。到了北宋中葉，蘇軾雖然在其友文同的許多墨竹上面題以長詩，從而倡導了融合詩書畫於一爐的新局面，但蘇軾畢竟還不曾在他自己的墨竹畫上題詩。」（香港：萬有圖書公司，1971 年），頁 186。又，同書頁一八九引卞永譽《式古堂畫考》卷十一，文同《竹枝圖》，卷上有蘇軾題詩，詩云：「若人已□無，此竹寧復有？那將春蚓筆，畫中風中柳。君看斷崖上，瘦節蛟蛇走。何時此霜竿，復入江湖手。」按：此詩不見《蘇軾詩集》，可據以輯入。
2　宋徽宗之畫迹，傳於後世，上有題識者，有〈臘梅山禽圖〉，自題五絕云：「山禽矜逸態，梅粉弄輕柔。已有丹青約，千秋指白頭。」又，〈文會圖〉，自題七絕云：「儒林華國古今同，吟詠飛毫醒醉中。多士作放知入彀，畫圖猶喜見文雄。」以上并見〈故宮書畫錄〉卷五。又有〈芙蓉錦雞圖〉，自題五絕云：「秋勁拒霜盛，峨冠錦羽雞。已知全五德，安逸勝鳧鷖。」見〈故宮博物院藏花鳥畫選〉第二圖。又，〈五色鸚鵡圖〉，自題短序六十字及七律，現藏美國波士頓美術館。又，〈祥龍石圖〉，亦有自題短序五十九字，并七律詩，影本見《大風堂名蹟》第一集第八圖，轉引自莊申：《王維研究》上集，頁 194-195。參見附錄三圖影 26、27、28。
3　參閱孔壽山：《唐朝題畫詩注》（成都市：四川美術出版社，1988 年）。

稱述題畫詩之源流，似是而非，不合事實：

> 六朝以來題畫詩絕罕見，盛唐如李太白輩，間一為之，拙劣不
> 工。……杜子美始創為畫松、畫馬、畫鷹、畫山水諸大篇，搜
> 奇抉奧，筆補造化。嗣是蘇、黃二公，極妍盡態，物無遁
> 形。……子美創始之功偉矣。[4]

杜甫創始之功，在詠畫之技法，所謂「搜奇抉奧，筆補造化」，不在題
畫。然自蘇軾、蘇轍、黃庭堅以下之詠畫題畫技法，乃至《聲畫集》、
《御定歷代題畫詩》諸家之題詠繪畫，杜甫已為後世開創泰半之法門，
啟迪後世無限，本書第二章略有論述。沈德潛《說詩晬語》卷下稱：
「唐以前未見題畫詩，開此體者老杜也」，[5]論述亦粗略失考；若易「題
畫」為「詠畫」，則用語較精準切當。

　　無論詠畫或題畫，基本上歸屬詠物詩一類。詠物詩，源於詠物
賦，注重體物瀏亮，巧構形似；故詠狀寫生，刻劃精切，乃屬必要。
不過處處描寫物色，則黏皮帶骨，便墮入小家門徑，故王士禎《帶經
堂詩話》卷十二稱：「詠物之作，須如禪家所謂不黏不脫，不即不離，
乃為上乘」。[6]詠畫題畫詩既為詠物之一類，故題詠自不以再現畫面內
容為已足，所謂「離形得似，得其環中」，方為佳篇妙製。

4　〔清〕王士禎：《帶經堂詩話》，卷 22，〈書畫類〉（北京市：人民文學出版社），
　　頁 649-650。

5　〔清〕沈德潛：《說詩晬語》卷下，第四十八則，丁福保輯：《清詩話》（臺北市：
　　明倫出版社，1971 年），頁 551。

6　〔清〕王士禎：《帶經堂詩話》，卷 12，〈賦物類〉（北京市：人民文學出版社，
　　1982 年，二刷），頁 305。

第一節　詩畫兼擅與詩中有畫

　　宋型文化與唐型文化不同，其特徵之一為「會通化成」，[7]注重不同學科間之整合融會，重組新造，遂生發另類之創意，「詩中有畫，畫中有詩」，為其中一大創意組合。自唐代以來，詩與畫之學科整合，多以詩畫兼擅之作家為前鋒，或者經詩人而兼繪畫鑑賞家之推揚，如唐之王維、杜甫；北宋之文同、李公麟、蘇軾、蘇轍、黃庭堅、米芾、米友仁、晁補之、晁沖之、宋徽宗諸家；或以詩人兼畫家，或畫家而能詩，一人而詩畫兼長，往往詩情畫意，相得益彰。

　　蓋一人之身，而兼擅詩畫，以自身為媒介，交流融會最易。詩與畫，號稱姊妹藝術，[8]然兩者之藝術特質實迥然有別：無論就形象之媒介，技法之運用，形象之範疇，傳達之侷限，感知之方式，乃至於意境之建立，形象思維之表現，多存在若干差異。[9]不過，詩與畫雖有本質之差異，彼此若異中求同，又未嘗沒有殊途同歸之處，如創作構思、詩畫意境、藝術風格、形象塑造、美學範疇、藝術功用方面，多相通相近，富於交集與共相。[10]於是，詩與畫由於「同趣」，故彼此整合較易；又因為「異迹」，故相互借鏡可成。試以蘇軾為例，以證「詩

7　張高評：《會通化成與宋代詩學》，壹、〈從「會通化成」論宋詩之新變與價值〉，（臺南市：成功大學出版組，2000 年），頁 1-53。

8　錢鍾書：《七級集》〈中國詩與中國畫〉（北京市：三聯書店，2001 年），頁 1-37；參考伍蠡甫：《中國畫論研究》，〈試論「畫中有詩」〉（北京市：北京大學出版社，1987 年），頁 194-242。

9　張高評：《宋詩之傳承與開拓》，下篇〈宋代「詩中有畫」之傳統與創格〉，第一章第二節〈論詩畫之異迹與同趣〉（臺北市：文史哲出版社，1990 年），頁 279-286。

10　張高評：《宋詩之傳承與開拓》，下篇〈宋代「詩中有畫」之傳統與創格〉，第一章第二節〈論詩畫之異迹與同趣〉頁 286-288。

中有畫，畫中有詩」，必待詩畫兼擅之人傑方能有所揭示。

　　歐陽脩品賞唐人詩，如「雞聲茅店月，人跡板橋霜」；「野塘春水漫，花塢夕陽遲」諸什，注重有聲有色之描繪，感同身受之臨場演示，將意象表現，轉變為具體圖畫。蘇軾題跋所謂「摩詰之詩」，則是凸顯視覺色彩、層次配置、觸覺感受，是所謂「畫中有詩」之新奇組合。[11]畫院試畫工，以詩句命畫題，大抵造景與逸趣兼顧，將表現藝術轉換為再現藝術，詩句既因景藏意，繪事則藉詩以造景，應試畫工若能將詩畫之意象、虛實、情景、形神作新奇之會通與組合，往往能中魁選。換言之，圖繪詩境中之畫意，必須顧及意象經營、情景設計，形神表出，虛實安排。唯其「詩中有畫」，方能將詩情轉為畫意；慘澹經營，用心構圖，方能結合胸中丘壑，隨筆遣興，創作美妙精彩之詩意畫。[12]

　　繪畫之特質，為空間造型、線條結構、色彩運用與象徵表現；涉及造景、布置、設色、筆墨諸表現課題。詩人吟詠，若借鏡繪畫之本質特徵，以之入詩，往往化動為靜，以果代因，化時間為圖畫，講究線條造型，精心空間構圖，強調色彩表現，捕捉光影變化，安排遠近、高低、內外、大小層次；而且將情感物象化，景物象徵化。舉凡一切繪事所專擅者，多嘗試參考運化，如此賦詩，表現有聲有色，形象歷歷如繪，自然為美妙之「有聲畫」。[13]此之謂「詩中有畫」，此之謂詩情畫意相得益彰。

　　題畫之妙者，貴能引申發揮，拓展畫境，往往「畫工意初未必

11　〔宋〕歐陽脩：〈溫庭筠羅維詩〉，《歐陽文忠公集》，卷 130，《全宋文》，卷 744
　　（成都市：巴蜀書社，1991 年），頁 191-192；〔宋〕蘇軾：〈書摩詰藍田煙雨圖〉，
　　《蘇軾文集》卷 7（北京市：中華書局，1986 年），頁 2209。
12　本書附錄一，〈詩畫相資與宋詩之創造思維〉，三、結語（六），頁 287。
13　史雙元：〈詩中有畫的再認識〉，《學術月刊》，1984 年第 5 期。

然，而詩人廣大之」；要領只在「盡其情」而已，不必「徒言其景」。
題畫詩之創作，最可見「丹青吟詠，妙處相資」之新奇組合。畫意提
供詩情之觸發，詩境補充或拓展畫境之內容。此吳龍翰序《野趣有聲
畫》所謂：「畫難畫之景，以詩湊成；吟難吟之詩，以畫補足」。綜要
論之，詩與畫之交融整合，主要體現在四大方面：其一，藝術形象存
在方式上的交叉；其二，創作主體常規意念的融通；其三，題材選擇
結構後果的趨同；其四，藝術評論基本範疇的契合。[14]詩與畫由於同
趣，故彼此交融甚易；又由於異質，故相互借鏡可成。宋人所謂「丹
青吟詠，妙處相資」，職是之故。

　　宋型文化有「會通化成」之特質，故宋代之文學與藝術，注重學
科間之整合融會，錢鍾書稱為「出位之思」，指媒體欲超越本身之表現
性能，而借鏡汲取另一種媒體表現之美學。[15]蘇軾為不世之天才，能
詩、善畫，不時發表文藝見解，尤其「詩中有畫，畫中有詩」之提挈，
最稱概括明瞭。其言曰：

　　　味摩詰之詩，詩中有畫；觀摩詰之畫，畫中有詩。詩曰：「藍
　　　谿白石出，玉川紅葉稀。山路元無雨，空翠溼人衣。」此摩詰
　　　之詩。或曰：「非也！好事者以補摩詰之遺。」[16]

　　詩人寫景詠物，有長於巧構形似，令詩中境界如繪畫映像
（image），歷歷在眼，宛然在目者，此之謂「詩中有畫」。「詩中有畫」

14　張晨主編：《中國題畫詩分類鑑賞辭典》，〈一喬飛架詩畫間〉，（瀋陽市：遼寧美
　　術出版社，1992 年）頁 2-6。
15　葉維廉：《比較詩學》，〈出位之思：媒體及超媒體的美學〉，（臺北市：東大圖書
　　公司，1983 年），頁 195。
16　〔宋〕蘇軾：《蘇軾文集》，卷 70，〈書摩詰藍田煙雨圖〉，頁 2209。

之藝術觀，蓋認同詩歌具有再現景像、傳播繪畫式映像之功能。[17]
《詩》、《騷》、六朝以來詩歌之工於「巧言切狀」者多能之，而蔚為詩
學畫論之術語，乃起於蘇軾之題畫。按題畫所謂「摩詰之詩」，當為蘇
軾戲作，為理造文，既以狀寫摩詰之畫，更以之張皇東坡詩畫交融之
理念。[18]揆諸事實，所謂「詩中有畫」，原指王維之山水詩；所謂「畫
中有詩」，原指王維之山水畫而言。蓋山水詩、山水畫意境之構成，
較重遠近、高下、明暗、向背之散點透視，詩與畫間，殊途同歸處極
多，尤其色彩、線條等表現媒介，雖異迹，卻又同趣。故山水詩與山
水畫往往相互發明，可以彼此借鏡。南宋孫紹遠編纂有《聲畫集》八
卷，可見一斑。

南朝宋宗炳〈畫山水序〉曾稱：「豎畫三寸，當千仞之高；橫墨
數尺，體百里之迥」，此中土最古老之透視學畫法，繪山水而妙用此
法，則富於氣勢。[19]宋人所作題畫詩，論圖畫之布置氣勢，喜言「尺幅
千里」，以見此畫善於「小中見大」之概括，蓋傳承宗炳之畫學。除蘇
軾、文同詩畫兼擅外，此例極多，宋代詩人題畫往往善言之，如黃庭

17　〔日本〕淺見洋二：《距離與想像——中國詩學的唐宋轉型》，討論自六朝至唐
　　宋，詩歌中的風景和繪畫，詳盡值得參閱者共五篇：如〈「天開圖畫」的譜系〉、
　　〈閨房中的山水以及瀟湘〉、〈關於「詩中有畫」〉、〈「詩中有畫」與「宛然在目」〉、
　　〈「詩中有畫」與「著壁成繪」〉、〈距離與想像〉（上海市：上海古籍出版社，
　　2005 年），頁 19-238。

18　〔宋〕阮閱：《詩話總龜》，前集，卷 8，引東坡題跋「詩中有畫」，並論其間之
　　〈山中〉詩，稱「此東坡詩，非摩詰也。」〔明〕胡震亨：《唐音癸籤》，卷 33，
　　亦以為：此詩非王維作品。稱：坡公嘗戲為摩詰之詩，以摹寫摩詰之畫，編詩紀
　　者，認為真摩詰詩，採入集中。世人無識，那可與分辨？並志之，佐覽者捧腹
　　云。自注：東坡跋王維畫云云，此活語被人作死語看，摩詰增一首好詩，失卻一
　　幅好畫矣（北京市：人民文學出版社，1987 年），頁 351。

19　俞劍華編著：《中國畫論類編》，第五編，山水（上），宗炳：〈畫山水序〉（北京
　　市：人民美術出版社，1986 年），頁 583。

堅〈答王道濟寺丞觀許道寧山水圖〉：「勢若山崩不停手，數尺江山萬
里遙。」〈浯溪圖〉：「空濛得真趣，膚寸已千尺。」〈題郭熙山水扇〉：
「一段風煙且千里，解如明月逐人行。」曾鞏〈山水屏〉：「經營頃刻
內，千里在一幅。」徐俯〈成生山水畫歌〉：「盈尺之紙數寸管，便有
江湖萬里天。」陳師道〈題明發高軒過圖〉：「爾來八二復秀出，萬里
河山才咫尺。」〈晁無咎畫山水扇〉：「偃屈蓋代氣，萬里入方尺。」
李錞〈題宗室公震四時景〉：「九江應共五湖連，尺素能開萬里天。」
劉攽〈和李公擇題相國寺壞山水歌〉：「蒼山本是千萬丈，怪爾斷落盈
尺中。」釋德止〈浯溪圖〉：「誰作浯溪圖，千里在咫尺。」樓鑰〈海
潮圖〉：「蕩搖直恐三山沒，咫尺真成萬里遙。」宋詩諸家所題詠，皆
凸顯畫中境界之遼闊遠大。有此提示，圖畫之氣勢已具體可感；圖畫
之意境，已呼之欲出。可見題畫詩如此強調，是再現畫境，詩具畫
意。

　　自蘇軾黃庭堅以下，宋人言詩畫相資相發者亦不少，如郭熙《林
泉高致》〈畫意〉：「更如前人言：詩是無形畫，畫是有形詩」；《西清
詩話》云：「丹青吟詠，妙處相資。昔人謂詩中有畫，畫中有詩者，蓋
畫手能狀，而詩人能言之」；吳龍翰〈楊公遠《野趣有聲畫》序〉稱：
「畫難畫之景，以詩湊成；吟難吟之詩，以畫補足。其意匠經營，亦
良苦矣！」前乎此，張舜民提出「無形畫，有形詩」；釋惠洪揭示「無
聲詩，有聲畫」；蔡絛主張「丹青吟詠，妙處相資」等等，[20]詩畫交融
在宋代之普遍，可以想見。

　　在此風氣感染下，宋人所作題畫詩遂蔚為大觀，無論量與質，較
諸唐代，頗有超勝處，形成宋詩之一代特色。就孫紹遠《聲畫集》八

20　鄧喬彬：《有聲畫與無聲詩》，五、〈有聲畫與無聲詩——詩畫美學特徵的融合〉
　　（上海市：上海社會科學院出版社，1993 年），頁 133-176。

卷所收錄，唐宋詩人一〇九人，作品六〇九題八一八首詩，其中宋代
詩人八十四家，詩五五〇題，七五七首，題畫詩人數量為唐代之五
倍，作品為唐代之十六倍。宋代題畫詩琳瑯滿目如是，學界投入研究
者並不多。[21]試翻檢《全宋詩》，題畫詩作品十分可觀，蘇軾、黃庭堅
之題畫詩，質與量均稱冠，其次則蘇轍及江西詩派詩人，最具特色。

　　詩與畫，就傳達形象而言，各有其極限，宋人時時論說之，元方
回所謂「文士有數千百言不能盡者，一畫手能以數筆寫之」；而清沈德
潛則云：「畫家未到者，詩能神會之」。[22]丹青與吟詠，妙處相資相發
處，誠如清葉燮（1627-1703）所言：

> 昔人云：「王維詩中有畫」，凡詩可入畫者，為詩家能事，如風
> 雲雨雪。景象之至虛者，畫家無不可繪之於筆，若初寒內外之
> 景色，即董巨復生，恐亦束手擱筆矣。天下惟理事之入神境
> 者，固非庸凡人可摹擬而得也。[23]

　　蘇軾題跋所謂「詩中有畫」，強調詩之寓情於景；「畫中有詩」，
則是畫之借景以寫情。詩篇之妙者，有言外之意，象外傳神；題畫詩
之美妙者，為意境之拓展，一畫能盡千百言，葉燮所謂「理事之入神
境」者，率指此等。本章論述，大抵選擇山水題畫詩為基本文獻，略
採詠物題畫詩，考察題畫詩除再現畫面內容外，如何突破繪畫內容之
局限；對於意境之經營，究竟作何種設計與規劃，足以突破繪畫之極

21　臺灣學界研究宋代題畫詩者，如戴麗珠《詩與畫》，李栖《兩宋題畫詩論》、《題
　　畫詩散論》，衣若芬《蘇軾題畫文學研究》、《觀看、敘述、審美——唐宋題畫文
　　學論集》。筆者亦曾指導兩部碩士論文，分別研究文同與蘇軾之題畫詩。

22　〔元〕方回：《桐江續集》，卷33，〈錢瓶吳處士善畫序〉；沈德潛：《歸愚文續》，
　　卷11，〈書高實意太史《畫聲集》後〉，頁283-284。

23　〔清〕葉燮：《原詩》，卷2，〈內篇〉下。

限，而有「超脫變化」之妙。

詠物詩之妙者，在不黏皮帶骨，又忌諱捕風捉影。宋魏慶之《詩人玉屑》卷六引呂本中《童蒙詩訓》稱：「詠物詩不待分明說盡，只彷彿形容，便見妙處。」清張謙宜《絸齋詩談》卷二亦云：「詠物貼切固佳，亦須超脫變化。」詠畫題畫詩本質上既屬詠物詩，故上述所言詠物詩之美妙，自可移轉於詠畫題畫詩，作為參考借鏡。論詠物，呂本中強調「只彷彿形容」；張謙宜提示「須超脫變化」，留存若干空白，提供填補引申，以及意境之開拓、極限之突破。題畫既為詠物之流亞，詠物詩之美妙者如此，題畫詩亦然。

第二節　蘇軾題畫詩與意境之拓展

韓拙（？-1094-1125-？），北宋徽宗朝畫院待詔，善畫山水，著有《山水純全集》，提出繪畫之功能，可以「筆補造化」，其說以為：繪畫可以「窮天地之至奧，顯日月之不造」；蓋畫家「揮纖毫之筆，則萬類由心；展方寸之能，則千里在掌」；[24]山水畫可以飽遊，可以臥看，以此。繪畫之功，信可以「筆補造化」；然短於表現過程、動態，受限於造型空間，不便於抒情言志。而作詩與繪畫，在意匠經營方面有相通相融之處，南宋吳龍翰為楊公遠《野趣有聲畫》作序，曾云：「畫難畫之景，以詩湊成；吟難吟之詩，以畫補足」；蔡絛《西清詩話》所謂「丹青吟詠，妙處相資」，[25]蓋指此等。題畫詩於詩畫相資相成方面，最有具體而微之體現，不只所謂詩情畫意，相得益彰而已。詩人經由

24　〔宋〕韓拙：《山水純全集・序》，俞劍華編著：《中國畫論類編》，第六編〈山水〉（下）（北京市：人民美術出版社，1986年），頁659。

25　〔宋〕蔡絛：《西清詩話》，郭紹虞輯《宋詩話輯佚》本（臺北市：文泉閣出版社，1972年），頁358。〔明〕曹庭棟編：《宋百家詩存》，卷37，吳龍翰序楊公遠《野趣有聲畫》，文淵閣《四庫全書》本，第1477冊。

題詠畫面，而進行意境之拓展與延展，詩畫交融之功，即不局限於「湊成」、「補足」、「妙處相資」而已。

「境界說」，為王國維《人間詞話》之基本理論，實兼指文學作品中之景物與情意而言。「境界」一詞，王國維《宋元戲曲史》、《人間詞話乙稿》曾稱之為「意境」，故論者以為相通相容。舉凡造境、寫境；主觀、客觀；有我、無我；理想、寫實等等，大抵能將感知之對象，作鮮明真切之表現，令人感同身受者多屬之。所謂對象，既可以為外在之景物，亦可以為內在之感情；既可為耳目所聞見之真實境界，亦可以為浮現於意識中之虛構境界。[26]詩學之「境界說」起於中唐，深受印度大乘佛教瑜珈行派唯識宗影響，所謂「萬法唯識」，「唯識無境」，境由識變。佛家稱色、聲、香、味、觸、法為六境或六塵，加上六根六識（眼、耳、鼻、舌、身、意識），謂之「十八界」，統稱為「境界」。

佛家之意境論，由譯經而東傳，經南北朝而入唐，影響到論詩、論文、論畫，後又為詩論所汲取借鏡，而有王昌齡《詩格》標舉「詩有三境」，開啟以意境論詩之始：

> 詩有三境：一曰物境，二曰情境，三曰意境。物境一：欲為山
> 水詩，則張泉石雲峰之境，極麗絕秀者，神之於心，處身於
> 境，視境於心，瑩然掌中，然後用思，了然境象，故得形似。
> 情境二：娛樂愁怨，皆張於意而處於身，然後馳思，深得其
> 情。意境三：亦張之於意而思之於心，則得其真矣。[27]

26　葉嘉瑩：《王國維及其文學批評》，第三章，一、〈《人間詞話》之基本理論——
　　境界說〉，三、〈餘論〉（臺北市：源流出版社，1982 年），頁 212-226、313-
　　338。

27　羅根澤、王夢鷗、興膳宏、傅璇琮等學者，皆確認王昌齡撰有《詩格》一書。〔唐〕

王昌齡《詩格》所謂「物境」云云，蓋指詩人對自然山水之體驗與再創造。情境云云，指情感之氛圍領受與表現。意境云云，指藝術創作過程中之理性轉化，殆所謂藝術真實。佛家主張「境由心造」，《詩格》卻提出客觀物境之再現，詩論借用佛學境界說，稍加點竄改造，而成「情境」論。[28]《詩格》所論「三境」，由得其形似，而得其情，而得其真，物、情、意遞進，遂形成情景交融之意境。其後，皎然《詩式》、司空圖《詩品》論意境，多受其影響。

　　王昌齡《詩格》標榜詩歌之物境、情境、意境；僧皎然《詩式》提出「取境」，強調詩人創作時之主觀能動性；劉禹錫申明「境生於象外」，皆特提「造境」。蓋萬法由心，心能采集，境緣心造。詩人既取境造境，又由心造之境生發新情思，此即皎然所謂「詩情緣境發」。蘇軾〈虔州八境圖八首并引〉曾云：「寒暑、朝夕、雨暘、晦冥之異，坐作、行立、哀樂、喜怒之變，接於吾目而感於吾心者，有不可勝數者也。」（詳後）所謂「接於吾目而感於吾心者，有不可勝數者」，緣境生情，因心造境，此之謂萬法唯心，境由心造。要之，由心造境，緣境生情，循環往復，遂促成情境交融，妙得文外重旨，此司空圖《詩品》所謂「思與境偕」、「象外之象」、「景化之景」。嚴羽《滄浪詩話》所謂「興趣」，王士禎《漁洋詩話》所謂「神韻」，與王國維《人間詞話》所謂《境界》，妙處亦自相通。[29]

　　王昌齡：《詩格》，見張伯偉：《全唐五代詩格校考》（西安市：陝西人民教育出版社，1996 年），頁 149。

28　年世金、羅宗強編：《中國古代文論精粹談》，羅宗強、吳存存〈詩格、詩式和詩品〉，第二章「意境論」，第二節〈皎然的意境論〉；第三節〈司空圖的意境論〉（濟南市：齊魯書社，1992 年），頁 193-197、200-210。

29　孫昌武：《佛教與中國文學》，第四章〈佛教與中國文學思想〉，三、「境界」理論（上海市：上海人民出版社，1988 年），頁 347-355。

美學家宗白華論意境之創現，標舉唐張璪「外師造化，中得心源」
二語，以為意境是「情與景（意象）的結晶品」；情和景交融互滲，則
藝術表現為「獨特的宇宙，嶄新的意象。為人類增加了豐富的想像，
替世界開闢了新境。正如惲南田所說：『皆靈想之所獨闢，總非人間少
有』。」[30]藝術境界是「胸中丘壑」結合「造化神秀」的複合體，其表
現方式，或化實景為虛境，或創形像以為象徵；情景交融，虛實相
生，於是心靈感動，表現為具體化、形象化、意象化，此之謂藝術境
界。司空圖〈與王駕評詩書〉所謂「思與境偕」，強調主觀思想感情與
描繪之客觀對象間，並生為一，形神兼備，達到情景交融之境界。宋
郭熙稱：「寫貌物情，攄發人思」；明唐志契云：「水性即我性，水情
即我情」；清石濤所謂「山川與予神遇而迹化」，[31]都是就情與景之融
徹，以表現山水畫之意境者。今參考境界、興趣、神韻、情景交融諸
理論，以詮釋蘇軾題畫詩之意境開拓。

翻檢北京大學所編《全宋詩》，得蘇軾題畫詩共一四四首，無論
質量，均獨占宋人之鰲頭，傳承杜甫，下開宋元明清，造詣極高，成
就可觀。其次，則黃庭堅所作，約一〇六首，下開江西派詩人題詠繪
畫之風氣。限於篇幅，今僅就蘇軾題畫詩篇論述，選擇其中題畫山水
之作三十七首，詠物題畫詩十一首，共四十八首，以討論蘇軾題畫
詩，如何用心於筆墨之外，致力於意境之拓展。大抵分四項論述：

30　宗白華：《美學與意境》，〈中國藝術意境之誕生〉，稱：「在一個藝術表現裡，情
　　和景交融互滲，因而發掘出最深的情，一層比一層更深的情；同時也透入了最深
　　的景，一層比一層更晶瑩的景；景中全是情，情具象而為景。」（臺北市：淑馨出
　　版社，1989 年），頁 208-211。參考蔡英俊：《比興、物色與情景交融》，第三章
　　第二節〈「形似」觀念的發展與演變〉（臺北市：大安出版社，1986 年），頁 213-
　　221。

31　〔宋〕郭熙：《林泉高致・畫意》，頁 640；〔明〕唐志契：《繪事微言》，〔清〕石
　　濤：《畫語錄》，王伯敏、任道斌主編：《畫學集成》（明—清）（石家莊：河北美
　　術出版社，2000 年），頁 263-264、303。

（一）平遠迷遠，廣漠無涯；（二）小中見大，尺幅千里；（三）包孕豐富，象外見意；（四）虛實相成，再創畫境。舉例論證如下：

一　平遠迷遠，廣漠無涯

北宋郭熙、郭思父子《林泉高致》〈山水訓〉，提出山水畫之「三遠論」：「自山下而仰山巔，謂之高遠；自山前而窺山後，謂之深遠；自近山而望遠山，謂之平遠。」[32]「三遠」說，拈出仰視、俯視、平視三大視角，為郭熙對山水畫意境之概括。葉朗指出：「意境，就是要超出有限的象，從而趨向於無限，這就必然和『遠』的觀念相聯繫。意境的美學本質表現『道』，而『遠』就通向『道』。」山水畫講究遠景、遠思、遠勢，突破山水之有限形質，使目光伸展到遠處，令人從有限把握到無限。[33]故題畫山水詩再現畫面之法，無不致力於「三遠」畫境之凸顯，以便展現廣漠無涯之美感，再現立體實臨之世界。

宗白華指出：「三遠法」所構成的空間，是「詩意的創造性的藝術空間」，不是科學性的透視空間。中國藝術家之胸襟，「精騖八極，心游萬仞」；其視線在時空流動，從世外觀照，所謂三遠，大抵為比較相對之視角，故高遠，非即指仰視；深遠、平遠，亦非即指平視、俯視。蓋以移步換景之觀察方式看山，既有突兀的高遠之物，又有縹緲的平遠之景，重疊的深遠之意。視線是游移的、曲折的，總覽全局的，古人廣漠無垠之時空意識，由此可見一斑。[34]此從山水詩畫源流及

32　俞劍華編著：《中國畫論類編》，《林泉高致》，〈山水訓〉，頁 639。

33　葉朗：《中國美學史大綱》，第十三章第三節，〈「遠」——山水畫的意境〉（臺北市：滄浪出版社，1986 年），頁 286-288。

34　宗白華：〈中國詩畫中所表現的空間意識〉，《宗白華全集》，卷 2（合肥市：安徽教育出版社，1994 年），頁 432；張燕：《中國古代藝術論著研究》，〈論《林泉高

古人時空意識立論，說可採信。就比較相對而言，高遠，相當於仰
角；深遠，相當於俯角；平遠，即是平角。三遠理論，相當於西洋透
視學原理，[35]提出時當北宋，早西洋二世紀。

　　後於郭熙之韓拙，其《山水純全集》〈論山〉，將平遠視角細分又
另提「三遠」之說：「有近岸廣水，曠闊遙山者，謂之闊遠。有烟霧暝
漠，野水隔而髣髴不見者，謂之迷遠。景物至絕，而微茫縹渺者，謂
之幽遠。」將近岸、廣水、曠闊遠山，以近景、中景、遠景之三層次
顯現，謂之「闊遠」。以近景之實，野水之隔，烟霧之暝漠，造成一種
渾茫迷離、彷彿疑似之境界，謂之「迷遠」。至於「幽遠」，則景物至
絕而微茫縹緲，為「近實而遠虛」境界之超逸。[36]山水詩畫採用平視角
度，往往視野境界最遼遠，幽遠、迷遠，堪稱平遠之極致。徐復觀
《中國藝術精神》稱：「遠的意識，雖到郭熙而始明瞭；但山水畫對遠
的要求，向遠的發展，則幾乎可以說是與山水畫與生俱來的」；且謂：
「山水畫中能表現出遠的意境，是山水畫得以出現，及它逐漸能成為
中國繪畫中的主幹的原因。」[37]其言切中肯綮。由郭熙與韓拙論「遠」，
可見畫論對畫作之反饋與體現，堪稱具體而微。蘇軾題詠山水畫，尤
其是秋山平遠諸畫，為求再現原畫意境，強調其一望無際，視野開
闊，往往訴諸「平遠」，以見視域之廣漠無涯，如：

　　致》的山水畫觀〉（天津市：天津人民出版社，2003 年），頁 47-48；李倍雷：《中
　　國山水畫與歐洲風景畫比較研究》，第六章第二節，一、視點與透視（北京市：
　　榮寶齋出版社，2006 年），頁 288-294。

35　葛路：《中國古代繪畫理論發展史》，第四章〈郭熙對山水畫論的貢獻〉，「三遠論」
　　（臺北市：丹青圖書有限公司，1987 年），頁 128。

36　〔宋〕韓拙《山水純全集》〈論山〉：「愚又論三遠者：有山根邊岸水波亘望而遙，
　　謂之闊遠。有野霞暝漠，野水隔而彷彿不見者，謂之迷遠。景物至絕而微茫縹緲
　　者，謂之幽遠。」頁 662。

37　徐復觀：《中國藝術精神》，第八章〈山水畫創作體驗的總結──郭熙的林泉高致〉
　　（臺北市：學生書局，1984 年），頁 346-347。

〈南康八境圖〉者，太守孔君之所作也，君既作石城，即其城上觀臺榭之所見而作是圖也。東望七閩，南望五嶺，覽羣山之參差，俯章貢之奔流，雲烟出沒，草木蕃麗，邑屋相望，雞犬之聲相聞，觀此圖也，可以茫然而思，粲然而笑，嘅然而歎矣。[38]

卻從塵外望塵中，無限樓臺烟雨濛。山水照人迷向背，只尋孤塔認西東。[39]

雲烟縹緲鬱孤臺，積翠浮空雨半開。想見之罘觀海市，絳宮明滅是蓬萊。[40]

蘇軾序太守孔君之〈南康八境圖〉，所謂「東望七閩，南望五嶺，覽羣山之參差，俯章貢之奔流」云云，拈出望、望、覽、俯視線，蓋採用散點透視法。南朝劉宋宗炳（375-443）〈畫山水序〉稱：「豎劃三寸，當千仞之高；橫墨數尺，體百里之迥」，透澈點明中國山水畫之特徵，在「遠景」位置之經營，蓋千仞之高、百里之迥，皆非人類目力所能及，亦非繪畫所能圖寫，畫者巧於設計，觀者長於補充想像，則「應會感神，神超理得」；「嵩華之秀，玄牝之靈，皆可得之於一圖」。今考蘇軾所作〈虔州八境圖八首〉詩，其二「倦客登臨無限思，孤雲落日是長安」；其三「白鵲樓前翠作堆，縈雲嶺路若為開」，空間布局皆是「自近山而望遠山」之平遠景觀，漫漫無涯。其四「薄暮漁樵人

38　〔宋〕蘇軾：〈〈虔州八境圖〉八首並引〉，《全宋詩》，卷799，頁9248。

39　〔宋〕蘇軾：〈〈虔州八境圖〉八首並引〉，《全宋詩》，卷799，頁9248。

40　〔宋〕蘇軾：〈〈虔州八境圖〉八首並引〉，《全宋詩》，卷799，頁9248。

去盡，碧溪青嶂遶螺亭」，則為「近岸廣水，曠闊遙深」之「闊遠」場景。其六，樓臺烟雨且濛，山水向背而迷，果然布置出「塵外望塵中」之「迷遠」境界。其七，一二句用「雲烟縹緲」、「積翠半開」，自是韓拙論畫山所謂「景物至絕，而微茫縹緲」之「幽遠」意境。三四句，再以想見海市、明滅蓬萊點染烘托，廣漠無涯之境界，遂見詩如見畫，呼之欲出。太守孔君所繪〈南唐八境圖〉，自有其畫境，然蘇軾觀圖作詩，又別有奇特解會，所謂緣境生情，因心造境。由於「詩情緣境發」，情境交融之結果，題畫詩遂多緣境與造境，而不必與原畫之取境一致。

五代至北宋，山水畫構圖，大多採以大觀小全景式，視角以深遠居多，間採高遠平遠，畫境之雄渾、博大、莊重，以此。郭熙所提「三遠論」之「高遠」，相當於鳥瞰法，衡諸「以大觀小」法，實即散點透視法之運用。宗炳〈畫山水序〉所謂「張絹素以遠映」，講究遠遠取景，推得遠才能看得廣；唯其「遠」觀，方能展示無限廣闊空間，方能有開闊、浩渺、綿遠之意境。其中「平遠」視角之運用，最能將畫面延展無窮無限，最富廣漠無涯之效應。蘇軾所題詠之「平遠」諸畫作，信有此妙，如：

> 玉堂畫掩春日閑，中有郭熙畫春山。鳴鳩乳燕初睡起，白波青嶂非人間。離離短幅開平遠，漠漠疏林寄秋晚。恰似江南送客時，中流回頭望雲巘。伊川佚老鬢如霜，臥看秋山思洛陽。為君紙尾作行草，炯如嵩洛浮秋光。我從公遊如一日，不覺青山映黃髮。為畫龍門八節灘，待向伊川買泉石。[41]

41　〔宋〕蘇軾：〈郭熙畫秋山平遠文潞公為跋尾〉，《全宋詩》，卷811，頁9393。

目盡孤鴻落照邊，遙知風雨不同川。此間有句無人識，送與襄
陽孟浩然。[42]

山水畫十分強調「勢」，郭熙《林泉高致》指稱畫家在觀察攝取物象
時，需運用「遠取其勢」之法，以掌握山岳之大輪廓與大傾向。可見
「勢」是物象在空間所呈現之大輪廓，或大輪廓所呈現之某種意境傾
向。南朝齊・王微〈敘畫〉稱：「繪畫者，竟求容勢而已矣」；「本乎
形者融，靈而動變者心也」，[43]可見所謂「勢」，富於包孕，隱含動態。
繪畫之「競求容勢」，主要在追求畫境的靈動化和有限時空之超越性而
已。黃庭堅〈題鄭防畫夾五首〉其一云：「能作山川遠勢，白頭唯有郭
熙」，特提山川遠勢，可見郭熙山水畫在「平遠」取勢方面之造詣。繪
事必先識「勢」，方能得勢之引發，窺見山巒之精靈，妙傳山水之神
韻。[44]蘇軾〈郭熙畫秋山平遠文潞公為跋尾〉，所謂「離離短幅開平遠，
漠漠疏林寄秋晚。恰似江南送客時，中流回頭望雲嶽」，平遠疏澹一
望無際，往往富於遙情遠韻。又如〈郭熙秋山平遠二首〉，其一：「目
盡孤鴻落照邊，遙知風雨不同川」，將近景、中景、遠景作不同層次
之顯現，此即韓拙〈論山〉所謂「闊遠」。

　　其他，平遠山水則數王晉卿所畫最為知名，王定國所藏、王晉卿
所繪〈煙江疊嶂圖〉，原書畫後題詩，今藏上海博物館。〈煙江疊嶂
圖〉，蘇軾曾再三為之歌詠與題跋，如：

42　〔宋〕蘇軾：〈郭熙秋山平遠二首〉其一，《全宋詩》，卷 812，頁 9398。

43　〔唐〕張彥遠：《歷代名畫記》，卷 6，王微：〈敘畫〉，于安瀾：《畫史叢書》本（臺
　　北市：文史哲出版社，1994 年），頁 84。

44　參考周滄米：〈論「勢」在中國畫中的地位〉，《中國畫六十五年》（杭州市：浙江
　　美術學院出版社，1993 年），頁 118-121。

江上愁心千疊山，浮空積翠如雲烟。山耶雲耶遠莫知，烟空雲
散山依然。但見兩崖蒼蒼暗絕谷，中有百道飛來泉。縈林絡石
隱復見，下赴谷口為奔川。川平山開林麓斷，小橋野店依山
前。行人稍度喬木外，漁舟一葉江吞天。……[45]

山中舉頭望日邊，長安不見空雲烟。歸來長安望山上，時移事
改應澘然。管絃去盡賓客散，惟有馬埒編金泉。渥洼故自千里
足，要飽風雪輕山川。屈居華屋啖棗脯，十年俯仰龍斿前。卻
因瘦病出奇骨，鹽車之厄寧非天。風流文采磨不盡，水墨自與
詩爭妍。畫山何必山中人，田歌自古非知田。鄭虔三絕君有
二，筆勢挽回三百年。欲將巖谷亂窈窕，眉峰修嫮誇連娟。人
間何有春一夢，此身將老蠶三眠。山中幽絕不可久，要作平地
家居仙。能令水石長在眼，非君好我當誰緣。願君終不忘在
莒，樂時更賦囚山篇。[46]

醜石半蹲山下虎，長松倒臥水中龍。試君眼力看多少，數到雲
峰第幾重？[47]

蘇軾〈書王定國所藏〈煙江疊嶂圖〉〉：「江上愁心千疊山，浮空積翠
如雲烟。山耶雲耶遠莫知，烟空雲散山依然」；以下深遠、平遠場景交

45　〔宋〕蘇軾：〈書王定國所藏〈煙江疊嶂圖〉王晉卿畫〉，《全宋詩》，卷813，頁
　　9410。

46　〔宋〕蘇軾：〈王晉卿作〈煙江疊嶂圖〉，僕賦詩十四韻，晉卿和之，語特奇麗。
　　因復次韵，不獨紀其詩畫之美，亦為道其出處契闊之故，而終之以不忘在莒之
　　戒，亦朋友忠愛之義也〉，《全宋詩》，卷813，頁9411。

47　〔宋〕蘇軾：〈題王晉卿畫後〉，《全宋詩》，卷816，頁9444。

錯，上有蒼蒼兩崖，下有幽暗絕谷，中有百道飛來泉。這百道瀑布傾瀉而下，穿梭在樹林和盤石之間，若隱若現；向前奔流到谷口，匯集成滾滾大川。這大川衝開兩山，切斷林麓，流經山前的小橋野店。其間有高遠、深遠，而以「平遠」取勢較多。接著再以折高折遠、散點透視收結：「行人稍度喬木外，漁舟一葉江吞天」，前者為高遠，後者為平遠迷遠。〈王晉卿作〈煙江疊嶂圖〉，僕賦詩十四韻……〉，稱讚王晉卿「風流文采磨不盡，水墨自與詩爭妍」。起句「山中舉頭望日邊，長安不見空雲烟。歸來長安望山上，時移事改應淒然」；「欲將巖谷亂窈窕，眉峰修嫮誇連娟」，亦是平遠視野，引發奇特解會。〈題王晉卿畫後〉，前二句形象生動，後二句平遠視野，廣漠無垠，所謂「試君眼力看多少，數到雲峰第幾重？」青山一髮，能數幾重？極目遠眺，幽遠迷遠之至。要之，題畫詩所表現意境，皆不侷限於原畫，多作無限之延伸，無盡之拓展。此之謂遠勢，此之謂「咫尺而有千里之勢」。

二　以大觀小，尺幅千里

　　劉勰《文心雕龍》〈物色〉稱：「以少總多，情貌無遺」；繪畫藝術則標榜「咫尺之幅，而有千里之勢」。託名王維之《山水訣》，亦揭示「咫尺之圖，寫百里之景」；杜甫〈戲題王宰畫〈山水圖〉歌〉曾稱：「咫尺應須論萬里」；唐張彥遠《歷代名畫記》卷七載梁蕭賁：「曾於扇上畫山水，咫尺內萬里可知。」多稱賞尺幅而有千里之遠勢。沈括《夢溪筆談》卷十七〈書畫〉所謂：「大都山水之法，蓋以大觀小，如人觀假山耳。若同真山之法，以下望上，只合見一重山，豈可重重悉見？……其間折高折遠，自有妙理，豈在掀屋角也。」沈括《夢溪筆談》要求觀賞山水，當作小假山、小盆景看待，運用「以大觀小」之

山水視角，則不受固定透視法則約束。論者以為，「以大觀小」，一語道破中國山水畫的真相，概括提示了中國山水畫的原則，反映了宋代山水畫注重「全境」闊大之美學志趣，追求由「局部」組構體現「全境」、「通景」之藝術設計。[48]

同時，沈括所謂「以大觀小之法」，視線由低轉高，由高轉深，由深而轉向更遠，流動轉折，移步換景，山水畫不僅表現空間藝術，亦體現時間節奏，與郭熙所提「三遠」，異曲同工。多是從多視點、多層次之鳥瞰法，來觀賞景物，[49]蔚為五代北宋以來，山水畫經營位置之特點。由於山水畫注重寫意，主張「因心造境」，故「以大觀小」之散點透視法，乃應運而生。繪山水畫，又往往將真山水抽象化、縮小化；如此，方有可能呈現如宗炳〈畫水山序〉所云：「昆閬之形，可圍於方寸之內；豎畫三寸，當千仞之高；橫墨數尺，體百里之迥」，此所謂咫尺千里之勢。[50]劉道醇《聖朝名畫錄》稱美李成山水畫，謂「觀成所畫，然後知咫尺之間，奪千里之趣，非神而何？」郭若虛《圖畫見聞誌》卷一以為「烟林平遠之妙，始自營丘李成」；[51]作畫如此，題畫亦同此趣。宋人題畫，最喜言尺幅有千里之勢，以見畫家長於「以

48　〔宋〕沈括：《夢溪筆談》，卷 17，〈書畫〉（香港：中華書局，1987 年，重印），頁 170。參考童書業：〈「咫尺千里」的中國山水畫〉，《童書業美術論集》（上海市：上海古籍出版社，1989 年），頁 376-378。韓經太：《徜徉兩端》，《華夏審美風尚史》，第 6 卷，第二章第二節〈叩其「全境」與「小景」兩端〉（鄭州市：河南人民出版社，2000 年），頁 43-44。

49　參考鄧喬彬：《有聲畫與無聲詩》，五、（三）〈詩的收空于時與畫的寓時于空〉（上海市：上海社會科學出版社，1993 年），頁 160-162。

50　參考童書業：《童書業美術論集》，〈「咫尺千里」的中國山水畫〉（上海市：上海古籍出版社，1989 年），頁 376-378。

51　俞劍華編著：《中國畫論類編》，第三編〈品評〉，劉道醇：《聖朝名畫錄》，「山水林木門第二」，神品二人・李成，頁 412；第五編，〈山水〉（上），郭若虛：《圖畫見聞誌》，「論三家山水」，頁 627。

大觀小」之概括。

　　《宣和畫譜》卷十〈山水敘論〉稱:「嶽鎮川靈,海涵地負,至於造化之神秀,陰陽之明晦,萬里之遠,可得之於咫尺間,其非胸中自有丘壑,發而見諸形容,未必知此。」《宣和畫譜》主張,山水畫欲達到「咫尺而有萬里之遠」,先求畫家自具「胸中丘壑」。明唐志契《繪事微言》亦謂:「山水之難,在咫尺之間,有千里萬里之勢」,於是主張畫山水,須親臨極高極深,以「看真山水」,以長養丘壑。[52]筆者以為,世所謂「咫尺之圖」能寫「百千里之景」者,貴在畫師「胸中自有丘壑」,始能掌握山水形態之主體特徵,因以之妙傳神韻。賞畫論畫,多強調「氣勢」,亦然。氣,指物象空間之吞吐、隱現、縈迴、流動諸表現;勢,指物象形態外狀之曲直、斜正、偃仰諸表現。[53]王夫之《夕堂永日緒論》稱:「畫以論勢,一『勢』字宜顯眼。若不論勢,則縮萬里於咫尺,直是《廣輿記》前一天下圖耳」;誠一針見血之論。

　　南宋大家名家山水畫之構圖,多為以小顯大截取式,以平遠為主,「去其繁章,采其大要」,尺幅小,空間寬,以虛代實,故往往多「尺幅而有千里之勢」。[54]試考察唐五代至北宋繪畫,早有此種注重氣勢之畫風。蘇軾所見諸家山水畫,信有此妙,如:

　　　山蒼蒼,水茫茫,大孤小孤江中央。崖崩路絕猿鳥去,惟有喬

52　《宣和畫譜》,卷 10,〈山水敘論〉,于安瀾主編:《畫史叢刊》第一冊(臺北市:文史哲出版社,1994 年),頁 473。〔明〕唐志契:《繪事微言》,〈看真山水〉,于安瀾編:《畫論叢刊》(上),(臺北市:鼎文書局,1972 年),頁 109。

53　韓昌力:〈論中國畫的勢〉,原刊《朵雲》第 21 期,《朵雲》編輯部選編:《中國繪畫研究論文集》(上海市:上海書畫出版社,1992 年),頁 201-219。

54　王克文:〈試論五代兩宋山水畫構圖的審美特徵〉,《中國繪畫研究論文集》,頁 293。

木攙天長。客舟何處來,棹歌中流聲抑揚。沙平風軟望不到,
孤山久與船低昂。峨峨兩烟鬟,曉鏡開新妝。舟中賈客莫漫
狂,小姑前年嫁彭郎。[55]咫尺殊非少,陰晴自不齊。徑蟠趨後
崦,水會赴前溪。自說非人意,曾經人馬蹄。他年宦遊處,應
指劍山西。[56]

〈李思訓畫〈長江絕島圖〉〉,就畫卷展開想像,轉化靜止之畫面為動
態之場景,所謂化靜為動,化美為媚。大孤山在江西九江市東南,小
孤山在江西彭澤縣北,然題畫詩卻云:「山蒼蒼,水茫茫,大孤小孤江
中央」,將原本座落天南地北、遙遙相對之大孤山、小孤山,因畫家
運用「以大觀小」之縮地術,而並列呈現於畫面中。李思訓畫〈長江
絕島圖〉,運用「以大觀小」之造景術;蘇軾觀畫題詩,洞見其別裁心
識,故能令讀者「見詩如見畫」:將分置天涯海角之立體景物拉近,作
平面畫處理,此亦詩中有畫常法。其次,「客舟何處來」,「沙平風軟
望不到」,二句一來、一往,將畫面作無限創發性之延展。「峨峨」二
句,以女子髮鬟比喻大小孤山之峯巒,運用「以大觀小」造景,以曉
鏡比況江面,更是絕妙之「以大觀小」。最末兩句,借用民俗傳說,弄
假成真,故意訛轉小孤山為「小姑」,澎浪磯為「彭郎」,憑空生發一
段小姑嫁彭郎之佳話。論者指出:此種「打諢出場」,遊戲三昧,為文
章活法之一。此詩由於「打諢」作用,由自然主題轉向人文主題,將
讀者之思緒,牽引向畫面外深廣之想像空中。[57]〈瀟湘晚景圖〉,「咫

55　〔宋〕蘇軾:〈李思訓畫〈長江絕島圖〉〉,《全宋詩》,卷 800,頁 9265。

56　〔宋〕蘇軾:〈宋復古畫〈瀟湘晚景圖〉三首〉其三,《全宋詩》,卷 800,頁
　　9271。

57　周裕鍇:《中國禪宗與詩歌》,第五章、三、〈打諢通禪〉(上海市:上海人民出版
　　社,1992 年),頁 162-167。

尺殊非少，陰晴自不齊。徑蟠趨後崦，水會赴前溪」，藉山水之迂迴蟠遶、陰情之不齊，形成瀟湘遼遠之氣勢，所謂「咫尺殊非少」，自可蔚為千里之氣勢。

突破畫面的局限，將意境作無限延展，此詩人題畫之能事，如下列蘇軾題畫詩：

> 野水參差落漲痕，疏林敧倒出霜根。扁舟一棹歸何處，家在江南黃葉村。[58]

> ……使君何從得此本，點綴毫末分清妍。不知人間何處有此境，徑欲往買二頃田。君不見武昌樊口幽絕處，東坡先生留五年。春風搖江天漠漠，暮雲卷雨山娟娟。丹楓翻鴉伴水宿，長松落雪驚晝眠。桃花流水在人世，武陵豈必皆神仙。江山清空我塵土，雖有去路尋無緣。還君此畫三歎息，山中故人應有招我歸來篇。[59]

> 斜風細雨到來時，我本無家何處歸。仰看雲天真箬笠，旋收江海入蓑衣。[60]

〈書李世南所畫秋景〉，一、二句取景，以果代因，取當下秋水之參差，自見昔漲今落之痕迹；再取「敧倒出霜根」之疏林，見秋風之狂野強大，秋景之勾勒，已呼之欲出。三、四句以不確定提問：「扁舟一

58　〔宋〕蘇軾：〈書李世南所畫秋景二首〉其一，《全宋詩》，卷812，頁9395。

59　〔宋〕蘇軾：〈書王定國所藏〈煙江疊嶂圖〉王晉卿畫〉，《全宋詩》，卷813，頁9410。

60　〔宋〕蘇軾：〈又書王晉卿畫四首・西塞風雨〉，《全宋詩》，卷816，頁9443。

棹歸何處？」接以實答：「家在江南黃葉村」，則將北國之秋景，移步換景成為江南之黃葉村，以實影虛，畫面自北向南延展，而客愁相思之推拓，亦綿綿無絕。〈書王定國所藏〈煙江疊嶂圖〉〉，將此圖作四次切換：其一，為蘇軾謫居黃州之四時剪影，搖江、卷雨、丹楓、驚眠，化景物為情思，以描敘借代抒感，隱微之情思，經由四季形象之體現，自然意在言外。其次，再切換為武陵桃源，人世樂土；再由「江山清空」，落回現實「塵土」；終又設想「山中故人」、「招我歸來」。將山水圖作如是解讀，就鑑賞而言，移步換景，散點透視，亦拓展許多創意之空間。〈又書王晉卿畫四首・西塞風雨〉，「仰看雲天真箬笠，旋收江海入簑衣」，固納須彌於芥子，亦由微塵見大千。收放之間，唯其退藏於密，始能以大觀小。

由此觀之，畫家構圖，必須著眼於取勢，或以勢取象，或以勢立形，自始至終必也因勢導於筆墨，貫於創作，畫境方不囿於方寸，方不拘泥於點畫。[61]詩人詠畫題畫窺得此秘，傳神阿堵，方能作詩如見畫。

三　包孕豐富，象外見意

北宋繪畫美學，凸出「逸格」；詩文書畫美學凸出「韻」美，兩者有相通相融之處。宋黃休復《益州名畫錄》將繪畫分為逸、神、妙、能四格，而置逸格於其他諸品之上，此乃北宋繪畫美學由再現轉向表現，從再現造化自然轉向表現主觀意趣之投影，[62]繪畫之詩性、抒情

61　參閱涂光社：《勢與中國藝術》，第三章第二節〈沈宗騫論「勢」〉（北京市：中國人民大學出版社，1990 年），頁 128-154。

62　參考葉朗：《中國美學史大綱》，第十三章第四節〈「逸品」的美學內涵〉（臺北市：滄浪出版社，1986 年），頁 288-293。

性，已隱寓其中。繪畫追求超脫世俗，猶詩文追求高風絕塵，前者有超逸之趣，後者富韻味之美，足見詩與畫有一律處。范溫《潛溪詩眼》論韻，強調「有餘意之謂韻」，特別欣賞「行於簡易閑澹之中，而有深遠無窮之味」的藝文作品。[63]蘇軾說韻味，有所謂「蕭散簡遠，妙在筆墨之外」；「發纖穠於簡古，寄至味於澹泊」；「所謂枯澹者，謂外枯中膏，似澹而實美」諸美，皆是包孕豐富，極具象外見意，味外之味。[64]黃庭堅說韻，頗具代表：

> 凡書畫當觀韻。往時李伯時為余作〈李廣奪胡兒馬〉，挾兒南馳，取胡兒弓引滿，以擬追騎。觀箭鋒所直，發之，人馬皆應弦也。伯時笑曰：「使俗子為之，當作中箭追騎矣。」余因此深悟畫格。此與文章同一關紐，但難得人入神會耳。[65]

黃庭堅〈題摹燕郭尚父圖〉，標榜詩文書畫皆當觀「韻」，舉李公麟畫〈李廣奪胡兒馬〉圖為例，「取胡兒弓引滿，以擬追騎」，此韓愈所謂「將軍欲以巧取人，盤馬彎弓故不發」。〈李廣奪胡兒馬〉本事，見《史記》〈李將軍列傳〉。李廣，匈奴號曰「飛將軍」，試想：以李廣之神射，箭無虛發，今引弓不發，以擬追騎，此中提供觀賞者想像之空間極為寬大，審美之韻味極為雋永，此之謂「包孕豐富」。[66]象外見意，

63　〔宋〕范溫：《潛溪詩眼》論韻，原載《永樂大典》第一冊，卷 807〈詩〉字下引（北京市：中華書局，1986 年），頁 232-233。參考陳偉席：〈論中國畫之韻〉，原刊《朵雲》第 10 期，《中國繪畫研究論文集》，頁 122-150。葉朗：《中國美學史大綱》，第十四章〈宋元詩歌美學〉，第四節「韻」的突出，頁 306-312。

64　見〔宋〕蘇軾：〈書黃子思詩集後〉、〈評韓柳詩〉，見《蘇軾文集》卷六十七（北京市：中華書局，1986 年），頁 2124、2109。

65　〔宋〕黃庭堅：〈題摹燕郭尚父圖〉，《豫章黃先生文集》，卷 27。

66　〔宋〕《黃文節公全集·正集》，卷 27，〈題摹燕郭尚父圖〉，劉琳、李勇先、王

所謂「得其環中，以應無窮」。德國美學家萊辛《拉奧孔》，論繪畫之
特性，有所謂「最富孕育性之頃刻」（Der Prägnanteste Augenblick）；
此一頃刻，既包含過去，又暗示未來，能令人想像豐富，有自由發揮
之餘地。[67]萊辛以拉奧孔雕像群為例，以為「圖畫也可以模仿動作」，
不過，必須慎選「最富於暗示性之頃刻，能把前前後後都很明白的表
現出來。」雕像家與《荷馬史詩》取捨不同；疏離史詩特寫，並不表
現拉奧孔呼天搶地的號啕，而選擇表現他輕微的歎息，職是之故。[68]李
公麟畫〈李廣奪胡兒馬〉圖，造景布置殊勝處，在「取胡兒弓引滿，
以擬追騎」之頃刻。此一頃刻就「追騎」之頂點言，妙在將達未達之
際，因藝術表現而長存永在。李公麟能於變動不居之敘述動作中，恰
到好處選擇抓住關鍵之頃刻，化靜為動，化美為媚，神韻全出，令人
想像其前其後。蘇軾所作詠畫題畫詩，亦頗能揣摩畫家匠心，凸顯其
中包孕豐富處，及意蘊深遠處，此之謂「觀韻」。又如〈鄢陵王主簿所
畫折枝〉詩所示：

> 論畫以形似，見與兒童鄰。賦詩必此詩，定非知詩人。詩畫本
> 一律，天工與清新。邊鸞雀寫生，趙昌花傳神。何如此兩幅，
> 疏淡含精勻。誰言一點紅，解寄無邊春。[69]

蓉貴校點本：《黃庭堅全集》第二冊（成都市：四川大學出版社，2004 年），頁
729。

67　朱光潛：《詩與畫的界限·拉奧孔》，第五章〈造形藝術家為什麼要避免描繪激情
頂點的頃刻？〉，〈最富於孕育性的頃刻〉（臺北市：蒲公英出版社，1986 年），
頁 18-19、171。

68　參考朱光潛：《詩論》，第七章〈詩與畫──評萊辛的詩畫異質說〉，三、「畫如何
敘述，詩如何描寫」（臺北市：國文天地雜誌社，1990 年），頁 174-178。

69　〔宋〕蘇軾：〈書鄢陵王主簿所畫折枝二首〉其二，《全宋詩》，卷 807，頁
9352。

瘦竹如幽人，幽花如處女。低昂枝上雀，搖盪花間雨。雙翎決
將起，眾葉紛自舉。可憐採花蜂，清蜜寄兩股。若人富天巧，
春色入毫楮。懸知君能詩，寄聲求妙語。[70]

　　六朝文學崇尚簡約風尚，討論言不盡意、得意忘言等「言意之
辨」，於是《文心雕龍》〈隱秀〉等論著與作品，發展出「以少總多」
之審美風尚。[71]影響所及，宋代詩學與詩作，亦多倡談言意關係、形神
之辨。宋曾慥《類說》載王安石詠石榴花詩，曰：「穠葉萬枝紅一點，
動人春色不須多。」[72]已觸及以少勝多之審美。至蘇軾〈書鄢陵王主簿
所畫折枝二首〉其一，標榜跳脫形似，追求神似。終篇所謂「誰言一
點紅，解寄無邊春」，以「一點紅」之少，概括「無邊春」之多，以少
勝多，包孕豐富。南宋葉紹翁〈游園不值〉所謂「春色滿園關不住，
一枝紅杏出牆來」，[73]聚焦於一枝紅杏，以概括表現滿園春色，小中見
大，取景小而意境無窮，堪稱工於詠物。〈書鄢陵王主簿所畫折枝二
首〉其二，詠物聚焦於枝上雀，低昂飛翔，搖盪花雨，化靜為動，化
美為媚。再選擇雙翎「將起」「未起」、將決未決之際，作為「最富孕
育性之頃刻」，於是眾葉之自舉，紛紛隨之，動態演示，韻味無限。
東坡固嘗言：「善畫者，畫意不畫形；善詩者，道意不道名」；筆者於

70　〔宋〕蘇軾：〈書鄢陵王主簿所畫折枝二首〉其二，《全宋詩》，卷807，頁
　　9352。

71　王鍾陵：〈玄學的「簡約」風尚與文學的「以少總多」〉，《古代文學理論研究》
　　第十二輯（上海市：上海古籍出版社，1987年），頁1-29。

72　〔宋〕曾慥：《類說》，卷57，引《王直方詩話》，〈動人春色不須多〉，文淵閣《四
　　庫全書》本，冊873，頁990。

73　〔宋〕葉紹翁〈游園不值〉：「應嫌屐齒印蒼苔，十扣柴門九不開。春色滿園關不
　　住，一枝紅杏出牆來。」《全宋詩》，卷2949（北京市：北京大學出版社，1998
　　年），頁35135。

前述東坡〈折枝畫〉詩其二,第三、四、五、六句之詩美意趣,亦云。
晁以道和公詩云:「畫寫物外形,要物形不改;詩傳畫外意,貴有畫中
態」;東坡題畫,不只能妙傳畫中態而已;其中可貴者往往化靜為動,
化美為媚,「詩傳畫外意」,補充畫面,拓展意境,此詩有之。

　　山水畫之外,人物畫若富於場景安排,勾勒肢體動作,則亦生發
無窮之意韻,如蘇軾〈續麗人行〉:

> 深宮無人春日長,沉香亭北百花香。美人睡起薄梳洗,燕舞鶯
> 啼空斷腸。畫工欲畫無窮意,背立東風初破睡。若教回首卻嫣
> 然,陽城下蔡俱風靡。杜陵飢客眼長寒,蹇驢破帽隨金鞍。隔
> 花臨水時一見,只許腰肢背後看。心醉歸來茅屋底,方信人間
> 有西子。君不見孟光舉案與眉齊,何曾背面傷春啼。[74]

周昉畫仕女圖,作「背面欠伸」狀。蘇軾就其欠伸,解讀為深宮之寂
寞冷清,芳華虛度,所謂「畫工欲畫無窮意,背立東風初破睡」。內人
之「深宮怨」,如何著墨,才能傳達其中之「無窮意」?周昉仕女圖之
巧思,作「背面」狀,可作更多層面之詮釋,提供更多的補充發揮,
於是形象經過填充而益加飽滿。「若教回首卻嫣然,陽城下蔡俱風靡」
二句,畫中美人作「背面」狀,卻以「回首嫣然」,令人想見其情致,
周昉可謂能掌握「最富孕育性之頃刻」,蘇軾題畫,則妙於詮釋解讀周
昉畫之傳神處。下半段則又將無作有,以想當然爾之筆,平添杜陵飢
客「隔花臨水時一見,只許腰肢背後看」,增強戲劇性、詼諧感,大抵
多以「背面」之美人圖作生發創意。

　　唐明皇御用畫師韓幹,長於繪畫駿馬,栩栩如生。蘇軾鑑賞韓幹

74　〔宋〕蘇軾:〈續麗人行并引〉,《全宋詩》,卷799,頁9252。

畫馬，能悟其妙，轉而題畫，亦頗能象外傳神，如〈韓幹馬十四匹〉：

> 二馬並驅攢八蹄，二馬宛頸騣尾齊。一馬任前雙舉後，一馬却
> 避長鳴嘶。老髯奚官騎且顧，前身作馬通馬語。後有八匹飲且
> 行，微流赴吻若有聲。前者既濟出林鶴，後者欲涉鶴俯啄。最
> 後一匹馬中龍，不嘶不動尾搖風。韓生畫馬真是馬，蘇子作詩
> 如見畫。世無伯樂亦無韓，此詩此畫誰當看。[75]

〈韓幹馬十四匹〉之藝術魅力，東坡已自道之，詩末所謂「韓生畫馬真
是馬，蘇子作詩如見畫」，稱美韓幹能畫，東坡工詩，殆無疑義。韓
幹所繪十六匹馬，先得東坡法眼鑑賞，再藉詩歌體式，再現其畫面，
鋪寫其精華，強調其布置，而品評其逼真妙肖，以見韓幹之善寫生，
而東坡之長於傳神。其題畫之妙，或從杜甫九馬分寫來，或自韓愈
〈畫記〉出，[76]然推陳出新，自我作古，其創意造語亦頗有可觀處。就
包孕豐富，象外見意而言，奇而可法之布置大抵有三：其一，為「一
馬任前雙舉後」；其二，為「老髯奚官騎且顧」；其三，為「不嘶不動
尾搖風」之「馬中龍」設計。三者之中，又以再現老髯奚官之「騎且
顧」，最稱包孕豐富，堪稱長於選擇「最富於孕育性之頃刻」，蓋單騎
一匹而又瞻前顧後，十六匹皆在掌控之中。句中著一「顧」字，則奔
者、行者、蹄者、避者六匹前行馬，與後方涉者、陸者、飲者、立者
等十匹馬，動靜行止之間，皆在老髯奚官顧盼統御之內。不僅「一馬
任前」與「一馬卻避」之連環衝突，老髯奚官知曉明白，連「最後一
匹馬中龍」之動靜，亦在遙控之中。至於「不嘶不動尾搖風」，表現此

75　〔宋〕蘇軾：〈韓幹馬十四匹〉，《全宋詩》，卷 798，頁 9244。

76　案：十四匹，考察內容，實為「十六匹」。參考曾棗莊：《蘇詩彙評》卷十五，〈韓
　　幹馬十四匹〉（臺北市：文史哲出版社，1998 年），頁 630-633。

匹龍馬之神閒氣定，王者氣象，亦經烘托對比，而象外見意，包孕豐富。

又如東坡所作下列詠物詩、山水詩，亦多能拓展意境，創發神韻：

> 野雁見人時，未起意先改。君從何處看，得此無人態。無乃槁木形，人禽兩自在。北風振枯葦，微雪落璀璨。慘澹雲水昏，晶熒沙礫碎。弋人悵何慕，一舉渺江海。[77]

> 眾禽事紛爭，野雁獨閒潔。徐行意自得，俯仰若有節。我衰寄江湖，老伴雜鵝鴨。作書問陳子，曉景畫苕雪。依依聚圓沙，稍稍動斜月。先鳴獨鼓翅，吹亂蘆花雪。[78]

> 竹外桃花三兩枝，春江水暖鴨先知。蔞蒿滿地蘆芽短，正是河豚欲上時。[79]

> 兩兩歸鴻欲破群，依依還似北歸人。遙知朔漠多風雪，更待江南半月春。[80]

〈高郵陳直躬處士畫雁〉其一，特寫野雁見人時，「未起意先改」之惶恐驚動作反襯。進而狀寫野雁之「生意」，偏從「無人態」處設想發揮，再下一轉語，稱人禽「形若槁木」，「兩自在」，便能「得此無人

77　〔宋〕蘇軾：〈高郵陳直躬處士畫雁二首〉其一，《全宋詩》，卷807，頁9352。

78　〔宋〕蘇軾：〈高郵陳直躬處士畫雁二首〉其二，《全宋詩》，卷807，頁9352。

79　〔宋〕蘇軾：〈惠崇春江曉景二首〉其一，《全宋詩》，卷809，頁9374。

80　〔宋〕蘇軾：〈惠崇春江曉景二首〉其二。

態」，其中留存許多空白，提供鑑賞者之補充發揮。[81]其二，陳直躬筆
下之野雁，閑潔自得、俯仰有節，其從容與自得，經由徐行、俯仰看
出；「先鳴獨鼓翅，吹亂蘆花雪」，以形象傳神，呼應「獨閑潔」，反
襯「眾禽事紛爭」。所謂詩情畫意，相得益彰。〈惠崇春江曉景二首〉
其一，著眼於「春江水暖鴨先知」之通感，聚焦於「蔞蒿滿地蘆芽短」
之景象，而虛擬一河豚「欲上」未上之場景，既飽滿想像，又擴展場
景延至海上河口，設想弔詭，情趣盎然，有如此者。妙在「欲上」，為
原畫所本無，無中生有，出於詩人之創發。〈惠崇春江曉景二首〉其
二，惠崇所繪，想必只是「兩兩歸鴻」之靜止畫面而已。東坡題畫詩，
添增「欲破群」、「依依」，則歸心似箭而又流連徘徊之情態，歷歷浮
現。「遙知」句，懸想前程多艱；「更待」句，再憧憬回程春暖如意。
全詩側重文學性之想像描寫，揣度惠崇圖寫「歸雁」之情境，然後作
設身處地之懷想。時間流動，從當下江南飛躍未來，再從未來之朔漠
風雪回歸江南之未來。包孕豐富，象外見意，有如此者。又如蘇軾作
〈虢國夫人夜遊圖〉：

> 佳人自鞚玉花驄，翩如驚燕蹋飛龍。金鞭爭道寶釵落，何人先
> 入明光宮。宮中羯鼓催花柳，玉奴弦索花奴手。坐中八姨真貴
> 人，走馬來看不動塵。明眸皓齒誰復見，只有丹青餘淚痕。人
> 間俯仰成今古，吳公台下雷塘路。當時亦笑張麗華，不知門外
> 韓擒虎。[82]

81　《伍蠡甫藝術美學文集》，〈野禽的「無人態」〉（上海市：復旦大學出版社，1986
　　年），頁 489-490。

82　〔宋〕蘇軾：〈虢國夫人夜遊圖〉，《全宋詩》，卷 810，頁 9385。

蘇軾所作〈虢國夫人夜遊圖〉，以生花妙筆動態呈現開元天寶之盛唐景
觀，再現楊氏姐妹恃寵驕縱、走馬夜遊之歷史場景。圖景為夜遊，前
四句為「金鞭爭道」之動態演示，第七、八句，特寫坐中八姨，「走馬
不動塵」之貴氣展示，前後動靜相形，往往象外見意。其中，第三句
「寶釵落」之情節設計尤妙。試想：寶釵落地之景象，堪稱能選擇「最
富於孕育性之頃刻」，既凸顯佳人夜遊，「自輕玉花驄」，亦實錄「金
鞭爭道」、「何人先入明光宮」之恃寵驕縱。「寶釵落」三字，在佳人
爭道之意象塑造上，大有《左傳》宣公十二年載邲之戰「中軍下軍爭
舟，舟中之指可掬也」之妙。《左傳》敘戰以結局意象呈現，替代過程
鋪寫，景象浮現，具體生動，象外見意，包孕十分豐富。

四　虛實相成，再創畫境

　　山水畫的曠遠意境，由兩個要素構成，其一，為實景，即由近而
遠之水墨實體；其二，為空景，乃由遠及空之無形虛體與空白。這
「留白」，乃虛實相生之流動韻律、「眾美從之」的幽幻空間。由「空
白美」營造的曠遠境界，魅力在於有無相生，虛實相成；「以白當
黑」，苟即器以求道，無畫處皆成妙境。《莊子》所謂「瞻彼闋者，虛
室生白」，蘇軾所謂「靜故了群動，空故納萬象」；嚴羽所謂「不著一
字，盡得風流」，差可形容。此禪家所謂「色不異空，空不異色。色即
是空，空即是色」；清湯貽汾所謂「人但知有畫處是畫，不知無畫處皆
畫。畫之空處全局所關，即虛實相生法。」[83]於是含蘊之寬闊與多層面

83　〔清〕湯貽汾：《畫鑑析覽》，王伯敏、任道斌主編：《畫學集成》（明－清）（石
　　家莊：河北美術出版社，2002 年），頁 343。

之理解，促成意境可以無限開拓之空間。[84]詩以空靈為妙，繪畫而留白，遂與畫中有詩相近相通。

　　虛實相生，乃山水畫之重要審美原則。形象與空白，相輔相成，這牽涉到繪畫之現象與本質，現實與想像、空靈與充實諸課題。[85]《老子》提出「有無相生」，笪重光《畫筌》講究「虛實相生，無畫處皆成妙境」，「使混沌中放出光明」。清葉燮《原詩》卷二，曾論及繪畫之侷限，所謂：「凡詩可入畫者，為詩家能事，如風雲雨雪景象之至虛者，畫家無不可繪之於筆。若初寒、內外之景色，即董、巨復生，恐亦束手擱筆矣。」其實不然，若畫師繪事能「善體詩人之意」，運用虛實相生之法，比興寄託之妙，則可以突破困境，別創天地。清方士庶《天慵庵筆記》云：「山川草木，造化自然，此實境也。因心造境，以手運心，此虛景也」；題畫之妙，考求運心造境之隱微，則可以虛實相生，形神兼備。[86]因此，畫家往往致力於疏密、簡繁、有無、虛實之經營規劃，所謂「肆力在實處，而索趣在虛處」。繪畫中的空白，又稱虛白，乃形象實體演化之虛象，是「意到而筆不到」之神韻，所謂形象之外，象外之象，指此。華琳《南宗抉秘》所謂「畫中之白，即畫中之畫，亦即畫外之畫」；韓熙《習苦齋畫絮》所謂「畫在有筆墨處，畫之妙在無筆墨處」，大抵如郭忠恕畫山，多用心於筆墨之外，或以

84　張晨：《中國詩畫與中國文化》，〈山水詩與山水畫──暢神文化的妙境〉，「空白的魅力」（瀋陽市：遼寧教育出版社，1993 年），頁 74。李倍雷：《中國山水畫與歐洲風景畫比較研究》，第六章第二節，二、空白與模糊，頁 299-307。

85　金維諾：《中國美術史論集》，〈現象與本質，現實與想像〉（臺北市：明文書局，1984 年），頁 247-255。

86　〔清〕葉燮：《原詩》，卷 2，〈內篇下〉，丁福保輯：《清詩話》本（臺北市：明倫出版社，1971 年），頁 585-586。傅抱石：《中國繪畫理論》，第一〈一般論〉，（臺北市：里仁書局，1985 年），頁 12 引。參考張高評：〈詩畫相資與宋詩之創造思維──宋代詩畫美學與跨際會通〉，《創意造語與宋詩特色》第六章。

實出虛，或化實為虛，或以虛出實；要之，不出虛實相生、形神相成之理。[87]蘇軾詠畫題畫，長於捕捉畫師別出心裁、匠心獨運處，於是無筆畫處，皆成妙境。如：

> 何年顧陸丹青手，畫作朱陳嫁娶圖。聞道一村惟兩姓，不將門戶買崔盧。[88]

> 我是朱陳舊使君，勸農曾入杏花村。而今風物那堪畫，縣吏催租夜打門。[89]

> 兩兩歸鴻欲破群，依依還似北歸人。遙知朔漠多風雪，更待江南半月春。[90]

> 人間斤斧日創夷，誰見龍蛇百尺姿。不是溪山成獨往，何人解作掛猿枝。[91]

> 宗晟一軸水簾圖，寄與南舒李大夫。未向林泉歸得去，炎天酷日且令無。[92]

---

87 〔宋〕王楙《野客叢書》附錄，《野老紀聞》：「太史公如郭忠恕畫天外數峰，略有筆墨。然而使人見而心服者，在筆墨之外也。」文淵閣《四庫全書》本，冊852，頁802；參考張少康：《中國古代文學創作論》，第四章〈論藝術表現的辯證法〉，四、虛與實（北京市：北京大學出版社，1983年），頁205-218。

88 〔宋〕蘇軾：〈陳季常所蓄〈朱陳村嫁娶圖〉二首〉其一，《全宋詩》，卷803，頁9299。

89 〔宋〕蘇軾〈陳季常所蓄〈朱陳村嫁娶圖〉二首〉其二，《全宋詩》，卷803，頁9299。

90 〔宋〕蘇軾：〈惠崇春江曉景二首〉之二〉，《全宋詩》卷809，頁9374。

91 〔宋〕蘇軾：〈書李世南所畫秋景二首〉其二，《全宋詩》，卷812，頁9395。

92 〔宋〕蘇軾：〈書李宗晟《水簾圖》〉，《全宋詩》，卷831，頁9618。

清笪重光《畫筌》十分強調空靈的經營，注重「虛實相生，無畫處皆成妙境」，著眼於有無、濃淡、繁簡、層次、多少、形神、虛實之整體構思，將有畫處與無畫處之表現綜觀並覽，因相反相成，而相互映發，於是「無畫處皆成妙境」。[93]蘇軾題詠諸家畫作，對於形象體系和藝術意境間交相映發之匠心獨運，頗能言傳其妙。如〈朱陳村嫁娶圖〉，是一幅風俗畫，蘇軾所詠〈陳季常〈朱陳村嫁娶圖〉二首〉其一，所謂「不將門戶買崔盧」，自非原畫經營之構象或圖景，蓋從白居易〈朱陳村〉詩；「一村惟兩姓，世世為婚姻」，「生者不遠別，嫁娶先近鄰」諸詩意生發，作「無中生有」之創意推拓，亦「想當然爾」之題畫巧思。〈陳季常〈朱陳村嫁娶圖〉二首〉其二，「縣吏催租夜打門」場景，蘇軾強調「那堪畫」，妙在畫面中本無，蘇軾就使君勸農生發，將無作有，逸趣橫生。〈惠崇春江曉景二首〉其二，「遙知朔漠多風雪」是實下，「更待江南半月春」則虛成，設想無理而妙。〈書李世南所畫秋景二首〉其二，畫中景象，並無「龍蛇百尺姿」、堪作「掛猿枝」之山木；一切場景，多由東坡無中生有，而亦「超以象外，得其環中」。如〈書李宗晟《水簾圖》〉，提供炎天酷日，未得歸去林泉者之消暑劑，望梅止渴，亦慰情聊勝於無。觀賞一軸〈水簾圖〉，可以神遊，可以出塵，於炎天酷日作「向林泉」之遐想，是突破時空，拓展畫境，尺幅而有千里之勢。再如蘇軾〈書王定國所藏煙江疊嶂圖〉：

> 江上愁心千疊山，浮空積翠如雲烟。山耶雲耶遠莫知，烟空雲散山依然。但見兩崖蒼蒼暗絕谷，中有百道飛來泉。縈林絡石隱復見，下赴谷口為奔川。川平山開林麓斷，小橋野店依山

前。行人稍度喬木外，漁舟一葉江吞天。使君何從得此本，點
綴毫末分清妍。不知人間何處有此境，徑欲往買二頃田。君不
見武昌樊口幽絕處，東坡先生留五年。春風搖江天漠漠，暮雲
卷雨山娟娟。丹楓翻鴉伴水宿，長松落雪驚畫眠。桃花流水在
人世，武陵豈必皆神仙。江山清空我塵土，雖有去路尋無緣。
還君此畫三歎息，山中故人應有招我歸來篇。[94]

蘇軾〈書王定國所藏〈煙江疊嶂圖〉〉，體現畫中遠近、高下、藏露、
向背之層次，涉及繪事之造景與布置，[95]所謂「蘇子作詩如見畫」。首
句「江上愁心千疊山」以下十二句，以畫法為詩法，再現畫面內容，
極寫王晉卿所畫煙江疊嶂圖之「清空」，摹寫山水、煙雲、蒼崖、飛
泉、谷口、奔川、川平、山開、小橋、野店、行人、喬木、漁舟、江
天，景物布置參差錯落，藏露有法、斷續有致、高下縈紆、遠近得
勢，起伏波瀾，筆力豪邁，自是東坡本色。全詩以「江山清空」之境
界為畫境主軸，中間「春風搖江天漠漠，暮雲卷雨山娟娟。丹楓翻鴉
伴水宿，長松落雪驚畫眠」四句，分寫春、夏、秋、冬四時景象，讀
者不妨「化景物為情思」，考求景中有情，情景相生，虛實相成，東坡
謫居黃州五年之心情寫照，亦呼之欲出。郭熙《林泉高致》〈山水訓〉
強調山水畫創作，「蓋身即山川而取之」，移情於山水，則「山水之意
度見矣」，氣韻之所以生動，或緣於此。蘇軾鑑賞〈煙江疊嶂圖〉，移
入真情實感於畫中山水，以假作真，因謂：「人間何處有此境，徑欲往
買二頃田」。繪事固賢哲寄興，興到筆隨；詩人則因題詠而比興寄

---

94 〔宋〕蘇軾：〈書王定國所藏〈煙江疊嶂圖〉王晉卿畫〉，《全宋詩》，卷813，頁
9410。

95 參閱傅抱石：《中國繪畫理論》，第六〈造景論〉，第七〈布置論〉（臺北市：里仁
書局，1985年），頁59-88。

託，借題發揮。東坡因烏臺詩案謫遷黃州，歷經五寒暑，詩中勾勒黃州四時風景，藉以書寫憂讒畏譏，驚恐幽獨之心境。此詩本為〈煙江疊嶂圖〉題詩，初因圖而回首黃州幽絕之遷謫現場，復從歷史現場與圖畫情境，落回當下現實。意境之延展，從歷史情境而畫中情境、而當下情境，相較於三個情境，東坡因而感悟：「桃花流水在人世，武陵豈必皆神仙。江山清空我塵土，雖有去路尋無緣」。郭熙《林泉高致》〈山水訓〉稱：山水有可行者、可望者，有可游者、有可居者；而前二者不如後者為得，東坡蓋深得其中三昧。東坡為〈煙江疊嶂圖〉題詩，因而回想黃州，嚮往江山清空、桃花流水，運用比興寄託，豐富了畫境與詩境。

《宣和畫譜》關注「畫中有詩」之表現，論述李公麟畫，以為「深得杜甫作詩體制，而移於畫」；論董源山水畫，「出自胸臆」，「足以助騷客詞人之吟思」；論黃齊畫風，「多寓興於丹青，遂作〈風煙欲雨圖〉」，[96]蓋山水畫最富文人畫風，畫師繪事，既出自胸臆，故往往寓興於丹青，最有助於「騷客詞人之吟思」。文同之繪紓竹，蘇軾之畫枯木竹石，[97]宋人之圖松、竹、梅、蘭，其於借物抒情，一也。所謂詩情畫意，相得益彰，指此。詩人觀畫題詩，觸境生發，亦往往借物抒情。於是虛實相生，情境畫境結合，豐富了意境之內涵。蘇軾題畫詩，若涉及烏臺詩案株連之友朋，如王晉卿、王定國等，則因人生慨，亦多興寄之作。東坡題畫，往往藉他人之圖畫，以抒寫我之性情，所謂「藉他人之酒杯，以澆我胸中之塊壘」也，故多比興寄託之

96　〔宋〕佚名：《宣和畫譜》，卷 7，〈李公麟〉；卷 11，〈董元（源）〉；卷 12，〈黃齊〉，頁 448、485、505。

97　〔宋〕米芾《畫史》載：「子瞻作枯木，枝幹虯屈無端，石皴硬，亦怪怪奇奇無端，如其胸中盤鬱也。」《全宋筆記》第二編，四（鄭州市：大象出版社，2006年），頁 277。

詩作。此猶「畫中有詩」特質，畫師對景生情，寓情於畫，景物變化，則情境常新。同理，詩人觀畫生情，寓情於畫，投射映現於詩篇，則成創造性想像，虛實相成，足以轉化原畫之形象與意象，而再創畫境。如蘇軾題詠王晉卿所畫山水諸什：

> 白髮四老人，何曾在商顏。煩君紙上影，照我胸中山。山中亦何有，木老土石頑。正賴天日光，澗谷紛斕斑。我心空無物，斯文何足關。君看古井水，萬象自往還。[98]

> 君歸嶺北初逢雪，我亦江南五見春。寄語風流王武子，三人俱是識山人。[99]

> 此境眼前聊妄想，幾人林下是真休。我今心似一潭月，君已身如萬斛舟。看畫題詩雙鶴鬢，歸田送老一羊裘。明年兼與士龍去，萬頃蒼波沒兩鷗。[100]

> 老去君空見畫，夢中我亦曾遊。桃花縱落誰見，水到人間伏流。[101]

98　〔宋〕蘇軾：〈書王定國所藏王晉卿畫著色山二首〉其一，《全宋詩》，卷814，頁9416。

99　〔宋〕蘇軾：〈書王定國所藏王晉卿畫著色山二首〉其二，《全宋詩》，卷814，頁9416。

100　〔宋〕蘇軾：〈次韵子由書王晉卿畫山水一首，而晉卿和二首〉其二，《全宋詩》，卷816，頁9443。

101　〔宋〕蘇軾：〈次韵子由書王晉卿畫山水二首〉其一，《全宋詩》，卷816，頁9443。

山人昔與雲俱出，俗駕今隨水不回。賴我胸中有佳處，一樽時對畫圖開。[102]

錢鍾書《管錐編》嘗論「寄託」云：「詩中所未嘗言，別取事物，湊泊以合，所謂言在于此，意在于彼。」此與《左傳》所載賦詩，往往斷章取義相似，要皆如《南齊書》〈文學傳〉陸厥與沈約書所謂「假借古之章句，以道今之情物」。[103]上列五首詩，皆為題詠王晉卿山水畫而作。王晉卿，即駙馬都尉王詵。烏臺詩案中，因「收受軾譏諷朝政文字，及遺軾錢物，漏泄禁中語」，株連謫降，貶均州三年。王鞏（定國）亦遭謫降，監賓州鹽酒稅三年。[104]蘇軾題王晉卿着色山，睹畫思人，因人生情，於是「以我觀物，物皆著我之色彩」。[105]第一首詩所謂「煩君紙上影，照我胸中山」，借題發揮，因畫抒情，於是五首題畫詩之畫境，皆感染烏臺詩案遷謫之情境。於是蘇軾題詠王晉卿系列山水畫，多如郭熙《林泉高致》之主題，以山水寄託文人高士之意致，以畫遣興、嚮往漁樵隱逸、烟霞超脫。[106]易言之，「林泉高致」境界，化為蘇軾之憧憬與臥遊，所謂「此境眼前聊妄想，幾人林下是真休」；「老去君空見畫，夢中我亦曾遊」；「賴我胸中有佳處，一樽時對畫圖開」；

---

102 〔宋〕蘇軾：〈次韵子由書王晉卿畫山水二首〉其二，《全宋詩》，卷 816，頁 9443。

103 錢鍾書：《管錐編》，《毛詩正義》三四〈狡童〉（臺北市：書林出版公司，1990 年），頁 108。

104 孔凡禮：《蘇軾年譜》，元豐二年（1079）四十四歲（北京市：中華書局，1998 年），頁 460-462。

105 王國維：《人間詞話》，〈有我之境與無我之境〉，唐圭璋《詞話叢編》第五冊（北京市：中華書局，1986 年），頁 4239。

106 鄭奇：〈中國文人畫史上重大問題的初步探索〉，邵洛羊、孔壽山等《中國畫論》（臺北市：駱駝出版社，1987 年），頁 112。

此即蘇軾所云:「三人俱是識山人」。觀蘇軾題畫,「林泉高致」之出
塵超脫,不必為原畫所已有;題畫者「以我觀物」,情思生發無限,投
射轉化於詩,虛實相生,遂有文外之重旨,象外之虛境,豐富了畫境
之營造與生成。

　　要之,蘇軾兼擅詩畫,既能體會原畫之藝術匠心,又長於開發畫
意,揮灑詩情。對於詠畫題畫詩意境之開拓,上述四大策略可歸納為
兩種方法:其一,開發遺妍,題畫詩以時間藝術突破空間藝術,救濟
繪畫之侷限;就畫本之召喚結構,開發其中之空白處、不確定處,如
題畫詩對平遠迷遠之詮釋,及虛實相成之解讀。其二,創意造境,題
畫詩不以複製畫面為已足,尤其盡心於有限展延無限,因形象生發韻
味,如尺幅千里、包孕豐富之經營設計是也。

第三節　結語

　　詩與畫雖號稱姊妹藝術,就表現媒介而言,卻存在若干差異。繪
畫為空間藝術,藉由線條、色彩構圖,表現主題;詩歌為時間藝術,
透過文字意符,表現內容。繪畫之侷限,詩歌可以救濟;詩歌之藝
術,繪畫往往借鏡之。因此,詩與畫由於同趣,故會通較易;又因異
迹,故借鏡可成。

　　詠畫、題畫詩,皆為詠物詩之支流,故其創作手法,大抵不出詠
物之要領:除注重體物瀏亮、巧構形似外,更致力於離形得似,象外
傳神。詠畫、題畫山水與人物,為突破畫面之限制,追求「尺幅之畫
而有千里之勢」,形似之外又傳達神韻之美,故畫家每多慘澹經營「尺
幅千里」之勢,如世所傳長江萬里圖、黃河萬里圖、萬里長城圖、千
里江山圖等皆是。畫家匠心獨運,詩人詠畫題畫山水人物,能得氣勢
之妙、神韻之美。本文探究蘇軾題畫詩之意境開拓,即植基於此。

　　蘇軾能詩擅畫，詩畫兼備於一身，交融甚易，借鏡不難，揭櫫「詩中有畫，畫中有詩」，理有固然。五代與北宋，號稱山水畫之黃金時代，繁榮所及，畫論遂多。終南宋之世，論及詩畫交融如有畫詩、無聲詩者實多，足見風氣之一斑。「丹青吟詠，妙處相資」，以之指稱題畫詠畫詩，尤其題詠山水與人物之作，堪稱賅當切實。詩與畫既已交流會通，詠畫題畫詩為求突破繪畫之局限，救濟繪畫之不足，於是山水詠畫題畫詩多盡心於意境之拓展，人物詠畫題畫詩則致力於象外之傳神。

　　蘇軾兼擅詩畫，既能體會原畫之藝術匠心，又長於開發畫意，揮灑詩情。筆者選擇蘇軾一四四首題畫詩中，題詠山水之作三十七首，題詠人物者十一首，共四十八首，再從中挑選二十一首，從宋詩「遺妍開發」、「創意造語」之觀點切入，以意境之開拓為主軸，探討如何通過詩篇之表現，以延展有限之畫境，成為無盡之時空世界。本文討論題畫詠畫詩中意境之拓展，大抵運用四個策略，以之考察詩情畫意之相得益彰：（一）平遠迷遠，廣漠無涯；（二）小中見大，尺幅千里；（三）包孕豐富，象外見意；（四）虛實相成，再創畫境。初步獲得下列觀點：

　　（一）王昌齡《詩格》特提物境、心境，僧皎然《詩式》提出「取境」，司空圖提出「象外之象」、「思與境偕」，劉禹錫申明「境生於象外」。上述意境說，對於山水詩、山水畫之構圖布置，多有提示觸發之功。

　　（二）繪畫經由畫家布置、造景、筆墨、設色，慘澹經營，而後構圖成畫。尺幅之畫，自然造成許多侷限，葉燮《原詩》稱：「惟理事之入神境者，固非庸凡人可摹擬而得」；沈德潛《歸愚文續》則以為：「畫家未到者，詩能神會之」，題畫詩之妙者，信可以救窮紓困。

　　（三）「三遠」說，為郭熙對山水畫意境之概括，企圖跳脫有限之形

質，表現無限之畫境。宋代畫論所謂折高折遠，以大觀小，三遠並用，即成散點透視。其中「平遠」相當於平視角度，視野最為遼遠無垠。蘇軾山水題畫詩，鑑賞解讀原畫，往往特提其平遠、幽遠、迷遠，以見畫境之廣漠無涯。

（四）山水畫不過尺幅而已，如何而有千里之氣勢？蘇軾題詠山水，頗識畫師之匠心，詩中往往推拓畫境，延展場景，促成「咫尺之圖，寫百里之景」之效應。沈德潛所謂「畫家未到者，詩能神會之」，且能補充創發之，此題畫詩於尺幅千里，最有拓展之功。

（五）蘇軾論美學，標榜傳神；黃庭堅、范溫論文藝，強調觀韻。蘇軾題詠仕女、麗人、野禽、駿馬、春江、曉景，多從包孕豐富、象外見意方面設想，於是形象豐富生動，場景延展無限。〈續麗人行〉、〈惠崇春江曉景二首〉其一，最具典型特色。

（六）蘇軾題詠嫁娶、山水、秋景，每多實下虛成，或無中生有，所謂「畫在有筆墨處，畫之妙在無筆墨處。」唯題畫詩揣度藝術匠心，虛實相生相成，於是可以再創畫境。如〈惠崇春江曉景二首〉其二、〈書李世南所畫秋景〉題畫詩，最具代表風格。

（七）文人畫風，多寓興於丹青；《宣和畫譜》論詩，多關注於「畫中有詩」。蘇軾因烏臺詩案，題詠王晉卿山水畫系列，遂多借題發揮，因畫抒情，大抵多以郭熙標榜之「林泉高致」，為其憧憬或臥遊之境界。蓋以我觀物，情思無限，轉化為詩，虛實相生，遂有文外之重旨，象外之虛境。

（八）蘇軾詩畫兼擅，長於開發畫意，揮灑詩情。對於詠畫題畫詩意境之開拓，或開發遺妍，如題畫詩對平遠迷遠之詮釋，及虛實相成之解讀。或創意造境，如尺幅千里、包孕豐富之經營設計是也。[107]

---

107 本文原為筆者專書《創意造語與宋詩特色》之一章，主要探究蘇軾題畫山水詩創造思維，為宋詩特色作論證。今移來類編於此，有助於會通觀覽。

附錄三
蘇軾、黃庭堅題畫詩與詩中有畫
——以題韓幹、李公麟畫馬詩為例

　　宋型文化具有會通化成、兼容開放之特質，最富於創造性思維。表現於詩學與畫學，一則疏離典範，再則致力破體、出位，三則兼顧開拓與創新。就文藝而言，相對於唐詩，「破體為文」與「出位之思」，乃促成變革維新之兩大策略。宋人所作題畫詩，傳承唐人杜甫等所題詠，又作若干遺妍之開發。[1]繪畫與詩歌原本各具特質，宋人詩畫相資之論述，注重跨際會通，嘗試將舊有元素作新奇之組合，擷長補短，相互為用，於是文體新生，風格獨特。就文學作品之因革損益、源流正變而言，宋詩相對於唐詩，不僅量變，而且質變。「詩中有畫」與創意思維課題之研究，可以體現上述觀點。

第一節　「詩中有畫」與創意思維

　　以詩為詩、以文為文、以詞為詞、以畫為畫，在創作上是當行本色，恪守傳統；就思維方式而言，卻是線性思維，慣性思考。其缺失為蹈故襲常，了無創意。這種習慣性的思維定勢，最是創造性思維的殺手。要破除慣性思維之定勢，應該擱置傳統，另尋出路。其方法有

1　張高評：《宋詩之傳承與開拓》，下篇《宋代「詩中有畫」之傳統創格》，第一章，三、〈詠畫題畫詩之發展〉（臺北市：文史哲出版社，1990 年），頁 263-264。參考本書第二章〈杜甫詠畫詩與題畫之典範〉。

三：（一）要到傳統功能之外尋找功能；（二）要到傳統規矩之外尋找
規矩；（三）要到傳統辦法之外尋找辦法。[2]唯有掙脫習慣，轉換思路，
才能有新發現，好途徑。因此，作詩繪畫等文藝寫作，有必要提倡擴
散性思考，創造思維。創造性思維的特點之一，是思維空間的開放
性，能從多角度、多側面、水平式、全方位去考察問題，避免侷限於
邏輯的、單一的、垂直的、慣性的思維。其附帶效益，是促成了發散
思維、逆向思維、側向思維、求異思維等創造性思考的運用[3]。

　　史提夫・瑞夫金（Steve Rivkin）、佛拉瑟・西戴爾（Fraser Seitel）
《有意義的創造力》，列舉創新思維之九大方法：改造、取代、合併、
擴大、縮小、轉換、排除、顛倒、重拾，合併重組為其中一大策略。
合併，是達到某種目的的必要手段；「排列組合是表現創意比較安全的
方式」；[4]產品開發如此，文藝創作又何嘗不然？運用創造思維，往往
能開發變通、獨創、新穎、卓越之產品。研究者指出：天才之所以為
天才，只不過比他人「更多的新奇組合」，「不斷地把一些想法、形象
和其他各種思想進行組合和再組合」。[5]筆者以為，自蘇軾提出「詩中
有畫」之命題後，宋人題畫山水詩受其啟發，多體現「詩畫相資」之
創造思維，將詩與畫作跨際而新奇之組合。在這方面，宋人創作，無

2　王國安：《換個創新腦》，第六章〈如何掃除創造性思維障礙〉（臺北市：帝國文
　　化出版社，2004 年），頁 145-159。

3　田運主編：《思維辭典》，〈創造思維〉（杭州市：浙江教育出版社，1996 年），頁
　　207-208。愛德華・波諾著，謝君白譯：《水平思考法》（臺北市：桂冠圖書公司，
　　1996 年）。

4　〔美〕史提夫・瑞夫金（Steve Rivkin）、佛拉瑟・西戴爾（Fraser Seitel）《有意義
　　的創造力》，*Idea Wise：How to Trasform Your Ideas into Tomorrow's Innovations*，
　　6.〈你能合併什麼？〉（臺北市：梅霖文化事業公司，2004 年），頁 91-112。

5　〔美〕邁克爾・米哈爾科（Michael Michalko）：《創新精神：創造性天才的秘密》
　　（*Cracking Creativity：The Secreats of Creative Genius*），策略四：〈進行新穎的組
　　合〉（北京市：新華出版社，2004 年），頁 99-124。

論數量或成就，多遠勝盛唐之李白與杜甫，蔚為宋詩主流特色之一。

　　誠如前章第二節所言，舊元素的新奇組合，能創造發明新產品：古登堡（Johannes Gutenberg , 1398-1468）發明活字印刷機，孟德爾（Gregor Johann Mendel , 1822-1884）創立現代遺傳學之新學科，愛迪生發明了照明系統，諾貝爾獎得主歐瓦雷斯（Luis Alvarez）解答了六五○○萬年前恐龍快速滅絕之科學謎團。可見，新奇組合，造成驚人碰撞；扭轉假設，容易發現不同世界；唯有跳脫舊有，才能開創新局。創造思維，就是改變自己慣性思考，追求創造思維的基點。梅迪奇效應（The Medici Effect）[6]就是促成不同領域、科目，或文化間，產生異場域碰撞，將現有觀念隨機組合，於是生發大量傑出的新構想。梅迪奇效應，注重合併重組，跨際會通，詩歌與繪畫之相互借鏡交融，所謂「丹青吟詠，妙處相資」，其實就是文學藝術之「梅迪奇效應」。

　　詩與畫，號稱姊妹藝術，兩者異跡而同趣。就形象塑造之媒介、描繪之技法、鑑賞之範疇、傳達之侷限言，詩歌與繪畫殊異二分；然就創作構思、詩畫意境、藝術風格、形象塑造、藝術功用、審美範疇而言，詩與畫卻有若干一致同趣之處。簡要言之，詩歌為時間藝術，擅長敘寫流動之歷程，以抒情言志為主，富音樂性之律動；繪畫為空間藝術，工於描繪靜態景象，以寫物描景為主，富於視覺造型之具象美感。詩與畫各有優長，又自有侷限。[7]於是詩畫相資為用，各取彼長，補己所短，形成上述所謂「舊元素的新組合」，經過跨際會通思

6　〔美〕Frans Johansson 著：《梅迪奇效應》，〈序言‧引爆梅迪奇效應〉，劉真如譯本（臺北市：商周出版社，2005 年），頁 6-13。

7　張高評：《宋詩之傳承與開拓》，下篇，〈宋代「詩中有畫」之傳統與創格〉，第一章第二節〈論詩畫之異迹與同趣〉（臺北市：文史哲出版社，1990 年），頁 279-288。

考，遂產生異場域碰撞。

詩之與畫，異跡而同趣，金人元好問詩文言之極詳，如：

能知畫與詩同宗，解衣盤礴非畫工。[8]

雪溪仙人詩骨清，畫筆尚餘詩典刑。[9]

意外荒寒下筆親，經營慘澹似詩人。[10]

詩翁自有無聲句，畫裡憑君細覓看。[11]

蓋詩與畫同源，豈有工于彼而不工于此者？如前所書〈九歌遺音〉，謂非李思訓著色、趙大年小景，可耶？[12]

詩歌與繪畫，本是異跡同趣的姊妹藝術；明代姜紹書《無聲詩史》〈序〉所謂：「雅頌為無形之畫，丹青為不語之詩，盤礴推敲，同一樞軸。」由於同趣，故融會較易；因為異跡，故借鏡可成[13]。所謂「詩畫

8　〔金〕元好問：〈許道寧寒溪古木圖〉，姚奠中主編：《元好問全集》，上冊，卷4（太原市：山西人民出版社，點校本，1990年），頁108。

9　〔金〕元好問：〈王黃華墨竹〉，《元好問全集》，卷5，頁124。

10　〔金〕元好問：〈竹溪夢遊圖〉，《元好問全集》，卷12，頁373。

11　〔金〕元好問：〈雪谷蚤行圖二章〉之一，《元好問全集》，卷14，頁434。

12　〔金〕元好問：〈題樗軒〈九歌遺音〉大字後〉，《元好問全集》，下冊，卷40，頁105。

13　〔宋〕孔武仲《宗伯集》卷一，〈東坡居士畫怪石賦〉云：「文者，無形之畫；畫者，有形之文，二者異跡而同趣。」本文借用其語，以論詩畫相資。張晨《中國詩畫與中國文化》，則又拈出詠物詩與花鳥畫、山水詩與山水畫、詠史詩與歷史畫、題畫詩與詩意畫四端，闡釋其中比德文化、暢神文化、借喻文化、藝術交融之所同（瀋陽市：遼寧教育出版社，1993年）。

相資」的「出位之思」，不過借鏡彼此殊異之特質；所謂「詩中有畫」，不過使詩歌詩境之設色布置，具有造形藝術之繪畫美特徵。詳言之，「詩中有畫」之意蘊指向有三：或指詩歌之形象經營，生動而具體，富含繪畫之美；或指詩歌之境界創造，鮮明而簡淡，有水墨山水之畫意；或指詩歌借鏡繪畫創作之規律，所謂「以畫法為詩法」，期使偏重表現之詩歌藝術，兼含有歷歷如繪之再現特質[14]。按諸蘇軾、黃庭堅及其他宋代詩人及詩評家，對於「詩中有畫」之發明，要皆不離上述之範疇：蘇軾拈出「詩中有畫，畫中有詩」之命題，且舉視覺色彩為例；對於詩畫之相通相融，亦提出摹寫物象、天工清新、無形畫、不語詩等話頭。黃庭堅則提出時間藝術之無形影，與空間藝術之無聲畫、無聲詩，與宋人無形畫、有形詩；無聲詩、有聲畫等命題相較，可以相互發明[15]。蔡絛《西清詩話》所謂「丹青吟詠，妙處相資」；吳龍翰序文所謂「畫難畫之景，以詩湊成；吟難吟之詩，以畫補足」，也都申說

14　張高評：《宋詩之傳承與開拓》，第二章第一節，頁 305。

15　以形象之有無，論詩畫之相濟，如〔宋〕郭熙：《林泉高致‧畫意》，《畫論叢刊》上（臺北市：鼎文書局，1972 年），頁 24；〔宋〕張舜民：《畫墁集》，卷 1〈跋百之詩畫〉，《四庫全書》本；〔宋〕晁補之：《雞肋集》〈和蘇翰林題李甲畫雁二首〉其一：「畫寫物外形，要物形不改；詩傳畫外意，貴有畫中態。」以音聲之有無，論詩畫之相資者，如〔宋〕釋惠洪：《石門文字禪》，卷 8，〈瀟湘八景〉詩題；孫紹遠：《聲畫集》，卷 3，《四庫全書》本；錢鍪云：「終朝誦公有聲畫，卻來看此無聲詩」，見《宋詩紀事》，卷 59，〈次袁尚書巫山十二峰二十五韻〉；〔宋〕僧善權：〈王性之得李伯時所作歸去來辭……為賦長句〉：「龍眠解說無聲句，時向煙雲一傾吐」，見《宋詩紀事》，卷 92；〔宋〕李頎：《古今詩話》，亦有「詩家以畫為無聲詩」之說，見《宋詩話輯佚》本，「無聲詩」條（北京市：哈佛燕京學社，1937 年），頁 119。關於「詩是有聲畫」，「畫是無聲詩」等詩畫相融的命題，詳參鄧喬彬：《有聲畫與無聲詩》，五，〈有聲畫與無聲詩——詩畫美學特徵的融合〉；七，〈詩情與畫意——詩畫藝術表現的互補〉（上海市：社會科學院出版社，1993 年）；李栖：《兩宋題畫詩論》第五章第五節，〈詩畫鑑賞觀的異同〉（臺北市：學生書局，1994 年）。

了宋代詩畫相融為用的理論與事實，不過是東坡山谷詩畫主張的進一步發揚，和清楚提示。

詩與畫交融為用的現象，當然不起於宋代，唐代題畫詩已樹立若干凡例；但作為理論具體的提出，則始於蘇軾之「詩中有畫，畫中有詩」，其後宋詩人紹述光大，遂成文藝創作之一大命題。就「詩中有畫」而言，詩原本是時間藝術，與畫為空間藝術不同，如果詩歌創作時借鏡繪畫的特質，產生空間假借的現象，運用「收空於時」的手段，使詩境富有立體空間的實臨感受；那麼，詩情畫意，相得益彰，再現藝術可以經由表現藝術展示出來，詩歌的表現功能兼含有再現的效果，所謂繪聲繪影，有聲有色，這就是「詩中有畫」的藝術魅力。就蘇軾黃庭堅創作之詩歌及宋人詩歌看來，「詩中有畫」之現象題畫詩最多，依次為山水詩、詠物詩。以下，試以山水詩、詠物詩切入，再歸結到題畫詩。

第二節　蘇軾、黃庭堅題畫詩、山水詩與「詩中有畫」

蘇軾（1037-1101）、黃庭堅（1045-1105）為宋詩之代表人物。蘇、黃在中國詩歌史上的傑出地位，可以媲美李白、杜甫之於唐詩。蓋黃庭堅開創江西詩社宗派，江西詩風縱橫兩宋，兩宋詩人或直接受教，輾轉私淑；或間接受法，反向開悟，故研治宋詩，得一黃庭堅與江西詩派，則上下左右，如網在綱；源流觸背，有跡可尋。而黃庭堅出於蘇軾門下，號四學士之一，其詩論主張與創作旂向，自有得於師承者，追本溯源，東坡為其中關鍵之一。且北宋之詩文革新運動，肇自

范仲淹，經歐陽脩推波助瀾，而圓滿完成於蘇軾[16]。論詩歌創作層面之寬、造詣之高，弟子自然不如其師；若究沾溉當世，影響來葉，則蘇軾或不如黃庭堅之深遠廣大；由於二人氣象不同，而各具代表性，故舉以為例。

近人程千帆序《全宋詩》，以為「宋詩近雅主意，變也」，謂與唐詩之正，相反相成；吳小如論宋詩，亦以為「宋詩繼唐詩之後，它的特點只能是『變』……只能在繼承的基礎上求新變」[17]：這些提示，對研究宋詩很有啟發性。蓋新聲創立，則古調浸亡；自蘇、黃詩風大行，而唐代風流至是逐漸隱退消歇，蛻變成宋調。追新求變，為宋詩跳脫唐詩藩籬，而自成一家之充分且必要手段。今從唐詩宋詩之殊異點切入，得知深具宋詩特色之蘇、黃詩風，所以能「新變代雄」者，其要有二大端：一、詩思出位；二、破體為詩；都是跳出本位，打破體制，進行跨際組合之內在調適，衡以窮變通久之文學史觀，頗富於創造性思維。無論「詩中有畫，畫中有詩」；或以賦為詩，或以詩為詞，多不因循蹈襲舊作，發揮創造性思維，求變追新，重組改良，堪稱開創性之新奇組合。

宋代之美學思潮，超脫形似，推崇神似；追求平淡，取其意氣所到；醉心暢神寫意，專尚簡約含蓄，致力氣韻生動，強化自我抒發，在在影響詠物詩、山水詩之寫作，於是詩中除了再現姿態，詩具畫意

16　參考洪本健：〈論范仲淹對北宋古文運動的貢獻〉，《華東師範大學學報》1992 年 4 期；鄭孟彤：〈歐陽修在北宋詩文革新運動中的地位和作用〉，《文學遺產》1987 年 6 期；王水照：〈嘉裕二年貢舉事件的文學意義〉，國際宋代文學研討會論文，1994 年 12 月，香港浸會大學中文系；姜書閣：〈蘇軾在宋代文學革新中的領袖地位〉，《文學遺產》1986 年 3 期。

17　參考《全宋詩》程千帆〈序〉，第一冊（北京市：北京大學出版社，1991 年），頁 5；吳小如：〈宋詩漫談〉，輯入張高評編《宋詩綜論叢編》（高雄市：麗文文化公司，1993 年），頁 3。

外，又具有「發之情思，契之綃楮」；「默契神會，得意忘象」；「蕭索荒寒，古淡天然」的寫意精神與風格[18]。蓋登高臨遠，俯仰天地，自見遠近、高低、向背、明暗、藏露、層次、色彩、線條，所謂「江山如畫」，而繪畫亦如江山。故山水、田園、動植、自然，多具畫意，多是繪畫之對象，亦是詩境物色所由出，故「詩中有畫」之作，山水詩之外，詠物詩亦多有之。

　　蘇軾提倡士人畫，在繪畫理論方面，光大「傳神」說，撰有〈傳神記〉、〈王維吳道子畫〉、〈淨因院畫記〉、〈書蒲永昇畫後〉、〈墨君堂記〉、〈跋漢杰畫山〉，以及〈書鄢陵王主簿所畫折枝二首〉、〈書黃子思詩集後〉、〈評韓柳詩〉、〈題文與可墨竹〉、〈書晁補之所藏與可畫竹三首〉諸詩文題跋。[19]綜要言之，蘇軾畫論，大抵以「傳神」說為依歸，強調繪畫不只要掌握常形，尤須掌握常理；繪畫之妙，貴在「得其意思所在」，凸出描繪對象之本質特徵、掌握典型個性特質，必期風標之獨樹，他物「不足以當此」。繪畫追求含蓄美、意境美，稱賞「味外之味」之詩歌，蘇軾題畫跋所謂：「龍眠獨識殷勤處，畫出陽關意外聲」。此種象外求神、表現於畫論詩論，即是用筆疏簡，韻味淡古，所謂「疏淡含精勻」、「荒怪軼象外」、「蕭散簡遠、妙在筆墨之外」；所謂「發纖穠於簡古，寄至味於淡泊」，「出新意於法度之中，寄妙理於豪放之外」。凡此，多稱賞「不泥其跡，務得其神」之美感，堪稱寫意美學之經典理論。[20]

18　參考王興華：《中國美學論稿》第二十一章〈宋元的寫意美學及其發展〉（天津市：南開大學出版社，1993 年）；鄧喬彬：《有聲畫與無聲詩》，六、〈言意之辨與形神之鑑〉；葛路、克地：《中國藝術神韻》，〈宋代文人審美觀〉（天津市：天津人民出版社，1993 年）；臧維熙主編：《中國山水的藝術精神》，王立群：〈多元開放的宋代游記〉（臺北市：學林出版社，1994 年）。

19　參考顏中其：《蘇軾論文藝》，〈前言·三、在繪畫方面〉，頁 19-24；三、〈論繪畫〉，（北京市：北京出版社，1985 年），頁 178-236。

20　參考熊莘耕：〈蘇軾的傳神說〉，《古代文學理論研究》第十輯（上海市：上海古籍出版社，1985 年），頁 117-127。

　　題畫詩之發展，歷經《楚辭》〈天問〉之「圖畫天地山川神靈，因書其壁」；漢代宮殿畫聖賢列士，配以贊頌；迨六朝歌詠扇面屏風之圖繪，已略具形式與內容。時至初唐，以圖畫為詠者四人；盛唐則十五人，包括李白所作十一首，杜甫所詠二十二首，作家多四倍，作品多了九倍。[21]尤其是杜甫所作，無論質或量，皆高居唐人之冠，不但思想內容深刻，而且藝術手法高超，開創意境、發明技巧，影響後世至深且鉅。清王士禎《蠶尾文》、沈德潛《說詩晬語》，皆盛讚杜甫於題畫開創之功。[22]至北宋，文人畫流行，詩畫融合促成題畫詩之流行。其中，尤以蘇軾、黃庭堅所作，最具代表性。本論文探討「詩中有畫」，以見宋詩特色，為篇幅所限，只略論蘇軾黃庭堅題畫詩之作。

　　蘇軾題畫詩如〈韓幹馬十四匹〉、〈續麗人行〉、〈李思訓畫長江絕島圖〉、〈郭祥正家醉畫竹石壁上郭作詩為謝且遺二古銅劍〉、〈高郵陳直躬處士畫雁二首〉其一、〈惠崇春江曉景〉、〈書李世南所畫秋景〉、〈書鄢陵王主簿所畫折枝二首〉、〈郭熙秋山平遠二首〉、〈書王定國所藏煙江疊嶂圖〉、〈戲書李伯時畫御馬好頭赤〉諸什[23]，或以形傳神，或藉實影虛，或因題興寄，或提出畫論畫理，或以畫法為詩法，不一而足。東坡題畫詩最富於「詩中有畫」之特質，堪稱題畫詩之經典名篇。

21　孔壽山：《唐朝題畫詩注》，第二章〈盛唐〉（成都市：四川美術出版社，1988年），頁 48。

22　〔清〕王士禎：《帶經堂詩話》，卷 22〈書畫類〉上引《蠶尾文》稱：「杜子美始創為畫松、畫馬、畫鷹、畫山水諸大篇，搜奇抉奧，筆補造化……子美創始之功偉矣。」（北京市：人民文學出版社，1982 年），頁 650。沈德潛：《說詩晬語》，卷下：「唐以前未見題畫詩，開此體者老杜也。」丁福保編：《清詩話》本（臺北市：明倫出版社，1971 年），頁 551。

23　所引蘇軾題畫詩之名作，分見《蘇軾詩集》，卷十五、十六、十七、二十三、二十四各一首；卷二十九共三首、卷三十兩首、卷三十三一首，孔凡禮點校本（臺北市：學海出版社，1985 年）。

　　黃庭堅題畫詩，如〈次韻子瞻題郭熙畫山〉、〈題鄭防畫筴五首〉、〈睡鴨〉、〈題伯時畫揩癢虎〉、〈題伯時畫頓塵馬〉、〈題伯時畫嚴子陵釣灘〉、〈題伯時畫松下淵明〉、〈題子瞻枯木〉、〈題竹石牧牛〉、〈題伯時天育驃騎圖二首〉、〈次韻子瞻子由題憩寂圖二首〉、〈次韻黃斌老所畫橫竹〉、〈題子瞻畫竹石〉、〈蟻蝶圖〉、〈題李亮功戴嵩牛圖〉、〈題陽關圖二首〉、〈松下淵明〉、〈老杜浣花溪圖引〉諸詩[24]，或佈局定景，規摹畫法；或虛實相成，開拓畫境；或逆用想像，疑真疑畫；或小中見大，尺幅千里；或曲盡常理，傳真寫生；或即景抒情，表現寫意；或烘雲托月，凸顯主題；或以大觀小，或詩境淡遠，或典型概括，或側筆見態，或包孕豐富，或以果寫因，或化美為媚[25]，要皆「詩中有畫」之技法與創格。

　　至於宋詩「以畫法為詩法」，達到「詩中有畫」之效果者，除題畫詩外，蘇、黃二家之詠物詩、山水詩亦間有之。蘇軾所作，詠物詩如〈有美堂暴雨〉、〈和述古冬日牡丹四首〉其一、〈雪後書北臺壁二首〉、〈寓居定惠院之東雜花滿山有海棠一株土人不知貴也〉、〈紅梅三首〉其一、〈和秦太虛梅花〉、〈海棠〉、〈聚星堂雪〉、〈四月十一日初食荔支〉諸詩；山水詩如〈出潁口初見淮山是日至壽州〉、〈遊金山寺〉、〈法惠寺橫翠閣〉、〈飲湖上初晴後雨〉、〈新城道中〉、〈百步洪二首〉其一、〈題西林壁〉、〈登州海市〉其一、〈澄邁驛通潮閣〉諸什，皆是「詩中有畫」之佳構。

　　黃庭堅之詠物詩，如〈演雅〉、〈梅花〉、〈觀王主簿家酴醾〉、〈和答錢穆父詠猩猩毛筆〉、〈詠雪奉呈廣平公〉、〈聽宋宗儒摘阮歌〉、〈次

24　所引黃庭堅題畫詩中之傑作，分見《山谷詩內集》卷七，三首；卷九，八首；卷十二、卷十五、卷十六、卷十七，各一首；《山谷詩外集》卷十五，一首；卷十六，二首；《四部備要》本（長沙市：岳麓書社，1992 年）。

25　張高評：《宋詩之傳承與開拓》，頁 359-475。

韻中玉水仙花二首〉其二、〈王充道送水仙花五十枝欣然會心為之作詠〉、〈西禪聽戴道士彈琴〉諸詩，多離形得似，詩具畫意。山水詩如〈夜發分寧寄杜澗叟〉、〈竹枝詞二首〉其二、〈雨中岳陽樓望君山二首〉、〈鄂州南樓書事四首〉諸詩，不僅筆底江山如畫，而且忘形得意，借物抒情，使得宋代山水詩成為「思與境偕」的藝術，真率性靈的「代面」[26]。這些，都是詩人從事創作時，跳出詩歌本位之外，借鏡吸收繪畫之優長，而改造了詩歌的體質。這新奇的組合、創造性的思維，堪稱是成功的「出位之思」。推而至於其他宋人所作亭臺樓閣諸詩詞文賦，具此特色者不少。

宋代「詩中有畫」之藝術手法，有發揚光大前代者，題畫詩中反映繪事虛實相成、開拓畫境諸布置，頗有可觀，如蘇軾〈續麗人行〉、〈惠崇春江曉景〉、〈書李世南所畫秋景〉；黃庭堅則〈次韻子瞻題郭熙畫山〉、〈題李亮功戴嵩畫牛〉、〈題陽關圖二首〉諸什。有曲盡常理、傳真寫生者，題畫詩如蘇軾〈高郵陳直躬處士畫雁二首〉，黃庭堅〈睡鴨〉、〈題竹石牧牛〉；山水詩，如蘇軾〈四月十一日初食荔支〉；詠物詩，如黃庭堅〈王充道送水仙花五十支欣然會心為之作詠〉諸什。或倒用想像，疑真疑畫，如黃庭堅〈題鄭防畫筴五首〉、〈題伯時天育驃騎圖〉諸題畫詩是。宋詩或即景抒情，表現寫意，蘇軾山水詩如〈遊金山寺〉、〈新城道中〉；題畫詩如〈郭祥正家醉畫竹石壁上……〉、〈趙昌芍藥〉，黃庭堅〈蟻蝶圖〉、〈次韻黃斌老所畫橫竹〉諸什。或對比映襯，創發意象，蘇軾詩如〈和述古冬日牡丹〉，〈陳季常所蓄朱陳村嫁娶圖〉，黃庭堅詩如〈次韻中玉水仙花二首〉其二、〈寄黃幾復〉諸什。或烘雲托月，凸顯主題，蘇軾詩如〈高郵陳直躬處士畫雁二首〉

26　參考蕭馳：《中國詩歌美學》第七章，〈自然境界中自我的泛化與發現──山水詩藝術的發展〉（北京市：北京大學出版社，1986 年），頁 146-167。

其二、〈戲書李伯時畫御馬好頭赤〉諸什,皆其顯例。

蘇軾、黃庭堅「詩中有畫」之藝術手法,有傳承唐代杜甫李白等創作技巧者,已略如上述。更有推陳出新,創前未有,開後無窮者。與五代北宋以來山水畫、花鳥畫之繁榮,轉相發明;[27]亦與宋初以來畫論、題跋、詩話、筆記之談詩論藝,相互呼應。就維妙維肖之圖繪呈現而言,「詩中有畫」之技法運用,或以大觀小,蘇軾詩如〈李思訓畫〈長江絕島圖〉〉、〈書王定國所藏〈煙江疊嶂圖〉〉、〈遊金山寺〉諸什。或化動為靜,如黃庭堅〈聽宋宗儒摘阮歌〉、〈題落星寺〉諸詩。或詩境淡遠,如蘇軾〈書李世南所畫秋景〉、〈題王晉卿畫後〉、〈郭熙秋山平遠二首〉屬之。或具體比擬,蘇軾詩如〈百步洪二首〉、〈六月二十七日望湖樓醉書〉、〈引湖上初晴後雨〉;黃庭堅詩如〈夢李白誦竹枝詞〉、〈詠雪呈廣平公〉、〈雙澗寺二首〉、〈觀王主簿家酴醾〉諸什是。[28]

蘇、黃詩體現「詩中有畫」之妙境,往往得力於氣韻生動之形象塑造:或以典型概括,山水詩如蘇軾〈飲湖上初晴後雨〉、〈贈劉景文〉,黃庭堅詩如〈鄂州南樓書事四首〉、〈題落星寺四首〉其三;題畫詩,如蘇軾〈高郵陳直躬處士畫雁二首〉,黃庭堅〈老杜浣花溪圖引〉、〈次韻子瞻題郭熙畫山〉、〈題伯時畫嚴子陵釣灘〉諸詩。或化靜為動,蘇軾詩如〈出潁口初見淮山是日至壽州〉、〈雪夜書北臺壁二首〉其一,是以果寫因;如〈韓幹馬十四匹〉,則是化美為媚,所謂能選取情節發展頂點前之頃刻,使之蘊含先後,入神有韻。或作誇大特寫,如蘇軾〈有美堂暴雨〉、黃庭堅〈過方城尋七叔祖舊題〉諸什是。或側筆見姿態,如蘇軾〈海棠〉、〈四月十一初食荔支〉;黃庭堅〈次韻中

27　李霖燦:《中國美術史稿》,〈山水畫的黃金時代〉(上)(下)、〈山水畫的白銀時代〉、〈中國的花鳥畫〉(上)(中)(臺北市:雄獅圖書公司,1989 年),頁 79-104、131-145。

28　張高評:《宋詩之傳承與開拓》,頁 369-414、427-448。

王、水仙花二首〉、〈題伯時畫楷癭虎〉諸詩。或包孕豐富，如蘇軾〈續麗人行〉、黃庭堅〈老杜浣花溪圖引〉諸題畫詩，皆選取「最富於孕育性之頃刻」，以塑造背面欠伸內人及杜甫酒醉滑驢之形象，可謂繪聲繪影，姿態橫生。亦有誇大變形，特寫生動者，如蘇軾〈有美堂暴雨〉，黃庭堅〈過方城尋七叔祖舊題〉，皆屬此類。

　　蘇軾、黃庭堅詩，體現「詩中有畫」之特質，巧用藝術設計，以助長意象浮現，亦頗見成效，其法有五：或出以奪胎換骨，如黃庭堅〈登快閣〉、〈次元明韻寄子由〉、〈六月十七日晝寢〉、〈病起荊江亭即事〉。或出以渲染刻劃，如蘇軾〈跋王進叔所藏畫五首〉其二、〈澄邁驛通潮閣〉諸詩。或見理趣超拔，如蘇軾〈題西林壁〉、〈和子由澠池懷舊〉、〈東欄梨花和孔密州〉，黃庭堅〈題覺海寺〉諸詩是。或出於實字點綴，黃庭堅詩如〈寄黃幾復〉、〈次韻裴仲謀同年〉、〈次元明韻寄子由〉、〈六月十七日晝寢〉諸詩。或出於矛盾逆折，如蘇軾〈百步洪〉、〈四月十一日初食荔支〉，黃庭堅〈題陽關圖〉、〈次韻中玉、水仙花二首〉其二，出人意外，又入人意中，反常合道，有奇趣、有意境，形象躍然顯現。[29]

　　上述詩篇，詩人題詠，多借鏡繪畫之造型特質，諸如遠近、高下、藏露、斷續，虛實、賓主、疏密、氣勢，以及有關造景、布置、設色、筆墨諸法，所謂「以畫法為詩法」。由此觀之，題畫詩之美妙者，吟詠之際，已將丹青與詩歌作新奇而創意之組合，誠如東坡題畫所謂「領略古法生新奇」。對於蘇軾、黃庭堅所作山水詩、詠物詩之名篇佳作，其中富含「詩中有畫」之妙者，筆者二十五年前，曾撰文論及，今不再贅述。只將篇目列舉如上，存參可也。

29　張高評：《宋詩之傳承與開拓》，頁 449-472、 475-496。

第三節　蘇軾、黃庭堅題畫馬詩與詩畫之跨際 會通

　　杜甫其人其詩，為蘇軾、黃庭堅所宗法，蔚為宋人之詩學典範。杜甫曾作十餘首詠馬詩，首首精彩，表現突出。學界研究杜甫筆下的馬，其意多方，或代表英雄的氣概，或申述暮年的壯志，或自況一生的辛勞，或象徵君臣的遇合，或暗示國勢的盛衰，或縮連先帝的追思。[30]蘇軾有題畫馬詩十六首，黃庭堅亦作十首，詩思、立意、措詞、形象，大抵多力避重複，跳脫窠臼，刻意出奇，窮力追新。清康熙《御選唐宋詩醇》卷三十五稱：「馬詩有杜甫諸作，後人無從著筆矣。千載獨有軾詩數篇，能別出一奇於浣花之外，骨幹氣象，實相等埒。」夷考其實，蘇軾所作固稱雄傑，黃庭堅題詠畫馬，往往移花接木，開發遺妍，故亦頗有可觀。

　　今翻檢蘇軾、黃庭堅之題畫馬詩有題詠盛唐韓幹馬畫者，亦有題詠北宋李公麟馬畫者，或以畫法為詩法，或變靜為動，或化美為媚，或傳神寫照，或得其意思、隨物賦形，多融通詩畫之界限，作跨際之組合。今拈出二題，作為考察蘇、黃二家題畫創意研發之大凡：其一，韓幹馬畫，蘇軾所詠選五題，擬與杜甫、黃庭堅題詠韓幹馬作比較；其二，李公麟馬畫，蘇軾所題二首，黃庭堅所詠凡八題；擬參考畫論史料、詩話、筆記、詩集、文集，作為學理依據、佐證素材，再借鏡主題學、接受美學、創造思維，以及遺妍開發諸方法，以品評優劣，辨章學術。

30　黃永武：《中國詩學・思想篇》，〈杜甫筆下的馬〉（臺北市：巨流圖書公司，1979年），頁 149-161。

一　韓幹畫馬與蘇軾、黃庭堅題畫詩

繪畫與詩歌，就表現之技法言，各有侷限：繪畫為空間藝術，長於表現靜態空間之圖景，對於聲響之傳達、氣味之香臭、溫度之冷熱，以及其他心靈活動、情調氛圍、胸中丘壑，都較難表達。詩歌為時間藝術，長於表現時間流動過程中之形象，對於演示動態、描繪流程、呈現發展較為擅長。因此，以詩題詠畫作，往往詩情畫意，相得益彰。或再現畫面，或拓展畫境，或借題發揮，或提示文藝心得，前二者與詩畫相資關係最密切。[31]今以駿馬為探討焦點，取其風馳電掣、越澗注坡、氣蓋青雲、勢凌萬里，動態十足諸特色，以討論蘇軾、黃庭堅題畫馬詩，論證「丹青吟詠，妙處相資」，「詩畫相資相融」之美學實踐。同時探索詩歌與繪畫作新奇組合，以及展現之創意研發。

韓幹（？-706-783），為唐玄宗開元天寶年間宮廷畫家，善寫貌人物，尤工駿馬，初師曹霸，後自獨擅。《宣和畫譜》卷十三稱：「閻立本畫馬，似模展（子虔）、鄭（虔），多見筋骨，皆擅一時之名。」韓幹為求「自成一家」，於是致力於杜甫〈丹青引〉所謂「畫肉不畫骨」，「正以脫落展鄭之外」，理或然也（說詳後）。清惲壽平《南田畫跋》所謂不落畦徑，不入時趨，韓幹畫馬有之。宋黃伯思《東觀餘論》評論韓幹：畫馬「形勝神」，蓋御馬體格壯碩肥大，畫馬重形似自是客觀呈現物象。韓幹曾圖繪內廄之玉花驄、照夜白、三花馬；以及畫〈明皇試馬圖〉、〈寧王調馬打毬圖〉、〈奚官習馬圖〉、〈圉人調馬圖〉、〈鑿馬圖〉、〈戰馬圖〉、〈馬性圖〉、〈內廄圖〉，題材頗廣，大多取自生

31　有關詩與畫之界限與侷限，參考朱光潛譯：《詩與畫的界限》（又稱《拉奧孔》），
　　第十五章、第十六章（臺北市：元山書局，1986 年）。

活，所謂「今陛下內廄馬，皆臣之師也」。[32]其特色在造型豐富，避免雷同；畫面生動，能寓時間于空間；其中圖繪「涉水馬」，更其獨到勝場。

自杜甫作〈丹青引贈曹將軍霸〉詩，類及韓幹畫馬風格，時至宋代蘇軾、黃庭堅題畫詠馬，除圖寫馬之雄健神駿外，更凸顯韓幹「外師造化，中得心源」，寫真傳神之繪畫造詣。陳師道《後山談叢》記載：韓幹畫走馬，絹壞損其足。李公麟謂：「雖失其足，走自若也。」[33]蓋以形寫神，脫略形似，猶能彷彿其神態。韓幹畫馬之神逸，可以想見。且先看杜甫所作〈丹青引〉，述及工於畫馬之曹霸與其弟子韓幹：

> ……先帝天馬玉花驄，畫工如山貌不同。是日牽來赤墀下，迥立閶闔生長風。詔謂將軍拂絹素，意匠慘澹經營中。斯須九重真龍出，一洗萬古凡馬空。玉花卻在御榻上，榻上庭前屹相向。至尊含笑催賜金，圉人太僕皆惆悵。弟子韓幹早入室，亦能畫馬窮殊相。幹惟畫肉不畫骨，忍使驊騮氣凋喪。……[34]

張彥遠《歷代名畫記》曾批評「杜甫豈知畫者？徒以幹馬肥大，遂有畫肉之誚」；晚唐顧雲〈蘇君廳觀韓幹馬障歌〉亦云：「杜甫歌詩吟不足，可憐曹霸丹青曲。直言弟子韓幹馬，畫馬無骨但有肉。今日披閱見筆跡，始知甫也真凡目」，質疑杜甫之鑑賞眼光，貶之為「凡目」、不知畫。至宋代畫論，則有為杜甫辯護者，如《宣和畫譜》稱：前此

---

32 參考伍蠡甫：《中國畫論研究》，〈中國畫馬藝術〉（北京市：北京大學出版社，1983 年），頁 98-101。

33 〔宋〕陳師道著，李偉國校點：《後山談叢》，卷 2，〈韓幹馬〉，李偉國校點（上海市：上海古籍出版社，1989 年），頁 17。

34 〔唐〕杜甫：〈丹青引贈曹將軍霸〉，《全唐詩》，卷 220。

之隋展子虔、唐鄭虔、閻立本之畫馬多見筋骨，故杜詩稱「幹惟畫肉」云云，「正以脫落展鄭之外，自成一家之妙」，美其別闢谿徑，致力創造性思維之優長。[35]考杜甫〈畫馬贊〉曾云：「韓幹畫馬，毫端有神」，是亦稱揚有加。唯其中謂韓幹「亦能畫馬窮殊相」，則稱實錄。杜甫〈丹青引贈曹將軍霸〉，本為宮廷畫家曹霸作傳，曾順帶略及韓幹。或者作詩尊題，藉抑韓而揚曹，故對韓幹畫藝之評價有所短長？或者詩人體現客觀寫照御馬？或者畫論凸顯韓幹自成一家，故有所謂「幹惟畫肉不畫骨，忍使驊騮氣凋喪」之語？然杜詩特提「幹惟畫肉不畫骨」一語，後人題詠韓幹馬，多就此開發遺妍。問題焦點在：韓幹畫馬之造詣，是否局限於畫出馬的外在皮肉形體，而傳達不出馬的內在氣骨和神韻？

　　韓幹畫馬之藝術造詣，所謂「幹唯畫肉不畫骨，忍史驊騮氣凋喪」，杜甫語焉不詳，致生發若干詮釋與歧見。今人探討此一公案，有作折衷調和之說者，則從四大視角觀照：其一，題畫尊題，採借賓形主手法；其二，宋黃伯思《東觀餘論》卷下稱：「曹將軍畫馬神勝形，韓丞畫馬形勝神」；其三，就審美趣味言，杜甫一向推重骨力瘦勁之美；其四，杜甫強調畫骨，旨在凸顯其傳神之審美趣味。[36]反觀宋人題詠韓幹畫馬，可以印證一二。如蘇軾、黃庭堅觀賞韓幹馬畫所作題畫詩，頗能捕捉其形神，而傳寫其殊勝。蘇軾所作五首，黃庭堅所作二首，抄錄於後，以便討論。先看蘇軾所作韓幹畫馬之詩篇：

35　〔唐〕張彥遠：《歷代名畫記》，卷9，〈韓幹〉；《宣和畫譜》，卷13，〈韓幹〉，于安瀾主編：《畫史叢書》本第一冊（臺北市：文史哲出版社，1994年），頁119、521。〔清〕屈大均《廣東新語》：「嘗言韓幹畫馬，骨節皆不真。……又謂駿馬肥須見骨，瘦須見肉，於其骨節長短尺寸不失，乃謂精工。」說可參考。

36　李祥林：〈杜甫對韓幹畫馬的批評之我見〉，《杜甫研究學刊》第42期（1994年第4期），頁45-49。

南山之下，汧渭之間，想見開元天寶年。八坊分屯臨秦川，四
十萬匹如雲烟。騅駓駰駱驪騮騵，白魚赤兔驛皇輇。龍顱鳳頸
獰且妍，奇姿逸德隱駑頑。碧眼胡兒手足鮮，歲時剪刷供帝
閑。柘袍臨池侍三千，紅粧照日光流淵。樓下玉螭吐清寒，往
來蹴踏生飛湍。眾工舐筆和朱鉛，先生曹霸弟子韓。廄馬多肉
尻脽圓，肉中畫骨誇尤難。金羈玉勒繡羅鞍，鞭箠刻烙傷天
全，不如此圖近自然。平沙細草荒芊綿，驚鴻脫兔爭後先。王
良挾策飛上天，何必俯首服短轅。[37]

蘇軾所作韓幹畫馬之題詠多極精彩，《御選唐宋詩醇》卷三十五曾云：
「馬詩有杜甫諸作，後人無從著筆矣。」千載獨有蘇軾詩數篇，「能別
出一奇於浣花之外，骨幹氣象，實相等埒。」肯定蘇軾所題畫馬詩，
獨稱其「骨幹氣象」，足與杜甫並駕爭輝。此所謂「骨幹氣象」云者，
最為繪畫傳寫之極致，可於蘇軾題詠馬畫中得之。蘇軾〈書韓幹牧馬
圖〉詩，將空間層次，與景物形象作歷數臚列之圖寫，詩中以「想見」
領起初唐至開元天寶年「置八坊於岐、豳、涇、寧間」以養息牧馬
事；[38]已將畫境時空延展至南山下、秦州間，及開元天寶太平歲月。於
是品物畢圖、再現畫面：四十萬匹牧馬之分屯，蘇軾以「騅駓駰駱驪
騮騵，白魚赤兔驛皇輇」形象語言，圖繪南山之下、汧渭之間，牧馬
之隘秦川，如雲烟之紛多；「龍顱鳳頸」、「奇姿逸德」，概括其妍駿與
頑蛩；令人身歷其境，如見其形影。對於唐代牧馬狀況，東坡藉〈書
鄢陵王主簿所畫折枝〉詩所謂「一點紅」，以表現「無邊春」手法，加

37　〔宋〕蘇軾：〈書韓幹牧馬圖〉，《蘇軾詩集》，卷 15。

38　〔清〕馮應榴輯注：《蘇軾詩集合注》，卷15，〈書韓幹畫馬圖〉，據施元之、王文
　　誥注，引《唐書‧兵志》（上海市：上海古籍出版社，2001 年），頁 692。

以凸顯，真所謂「短長肥瘠各有態」，窮形盡相，此詩有之。蘇軾題詠韓幹所畫十六匹馬，誠《文心雕龍》〈物色〉所謂「寫氣圖貌，既隨物以宛轉。屬采附聲，亦與心而徘徊」；陸機〈文賦〉所謂「其為物也多姿，其為體也屢遷。雖離方而遁圓，期窮形而盡相」，盡物之變，隨物賦形，堪稱蘇軾題畫所掌握之妙訣。[39]除以真事襯牧馬外，又「以眾工襯，以先王襯，以廄馬襯。不如一句入題，筆力奇橫，渾雄遒切。」[40]詩中「肉中畫骨誇尤難」句，蓋承杜詩「畫肉不畫骨」來；然謂廄馬「傷天全」，「不如此圖近自然」，亦合情近理。蓋「平沙細草荒芊綿，驚鴻脫兔爭後先」，乃牧馬之天然場景。此李公麟所繪〈馬性圖〉所謂「散逸水草，蹄齧起伏，得遂其性耳。」[41]「得遂其性」，方可謂之自然。又如〈韓幹馬十四匹〉，尤稱題畫詩之經典作品：

> 二馬並驅攢八蹄，二馬宛頸鬃尾齊。一馬任前雙舉後，一馬卻避長鳴嘶。老髯奚官騎且顧，前身作馬通馬語。後有八匹飲且行，微流赴吻若有聲。前者既濟出林鶴，後者欲涉鶴俯啄。最後一匹馬中龍，不嘶不動尾搖風。韓生畫馬真是馬，蘇子作詩如見畫。世無伯樂亦無韓，此詩此畫誰當看。[42]

蘇軾〈韓幹馬十四匹〉，脫胎於韓愈〈畫記〉，所謂「馬大者九匹，

39　參考徐中玉：《論蘇軾的創作經驗》，二、〈隨物賦形〉（上海市：華東師範大學出版社，1981 年），頁 18-22。

40　〔清〕方東樹：《昭昧詹言》，卷 12，〈蘇東坡〉（北京市：人民文學出版社，1984 年），頁 295-296。

41　俞劍華編著：《中國畫論類編》，第七編〈花鳥畜獸梅蘭竹菊〉，明李日華：《六硯齋筆記》，〈論畫牛馬〉（北京市：人民美術出版社，1986 年），頁 1085。

42　〔宋〕蘇軾：〈韓幹馬十四匹〉，《蘇軾詩集》，卷15。

于馬之中又有上者、下者、行者、牽者、涉者、陸者、翹者、顧者、鳴者、寢者、訛者、立者、人立者、齕者、飲者、溲者……怒相踶齧者、秣者、騎者、驟者、走者」云云；宋洪邁《容齋五筆》卷七〈韓蘇杜公敘馬〉謂東坡此詩與韓愈〈人物畫記〉:「其體雖異，其為布置鋪寫則同。誦坡公之語，蓋不待見畫也。」元陳秀明《東坡詩話錄》卷上襲用洪邁之言，稱:「予雲林繪監中有臨筆，略無小異。」[43]紀昀批蘇詩，則稱得法於杜甫〈韋諷宅觀畫馬〉詩「九馬分寫」之格，而更加變化。[44]蘇軾運用類聚群分之方，「以賦為詩」之法，將韓幹原畫十六匹馬，分七組作生動之浮現與展演。大凡丹青之妙者，多凸顯其「真」，於是強調「韓生畫馬真是馬」，忠實於繪畫靜態之表現，遣詞造句多用靜止「定格」法，作傳神寫照。晁補之〈和蘇翰林題李甲畫雁二首〉其一所謂:「畫寫物外形，要物形不改。詩傳畫外意，貴有畫中態。」東坡此一題畫詩有之。樓鑰《攻媿集》卷七十，〈跋韓幹馬〉稱:得見〈韓幹馬十四匹〉畫，「便覺詩畫互相映發」，亦凸顯其相資為用。其題詠之策略，在使之靜中有動，化美為媚，此東坡以詩題畫之殊勝處。韓幹馬畫，蘇軾題詩，可分割為七個畫面，而再現畫面內容，所謂「蘇子作詩如見畫」。先用白描鉤勒:或並驅攢八蹄，或宛頸騣尾齊，或任前雙舉後，或卻避長鳴嘶，或飲且行，或不嘶不動。其中或突破繪畫侷限，作動態之演示，如狀寫八馬飲水之「微流赴吻」，既濟之馬昂首如「出林鶴」，欲涉之馬飲水如「鶴俯啄」。更特提「最後一匹」，凸顯其為「馬中龍」，且以「尾搖風」動態語，塑造其英姿

43 〔宋〕洪邁:《容齋五筆》，卷七（上海市:上海古籍出版社，1995 年），頁 890-891;〔元〕陳秀明:《東坡詩話錄》，卷上，蔡鎮楚編:《中國詩話珍本叢書》第三冊（北京市:北京圖書館出版社，2004 年），頁 75-76。

44 〔清〕李香巖手批:《紀評蘇詩》，第 5 冊，卷 15，〈韓幹十四匹〉紀昀批語（成都市:四川大學出版社，2007 年），頁 104。

雄傑。其中，易被忽略處，尚有一匹為老髯奚官之坐騎，東坡以側筆見態表出，可悟錯綜變化之妙。

其他三首題詠韓幹馬畫詩，亦各有可觀，先敘下列一首：

> 潭潭古屋雲幕垂，省中文書如亂絲。忽見伯時畫天馬，朔風胡沙生落錐。天馬西來從西極，勢與落日爭分馳。龍顱豹股頭八尺，奮迅不受人間羈。元狩虎脊聊可友，開元玉花何足奇。伯時有道真吏隱，飲啄不羨山梁雌。丹青弄筆聊爾耳，意在萬里誰知之。幹惟畫肉不畫骨，而況失實空留皮。煩君巧說腹中事，妙語欲遣黃泉知。君不見韓生自言無所學，廄馬萬匹皆吾師。[45]

〈次韻子由書李伯時所藏韓幹馬〉，從伯時畫馬，朔風胡沙起興，為狀寫韓幹馬之雄傑，從李公麟畫天馬切入，畫面再現朔風胡沙，天馬西來場景。圖繪天馬之形象為：「龍顱豹股頭八尺」；其奮迅之勢，可「與落日爭分馳」，元狩之虎脊馬，開元之玉花驄差可比擬，是以真馬擬畫馬。「幹惟畫肉不畫骨」二句，傳承杜詩，扣緊韓幹畫風。末二句，摘取「韓生自言無所學，廄馬萬匹皆吾師」，暗合「外師造化，中得心源」之藝術創作論。又如下列二詩：

> 赤髯碧眼老鮮卑，回策如縈獨善騎。赭白紫騮俱絕世，馬中湛岳有妍姿。[46]

45　〔宋〕蘇軾：〈次韻子由書李伯時所藏韓幹馬〉，《蘇軾詩集》，卷28。
46　〔宋〕蘇軾：〈書韓幹二馬〉，《蘇軾詩集》，卷44。

少陵翰墨無形畫，韓幹丹青不語詩。此畫此詩真已矣，人間駑
驥漫爭馳。[47]

〈書韓幹二馬〉詩，聚焦特寫赭白紫騮二馬之「俱絕世」，一二句則「不
犯正位」，別從「獨善騎」之騎士作烘托：「赤髯碧眼老鮮卑，回策如
縈獨善騎」，即蘇軾〈韓幹馬十四匹〉所謂「老髯奚官騎且顧」，以西
域鮮卑人作為善騎之明證，再以「老」點其經驗，極具說服效果。前
句長髯碧眼，狀寫其外觀，可謂歷歷如繪。末句稱述二馬之「俱絕
世」，如赭白馬紫騮馬；「有妍姿」，又如夏侯湛與潘岳之同輿接茵，
此直接正面比況，以人擬物，二馬之妍姿已呼之欲出。俱絕世之「二
馬」，搭配「獨善騎」之御馬老手，堪稱相得益彰之絕配。〈韓幹馬〉
詩，稱少陵之詠畫詩為「無形畫」；韓幹之丹青畫為「不語詩」。且以
「真」「擬畫論詩」，詩畫之相資交融，兩者之新奇組合，韓幹馬畫與
題畫詩間，有相得益彰，相互發明之效用。

　　蘇軾〈傳神記〉曾舉優孟衣冠為說，謂「此豈舉體皆似？亦得其
意思所在而已。使畫者悟此理，則人人可為顧陸。」[48]所謂「得其意
思」，指能掌握描繪對象之本質特徵。此不獨畫者當「得其意思」，題
畫亦當妙悟此理。如蘇軾〈書韓幹二馬〉詩，掌握善騎之老鮮卑，有
妍姿之「馬中湛岳」，可謂能得絕世馬之「意思」。〈韓幹馬〉之題詠，
以「無形畫」稱詩，以「不語詩」稱畫，但以形象之存闕，聲律之有
無，作為繪畫與詩歌之界限；與蘇軾〈和蘇翰林題李甲雁〉所謂「畫
寫物外形，要物形不改；詩傳畫外意，貴有畫中態」，足以相互發明。

47　〔宋〕蘇軾：〈韓幹馬〉，《蘇軾詩集》，卷48。
48　〔宋〕蘇軾：《蘇軾文集》，卷12，〈傳神記〉（北京市：中華書局，1986年），
　　頁400-401。

　　除上文引證東坡對韓幹畫馬，有諸多題詠外，黃庭堅亦有觀畫作詩之什，同詠韓幹馬。其創意造語如何？遺妍開發又如何？值得考察，如：

　　于闐花驄龍八尺，看雲不受絡頭絲。西河騘作蒲萄錦，雙瞳夾鏡耳卓錐。長楸落日試天步，知有四極無由馳。電行山立氣深穩，可耐珠韉白玉羈。李侯一顧歎絕足，領略古法生新奇。一日真龍入圖畫，在坰群雄望風雌。曹霸弟子沙苑丞，喜作肥馬人笑之。李侯論幹獨不爾，妙畫骨相遺毛皮。翰林評書乃如此，賤肥貴瘦渠未知。況我平生賞神駿，僧中云是道林師。[49]

　　繪畫使命之一，為再現客觀景物，故以逼真妙肖為其審美追求，丹青手外師造化，以自然景物入畫固然如此；詩人觀畫題詩，尋繹其心源與畫跡，亦往往疑畫為真，妙肖自然。於是題畫山水，必說到真山水；題畫馬，必說到真馬。[50]此一以真擬畫之創作論，自杜甫〈丹青引〉以下，本文前項蘇軾〈書韓幹牧馬圖〉、〈次韻子由書李伯時所藏韓幹馬〉，要皆從真馬鋪寫，再轉寫畫馬，題畫詩如此布置，是所謂

<hr>

49　〔宋〕黃庭堅：〈次韵子瞻和子由觀韓幹馬因論伯時畫天馬〉，《全宋詩》，卷985，頁11364。

50　〔宋〕洪邁《容齋詩話》，卷1：「江山登臨之美，泉石賞玩之勝，世間佳境也。觀者必曰『如畫』，故有『江山如畫』、『天開圖畫即江山』、『身在畫圖中』之語。至於丹青之妙，好事君子嗟歎之不足者，則又以『逼真』目之，如老杜『人間又見真乘黃』、『時危安得真致此』、『悄然坐我天姥下』、『斯須九重真龍出』、『憑軒忽若無丹青』、『高堂見生鶻』、『直訝杉松冷，兼疑菱荇香』之句，是也。」參考蔡鎮楚編：《中國詩話珍本叢書》第一冊，頁478。楊萬里《誠齋詩話》：「杜（甫）〈蜀山水圖〉云：『沱水流中座，岷山赴北堂。白波吹粉壁，青嶂插雕梁。』此以畫為真也。曾吉父云：『斷崖韋偃樹，小雨郭熙山。』此以真為畫也。」丁福保輯：《歷代詩話續編》（臺北市：木鐸出版社，1983年），頁148。

「倒用想像，疑真疑畫」。[51]黃庭堅此首題韓幹天馬畫之詩，亦信有此
妙。起首八句，將場景安排在于闐、西河，令天馬於此「試天步」、
「馳極」。勾勒天馬之形象，如龍八尺、蒲萄錦、雙瞳夾鏡耳卓錐、電
行山立氣深穩等等，繪聲繪影，蘇軾〈傳神記〉所謂「得其意思」，[52]
能彷彿天馬之神韻風采，歐陽脩《六一詩話》所謂「狀難寫之景，如
在目前」，誠寫真妙手。黃庭堅此詩題詠韓幹馬，勾勒形象，凸顯精
神，筆者以為遠較蘇軾集中概括。至於韓幹畫馬，自杜甫、蘇軾皆稱
「畫肉不畫骨」，以為不足以顯現駿馬之精神氣概來。然黃庭堅題畫，
獨特異議，以為「李侯論幹獨不爾，妙畫骨相遺毛皮」，拈出李公麟論
畫之特識，自然足與杜、蘇之論說並存，可以互參，且可以補美術史
之不足。題畫詩，或提示文藝之主張，如此是也。

　　由此觀之，韓幹馬畫之藝術造詣，杜甫拈出「幹惟畫肉不畫骨」
一語，以稱揚韓幹畫馬「自成一家之妙」；蓋當時閻立本等畫馬「多見
筋骨」，韓幹乃別闢谿徑，自成一家如此。其後蘇軾題詠韓幹馬畫，
多就「幹惟畫肉不畫骨」句，作誤讀詮釋，大抵發揮杜詩「忍使驊騮
氣凋喪」意，以為「肉中畫骨誇尤難」，「而況失實空留皮」。然黃庭
堅題畫詩獨持異議，特別稱引李公麟品評，以為韓幹亦「妙畫骨相遺
毛皮」。雖未知孰是，然山谷品評名畫，不隨人說短長，自有見地。
至於韓幹馬畫之畫面內容、創作構思、意境經營、形象塑造，則蘇軾
以詩題畫，妙筆生花；詩畫相資，頗能突破繪畫之侷限，補其不足，
相得益彰。大抵倒用想像，以真擬畫；以真馬為焦點，烘雲托月，藉

51　張高評：《宋詩之傳承與開拓》，頁379-383。

52　〔宋〕蘇軾〈傳神記〉：「凡人意思，各有所在，或在眉目，或在鼻口。……優孟
　　學孫叔敖抵掌談笑，至使人謂死者復生。此豈舉體皆似？亦得其意思所在而已。」
　　所謂「得其意思」，謂掌握事物個性的本質特徵，此為蘇軾傳神論之精義。《蘇軾
　　文集》卷12，頁400-401。

賓形主。黃庭堅題詠韓幹畫馬，既勾勒形象，更致力傳神寫照，亦頗
有發明之功。

二　李公麟畫馬與蘇軾、黃庭堅題畫詩

　　李公麟（1049？-1106？），字伯時，號龍眠山人。與蘇軾、黃
庭堅相知，為詩、文、書、畫之摯友。《宋史》〈文苑傳〉載李公麟，
「傳寫人物尤精，識者以為顧愷之、張僧繇之亞。」除人物畫外，山水
畫亦頗能傳寫山水，再現園林，誠如蘇軾〈書李伯時山莊圖後〉所云：
「或曰：龍眠居士作〈山莊圖〉，使後來入山者信足而行，自得道路，
如見所夢，如悟前世。」東坡以為，此乃「其神與萬物交，其智與百
工通」，其中「有道有藝」，「況自畫其所見乎？」[53]李公麟所以能令人
見畫如入其境者，得心應手，心手統一故也。圖寫景物，不止「畫如
江山」，宛然在目，而且再現山水，傳寫真實世界，猶朱弁《風月堂詩
話》所載吳道子圖畫蜀道山川，「明皇後幸蜀，皆默識其處」，若合符
節如此，誠寫真寫形之傑作，而李公麟亦工於此道。[54]人物畫、山水畫
外，李公麟畫藝，尤其以畫馬見長。

　　《宣和畫譜》卷七稱李公麟：「初喜畫馬，大率學韓幹略有增損」；
「嘗寫騏驥院御馬，如西域于闐所貢好頭赤、錦膊驄之類，寫貌至
多，……由是先以畫馬得名。」北宋鄧椿《畫繼》卷三亦稱李公麟，「尤

53　〔宋〕蘇軾著，孔凡禮點校：《蘇軾文集》，卷 70，〈書李伯時畫山莊圖後〉，頁
　　2211。參考張高評：《宋詩之傳承與開拓》，〈前言〉，頁 23-24。

54　〔宋〕朱弁：《風月堂詩話》卷中，蔡鎮楚編：《中國詩話珍本叢書》第一冊，頁
　　239。參考淺見洋二：《距離與想像——中國詩學的唐宋轉型》，〈關于「詩中有
　　畫」〉，（三），「詩中有畫」與「宛然在目」（上海市：上海古籍出版社，2005 年），
　　頁 124-126。

好畫馬，飛龍狀質，賁玉圖形，五花散身，萬里汗血，覺陳閎之非貴，視韓幹以未奇」。[55]葉夢得《避暑錄話》卷下亦謂：「李伯時喜畫馬，曹韓以來未有比也。……太僕……國馬皆在其中。伯時每過之，必終日縱觀，有不暇與客語者。」傳世真迹，有〈五馬圖〉、〈牧放圖〉等。[56]以〈五馬圖〉而言，其中第四匹名為「錦膊驄」，論者稱李公麟所繪，形體解剖正確，線條遒勁有力，確實畫出「迴立生風」之雄姿。通過對圉人和馬的藝術處理，此畫典型塑造，極為成功，細節真實，刻意求工處，亦耐人觀玩。[57]今翻檢蘇軾、黃庭堅所作題畫詩，於李公麟馬畫，頗有發明之功，可補美術史之空白，如：

> 山西戰馬飢無肉，夜嚼長楷如嚼竹。蹄間三丈是徐行，不信天山有坑谷。豈如廄馬好頭赤，立仗歸來臥斜日。莫教優孟卜葬地，厚衣薪樵入銅歷。[58]

> ……古來畫師非俗士，妙想實與詩同出。龍眠居士本詩人，能使龍池飛霹靂。……龍眠胸中有千駟，不獨畫肉兼畫骨。……[59]

新奇之組合、跨際之會通，為創造性思維之一。題畫詩為詩歌與

55　〔宋〕鄧椿：《畫繼》，卷3，〈龍眠居士李公麟〉；《宣和畫譜》，卷7，〈文臣李公麟〉，于安瀾主編：《畫史叢書》本（臺北市：文史哲出版社，1994年），頁282-283、449。

56　張安治等編著：《歷代畫家評傳·宋》，〈李公麟〉（香港：中華書局，1986年），頁10-14。

57　李霖燦：《中國美術史稿》，〈山水畫的白銀時代〉，頁103。

58　〔宋〕蘇軾：〈戲書李伯時畫御馬好頭赤〉，《蘇軾詩集》，卷30。

59　〔宋〕蘇軾：〈次韻吳傳正枯木歌〉，《蘇軾詩集》，卷36。

繪畫之跨際組合與會通，佳作之匠心，往往能「丹青吟詠，妙處相資」，所謂詩情畫意，相得益彰，蘇軾、黃庭堅題畫詩，信有此妙。如蘇軾〈戲書李伯時畫御馬好頭赤〉，以畫法為詩法，巧用渲染烘托，藉賓形主之法，[60]先鉤勒山西戰馬「蹄間三丈是徐行，不信天山有坑谷」之絕特，則其「骨力追風，毛彩照地」之雄姿不難想見。再將山西戰馬與廄馬好頭赤並置疊映，不僅轉換時空，延展畫面意境，且以之褒貶予奪，堪稱興寄高遠。蘇軾、黃庭堅詠物題畫，多暗用「不犯正位」之技法，[61]此其顯例。明楊慎曾稱：「馬之為物最神駿，故古之詩人畫工皆借之以寄其情。若杜少陵、蘇東坡諸詩，極其形容，殆無餘巧。」此詩有之。[62]《宣和畫譜》卷七稱：李公麟「蓋深得杜甫作詩體製，而移于畫」，此蘇軾〈次韻吳傳正枯木歌〉所謂「龍眠居士本詩人」也。李公麟畫馬師法韓幹，又外師造化，縱觀太僕廄舍國馬，然後中得心源，故蘇軾稱「龍眠胸中有千駟，不獨畫肉兼畫骨」，寫形傳神處，「能使龍池飛霹靂」。《宣和畫譜》稱其「以畫馬得名」，此自蘇軾〈題李伯時畫〉，可彷彿一二。清方薰《山靜居畫論》稱：「繪事，乃賢者寄興，興到筆隨，風趣時在」，繪事如是，東坡題詠亦然。

　　蘇軾題詠李公麟畫馬，作品才五首，取其足相發明者不過二首，已如上述。黃庭堅題詠李公麟畫馬諸什，則有八題九首。所詠有李公

60　以水墨或淡彩繪染物象之輪廓，使物象更加鮮明突出者，謂之渲染，或烘染。清金聖歎批《西廂記》卷 1〈驚艷〉：「亦嘗觀于烘雲托月之法乎？欲畫月也，月不可畫，因而畫雲。畫雲者，意不在于雲也。意不在于雲者，意固在于月也。」《金聖歎評點才子全集》第二卷，《第六才子書》《西廂記》，一之一，金聖歎評點，張建一校注，（臺北市：三民書局，1999 年），頁 47。

61　參考張高評：《宋詩之新變與代雄》，捌、〈不犯正位與宋詩特色〉（臺北市：洪葉文化公司，1995 年），頁 435-483。

62　〔清〕仇兆鰲：《杜詩詳注》，卷 13，〈丹青引贈曹將軍霸〉引（臺北市：里仁書局，1980 年），頁 1152。今本《升庵詩話》，未見有此記載。

麟摹韓幹三馬、畫頓塵馬、畫好頭赤、畫大宛虎脊天馬、畫天育驃騎
圖、觀畫馬,以及泛題伯時馬,題畫詩足補美術史之空白,黃庭堅題
詠李公麟畫馬,真足以當之。〈觀伯時畫馬〉、〈題伯時畫頓塵馬〉二
首為藉馬抒感,可以不論,論其餘六題七首。試先看長篇有關李公麟
臨摹韓幹馬,觀賞韓幹馬畫,黃庭堅題畫云:

> 太史瑣窗雲雨垂,試開三馬拂蛛絲。李侯寫影韓幹墨,自有筆
> 如沙畫錐。絕塵超日精爽緊,若失其一望路馳。馬官不語臂指
> 揮,乃知仗下非新羈。吾嘗覽觀在坰馬,驚駘成列無權奇。緬
> 懷胡沙英妙質,一雄可將千萬雌。決非皂櫪所成就,天驥生駒
> 人得之。千金市骨今何有,士或不價五羖皮。李侯畫隱百僚
> 底,初不自期人誤知。戲弄丹青聊卒歲,身如閱世老禪師。[63]

韓幹所繪三馬圖,蘇轍題詠〈韓幹三馬〉詩,曾作再現畫面之具象描
繪。[64]黃庭堅題詠李公麟畫馬,則大異其趣,不只勾勒駿馬之皮肉而
已,更要能「妙畫骨相遺毛皮」。蘇軾〈傳神記〉所謂:「凡人意思,
各有所在」,或在眉目,或在鼻口,或在鬚頰間,傳神寫照之道無
他,要在「得其意思所在而已」。黃庭堅題詠李公麟駿馬畫,信有此
妙。如〈詠李伯時摹韓幹三馬〉云云,題詠李公麟臨摹韓幹三馬,亦

63　〔宋〕黃庭堅:〈詠李伯時摹韓幹三馬次子由韵簡伯時兼寄李德素〉,《山谷詩集
　　注》,卷7,頁164-165;《全宋詩》,卷985,頁11364。

64　〔宋〕蘇轍:《蘇轍集》卷15,〈韓幹三馬〉詩云:「老馬側立鬃尾垂,御者高拱
　　持青絲。心知後馬有爭意,兩耳微起如立錐。中馬直視翹右足,眼光未動心先
　　馳。僕夫旋作奔佚想,右手正控黃金羈。雄姿駿發最後馬,回身奮鬣真權奇。圉
　　人頓轡屹山立,未聽決驟爭雄雌。畫師韓幹豈知道?畫馬不獨畫馬皮。畫出三馬
　　腹中事,似欲譏世人莫知。伯時一見笑不語,告我韓幹非畫師。」(北京市:中華
　　書局,1990年),頁295。

所謂「賢者寄興，興到筆隨」。雖唐張彥遠稱：「傳移橫寫，乃畫家末事」，然「臨摹古人，始乃唯恐不似，既乃唯恐太似」，「李侯寫影韓幹墨」，「自有筆如沙畫錐」，能擯落筌蹄，自成一家，此李公麟之遊戲三昧，超然自得。[65]從「絕塵超日」以下十二句，大多掌握駿馬之本質特徵，以形寫神，蘇轍所謂「妙畫骨相遺毛皮」，亦以畫法為詩法。李侯寫影韓幹畫，能令讀者「見詩如見畫」：絕塵、超日、望路馳，摹寫駿馬「精爽」之神態；「馬官臂指揮」句，以肢體動作凸顯此馬「非新羈」。再以嘗觀坰馬無權奇之經驗，推想韓幹三馬「緬懷胡沙英妙質，一雄可將千萬雌」，此種駿馬出於「天驥生駒」，「絕非皂櫪所成就」。「千金市骨」二句，借抒感慨。末四句，以遊戲三昧推崇李公麟馬畫之得心應手，扣題作結。全詩題詠韓幹三馬之天驥生駒，素描其絕塵、超日、望路馳諸胡沙妙質，是畫法，亦即詩法；傳神寫照，多在「得其意思所在」。又如：

> ……李侯一顧歎絕足，領略古法生新奇。一日真龍入圖畫，在坰群雄望風雌。曹霸弟子沙苑丞，喜作肥馬人笑之。李侯論幹獨不爾，妙畫骨相遺毛皮。翰林評書乃如此，賤肥貴瘦渠未知。況我平生賞神駿，僧中云是道林師。[66]

試觀黃庭堅〈次韻子瞻和子由觀韓幹馬因論伯時畫天馬〉詩，特寫李

65　傅抱石：《中國繪畫理論》，〈第十臨摹論〉，引〔清〕方薰《山靜居畫論》（臺北市：里仁書局，1985 年），頁 150。《山谷詩集注》，卷 7，任淵注：「《書訣‧墨藪》褚河南曰：用筆當如印印泥，如錐畫沙，欲其藏鋒。」（上海市：上海古籍出版社，2003 年），頁 164。

66　〔宋〕黃庭堅：〈次韻子瞻和子由觀韓幹馬因論伯時畫天馬〉，《山谷詩集注》，卷 7，頁 166-167；《全宋詩》，卷 985，頁 11364。

公麟畫馬，「領略古法生新奇」，既注重傳承，更致力開創，可視為畫
馬之創作論。真龍入圖二句，極寫其逼真妙肖；「妙畫骨相遺毛皮」，
則為李公麟畫風之勾勒與評價。始則賞馬畫，繼則觀畫馬，因論李公
麟畫風與畫藝。其中有再現畫面，更有品評韓幹畫格，較論李公麟畫
風，順提蘇軾畫評，以議論為詩，可媲美書畫題跋，可補美術批評史
之不足。

　　題畫詩之美妙者，貴在詩情畫意，相得益彰，所謂有形詩、有聲
畫；「丹青吟詠，妙處相資」。蘇軾〈和蘇翰林題李甲畫雁〉所謂：「畫
寫物外形，要物形不改；詩傳畫外意，貴有畫中態」；繪畫與詩歌之美
學追求，此四語已提示一二。試觀下列四首題畫詩，黃庭堅多從「化
美為媚」、「以真擬畫」之手法，傳達韓幹畫馬之妙，東坡所謂「詩傳
畫外意，貴有畫中態」者也。如：

　　　　儀鸞供帳饗蝥行，翰林濕薪爆竹聲，風簾官燭淚縱橫。木穿石
　　　　槃未渠透，坐窗不遂令人瘦，貧馬百罷逢一豆。眼明見此玉花
　　　　驄，徑思著鞭隨詩翁，城西野桃尋小紅。[67]

　　　　竹頭搶地風不舉，文書堆案睡自語。忽看高馬頓風塵，亦思歸
　　　　家洗袍　　。[68]

　　　　玉花照夜今無種，櫪上追風亦不傳。想見真龍如此筆，蒹葭沙
　　　　晚草迷川。[69]

67　〔宋〕黃庭堅：〈觀伯時畫馬禮部試院作〉，《山谷詩集注》，卷9，頁216；《全
　　宋詩》，卷987，頁11376。

68　〔宋〕黃庭堅：〈題伯時畫頓塵馬〉，《山谷詩集注》，卷9，頁217-218；《全宋
　　詩》，卷987，頁11377。

69　〔宋〕黃庭堅：〈題伯時天育驃騎圖二首〉其一，《山谷詩集注》，卷9，頁239；
　　《全宋詩》，卷987，頁11381。

明窗槃礴萬物表，寫出人間真乘黃。邂逅今身猶姓李，可非前世江都王。[70]

黃庭堅〈觀伯時畫馬禮部試院作〉，為「三句轉韻體」詩，[71]追新求奇可見一斑。曲終奏雅，稱「著鞭隨詩翁」，城西尋小紅，是以真馬擬畫馬；與〈題伯時畫頓塵馬〉：「忽看高馬頓風塵」，同一機杼；亦以畫馬為真馬，《左傳》所謂「尤物移入」；於是畫境之時空延展，興起「歸家洗袍袴」之思懷。由看畫而思歸，落想天外，化美為媚。〈題伯時天育驃騎圖二首〉其一，首二句無中生有，虛擬玉花、照夜、櫪上、追風四大名駒，以烘托李公麟所畫「真龍」之形象；「蒺藜沙晚草迷川」，再現畫面內容，掌握藝術形象，得其意思。細案此詩，亦能傳伯時「畫外意」，而且「貴有畫中態」。其二，正寫畫師李公麟作畫超脫自在之神情，再以前世江都王畫馬之神妙，比擬今生李公麟，推崇其畫藝之精絕。詩中特提「真乘黃」，前首詩云「想見真龍」，皆是杜甫題畫詩以降，以真馬擬畫馬之傳承與發揚。

有關黃庭堅題詠李公麟畫馬之詩篇，隨物賦形，得其意思，能傳畫外之意，且貴有畫中態者，莫如〈畫好頭赤〉一首、〈虎脊天馬圖〉一首，〈題伯時馬〉一首。蘇軾〈高郵陳直躬處士畫雁二首〉其一，陳直躬以能妙筆傳達野雁之「無人態」，隨物賦形，生意盎然，贏得蘇軾高度推崇；相形之下，黃庭堅題詠李公麟畫馬，亦信有此妙。先看畫好頭赤：

---

70 〔宋〕黃庭堅：〈題伯時天育驃騎圖二首〉其二，《山谷詩集注》卷9，頁240；《全宋詩》，卷987，頁11381。

71 胡適：〈山谷之三句轉韻體詩〉，即舉黃庭堅此詩，且與元稹〈大唐中興頌〉相印證，以見古有其體。《胡適古典文學研究論集》（上海市：上海古籍出版社，1988年），頁430。

李侯畫骨不畫肉，筆下馬生如破竹。秦駒雖入天仗圖，猶恐真龍在空谷。精神權奇汗溝赤，有頭赤烏能逐日。安得身為漢都護，三十六城看歷歷。[72]

黃庭堅深諳畫理，方能傳達李公麟「摹寫丹青之絕特」，如上列題詠伯時所畫好頭赤，東坡原唱，以烘托疊映手法摹寫御馬好頭赤；山谷和詩，先標榜伯時「畫骨不畫肉」之畫風，推崇其一揮而就之畫藝，《宣和畫譜》所謂「學韓幹略有增損」，或指此等。蘇軾〈傳神論〉強調掌握個性，「得其意思所在」，山谷和作善於掌握好頭赤典型性格，稱其「精神權奇汗溝赤」，以及「有頭赤烏能逐日」，對於駿馬形神兼到之勾勒，與蘇軾〈次韻子由畫李伯時所藏韓幹馬〉所謂「勢與落日爭分馳」，「奮迅不受人間羈」，有異曲同工之妙。卒章筆落天外，將時空延展到漢武帝，西域三十六國，化身為都護，騎乘真龍神駒，歷塊過都。題畫詩之妙者，能拓展畫面意境，所謂「尺幅千里」，此詩有之。又如：

筆端那有此，千里在胸中。四蹄雷電去，一顧馬羣空。誰能乘此物，超俗駕長風。逸材歸彎勒，歲在執徐同。[73]

黃庭堅〈詠伯時畫太初所獲大宛虎脊天馬圖〉，妙在有神無跡，就天馬之神韻，勾勒點睛：一則曰千里胸中，再則曰四蹄雷電，三則曰馬群空，四則曰駕長風，五則曰超俗，六則曰逸材，蘇軾〈傳神記〉所謂

---

72 〔宋〕黃庭堅：〈和子瞻戲書伯時畫好頭赤〉，《山谷詩集注》，卷9，頁236-237；《全宋詩》，卷987，頁11381。

73 〔宋〕黃庭堅：〈詠伯時畫太初所獲大宛虎脊天馬圖〉，《山谷詩集注》，卷9，頁237-238；《全宋詩》，卷987，頁11381。

「得其意思所在」，黃庭堅題寫虎脊天馬圖，信有此妙。又如：

> 我觀李侯作胡馬，置我敕勒陰山下。驚沙隨馬欲暗天，千里絕
> 足略眼跨。自當初駕沙苑丞，豈復更數將軍霸。李侯今病發右
> 臂，此圖筆妙今無價。[74]

黃庭堅〈題伯時馬〉詩，再次以真擬畫，挪移乾坤，延展時空至盛唐
「敕勒陰山下」，以虛擬實境，題詠伯時所畫胡馬。「驚沙隨馬欲暗
天，千里絕足略眼跨」二句，圖寫身經目歷情境，繪影繪聲圖寫駿
馬，令人有實臨的感受。由觀畫，而引發「置我」之美學效應，伯時
畫馬之移人，有如此者。

　　唐代題詠繪畫，大抵發展出四大特色：其一，以真擬畫，虛擬實
境；其二，描繪畫面，近似白描；其三，借畫發揮，富於寄託；其
四，評論繪畫，闡發畫理。[75]自唐人發凡起例，尤其是杜甫所作二十四
首，蘇軾、黃庭堅傳承其優長，開發遺妍；因革損益之際，可得而
言。就題詠韓幹與李公麟畫馬而言，蘇、黃以詩歌摹寫丹青，多稱揚
畫師畫藝，美其逼真妙肖，此二家之所同。再現畫面內容，使讀者見
詩如畫，蘇軾以七古題畫，最稱淋漓盡致；黃庭堅題畫馬，較側重典
型概括，如以燈取影。蘇、黃題詠韓、李畫馬，或借題發揮，隨機遣
興，大多卒章顯志，表現興寄。至於評論畫藝，闡發畫理，蘇、黃於
此，開發尤多。黃庭堅品畫論藝，多作吉光片羽點評；蘇軾除隨機點
評外，尤能萃取畫理，揭示畫論。此其大較也。

74　〔宋〕黃庭堅：〈題伯時馬〉，《山谷詩別集補》，頁 1347；《全宋詩》，卷 1022，
　　頁 11686）
75　孔壽山：《唐朝題畫詩注》，〈前言〉，頁 16-26。

三　蘇軾、黃庭堅題畫馬詩之異同

　　前兩節已分論蘇黃二家之題畫馬詩，今再稍作歸納，而論其異同。綜考杜甫李白詠畫詩，與蘇軾、黃庭堅題畫詩，題詠繪畫之層面，不外畫師、畫藝、畫面、畫外，以及畫論與興寄，此蓋就「丹青吟詠，妙處相資」；「詩情畫意，相得益彰」之創意組合而言。據此，以考察蘇軾、黃庭堅題詠馬畫，二家異同出入處，筆者列舉五項目以論述之：（一）品題畫師；（二）再現畫面；（三）藉題發揮；（四）拓展畫境；（五）揭示畫學。試舉例論說如下：

（一）品題畫師

　　本文研究蘇軾、黃庭堅題詠畫馬詩，所歌詠者為韓幹、李公麟兩位唐宋畫馬大師之畫作，故題畫內容，不免涉及對畫師畫藝之品題。此種題畫詩，十分具有美術史、藝術史之文獻學價值。自杜甫詠畫，多稱美畫藝之工妙，畫師之良能，蔚為題畫之故事。蘇軾、黃庭堅題詠，於此多所傳承發揮，於韓幹、李公麟畫馬之藝術造詣，二家畫風之品題，多可補畫史、美術史之不足。蘇軾題詠韓幹畫馬五首，題詠李伯時畫馬只一首。黃庭堅題詠韓幹畫馬才一首，題詠李公麟馬畫卻高居九首。蘇軾題畫大家，較側重古人韓幹；黃庭堅題畫，較傾向今人李公麟，此其大較也。

　　蘇、黃題詠韓幹馬畫，蘇詳而黃略。蘇軾所題，隨詩提論韓幹畫風之特色，蓋祖始杜甫〈丹青引〉，所謂「幹惟畫肉不畫骨」，而稍加發揮。如〈次韻子由書李伯時所藏韓幹馬〉詩所謂「幹惟畫肉不畫骨，而況失實空留皮？」〈書韓幹牧馬圖〉更推究韓幹畫馬之「畫肉不畫骨」，乃是　馬之傳真寫實，所謂「厩馬多肉尻脽圓」，因此，「肉中畫骨誇尤難」。南齊謝赫《古畫品錄》〈序〉列舉圖繪六法，其三曰應

物象形，近六朝文風所謂「巧構形似」，此蓋畫學之認識論，韓幹畫馬其知之矣。[76]同時，蘇軾題畫順提韓幹繪畫之創作論，所謂「韓生自言無所學，厩馬萬匹皆吾師」，此六朝姚最所提「心師造化」，唐張璪所謂「外師造化，中得心源」，[77]韓幹畫馬，以厩馬為師，可以相發明。〈韓幹馬十四匹〉，則推揚韓幹畫藝之逼真妙肖，所謂「韓生畫馬真是馬，蘇子作詩如見畫」。晁補之和東坡題畫詩稱：「畫寫物外形，要物形不改。詩傳畫外意，貴有畫中態。」云云，[78]移以稱蘇軾題詠韓幹畫馬，可以相得益彰。黃庭堅題詠韓幹畫馬，只有〈次韻子瞻和子由觀韓幹馬因論伯時畫天馬〉一首，特提「李侯論幹獨不爾，妙畫骨相遺毛皮」，以為韓幹畫馬，妙在以骨相見氣韻，獨排眾議，不贊同杜甫指稱韓幹「畫肉不畫骨」，「肉中畫骨」之論說，為韓幹畫風增添一可資討論之材料。

　　題詠李公麟馬畫，蘇軾所題，精簡有味，如〈次韻吳傳正枯木歌〉稱：「龍眠居士本詩人，能使龍池飛霹靂。……龍眠胸中有千駟，不獨畫肉兼畫骨。」所言李公麟畫藝畫風，與《宣和畫譜》卷七〈李公麟〉所謂「深得杜甫作詩體制，而移於畫」；公麟自謂「吾為畫，如騷人賦詩，吟詠情性而已」，可以相發明。《宣和畫譜》又稱：「公麟初喜畫

76　徐復觀：《中國藝術精神》，第三章第十二節〈氣韻與形似問題〉（臺北市：臺灣學生書局，1984 年），頁 193-206；董欣賓、鄭奇：《中國繪畫六法生態論》，第二章，二、（一）〈認識論──應物象形〉（南京市：江蘇美術出版社，1988 年），頁 51-71。

77　葛路：《中國古代繪畫理論發展史》，第三章、水墨山水畫的創始者張璪及其「外師造化，中得心源」論（臺北市：丹青圖書公司，1987 年），頁 71-73。董欣賓、鄭奇：《中國繪畫對偶範疇論》，第一章，二、〈造化──心源〉，第六章、二十三〈古人──造化〉（南京市：江蘇美術出版社，1988 年），頁 46-51、175-183。

78　〔宋〕晁補之：〈和蘇翰林題李甲畫雁二首〉其一，《全宋詩》卷 1126（北京市：北京大學出版社，1995 年），頁 12787。

馬，大率學韓幹略有增損」；所謂「略有增損」，即是東坡詩所謂「不
獨畫肉兼畫骨」，學古而又自成一家如此。至於黃庭堅品題李公麟之
畫藝，則有五首。層面多方，詳盡可觀，約而論之有四端：曰「想見
真龍如此筆」、「寫出人間真乘黃」、「猶恐真龍在空谷」云云，窮形盡
相，以真擬畫，以妙肖逼真推崇李公麟馬畫，此其一。稱李公麟為
「畫隱」，戲弄丹青，如閱世之老禪師，畫家之灑脫自在形象，見於言
外，此其二。稱「李侯畫骨不畫肉」，是專尚氣韻生動，傳神寫照；[79]
與前述東坡詩所謂「不獨畫肉兼畫骨」，所述畫風會當有別，未知孰
是？此其三。〈詠伯時畫太初所獲大宛虎脊天馬圖〉詩，稱美李公麟畫
筆之妙，曰「千里在胸中」；此與蘇軾稱文同畫竹，「必先得成竹於胸
中」，同工異曲。清汪之元謂：「胸中有全竹，然後落筆如風舒雲捲，
頃刻而成」，此「胸有丘壑」之說也，[80]此其四。

　　經由題詠，以品題畫師，揭示畫藝，或傳承古說，或闡發新見；
對於繪畫之認知論、修養論、創作論，及批評論、鑑賞論，多有具體
而微之提示。

（二）再現畫面

　　題畫詩為詠物詩之流裔，詠物之妙，在似與不似之間，著題與離
形之際。不似、離形，則失其所以題畫，流於捕風捉影；太似、切
題，又失其所以為詩，墮入黏皮帶骨，無由相得益彰。蔡絛《西清詩
話》有言：「丹青吟詠，妙處相資」，故美妙之題畫詩，多具有再現畫

79　徐復觀：《中國藝術精神》，第三章第七節，〈氣韻的氣〉，頁 164-168。
80　〔宋〕蘇軾：〈文與可畫篔簹谷偃竹記〉，《蘇軾文集》，卷 11，頁 365。參考黃鳴
　　奮：《論蘇軾的文藝心理觀》，第二章第五節〈胸有成竹〉（福州市：海峽文藝出
　　版社，1987 年），頁 102-106。

面與「詩中有畫」之功能。[81]

蘇軾之題畫詩，如〈書韓幹牧馬圖〉，自首句「南山之下」以降，至「奇姿逸德隱駑頑」九句，勾勒素描開天年間，秦川四十萬匹牧馬之畫面。尤其「雛駓駉駱驪騮騵，白魚赤兔騂皇駽」二句，排列十二種白、黑、赤、黃色彩繽紛之馬名，以形象語言，「狀難寫之景，如在目前」。與工於敘事之《左傳》，僖公二十八年敘寫晉楚城濮之戰，摹寫晉軍「韅靷鞅靽」，以示裝備齊全，蓄勢待發，有異曲同工之妙，皆妙於再現寬闊場面，令讀者見詩如見畫。續接以「龍顱鳳頸獰且妍。奇姿逸德隱駑頑」二句，敘寫龍鳳、獰妍、奇逸、駑頑眾相與諸德，令人想見南山之下八坊牧馬之圖景，運用「以少總多」手法，王夫之《薑齋詩話》所謂「以小景傳大景之神」。[82]又如蘇軾所作〈韓幹馬十四（六）匹〉，更能化美為媚，生動傳寫馬畫之姿態。自「二馬並驅攢八蹄」以下十二句，布置鋪寫，場面景象躍動，歐陽脩〈盤車圖〉詩謂「見詩如見畫」，東坡本詩所謂「韓生畫馬真是馬，蘇子作詩如見畫」，詩畫交融，妙處相資處如此，相得益彰處亦在此。又如蘇軾〈書韓幹二馬〉，特寫赭白、紫騮二馬之絕世妍姿，用烘雲托月法，由老鮮卑之「回策如縈」見出，亦化美為媚，畫面活躍，栩栩如生。

黃庭堅所作，題詠李公麟畫馬，只一首，數量不如蘇軾，而再現畫面內容，卻有同工異曲之妙。黃庭堅〈次韵子瞻和子由觀韓幹馬因

81　張高評：〈詩畫相資與宋詩之創造思維──宋代詩畫美學與跨際會通〉，（二）「詩中有畫」與再現藝術，陳維德等主編：《唐宋詩詞研究論集》（彰化縣：明道大學中國文學系、國學研究所，2008 年），頁 395-405。

82　參考王鍾陵：〈玄學的「簡約」風尚與文學的「以少總多」〉，《古代文學理論研究》第十二輯（上海市：上海古籍出版社，1987 年），頁 1-29。王克文：〈試論五代兩宋山水畫構圖的審美特徵〉，原刊《朵雲》第 13 期，後輯入朵雲編輯部選編：《中國繪畫研究論文集》（上海市：上海書畫出版社，1992 年）。

論伯時畫天馬〉詩，再現韓幹馬畫，先特寫于闐花驄、西河驄二天馬之身形、色彩、眼神、耳狀。其次，點染其行如電，其立如山，其氣深穩，無一不是「龍八尺」、「試天步」之千里駒形象；卻受困於珠韅玉羈，致「知有四極」卻「無由馳」。天馬與厩馬相襯相托，而天馬之「神駿」，已呼之欲出。蘇軾所詠者，皆韓幹馬畫，無論繪畫八坊牧馬四十萬匹，或圖繪十六匹、二馬，無論獰、妍、奇、逸、駑、頑、驅、步、飲、行、任前、卻避、俯仰、赭白、紫騮、馬中龍，皆令讀者確信韓幹「能畫馬窮殊相」，所謂「韓生畫馬真是馬，蘇子作詩如見畫」。

兩相比較，黃庭堅題畫，注重以形寫神，猶烘雲托月，點染形相，足以凸顯神韻。蘇軾題畫，或品物畢圖，或九馬分寫，或得其意思。奇方妙法，不一而足。若論「狀難寫之景如在目前」，繪聲繪影，詩中有畫，則蘇軾題詠韓幹為佳。若再就「再現畫面」成效而言，亦然。

（三）藉題發揮

北宋郭熙《林泉高致》〈山水訓〉曾提出「畫之景外意」、「畫之意外妙」之說。[83]本來，詩最長於抒情，若繪畫亦有所寄情，則近於畫中有詩。《宣和畫譜》論花鳥畫，亦以為：「繪事之妙，多寓興於此（榮枯語默），與詩人相表裏焉。」其他如士人畫、寫意畫，南宋馬遠、夏珪之一角、半邊畫，或多有所寄託。[84]繪畫若隱含興寄，詩人題詠，明其詩心，闡發其藉題發揮處，亦題畫之一法。或者詩人賞畫，別有會

83　俞劍華編著：《中國畫論類編》，郭熙、郭思：《林泉高致》〈山水訓〉，頁 635。

84　張高評：〈詩畫相資與宋詩之創造思維──宋代詩畫美學與跨際會通〉，（一）「畫中有詩」與比興寄託，頁 395-405。

心，不妨比興寄託，藉題發揮。此蔡絛《西清詩話》所謂：「畫工意初未必然，而詩人廣大之。乃知詩者，徒言其景，不若盡其情，此題品之津梁也。」[85]若兩者有其一，則多藉題發揮之作。

蘇軾題畫馬詩共三首，二首詠韓幹馬畫，一首題李公麟畫馬，多藉題發揮，體現比興寄託。如〈書韓幹牧馬圖〉，曲終奏雅云：「王良挾策飛上天，何必俯首服短轅？」昂昂千里駒如此，懷才不遇之士人，又何嘗不然？興寄之意極明。〈韓幹馬十四匹〉亦云：「世無伯樂亦無韓，此詩此畫誰當看？」富曲終江上之致，亦藉題發揮之作。〈戲書李伯時畫御馬好頭赤〉，本題寫御馬，卻稱山西戰馬「豈如　馬好頭赤，立杖歸來臥斜日」，韓愈〈雜說〉所謂「千里馬常有，而伯樂不常有」；士之有材而投閒置散者，與厩馬好頭赤何以異？凡此，皆蘇軾藉題發揮，代吐有志難伸之作。

黃庭堅題畫詩九首，皆因詠寫李公麟畫馬，而出之以比興寄託，藉題發揮。考其興寄內容，大抵有三：其一，感歎知音之難遇，如〈詠李伯時摹韓幹三馬次子由韵簡伯時兼寄李德素〉云：「千金市骨今何有？士或不價五羖皮」；〈題伯時天育驃騎圖〉謂：「邂逅今身猶姓李，可非前世江都王？」是其例也。其二，寄託出遊歸家之心願，如〈觀伯時畫馬禮部試院作〉：「徑思著鞭隨詩翁，城西野桃尋小紅」；〈題伯時畫頓塵馬〉：「忽看高馬頓風塵，亦思歸家洗袍袴」，是其例也。其三，期望邊將之驍勇，如〈和子瞻戲書伯時畫好頭赤〉詩，所謂「安得身為漢都護，三十六城看歷歷」，是其例也。

畫師繪草木鳥獸，往往寄託榮枯得失之慨。詩人詠物賦詩，亦多反映民情世態，有所興寄與美刺。論者稱：「詠物詩必須因小見大，有

85 〔宋〕蔡絛：《西清詩話》，郭紹虞編《宋詩話輯佚》（臺北市：文泉閣出版社，1972 年），頁 358。

所寄託，才能使筆有遠情。」[86]蘇、黃題畫詩有之。就蘇黃二家題畫之
比興寄託而言，感慨知音難遇，遺憾有志難伸，是其所同。蘇軾少受
庭訓，其父勉以詩文宜「有為而作」，「言必中當世之過」，故平生論
述古今治亂，不為空言。入仕以來，澤民尊主之思，為國興利之念，
致君堯舜之志，無時或已。其間雖遭貶謫黃州、惠州、儋州，直到嶺
海放還，仍懷經國濟民之心。[87]無奈理想與現實之落差，造成懷才不遇
之困境，形成有志難伸之遺憾，故蘇軾於詩文中隨興抒發，題畫馬詩
特其中之一而已。黃庭堅年輕時曾志在用世，曾云：「文章不經世，何
異朝絲綴露窠？」所以積極出仕從政，以報君國，期望在政治上有所
建樹，以榮耀家邦。[88]不意因《神宗實錄》之文禍，貶涪州別駕，黔州
安置，流寓江漢三年。暮年再度流放，謫死宜州。[89]一生升沈榮辱如
此，故其題畫詩亦感有材之難伸，歎知音之難遇，與蘇軾相近。論者
嘗考察杜甫詩中詠馬之作，歸納詠馬的主題為：象徵君臣的遇合、比

86　黃永武：《詩與美》，〈詠物詩的評價標準〉（臺北市：洪範書店，1984 年），頁
　　170-173。

87　冷成金：《蘇軾的哲學觀與文藝觀》，第九章第三節〈「詩須要有為而作」的儒學
　　批評論〉（北京市：學苑出版社，2003 年），頁 684-693；唐伶伶、周偉民：《蘇
　　軾思想研究》，第二篇第六章〈澤民尊主的倫理觀〉，第七章〈「為國興利」的經
　　濟思想〉（臺北市：文史哲出版社，1996 年），頁 271-325。

88　〔宋〕黃庭堅：《山谷詩內集注》，卷 8，任淵注，〈次韻崔伯易席上所賦因以贈
　　行二首〉其一：「去國雖邁里，分憂即近君」；卷10〈東觀讀未見書〉：「願以多聞
　　力，論思補帝裙」；卷 19〈晚泊長沙示秦處度范元實用寄明略和父韻五首〉其四：
　　「願茲秉經術，出仕榮家邦。」（臺北市：學海出版社，1979 年），頁 530、621-
　　622、1010。

89　鄭永曉：《黃庭堅年譜新編》，哲宗紹聖元年申戌（1094）十二月二十七日（申
　　午），「諫官上疏，遂貶涪州別駕，黔州安置」；徽宗崇寧二年癸未（1103）十一
　　月「月末有宜州謫命」（北京市：社會科學文獻出版社，1997 年），頁 263-268、
　　387-390。參考黃寶華：《黃庭堅評傳》，第二章〈貶謫蜀中至流寓江漢〉，第四章
　　〈暮年再度流放〉（南京市：南京大學出版社，1998 年），頁 70-115。

喻知遇的難覓、代表英雄的氣概、申述暮年的壯志、自況一生的徒勞；[90]移以論述蘇軾、黃庭堅之題詠韓幹、李公麟馬畫，雖不中，亦不相遠。

　　興寄，淵源於《詩》、《騷》，自陳子昂、李白、杜甫、白居易以下，蔚為唐宋之詩學傳統。興寄高遠，與吟詠情性，為黃庭堅詩學系統中之體用論。黃庭堅之興寄高遠，不同於一般之興寄，更加強調經由作品，表現詩人之思想，感情之幽微、深遠、超曠，非止於曲喻諧婉而已。[91]反觀黃庭堅題詠李公麟馬畫，寄託出遊歸家之心願，可與〈登快閣〉詩相發明；期望邊將之驍勇，微辭反諷宋代邊將之無能、邊政之荒疏，此自北宋使遼詩，期望立功邊塞，[92]可知山谷詩意之幽微與深遠。

（四）拓展畫境

　　北宋韓拙善畫山水，以為繪畫之功能，可以「筆補造化」。蓋畫家作畫，「揮纖毫之筆，則萬類由心；展方寸之能，則千里在掌。」山水畫之妙者可以飽遊、臥看；故尺幅之短，可以有千里之勢。[93]據此而言，可以功同造化。詩人賞畫詠畫之餘，往往突破繪畫之局限，延展畫境於無窮，晁補之所謂「畫寫物外形，要物形不改。詩傳畫外意，貴有畫中態」。題畫詩除傳寫「畫中態」以外，若能兼顧傳寫「畫外

90　黃永武新增本：《中國詩學‧思想篇》，〈杜甫筆下的馬〉（臺北市：巨流圖書公司，2008 年），頁 187-193。

91　錢志熙：《黃庭堅詩學體系研究》，參，〈黃庭堅的興寄觀和黃詩的興寄精神、興寄方法〉（北京市：北京大學出版社，2003 年），頁 99-113。

92　張高評：《自成一家與宋詩宗風》，第六章〈使遼詩之傳承與邊塞詩之開拓〉，四、「立功邊塞之期待」（臺北市：萬卷樓圖書公司，2004 年），頁 275-280。

93　〔宋〕韓拙：《山水純全集‧序》，俞劍華：《中國畫論類編》，第六編，〈山水〉（下）（北京市：人民美術出版社，1986 年），頁 659。

意」，則更佳妙，此所謂「丹青吟詠，妙處相資」，詩情畫意，相得益彰。

　　蘇軾、黃庭堅題詠李公麟馬畫，因此而延展畫境者，各有一例：蘇軾〈戲書李伯時畫御馬好頭赤〉詩，御馬好頭赤，為李公麟當下所畫，蘇軾詠馬，卻不犯正位，提筆示現「夜嚼長楷」、「蹄間三丈」之「山西戰馬」，馳騁於天山坑谷，拓展畫境於千萬里之外，神彩飛動。黃庭堅〈題伯時馬〉，因觀賞李公麟畫胡馬，遂引發類比遐想，疑真似幻，「置我勒勒陰山下」，空間由中原延展至大漠胡天，再以示現手法狀寫：「驚沙隨馬欲暗天，千里絕足略眼跨」，以真擬畫，胡馬英姿自然逼真妙肖。不僅「詩傳畫外意」，又「貴有畫中態」，題畫詩能拓展畫境之謂也。蘇軾以不犯正位，黃庭堅以虛擬實境，可謂各擅勝場，而黃庭堅尤以藝術真實稱尊。

（五）揭示畫學

　　詩與畫，同源而異趣。詩人因鑑賞畫幅，而題詠詩歌，又因妙悟見道而揭示畫論，發明畫學。所謂「丹青吟詠，妙處相資」，詠畫詩而揭示畫論，自杜甫題畫以下，每多有之；而於蘇軾、黃庭堅之題畫詩獨多。尤其蘇軾所題，後世鑑賞傳誦，已蔚為畫學之經典名句。

　　蘇軾題詠韓幹畫馬，隨興揭示畫論者有二：其一，外師造化，以自然為師。如〈次韻子由書李伯時所藏韓幹馬〉詩云：「君不見韓生自言無所學，廄馬萬匹皆吾師」；此與《宣和畫譜》卷十三所載，韓幹不奉詔師法陳閎，自言：「臣自有師，今陛下內廄馬，皆臣之師也」，可以相互發明。前人論畫，或曰「畫山水者，須要遍歷廣觀，然後方知著筆去處。」或曰「山水真趣，須是入野看山時見他，或真或幻，皆是我筆頭靈氣。」因此，「董源作畫，以江南真山水為稿本，黃公望繪事，則隱虞山即寫虞山。」圖畫山水，須看真山真水；猶韓幹畫馬，

以大內厩馬為師，皆唐張璪「外師造化，中得心源」之說也。[94]蘇軾題畫揭示之畫論，為詩畫交融檢得或即或離之素材，如蘇軾〈韓幹馬〉：「少陵瀚墨無形畫，韓幹丹青不語詩」，以「無形畫」指詩，「不語詩」指畫，既凸顯詩與畫表現之侷限，又為宋代詩中有畫，畫中有詩諸詩畫交融，提供討論之議題。錢鍾書〈中國詩與中國畫〉一文，對於詩與畫之異迹同趣，頗多論證，列舉郭熙「無形畫，有形詩」、孔武仲「無形之畫，有形之文」、張舜民「無形畫，有形聲」、釋德洪「無聲句，有聲畫」、岳珂「有聲著，無聲名」、錢鍪「有聲畫，無聲詩」等等，以與蘇軾〈韓幹馬〉所謂「無形畫，不語詩」相對照。[95]要之，詩歌以音聲為特質，繪畫以形象為本質，於是詩畫是否交融，即生發有形詩、有聲畫，與無聲詩、無形畫兩大類型。關鍵即在「丹青吟詠」，是否「妙處相資」。〈韓幹馬〉所示，詩畫分離；然蘇軾〈次韻吳傳正枯木歌〉稱：「古來畫師非俗士，妙想實與詩同出。龍眠居士本詩人，能使龍池飛霹靂。」則是詩畫相通，詩畫一律；詩畫相資，相得益彰。可見，對於宋代詩畫之創意組合，多所提示。

　　黃庭堅題畫，揭示學古與創新之辯證，對於宋代文藝美學，頗具啟發性。黃庭堅〈次韻子瞻和子由觀韓幹馬因論伯時畫天馬〉詩略云：「李侯一顧歎絕足，領略古法生新奇。」此與蘇軾〈書吳道子畫後〉所謂「出新意於法度之中，寄妙理於豪放之外。」[96]同一機杼。宋代文藝

94　傅抱石：《中國繪畫理論》，第一、〈一般論〉引〔明〕唐志契：《繪事微言》，第六〈造景論〉引〔宋〕李澄叟《畫說》、〔明〕釋道濟《大滌子題畫詩跋》，第十〈臨摹論〉引〔明〕沈灝《畫麈》（臺北市：里仁書局，1985 年），頁 9、62、65、143。

95　錢鍾書：《七綴集》，〈中國詩與中國畫〉，二（北京市：三聯書店，2001 年），頁 5-7。

96　〔宋〕蘇軾〈書吳道子畫後〉：「道子畫人物……出新意於法度之中，寄妙理於豪放之外。」〈跋吳道子地獄變相〉：「道子，畫聖也，出新意於法度之內，寄妙理於豪放之外。」《蘇軾文集》，卷 70，頁 2210-2213。

美學盡心學唐而變唐，既師古又求創新之心路歷程，[97]黃庭堅此一題畫詩有絕佳之體現。

第四節　結語

「詩中有畫」之文學現象，不始於兩宋；然「詩中有畫，畫中有詩」命題之提出，「丹青吟詠，妙處相資」；「無形畫，有形詩」、「無聲詩，有聲畫」之討論，卻興盛於兩宋。長久以來，詩畫雖號稱姊妹藝術，卻分道揚鑣，各行其是發展，甚少交集。時至北宋，由於知識傳播之快捷多元，影響所及，蘇試作詩追求「廣備眾體，出奇無窮」；黃庭堅「包括眾作，本以新意」；郭熙繪事亦主張「兼收並覽，廣議博考，以使我自成一家」；推而至於鄭樵（1104-1162）史學，注重會通；程頤（1033-1107）、朱熹（1130-1200）理學，則標榜「理一分殊」；要之，會通化成乃宋型文化特質之一，[98]「詩中有畫」，或「畫中有詩」，即是宋型文化「會通化成」之體現。

　　本章從宋型文化「會通化成」之特質切入，以考察宋詩代表大家蘇軾與黃庭堅之題畫詩，論述其「詩中有畫」之表現，闡發其創意組合，推崇其意境開拓。且以題詠韓幹與李公麟畫馬為例，較論蘇軾、黃庭堅唐宋題畫之傳承與開拓，探討因革損益之際，蘇、黃題畫詩，「領略古法」處較多？或「生發新奇」處較有特色？總括言之，獲得下列觀點：

97　周裕鍇：《宋代詩學通論》，乙編，詩法篇，第三章〈師古與創新：出入眾作，自成一家〉（成都市：巴蜀書社，1997 年），頁 166-202。

98　張高評：〈從「會通化成」論宋詩之新變與價值〉，《漢學研究》第 16 卷第 1 期（1998 年 6 月），頁 241-254。

（一）「詩中有畫，畫中有詩」之命題，由北宋蘇軾提出，是宋型文化「會通化成」特質之反應與體現。此種跨際會通，起始於思維空間之開放性，嘗試將異質同趣之詩與畫，作新奇組合。因為扭轉假設，容易發現不同世界；跳脫既成窠臼，才能開創新局。因此，「詩中有畫」之作品，自然是「創意組合」之結晶。

（二）舊元素的新奇組合，已證實能創造發明新產品，谷登堡發明活字印刷機，孟德爾創立遺傳學新學科，愛迪生發明電燈，即其顯例。「詩中有畫」，是詩歌汲取或借鏡繪畫諸特質，如造景、布置、設色、筆墨等，融入或移植於吟詠之中，於是化動為靜、以果代因、化美為媚，講究線條造型，精心空間構圖，強調色彩表現，捕捉光影變化，安排遠近高低，內外藏露，甚至將情感物象化，景物象徵化。此之謂「有形詩」，此之謂「詩中有畫」，此之謂新奇組合。

（三）蘇軾、黃庭堅詩最具宋詩特色；宋詩所以異於唐詩，而自成一家者，如詩思出位，破體為詩，二家多有具體而微之體現。「詩中有畫」之新奇組合，堪稱宋人「詩思出位」務實追求策略之一。蘇、黃二家所作題畫詩，有絕佳之示範。二家所作山水詩、題畫詩，在隨物宛轉，窮形盡相；再現景物，複製畫境方面，亦多「詩中有畫」之設計；尤其詩歌之為時間藝術，在「詩傳畫外意，貴有畫中態」方面，更具優勢。所謂「丹青吟詠，妙處相資」，取繪畫之具象造形，以補足詩歌之短缺不足，如此之新奇組合，方稱相得益彰。

（四）就意象經營而言，詩畫各具優長，而又各有短缺。猶《莊子》〈天下〉所謂「譬如耳目鼻口，皆有所明，不能相通；猶百家眾技也，皆有所長，時有所用」。宋代文藝美學體現宋型文化「會通化成」特質，熱絡體現「詩畫相資」議題，紛紛稱揚此種出位之

思與新奇組合。南宋吳龍翰〈楊公遠《野趣有聲畫》序〉所謂：
「畫難畫之景，以詩湊成；吟難吟之詩，以畫補足」，詩與畫各自發
揮優長，而相得益彰，此之謂創意組合。

（五）駿馬之為物，風馳電掣、越澗注坡、氣蓋青雲、勢凌萬
里。丹青手如何捕捉其形象？「得其意思所在」，以傳其神韻，固
為畫家之能事；而藉詩歌以題詠駿馬，杜甫之後有蘇軾「別出一
奇」，蘇軾之外又有黃庭堅號稱雄傑。今擇韓幹、李公麟畫馬為
例，考察蘇軾與黃庭堅之題詠，一則見繪畫與詩歌之相濟相得；再
則探討蘇、黃題畫詩之表現，因革損益與傳承開拓間有何成就。

（六）唐代題詠繪畫，大抵發展出四大特色：其一，以真擬畫，
虛擬實境；其二，描繪畫面，近似白描；其三，借畫發揮，富於寄
託；其四，評論繪畫，闡發畫理。就題詠韓幹與李公麟畫馬而言，
蘇、黃以詩歌摹寫丹青，多稱揚畫師畫藝，美其逼真妙肖，此二家
之所同。再現畫面內容，使讀者見詩如畫，蘇軾以七古題畫，最稱
淋漓盡致；黃庭堅題畫馬，較側重典型概括，如以燈取影。蘇、黃
題詠韓、李畫馬，或借題發揮，隨機遣興，大多卒章顯志，表現興
寄。至於評論畫藝，闡發畫理，蘇、黃於此，開發尤多。黃庭堅品
畫論藝，多作吉光片羽點評；蘇軾除隨機點評外，尤能萃取畫理，
揭示畫論。

（七）蘇軾、黃庭堅題詠韓幹、李公麟馬畫，涉及層面大抵有
五：或品題畫師，或再現畫面，或拓展畫境，或揭示畫學，或藉題
發揮，不一而足。兩相比較，蘇軾題詠，略勝一籌，各方面多具代
表性。除品題畫師，評價畫藝，黃庭堅較具體詳盡外，其他層面，
蘇軾多較黃庭堅周賅盡致，經典可觀。蘇、黃二家題畫，皆擅勝
場；整體而言，東坡尤其卓犖挺出。[99]

---

99 本文原為筆者《創意造語與宋詩特色》專書中之一章。以題詠畫馬為例，以闡發
　蘇軾、黃庭堅所作長於詩中有畫，宋詩工於創意發想，此篇可作見證。今類編於
　此，便利讀者綜觀並覽。

徵引文獻

一　古代典籍

（一）經籍史書

〔周〕左丘明傳　〔晉〕杜預注　〔唐〕孔穎達疏　《春秋左傳注疏》
　　　臺北市　藝文印書館　1955年　《十三經注疏》本

〔漢〕公羊壽傳　〔漢〕何休解詁　〔唐〕徐彥疏　《春秋公羊傳注疏》
　　　臺北市　藝文印書館　1955年　《十三經注疏》本

〔漢〕班固　〔唐〕顏師古注　《漢書》　臺北市　明倫出版社　1972
　　　年

〔漢〕焦延壽　《焦氏易林》　板橋市　三才書局　1978年

〔漢〕韓嬰著　屈守元箋疏　《韓詩外傳箋疏》　成都市　巴蜀書社
　　　1996年

〔漢〕鄭玄注　〔唐〕孔穎達疏　《禮記注疏》　臺北市　藝文印書館
　　　1967年　《十三經注疏》本

〔劉宋〕范曄著　〔唐〕李賢注　〔清〕王先謙集解　《後漢書集解》
　　　臺北市　藝文印書館　1958年

〔後晉〕劉昫監修　《舊唐書》　臺北市　鼎文書局　1981年　《二十
　　　五史》點校本

〔宋〕李心傳　《建炎以來繫年要錄》　臺北市　臺灣商務印書館
　　　1983年　文淵閣《四庫全書》本

〔宋〕陳與義著　白敦仁校箋　《陳與義集校箋》　上海市　上海古籍

出版社　1990年

〔宋〕鄭樵　《通志》　臺北市　商務印書館　1987年

〔元〕脫脫　《宋史》　北京市　中華書局　1997年　《二十五史》點
　　　校本

〔清〕申函光　〈題明妃畫〉　綏遠通志館編纂　《綏遠通志稿・詩輯》
　　　呼和浩特　內蒙古人民出版社　2007年　冊6　卷47　頁598

〔清〕但文英　〈題昭君出塞圖〉　《宜昌府志・藝文志》　臺北市
　　　成文出版社　1970年　卷14　頁690

〔清〕紀昀等主纂　《四庫全書總目》　臺北市　藝文印書館　1974年

〔清〕章學誠　《文史通義》　臺北市　華世出版社　1980年

〔清〕章學誠　葉瑛校注　《文史通義校注》　北京市　中華書局
　　　1985年

（二）書學畫論

〔南朝宋〕宗炳　《畫山水》　俞劍華編著　《中國畫論類編》　北京
　　　市　人民美術出版社　1986年

〔南朝齊〕謝赫　《古畫品錄》　俞劍華編著　《中國畫論類編》　北
　　　京市　人民美術出版社　1986年

〔南朝齊〕王微　《敘畫》　俞劍華編　《中國畫論類編》　北京市
　　　人民美術出版社　1986年

〔唐〕張彥遠　《歷代名畫記》　于安瀾編　《畫史叢書》　臺北市
　　　文史哲出版社　1994年

〔宋〕米芾　《畫史》　《全宋筆記》第二編　鄭州市　大象出版社
　　　2006年

〔宋〕佚名　《宣和畫譜》　于安瀾編　《畫史叢書》　臺北市　文史

哲出版社　1994年

〔宋〕范成大　《范村梅譜》　北京市　商務印書館　2005年　影印文
　　津閣《四庫全書》本

〔宋〕孫紹遠　《聲畫集》　臺北市　臺灣商務印書館　1983年　文淵
　　閣《四庫全書》本

〔宋〕郭熙、郭思撰　《林泉高致》　俞劍華編　《中國畫論類編》本
　　北京市　人民美術出版社　1986年　又，于安瀾編《畫論叢
　　刊五十一種》　臺北市　鼎文書局　1972年

〔宋〕郭若虛　《圖畫見聞志》　于安瀾編　《畫史叢書》　臺北市
　　文史哲出版社　1994年

〔宋〕黃休復　《益州名畫錄》　于安瀾編輯　《畫史叢書》　臺北市
　　文史哲出版社　1994年

〔宋〕鄧椿　《畫繼》　于安瀾編　《畫史叢書》　臺北市　文史哲出
　　版社　1994年

〔宋〕韓拙　《山水純全集》　俞劍華　《中國畫論類編》　北京市
　　人民美術出版社　1986年

〔金〕張天錫　〈《草書韻會》及其題〈明妃出塞圖〉〉　張耀宗　〈金
　　明二代的張天錫〉　《讀書》　1986年　總第75卷

〔元〕湯垕　《古今畫鑑》　北京市　中華書局　1985年　叢書集成初
　　編　據《學海類編》本

〔清〕方薰　《山靜居論畫》　俞劍華編著　《中國畫論類編》　北京
　　市　人民美術出版社　1986年

〔清〕笪重光　《畫筌》　俞劍華編　《中國畫論類編》　北京市　人
　　民美術出版社　1986年

〔清〕陳邦彥等　《御定歷代題畫詩類》　臺北市　臺灣商務印書館
　　文淵閣《四庫全書》本　1983年

〔清〕聖祖御纂　陳邦彥選編　《歷代題畫詩類》　北京市　北京圖書
　　　館出版社　2004年
〔清〕厲鶚輯　《南宋院畫錄》　于安瀾　《畫史叢書》　臺北市　文
　　　史哲出版社　1974年

（三）筆記小說

〔晉〕葛洪　《西京雜記》　臺北市　臺灣商務印書館　1983年　影印
　　　文淵閣《四庫全書》本
〔劉宋〕劉義慶著　楊勇校箋　《世說新語校箋》　臺北市　正文書局
　　　2000年
〔唐〕范攄　《雲谿友議》　臺北市　臺灣商務印書館　1981年　《四
　　　部叢刊廣編》　上海涵芬樓景印常熟瞿氏鐵琴銅　樓藏明刊本
〔宋〕王楙　《野客叢書》　附錄　《野老紀聞》　臺北市　商務印書
　　　館　1983年　文淵閣《四庫全書》本
〔宋〕沈括　《夢溪筆談》　香港　中華書局　1987年
〔宋〕岳珂　《桯史》　北京市　中華書局　1981、1997年
〔宋〕洪邁著　上海師範大學古籍整理組校點　《容齋隨筆》　上海市
　　　上海古籍出版社　1995年
〔宋〕陳師道撰　李偉國校點　《後山談叢》　上海市　上海古籍出版
　　　社　1989年
〔宋〕陳善　《捫蝨新話》　〔宋〕俞鼎孫、俞經編　《儒學警悟》
　　　香港　龍門書店　1967年
〔宋〕曾慥　《類說》　臺北市　商務印書館　1983年　文淵閣《四庫
　　　全書》本
〔宋〕費袞　《梁谿漫志》　臺北市　商務印書館　1983年　影印文淵

閣《四庫全書》本

〔宋〕羅大經　《鶴林玉露》　臺北市　臺灣商務印書館　1983年　影
　　印文淵閣《四庫全書》本

〔金〕張天錫　〈明妃出塞圖〉　羅繼祖　《楓窗脞語》　北京市　中
　　華書局　1984年

〔明〕董其昌著　屠友祥譯注　《畫禪室隨筆》　南京市　江蘇教育出
　　版社　2005年

〔明〕陶宗儀等編　《說郛三種》　上海市　上海古籍出版社　1988年
　　宛委山堂藏版一百二十卷本

〔清〕陸以湉著　崔凡芝點校　《冷廬雜識》　北京市　中華書局
　　1984年

〔清〕無名氏（下第舉子）　〈題昭君圖〉　載〔清〕褚人穫　《堅瓠集‧
　　甲集》　收入《明清筆記史料叢刊》　北京市　中國書店
　　2000年　卷1　頁3

（四）叢書類編

〔唐〕歐陽詢等編　《藝文類聚》　臺北市　文光出版社　1974年

〔宋〕不著撰人　《錦繡萬花谷》　上海市　上海辭書出版社　1992年
　　據明嘉靖刻本影印

〔宋〕陳景沂　《全芳備祖》　上海市　上海古籍出版社　1992年　影
　　印文淵閣《四庫全書》本

〔宋〕潘自牧　《紀纂淵海》　上海市　上海古籍出版社　1992年　《四
　　庫類書叢刊》影印文淵閣《四庫全書》

〔明〕李時珍著　劉衡如校點　《本草綱目》　北京市　人民衛生出版
　　社　1989年

〔清〕汪灝等編纂　《廣群芳譜》　臺北市　新文豐出版公司　1980
　　　年　佩文齋索引本
〔清〕吳騫　《蠹塘漁乃》　收入《叢書集成初編》　北京市　中華書
　　　局　1985年
〔清〕胡鳳丹編　《青塚志》　收入蟲天子（原名張廷華）編　《香豔
　　　叢書》　北京市　人民文學出版社　1992年
〔清〕張英、王士禎等主纂　《淵鑑類函》　北京市　中國書店　1985
　　　年　據一八八七年上海同文書局石印本影印

（五）詩詞文集

〔唐〕白居易著　朱金城箋校　《白居易集箋校》　上海市　上海古籍
　　　出版社　1988年
〔唐〕杜甫撰　〔清〕仇兆鰲注　《杜詩詳注》　臺北市　里仁書局
　　　1980年
〔宋〕文同　《陳眉公先生訂正丹淵集》　臺北市　臺灣商務印書館
　　　1979年　《四部叢刊初編》本影印明汲古閣刊本
〔宋〕王安石撰　〔宋〕李壁注　《王荊文公詩李壁注》　上海市　上
　　　海古籍出版社　1993年
〔宋〕司馬光　《迂書·兼容》　曾棗莊、劉琳主編　《全宋文》　卷
　　　1222　頁5
〔宋〕朱熹著　尹波、郭齊點校　《朱熹集》　成都市　四川教育出版
　　　社　1996年
〔宋〕吳淑著　冀勤等校點　《事類賦注》　北京市　中華書局　1989
　　　年
〔宋〕秦觀著　徐培均箋注　《淮海集箋注》　上海市　上海古籍出版

社 2000年

〔宋〕張舜民 《畫墁集》 臺北市 臺灣商務印書館 1983年 文淵
閣《四庫全書》本

〔宋〕晁補之 《雞肋集》 臺北市 臺灣商務印書館 1983年 文淵
閣《四庫全書》本

〔宋〕陳師道撰 任淵注 冒廣生補箋 《後山詩注補箋》 北京市
中華書局 1995年

〔宋〕黃庭堅 任淵注 《山谷詩內集注》 臺北市 學海出版社
1979年

〔宋〕黃庭堅撰 〔宋〕任淵、史容、史季溫注 黃寶華校點 《山谷
詩集注》 上海市 上海古籍出版社 2003年

〔宋〕黃庭堅著 劉琳等校點 《黃庭堅全集》 成都市 四川大學出
版社 2001年

〔宋〕黃庭堅 《豫章黃先生文集》 臺北市 臺灣商務印書館 1979
年

〔宋〕黃裳 《演山集》 臺北市 臺灣商務印書館 1983年 文淵閣
《四庫全書》本

〔宋〕楊萬里著 辛更儒點校 《楊萬里集箋校》 北京市 中華書局
2007年

〔宋〕歐陽脩 《歐陽文忠公集》 曾棗莊主編 《全宋文》 成都市
巴蜀書社 1989年

〔宋〕蘇軾著 〔清〕王文誥、馮應榴輯註 孔凡禮點校 《蘇軾詩集》
臺北市 學海出版社 1983、1985年

〔宋〕蘇軾撰 〔清〕馮應榴注 黃任軻等校點 《蘇軾詩集合注》
上海市 上海古籍出版社 2001年

〔宋〕蘇軾著 孔凡禮點校 《蘇軾文集》 北京市 中華書局 1986

年

〔宋〕蘇軾著　薛瑞生箋證　《東坡詞編年箋證》　西安市　三秦出版
　　　社　1998年

〔宋〕蘇轍著　陳宏天等點校　《蘇轍集》　北京市　中華書局　1990
　　　年

〔宋〕釋道潛　《參寥子詩集》　臺北市　臺灣商務印書館　文淵閣《四
　　　庫全書》　1983年

〔金〕元好問著　姚奠中等點校　《元好問全集》　太原市　山西人民
　　　出版社　1990年

〔金〕元好問　《中州集》　臺北市　臺灣商務印書館　1979年　《四
　　　部叢刊》初編本

〔元〕郝經　《陵川集》　臺北市　臺灣商務印書館　文淵閣《四庫全
　　　書》本　1983年

〔明〕袁中道　《珂雪齋文集》　上海市　上海古籍出版社　1989年

〔明〕曹庭棟編　《宋百家詩存》　臺北市　臺灣商務印書館　1983年
　　　文淵閣《四庫全書》本

〔明〕曹學佺　《石倉歷代詩選》　臺北市　臺灣商務印書館　文淵閣
　　　《四庫全書》本　1983年

〔清〕方婉儀　〈次韻題明妃圖〉　魯歌等編　《歷代歌詠昭君詩詞選
　　　注》　武漢市　長江文藝出版社　1982年　頁292

〔清〕孔尚任　〈題徐芝仙畫青塚圖〉　汪蔚林編　《孔尚任詩文集‧
　　　詩‧長留集》　北京市　中華書局　1962年

〔清〕吳之振等編　《宋詩鈔》　上海市　三聯書店　1988年

〔清〕吳偉業　《梅村家藏稿‧詩後集》　收入《歷代書家詩文集》
　　　臺北市　臺灣學生書局　1975年

〔清〕屈大均　《廣東新語》　臺北市　臺灣學生書局　1968年

〔清〕袁枚　《小倉山房文集》　上海市　上海古籍出版社　1988年

〔清〕張玉綸　〈題畫四首〉　張玉綸　《夢月軒詩鈔》　收入〔清〕
　　　陸長春　《夢花亭駢體文集四卷》　上海市　上海書店　1994
　　　年　頁267

〔清〕曹庭棟　《宋百家詩存》　上海市　上海古籍出版社　《四庫文
　　　學總集選刊》　1993年

〔清〕聖祖御纂　《全唐詩》　臺北市　文史哲出版社　1978年

〔清〕董誥等編　《全唐文》　上海市　上海古籍出版社　1990年

〔清〕楊瑯樹　〈王昭君〉　徐世昌編　《晚晴簃詩滙》　臺北市　世
　　　界書局　1961年　卷53　頁775

〔清〕蔣士銓　《忠雅堂詩集》　上海市　上海古籍出版社　1993年

〔清〕蔣驥　《山帶閣注楚辭》　臺北市　廣文書局　1962年

北京大學古文獻研究所編　《全宋詩》　北京市　北京大學出版社
　　　1993、1995、1998年

（六）詩話文論

〔梁〕劉勰著　王更生注譯　《文心雕龍讀本》　臺北市　文史哲出版
　　　社　1985年

〔宋〕王立之　《王直方詩話》　郭紹虞校輯　《宋詩話輯佚》　臺北
　　　市　文泉閣出版社　1972年

〔宋〕阮閱編著　周本淳校點　《詩話總龜》　北京市　人民文學出版
　　　社　1998年

〔宋〕呂本中　《童蒙詩訓》　郭紹虞　《宋詩話輯佚》　臺北市　文
　　　泉閣出版社　1972年

〔宋〕李頎　《古今詩話》　郭紹虞校輯　《宋詩話輯佚》　臺北市

文泉閣出版社　1972年

〔宋〕周紫芝　《竹坡詩話》〔清〕何文煥編　《歷代詩話》　北京市　人民文學出版社　1982年

〔宋〕胡仔　《苕溪漁隱叢話》　北京市　人民文學出版社　1981年

〔宋〕范溫　《潛溪詩眼》　郭紹虞輯　《宋詩話輯佚》本　臺北市　文泉閣出版社　1972年

〔宋〕俞成著　俞鼎孫、俞經編　繆荃孫、傅增湘校　《螢雪叢說》　香港　龍門書店　1967年　《儒學警悟》本

〔宋〕張炎　《詞源》　唐圭璋　《詞話叢編》　北京市　中華書局　1986年

〔宋〕陳郁　《藏一話腴》　臺北市　臺灣商務印書館　1983年　文淵閣《欽定四庫全書》本

〔宋〕陳輔之　《陳輔之詩話》　郭紹虞　《宋詩話輯佚》本　臺北市　文泉閣出版社　1972年

〔宋〕陳巖肖　《庚溪詩話》　丁福保編　《歷代詩話續編》　北京市　人民文學出版社　1983年

〔宋〕曾季貍　《艇齋詩話》　丁福保　《歷代詩話續編》本　臺北市　木鐸出版社　1983年

〔宋〕楊萬里　《誠齋詩話》　丁福保輯　《歷代詩話續編》　臺北市　木鐸出版社　1983年

〔宋〕葛立方　《韻語陽秋》〔清〕何文煥編　《歷代詩話》　北京市　人民文學出版社　1982年

〔宋〕蔡絛　《西清詩話》　郭紹虞　《宋詩話輯佚》　臺北市　文泉閣出版社　1972年

〔宋〕歐陽脩　《六一詩話》〔清〕何文煥　《歷代詩話》　北京市　人民文學出版社　1982年

〔宋〕魏慶之　《詩人玉屑》　臺北市　世界書局　1971年

〔元〕方回選評　李慶甲集評校點　《瀛奎律髓彙評》　上海市　上海
　　　古籍出版社　2005年

〔元〕范德機　《木天禁語》〔清〕何文煥編　《歷代詩話》　北京
　　　市　人民文學出版社　1982年

〔元〕陳秀明　《東坡詩話錄》　蔡鎮楚編　《中國詩話珍本叢書》第
　　　三冊　北京市　北京圖書館出版社　2004年

〔明〕王嗣奭　《杜臆》　上海市　上海古籍出版社　1983年

〔明〕胡震亨　《唐音癸籤》　臺北市　木鐸出版社　1982年

〔清〕王士禎　《帶經堂詩話》　北京市　人民文學出版社　1982年

〔清〕方東樹　《昭昧詹言》　北京市　人民文學出版社　2006年

〔清〕仇兆鰲　《讀杜心解》　臺北市　中央輿地出版社　1970年

〔清〕朱庭珍　《筱園詩話》　郭紹虞編　《清詩話續編》　北京市
　　　人民文學出版社　1983年

〔清〕李香巖手批　《紀評蘇詩》　成都市　四川大學出版社　2007年

〔清〕李重華　《貞一齋說詩》　丁福保編　《清詩話》本　臺北市
　　　明倫出版社　1971年

〔清〕沈德潛纂　《杜詩評鈔》　臺北市　廣文書局　1976年

〔清〕沈德潛編　《唐詩別裁集》　香港　中華書局　1977年

〔清〕沈德潛　《說詩晬語》　丁福保（編）　《清詩話》　臺北市　明
　　　倫出版社　1971年

〔清〕金聖歎著　陸林輯校整理　《金聖歎全集》　《第六才子書》《西
　　　廂記》　南京市　鳳凰出版社　2008年

〔清〕查為仁　《蓮坡詩話》　丁福保編　《清詩話》　臺北市　明倫
　　　出版社　1971年

〔清〕施補華　《峴傭說詩》　丁福保編　《清詩話》　臺北市　明倫

出版社　1971年

〔清〕高宗御選　《唐宋詩醇》　臺北市　臺灣商務印書館　1983年

〔清〕陳衍　《石遺室詩話》　張寅彭　《民國詩話叢編》　上海市
　　　　上海書店出版社　2002年

〔清〕喬億　《劍谿說詩》　郭紹虞　《清詩話續編》　臺北市　木鐸
　　　　出版社　1983年

〔清〕葉燮　《原詩》　丁福保編　《清詩話》　臺北市　明倫出版社
　　　　1971年

〔清〕趙翼　《甌北詩話》　郭紹虞編　《清詩話續編》　北京市　人
　　　　民文學出版社　1983年

二　近人論著

（一）繪畫研究

于安瀾編　《畫論叢刊》五十一種　臺北市　鼎文書局　1972年

于安瀾　《畫史叢書》　臺北市　文史哲出版社　1974年

蔡秋來　《兩宋畫院之研究》　臺北市　嘉新水泥公司文化基金會研究
　　　　論文第369種　1978年　中國文化學院藝術研究所博士論文

潘天壽　《听天閣畫談隨筆》　上海市　上海人民美術出版社　1980年

潘公凱　〈高風峻骨見精神——談談我父親潘天壽藝術風格的一個基
　　　　本特徵〉　原載《迎春花》　1980年　頁285

伍蠡甫　《中國畫論研究》　北京市　北京大學出版社　1983年

潘天壽　《中國繪畫史》　上海市　上海人民美術出版社　1983年

金維諾　《中國美術史論集》　臺北市　明文書局　1984年

潘公凱編　《潘天壽談藝錄》　杭州市　浙江人民美術出版社　1985年

謝稚柳　《水墨畫》　臺北市　華正書局　1985年

傅抱石　《中國繪畫理論》　臺北市　里仁書局　1985年

宗白華　《美從何處尋》　臺北市　元山書局　1985年

張安治等編著　《歷代畫家評傳·宋》　香港　中華書局　1986年

孔壽山、邵洛羊等　《中國畫論》　臺北市　駱駝出版社　1987年

李福順　〈文人畫論的出現是進步現象〉　邵洛羊、孔壽山　《中國畫
　　　　論》　臺北市　駱駝出版社　1987年　頁135-137

葛　路　《中國古代繪畫理論發展史》　臺北市　丹青圖書公司　1987
　　　　年

董欣賓、鄭奇　《中國繪畫對偶範疇論》　南京市　江蘇美術出版社
　　　　1988年

宗白華　《美學與意境》　臺北市　淑馨出版社　1989年

涂光社　《勢與中國藝術》　北京市　中國人民大學出版社　1990年

董欣賓、鄭奇　《中國繪畫對偶範疇論》　南京市　江蘇美術出版社
　　　　1990年

王克文　〈試論五代、兩宋山水畫構圖的審美特徵〉　原刊《朵雲》第
　　　　13期　後輯入朵雲編輯部選編　《中國繪畫研究論文集》　上
　　　　海市　上海書畫出版社　1992年　頁295-296

陳傳席　〈論中國畫之韻〉　《朵雲》　選編部　《中國繪畫研究論文
　　　　集》　上海市　上海書畫出版社　1992年　頁128-146

盧　炘　〈新浙派與後海派的比較——兼論潘天壽與吳昌碩之關係〉
　　　　王義森　〈關于潘天壽作品現代感的思考〉　洪再新　〈關于
　　　　潘天壽先生三幅作品的著錄〉　《浙江美術學院中國畫六十五
　　　　年》續編　杭州市　浙江美術學院出版社　1993年　頁55、
　　　　300-321

周滄米　〈論「勢」在中國畫中的地位〉　《中國畫六十五年》　杭州市　浙江美術學院出版社　1993年　頁118-121

臧維熙主編　《中國山水的藝術精神》　臺北市　學林出版社　1994年

水　月　〈翰林圖畫院的歷史貢獻〉　徐流、譚平編　《宋人院體畫風》　重慶市　重慶出版社　1994年　卷首　序文　原未標頁碼

彭修銀　《墨戲與逍遙──中國文人畫美學傳統》　臺北市　文津出版社　1995年

何楚熊　《中國畫論研究》　北京市　中國社會科學出版社　1996年

祁志祥　《佛教美學》　上海市　上海人民出版社　1997年

楊思梁　〈藝術創新與社會環境──潘天壽藝術風格形成的社會因素〉　曹意強、范景中主編　《20世紀中國畫──「傳統的延續與演進」國際學術研討會論文集》　杭州市　浙江人民美術出版社　1997年　頁166

劉曦林　〈20世紀花鳥畫的再思考〉　曹意強、范景中主編　《20世紀中國畫》　杭州市　浙江人民美術出版社　1997年　頁320-327、335-336

舒士俊　《水墨的詩情：從傳統文人畫到現代水墨畫》　上海市　復旦大學出版社　1998年

萬新華　〈柯九思墨竹藝術論〉　《東南文化》　1999年4期　頁63-71

王伯敏、任道斌主編　《畫學集成》（明─清）　石家莊市　河北美術出版社　2000年

鄧喬彬　《中國繪畫思想史》　桂林市　貴州人民出版社　2001年

孫　機　〈中國墨竹〉　《中國歷史文物》　2003年5期　頁4-25、96-97

馮　超　《湖州竹派》　長春市　吉林美術出版社　2003年

謝稚柳　《中國古代書畫研究十論》　上海市　復旦大學出版社　2004
　　　　年

王克文　《宋元青綠山水與米氏雲山》　濟南市　山東美術出版社
　　　　2004年

李倍雷　《中國山水畫與歐洲風景畫比較研究》　北京市　榮寶齋出版
　　　　社　2006年

韋　賓　《宋元畫學研究》　蘭州市　甘肅人民出版社　2009年

過　曉　《論作為中國傳統繪畫美學概念的「似」》　上海市　上海人
　　　　民出版社　2011年

（二）美學研究

葉維廉　〈出位之思──媒體及超媒體的美學〉　氏著《比較文學》
　　　　臺北市　東大圖書公司　1983年　頁195-234

徐復觀　《中國藝術精神》　臺北市　臺灣學生書局　1984年

伍蠡甫　《伍蠡甫藝術美學文集》　上海市　復旦大學出版社　1986

葉　朗　《中國美學史大綱》　臺北市　滄浪出版社　1986年

蕭　馳　《中國詩歌美學》　北京市　北京大學出版社　1986年

李澤厚、劉綱紀主編　《中國美學史》　臺北縣　谷風出版社　1987年

朱光潛　《美學再出發》　臺北市　丹青圖書公司　1987年

王向峰主編　《文藝美學辭典》　瀋陽市　遼寧大學出版社　1988年

李霖燦　《中國美術史稿》　臺北市　雄獅圖書公司　1989年

朱光潛　《談美》　臺北市　國文天地雜誌社　1990年

蔣孔陽主編　《哲學大辭典‧美學卷》　上海市　上海辭書出版社
　　　　1991年

閻國忠主編　《西方著名美學家評傳》　合肥市　安徽教育出版

　　　社　1991年

王興華編著　《中國美學論稿》　天津市　南開大學出版社　1993年

皮朝綱、董運庭　《靜默的美學》　成都市　成都電子科技大學出版社
　　　1994年

張博穎　〈禪宗對宋元寫意美學思想的促成〉　《文藝研究》　1995年
　　　第4期　頁127-132

韓經太　《徜徉兩端》　《華夏審美風尚史》　第六卷　鄭州市　河南
　　　人民出版社　2000年

李澤厚　《美的歷程》　天津市　天津社會科學院出版社　2001年

高友工　《中國美典與文學研究論集》　臺北市　臺灣大學出版中心
　　　2004年

黎方銀　《大足石刻》　西安市　三秦出版社　2006年

陳望衡　《中國古典美學二十一講》　長沙市　湖南教育出版社　2007
　　　年

程　杰　《中國梅花審美文化研究》　成都市　巴蜀書社　2008年

（三）文藝理論

黃永武　《中國詩學・設計篇》　臺北市　巨流圖書公司　1976年

葉嘉瑩　《王國維及其文學批評》　臺北市　源流出版社　1982年

葉維廉　《比較詩學》　臺北市　東大圖書公司　1983年

張少康　《中國古代文學創作論》　北京市　北京大學出版社　1983年

黃永武　《詩與美》　臺北市　洪範書店　1984年

王國維　《人間詞話》　唐圭璋　《詞話叢編》　第五冊　北京市　中
　　　華書局　1986年

蔡英俊　《比興、物色與情景交融》　臺北市　大安出版社　1986年

王鍾陵　〈玄學的「簡約」風尚與文學的「以少總多」〉　《古代文學理論研究》　第12輯　上海市　上海古籍出版社　1987年　頁1-29

錢鍾書　《談藝錄》　臺北市　書林出版公司　1988年

陳貽焮　《杜甫評傳》　上海市　上海古籍出版社　1988年

普穎華著　周敏審校　《中國寫作美學》　北京市　對外貿易教育出版社　1988年

朱立元　《接受美學》　上海市　上海人民出版社　1989年

周裕鍇　〈語言的張力──論宋詩話的語言結構批評〉　《四川大學學報》　1989年1期　頁59-65

朱光潛　《詩論》　臺北市　國文天地雜誌社　1990年

錢鍾書　《管錐編》　臺北市　書林出版公司　1990年

蔡鎮楚　〈論歷代詩話之李杜比較研究〉　李白研究學會編　《李白研究論叢》　第2輯　成都市　巴蜀書社　1990年　頁309-318

〔德〕伊瑟爾（Wolfgang Iser,1926-2007）著　金元浦、周寧譯　《閱讀活動──審美反應理論》　北京市　中國社會科學出版社　1991年

傅璇琮　〈點校本《五代詩話》序〉　《唐詩論學叢稿》　臺北市　文史哲出版社　1995年　頁329-347

馮廣藝　《變異修辭學》　武漢市　湖北教育出版社　1992年

牟世金、羅宗強等編　《中國古代文論精粹談》　濟南市　齊魯書社　1992年

吳孟復　《桐城文派述論》　合肥市　安徽教育出版社　1992年

姜建強　〈論堯斯接受美學中的「期待視野」〉　《社會科學輯刊》　1992年6期　頁121-125

徐中玉主編　《通變編》　北京市　中國社會科學出版社　1992年

葛路　克地　《中國藝術神韻》　天津市　天津人民出版社　1993年

蔡景康編選　《明代文論選》　北京市　人民文學出版社　1993年

徐中玉主編　《意境・典型・比興編》　蕭榮華編選　《比興篇》　北
　　　京市　中國社會科學出版社　1994年

張立文　〈和合是中國人文精神的精髓〉　《人文中國學報》　1995年
　　　1期　頁83-92

張立文　《和合學概論——21世紀文化戰略的構想》　北京市　首都師
　　　範大學出版社　1996年

張伯偉　《全唐五代詩格校考》　西安市　人民教育出版社　1996年

郭維森、許結　《中國辭賦發展史》　南京市　江蘇教育出版社　1996
　　　年

金元浦　《接受反應文論》　濟南市　山東教育出版社　1998年

陳望道　《修辭學發凡》　上海市　上海教育出版社　2001年

張燕編著　《中國古代藝術論著研究》　天津市　天津人民出版社
　　　2003年

曾永義　《俗文學概論》　臺北市　三民書局　2003年

蔣　寅　《古典詩學的現代詮釋》　北京市　中華書局　2003年

黃永武　《中國詩學・思想篇》　臺北市　巨流圖書公司　2009年

（四）佛禪研究

陳允吉　《唐音佛教辨思錄》　上海市　上海古籍出版社　1988年

孫昌武　《佛教與中國文學》　上海市　上海人民出版社　1988年

高長江　《禪宗與藝術審美》　長春市　吉林大學出版社　1989年

釋慈怡主編　《佛光大辭典》　高雄縣　佛光大藏經編修委員會　1989
　　　年

賴永海　《佛道詩禪——中國佛教文化論》　北京市　中國青年出版社　1990年

張育英　《禪與藝術》　杭州市　浙江人民出版社　1992年

許傳德　《白話六祖壇經》　蘭州市　甘肅人民出版社　1992年

蔣述卓　《佛教與中國文藝美學》　廣州市　廣東高等教育出版社　1992年

蘇淵雷　《佛教與中國傳統文化》　長沙市　湖南教育出版社　1992年

金丹元　《禪宗與化境》　上海市　上海文藝出版社　1993年

高林廣　淺論禪宗美學對蘇軾藝術創作的影響〉　《內蒙古師大學報》　1期　1993年　頁88-94

魏道儒　《宋代禪宗文化》　鄭州市　中州古籍出版社　1993年

印順法師　《中國禪宗史》　臺北市　正聞出版社　1994年

孫昌武　《黃庭堅的詩與禪》　《社會科學戰綫》　1995年2期　頁227-235

黃河濤　《禪與中國藝術精神的嬗變》　北京市　商務印書館　1995年

楊惠南　《禪史與禪思》　臺北市　東大圖書公司　1995年

葛兆光　《禪宗與中國文化》　上海市　上海人民出版社　1996年

黃啟江　《北宋佛教史論稿》　臺北市　臺灣商務印書館　1997年

孫昌武　《禪思與詩情》　北京市　中華書局　1997年

吳言生　《禪宗思想淵源》　北京市　中華書局　2001年

吳言生　《禪宗哲學象徵》　北京市　中華書局　2001年

吳言生　《禪宗詩歌境界》　北京市　中華書局　2001年

楊曾文　《宋元禪宗史》　北京市　中國社會科學出版社　2006年

張高評　〈禪思與詩思之會通：論蘇軾、黃庭堅以禪為詩〉　浙江大學中文系編　《中文學術前沿》　第2輯　2011年11月　頁92-101

（五）詩畫研究

錢鍾書　〈中國詩與中國畫〉　《開明書店二十週年紀念文集》　上海市　開明書店　1947年　轉引自《文學研究叢編》　臺北市　木鐸出版社　1981年　第一輯　錢鍾書　〈中國詩與中國畫〉　頁86-87

張舜徽　《清人文集別錄》　北京市　中華書局　1963年　臺北市　明文書局　1982年

饒宗頤　〈詞與畫：論藝術的換位問題〉　《故宮季刊》　第8卷3期　1974年　頁9-21

史雙元　〈詩中有畫的再認識〉　《學術月刊》　1984年第5期　頁64-70

朱光潛譯　《詩與畫的界限》（又稱拉奧孔）　臺北縣　蒲公英出版社　1986年

〔德〕萊辛著　朱光潛譯　《詩與畫的界限‧拉奧孔》　臺北縣　蒲公英出版社　1986年

孔壽山編著　《唐朝題畫詩注》　成都市　四川美術出版社　1988年

周裕鍇　《中國禪宗與詩歌》　上海市　上海人民出版社　1992年

張晨主編　《中國題畫詩分類鑑賞辭典》　瀋陽市　遼寧美術出版社　1992年

張　晨　《中國詩畫與中國文化》　瀋陽市　遼寧教育出版社　1993年

鄧喬彬　《有聲畫與無聲詩》　上海市　上海社會科學出版社　1993年

李　栖　《兩宋題畫詩論》　臺北市　臺灣學生書局　1994年

李祥林　〈杜甫對韓幹畫馬的批評之我見〉　《杜甫研究學刊》　第42期　1994年第4期　頁45-49

周　瑾　〈杜甫題畫詩的法與意〉　《杜甫研究學刊》　1996年第4期　頁24-35

張　英　〈杜甫題畫詩管窺〉　《雲南社會科學》　1996年第6期　頁83-86

張　晶　〈杜甫題畫詩的審美標準〉　《內蒙古師大學報》　第28卷6期　1996年12月　頁43-47

楊　力　〈論杜甫題畫詩的繪畫美學思想〉　《中國韻文學刊》　1997年第2期　頁99-103

周裕鍇　《文字禪與宋代詩學》　北京市　高等教育出版社　1998年

周裕鍇　《禪宗語言》　杭州市　浙江人民出版社　1999年

任　輝　〈論杜甫題畫詩〉　《錦州師範學院學報》　2001年第1期　頁68-71

浙江人民美術出版社　《潘天壽詩畫集》　杭州市　浙江人民美術出版社　2003年

衣若芬　〈宮素然「明妃出塞圖」及其題詩──視覺文化角度的推想〉　張高評主編　《金元明文學之整合研究──《近世文學國際學術研討會論文集》之二》　臺北市　新文豐出版公司　2007年　頁97-98、106圖版7

周裕鍇　《百僧一案》　上海市　上海古籍出版社　2007年

張高評　〈詩畫相資與宋詩之創造思維──宋代詩畫美學與跨際會通〉　陳維德、韋金滿等主編　《唐宋詩詞研究論集》　彰化縣　明道大學中文系、國學所　2008年

姜斐德　《宋代詩畫中的政治隱情》　北京年　中華書局　2009年

周裕鍇　《宋僧惠洪行履著述編年總案》　北京市　高等教育出版社　2010年

劉繼才　《中國題畫詩發展史》　瀋陽市　遼寧人民出版社　2010年

張高評　〈杜甫題畫詩與詩學典範〉　《淡江中文學報》　第25期
　　　　2011年12月　頁1-34

張高評　《王昭君形象之轉化與創新》　臺北市　里仁書局　2011年

周裕鍇　〈從禪悅到審美：宋人文學活動中對佛教根塵說的接受與演
　　　　繹〉　香港浸會大學中文系主辦　「宋元文學與宗教國際學術
　　　　研討會」論文集　2012年5月9日-10日　頁1-26

張高評　〈墨竹題詠與禪趣、比德、興寄──詩、畫、禪在宋代之會
　　　　通化成〉　香港　浸會大學中文系主辦　「宋元文學與宗教國
　　　　際學術研討會」論文　2012年5月9日-10日　頁1-22

（六）宋代研究

劉伯驥　《宋代政教史》　臺北市　臺灣中華書局　1971年

鄭　騫　《陳簡齋詩集合校彙注》　臺北市　聯經出版公司　1975年

徐中玉　《論蘇軾的創作經驗》　上海市　華東師範大學出版社　1981
　　　　年

繆　鉞　〈論宋詩〉　《詩詞散論》　上海市　上海古籍出版社　1982
　　　　年　頁36-37

齊治平　《唐宋詩之爭概述》　長沙市　岳麓書社　1984年

顏中其　《蘇軾論文藝》　北京市　北京出版社　1985年

姜書閣　〈蘇軾在宋代文學革新中的領袖地位〉　《文學遺產》　1986
　　　　年3期　頁67-75

黃鳴奮　《論蘇軾的文藝心理觀》　福州市　海峽文藝出版社　1987年

鄭孟彤　〈歐陽修在北宋詩文革新運動中的地位和作用〉　《文學遺
　　　　產》　1987年6期　頁22-27

徐復觀　〈宋詩特徵試論〉　原載《中國文學論集續編》　臺北市　臺

灣學生書局　1984年　頁23-68　後輯入張高評編　《宋詩論文選輯》（一）　高雄市　復文書局　1988年　頁54-98

周益忠　《宋代論詩詩研究》　臺北市　臺灣師範大學國文研究所博士論文　1989年

霍松林、鄧小軍　〈論宋詩〉　《文史哲》　1989年第2期　頁66-71

張高評　《宋詩之傳承與開拓》　臺北市　文史哲出版社　1990年

陳植鍔　《北宋文化史述論》　北京市　中國社會科學出版社　1992年

劉文剛　《宋代的隱士與文學》　成都市　四川大學出版社　1992年

歐陽炯　《呂本中研究》　臺北市　文史哲出版社　1992年

秦寰明　〈論宋代詩歌創作的復雅崇格思潮──宋代詩歌思潮論（上）〉　《中國首屆唐宋詩詞國際學術研討會論文集》　南京市　江蘇教育出版社　1994年　頁612-636

張高評　《宋詩之新變與代雄》　臺北市　洪葉文化公司　1995年

蔡美彪、朱瑞熙等著　《宋遼金元時期》　北京市　人民出版社　1995年

唐伶伶、周偉民　《蘇軾思想研究》　臺北市　文史哲出版社　1996年

周裕鍇　《宋代詩學通論》　成都市　巴蜀書社　1997年

鄭永曉　《黃庭堅年譜新編》　北京市　社會科學文獻出版社　1997年

孔凡禮　《蘇軾年譜》　北京市　中華書局　1998年

黃寶華　《黃庭堅評傳》　南京市　南京大學出版社　1998年

曾棗莊　《蘇詩彙評》　臺北市　文史哲出版社　1998年

張高評　〈從「會通化成」論宋詩之新變與價值〉　《漢學研究》　第16卷第1期　1998年6月　頁235-265

曾棗莊　〈「天下幾人學杜甫，誰得其皮與其骨？」──論宋人對杜詩的態度〉　《唐宋文學研究》　成都市　巴蜀書社　1999年　頁35-49

張高評 《會通化成與宋代詩學》 臺南市 成功大學出版組 2000年

王水照 〈嘉祐二年貢舉事件的文學史意義〉 氏著《王水照自選集》
上海市 上海教育出版社 2000年 頁198-243

羅家祥 《朋黨之爭與北宋政治》 武漢市 華中師範大學出版社
2002年

冷成金 《蘇軾的哲學觀與文藝觀》 北京市 學苑出版社 2003年

錢志熙 《黃庭堅詩學體系研究》 北京市 北京大學出版社 2003年

張高評 《自成一家與宋詩宗風》 臺北市 萬卷樓圖書公司 2004年

林繼中 《文化建構文學史綱：魏晉——北宋》 北京市 北京大學出
版社 2005年

陳志平 《黃庭堅書學研究》 北京市 中華書局 2006年

張高評 〈從創造思維談宋詩特色——以創造性模仿、求異思維為例〉
《宋代文學研究叢刊》 第14期 高雄市 麗文文化公司
2007年 頁1-32

張高評 《創意造語與宋詩特色》 臺北市 新文豐出版公司 2008年

張高評 〈破體與創造性思維——宋代文體學之新詮釋〉 廣州中山大
學 《中山大學學報》 社會科學版 2009年第3期 總第49
期頁20-31

（七）唐宋變革

〔日本〕內藤湖南 〈概括的唐宋時代觀〉 《歷史與地理》 第9卷第
5號 1922年5月 頁1-11

〔日本〕內藤湖南 〈近代支那的文化生活〉 《支那》 第19卷
1928年10月

傅樂成 〈唐型文化與宋型文化〉 《漢唐史論集》 臺北市 聯經文

化出版公司　1980年　頁339-382

高明士　〈唐宋間歷史變革之時代性質的論戰〉　《戰後日本的中國史研究》　臺北市　東昇出版事業公司　1982年　頁104-116

〔日本〕岩城秀夫撰　薛新力譯　〈杜詩中為何無海棠之詠──唐宋間審美意識之變遷〉　《杜甫研究學刊》　1989年1期

〔日本〕宮崎市定　〈內藤湖南與支那學〉　原載《中央公論》第936期　收入氏著《亞洲史研究》第5卷　譯文見黃約瑟譯　〈概括的唐宋時代觀〉　載劉俊文主編　《日本學者研究中國史論著選譯》第1卷　北京市　中華書局　1992年　頁10-18

萬景春　《李杜之變與唐代文化轉型》　鄭州市　大象出版社　2000年

劉　寧　《唐宋之際詩歌演變研究》　北京市　北京師範大學出版社　2002年

張廣達　〈內藤湖南的唐宋變革說及其影響〉　《唐研究》　第11卷　北京市　北京大學出版社　2005年　頁5-71

〔日本〕淺見洋二　《距離與想像──中國詩學的唐宋轉型》　上海市　上海古籍出版社　2005年

柳立言　〈何謂「唐宋變革」？〉　《中華文史論叢》　總81輯　2006年3期　頁125-171

王水照　〈重提「內藤命題」〉　輯入氏著　《鱗爪文輯》　西安市　陝西人民出版社　2008年　頁173-178

田耕宇　《中唐至北宋文學轉型研究》　北京市　中國社會科學出版社　2009年

劉　方　《唐宋變革與宋代審美文化轉型》　上海市　學術出版社　2009年

田恩銘　《唐宋變革視域下的中唐文學家傳記研究》　北京市　中國社會科學出版社　2012年

（八）詩文叢編

逯欽立輯校　《先秦漢魏晉南北朝詩》　北京市　中華書局　1983年

顧頡剛編著　《孟姜女故事研究集》　上海市　上海古籍出版社　1984
　　　年

楊金鼎主編　《楚辭評論資料選》　武漢市　湖北人民出版社　1985年

胡　適　《胡適古典文學研究論集》　上海市　上海古籍出版社　1988
　　　年

林　鍇　〈意趣高華氣象麤——潘天壽詩歌的成就〉　盧炘選編　《潘
　　　天壽研究》　杭州市　浙江美術學院出版社　1989年　頁521-
　　　529

曾棗莊主編　《全宋文》　成都市　巴蜀書社　1989年

吳戰壘　〈濡染大筆何淋漓——讀潘天壽詩稿札記〉　盧炘選編　《潘
　　　天壽研究》　杭州市　浙江美術學院出版社　1989年　頁551-
　　　552

潘天壽紀念館編　《潘天壽詩存》　杭州市　浙江美術學院出版社
　　　1991年

魯　迅　《魯迅全集》　北京市　人民文學出版社　1991年

顧頡剛　《古史辨》　第一冊　《顧頡剛古史論文集》　第一冊　北京
　　　市　中華書局　1993年

宗白華　《宗白華全集》　合肥市　安徽教育出版社　1994年

盧炘、俞浣萍校注　《潘天壽詩存校注》　杭州市　浙江美術學院出版
　　　社　1997年

潘富俊　《詩經植物圖鑑》　臺北市　城邦文化公司　2001年

可永雪、余國欽編纂　《歷代昭君文學作品集》　呼和浩特　內蒙古人
　　　民出版社　2003年

陳俊愉、程緒珂主編　《中國花經》　上海市　上海文化出版社　2007
　　　年

（九）唐詩研究及其他

莊　申　《王維研究》　香港　萬有圖書公司　1971年
朱維錚　〈「漢學」與「宋學」〉　《周予同經學史論著選集》　上海
　　　市　上海人民出版社　1983、1996年　頁322-328
劉起釪　〈顧頡剛〉　陳清泉等編　《中國史學家評傳》（下）　鄭州
　　　市　中州古籍出版社　1985年　頁1447-1451
黃永武　《敦煌的唐詩》　臺北市　洪範書店　1987年
陳伯海　《唐詩學引論》　上海市　東方出版中心　1988、1996年
羅聯添　《唐代文學論集》　臺北市　臺灣學生書局　1989年
程　杰　《梅文化論叢》　北京市　中華書局　1990年
石訓、姚瀛艇等著　《中國宋代哲學‧比較篇》　開封市　河南人民
　　　出版社　1992年
田運主編　《思維辭典》　杭州市　浙江教育出版社　1996年
傅璇琮編撰　《唐人選唐詩新編》　西安市　陝西人民教育出版社
　　　1996年
傅錫壬　〈杜甫「觀畫詩」的視覺審美〉　淡江大學中文系陳文華主編
　　　《杜甫與唐宋詩學——杜甫誕生一千二百九十年國際學術研討
　　　會論文集》　臺北市　里仁書局　2003年　頁81-109
黃永武、張高評　《唐詩三百首鑑賞》　臺北市　黎明文化公司　2003
　　　年
許倬雲　《我者與他者：中國歷史上的內外分際》　香港　中文大學出
　　　版社　2009年

（十）創意發想

〔美〕湯瑪斯・孔恩著　程樹德、傅大為、王道還、錢永祥譯　《科學革命的結構》　臺北市　遠流出版事業公司　1989年

郭　泰　《創意就是財富》　臺北市　遠流出版事業公司　1990年

劉長林　《中國系統思維》　北京市　中國社會科學出版社　1990年

〔法〕愛德華・狄波諾（Edward de Bono）著　謝君白譯　《水平思考法》（*The use of lateral thinking*）　臺北市　桂冠圖書公司　1996年

〔美〕田浩　《宋代思想史論》　北京市　社會科學文獻出版社　2003年

〔美〕邁克爾・米哈爾科（Michael Michalko）　《創新精神──創造性天才的秘密》（*Cracking Creativily*）　北京市　新華出版社　2004年

〔美〕史提夫・瑞夫金（Steve Rivkin）、佛拉瑟・西戴爾（Fraser Seitel）著　甄立豪譯　《有意義的創造力：如何把點子轉成明日的創意》（*Idea wise : how to transform your ideas into tomorrow's innovations*）　臺北市　梅霖文化事業公司　2004年

〔瑞典〕約翰森（Frans Johansson）著　劉真如譯　《梅迪奇效應》　臺北市　商周出版社　2005年

〔日本〕大前研一　《思考的技術》　臺北市　商周出版社　2006年

〔日本〕大前研一　《創新者的思考》　臺北市　商周出版社　2006年

〔美〕詹姆斯・楊（James Webb Young）　《產生創意的方法》（*A Technique for Producing Ideas*）　《產生創意的方法》（*A Technique for Producing Ideas*）　Publisher: Waking Lion Press (July 22, 2009)

文學研究叢書・古典詩學叢刊 0804014

唐宋題畫詩及其流韻

作 者	張高評	
責任編輯	邱詩倫	
特約校稿	林秋芬	
發 行 人	林慶彰	
總 經 理	梁錦興	
總 編 輯	張晏瑞	

編 輯 所　萬卷樓圖書股份有限公司
　臺北市羅斯福路二段 41 號 6 樓之 3
　電話 (02)23216565
　傳真 (02)23218698

發　　行　萬卷樓圖書股份有限公司
　臺北市羅斯福路二段 41 號 6 樓之 3
　電話 (02)23216565
　傳真 (02)23218698
　電郵 SERVICE@WANJUAN.COM.TW
港經銷　香港聯合書刊物流有限公司
　電話 (852)21502100
　傳真 (852)23560735

ISBN 978-957-739-933-5

2016 年 7 月初版

定價：新臺幣 580 元

如何購買本書：

1. 劃撥購書，請透過以下郵政劃撥帳號：
　帳號：15624015
　戶名：萬卷樓圖書股份有限公司
2. 轉帳購書，請透過以下帳戶
　合作金庫銀行　古亭分行
　戶名：萬卷樓圖書股份有限公司
　帳號：0877717092596
3. 網路購書，請透過萬卷樓網站
　網址 WWW.WANJUAN.COM.TW

大量購書，請直接聯繫我們，將有專人為
您服務。客服：(02)23216565 分機 610

如有缺頁、破損或裝訂錯誤，請寄回更換

國家圖書館出版品預行編目資料

唐宋題畫詩及其流韻 / 張高評著.
　-- 初版.-- 臺北市：萬卷樓, 2016.07
　面；　公分.

ISBN 978-957-739-933-5(平裝)

1.題畫詩　2.詩評　3.唐詩　4.宋詩

820.9104　　　　　　　　　104005109